千山茶客 著

青岛出版社
QINGDAO PUBLISHING HOUSE

图书在版编目（C I P）数据

将门嫡女之定乾坤 ：完结篇 / 千山茶客著. -- 青岛 ：青岛出版社，2017.2

ISBN 978-7-5552-4388-5

Ⅰ. ①将… Ⅱ. ①千… Ⅲ. ①言情小说－中国－当代 Ⅳ. ①I247.5

中国版本图书馆CIP数据核字(2016)第171110号

书　　名　将门嫡女之定乾坤 ：完结篇
著　　者　千山茶客
出版发行　青岛出版社
社　　址　青岛市海尔路182号（266061）
本社网址　http://www.qdpub.com
邮购电话　010-85787680-8015　13335059110
　　　　　0532-85814750（传真）　0532-68068026
责任编辑　那　耘
责任校对　耿道川
特约编辑　孙红彦
装帧设计　80·小贾
照　　排　孙顾芳
印　　刷　三河市科茂嘉荣印务有限公司
出版日期　2017年2月第1版　　2021年8月第8次印刷
开　　本　16开（700mm×980mm）
印　　张　34
字　　数　404千
书　　号　ISBN 978-7-5552-4388-5
定　　价　59.80元（全二册）
编校印装质量、盗版监督服务电话　4006532017　0532-68068638

建议陈列类别：古代言情

完结篇

目录

上

完结篇

目录

下

第一章　公主之死

“不好了，凌少爷出事了！”

众人走到外头，见有人扶着罗凌进来，罗凌右手上满是鲜血，看得人触目惊心。

“凌哥哥！”罗潭吓了一跳。

“高太医，”罗雪雁忙道，“麻烦你给罗凌瞧瞧。”

高阳面上生出些无奈神情，道：“将他扶到屋里，我替他看看。”

待罗凌和高阳进了屋，沈信对扶罗凌回来的手下怒道：“到底怎么回事？凌哥儿怎么伤得如此严重！”

那手下快要哭了，道：“我们一行人接到线报，说有人知道沈姑娘的下落，凌少爷带我们一同前去找人，后来有人送了一个字条，要凌少爷独自前去，谁知竟是陷阱，那些人好似本来打算算计丘少爷，没想到来的是凌少爷。凌少爷和他们打了起来，被偷袭，伤了右手。”那手下顿了顿，面露担忧之色，“凌少爷早年就伤过一次右手，后来愈合了，可今日那刀伤覆在旧伤之上，凌少爷当即有些不好，后来我们的人赶到，凌少爷就这样了。”

罗凌右手受过伤的事，罗雪雁和沈信都不知道，闻言看向罗潭，问：“凌哥儿受过伤？”

罗潭点点头，道：“小时候随大伯打猎，被山里的野兽追赶，从山上摔了下去，被尖石划伤了手。伤得很重，当时大夫们都说凌哥哥的手恐是保不住，可凌哥哥愣是挺了过来。”

众人都意识到了事态的严重，沈丘道："到底是谁在背后算计，你们有没有看清楚对方的人？"

手下摇了摇头，道："那些人功夫很好，不似普通歹人，武功在凌少爷之上。"

"此事蹊跷。"沈信沉声道，"先是娇娇，后是丘哥儿，分明是针对咱们整个沈家。他娘的！不找出此人扒了他的皮，老子就不姓沈！"

罗潭道："眼下还是看看凌哥哥的伤势，伤得那般重……"

屋中的气氛顿时紧张起来。

一炷香时间后，高阳从寝屋里走出来，众人眼巴巴地看着他，罗潭迫不及待地上前问："高大夫，凌哥哥怎么样了？"

高阳道："我已经替他上过药了，但伤口很深，上头抹了毒，虽不致命，可是……"

"可是什么？"沈丘问。

"罗少爷的手早年间受过伤，这次惊了宿疾，伤还不轻，日后好了，只怕不能用右手提重的东西了。"

罗潭猛地看向高阳："不能提重的东西……那兵器呢？"高阳摇了摇头。

罗雪雁失手打碎了杯子，沈信和沈丘同时倒抽一口凉气。让一个自小习武的人从此不能用右手，几乎是废了他的武功。

"不可能，不可能的！"罗潭惶急开口，"你不是最好的大夫吗，你能治好我，就一定也能救我凌哥哥的右手，是不是？"

高阳耐心道："罗姑娘，不是在下不肯救，而是令兄的伤势实在太重。说句惹姑娘伤心的话，在下说不能治的人，普天之下也必然没人救得了。"

"怎么会？"罗雪雁几欲晕倒。

"表弟已经知道自己的伤势了吗？"沈丘问。

高阳点了点头，随即道："在下以为，最近这些日子，最好多关心罗少爷的情绪。但凡突遭变故的人，难免心中受创，若是不加以劝导，不利于伤势恢复。"说完，高阳提起一边的药箱，"在下得先回宫中一趟，需要配置几味药材，回头再来府上替罗少爷施针，眼下就不多留了，告辞。"

罗雪雁便点头道："这些日子麻烦高太医了。丘儿，你去送送高太医。"

"我去吧！"罗潭道。

一直到了府门口，罗潭停下脚步，犹豫了一下，问："高大夫，我凌哥哥的右手真的没救了吗？”

高阳无奈：“在下从不说谎。”

罗潭表情生出几分绝望，片刻后又道：“既然如此，今日谢谢你帮我掩饰睿王府上的事情。”

“掩饰？”高阳诧异地看了她一眼，“在下何时说过要替你掩饰？”

罗潭瞠目结舌地看着他：“你不是在小姑姑和姑父面前替我说谎了……”

“在下只是顺水推舟，待日后想到交易的条件，再与罗姑娘细细谈论此事吧。”高阳不顾罗潭瞬间变了的脸色，看了看外头，道，“啧，天色太晚了，改日见，罗姑娘。”他拱手离开。

待高阳的影子再也见不到的时候，罗潭叹了口气，忧心忡忡地准备回门里，却见自另一头奔来一辆马车。马车在沈宅门口停下，从里面走出两人。

罗潭揉了揉眼睛，确定自己没看错，惊叫一声：“小表妹！”

罗潭这一声喊，把里头的沈信一行人给惊动了，众人出来，见着沈妙都有些难以置信。

罗雪雁愣了两秒，快步上前，走到沈妙跟前一把将她搂住，热泪流了下来：“娇娇！”

沈丘也忙跑过来，激动地喊：“妹妹，你可回来了！”

沈妙道：“先回府再说，另外，此事先别声张。”

沈信虽然有些疑惑，却也同沈丘使了个眼色，沈丘连忙应了，出门去吩咐外头的下人，一行人先进了府门。

待到了厅中，罗潭问：“小表妹，这到底是怎么回事？这一位又是……”她看向送沈妙回来的卢夕。

卢夕朝众人行了个礼，道：“奴婢是公主殿下身边的女官，前一日，公主殿下的护卫从歹人手里救下了沈姑娘。公主殿下怕沈姑娘解释不清，便让奴婢来送一送沈姑娘，眼下人已经送到，奴婢也该回去了。”

两年前的花灯节，沈妙被荣信公主救过一次，两年之后又被荣信公主所救。说是巧合，未免让人多想。沈信和罗雪雁有些疑惑，还要再说什么，就见沈妙站起身，冲着卢夕笑道：“今日之事多谢夕姑姑了，公主殿下的救命之恩，沈妙谨记在心，不敢忘怀，日后必定登门致谢。”

卢夕侧身避过了沈妙的礼，笑道：“不敢当，姑娘既与公主殿下是旧识，便不必拘礼。奴婢先回去了，沈姑娘好好养身子，明日公主殿下会同京兆尹那头说明。”

沈妙又谢了一回，待送走卢夕后，沈丘问："妹妹，这到底是怎么回事？"

沈妙笑道："也没什么，当日掳走我的人其实是将我牵连进了另一桩事情，掳错了人。后来打算将我送出去时，恰好遇着了公主府的人。公主府护卫曾经见过我，觉得有些不对，就顺手救了我。后来我与荣信公主说清楚了此事，公主殿下便打算帮我澄清一番。"

这番说辞是她和谢景行商量好的，虽然不知道谢景行会怎么做，不过以谢景行的手段，明安公主和谢家兄弟势必会吃个大亏，沈信再插手进来反倒不妙。

沈信眉头一皱："娇娇，你老实告诉爹，这件事和明安公主有没有关系？"

沈妙心中一跳，道："爹想到哪里去了，这是明齐的地盘，就算明安公主想对付我，秦国太子又不是傻子，怎么会让她在这个节骨眼儿上惹事。"见沈信和罗雪雁还是不信，沈妙干脆举着胳膊娇声道，"肚子好饿，娘，我想吃东西。"

罗雪雁一听，当即心疼得不得了，一边吩咐厨房去准备小食，一边让丫鬟扶着沈妙先回院子里休息。

罗潭和沈妙一同回了屋，沈妙在榻上坐下来，罗潭道："小表妹，你刚刚在说谎吧，其实就是那个明安公主动的手脚，对吗？"

沈妙问："为何这么说？"

罗潭道："你方才撒娇的样子，实在让我起了一层鸡皮疙瘩，一看就是在敷衍姑父姑姑，也就他们疼你，才让你岔了过去。"

沈妙失笑，又打量了一番罗潭，道："我听闻你受了很重的伤，怎么现在就下床了，也不多养养？"

罗潭挥了挥手："那个宫里来的高大夫医术高明，活死人肉白骨，我命太呗。说起来，"她目光炯炯地看着沈妙，"今日下午我才向睿王殿下求救，求他救你出来，晚上你就回来了。我以为还得等几日呢。其实那位卢夕姑姑也是假的吧？"罗潭叹道，"这位大凉的睿王考虑得倒是很周到啊。"

沈妙没有纠正罗潭的话，想到了什么，又道："不过怎么未曾见到凌表哥？"她问，"出去了吗？"

罗潭原本尚开怀的神情瞬间黯然下去，沈妙见状，问："你为何如此神情？"

"凌表哥出事了。"罗潭的声音有几分晦涩，"高阳说他这辈子再也用不了右手……你去看看吧。"

临安侯府，眼下的谢长武也十分焦灼。

同谢鼎赴宴回来后，谢长朝就不见踪影，密室里不仅没有谢长朝的影子，就连沈妙的影子都没有。仔细瞧过，整个密室里也没有打斗的痕迹，更让谢长武觉得摸不着头脑。

明安公主派人询问何时才能将沈妙送出去，谢长武也只得表面敷衍着，私下里心急如焚。然而无论他怎么找，谢长朝和沈妙二人都仿佛人间蒸发了一般。时间过得越久，谢长武的心就越不安。他试图打听沈家那头的消息，并没有沈妙的下落，这让谢长武心中稍稍安慰。

时日一长，连谢鼎都起了疑心，问怎么许久都未见到谢长朝的踪影，谢长武只好说谢长朝和朋友出城打猎去了。明安公主派人来问话，要是谢家兄弟再不动作，就将沈妙交给她亲自处置。

谢长武心里有苦说不出，他自然不知道，他正苦苦寻找的兄弟，如今正在谢景行手中。

铁衣跟在紫袍青年身后，道："谢长朝的尸体存在塔牢里，有冰棺镇着，主子什么时候用？"

"先放着，不急。"谢景行道，"这么好的东西，总不能浪费了。"

他缓步走回府邸中，刚进院子，见季羽书穿着一件紫袍，脸上戴着个银色面具，正满屋子追那只叫娇娇的白虎，一边追一边道："小兔崽子，不认识本王了吗？睁大你的狗眼看清楚，乖乖到本王这里来！"

铁衣的面皮颤抖个不停，白虎瞧见谢景行和铁衣来了，便半路折转身子，朝谢景行蹿去。

谢景行弯腰将白虎抱起来，看向院子里剩下的那个"谢景行"，似笑非笑道："我不在，你玩得很高兴？"

"三哥！"赝品谢景行摘下面具，露出季羽书那张大汗淋漓的脸。

季羽书一边喘气一边摆手道："三哥，可不是我故意要扮你的。今日有位姑娘来找你帮忙，高阳非要我扮成你的模样。不过我保证，我扮得还挺像，那姑娘见了我，二话不说就跪了下去，还给我磕了好些头。"

"姑娘？"谢景行看向铁衣。

铁衣忙道："下午的时候，罗家小姐和高公子来过，季少爷装作您的样子答应了罗小姐的请求……后来他二人就离开了。"

季羽书强调："是高阳非要我这么干的！"

正说着，便听到铁衣道："高公子来了。"

季羽书惊道："高阳，你怎么看起来像老了十岁？"

"别提了。"高阳道，"这几日都在沈宅里帮那位罗家小姐诊治。"

季羽书又问谢景行："找到沈五小姐了？"

谢景行点头。

季羽书长舒了口气，道："吓死我了。若是沈五小姐真的着了别人的道，只怕我也睡不好。"

谢景行冷眼看他："哦？你和沈妙很熟？"

季羽书下意识摇摇头，觉得谢景行的目光颇有深意，忙道："三哥你与她不是有交情嘛，我不是担心她，我是担心你。"

"狗腿！"高阳不屑。

"关你屁事。"季羽书反唇相讥。

高阳深深吸了口气，问谢景行："可是明安公主下的手？"

"不止。"谢景行淡声道，"谢长武和谢长朝也参与了。"

"他们疯了不成？"高阳难掩诧异，"就算明安公主许了好处，谢长武和谢长朝怎么舍得拿命冒险？"

"大概安逸日子过久了，不知天高地厚。"谢景行笑得令人发冷，"十年如一日的蠢货。"

高阳和季羽书默了默，片刻后，高阳开口道："其实这次明安公主出手，不只动了沈妙。"

谢景行转头，皱眉道："什么意思？"

"他们还意图算计沈丘。今日我在沈宅里，听闻有人拿沈妙的下落给沈丘设陷阱，待沈丘落单后，再伺机对沈丘下手。那些人武功高强，应当是宫廷出来的高手，我思来想去，大约出自明安公主的手笔。"

沈妙和沈丘是沈家的两个小辈，只要毁了这二人，沈家想要再立起来就难了。

谢景行微微动容，问："结果如何？"

"沈丘并未上当。"高阳道。

谢景行的目光这才缓和下来。

"不过……沈丘虽未上当，罗家那位少爷却不太好。那些人以为叫出了沈丘，其实是罗凌，罗凌武功不及沈丘，在那些人手上未曾落得好。"

谢景行挑眉："他现在如何？"

"不太好。"高阳道，"以我的医术也束手无策，这辈子，大约是不能用右手提剑了。”

这一日，天气和煦，沈万在沈府西院里同常在青下棋。

常在青一身葱青琵琶襟上衣，鹅黄色宫缎素雪绢裙，清清爽爽的垂髻髻，显得格外文秀温柔。

常在青笑问：“前几日听闻沈五小姐被人掳走，眼下也不知道找着了没有。”

“现在还没有下落。”沈万摇头。

常在青便叹息一声：“好端端的姑娘家，却生了如此变故……依三老爷看，沈五小姐是被沈将军的仇家所害的？”

沈万道：“这也不好说，毕竟独独掳走的是五姐儿一人，不过时日隔了这么久，怕是就算救出了人，也是……”

常在青面露哀戚之色，心中却暗自窃喜。她也不知道为什么，面对沈妙时会有一种本能的忌惮。也许是沈妙将她的心思看得太透，有这么一个人在，常在青的心中总不安稳。

关于沈妙一事，沈府里，彩云苑里亦有人谈论。

万姨娘道：“我原先觉得你整日不出府实在不好，眼下看来，倒放心了。街上拐子那么多，你若是被拐跑，姨娘下半辈子便只能哭着过了。”她说着说着，停下手中的针线，“也不知五小姐眼下是死是活。”

沈冬菱闻言笑了：“姨娘，那可不是拐子能做到的事。”

万姨娘问：“为什么？”

“哪有拐子在街上明目张胆地拐人的。就算有，也不会拐官家小姐。我想大约是大房的仇家吧，只是不巧被五妹妹遇上罢了。”

万姨娘叹了口气：“五小姐这辈子算是完了。”

“那可不一定。”沈冬菱嫣然一笑，“五妹妹自来就有贵人相助，总能逢凶化吉，谁知道这回有没有贵人呢？”

“再有贵人相助，已经闹成这样，还能如何？”万姨娘不赞同。

正说着，沈冬菱的贴身丫鬟杏花自外头急急忙忙走了进来，似乎有什么事要说。

“姨娘，三小姐，奴婢刚才在外头听说，五小姐被荣信公主的马车送回了沈宅，平安无事，好得很呢！”

“姨娘看，”沈冬菱一笑，“我就说，五妹妹本事大得很，自有贵人相助。”

被歹人掳走的沈妙在几日后终于有了消息，还是被荣信公主的贴身女官亲自送回来的，定京城又起了一层轩然大波。

原是沈妙被贼人掳走后，在运送途中，误打误撞遇着了公主府的护卫。护卫们救了沈妙，沈妙醒来后才见了荣信公主。这几日没消息，不过是因为沈妙受了点惊吓，在公主府休养。

大部分人对此并未表示怀疑，因为说话的是明齐最不近人情的荣信公主。

不过让人奇怪的是，虽然荣信公主已经发了话，但沈妙并未出现在众人面前。有人说，是因为沈妙其实伤得很重，根本无法露面；也有人说，是因为沈家眼下要将沈妙保护好，不敢轻易让她出府，省得再遇到歹人。

无论如何，沈妙都是回了沈宅的，只是没有人亲眼见到罢了。

此刻的沈妙，正站在罗凌的屋前，犹豫了一下，终于叩响了屋门。

“谁？”里头有人问。

“是我，凌表哥。”

默了一会儿，有人道：“进来吧。”

沈妙走了进去，手里提着竹篮，进屋便将竹篮放在书桌上。书桌角有个青瓷碗，碗底有褐色的痕迹，当是方才罗凌喝过药的。

罗凌坐在桌前，正在看书。他面色有些苍白，手上缠着绷带，微笑地看着她，道：“表妹来了。”

罗凌得知沈妙安全回来后，也为沈妙高兴，对自己右手受伤一事却只字不提。吃饭说话的时候，亦宽厚温和，仿佛根本不曾经历此事。他不说，众人也不敢主动提起。可罗凌表现得越平静，就越让人不安。

“我给你带了些糕点。”沈妙笑道，从竹篮里将装着糕点的盘子拿了出来，“加了牛乳和蜂蜜，对你的伤有些好处。”

她是第一个直接对罗凌说“伤”的人。

罗凌一顿，笑道：“我刚刚喝过药，现在不能吃，表妹放在这里吧，等一阵子我再尝尝表妹的手艺。”

“是不能吃，”沈妙看着他，问，“还是吃不下？”

罗凌抬起头道：“什么意思？表妹不会因为我没有立刻吃糕点就生气了吧？”

沈妙在罗凌的对面坐下来，道：“承认自己心里不痛快，也没有放下，觉得委屈、愤懑，有这么难吗？”

罗凌一怔。

“凌表哥好像什么都不打算责怪。”沈妙道，“不打算责怪别人，就是打算自责了，是吗？”

罗凌盯着沈妙一会儿，苦笑一声：“表妹，你说话一定要这么直接吗？”

“是表哥你太迂回婉转了。”沈妙道，“同你的感受一样，你不去责怪别人，便自责。同样，你什么都不说什么都不提，是想我自责内疚一辈子，还是终生为此事不得安稳？”

罗凌一怔：“表妹……”

“凌表哥，你以为自己装作若无其事的模样，大家就会觉得轻松，就会皆大欢喜？不是的，你藏在心里，自己不痛快，大家也不会痛快。”沈妙道，“人生不过短短几十载，有时候放肆一点未必不好。何必要为了别人而委屈自己？若是不痛快，大可以说出来。你可以生气，可以恨，可以埋怨，这都没什么大不了。”

“我应该恨谁？埋怨谁？气谁？”罗凌问。

“你可以埋怨我，因为我，你才着了别人的道；你可以恨幕后主使，是那些人让你受的伤；你甚至可以气这满定城京大夫，竟无一人可以治好你的伤，都是些欺世盗名的庸医。你唯一不该责怪的，是你自己。”沈妙道，“好人都在责怪自己，坏人都在责怪他人，可坏人活得比好人轻松得多。如果可以让自己高兴一点，埋怨别人也没什么。”

罗凌笑了起来，道：“小表妹，你是在安慰我吗？”

“是啊。”沈妙道，“我说了这么多，就是让你不要将所有的事情都埋在心里。”

罗凌叹息一声：“姑姑姑父本来就已经很自责，我不能雪上加霜。我只埋怨自己，平日练武不够刻苦，才会被人伤到；责怪自己不够聪明，才会被人钻了空子。”

“那你现在呢？”沈妙问。

罗凌道：“或许你说得没错，我该记恨恼怒的人不是自己。”

“记恨恼怒也不是你最终应该做的事情。”沈妙道，“既然右手不能用，为何不试试左手？”

罗凌一愣。

“我听闻前朝有位将军骁勇善战，后来在战场上被敌方将领斩下右手。世人以为他会就此消沉，不想他却开始练起左手，创制了独一无二的‘左手剑法'。”

罗凌听着沈妙的话，眼中渐渐升腾起一抹奇异的光彩。他看向沈妙，道："表妹这个故事讲得真好。"

"表哥会做得更好。"

罗凌哈哈大笑："表妹就是凭着这样的功夫，才一步步走到如今的不败之地？"

沈妙笑了："说不败之地还太早了吧。"

"看来是了。"

她看向罗凌，笑道："从今日起，凌表哥便不会整日在书房里看书了吧？"

"小表妹都亲自说情了，我哪里还敢看书。"罗凌微微一笑。

沈妙颔首："那我便放心了。"

"单单放心还是不够的。"罗凌瞧着她，"既然此事也是因为表妹而起，这糕点还是要继续做的。"

"那是自然。"沈妙回道，"表哥若是想吃了，随时与丫头说一声，我便做了送来。"

罗凌盯着沈妙，目光逐渐柔和下来，打趣道："若是日后左手剑法也练不成，表妹可不要嫌弃我。"话一出口，罗凌便觉得自己有些唐突，可不知道为何，他又有些希冀地看着沈妙，仿佛想从沈妙嘴里听到什么企盼的答案来。

沈妙微微一怔，随即笑道："表哥说笑，这家里谁敢嫌弃你？"

却是没回答罗凌的问题。

罗凌默了一会儿，又道："不论如何，多谢表妹宽慰了。"

"不客气，"沈妙道，"都是一家人。"

沈妙又坐了一会儿，才起身离开。待沈妙离开后，罗凌坐在桌前，目光怔怔的，不知在想些什么。好半天后，他才舒了口气，嘴角扯出一抹苦笑，目光落在桌角装着糕点的盘子上，想了想，就要伸手去拿。

却不知怎么回事，外头突然起了一阵风，恰好吹到盘子上，沉重的瓷盘咣当一声掉在地上，碎片崩得到处都是，一同打翻的还有桌上的墨盒，墨汁溅了不少在糕点上，显然不能吃了。

罗凌一愣，起身去看，见窗户紧闭，不禁喃喃道："关得这样好，怎么会起风？"随即目光又落在那已经被墨汁污染得看不出形状的糕点上，心疼道，"可惜了。"

另一头，沈妙回到屋里，将油灯点上，才按了按额心。

没想到明安公主竟如此狠辣，不仅要对付自己，还要对付沈丘，这一次若非罗凌替沈丘挡了一劫，不知沈丘又是怎样的遭遇了。正想着，却见烛火微微晃动，屏风上蓦地出现人的剪影。到了现在，沈妙连惊讶都不会了，习以为常地转过头，果然见谢景行自外头走了进来。

他今日没穿往日惯穿的紫金袍，着了黑色锦衣，若非绲边银丝的衣领，几乎要与夜色融为一体了。

“没茶也没点心，”谢景行挑眉，“你就是这般招待客人？”

沈妙道：“我似乎并未请你。”

“不是客人，总算是盟友；不是盟友，”谢景行侧头看她，慢慢扬起唇，“那也是救命恩人。”

沈妙语塞，瞧着谢景行自顾倒茶一饮而尽，不知为何，像是心情不佳，也不知是谁惹了他。

沈妙道：“你打算如何处置明安公主和谢长武？”当时谢景行带走了谢长朝的尸体，让她觉得十分疑惑，“你打算杀了谢长武吗？”

“不然等着他在背后算计我？”谢景行反问。

“其实你可以不杀他的，谢长朝你也可以不杀。”沈妙道，“你父……临安侯接连丧子，定会彻查此事，到底会多些不必要的麻烦。”

谢景行眸色微冷：“杀不杀他们，我说了算。”忽而瞥了沈妙一眼，又勾唇道，“你现在似乎很有盟友的自觉，怎么，担心我？”

沈妙移开目光，道：“我担心你连累我。”

谢景行嗤笑一声，笑容带了几分玩味：“不必担心，我有法子保下你，就有办法自保，不会给人添麻烦。”

沈妙有些奇怪，总觉得谢景行这话是在影射什么似的，干脆顺着他的话说：“睿王殿下自然神通广大。”

“也有比不上人的地方。”谢景行懒洋洋道，“苦肉计不会。”

沈妙奇怪：“你说什么？”

“罢了。”谢景行站起身，走到沈妙面前，“你想我怎么处置明安？”他凑近沈妙，在沈妙耳边低声问。

沈妙下意识后退一步，肩膀却被按住了，他神情奇怪，仿佛在忍耐着什么，蓦地又松开手，转身冷道：“你如何想的？”

“为何问我？”沈妙道，“你不是已经有了主意？”

“这取决于你。”谢景行没有回头。

“如果睿王出手，能做到几成？”沈妙心里飞快盘算着，“我是说，如果你杀了明安公主，能不能保证不被人抓到把柄？”

谢景行顿了顿，转过身来盯着沈妙好一会儿，忽然笑了，道：“沈家丫头，你未免太会做生意了。”

沈妙微微一愣，谢景行很久未曾叫她沈家丫头，眼下叫出口，却让沈妙恍惚回到两年前与谢景行初遇不久时。那时候，他二人彼此忌惮，棋逢对手，互相提防，还以为会老死不相往来，没想到不过两年，也能坐在一起心平气和地讨论杀人灭口的勾当。人生果然曲折离奇。

见沈妙发愣，谢景行又道：“你要杀了她？”

沈妙回过神，道：“她与谢家兄弟二人合谋掳我，还暗中害我大哥，我不是圣人，更不会以德报怨，只要她一条命，比起她对我做的那些，已经很仁慈了。”

“心狠手辣的丫头。”谢景行不甚在意地一笑，“不过，我为何要这么做？”

沈妙：“……”

一直听说女子来癸水时，性格喜怒无常，如今沈妙不禁要怀疑，莫非男子也会来癸水？她道：“你不是都将我归于你的盟友了？替盟友出头，不是一件理所应当的事？”

谢景行噎了一下，瞧着沈妙，目光微动，低声道：“话虽如此，不过我不仅救了你，还替你惹了人命官司，如今还要帮你去行刺一国公主。盟友都是互利的，你什么都不做。让人无条件帮忙的是夫妻，我看你不是将我当盟友，是当夫君吧。”

沈妙气极，冷笑道：“睿王殿下金尊玉贵，不愿意便罢了，我也不会强求。明安公主之事，我自己想办法就好。”

“想什么办法？”谢景行淡淡道，“向你的表哥求救？”

沈妙道：“这和凌表哥有什么关系?”

谢景行道：“你着急干什么，我没说不答应。既是盟友，又不是什么难事，本王顺手一帮就行了。不过你也得替本王做点什么。”沈妙怒视着他。

“啧，一时想不起来。”谢景行挑眉，叹息道，“就替本王先做两篮糕点，本王行刺途中，怕会饿。”

定京在连续出了几日日头后，又开始下雪。万礼湖中湖水都结了冰，仿佛一夜之间，树上便挂满了亮晶晶的冰条。

季羽书一大早起来，在门口摔了个大马趴，嚷嚷着院子里的冰除得不干净。远远地见谢景行从屋里走过来，季羽书道："三哥！"

谢景行懒得理他，高阳自另一头出来，他昨日没有回宫，就宿在睿王府里了。

"你又要去沈宅给罗家小姐看病？"季羽书问。

高阳道："你当我愿意吗？"

一边的谢景行突然开口："罗凌怎么样？"

高阳一愣，疑惑谢景行怎么问起罗凌来了，就道："他本就没受什么重伤，还不就一样。"

"手如何？"

"手？"高阳道，"右手不能用了。"

谢景行转过身，不悦地看向高阳："你就不能治好他的手？"

高阳无奈："他的手都已经伤到筋骨深处，原先就有旧伤，我也无能为力。好端端的，你与他又有什么交情了？便是要对沈家人好，可罗凌是表亲，连表亲都要一起照顾？"高阳难以置信道，"你干脆兼济天下算了。"

谢景行挑眉："谁要照顾他了？"

"那你干吗关心他的伤势？"高阳莫名其妙。

"这个我知道！"季羽书插嘴道，"我知道我知道！罗少爷为了沈五小姐才受伤，若是罗少爷不好，沈五小姐心中难免自责。三哥不愿意瞧着沈五小姐伤心。三哥，我说得对不对？"

谢景行冷眼看他，季羽书摸了摸鼻子，小声道："我觉得挺有道理的。"

高阳细细思忖了一番，似乎明白了什么，再看向谢景行时，目光中带了几分不解："如果真是这样，其实罗凌手受伤也是好事。这样一来，在你面前，他就更相形见绌了。"

"笑话。"谢景行不怒反笑，"就算他多长一只手，在本王面前还是相形见绌！"

季羽书、高阳："……"

他们说错了什么吗？怎么感觉谢景行好似更生气了？

继续下去太难了，高阳岔开了话头，问："塔牢的人之前问过谢长朝的尸体怎么处置，沈妙已经回了沈宅，下一步你打算如何？"

闻言，谢景行道："下一步，自然是算账了。"

高阳试探地问："你……打算连明安公主一块儿对付吗？"

"不然呢？"谢景行漫不经心道，"秦国养的狗不好好拴起来，到处发疯咬人，被人捉了杀了，也怨不得别人家。"

"可是，"高阳有些不赞同，"虽然如此，陛下之前便叮嘱过，此来明齐，切勿轻举妄动，动了秦国的人，皇甫灏势必追查，查到了我们的人，也会添上不少麻烦。"

"谁说要用大凉的人了？"谢景行轻笑，"我自己的人不可以？"

高阳一愣，片刻后道："给她苦头吃也可以，何必非要取了她的性命？"

"这条疯狗给我添了不少麻烦。"谢景行目光微沉，"本王想取谁的性命就取谁的性命，不用跟你打招呼吧。"说罢便弯腰抱起白虎，不理二人，径自往外走，也不知是要做什么去。

季羽书皱着眉头："三哥是来癸水了？怎的最近如此喜怒无常？你惹他了？"

"谁有那闲工夫。"高阳道，"我还想活得久一点。"

"看来这次谢长武和明安公主有麻烦了。"季羽书同情道，"如此说来，谢长朝死得还真是轻松啊，真是走运。"

"不错。"高阳认同。

定京城中的临安侯府，方氏正将新做好的衣裳交给谢长武。方氏年近四十，却并未显出太多苍老之态。同玉清公主出身皇家的典雅大方不同，她轻声慢语，柔和有加。这样的娇柔风情，也难怪当初临安侯谢鼎在有了玉清公主这样的娇妻时，终究还是上了方氏的床榻。

方氏道："这是今年新出的料子，让裁缝给你兄弟二人做了些冬衣，天冷了，你们整日在外走动，不要着了风寒。"

谢长武伸手接过，道："谢谢娘。"

"你弟弟的衣裳也在这里。听说长朝与人出去打猎了，怎的这么久都还未回来？"方氏埋怨道，"侯爷昨日还在与我说，长朝之前心心念念要去吏部，本想带长朝去见见吏部侍郎，结果长朝不在，只得辜负了这个机会。"方氏叹了口气，"长朝之前都想着上进，怎的如今又想起玩乐了？"

谢长武勉强笑了笑，道："三弟……也不尽然是玩乐，只是最近风雪大，大概是打猎一时不好出山，所以才耽误了。"

闻言，方氏有些紧张："风雪大，会不会封山，长朝不会有危险吧？"

“怎么会呢？”谢长武笑道，“许多人一同跟随，都是经验丰富之人，娘放心吧。”

方氏这才放下心来，拉着谢长武的手道：“娘如今就只有你们两个倚仗了，老爷对我不冷不热，当初又有谢景行压着你兄弟二人。熬了这么多年，好容易将他熬死了，如今临安侯府里再无挡你们前路之人。你们唯有不停地向前，等日后得了功勋，为娘挣个诰命。这样一来，整个临安侯府就都是你们的了。”

谢长武道：“放心吧娘，终有一日，临安侯府里是我们母子说了算！”

方氏点了点头。

送走方氏后，谢长武回到屋中，有些烦躁地在屋里来回踱着步。

与方氏说的那些话是应付，应付方氏容易，毕竟只是后宅妇人，可如今连谢鼎都隔三岔五问起谢长朝，就有些大事不妙了。

起初谢长武以为是谢长朝带沈妙出去了，也许是找到了将沈妙运往“窑子”的方法，也许是谢长朝有其他的打算，可等来等去，等到的却是沈妙被荣信公主送回沈宅的消息，谢长武当即感觉到了不好。

沈妙得救了，那消失的谢长朝去了哪里？

不仅如此，明安公主得知沈妙被救回去的消息后大发雷霆，让谢长武赶紧去府上。谢长武只得暂时编些理由安抚住明安公主，可纸包不住火，明安公主终究会爆发的。

谢长武急得嘴角都起了燎泡，他披上外袍，打算再让人在定京的各个角落里搜一搜，忽然扫到桌上有封信。

这信不知道是什么人放在他书桌上的，谢长武的书房从来就不让下人小厮进去。他先是警惕地看了看四周，并未瞧见有人，拿起信来拆开看，入眼的是一行熟悉的字体。

竟是谢长朝的字迹。谢长朝在信里说，他那一日本想带着沈妙出去寻窑子，谁知半路上遇着了官兵，不得已只得藏身在万礼湖畔的一处民户中。这些日子，沈妙回沈宅的消息其实是沈信和荣信公主合谋的骗局，目的就是为了让掳走沈妙之人放松警惕，表面上瞧着沈家军和官兵已经停止搜捕，其实私下里全然没有放松查找，所以他不敢带着沈妙轻易露面。

眼下明安公主逼得急，倒不如在今夜子时，将沈妙卖到万礼湖的坊间，不论如何，先折辱了沈妙。这样一来，明安公主也会高兴。最好是让明安公主也一同前往观看，来弥补他兄弟二人中途的失手。

看完信后，谢长武信了七八成。

一来，如信上所说，沈妙虽说是被荣信公主送了回去，外头也传得沸沸扬扬，可无论是当日送沈妙回沈宅，还是沈妙回去以后，都未曾在外头露过面。也就是说，众人并没有亲眼瞧着沈妙回去，既然如此，沈信为什么不让沈妙在外露面以澄清得更加真实，会不会是沈妙根本就未被找到？

二来，信上的字迹就是谢长朝的无疑。谢长朝在外头亲自写的文书寥寥无几，仅凭着那点东西，想模仿谢长朝的字迹是不可能的。若说有，便是小时候谢长朝在家里练字时府中废弃的书稿。那些书稿堆积了许多，若是谢景行在世，也许能临摹出谢长朝的字迹吧。

且不论谢景行有没有那个心思去临摹谢长朝的字迹，便是有也不可能了，谢景行已经死了。

谢长武想了想，走到桌前，铺开纸，提笔开始写信。

衍庆巷中，秦国皇室的府邸里。

“谢长武那头还没消息？”明安公主问手下人。那人摇了摇头。

砰的一声，明安公主猛地将面前的杯盏摔在地上，怒道：“废物！”

周围的人已经习惯了明安公主骄狂的性子，大气也不敢出一下，明安公主干脆起身走出屋，往院子里走去。

得知沈妙回到沈宅的时候，明安公主整个人都气炸了，立刻让人传话给谢家兄弟，欲迁怒谢家兄弟办事不力的罪名，谢长武却写信告诉她日后自有安排。

结果一等就是这么多日，到了眼下，她终于按捺不住，动了肝火，打算让谢家兄弟吃不了兜着走，这世上还没有办砸了她交代的事还能好好活着的人。

正想唤人，却见另一头有下人小跑着过来，递给明安公主一封信，道：“殿下，这是谢家二少爷送来的。”

明安公主一怔，不明白谢长武为何竟还敢主动送信来，飞快拆开来看，待一目十行看完，面上的郁躁之色一扫而光。她三两下将信撕得粉碎，忽而心情很好地对身边的宫女道：“走，陪本宫挑件光鲜靓丽的衣裳，再将匣子里的首饰全部拿出来，本宫要好好挑选一番。”

婢子们皆有些疑惑，如今明安公主被皇甫灏禁足，打扮成天仙又给谁看？

虽然心中疑惑，众人也只得依言，好好地为明安公主梳妆打扮起来。

这一日过得分外快，到了夜里，天上下起鹅毛大雪。

子时，万礼湖万籁俱寂。

酒肆乐坊里还是彻夜通明，饮酒作乐，可街道上酒楼外空无一人，便是花楼里的窗户也都是紧闭的。这样的深夜，风都像带着刀子，姑娘们也怕外头的风吹来，将温好的美酒冻结成冰，辜负千金佳酿。

万礼湖中，往日的船舫都已经停了，到了冬日，湖面结冰，压根儿动不了。船舫被结了冰的湖水冻在水中央，看起来分外萧条。

可今日，被冻在水中央的船舫中有一人。谢长武坐在船舫中，有些不安地搓了搓手，看了看船舫外，还未看到人的影子，心中有些焦急。

谢长朝在信里说，深夜之时万礼湖船舫中见面，说定京城处处都是沈信的人马，外面不安全，万礼湖到了冬日却无人前来，不会有别的人看到，方是安全。届时再带几人，让明安公主亲眼见着沈妙被人侮辱，自然会心中畅快。而湖面上风大，离湖面最近的酒楼也是窗门紧闭，根本不会有人注意到这头的动静，天时地利人和，万无一失。

谢长武心中不愿意，可谢长朝都已经将所有的事情安排好了，谢长武便也只能接受。只是眼见着临近子时，却还未有人前来，不免焦急。

正想着，突然听到外头有轻微的动静，谢长武心中一动，欣喜地撩开船上的窗户，果然见远处隐隐约约有个身影前来，背上还背着什么人。谢长武想着，定是谢长朝背着沈妙来了，便松了口气，走到船头去接。

那人越走越近，待走近了，谢长武觉出些不对劲，谢长朝的个子没有此人高大，身形也不像。他心中不安，正想往后退去，却见对方点燃火折子，一个熟悉的声音响起：“谢长武，你在搞什么！”

谢长武愕然看去，却见来人是个侍卫模样的人，背上趴着的是明安公主。

明安公主十分不悦。

谢长武给她的信里约在万礼湖，还是深夜子时，秦国四季如春，她本就不习惯明齐冬日的严寒，眼下更是冻得全身都在哆嗦。怕被皇甫灏发现，明安公主只能带着几个贴身暗卫悄然出门。偏谢长武选的地方还是画舫内，她只得让一个侍卫背着她过来，别的人留在外头。

谢长武道：“公主殿下怎么来了？”

“谢长武，你是疯了不成？”明安公主怒道，“不是你叫本宫过来，要让本宫欣赏沈妙的丑态？现在说什么胡话？”

谢长武有些发蒙。谢长朝的信上虽然提及要谢长武将明安公主一块儿带来欣赏，好让明安公主消气，可谢长武多留了一个心眼，怕中途出现什么意外将明安公主也扯了进来，因此并没有任何邀请明安公主的做法。

可明安公主出现在这里，说是谢长武让她来的。

谢长武的心中生出了不安。

明安公主见谢长武满脸疑惑，更加不悦，道："谢长武，你在戏耍本宫不成？"

"臣不敢。"谢长武满头大汗，道，"只是臣真的没有给公主殿下写过信。"

明安公主闻言，怒道："你既然没有给本宫写过信，那你就给本宫解释，眼下你为何在这里？正如信上所说，今夜你要给沈妙永生难忘的痛苦经历，那为何不告诉本宫？"

谢长武语塞，心中却暗暗惊诧，只得道："臣的确是这样想的，只是现在沈妙在舍弟手中，臣还在等舍弟前来。"

"谢长朝？"明安公主皱眉，"你们兄弟不在一处？"

谢长武不敢说出谢长朝已经失踪多日的事实，含糊应付道："怕引人怀疑，三弟和臣是分开行动的。"

明安公主想了想，又问："你们所说的，沈妙回了沈宅只是沈信和荣信公主做的骗局，这可是真的？"

谢长武心中一跳，道："正是。"

明安公主搓了搓手，对谢长武喝道："谢长朝到底何时过来？"

谢长武心中有苦说不出，道："三弟说子时前来。"

"现在是什么时辰了？"明安公主问自己的随身侍从，侍从答道："快到子时了。"

外头的风雪呼呼吹着，似乎可以一直冷到心里去。不知道为何，谢长武心里越发不安起来。他试探地看向明安公主，问："不如公主殿下先回去，若是有了消息，臣明日再告诉公主殿下。"

"你当本宫耍着好玩吗？"明安公主勃然大怒，"本宫都已经亲自来了，你现在叫本宫回去，谢长武，本宫随时可以让你掉脑袋！"

明安公主如此跋扈凶悍，谢长武也只得苦笑一声，不再说话，却听得外头似乎有人的脚步声。明安公主面上一喜，道："来了！"

二人走到船头去看，便见已经结了冰的湖面上，蓦地出现了一行黑衣人，这些黑衣人皆从头裹到脚，只露出一双眼睛，看不清楚样貌。明安公主面色稍缓，道：

“倒是做得挺隐蔽。”随即目光又从这数十人中间一扫，眉头一皱，“沈妙呢？”

这些黑衣人皆是男子身材，并没有沈妙的踪影。明安公主不悦地回头看谢长武：“谢长朝是怎么回事？”

谢长武在看见这十来个黑衣人的时候便本能地脊背发凉，这十来个人看起来都绝非善类，更何况谢长武压根儿就没在这群人中见到谢长朝。

谢长武想要逃，可冰天雪地里，万礼湖的湖面也结冰了，冰面上一走便打滑，何况湖面颇大，连个遮挡的东西都没有，逃生谈何容易？见明安公主不悦，谢长武大着胆子喝道：“你们是什么人？”

十来个黑衣人没有说话，只是朝他们越走越近。明安公主终于意识到了不对劲，问谢长武：“他们不是谢长朝的人？”

谢长武心里着慌，只道：“不曾见到三弟！”

明安公主道：“大胆，见了本宫还不跪下！”

那些人都像是聋了，还在靠近，明安公主身边的侍从拔刀而起，冲进黑衣人中。明安公主总算是看明白了，黑衣人来者不善，她突然想到了什么，看向湖面，道：“暗卫呢？暗卫去哪里了？”

明安公主被人背进来时，只带了一人，可其他人并未离开，只是离画舫还有一段距离，眼下这么大的动静，早就应该听到赶来救援了，为何一点人声都没有？

同明安公主一样慌乱的还有谢长武，他今日亦不是一人前来的，安插了一些手下在其余两艘船舫之中，为的就是防止中途出什么变故。为何到了现在，却什么动静都没有，人呢？

明安公主唯一的侍卫很快就被黑衣人随手抛在了一边，在微弱的火折子光芒下，喉间鲜血喷涌，竟被一刀毙命。

万礼湖面上的湖风席卷着风雪扑面而来，明安公主和谢长武的额头上却渗出了大滴大滴的冷汗。

“你们是谁？”明安公主强自压抑着心中的恐惧，“本宫是大秦的公主，现在离开，本宫既往不咎，饶你们狗命；若是不走，日后别怪太子哥哥怪罪下来！”

谢长武一时不知道该害怕，还是该大骂明安公主蠢货，她竟然将自己的名讳就这么说了出来。

可此时他们又能如何？谢长武心道，总不能在这里大声呼救，眼下能不能被人听到且不说，便是真的被发现，他一个明齐臣子，和秦国公主半夜三更来万礼湖，浑身上下都是嘴也说不清了。

进退维谷，谢长武反倒冷静下来。他看着对方，冷笑道：“谋害一国公主，这个罪名可不轻。阁下若是不怕死的话，大可以一试，尝尝被人追杀到天涯海角，如丧家之犬般惶惶不可终日是什么感觉。”

有谢长武说话，明安公主心中稍稍安稳，道：“不错，今日你们要是敢动本宫，来日秦国皇室定会将你们挫骨扬灰！”

“是吗？”黑衣人群中，忽然响起了一个男声。

声音低沉带着几分沙哑，仿佛温好的美酒般甘醇，极为动听悦耳。明安公主和谢长武看去，见黑衣人中，有一人往前走了出来。

“你是谁？”明安公主怒道，“你难道不知道本宫是谁吗？本宫乃大秦公主，本宫一声令下，就能让你们这群人全都掉了脑袋！”

闻言，那黑衣人顿了顿，轻轻笑起来。

明安公主面色涨得通红，她还从未被人这般不放在眼里过。她心底又有一些疑惑，总觉得这人的声音似曾相识。她问：“你笑什么？”

“笑你不自量力。”

“你！”明安公主大怒。

“区区秦国公主，算得了什么？”那人声音好听，话说得却恶劣，“死了，照样白骨一堆。”

“大胆！”明安公主喝道。

“本王就是大胆，你又如何？”那人不紧不慢道。

本王？明安公主一愣，电光石火间突然想到了另一人，那人亦有如此让人着迷的声音，她抬眼看去，蒙着面巾看不到人脸，露在外头的一双眼睛却如桃花酿般醉人，仿佛眼中都是含情笑意，可认真去看，又尽是冷漠。

“你是……睿王殿下！”明安公主失声叫道。

睿王殿下？谢长武猛地朝黑衣人看去。黑衣人没有承认也没有否认，看在二人眼中便是默认的意思。

谢长武犹豫了一下，问：“睿王殿下来这里，所为何事？”

谢长武便是想破脑袋也想不出为什么睿王会出现在这里，睿王和他可是八竿子也打不着的关系。

明安公主自从认出了面前的人是睿王后，方才的恐惧倒尽数消散，转眼尽是柔情，轻声道：“睿王殿下深夜来此，所为何事呢？”

谢长武觉得明安公主是真的蠢，对方既然杀了他们带来的护卫，显然不是过来叙旧的。

睿王没有理会明安公主，反倒看向谢长武，道：“你似乎有话要问本王？”

谢长武勉强笑道：“敢问殿下，可曾见过我三弟？”

那封信是谢长朝的字迹，来人却是睿王，莫非谢长朝落入了睿王手中？谢长朝和睿王又有什么过节？

睿王一笑：“见过。”

谢长武瞪大眼睛：“他……”

“被我杀了。”

此话一出，明安公主和谢长武齐齐一愣，不由自主地打了个寒战。

顿了许久，谢长武才问：“睿王殿下为何要杀我三弟？”

“他惹了不该惹的人。”

惹了不该惹的人？谢长武心中狐疑，谁？莫非是沈妙吗？谢长朝如今得罪的人便只有沈妙了，可睿王又为何要替沈妙出头，睿王和沈家私下里有什么交情？谢长武只觉得脑子里乱成一团。

“睿王殿下前来，不知所为何事？”明安公主被对方杀了谢长朝一事激得清醒过来，似乎终于觉察到夜色笼罩下的危险。

那人声音柔和如风，像是万礼湖上自长空落下的冰雪，看着美丽，却令人发寒。他道：“这样好的美景，做埋骨之地不是很好？”

“你为何要这么做？我与你无冤无仇，你就不能放过我们？”谢长武终于按捺不住心中的恐惧，大呼出声。

“无冤无仇？”对方好似听到了什么笑话，“你未免太过健忘。”

“谢长武，这么多年，你和你愚蠢的弟弟一样不知长进。”他道。

谢长武觉得这话有些熟悉，紧接着就看到睿王慢慢扯下脸上蒙着的面巾。

即使是极其微弱的火折子光芒，都不能将这人的光彩掩盖。长眉入鬓，鼻若悬胆，薄唇如往常般带着嘲讽笑意，一双桃花眼好似隔了漫长的时光看过来。

那是谢长武终其一生的噩梦。

“谢景行！”

明安公主正沉迷于这男子勾魂夺魄的容色之时，却被谢长武这一声打断了思绪。

谢景行？那不是临安侯府两年前战死沙场令人扼腕叹息的谢家嫡子吗？

“难为你还记得我。”谢景行微微一笑，原本俊美的笑容看在谢长武眼中却分外可怕。他转身就要逃跑，就像猎物遇到危险后的下意识反应。

他的身子被人按住，嘴巴亦被人堵住，全身上下动弹不得。和他同样遭遇的还有明安公主。

画舫在万礼湖的中央，深夜子时，街道上空无一人，便是远处亮着灯火的酒楼，也被笙歌曼舞淹没了微妙的动静，就像投了一颗石子在潭水里，连水花都激不起来一朵，便慢慢沉没下去。

谢长武和明安公主被黑衣人按着，眼睁睁看着为首之人转身走出了画舫。

即便是在冰面上，他亦是走得风姿盎然，而他的声音隔着万礼湖上漫天的大雪，如冬日寒冰，叫人凉到心里。

“结束了。”

沈妙自梦中惊醒。

不知为何，今夜睡得有几分烦躁，到了此刻，干脆醒了过来。外头没有一丝一毫动静，正是深夜好眠时。

她揉了揉额心，无论如何再也睡不着了。屋中的炉火烧得很旺，她却觉得胸中有些生闷，想了想，干脆从一边拿过外裳随意披着，走到窗前将窗户打开，想要散一散心中的闷气。

窗户被打开，窗前的大树树影婆娑，外头还在下雪，大片大片的雪花落下来，有的吹到屋里来，沈妙伸出一只手，看那雪花在掌心渐渐融化。

不知为何，竟然生出了几分孤独。

一小朵花从天上坠落下来，恰好落在沈妙摊开的掌心。沈妙一愣，借着树上挂着的风灯笼看得清楚，并非什么雪花，而是一朵嫣红的海棠。

这季节，哪里会有什么海棠？这树也不是长海棠的啊？

沈妙下意识抬头看去，便见树影憧憧中，正躺着一人，双手支在脑后，少年一般惬意。见她看来，那人便微微低头，自上而下俯视她，笑得玩世不恭，挑眉道：“发什么呆？”

沈妙：“你在这里做什么？”

“睡不着。”那人叹了口气，忽而从树上掠下，落到沈妙面前，隔着窗，一人在窗外，一人在窗里，他朝沈妙掌心努了努嘴，“折了花，过来送你，又怕你睡着了，所以在树上等你醒来。”

胡言乱语，沈妙白了他一眼，却见这人虽是笑意盈盈，今日看起来却不似往日那般精神。

不知为何，沈妙便脱口而出：“进来吧，屋里有剩的点心。”

冬夜里，茶是冷的，点心也是冷的，那高傲英俊的青年却并未有半分嫌弃。

沈妙将桌上的灯芯拨了拨，注意到谢景行身上的衣裳都带着寒气，仿佛刚从外头回来，就道：“你一直在这里？”

谢景行不甚在意地一笑：“你不是让我杀了明安公主吗？”

沈妙一愣，看向谢景行，试探地问道：“你杀了她？”

“何止。”

沈妙问：“你把她怎么了？”

“就这么期待？”谢景行好笑地看着她，懒洋洋道，“明日你就知道了。”

沈妙思索着谢景行这话的意思，竟是明安公主会死得颇为热闹？她问：“那谢长武呢？”

谢景行连明安公主都下了手，更没道理放过谢长武才是。

果然，只听谢景行道：“杀了。”

“你就不怕临安侯知道此事会伤心？”沈妙看着他问。

屋里燃烧的炉火正盛，谢景行端起茶盏来抿了一口，薄唇被茶水浸润过后更显绯红，他的笑容一如既往漫不经心，道：“临安侯府的家事，和我有什么关系？”

分明是一句凉薄的话，沈妙却从这青年满不在乎的笑容里看出了几分自嘲，心里微微一动。

从对谢家兄弟下手开始，谢景行也就真正摒弃了同临安侯府的所有联系。若是有一日谢鼎追查到他的下落，因为谢家兄弟的死，只怕终生都不会释怀。

谢景行瞥见她的目光，道：“你那是什么眼神？同情我？”

沈妙笑笑：“我尚且自顾不暇，有什么资格同情别人？更何况是睿王殿下这样只手遮天的人。”

谢景行看了沈妙一眼，忽然双手支在桌子上，凑近沈妙，含笑道：“你不用妄自菲薄，跟了我的盟友，高人一等的资格还是有的。”冬夜里，他的声音似乎刻意压低，带了微微的热意，缓声道，“当然，如果是跟了我的女人，那就什么资格都有了。”

他的眉眼生得极为漂亮，仔细盯着人时，会让对方生出一种错觉，仿佛在这个世界上，只有自己是被他认真对待的。

他的目光落在沈妙的唇上，微微侧首，笑意一闪即逝，慢慢低下头。

灯下的影子几乎是以缠绵的姿态交织在一起，男子高大女子娇小，倒也是好一幅花好月圆图。

沈妙心中微微一怔，一把将谢景行推开，又掩饰地端起面前的凉茶喝了一口。

谢景行冷不防被沈妙推得差点摔倒，抬首就见沈妙手忙脚乱地端茶来喝，突然觉得有些好笑。

他懒洋洋道："喂。"

沈妙不看他，低头看着地上的影子。谢景行眼中笑意更浓，故意调侃道："你还会害羞啊？"

沈妙猛地抬起头，怒视着他。

然而即便是这怒视，大约也因着屋里微暖的光而显得软绵绵的，反而更让人心动。

谢景行勾唇笑道："沈妙。"

"什么事？"沈妙憋着一肚子气。

"你喝的是我的茶杯。"谢景行提醒。

沈妙下意识低头一看，随即尴尬地想抬脚走人。她突然觉得，今日夜里鬼使神差让谢景行进屋，实在是她做的最大的一件错事。

"天色不早了，"沈妙正色道，"你还不走？"

谢景行不说话，盯着她看了一会儿，沈妙强作镇定地与他对视。片刻后，谢景行站起身道："罢了，你既然害羞，我也就不打扰你了。"

他走到窗边，沈妙跟着站起来。谢景行打开窗户，外头的寒风便顺势掠了进来，沈妙打了个寒战。

"外面冷，不用送了。"谢景行道，"多谢收留，茶很好喝，点心不错。"他身影一闪，却是已经到了窗外的院子里。

沈妙走过去打算将窗户掩上，却见漫天风雪里，那艳骨英姿的紫袍青年忽然又想起了什么般回头，笑容温和。

"对了，其实你害羞的时候比较可爱。"

沈妙砰的一声甩上窗户。

这人忒讨厌！

昨儿个下了一夜的大雪，外头冷极了，今日一早雪停了，天大亮后，街道上的人渐渐多了起来。

万礼湖在下了整整一夜雪后，湖面全部冻结成坚硬的冰，垂钓的老翁眼下都不肯来了。

万礼湖虽然少了垂钓的老翁，却多了一群戏耍的顽童。湖面亮晶晶的，孩童们喜爱穿着硬底的靴子，或寻一些木头片，在冰面上追逐嬉闹。玩闹的孩童大半都是街上商铺小贩家的儿女，母亲责骂他们弄脏新做的夹袄，可孩童们正是贪玩的年纪，照样是三五个小伙伴偷偷拿了木头片去万礼湖玩。

今日也是一样。

几个五六岁的孩童抱着木头片往万礼湖中央走去，他们走得很慢，若是冰面将新做的衣裳打湿了弄脏了，回头必然少不了母亲一番责骂。

好容易走到靠近万礼湖中央的位置，几个孩子将手里的木头片放下，一人坐在木头片上，一人在后头推，从湖面中央往外头推，便觉得戏耍得格外欢快。一名穿花袄的垂髫小姑娘抱着木头片又往后头走了走，大约想走得更远些，却蓦地停下脚步。

“阿春，你站那儿干吗呢？”年纪稍大些的男孩见妹妹站在前面发呆，不由得上前问道。

“哥哥。”叫阿春的小姑娘指了指前面，“那个冰雕做得好奇怪啊。”

城南有精致的酒楼，也有一些普通的商铺。平日里商铺的掌柜们各忙各的，不忙的时候，总是喜欢坐在一处闲谈喝茶。

今日正谈论着天气一日日越发冷了，却见几个孩童不约而同往这头跑来，个个气喘吁吁。卖胭脂的女掌柜定睛一看，柳眉倒竖，怒道：“东子，你又带阿春去万礼湖了是不？我昨儿个给阿春做的新棉袄，现在全都湿了，你皮痒了是不是？”

还想说几句话时，叫东子的男孩却哇的一声哭了，只道：“万礼湖……万礼湖有人……”

众人一听，有个中年布衣男子道：“坏了，该不会是哪家娃娃掉水里了吧？”

万礼湖常年都有戏水孩童溺亡的事情，冬日里要少些，可也并非没有。就曾有孩子在冰面上玩耍的时候遇上冰面崩裂，掉进水里身亡的事。此话一出，众人都变了脸色，女掌柜急得跺了跺脚：“那还等什么，去看看！”

众人一听，皆跟着那女掌柜往万礼湖跑去。

待到了万礼湖时，众人却惊呆了，只见冬日冷冷清清的万礼湖边已经围了不少人，更多的人竟是往湖中心走去。

“这……不是落水了吧。”女掌柜喃喃道。

蔡霖随着身边人往万礼湖中央走去，浑身上下都冷得打哆嗦，脚下的寒气隔着靴子直往脚底下钻。

“这湖面上到底有什么？”蔡霖问与他臭味相投的狐朋狗友，“怎么大清早的就都让人往这头看。”

一大早，蔡霖找到平日里与自己玩在一处的公子哥儿，本来打算今日去赌坊里玩玩，谁知道朋友说万礼湖有大动静，非要拉他一起来看。

“其实我也不知。不过我听下人说了有什么，就拉你一同来看了。嘿嘿。”他凑近蔡霖，低声道，“平日里咱们只在戏文和书里听说艳尸，今日就能看见货真价实的艳尸了。”

“尸体？”蔡霖吓了一跳，连忙道，“我不去了。”

那朋友却不依不饶，道：“都走到这里来了，就去看一眼，你怕什么？”

蔡霖道：“我哪里怕？现在就跟你去看！我倒要看看是什么东西，值得你这般激动。”

他二人本已经走了大半截的路，眼下离湖中央也很近。待走到中央时，外头已经围了不少人往那里指指点点。朋友拽着蔡霖将人群拨开，挤到最前面，指着中间的东西道：“快看快看，就是这个！”

蔡霖跟着抬眼看去。

定京城冬日冷，近来更是如此。但凡在院子外头放上一桶水，第二日一看，不消说，铁定是结成一桶冰。只要沾了水的东西，譬如树枝屋檐之类，经过一夜，必然会挂上冰凌。

而万礼湖的中央，便是三个站立的“冰雕”。

说是冰雕，其实并不准确，可以清清楚楚看到透明的冰面里人的模样，也正是如此，便让人清楚地明白，这并非什么能工巧匠精心雕琢的东西，而是真正的三个活生生的人，或者说，是活生生被冻死、以死前形态结冰成为冰雕的人。

而最令人啧啧称奇的便是这三人的姿势。

最中央的显然是一个女人，衣衫轻解，露出大半雪白的胴体，而她身侧的男子正伸手要去解她的肚兜，身后的男子则是双手自后头扶住这女人的腰。女人仰着头半倚着身后的男子，虽然表情有些僵硬，可这销魂的动作，仿佛活生生的春宫图，让人不禁浮想联翩。将这冰雕围了一层又一层的人大多是男人，有平头老百姓，也有富贵公子哥儿，有的是为了猎奇，有的却是抱着不看白不看的念头。便是尸体，总归也是个漂亮女人，况且这冰雕栩栩如生，非但没有让人感到恐怖，反而让人觉得从里到外都透出一股子香艳的气息。

身边的朋友道："这女人生得倒是挺好看的，你看，寻常人家哪里养得出这样的美人儿，偏还一副如此诱人的姿态。"

话里话外，就如同在点评某个青楼里新来的姑娘。

蔡霖一边附和朋友的话，一边仔细盯着那具女子冰雕。即便隔了面上的一层薄薄的冰，却也隐约看得清楚女子的五官。五官十分姣美，甚至有些眼熟。

眼熟?

蔡霖问："这姑娘我觉得有些眼熟，你想一想是不是哪家楼里的姑娘，咱们见过的？"

那朋友仔仔细细打量一番，摇头道："不可能，定京上至青楼下至教坊，我都去过，姑娘也都见过，这一位却是没见过。"他随口道，"看人家穿的兜肚都是镶金的，说不定是哪家达官贵人宫里出身呢。"

他本是无心之言，蔡霖却猛地一怔。宫里出身?

他抬眼看向那女子，面前出现的却是某次宫宴上，穿着薄纱金裙的年轻骄纵女子的脸，那张有些跋扈的脸和眼前僵硬的脸逐渐重合，最后变成了一个人。

"明安公主！"蔡霖失声叫道。

"什么？"朋友一怔。

蔡霖的脸色瞬间变了，他终于明白为何觉得这女尸熟悉，之前在明齐的朝贡宴上，和沈妙比试步射的明安公主他也曾留意过。

眼下这冰雕里和两个男子摆出香艳姿势的女人，不是明安公主又是谁?

蔡霖的话虽然没有得到朋友的附和，周围却有耳朵尖的人听见，纷纷问他："你说的明安公主，可是那位秦国来的明安公主？"

"真的吗？这里面的女人是明安公主？"

"一国公主如何会这样……假的吧。"

"这么说起来，这女人的穿着倒真有几分像公主。"

定京城万礼湖上的这一轩然大波，明安公主和两个男子以极其香艳的姿势，被明齐的百姓津津乐道了个遍的事情，很快就传到了宫里。自然而然地，也传到了沈宅中。

沈妙在天色微亮时才迷迷糊糊睡去，等起来用早饭的时候，已经很晚了。

她一边喝着厨房里做的粥，一边想着昨夜里谢景行的话，却见罗潭风风火火地从外头跑进来。

“小表妹！小表妹！”罗潭冲进来，一屁股在沈妙对面坐下。

沈妙眼都未抬，自顾吃着粥。

“小表妹，先别吃，听我说个大事件。”罗潭正襟危坐。

沈妙放下手里的勺子，道：“又怎么了？”

“明安公主死啦！”罗潭道，“今儿一早就在万礼湖上被人发现了尸体，和两个男子在一起……就是做那种事。不过不知道为什么冻成了冰块儿，眼下全京城都在说这事儿呢！”

明安公主死了！

沈妙一怔，毫无疑问，这必定是谢景行的手笔。至于那两个男子，沈妙立刻就想到了谢家兄弟。

罗潭见沈妙若有所思的模样，忍不住问：“小表妹，你是不是猜到了什么？”

沈妙微微一笑：“查案子我可不擅长，还是看大理寺如何审案吧。”

第二章　姐妹易嫁

明安公主和谢家兄弟被做成冰雕的事，很快传遍了整个定京城。衙门的人将万礼湖周围的百姓驱走，皇甫灏一看到明安公主的尸体，果不其然大发雷霆。

他冷笑道："在陛下的国土之上，我秦国公主竟被侮辱至死，本宫不得不怀疑明齐是何居心。或许本宫该将此事速报与父皇，请父皇定夺。"

文惠帝按了按额心，事出突然，他也不知道为何会出现这么一出。临安侯谢鼎跟着跪下来，老泪纵横道："求陛下彻查此事！还老臣犬子一个公道清明！"

金銮殿上的文武百官皆有些唏嘘。皇甫灏看了一眼谢鼎，眼中有一丝阴鸷。无论谢家兄弟是不是被害的一方，抑或是死后才被人摆出那样的姿势，可有一点毋庸置疑，明安公主的清白和尊严，是因为谢家兄弟才被毁掉的。

文惠帝头疼不已，沉声道："此事十分恶劣，有人在天子脚下犯下滔天大罪，罔顾明齐律令，罪大恶极。朕已派大理寺的人彻查此案，待抓到幕后之人，给诸位一个交代！"

皇甫灏拱手道："既然是秦国的公主受难，还请陛下同意让我秦国的人手也跟着查探。否则日后回国，父皇问起，本宫也无法交代。"

竟是不相信明齐会真正彻查此事。

文惠帝强忍心中怒气，道："既然如此，朕准了。"

待文惠帝离开后，有一人从皇甫灏面前走过，温声道："还请太子节哀。"

这人正是定王傅修宜。

皇甫灏正是愤怒，见到傅修宜，面色并未好转，就要离开，却听傅修宜在身后轻声道："关于公主遇害一事，在下也有一些想法，不知太子可愿一听？"

皇甫灏一愣，此刻他们恰好走至转角，无人瞧见二人之间的动作。皇甫灏冷笑一声，问："莫非定王还有什么高见？"

"只是发觉有些蹊跷的地方。"傅修宜不甚在意地一笑，"若太子有意，得了空闲，在下愿意与太子细细探讨一番。"

皇甫灏回过头，傅修宜笑了一笑，转身离开了。皇甫灏在原地站了一会儿，冷笑一声，大踏步拂袖而去。

这一晚，定王府上来了一位特殊的客人。这位尊客不是别人，正是秦国太子皇甫灏。

金銮殿上，傅修宜轻飘飘的一句话，终于还是让皇甫灏决定走这一趟。傅修宜在皇甫灏来之前，让裴琅藏在隔壁房里，通过暗窗听闻二人谈话。

皇甫灏将手里的茶盏重重一放，开门见山道："定王殿下之前说，舍妹一事有蹊跷？"

"太子何必心急。"傅修宜淡淡一笑，"明安公主遇害，我也深感遗憾。不过为今之计，却不在于立刻抓住凶手。"

皇甫灏眉头一皱，道："莫非定王也认为本宫该息事宁人？不知道你们明齐是什么规矩，不过在秦国，一国公主遇害是头等大事，今日就算息事宁人，来日父皇知晓此事，也必会同你们明齐讨个公道。我秦国公主命丧于此，定王觉得像话吗？"

傅修宜摇头："太子如此着急，我也不与太子打哑谜。此事看着是谢家兄弟和明安公主一同遇害，可对方将尸体摆出姿态，意在侮辱，分明是故意要明安公主名声扫地。就是说，对方是冲着明安公主来的。"

皇甫灏冷笑："我自然知道，敢做出这等事情的，胆子不小。"

"太子不妨想想，在明齐以内，谁会与明安公主结下如此仇怨？"

皇甫灏一愣，随即深思起来。明安公主性子骄狂，平日对待下人非打即骂，对她有怨言的人自然不少，可自从进了明齐，因为父皇耳提面命，让明安公主收敛着些，明安公主虽然行事放肆，可也并未得罪什么人。

除非……皇甫灏忽然想到了什么，眼前一亮，随即沉声问道："你说沈妙？"

傅修宜但笑不语。

“不可能！”皇甫灏道，“就算她与明安有过节，可沈妙只是一介女流，明安身边还有侍卫，沈妙如何对付得了？”

傅修宜笑着摇了摇头：“沈妙是不能，可太子别忘了，她是沈信的女儿，沈信对这个女儿如何，朝贡宴上，太子是亲眼见过的。”

如果说沈信为自己的女儿出头，由沈信手下的人出手，倒也不是不可能。

“那谢家庶子又是怎么回事？”皇甫灏道，“沈信就算为沈妙出头，却也不会无缘无故搭上谢家人。”

傅修宜叹息：“太子还不明白吗？那些日子，我让谢家兄弟招待明安公主，明安公主与谢家兄弟在一处。太子也知道公主的脾性，沈妙和公主龃龉已生，如果公主想对付沈妙，也情有可原。只是公主毕竟是秦国人，沈妙又是官家小姐，动手多有不便，谢家兄弟倒可以一用。”

皇甫灏怔住：“你该不会说……”

“大概是谢家兄弟在出手的时候出了什么差错，所以最后丧命的反而是他二人，还连累了公主。”

皇甫灏面上虽然还是不信，心中却已开始思索。

后来傅修宜说了什么，皇甫灏犹豫不定，什么也没听进去。见皇甫灏心神不宁，傅修宜也没再多说。等皇甫灏走后，裴琅从屏风后走了出来。

“殿下这是何意？”裴琅问道，“为何将话头引到沈家？”

傅修宜摇头道：“先生有所不知，我以为，沈妙也许和大凉睿王有些牵连。”

裴琅心中一跳，面上却一派云淡风轻，道：“睿王乃凉朝人，沈妙两年前就离京，二人断无认识的可能。若是在短短几月里有所交情，未免太过牵强。”

“我知道此事不可思议。”傅修宜道，“不过沈妙和睿王之间的确有些蹊跷。睿王心高气傲，连父皇都不好接近，我也想知道沈妙有什么本事。”

裴琅皱眉问：“那和明安公主一事有何关联？”

傅修宜一笑，看向裴琅：“先生以为，沈妙一人不可能做出此事，沈信亦不是头脑发热的冲动之人，单凭沈家，是不会做出这等贸然杀人之事吧。”

裴琅恍然：“莫非殿下以为……”

“不错。”傅修宜道，“我怀疑此事是睿王所为。”

裴琅不说话了，见裴琅沉默，傅修宜反倒主动提起来，道：“睿王行事张狂，大凉能人异士众多。如果凭睿王的本事，杀个公主也不过是手到擒来。只是你我二人皆知，睿王和明安公主无冤无仇，和谢家更无瓜葛，平白无故，不可能自找麻烦，可如果是因为沈妙，一切就说得通了。”他淡淡一笑，“睿王和沈妙之间，必然有什么特别的关系。”

“所以殿下让秦太子出手，为的就是引蛇出洞？”裴琅问。

“不错。”傅修宜笑道，“皇甫灏生性多疑，就算不相信我的话，也会心中怀疑，总会出手试探。睿王若是和沈妙真有牵连，必会出手，届时便也知晓他二人关系，再做其他筹谋。”

裴琅问：“那若是睿王并未出手，又当如何？”

“无妨。”傅修宜道，“若是睿王不出手，让皇甫灏对付沈家，打压沈家的实力，对我们而言也是一桩好事。”

“殿下已经决心打压沈家了？”裴琅看向他。

“不能为我所用，自然不留后患。”傅修宜笑容温和，转头看向裴琅，“日后还要多靠先生出谋划策才是。”

裴琅连称不敢。

待回到自己的屋里时，裴琅看着面前的灯火，不禁叹了口气。

两年前，沈妙让他到傅修宜身边做眼线，裴琅无可奈何只得去了。他本身也有本事傍身，侥幸得了傅修宜的青眼，如今傅修宜更将他视作心腹。便如今日与皇甫灏这般隐秘的谈话，傅修宜也没有瞒着裴琅。

他看了一眼窗外，傅修宜待他极好，单独的房屋，更无眼线安插。裴琅自桌头取过一张纸，研墨提笔，快速书写起来。

夜色如墨，睿王府中，谢景行正逗着脚下的白虎，外头走来一名侍卫，自怀中摸出一封书信，交到谢景行手中，道：“这是从定王府中流出的信，出自定王手下的幕僚裴琅，要送往沈五小姐手中。”

谢景行挑眉，自信封里抽出信纸，迅速扫了一眼，待扫到最后一行字时，忽而挑唇，分明是漫不经心的笑，侍卫却微微打了个寒战。

那最后一行字是：务必远离睿王。

定京城明安公主一事在百姓间掀起轩然大波，大理寺的人迟迟调查不出结果，文惠帝隔三岔五便发怒，好几个官员都被连累了，却隐隐有成为一桩悬案的意思。秦国太子皇甫灏不满，可他自己派出去的人亦没有查出任何不对。一来二去，时间渐渐流逝，百姓对这件事的热情也淡了。

寒冷的冬日里，沈府也出了一桩大事。

沈玥定亲了，并且很快就要出嫁。

给沈玥说的人家是之前沈万和陈若秋十分青睐的员外郎王家，王家统共两个儿子，小儿子年纪尚不足十岁，长子便是王弼，与沈玥定亲之人。王弼今年二十有四，已经入仕，在学士府中任职。同僚们平日里免不了都与员外郎多打交道，若是与王家沾亲带故，日后在仕途上倒有了不少的帮衬。

亲事是陈若秋与王家人定的，庚帖都换好了，沈玥知道此事后大闹了一场。因闹腾得太厉害，沈万一怒之下将沈玥关进祠堂，要沈玥好好反省反省。

这日夜里，沈玥独自一人坐在祠堂中默默流泪。突然听见外头门把响动的声音，沈玥以为是陈若秋派人来与她送吃的，赌气道："我什么也不要，出去吧。"

那声音还在继续，沈玥怒道："叫你滚啊！"

门吱呀一声开了，从门口冒出了一颗脑袋，却是沈冬菱。

瞧见沈冬菱的刹那，沈玥也是一愣。沈冬菱瞧了瞧外头，将门掩上，走到沈玥面前，席地坐下，将手上的篮子递给沈玥，轻声道："外面守门的婆子吃酒去了，我偷偷溜进来的，知晓你一日没吃东西，怕你饿着，给你送点吃的。二姐姐，你千万要小声些。"

沈玥怔了一怔，便见沈冬菱已经撩开竹篮，从里面拿出几碟点心来。

饶是沈玥平日对沈冬菱不过是面上敷衍，眼下却也有一丝感动，道："别费功夫了，我实在吃不下。"

沈冬菱看着她："二姐姐为什么不愿意嫁给王公子呢？王公子是个好人，家境亦是优渥，二姐姐过去，便是当家主母的命，是因为不想离开沈家？"

沈玥道："他是不是好人与我有什么关系，总归不是我心里的那个人。"

沈冬菱想了一阵子，恍然大悟："莫非……二姐姐已经有了心上人？"

"是又如何？不是又如何？"沈玥惨笑，"我连选择自己夫君的权利都没有。爹只顾着自己的仕途，根本不顾及我心中如何想，有时候觉得，还不如死了算了。"

沈冬菱吓了一跳，忙摆手道："二姐姐切莫这样想，王家也是不错的人家，三叔三婶总归不会害你。许多姑娘还羡慕二姐姐你的运气呢。就拿我来说吧，若是能让我嫁到王家，我姨娘只怕日日都要去寺庙拜谢菩萨赐给我这样一桩好姻缘。"

沈玥摇头一笑，越发觉得沈冬菱愚蠢，也是了，一个庶女出身的，能当个正妻就已经不错，何况是员外郎家的正妻。

沈冬菱见沈玥还是闷闷不乐，道："车到山前必有路，二姐姐何必现在就为此伤心？便如当初的五妹妹吧，当初给五妹妹说亲，听闻五妹妹也是闹了一场，眼看着都无转圜的余地了，谁知道大伯大娘回来，五妹妹后来便什么事都没了。”

沈冬菱说得糊涂，沈玥却是心中一动。

当初沈妙眼看着就要嫁人，却因为沈信夫妇回京而躲过一劫。那时候，沈玥也趴在门口偷听过陈若秋与下人说话，知晓任婉云打的是沈清和沈妙换亲的主意。

既然沈清和沈妙可以换亲，那为什么她不可以？

沈玥心里激动起来，老早以前的一个念头渐渐浮现在脑海中。她的目光转而落到身边的沈冬菱身上。

至于人选……面前不就有一个现成的？

沈冬菱是庶女，沈冬菱觉得王家公子很好，沈冬菱性格懦弱好骗……没有人比眼前的沈冬菱更适合了。

沈玥看着沈冬菱，突然抓住她的手，轻声道：“三妹妹，你以为我待你如何？”

沈冬菱一愣，低下头赧然道：“二姐姐不嫌弃我的出身，待我极好。整个沈府的姊妹里，只有二姐姐愿意与我说话。”

闻言，沈玥笑了，她道：“那三妹妹，如今我有难，你愿不愿意帮我一个忙？”

沈冬菱笑道：“没问题，只要是我能做到的，必会全力以赴。”

沈玥笑道：“听闻你这句话我就放心了。”她将沈冬菱的手握得更紧，“你……能不能替我嫁给王弼？”

一听这话，沈冬菱惊呆了，慌乱道：“这可不行，二姐姐，别的事都能帮你……这件事，我也帮不上忙。”

“你可以的！”沈玥情急之下就道，“你不是也觉得王公子极为不错？你不是说，若是你得了这桩姻缘，你的姨娘也会为之高兴？三妹妹，求求你了！”

“话虽如此，”沈冬菱连连后退，“可这太冒险了，如果被发现，我会被打死的，二姐姐你也会被责罚！二姐姐为什么一定不能嫁给王公子呀？”

沈玥看着沈冬菱，两行眼泪流了下来。她道：“三妹妹，甲之蜜糖乙之砒霜，对你而言是好姻缘，对我来说却不是。我已经有了心上人，此生非他不嫁。若是嫁给别人，于我来说便是死路，我一定会在成亲当日了断自己。”沈玥突然站起身，冲着沈冬菱扑通一声跪下，“若是你不答应，便是断了我的生路。三妹妹，看在我们姐妹一场的分上，求求你救我一命！”

沈冬菱慌得不知怎么办才好，一把拉起沈玥，道：“二姐姐你别这样，你别吓我！”

沈玥拉着沈冬菱的手：“三妹，二姐姐就求你这一回！”

沈冬菱咬着唇看她，万般无奈之下，只得勉强点头，道：“我答应你，二姐姐，你先起来。”

沈玥眼前一亮，扑上去抱住沈冬菱，忙不迭连声说谢谢。

“只是二姐姐，这事还是从长计议为好。”沈冬菱道，“毕竟换亲一事非同小可，一旦东窗事发，咱们都讨不了好。”

沈玥放开沈冬菱，激动地道：“那是自然。”她看着沈冬菱，握着沈冬菱的手，“放心吧三妹妹，你是为我才这么做的，我一定会解释清楚，是我逼着你这么干的，我不会让爹娘他们责怪你，不会让你受到一点牵连的。”

沈冬菱笑了笑：“嗯，我信二姐姐。”

无独有偶，秋水苑中，也有人正在说着沈玥的这一桩亲事。

“玥儿今日一日都未吃东西了，身子受不了。”说话的是沈万。

“我派人送去的东西她不会吃。”陈若秋叹道，“便让三姐儿给她送过去了，大约眼下已经吃了吧。”

“三姐儿？”沈万皱了皱眉，“玥儿什么时候和她这么要好了？”

陈若秋笑道：“也是前些日子才好起来的。原先府里有大姐儿和玥儿说话，后来大姐儿没了，这府里没个姊妹，玥儿平日里怪寂寞的，我看三姐儿老实，玥儿喜欢她就在一块儿玩吧。”

沈万没再说话，只听陈若秋又道：“只是我担心到了成亲那日，玥儿还这么闹腾可怎么办？”

“关她几日就行了，你是她娘，到时候再与玥儿说几句软话。”沈万道，“实在不行，成亲之日若还是闹，就想点办法。”

陈若秋听得心中一跳，自沈万身后抱住沈万的腰，道：“待玥儿出嫁之后，老爷就和妾身好好轻松几日吧。这些日子，老爷都不怎么与妾身说话，妾身心里怪不安的。”

陈若秋虽然已经年纪不小，可因为保养得当，撒起娇来沈万还是很吃这套的。谁知今日沈万只是拍了拍她的手，笑道：“先等玥儿的亲事完了再说吧。”

语气中终究带了几分敷衍之意。

陈若秋的一颗心渐渐沉了下去，搂着沈万腰的手也慢慢收紧了。

沈妙收到了裴琅的信。

就着灯火，沈妙将信看完了。信中说傅修宜似乎发现了沈妙和睿王有些端倪，为了试探，当着秦太子的面将明安公主一事往沈妙身上引。日后若是皇甫灏对沈妙出手，只看睿王的举动就能看出端倪。

信上最后说，若是沈妙真的和睿王有交情，遇着什么麻烦，可以向大凉睿王求助，睿王手下能人异士众多，做起事来会少很多麻烦。

沈妙觉得最后一段话有些莫名其妙，裴琅和谢景行毫无关联，而且以裴琅谨慎的性子，说出向人求助的话来实在奇怪。

沈妙就着暖炉的火苗将信投了进去，火苗舔舐信纸，瞬间便化为灰烬。

桌上放着一封大红色的木简，是沈府送来的帖子，沈玥要与员外郎家的少爷王弼成亲了。沈府的人将帖子送来了沈宅，沈信和罗雪雁看了一眼就没再管了。

前生沈玥对傅修宜的执念如此之深，不惜熬了那么多年，今生要沈玥嫁人，沈玥怎么可能甘心？

她一边想着，听见有人在敲窗户，回头一看，谢景行已经不请自来了。

他看着沈妙手里的红简，道："你要去？"

"不去。"沈妙将红简随手扔在桌上。

谢景行似乎料到她会这么说，身影一闪到了屋内。沈妙在桌前坐下，谢景行抱胸站在一边，道："沈玥被关在祠堂里，沈冬菱刚去看过。"

沈妙有些讶然地瞧了一眼谢景行，问："你连沈府都去了？"

谢景行道："当然不是我去。"

沈妙了然，大约是谢景行派自己的属下去的。

"沈玥成亲，你不高兴？"谢景行问。

"沈府里的人和我没关系，我还要为她欢欣不成？"沈妙道，"再说了，这亲结不结得成尚且是一回事，有什么值得高兴的？"

谢景行勾了勾唇，在沈妙的对面坐下来，瞧着她道："你好像很明白？"

"你特意过来告诉我她们在一处，不就是想告诉我这件事？"沈妙浑不在意地一笑，"沈冬菱和沈玥终归要换亲。得亏沈玥找的是沈冬菱，有沈冬菱在，这次换亲是不会出什么差错了。"

上一世对这个庶姐，沈妙没有多加留意，重生以来，倒是看清楚了不少事情。

沈冬菱很像傅修宜，都有一种忍的功夫。

沈妙不敢小觑这样的人。

谢景行一笑：“你怎么知道要换亲？”

“因为沈玥不愿意。”沈妙道，“沈玥自来心高气傲，怎么可能接受这样的逼嫁？沈冬菱出现在这里，也不全是偶然，一个有心想逃，一个有意要替，刚好。”

谢景行似乎很喜欢看沈妙分析对手的模样，道：“逼嫁？王弼足以匹配沈玥。”

“可他不是沈玥的心上人。”沈妙道，“沈玥这样死心眼的人，是不会改变自己的初衷的。为了嫁给心上人，为了不被逼嫁，她总会想出法子。”

“那么你呢？”谢景行忽而问道。

沈妙皱眉。

谢景行漫不经心道：“若有一日你也被人逼嫁，你又会如何？”

沈妙微微一怔，她被人逼嫁？前生她是逼嫁了，不过是主动逼着父母把自己嫁给傅修宜。此刻谢景行问起，倒让沈妙想起了一桩事情。

随着沈家重回定京，且不说文惠帝将兵权还给沈信，便是远在小春城的罗家军，也不是当日落魄得连兵都养不起的军队。沈家就像是块肥肉，皇子夺嫡间，谁与沈家绑在一起，谁就有了获胜的筹码。

如何绑在一起？世家大族里，联姻方是正道。

沈丘和沈妙的婚事，就成了众人可以攀上沈家的通道。

若是有一日，她也变成了江山夺嫡的一个筹码，被人争来抢去，被人逼嫁，又当如何？

谢景行盯着她，目光锐利如刀锋。

“不会有那一日的。”沈妙道。

“倘若就是有了，你当如何？”

沈妙仔细思索了一番，道：“那就斗。若是斗得过，想法子让他知难而退；若是斗不过，嫁过去也无妨。”

谢景行挑了挑眉：“无妨？”

“总得活着不是吗。”沈妙淡淡道，“嫁过去后，再想法子伺机报复，世上有许多无奈之事，我总不能也如烈性女子一般，一根白绫以死明志。倒不如留条性命，总有翻盘的机会。”

谢景行盯着沈妙。

她就像一株在寒冬里生长的野草，即便是最恶劣的环境，亦不会失去希望。

谢景行淡淡一笑："你倒像沈家人。"

沈妙不语，只听谢景行又道："这几日我会出城一趟，你自己小心，有什么难题，就去沣仙当铺找季羽书。高阳是我的人，你可以信任他。"

沈妙呆了一瞬，仅仅因为是盟友就这样坦诚相待？谢景行凭什么以为，自己不会出卖他？

沈妙这般想着，谢景行道："皇甫灏也许会找你麻烦，你自己不能解决的事，交给高阳就行。"

沈妙莫名有些怪异的感觉，这模样……倒像是临行时丈夫叮嘱家中小妻子。

沈妙被自己的想法吓了一跳，道："知道了。"

谢景行有些莫名其妙，不过也没再多说什么，又提了几句要注意的事便离开了。

待谢景行走后，沈妙坐在灯下，觉得自己的脸颊有些发烫。这几日每次与谢景行说话，总觉得有些不正常。沈妙想着，明日得让谷雨去拿点清心茶来喝一喝，省得整日胡思乱想。

腊月初八是个黄道吉日，天时地利人和，员外郎家的大公子要娶亲，娶的是沈府嫡出的二小姐，沈玥。

沈府里，沈玥已经打扮好了，却将所有人都赶了出去，只剩下沈冬菱一人。若是认真看去，便能看到沈冬菱也是精心打扮了一番。

沈玥见沈冬菱来，就道："快些，快些与我换衣裳！"

喜娘和说话的陈若秋已经走了，沈冬菱一边手忙脚乱地换衣裳，一边小声道："二姐姐，我怕得很。"

"别怕。"沈玥生怕沈冬菱在这关头反悔，安抚她道，"你放心，明日我会同爹娘说明，此事因我一人而起，你不会被牵连半分。只要过了今日，你便是员外郎家名正言顺的少夫人，谁也不敢看轻了你去。"

沈玥拿身份一事诱惑沈冬菱，果然见沈冬菱方才的害怕之色消退了些，不由得暗暗鄙夷。如今不得已，就当是施舍给沈冬菱一个夫人名声了。

刚穿好衣裳，便听得外头有人走动的声音。沈玥忙躲到屋里屏风后，沈冬菱赶紧将盖头盖在了头上。

沈玥的婢子搀扶着她出去，陈若秋本想在上轿前与沈玥说几句话，却见沈玥由婢子搀着，径自往轿里走去。陈若秋见状，以为沈玥还在因为出嫁一事埋怨自己，却也无可奈何。众目睽睽之下，怕再生出什么波折，便按照喜娘吩咐的步骤走了一遭。

轿子敲敲打打地走远了，抬往员外郎府上去。

常在青走过来，笑道："二小姐嫁出去，日后便也有个好前程。"

陈若秋瞧见常在青，这才想起来似乎许久没见着常在青了。她惦记着沈玥的亲事，这些日子没过去找常在青说话，此刻看常在青眉眼盈盈，比之前多了几分颜色，心中一动，就笑道："青妹妹这些日子还常去大嫂府里吗？"

常在青笑着摇头，道："也不常去。大夫人和将军都忙得很，没有那么多的时日闲谈。"

陈若秋以为她是害羞，拍了拍她的手道："青妹妹如此讨人喜欢，便是怎么也得抽出空闲时间与你说话的。"

她看了一眼面前的常在青，常在青已经得了罗雪雁青眼，如今看来，和沈信相处得也不错。只要过些日子，想个法子让常在青进沈宅……那罗雪雁和沈妙日后的日子，想来过得也不甚痛快。

人大约见不得别人好，尤其在自己过得不好的时候。陈若秋现在就是这么个想法，她恨不得见到罗雪雁一无所有痛哭流涕的模样，一时间看常在青也就更亲切了。

她拉着常在青的手笑道："我常与玥儿说，要她学学你这份气度，不承想还未开始学就嫁人了。"

常在青跟着笑："出嫁后有夫君疼，二小姐这是好运气。"

"就你会说话。"陈若秋一笑，瞧着常在青腰间一个五彩香囊，就道，"这香囊做得倒别致。"

常在青取下香囊交给陈若秋："夫人喜欢，送给夫人就是。"

陈若秋也没有推辞，接过来放在鼻下一嗅，惊喜道："这味道十分好闻，是什么香？"

常在青微微一笑："我不懂香，只懂些茶，就随意配了些茶叶放在里头，平日里乏了还能提神解困，让夫人笑话了。"

"妹妹心灵手巧，我哪里敢笑话。"陈若秋收下香囊，笑道，"喜欢得很呢。"

二人说说笑笑地往外头走。

王家的这场亲事，沈家大房一个都没有到场。一些坐看事态发展的人便也清楚了沈家大房的态度，看来是真的决定和沈家断绝关系，不会再有转圜的余地了。

不管怎么说，亲事都这么成了。

第二日一大早，万姨娘醒了，昨日沈玥成亲，沈冬菱帮忙，几乎一整日都没见到人影，后来回府后，丫鬟说沈冬菱累坏了倒头就睡，万姨娘也没有打扰她。今日她特意做了翡翠甜羹，想让沈冬菱补补身子，便站在沈冬菱闺房外敲了敲门。

屋里没人回答，万姨娘便道："冬菱，姨娘进来了。"说着便推开了门。

便见沈冬菱的床上躺着一人，盖着被子，听见动静蓦地坐起身来，万姨娘先是一怔，随即面上浮现不可置信的神情，失声叫道："二小姐，您怎么会在这里？"

躺在沈冬菱床上的正是沈玥。沈玥昨日成亲嫁到了员外郎府上，现在怎么也不应该在沈府，而是在员外郎府中。

万姨娘四处看看，并未瞧见沈冬菱的身影，此刻隐隐约约明白了什么，颤抖着声音问："二小姐，冬菱……冬菱呢？冬菱去哪里了？"

沈玥飞快地低下头，眼珠子转了一转，再抬起来时，面上已经挂满了泪水。

万姨娘在看到沈玥眼泪的那一刻便觉得眼前发黑，只听沈玥哭着道："不知道，我也不知道，三妹妹来与我敬酒，然后……我就什么都不知道了！"

沈府里炸开了锅。

荣景堂里，所有人都站在一处，沈老夫人气得嘴歪眼斜，看着万姨娘怒道："你教出来的好女儿！"

沈贵站在一处，本想说些什么，看到自家三弟和三弟妹的愤怒神情时，又咽下了嘴里要求情的话。

沈冬菱竟然算计了沈玥，自己替沈玥出嫁，如今沈玥被留在沈府里，沈冬菱却嫁到了员外郎家中。

万姨娘哭着给沈老夫人磕头，一边磕一边道："老夫人明鉴，三小姐平日里便胆小，哪会有这样的胆子去换亲？老夫人，便是借三小姐一万个胆子，三小姐也断然不敢做出这等大逆不道之事啊！"

"你这话的意思是玥儿诬蔑了三姐儿？"陈若秋面色铁青，"这话可说得诛心啊万姨娘！"

沈老夫人便是平日里再不待见陈若秋，可沈玥到底是沈家嫡出的孙女，被一个庶出的孙女抢了亲事，说出去也不大好听。当即她便顺着陈若秋的话道："有什么样的娘，就有什么样的女儿！真是上不得台面的东西！”

万姨娘哭着看向沈玥：“二小姐，你与三小姐之前感情不是极好吗？你也替三小姐说说话吧，三小姐不是那样的人，对不对？”

一听万姨娘说话，沈玥便哭道：“万姨娘，我真的不知道怎么回事。三妹妹说我要出府，姐妹一场，临别敬我一杯酒，我便喝了。等我再醒来的时候，就已经是第二日早上。我也相信三妹妹不是故意的……可是到底怎么会变成如今这模样，我是真的不知道啊！”

沈玥这话，表面上是相信沈冬菱，却不着痕迹地说是被沈冬菱算计了，无异于火上浇油。果然，陈若秋和沈万闻言，面色更加阴沉。沈贵也皱着眉头，万姨娘眼看众人都站在沈玥这一边，心中不由得闪过一丝绝望。

“当务之急，还是先想想如何解决吧。”常在青轻声开口道。

沈老夫人当机立断道：“先去和王家人商量一下，让人把三丫头送回来。把万姨娘关到柴房里去，自己生的东西做错了事，当娘的活该被教训！”

沈玥一听急了，没料到竟然还能将沈冬菱送回来，沈冬菱被送回来，她岂不是还要被送到王家去？千方百计不过是白忙活一场，这怎么行？

万姨娘一听就眼前发黑，要知道把沈冬菱送回来……沈冬菱下半辈子也就毁了呀！

正想着，外头却有小厮来报，员外郎王家来人了。

众人面面相觑，沈老夫人道：“将王家人请进来吧。”

王家来的是一个黑壮妇人，还有几名看上去地位不低的丫鬟。那黑壮妇人一进门便沉着脸，膀大腰圆，越发让人心惊，像是兴师问罪一般。

沈老夫人蹙眉，正要说话，却听黑壮妇人道：“敢问府上二房万姨娘在何处？”

万姨娘心中一阵绝望。陈若秋反倒松了口气，对方想拿万姨娘来出气，沈家是绝对不会护着万姨娘的。

陈若秋笑着上前道：“不瞒嬷嬷说，昨日府上之事，我们听闻后也十分悚然。万万没想到三姑娘竟会做出如此大逆不道之事。我家玥儿却白白受委屈了，府上大少爷想来十分惊怒。此事全因我们沈府教养不当，还望亲家老爷夫人生气之后，平心静气想一想。我已经骂过玥儿对人太过轻信，这一出实在是……”

黑壮妇人却没理会陈若秋的话，黑着脸又问了一遍：“敢问府上万姨娘在何处？”

众人都是一愣，沈老夫人沉声道："地上跪着的就是万氏。"

黑壮妇人却出乎众人意料地伸手将万姨娘扶了起来，道："大少奶奶思念母亲，大少爷让奴婢将万姨娘接到员外郎府中居住。奴婢特来走这一遭，还望老夫人准允。"

此话一出，荣景堂众人都蒙了。

什么叫大少奶奶思念母亲，大少爷让人将万姨娘接到员外郎府中居住？

大少奶奶是谁？大少奶奶的母亲又是谁？沈冬菱吗？万氏吗？

陈若秋隐隐觉得不妙，沈万脸色一沉道："亲家这是什么意思？"

黑壮妇人也是个讨巧的，瞧了瞧沈万的脸色，一脸疑惑道："沈三老爷这话，奴婢不太明白，可否说得更明白一些？"

沈万和陈若秋同时气得憋闷，这婆子分明是揣着明白装糊涂，难道要他们自己说出换亲的话吗？

沈万和陈若秋说不出口，沈老夫人却没这个顾虑，梗着脖子道："亲家这话就不对了，昨儿个成亲之时，咱们府里的三姑娘和二姑娘换了亲，嫁娘都变了，眼下正是商量如何解决的时候，你一个下人也敢装糊涂？"

黑壮妇人闻言，笑了一声，道："老夫人这是何意？换亲一事从何说起？昨儿个大少爷娶妻，新嫁娘懂事体贴，很得王府上上下下喜欢，怎生老夫人还说起玩笑话了。"

很得王府上上下下喜欢？万姨娘有些蒙，一听此话，心中一个激灵，陡然生出绝处逢生的欢欣。她的冬菱聪明绝顶，模样又好，只凭着一夜，便牢牢拴住王弼，有王弼护着，日后沈玥进门又如何？做个妾室，总好过去庙里当姑子。

陈若秋闻言几乎气疯了，对黑壮妇人道："王家人到底是什么意思？若是不喜欢，或是生气了便直说，何必这样阴阳怪气的。莫非还真要将三姑娘当玥儿过日子吗？"

沈万微微皱了皱眉，不到万不得已，沈万不想得罪王家人，尤其这事还是沈家出错在先。

黑壮妇人转向陈若秋，道："沈三夫人这话说得奇怪，什么二姑娘三姑娘？昨日大少爷娶妻，娶的就是府上的二姑娘，二姑娘也很好，从来就没有什么三姑娘一说。"

陈若秋呆立当场。

这话里话外的意思，竟是王府里认的是沈玥的身份不假，却是沈冬菱的人？

让沈冬菱顶着沈玥的身份过活？这叫什么话！陈若秋快疯了。

一边一直不敢说话的沈玥，闻言终于松了口气。她心心念念的就是沈冬菱代自己嫁到王家，再将自己变成被陷害的一方，干干净净地择出去。最后被责难的是沈冬菱，吃亏的是王弼，她沈玥自自由由一个人，或许还能博博同情。

虽然现在王家未曾闹起来，没让沈冬菱吃亏，沈玥不大满意，不过能彻底摆脱这门亲事，她已经心满意足了。

陈若秋冷笑道："好吧，就如你们所说，嫁进府里的是二姑娘，那我才是二姑娘的娘亲，好端端的，怎么会将万姨娘送过去？送一个姨娘过去，不觉得有些可笑吗？"

万姨娘惶恐地看向妇人，那妇人却笑道："是这样的，大少奶奶说，虽然她与万姨娘没有血缘关系，不过自来与万姨娘十分亲近，眼下刚嫁到别人家去，十分不习惯，所以接万姨娘过去小住。大少爷心疼大少奶奶，便允了。"

沈家所有人都愣住了，他们料到王家发现此事后会勃然大怒，会跟沈府翻脸，却没想到王家是这个态度。王家好像非但不恨沈冬菱，这模样，倒是对沈家三房十分不满，明里暗里都是嘲讽。

陈若秋还要说话，被沈万拦住了，沈万道："既然如此，明日我再登门解释，这之前，还望亲家理智些，不要被怒气冲昏了头脑。"

黑壮妇人笑道："三老爷这是说的什么话呢，眼下府里热热闹闹、甜甜蜜蜜的，老爷夫人都很高兴，说贵府养的女儿那是极好的，三老爷多虑了。"

黑壮妇人也是个人才，一句话把沈万也噎着了。她拍了拍万姨娘的手，笑着看向沈老夫人，道："奴婢这就将万姨娘接回去，大少爷还在府里等着奴婢回去复命呢。"竟将王弼的名头也搬了出来。

沈老夫人皱眉看向沈万和沈贵，沈贵拿不出主意，沈万面色阴沉，却道："既然如此，万姨娘就跟着去吧，难得孩子有这份心。"

万姨娘半是惊喜半是惶恐，惊喜的是王家人似乎没打算追究沈冬菱的过错，惶恐的是她并不知道眼下这一出是不是王家人故意做出来的，到最后沈冬菱还是要被牺牲。

黑壮妇人说到做到，将万姨娘带走了。荣景堂一片沉默，片刻后，沈老夫人冷然道："这到底是怎么一回事！"

王家人这奇奇怪怪的态度，反倒比当面撕破脸更让人心里不安。常在青动了动嘴唇，似乎想说什么，瞥见沈万的脸色后，到了嘴边的话又咽了下去。

沈贵有些尴尬，清咳两声道："回头我给冬菱修书一封，看看她这办的是什么事情！"

沈万笑了笑，看向沈玥，轻声道："玥儿，你先跟我回房。"他转头又看向沈老夫人，道，"娘，王家这事不可妄来，待明日儿子亲自登门致歉后再说。叨扰您老人家，都是儿子的不是。"

"这哪怪得了你呢。"沈老夫人叹了口气，又埋怨陈若秋，"你若是办事认真些，也就不会被三丫头钻了空子！"

陈若秋本就委屈又心痛，此刻还被沈老夫人数落，便反驳道："将此事怪责到我头上，娘未免太过糊涂。"

"你说我糊涂？"沈老夫人大怒。

陈若秋还欲说话，被沈万一声喝止："够了！"

她微微一愣，这么多年，沈万还是第一次对她吼。

沈万道："玥儿，随我回房！"

沈玥讷讷地应了。

沈玥随着沈万回到房里，想着今日王家的态度，道："爹，王家人分明就是仗势欺人，不把您放在眼里。以后若是三妹妹顶着我的身份过活，那我又该怎么办？三妹妹抢了我的姻缘，还要来抢我的身份，爹，您可不能不管我。"

"她抢了你的姻缘？"没有回头，沈万缓缓问道。

沈玥没有听出沈万语气不对，点头道："正是！"

"啪！"一巴掌清脆地甩在了沈玥的脸上。

刚跟过来的陈若秋进屋看见的就是这一幕，惊呼了一声玥儿，就上前将沈玥搂住，冲着沈万怒吼道："你这是干什么？"

"我干什么？"沈万不怒反笑，"你不如问问你的好女儿做了什么！"

沈玥捂着脸，身子忍不住颤抖起来。

"玥儿，你敢说你全不知情？真的是沈冬菱抢了你的亲事？你那点花花肠子，真以为能瞒过所有人？你让沈冬菱代你出嫁，你只想嫁给定王，有没有想过得罪了王家，你爹我又如何？没了这门亲事，你日后又怎么嫁出去？我沈万有你这样聪慧的好女儿，可真是前世修来的福气！"

沈万平日里都是温文尔雅的模样，还是第一次对沈玥露出如此狰狞的神情。

陈若秋看向怀里的沈玥，问："玥儿，你爹说的是真的吗？"

"我、我只是想要自由。"沈玥低声道，忽而想到什么，抬起头来，"可是沈冬菱也诱惑了我。眼下王家对咱们如此态度，分明就是沈冬菱挑拨的，都是沈冬菱这个贱人！”

“闭嘴！”沈万越听越怒，“自己蠢还怨别人，你读的书都读到狗肚子里去了！”

沈玥顿时委屈得眼睛都红了。

陈若秋闭了闭眼睛，没料到沈玥竟敢这样做，可沈玥毕竟是从她肚子里爬出来的女儿，又悉心教导了这么多年，忍不住道：“玥儿固然有错，可她也是不懂事。我看沈冬菱分明是故意引诱玥儿，只怕此事都是沈冬菱一手策划的。”

沈万按了按额心，看向陈若秋的目光里满是失望，道：“你何时也变得如此是非不分了？”

陈若秋一愣，只听沈万继续道：“罢了，明日我亲自登门同王家致歉。不过也不知此事能不能成，若是不成……那也是你自己造的孽。”说完此话，看了一眼沈玥，转身拂袖而去。

沈万离开屋子，身边的小厮问：“爷可要出府散散心？”

“不必了。”沈万摆了摆手，想了想道，“去西院吧。”

西院，如今是常在青住的院子。

小厮没说话，默默地带着沈万往西院走去。

二人却没看到，身后有一人正远远地瞧着他们的背影，这人正是荣景堂里沈老夫人身边的张妈妈。

张妈妈喃喃自语道：“三老爷怎么会去西院……”

沈府里大清早的这出闹剧，很快就传到了沈妙的耳中。

不知道是不是因为安逸日子过久了，脑子就会不够用，沈玥这次走的棋，实在是糟糕透了。

此事之后，沈万第二日就去员外郎王家登门道歉。不知道他准备的是一套怎样的说辞，大约想委婉地将所有的过错都推到沈冬菱身上，谁知道这一次，王家却狠狠地给了沈万一个巴掌。

王家没有接受沈万的道歉，王家人根本不承认沈玥。他们一定要说沈冬菱就是三房的嫡女，至于沈玥，王家根本不认识。

沈万十分尴尬，明白王家可能已经知道了换亲是由沈玥提出来的，所以才故意让他难堪。沈万以为凭自己和王家的交情，拿乔一阵子，王家最后还是会将沈玥和沈冬菱换回来，可这回沈万猜错了。

于是最后便有了两个解决办法。一是沈冬菱以沈玥的身份嫁过去，真正的沈玥从此以后不再见于世人面前。这自然让沈万不能接受。那么便有了第二个法子，沈玥也嫁到王家，以平妻的名义。

这个法子也让沈万差点拂袖而去。

一个嫡女和一个庶女共侍一夫，在明齐不是没有，可一般来说，都是嫡女为妻，庶女为媵妾，王家提出来的，却是平妻。而且为了掩人耳目，沈玥要以庶女的身份办亲，而身为庶女的沈冬菱，却抢走了沈玥应该得到的尊荣。

这是羞辱!

沈万断然拒绝了，可王家的态度也很坚决。王家拖得，沈玥却拖不得，长此以往下去，吃亏的只会是沈玥。

于是沈万便犹豫了，因为此事和陈若秋也吵了几回。

白露将打听来的消息告诉沈妙，道："二小姐这回是搬起石头砸着自己的脚了。"

"要我说，还是便宜了三小姐。"霜降道，"不仅捞了个官家夫人当，还颇得王家上下的关心，将万姨娘也接过去住，真是好不风光。"

"这可说不准。"白露摇头，"若是最后二小姐也嫁进王家，她二人虽是平妻，可到底嫡庶有别，往后的日子长着呢。"

沈妙笑着道："错了，三姐姐可是个厉害人。"

白露和霜降一同朝沈妙看去。沈妙道："真的有一日沈玥也嫁入了王家，她也必然比不过沈冬菱。世上哪个男儿会喜欢一个嫌弃自己的妻子？如沈玥和沈冬菱这样的人，嫁到别府上去，生下孩子前，能倚仗的无非就是丈夫的宠爱。可惜，沈玥已经输了。"

"沈玥得不到王弼的宠爱，连孩子王弼也不会让她轻易生出来。虽然嫡庶有别，可同为平妻，谁先生下孩子，谁就是做主的那个。"沈妙淡声道，"更何况，以沈玥的脑子，如何斗得过沈冬菱？沈冬菱眼下能将自己清清白白地择出来，能让王弼不怪罪她，甚至将万姨娘也接出沈府，能将三房泼给她的脏水原封不动地泼回去，这样厉害的人，焉会败在沈玥的手上？"

白露和霜降听得一愣一愣的，半晌，霜降道："看来三小姐真是个厉害人啊。"

"沈府里能有点出息的，也只有她了。"沈妙道，"帮我磨墨吧。"

白露往前面去寻了香墨来，问："姑娘是要写信吗？"

沈妙不置可否。

自然，沈玥自讨苦吃弄出这么大一桩事，让沈妙确实快慰，可她亦没有忘记，前生沈家大房的覆亡，三房也在其中出了不少的力。

这份大礼终有一日她要讨回来，落井下石这一招，其实不只三房会。

沈万和陈若秋整日吵架，这时候最需要红颜知己的安慰了。

该常在青登台了。

沈玥和沈冬菱换亲一事，终是造成了无法想象的后果。沈万在王家要求下，无奈只得答应让沈玥以平妻的身份嫁过去。

这不是沈玥想要的结果，沈玥整日吵着，死也不愿意嫁到王家，更不能容忍沈冬菱和她平起平坐。

不仅沈玥不愿意，陈若秋也十分愤怒，硬是要沈万去找王家讨说法。一直以来恩爱缱绻的三房夫妇这些日子频频发生矛盾，让秋水苑的下人们大气也不敢出。

今日也是一样。

陈若秋在屋里来回踱着步，忽而又走到沈万面前，焦灼道："王家到底是个什么想法，总不能让玥儿这样拖着吧。沈冬菱那个小贱人占着玥儿的名声，莫非还想当正经的少夫人不成？老爷，你去王家理论理论！"

她一口一个小贱人，沈万不由得皱了皱眉，捺着性子道："如今唯有让玥儿先以平妻名义嫁过去，再作打算。你这样整日吵吵，玥儿也不安生，根本毫无办法嘛！"

"老爷！"陈若秋尖声道，"玥儿是咱们三房正经的嫡女，如珠如玉地看着长大的。您怎么能说出让她做平妻的话？更何况还是与沈冬菱那个小贱人平起平坐！"

沈万怒道："那你说怎么办？事情耽误越久，吃亏的只会是玥儿。闹开了去，沈冬菱一个庶女没什么影响，玥儿反会被人指着鼻子笑话，沈府也成了笑话，你又如何？"

陈若秋惊了一跳，有些瑟缩，随即想到沈玥，便又道："可也不能就这么让玥儿吃了亏！不行，我要亲自去王府说道！"

"够了！"沈万怒道，"你好好待在府里，看好沈玥，不给我添麻烦就是正道！"

陈若秋呆住，和沈万生活了这么多年，最生气的时候，沈万也没有如此说过她。仿佛是嫌弃和不耐，她心中一紧，下意识道："你我少年夫妻，恩爱和睦，说好不会纳妾，眼下你是嫌我颜色凋零，娘整日说要给你纳个贵妾，你是不是动心了？你是嫌弃我了……"

陈若秋历来就有些小家子气，沈万很吃她这一套。蜜里调油的日子过久了，难免无趣，造作得恰到好处，也会让男人心生怜惜。可惜今日，沈万只是淡淡看了一眼陈若秋，道："你要这么想就这么想吧。"转身拂袖而去。

陈若秋呆住，摇摇欲坠地站在原地，忽而觉得有些事情改变了，最让人害怕的是，她并不知道是从哪里开始改变的。

秋水苑这一番闹腾，很快就传到了别的院子去，比如搁置已久的西院。

赵嬷嬷一边将窗户打开，免得屋里憋得慌，一边对常在青道："是沈大夫人送来的信？"

常在青点了点头。

罗雪雁送来的信其实常在青也说不准究竟是罗雪雁还是沈妙，一想到沈妙，脑中便浮现起那一日少女洞悉一切的双眸，不禁打了个寒战。罗雪雁在信上说，常在青若是得了空闲，可以去沈宅坐一坐，罗雪雁还有心为常在青找户好人家。

说找户好人家，常在青却因这封信想到了别的。

前些日子，她从对付沈信转而对付沈万，对付沈万比常在青想的要轻松许多。自从沈玥和沈冬菱出事以来，沈万和陈若秋之间的矛盾越来越大，沈万越来越喜欢往这里跑，常在青也没有忽略沈万眼里越来越浓的欣赏之意。

打铁要趁热，眼下是不是就是那个热的时候呢？

正想着，外头的丫鬟进来通报，说是沈万来了。

赵嬷嬷忙退了出去，沈万一进屋，瞧见常在青手里拿着一封信，看得津津有味，便好奇地问："这是谁的信，看得这般入神？"

常在青仿佛才看到沈万进来一般，笑着放下手里的信，道："是沈大夫人送来的信。"

沈万面上笑容微滞，装作不经意地问道："大嫂送信来做什么？"

常在青笑道："沈大夫人是好人，说想与我做媒呢，大约瞧着我如今这般大年纪，还没有个倚仗，也是一片好意。"她说得爽朗，瞧了一眼沈万，又道，"三老爷若是哪日得了空闲，还得帮我瞧瞧，说不准还认识大夫人与我说的什么'好人家'。"

她笑得开心，越发显得眉目娟秀，沈万却渐渐笑不出来了。

沈府里这点子事，无独有偶，荣景堂里也正在说道。

沈老夫人坐在榻上，身后的丫鬟轻轻为她捶着肩，王妈妈轻声道："老夫人，三老爷又去西院了。"

沈老夫人闭着的眼睛微微睁开，似乎在思考什么，片刻后又慢慢合上，道："去就去吧，虽说身份低了些，总归是个妾，也不在乎身份。"

王妈妈也笑道："这下老夫人可就放心了。原先让三老爷纳妾，三老爷不肯，如今有了在青姑娘在先，日后三老爷总也会纳旁人，之后开枝散叶，总能生个一男半女的。"

沈老夫人叹了口气："若非沈府眼下一个孙儿都没有，我又何必插手到他院子里去。原先他护陈若秋护得紧，连我这个当娘的话都不听。那时我便说了，男人都是贪鲜的，总有一日她也会被嫌弃，这不就被我说中了？"

王妈妈连忙附和沈老夫人道："那是，老夫人高瞻远瞩着呢。"

沈老夫人面上浮起了一丝得意，又道："早知道老三喜欢的是这样的女子，我当初便该多找些书香世家的庶女来。我看常在青倒是不错，乖巧知礼，也不拿乔。"

"如今还没说破嘴呢。"王妈妈道，"再这么下去，等三夫人发现端倪，只怕要闹起来。"

"闹？她敢！"沈老夫人怒道，仔细想了想，又疲惫地挥了挥手，"不过闹起来也麻烦。算了，既然两个人都有意，过几日你上去帮帮忙，木已成舟，我看陈氏还敢不敢拦着？若是敢，如此善妒又无子的主母，沈家担待不起，就送她一封休书吧。"

王妈妈小心翼翼地称是。

沈府因为三房乱成一团的事，终于传到了另一个当事人——沈冬菱耳中。

杏花正小心翼翼地给沈冬菱泡茶，若是沈家人在场，定会诧异，眼前这个悠然自得、面色含春的美佳人，竟然是二房那个唯唯诺诺的庶女？

沈冬菱端起茶来抿了一口，杏花担忧道："奴婢听闻今早沈府的人又过来了，说要将二小姐嫁过来做平妻。若是二小姐进门，小姐可怎么办？"

"放心吧，她嫁不过来。"沈冬菱笑道，"王家人不可能让沈玥进门，便是沈玥进了门，也不可能好过。"

杏花想了一会儿，又笑了："小姐自来聪明，奴婢想不明白便罢了。不知小姐当日给王姑爷说了什么，眼下竟一点儿也不待见三房的人？不过三房的人也是自作自受，分明就是三小姐提出来的换亲，还想将脏水全部泼到小姐身上，实在太狠毒了。"

要不怎么说，沈万聪明一世糊涂一时呢，王家之所以这么不待见三房，不过是因为沈冬菱对王弼说了一句话：沈玥爱慕的是定王傅修宜，三房也有意站傅修宜那头。

沈万挑中了王家，就是因为王家在夺嫡中站的并非傅修宜一派，结果沈玥爱慕的是定王，沈家三房支持的是定王。若是王弼娶了沈玥，日后难免招惹麻烦。若是王家和沈家三房结亲，日后也必然生出龃龉。只要王家人不傻，便不会让沈玥再进门。甚至沈冬菱这一出换亲，对于王家来说都是庆幸，能和定王撇清关系，不是挺好？

让沈玥以平妻的名义嫁进来，本就是王家故意刁难，沈万是同意了，沈玥会乖乖照做？沈冬菱不这么觉得。

不仅沈冬菱不这么觉得，沈妙也不这么认为。

惊蛰说："沈府里闹得可真大。"

沈妙浑不在意地一笑："也许吧，闹得再大，与我们也无关。"

惊蛰看了看沈妙，走到一边和谷雨嘀咕："姑娘这几日怎么了，兴致不高的模样？"

谷雨往沈妙那头看去，见沈妙坐在院子里，书页也未翻，一手支着下巴，惫懒地看着长空，不知在想什么。

"好像是有一点没精神。"谷雨也点头道。

"岂止是没精神？"惊蛰摇头，"莫不是生病了？"

"能吃能喝，能走能跳，什么病会这般？"谷雨翻了个白眼，"你当是相思病哪？"

"谁患相思病了？"身后有声音传来，二人吓了一跳，回头一看，却是罗凌走了过来。

惊蛰和谷雨连忙问安道："奴婢见过表少爷。"

罗凌摆了摆手，朝石桌前的沈妙走过去。待走到沈妙身边，见沈妙还坐着发呆，罗凌就问："小表妹？"

沈妙回过头，见是罗凌，便笑了一笑，道："凌表哥。"

罗凌在沈妙对面坐了下来，他的右手仍旧未好，不过沈丘为罗凌寻了一本左手剑法，这些日子便认真练起左手剑来。他心境开阔了许多，谈吐竟然比之从前更上层楼，越发显得整个人温如暖玉。偶尔走出去的时候，亦是惹姑娘含羞偷看，听闻罗潭戏言，定京城好几个官家小姐都暗中青睐罗凌。

罗凌道："小表妹想什么想得如此出神？"

沈妙微微一笑："坐着发呆而已。"

罗凌想到方才惊蛰和谷雨说的相思病，看向沈妙，不露痕迹地问："还以为小表妹是到了该出嫁的年纪，也有些惫懒了。"

沈妙淡声道："说起该出嫁的年纪，先是潭表姐着急吧。"

罗凌笑了，道："也是。"

沈妙看向罗凌："凌表哥找我可有什么事？"

罗凌一怔，俊秀的脸上不由得升起一丝尴尬，道："呃，前些日子小表妹给我送的糕点，有些太甜了，所以来跟小表妹说一句。"

惊蛰强忍着笑，表少爷分明就是想亲近沈妙，却又找不到旁的借口。

沈妙果然皱眉，问："太甜？我并未加许多糖汁。"

罗凌越发尴尬地挠了挠头，道："咳，潭儿曾说小表妹会做带着果汁香味的糕点，可否下次也与我做那个？"

沈妙就是一怔。

那糕点掺了水果汁水，正是大凉皇室的口味，之前谢景行让沈妙给他做两篮子糕点杀人灭口的时候充饥，后来明安公主果真被谢景行干掉了，两篮子糕点却没给谢景行。

说起来，谢景行离开也有几日了，大凉睿王就这么随随便便离开，定京城里竟然也没有多少风声。

罗凌见沈妙又开始发呆，在她面前招了招手，问："小表妹？"

沈妙回过神来，歉意一笑："抱歉表哥，那糕点的方子本就是我胡乱做的，当时侥幸才做了那么一篮，要我再做，也不知能不能做出来。"

罗凌万万没料到沈妙会拒绝，尴尬得有些不知所措。

沈妙神态悠然，既然是大凉皇室的糕点，本就工序繁杂，她做得了一次，却也没有耐心整日整日给人做。罗凌……还是让厨房的糕点师傅给他做些别的吧。

他们这头谈话，远远地却被屋檐下的另一人尽收眼底。那人白衣翩翩，纸扇轻摇，正是高阳。

谢景行走后，高阳依照谢景行的吩咐，住在沈宅里，方便时时刻刻看沈妙有什么动静。这一看不要紧，竟能看到罗凌和沈妙说得这般热闹。

高阳看罗凌的目光就带了几分同情，再看看沈妙，摇了摇头，深深叹息了一声。

“你叹什么气？”一个脑袋突然从高阳的身后伸出来，不是罗潭又是谁？

“高大夫，”罗潭问，“你戳在这儿做什么？”她顺着高阳的目光看去，恍然道，“我知道了，原来你喜欢小表妹！”

高阳惊得赶紧伸手去捂罗潭的嘴，笑话，沈宅里谢景行可不只派了他一人来，还有别的暗卫。要是哪个嘴碎的暗卫将此话说给谢景行听，那他也不必在明齐待下去了。

罗潭好不容易挣脱了高阳的手，压低了声音，道：“原来你喜欢小表妹，原来你吃醋啊。”

“少自作聪明。”高阳道，“在下对沈五小姐可不敢有念想。”

罗潭撇了撇嘴：“算你有自知之明。”

高阳冷笑一声，下巴朝罗凌的方向点了点：“我妄想，他就有资格了？”

罗潭看了一眼罗凌，道：“凌表哥很好，可惜却不是小表妹的良人。”

这话有些出乎高阳的意料，他还以为罗潭会一心一意维护自己的堂兄，便问：“哦？为何这么说？”

“表妹是个有主意的，凌哥哥性子太过温和，激不出什么火花。”罗潭有些可惜。

“你还知道什么叫火花？”高阳意外，随即问，“那你说说，你的小表妹能和什么人激起火花？”

高阳本是随口逗一逗罗潭，罗潭却认真思索了一番，最后道：“睿王那样的人吧。”

高阳一愣。

“睿王生得好看，又重情重义，我小表妹就应当配这样的夫君。”罗潭抬头，见高阳含笑看她，才察觉自己同高阳说得实在太多了，“喂，上次我去睿王府，你拿到了我的把柄。今日我知道你心中恋慕小表妹，就算拿到了你的把柄，也算扯平。日后你休想再拿睿王府一事要挟我，小心我将你这点花花肠子告诉小表妹，让你在她面前一辈子抬不起头！”罗潭恶狠狠地道。

高阳啼笑皆非，事实上，比起沈妙来，他比较忌惮的是谢景行好不好？他凑近道：“好啊，那咱们就互相拿到把柄，如何？”

罗潭转身就走，怒道：“登徒子！”

高阳摸了摸下巴，慢慢笑了。

这些事情并未引起沈妙的注意，因着都是无关紧要的小事，直到第二日，沈府里出了一件事情。

沈玥逃跑了。

沈府里已经炸开了锅。

沈万怒不可遏，对着陈若秋吼道：“我让你看好她，怎么会逃了？”

陈若秋心中后怕，她也不知道如何是好，对沈万道：“已经派人去寻了，老爷，玥儿一定不是故意的，她是害怕……”

沈万冷笑一声：“她害怕？她害怕还会跟人换亲？害怕还会自己离家？聘则为妻，奔则为妾，我沈万没有这样不知廉耻的女儿！”

“你怎么能这样说她？”陈若秋瞪大眼睛，“那是你的女儿！”

沈万眼中闪过一丝不耐和厌恶，转身大踏步离开了屋子。

陈若秋几乎瘫软在地，一把抓住身边诗情的手臂，指甲深深陷进去，疼得诗情面色发白，却不敢动弹。

秋水苑这点闹腾很快就传到了荣景堂去。沈老夫人抿着茶水，闻言一笑，道：“作吧，作吧，陈若秋就作吧。”顿了顿，又道，“什么样的娘教出什么样的女儿，这一个个的都不让我省心。”

张妈妈小心地为她捶着肩：“不知寻三小姐的人现在寻到了没有？”

“管她做什么？”沈老夫人道，“她有多大能耐，我还不知道？过不了多久就会灰溜溜地回来。”她忽而想到了什么，眉头一皱，“老三现在还往西院跑吗？”

张妈妈点头：“这些日子三夫人和三老爷时常拌嘴，三老爷往西院跑得更频繁了，一留就是大半天。”

沈老夫人点了点头，眼中闪过一丝精光，道：“既然如此，也是时候过明路了。早早地给老三生个儿子，我还想抱孙子呢。张妈妈，你去做一件事情，这沈府里近来诸事不顺，也该办办喜事，去去霉气儿了。”

张妈妈点头称是。

这天夜里，沈万迟迟未回屋，陈若秋心中犯了嘀咕，从前沈万就算在外应酬，也会派身边小厮过来传个口信儿，今儿却不晓得去了哪里。想着白日里和沈万闹了一通，陈若秋心中不免着急，如今沈万和她之间生了龃龉，若是被人引着在外头收了新的女人就糟了。陈若秋和任婉云不同，任婉云的那点念想，早已被沈贵一房一房地往院子里收女人给磨光了，陈若秋却霸占着沈万的宠爱这么多年，本身极为善妒，不容许沈万再有别的女人。

思及此，陈若秋就有些坐立不安。

画意从外头走了进来，道："夫人，老夫人那头得了几匹布料，说让您给常姑娘送一匹过去。"

沈老夫人向来不将常在青放在眼里，今日怎么难得地想起常在青来？陈若秋皱眉："老夫人直接差人送过去就得了，怎的还要我去？"

画意道："大约是因为想着您与常姑娘私交甚好吧。"

陈若秋便也没说什么，披上外裳，带着诗情和画意往西院走去。

此刻天色已经黑了，但也不到上榻休息的时候，陈若秋估摸着常在青还没睡，便也没知会人。

到了西院，出人意料地，西院竟早早地灭了灯，陈若秋有些奇怪，却见赵嬷嬷瞧见她就是一愣，似乎有些慌乱，道："三夫人怎么来了？"

"老夫人让我来给青妹妹送布料。"陈若秋道，又往闺房那头探了探脑袋，"怎么，青妹妹已经睡下了？"

"是、是啊。"赵嬷嬷道，"小姐这几日身子惫懒，睡得早了些。"

陈若秋总觉得赵嬷嬷的神色十分不自然，再看周围的几个丫鬟，俱是低着头。恰逢屋里隐隐约约传来动静，听得不甚清楚，待动静声传出来时，赵嬷嬷的神色变得更紧张了。

陈若秋虽然好奇，却并不想和常在青发生矛盾，便让丫鬟将布匹放下，正要离开，脚步却突然顿住了。

赵嬷嬷顺着陈若秋的目光一看，见常在青闺房靠院子一边的窗户上，摆着一个小小的香囊。香囊深红，绣着白鹭，十分精巧。陈若秋走过去，将香囊拿在手中。赵嬷嬷想阻止的时候已经来不及了。

诗情和画意看到那香囊的时候，也吃惊得说不出话来。

在沈玥出嫁那一日，常在青曾送了一个香囊给陈若秋。后来陈若秋将那做工精致的香囊给了沈万。那香囊绣着白鹭，并不显得女气，因着里头装着茶叶，散发着茶叶的清香，陈若秋嫌茶香太过清冷，又往里添了些秋天存下的干桂花。

世上没有两片一模一样的叶子，便是常在青心灵手巧，做出个一模一样的香囊，却不是每一个香囊里都被陈若秋添了桂花。

陈若秋拿起香囊，手竟有些发抖，终于还是放在鼻下，下定决心般一嗅。

桂花清甜的味道混着茶香慢慢钻进陈若秋的鼻子，陈若秋猛地闭上了眼睛。

再睁开眼，她猛地转向赵嬷嬷，赵嬷嬷慌乱的神情还没来得及收起，陈若秋冷笑一声，道："一个个的真当我是傻子不成？"说完快步走向常在青的闺房，就要破门而入。

"夫人不可！"赵嬷嬷连忙来拦。

陈若秋问："为什么不可？"

赵嬷嬷说不出话来。

陈若秋一颗心不住地往下沉，对诗情和画意道："砸！给我狠狠地砸！我要看看是哪一对奸夫淫妇，要在我沈府这样的地方不知廉耻地行苟且之事！砸！"

诗情和画意得了命令，不敢不从，上前将门砸开，陈若秋顺手拿过旁边的一盏灯，不等赵嬷嬷阻拦，抬脚就朝里走去。

屋中的暖炉烧得旺旺的，地上散乱着些衣裳鞋子，首饰七零八落，床上交叠着的两人倒是一副旖旎香艳的模样。

那女子香腮含粉，又羞又窘，男子却不紧不慢地扯过衣裳将二人身体盖住，随后转头看过来，正是沈万。

屋中酒香袅袅，分明是喝醉了酒睡在一起，却不能用失误来形容，一个有情一个有意，陈若秋和沈万做了这么多年夫妻，沈万若是不喜欢，焉会让常在青上了榻？何况这还是常在青的院子，是沈万主动过来的。

陈若秋闭了闭眼，将快要溢出的眼泪狠狠地收了回去，尖叫道："狗男女！"

荣景堂里，常在青和沈万站在一边，沈万倒没什么表情，常在青垂眸不语，似是十分羞惭。陈若秋硬生生逼着自己收起眼泪，拿出一副誓不罢休的派头。

"行了，哭哭啼啼像什么样子。"沈老夫人不耐烦道，"自家夫君收个姑娘又有什么，值得你这般哭天抢地。"

"娘！"陈若秋喊了一声，"若是老爷好好地将姑娘收进来，按礼抬了妾，媳妇自然不会多说什么，可他二人不声不响的，就在这院子里，当着我的面儿做这种事，分明就是故意给我下脸子。娘，我是您的儿媳，您也是女人，若是夫君想纳妾，我还能拦着不成？何必用这样折辱人的法子？"

"三夫人。"常在青忍不住开口，"今日之事全是一场误会，是我喝多了，与三老爷无半分关系。在青不为人妾，此事权当没有发生过吧，明日我就收拾包袱离开沈府，还望姐姐不要因此怪罪三老爷。”

沈万的神色微微一变，就道：“说什么离开？我自己做的事，自然也该给你个交代。”

沈万这话越发火上浇油，陈若秋当即道：“交代？你要如何交代？是不是要将我赶走，将这个正妻的位子也让给她？”说罢又转头看向常在青，指着常在青的鼻子骂道，“好你个白眼狼，你来沈府，我供你吃供你穿，谁知道你竟连姐夫的床也爬，真是好不要脸！勾引不了沈信，你就来勾引旁人的夫君，难怪这么大年纪都嫁不出去，这样伤风败俗的荡妇，谁家正经儿子敢要？”

她一番话说得不仅沈万呆住，连沈老夫人也有些愣怔。自诩书香门第出身的陈若秋，也如街头泼妇一样骂人，场面未免有些难看。

沈万气得说不出话来，常在青咬着嘴唇，面色隐忍。一边看戏的沈贵忍不住说了句话，道：“弟妹啊，你这就不对了，夫君想纳妾，你这个做夫人的自然要帮着操持。三弟院子里没有别的人，本就不合情理，好容易有了个能为你分忧的姐妹，你干吗还阻着呢？”

陈若秋冷笑：“二哥还有闲心关心三房里的事情？二哥自己的事都未曾料理好，眼下都已经断子绝孙了，就算纳上十个八个，又有什么用？照样没有人传宗接代！”

沈贵当即气得脸色铁青，沈老夫人的面色也不大好看。

“陈氏，那你说到底要如何？”沈老夫人怒道。

“我嫁到沈家这么多年，也不是什么不通情理之人。将常在青撵出去，我可以当一切都没有发生过。”陈若秋道。

“不可能。”沈万怒道，“我既然碰了她，自然要对她负责。”

“谁都可以，就她不行！”陈若秋指着常在青大喊。陈若秋太了解常在青了，只怕常在青进了门，不仅要与她分宠，独宠都有可能。她不可能给自己找这么个劲敌！

“她为什么不行？”沈万怒不可遏。

陈若秋道：“你若要纳她，就先与我和离！”

沈万气了个半死，陈若秋却越发咄咄逼人，道：“得了一封和离书，我自然二话不说便离开。你爱纳谁便纳谁，扶正也没有关系，总归我们桥归桥路归路，一别两宽各生欢喜！”说完，两行眼泪顺着脸颊流了下来。

陈若秋说的是气话，她和沈万少年夫妻，和和睦睦这么多年，到底还有些情义。为了常在青而休她，想来沈万是万万不会这么做的。

可惜陈若秋千算万算，却没算到沈老夫人的态度。

沈老夫人冷笑一声，道：“和离？想得美！你打错算盘了。老三不可能给你和离书，最多也就是给你一封休书罢了！”

正要开口的常在青闻言，便将嘴里的话咽了下去。

陈若秋也不甘示弱，就问：“凭什么就要给我休书？”

“凭什么？”沈老夫人看着她，“老三自娶了你进门，别说是妾室，通房都没有。你身为主母，不想着为丈夫打点，就是善妒无德！这么多年，陈若秋你算算，你到沈府来近二十年，都未曾为三房生下儿子。我且问问你，定京城里哪个像你一样，嫁入夫家生不出儿子，也不让丈夫和别人生儿子？你是想我沈家绝后是不是？你善妒、无子，七出之条中有这两条，就足以赐你一封休书了！”

沈老夫人看向常在青，慢慢道：“老三，既然你碰了人家，我沈家也不是不讲道理之人，自然要负责任。常姑娘家里已经没人了，常姑娘同意的话，还是得过了明路，提个贵妾吧。这府里近来晦气颇多，也该冲冲喜。”

提个贵妾……沈老夫人这分明就是故意在和陈若秋对着干，是在给陈若秋下脸子。

陈若秋看向沈老夫人，沈老夫人沟壑纵横的脸上极快地闪过一丝笑意，恍然让陈若秋心中大悟。

沈老夫人让她去西院送布匹，早不去晚不去，偏偏那时候去，沈老夫人莫不是故意的？这些日子她操心沈玥，顾不得别的，没发现常在青和沈万的猫腻，沈老夫人未必就没有发现。沈老夫人一心想给沈万纳妾，发现常在青和沈万有往来，只怕高兴还来不及，或许还在其中推波助澜了一番，为的就是今日这个局面。

让常在青进府，逼她到如此境地。

沈老夫人……陈若秋心中生出无限恨意，咬着牙道：“如此羞辱，不可理喻！”

第三章　同林夫妻

定京城的将军府，自从两年前大房和沈家分家后，就以一种旁人可见的速度迅速衰落下去。

最近，市井街坊中起了一则传言，便是沈家的三老爷沈万打算休妻。

沈家三个儿子中，除了沈信外，沈贵虽圆滑却太好女色，沈万和自家二哥不同，他洁身自好，又极爱惜羽毛，平日里看在众人眼里，是个人情练达又很有才干的人。那些官家太太对沈万的印象也不错，不为别的，就因沈万极为宠爱妻女，后院中一个别的女人都没有。

谁知道在这个节骨眼儿上，沈玥都已经出嫁了，陈若秋和沈万却突地生出了休妻一事。

市井中传得有鼻子有眼的，就道："可不是吗，听闻是因为沈三夫人无子。总不能就此绝后吧，难怪会急了。"

"沈三老爷好歹仕途不错，这样大的家业，日后连个可继承的人都没有，实在可惜。"

"陈氏肚子不争气，还不让自家夫君纳妾，真是好无礼。若我是沈三老爷，必然也受不了。"

沈府里，陈若秋砰地砸烂了面前的白瓷花瓶，花瓶溅起一地碎片，陈若秋仍不解恨，将桌上的茶杯也掀翻在地。

"无耻无耻！"陈若秋道，"奸夫淫妇逼我至如此境地，竟还是我的不是？

可笑！愚蠢！”

外头的流言都是对陈若秋不利的，陈若秋又自来好面子，总是自诩书香门第出来的闺秀，如今被人说成一个善妒无子的泼妇，如何甘心？

“定是那个贱人在外头胡乱说的。”陈若秋咬着牙道。

她和沈万说起休书，本就是赌气之言。谁知道这个消息不知怎么就被传得大街小巷尽人皆知，几乎将她和沈万推到了无法缓和的地步。最让人心寒的是，到现在沈万都未曾来看过她一眼。

“定是那个贱人撺掇着老爷！”陈若秋的指甲深深嵌进了掌心。沈老夫人如今故意抬举常在青跟她作对，沈玥不知去向，沈万又被常在青蛊惑，偌大一个沈府，竟然没有一个人站在她身边，陈若秋的心中倏尔生出一股孤军作战的无力感。

“夫人，如今老夫人下了命令，接下来究竟该怎么做？”画意终于忍不住开口问道。

要么就让常在青以贵妾之名进门，要么就让沈万赐自己一封休书，无论哪一样，都是陈若秋不能接受的。

对于沈万的爱，此刻一点一点变成了恨，她猛地站起身来，冷笑一声，道：“世上哪有这么便宜的事情？沈家羞辱我，难道我还要从了不成？收拾东西，我要回陈家！”

陈若秋回娘家了。

陈家老爷是典郡吏，负责明齐宫中大大小小的文书。陈老爷年轻时是当朝解元，还是很有几分本事的。

陈老爷虽然不是护短之人，却十分注重家族名声，尤其是那股故作清高的派头，几乎和陈若秋如出一辙。如今陈若秋被休或是得了善妒的名声，陈老爷心里肯定不爽利。陈家和沈家，注定有一场扯不清楚的官司了。

沈妙从惊蛰嘴里听到这些话的时候，正在灯下看书。

惊蛰道：“三夫人已经回娘家了，必然不会善罢甘休，若是他们查出那些流言是姑娘放出的……又会如何？”

市井之中的流言，不是常在青放出的，也不是沈万放出的，更不是沈老夫人放出的，而是沈妙放出的。

“放心吧。”她道，“没那么容易被查出来的。”她将此事交给沣仙当铺，既然收了银子，季羽书就一定会给她打点好。

惊蛰不说话了，见窗户没关，就要起身关上，一边道："谷雨怎么成日都忘了关窗，天寒地冻的，冷风进来，姑娘身子受寒怎么办？"

"等等。"沈妙叫住她，看了窗户一眼，"先通通气，屋里闷得很，等会儿我自己关。"

惊蛰纳闷，这屋子如此敞亮，究竟是哪里闷了，却还是什么都没说，又替沈妙剪了油灯的灯芯，才退了出去。

沈妙瞧着微微晃动的烛火，端起来走到榻边，刚走到一半，烛火却像是被什么弹了下，猛地晃动一番。

一个熟悉的声音响起，带着许久不见的戏谑慵懒，道："不是特意给我留着门，怎么就要睡了？"

沈妙回头，青年撑在窗台上，一手支着下巴，漂亮的桃花眼漫不经心地看过来，慵懒又迷人。他见沈妙微怔，身形一闪，便进了屋内，夺过沈妙手里的油灯，走到小几前坐下。

动作行云流水，仿佛是进自家屋子。

"你回来了？"沈妙问。

"啧。"谢景行盯着她，似笑非笑道，"怎么，想我了？"

沈妙习惯了他轻佻又暧昧的言语，自己也走到小几前坐下，谢景行挑眉道："陈若秋的事，你做得不错嘛。"

沈妙白了他一眼："你又知道了。"

"难怪当初常在青来定京，你是这么个态度。"谢景行看了一眼沈妙，语气说不清是欣赏还是喟叹，"真是心狠手辣。"

沈妙不置可否。

谢景行像是想起了什么，不知从哪里变了一个匣子出来，丢到沈妙怀里。

沈妙下意识接住一看，见匣子外壳上还雕着一只大老虎。虎头活灵活现的，倒是有几分憨态可掬，然而张牙舞爪的模样又十分凶悍。想到谢景行养的那只叫娇娇的白虎，沈妙忍住心中一口气，将匣子打开。

甫一打开，沈妙差点被匣子里五光十色的东西晃花了眼，便见沉甸甸的一匣子，俱是些做工精巧的华贵首饰。

沈妙看着他道："我不需要首饰。"

谢景行道："这些都是一件难求的。你好歹也是个姑娘家，买些首饰怎么了？"

沈妙想了想，问：“或许沣仙当铺可以当。”

谢景行被她噎了一噎，蹙起眉头问：“你很缺银子？”

“银子多总归是好事，打点门路都需要银子，日子久了，难免也紧巴巴的。”沈妙坦然道。

谢景行闻言，从袖中摸出一方圆圆的玉牌模样的东西，道：“这是金玉钱庄的行令，拿着这个，取多少银子都行。”他随手将玉牌扔给沈妙，不悦道，“别整日没什么眼光。”

沈妙将玉牌还给谢景行，道：“无功不受禄。”

谢景行饶有兴致地盯着她道：“还真有骨气。”他点头示意沈妙看那匣子，“这可不是普通的首饰，你再看。”

沈妙有些狐疑，随手拿起一只翡翠双环，翡翠水头极好，瞧着瞧着，却见双环的环扣似乎有些奇怪。她仔细摸了摸，竟是一个暗扣。沈妙抬起头看向谢景行：“这是什么？”

谢景行笑了：“暗器。”

“暗器？”沈妙摆弄着暗扣，下意识往下按，却被谢景行叫住。紧接着，谢景行站起身绕到她身后，自沈妙背后环住她的双肩，手把手地教她用翡翠双环。

“这里放着针，有毒，怕伤到自己人。寻常人中了针，会暂且昏迷一阵，三寸之内有效。不要乱放。”

“簪子里有毒粉，拔掉簪头可以致盲，遇到匪徒大可一用。”

“手串里藏了刀锋，拉开就是小刀。如果被人用绳子绑住，这个可以替代刀割断绳子。”

“八宝耳环里是哨子，实在紧急可以吹哨，定京城里到处都有我的人，如果有危险，会赶来救你……”

他细心地与沈妙一一说明，言辞间罕见地认真，长长的睫毛垂下来，足够令人心动。他的手修长白皙，漂亮的桃花眼半敛，偶尔看沈妙一眼，仿佛春水漾动般迷人。

沈妙觉得有些热。

窗户分明是开着的，屋子里竟也觉出沉沉闷意，他俯身的时候，低头看过来，沈妙几乎是靠着他的胸膛，连后背似乎也出了一层细汗。

她有些走神，谢景行敲了一下她的脑袋，道：“专心点。”

沈妙往前坐了坐，离他稍稍远了些，故作平静道：“都已经看过了，我也记住了。日后再练习练习就是。”

谢景行唇角一勾：“不是说不要？”

沈妙转头：“你记错了。”

这么一转头，却因为谢景行本就俯头看她，差点和谢景行撞上。沈妙微微一怔，脸颊迅速红了起来。

这青年眉目英俊得不像话，平日里亦正亦邪，很有些玩世不恭，然而当他用那双漂亮的眼睛看你的时候，世上便如同从冬日一夕之间得了春雨滋润，重重叠叠的红花盛开锦官城，说不出的风流。

谢景行低声笑了，他伸手拨了拨沈妙额前的碎发，半是疑惑半是天真道：“你怎么脸红了？”

沈妙猛地站起身来，走了两步，背对着谢景行道：“屋子太闷。”

也正是因为她背对着谢景行，便错过了紫衣青年眸中一闪而过的了然笑意。

“因为觉得无功受禄心中惭愧？”谢景行不甚在意道，“简单，做糕点就是了。”说罢又想起了什么，“我做许多都换不回，有人什么都不做也能得到，真是恼火。”

“什么？”沈妙听不懂。

却见谢景行已经站起身来，道：“罢了，今日只是给你送暗器。这些东西都适合杀人灭口，想来很合你心意。”

沈妙很想反唇相讥，又觉得谢景行说得不错。这满满一匣子首饰模样的暗器，对她来说是很珍贵的。

谢景行忽然道：“你知不知道沈玥的下落？”

沈玥？沈妙摇了摇头，问：“你知道沈玥的下落？”

谢景行道：“她在秦王府。”

等谢景行走后，沈妙按了按额心，重新在榻上坐了下来。

烛火已经快要燃尽了。

沈玥竟然去了秦王府，沈玥和皇甫灏搭上了关系。这一世，冥冥之中她改变了许多事情的走向。如今进了秦王府的沈玥，又会在未来带来什么样的变数，谁也无法预料。

沈妙摸着胸口，瞧见那匣子，伸手拿过来，从匣子里挑出一只翡翠双环戴在手上。冰冰凉凉的玉饰，沈妙却觉得有些微烫，就像青年的眼神。

她烦躁地将匣子合上，却不经意间看到匣子旁边，一枚玉牌正静静躺着。

金玉钱庄的行令……

明明还给了谢景行，又不知道什么时候被谢景行丢在了这里，想来是他故意的。倒没见过有人将这大把大把的银子拱手送给别人，沈妙很是为大凉的永乐帝惋惜了一番。

将玉牌收好，沈妙想着改日遇到谢景行，还得将这东西还给他才是。

秦王府上，夜深时分，亦有女子坐在镜前梳妆。只是如花美人，神情却有些阴鸷。

这人正是沈府里失踪多日的沈玥。

沈玥从没想过有一日，自己竟会和秦国太子搭上关系。本来她打算离家奔赴定王府，她想着，傅修宜君子温和，自己又是沈家三房嫡出的女儿，便是看在同僚之谊上，傅修宜也不会对自己坐视不理。而她生得美，才情无限，只要在定王面前诉说委屈，得了定王的爱怜，总归能笼络住定王的心。

可她从未单独出过府，又哪里晓得定王府在何处。又怕沈家的家丁追来，不得已躲躲藏藏地走。没等她找到定王府，就在一处偏僻的巷子出了事，地痞抢走了她的包袱，还想要侮辱她的清白。情急之下，沈玥只得喊出自己是威武大将军侄女的话。

恰好有人走过，听闻她喊出这么一句话，就出手救了她。沈玥后来才知道，这人竟是秦王府的人。

然后，沈玥就见到了皇甫灏。

原以为是皇甫灏顺手相助，沈玥便道了谢。谁知皇甫灏似乎对她很感兴趣，确切地说，是对沈妙很感兴趣，问了许多有关沈妙的事情。

沈玥觉得皇甫灏大约看上了沈妙，心中妒忌。若是沈妙和皇甫灏成了，沈妙就是太子妃，日后也许还是秦国的皇后，无论如何都是荣华富贵享之不尽。

因此，沈玥便说了许多沈妙的不是。她慢慢地若有若无地吐露出沈妙是个心机深沉又无甚才德的女人。果然，沈玥说完后，就见皇甫灏的神情不大好，这让沈玥心中大为快慰。

皇甫灏打算送沈玥回去，沈玥却听说沈万要休掉陈若秋，陈若秋一怒之下回娘家的事。沈玥怒不可遏，打算回府替娘亲讨个公道。正要出门却又想到，若是她现在回去，一定会被沈万嫁给王弼做平妻。

沈玥想不出好法子，又不愿意眼睁睁见陈若秋吃亏。要知道一旦陈若秋被休，她这个嫡女的身份也会受到牵连，日后在沈府更没有立足之地。

直到最后，她想到了一个法子。

皇甫灏是秦国太子，权势滔天，若是皇甫灏出手，或许一切会简单得多。

而她，只要讨好皇甫灏就行了。

定京一连下了好些日子的小雪，天总归是放晴了。

沈妙在院子里晒书，惊蛰道："听闻陈家和沈家这桩官司打得热闹极了，拖了这么长久，也不知最后是个什么结果。"

"还能有什么结果，两边都吃力不讨好呗。"谷雨不屑道，"将家务事都闹到官司上去了，还真是贻笑大方，幸亏老爷夫人分家分得早，不然，指不定要被连累。"

陈若秋的娘家和沈家打起了官司。

陈老爷非常好面子不服输，凡事都要争出头，决不允许自己是理亏的那一方。虽然陈若秋已经出嫁，陈老爷也要维护陈若秋的名声，因为他不允许沈家如此看轻陈家。陈若秋的母亲是个厉害的，她心疼陈若秋，三言两语便说动了陈老爷，要和沈家就休妻一事狠狠地打一场官司。

陈家自言陈若秋嫁入沈府兢兢业业，为沈万打理家业，也曾要给沈万纳妾，是沈万自己不肯。陈若秋嫁入沈府多年，外头都知道她知书达理，温柔婉约。如今沈万为个来路不明的女子干出休妻一事，是宠妾灭妻。

而沈家则说，陈若秋虽为主母却生不出儿子，不想着帮丈夫开枝散叶多纳几个妾，如今丈夫屋里收人，反而还阻拦，实在善妒。

一个说婆婆不慈，一个说媳妇不孝，真是好大一场闹剧，定京城的路人都看得津津有味。

而最后一纸诉状告上衙门，陈家老爷是典郡吏，沈万也不是芝麻官儿，两边都得罪不起，就只得一直这么拖着。

沈万和陈若秋在这场官司里，夫妻的缘分也算走到尽头，一来是打官司令沈万的仕途受阻，二来则是因为常在青有了身子。

常在青这身子说来也是来得巧，若是常在青肚里怀着的是个儿子，这辈子沈万就有人传宗接代了。

沈妙微微一笑，道："可别忘了给衙门的大人打点些银子。"

谷雨疑惑，问："姑娘这是要帮三老爷还是三夫人？这些银子打点的又是哪边？”

沈妙道：“哪边都不是。”

打官司这种事，最烧银两了。衙门的人也要捞银子。打得越久，衙门捞得越多。

沈妙前生在宫里时，曾见过傅修宜想要对付一员朝臣，那朝臣原先是跟过周王的，傅修宜要对付他，又不能光明正大地对付，便算计朝臣卷入了一起官司，最后直接倾家荡产了。

沈妙的目光微微转冷，不过常在青竟然会在这个时候怀孕……想到前生常在青在罗雪雁的死亡中扮演的是如何一个角色，沈妙就忍不住冷笑一声。

她道：“把莫擎叫过来，让他再找些人，替我去柳州接个人。”

柳州那地方，还有常在青的丈夫、儿子。前生常在青毁了罗雪雁，过了好些衣食无忧的日子才被人掀开老底，如今这老底就由自己来掀。

沈妙在这头考虑沈家三房的时候，沈万却留在了定王府中。

皇子夺嫡的几番风云里，沈万是个聪明人，总是站不定自己的脚步。太子正统却病弱，周王有母妃受宠却行事嚣张，离王人脉广却偏不得文惠帝喜爱，唯有定王自成一派，瞧着却又无心帝位。

可沈万有一种直觉，傅修宜并不如表面上那般对皇位毫无兴趣。这样反而让沈万更加犹豫，沈府自从沈信回来后就接二连三地倒霉，连沈万都觉得晦气。他的仕途眼看越来越艰难，这时候，他就想到了傅修宜。

早年间，沈信还没分家的时候，傅修宜待沈万其实还是不错的，甚至有想拉拢的意思。沈万当然明白傅修宜是冲着沈信的兵权，可那时候他可以挑选的更多，便打着太极过去，后来傅修宜似乎明白了他的意思，便也不如最初的时候那般热络。

如今沈家败落不如从前，沈万若还想保住自己的官途锦绣……加上常在青或许能为他生个儿子，沈万原先的中庸之道瞬间成了想要去闯一闯。

富贵险中求，他还是想要去试一试。

所以沈万终于来到了定王府中，选择了投诚。沈万觉得有些好笑，若是早一点下这个决定，或许沈玥便不必嫁到王家，也不必换亲，更不必逃走，还能笼络住傅修宜的心。可若是没有沈玥换亲，或许他和陈若秋不会走到这一步，常在青不会怀孕，他更不会投奔定王。

世情阴差阳错，命运喜爱弄人。

傅修宜坐在主位之上，命人给沈万奉茶。客套的话便也不必说了，彼此都心知肚明。

傅修宜笑容温和："沈大人忙于家务事，突然登门，是有何事？"

沈万面上一片赧然。他和陈若秋的事闹得整个朝堂沸沸扬扬，同僚们看他都是用看笑话的神情，这对于爱惜羽毛的沈万来说简直是痛苦的煎熬。

沈万道："臣愿为殿下肝脑涂地！"

傅修宜闻言，只是笑了一笑，并未接话。厅中只有他二人和仆人，这样的沉默，沈万的脑门上渐渐渗出冷汗。

不知过了多久，沈万浑身上下都被汗水打湿的时候，才听到傅修宜的声音传来，他道："可如今沈信已经离府另过，你又如何？"

沈万的心里咯噔一下，傅修宜果真是冲着沈信来的。

沈万小心翼翼道："虽开府另过，到底也有一两分兄弟情义。若是殿下有吩咐，臣定当竭尽全力。"

"好。"傅修宜道，"本王欣赏有才之士，也相信沈大人的本事，近来恰好有一桩事，既然沈大人今日碰巧，就不劳烦别人，都是自己人，相信沈大人会办好。"

沈万有些不安，傅修宜说这话分明就是要给他出个难题了，若是办好了，他自然就是傅修宜的人，若是办不好，他没能证明自己是"有才之士"，还会被傅修宜无情抛弃。而因为这个难题而出现的后果，沈万也必须自己承担。

这是一个交易。

沈万心一横，道："请殿下吩咐！"

傅修宜满意地瞧着他，道："此事不难。本王知道沈将军有一个嫡出女儿沈五小姐，爱若珠宝，如今沈五小姐也到了该定亲的年纪。"

沈万猛地抬起头，开口道："殿下……想要求娶五姐儿？"

"本王？"傅修宜笑起来，摇了摇头，"不是本王，是本王的皇兄。"

沈万一怔。

傅修宜的声音慢慢传到了他的耳中。

"让沈五小姐嫁给本王的四哥，周王。"

沈万先是吃惊不已，待想明白之时，忽又觉得心口生出凉意。

沈妙是什么人？是沈信的嫡女。南谢北沈，谢家算是真正衰落了，明齐沈家独大。谁娶了沈妙，谁就有了明齐天大的兵权，同时也得了皇帝的忌惮。

皇子们不敢打沈妙的主意，太子还好些，毕竟是正统，其他皇子谁要是娶了沈妙，几乎是明晃晃地在诉说自己夺嫡的野心。

眼下夺嫡中，风头最显的是周王一派。要是和沈妙扯上干系，周王就被推到了风口浪尖，文惠帝必然不悦，其余皇子必然眼红，周王只怕会被打压得很惨。至于沈家就更不必说了，这样大张旗鼓地站队，只怕秦国和大凉的人一走，沈家就会死得很惨。

一石二鸟，沈万心中发寒，定王的心思太沉太狠，倒是有些可怕了。

傅修宜仿佛没看到沈万的神情，笑得温和，道："此事就交给沈大人了。"竟没说要如何做，也没说要做到什么地步。周王已经有了周王妃，沈妙嫁过去，也只能做侧妃。

沈万心中一点儿底也没有，但不好表露出来，只得对着傅修宜拱手道："臣定当竭尽全力。"

接下来二人互相客套了几句话，傅修宜的态度算不上热络，也说不上冷淡。等沈万离开定王府后，裴琅才从屏风后走了出来。

裴琅走到傅修宜下首位置，瞧着沈万喝过留下来的茶盏，道："殿下打算起用沈万了？"

傅修宜看向裴琅："先生以为沈万如何？"

裴琅摇了摇头："虽隐忍亦有手段，可狠劲不足，家事混乱，日后难免招惹麻烦，小用即可，不堪大用。"

傅修宜笑起来，看向裴琅的目光充满欣赏，道："先生与我想的一样。"说罢又叹了口气，"自从谢家兄弟死了之后，有些事情也不好交代旁人去办。"

裴琅皱了皱眉："殿下是不打算重用沈万？"

"墙头草。"傅修宜道，"从前摇摆不定，如今被情势所逼才投奔于我，这等心志不定之人，我可不敢用。"

裴琅又道："让沈万想法子撮合四皇子与沈妙，殿下以为可行？"

"可不可行不知道。只是此事既然是沈万唯一的机会，他必然会不顾一切促成。沈家功高，周王独大，如今也到了足够的地步，再不出手，就来不及了。"

裴琅不再说话了，却见傅修宜突然道："若是我娶了沈妙，先生以为如何？"

裴琅心中狠狠一跳，面上仍是一副云淡风轻的样子，道："只怕不善，会引来陛下猜疑，也会让其余皇子心生忌惮。"

傅修宜点了点头，神情竟有几分惋惜，道："可惜了。"

裴琅不明白傅修宜究竟在可惜什么，于情之上，傅修宜对沈妙并未有别的情愫。若是有，当初沈妙追他时也不会如此冷淡了。

那傅修宜究竟是在可惜什么？可惜沈家的兵权无缘收到手中？

裴琅不知道这个答案究竟是什么，傅修宜离开后，他也回到了自己的屋中，开始提笔写信。

今夜的睿王府很有几分肃杀。

下人们俱是一派凝重的神情，个个大气也不敢出。今儿个睿王殿下回来的时候神情十分冷漠，跟在他身边的高阳和季羽书二人也难得地面色肃然，而铁衣和南旗带着一个侍卫打扮的人，与睿王一同进了屋。

书房修缮得十分宽敞，加上一些富丽堂皇的摆设，倒像是宫殿一隅。正座上坐着一人，正百无聊赖地把玩着手中的扳指。他身着暗紫色绣金的华丽衣袍，衣裳慢慢铺满宽大的座椅，仿佛一道紫色流云自天边流泻下来。

谢景行半倚在座中，垂眸看向底下人。他的眉眼英俊得不像话，冷起脸来的时候，桃花眼中的春水都变成了冰泉，他淡淡开口，声音听不出喜怒："说吧，主子是谁？"

那人咬着牙不言。

高阳和季羽书亦是皱紧眉头。

谢景行懒洋洋一笑，道："不说也行，扔到塔牢。"他忽而弯腰，凑近那侍卫，压低声音道，"反正我也知道是谁。"

侍卫面色不改，身上伤痕累累，显然在这之前已经受了不少折磨，谢景行道："收了他的令牌。"

季羽书和高阳同时一愣，不由自主地看向那侍卫。

侍卫一怔，随即面上闪过一丝挣扎之色。一句令牌，显然谢景行已经知道了他的身份。

侍卫心一横，索性跪下来朝着谢景行磕了几个头，道："殿下开恩！"

谢景行扫了对方一眼，嗤笑道："皇兄派来的人就是这个德行，没意思。"

季羽书忍不住开口道："陛下要你对沈五小姐做什么？"

这人是在沈宅门口捉到的，也亏得谢景行整日派人盯紧沈宅，此人武功极为高强，又颇为警觉，谢景行的人蹲着守了好几日才逮着他。现在想来倒也不足为奇了，永乐帝身边的密探若是这点本事都没有，大凉皇室才岌岌可危。

侍卫本想说什么，对上谢景行似笑非笑的目光，不由得脊背发寒，要知道整个凉朝皇室，这位脸上总是挂着笑、慵懒又俊美的睿王才是最不好惹的一个。两年前他回大凉，朝中多少势力在其中暗暗博弈，却被他一一摆平，和他作对的大臣，也被连根铲除。

在他洞悉一切的目光下，侍卫再不敢隐瞒，只得和盘托出，道："陛下知道沈五小姐之事，恐殿下逗留明齐是因为沈五小姐，派属下前来查探……并未要属下伤害沈五小姐，全是查探……"

谢景行闻言，笑了一声，道："哦？既然只是查探消息，那就不必关塔牢了，送你回大凉吧。"

侍卫一怔，还未来得及说话，就听见头上谢景行的声音传来："你知道怎么说？"

侍卫犹豫了一下，睿王和永乐帝都是一样令人恐惧的存在，他心中有几分绝望，试探地问："殿下和沈五小姐并无关联？"

谢景行饶有兴致地瞧着他，漂亮的眸中似乎含着某种深意，慢慢道："皇兄的人怎么能说谎呢？"

高阳捏紧了手中的折扇，季羽书咽了咽口水。

"回去告诉皇兄，他想得没错，本王就是因为沈妙留下来的。"青年勾唇笑得柔和，眉眼间却桀骜不驯，"不要妄想改变什么。"

"让皇兄别忘了和本王的约定。"

静谧的夜色掩盖了一切，掩盖了睿王府的暗流，掩盖了定王府的算计，亦掩盖了将军府的私语。

秋水苑中，原先的女主人同夫家打起了官司，新来的姨娘肚里却有了孩子。下人踩低捧高的不在少数，立刻就掉转了头去奉承这位新主子。

常在青坐在屋中，摸着肚子，面上挂起了一抹温和的笑意。

沈万进屋来，将手中的补品放下，走到常在青身边，摸了摸她的肚子，笑道："真好。"

常在青微笑以对，忽而一怔，柔声道："老爷可是有什么烦心事？"

"还真有一件烦心事。"沈万苦笑着答。

常在青拍了拍沈万的手，笑道："老爷若是有什么烦心事，不妨与我说说，兴许我还能帮上什么忙。”

沈万瞧了瞧常在青的肚子，道：“罢了，你在府中好好养身子才是正经。这些繁杂琐事何必理会，况且又都是朝中事务。”

常在青没有气馁，笑了笑，道：“原先还没进门的时候，老爷将我视作知己，不管是后院琐事还是朝廷事宜，都愿意与我说说。怎的如今进了门却不如往昔？”她摇头道，“我虽不聪明，可两个人一起想法子，总比一个人想法子要轻松许多。”

她这一番柔和的话语倒是说到沈万心坎里去了，沈万便看向常在青，试探地问：“如果说，我想让五姐儿嫁给周王殿下，你以为应当如何做？”

“周王殿下？”常在青一愣，奇道，“为什么要让五小姐嫁给周王？”

沈万便呵呵一笑：“随口这么一说。”他虽然将常在青看作自己的女人，可是替定王办事，嘴巴要紧，他不敢将这机密之事随便说出去。

常在青也没在此事上纠缠，就道：“沈五小姐是沈将军的爱女，捧在掌心里的人，如今周王殿下已经有了王妃，若是沈五小姐嫁过去，最多不过是侧妃，沈将军和沈夫人是决计不会同意的。”

沈万眉头紧锁，点了点头，神情很是有几分犯难。

常在青看在眼里，心中一动。

虽然常在青不明白沈万究竟打的是什么主意，却可以肯定，一旦事成，沈妙断没有好果子吃。不知为什么，常在青对沈妙有一种本能的忌惮，仿佛沈妙的存在会给她造成什么不可预料的后果。常在青又是一个但求稳妥的人，因此，能解决沈妙，对她来说未必不是一件好事。

“也不是全无办法。”常在青巧笑嫣然道。

沈万眼前一亮，问：“你有何办法？”

“那就要看老爷想要周王是个什么态度了。”常在青问，“周王是想结这门亲，还是不想结呢？”

沈万思忖，周王肯定不愿意结这门亲，娶了沈妙无疑是给自己树靶子，可是傅修宜要达到的目的，是看上去周王极想和沈妙结成这门亲。

他就道：“周王定是不愿意，不过……要让人以为周王愿意。”

常在青道：“这有些难。不过女子自来爱惜名声，若是名声一毁，下半生亦无依靠。我倒以为，若是老爷想要做这个媒，不妨先从五小姐那里下手。”

沈万见常在青胸有成竹的模样，道：“但说无妨。”

“沈夫人和沈将军不愿意五小姐做人侧妃，世上之事，没有最糟只有更糟，若是有比五小姐当人侧妃更糟糕的下场，沈将军和沈夫人必然会退而求此次，选择让五小姐嫁给周王。”

沈万心里一动。

只听常在青继续道：“至于比做侧妃更糟糕的事，那就多了去了，譬如被山贼掳走，被地痞流氓污了清白，甚或是不知道奸夫是谁，在这样的打压下，突然得出一个消息，那人也许是周王。不管是不是周王，沈将军和沈夫人都会选择周王，因为这是最好的选择，也是能保全沈五小姐的选择。”

聪明人说话只说七八分，转瞬间沈万便明白了七七八八，只觉得豁然开朗。常在青笑得温柔：“只是这些都是阴损的法子，若不是见老爷愁眉不展，我也不会说出这些话来。”

沈万得了锦囊妙计，哪里会觉得常在青的法子阴毒？当即便亲了常在青一下，笑道：“有此美人，我怎敢愁眉不展？”说罢又站起身来，“我还有些要事，晚点再来看你。”

常在青温柔地应了。待沈万走后，赵嬷嬷走到她身边，担忧道：“三老爷这是要对付沈五小姐？”

“也许是吧。”常在青笑了笑，“沈家大房和三房不对盘又不是头一次听说。”

“小姐是打算帮三老爷对付五小姐？”赵嬷嬷问，“五小姐上头还有沈将军，小姐这么做不会出什么事吧？”

“此事不是我去做，如何算得到我头上？”常在青的笑容不变，“沈万只要不是个傻子，也不会轻易被人捉到把柄。”

赵嬷嬷犹不放心：“小姐为何要帮三老爷对付五小姐呢？”

“为夫君出谋划策，才是正经主母应当做的事，总要让他觉出我和陈若秋的不同来，他才会离不开我。”常在青抚摸着小腹，眯起眼睛，“况且我有种预感，若是不除沈妙，怕会惹来大祸。”

赵嬷嬷一听此话，便不再多说什么。常在青话锋一转，道：“说起来，柳州那头还有没有消息了？”

赵嬷嬷道：“派去的人在路上，脚程再快也还要些日子呢，应当过几日就会回来。”

“让他们把事情打点妥当些。”常在青眼中闪过一丝寒意，“我的过去，不能让任何一个人知道。”

沈妙在夜里收到了裴琅送来的信。

信上说，傅修宜让沈万想法子，让她嫁给周王。

谷雨问：“姑娘可是遇着了不好的事儿？”

沈妙摇头，心中暗自警惕。她那位“颇有实干”的三叔，想将她和周王绑在一块儿，不消说了，定会用一些上不得台面的法子。

她道：“让莫擎进来。”

惊蛰便到外头去唤了莫擎来。

沈妙问莫擎：“让你去柳州查的人可查到了？”

莫擎拱手道：“回小姐，柳州的人已经回了消息，已经将人找到了。不过还有另一批人也在打听那父子二人的下落，听闻还出了江湖令，生死不论。”

沈妙就笑出了声：“常在青也真狠得下心。”

沈妙让莫擎找常在青的丈夫和儿子，如今四处追杀那对父子的，除了常在青还会有谁？常在青攀上了沈万，就连丈夫和儿子也要赶尽杀绝，以绝后患，难怪前生走得那般远，便是这份狠辣，也是许多人所不及的。

“派人告诉柳州那边，保护好他们父子，尽快带回定京来。”沈妙道。

莫擎点头称是。沈妙忽而又想到什么，道：“等等，你替我给沣仙当铺的季掌柜带封信。”

沈家和陈家这场官司，真是打得悠长缠绵。差不多整整两个月，案子才落下帷幕，沈万最后还是给了陈若秋一封休书。

当初羡杀旁人的美好姻缘竟以这样一场闹剧收场，而沈万最绝的是，在休掉陈若秋之后，迅速将常在青抬为贵妾入了门。

虽然如此，这场官司也是两败俱伤。沈万在仕途上多受阻拦，府中也消耗了大量银子。当然比起来，陈家更惨一些。

陈家书香世家，银子这方面本就不宽裕，说是打官司打得倾家荡产也不为过了。

陈老爷元气大伤，将一切都怪责在陈若秋身上。陈若秋的母亲也有些怨言。陈若秋只觉得万念俱灰，几乎绝望。

而她不知道的是，她遍寻不着的女儿，如今正在衍庆巷的秦王府中。

秦王府里，沈玥正在梳妆打扮。

她穿的衣料皆是上乘，戴的首饰也十分华贵。她遍身绮罗，和以往判若两人，因为她已经成了皇甫灏的侍妾。

身边的婢子小心翼翼地给沈玥送上热茶，沈玥的神情却有些不耐烦。

外头传得沸沸扬扬，沈家和陈家的官司几乎成了个笑话。她恨沈万无情，也恨陈若秋不争气。眼下她也明白，凭借现在的自己，想接近傅修宜根本不可能了，若是回到沈家，指不定沈万会因为恼怒陈若秋，给她安排一门蹩脚的亲事。

沈玥想，与其嫁给不知名的人家，倒不如给皇甫灏做个侍妾。皇甫灏俊美年轻，还是秦国的太子，若是借着皇甫灏的势，或许还能护住自己和陈若秋。

于是，沈玥就成了皇甫灏的侍妾。

沈玥问身边的婢子："给陈家的信送到了没有？"

婢子道："已经在路上了，大约快到了。"

沈玥没好气地饮了一口茶。

陈若秋收到了一封信。

信上的字迹陈若秋再熟悉不过，正是沈玥的。

她飞快地打量了一下周围，屋里没有其他人，才放心大胆地展开来看，上头只说让她去城东的一家有些孤僻的客栈里见面，没有落款，可陈若秋心中已经明白，必然是沈玥在偷偷约她见面。

陈若秋心中的一块石头放了下来，沈玥还能给她写信，看这字迹不慌不忙，显然还是很平安的。

这些日子打击一个接一个，让她觉得人生无望。沈玥的这封信却像是点亮了她的希望，有了女儿，陈若秋心中又充满斗志。

第二日一大早，陈若秋就出了门。

陈家没有一个拦她，陈若秋穿着一件不打眼的褐色短袄裙，还是几年前的旧款式，是陈夫人年轻时穿过的。她从沈府里出来，没能分到一分银子，又因着赌气，只拿了首饰，连衣裳都没有带出来多少。后来忙着打官司，没来得及置办，到了眼下，陈家连置办的银子都出不起了。

穿着不合身又过时的衣裳，陈若秋只得按捺住心中的屈辱，戴着斗笠，雇了一辆破旧的马车。到了城东，陈若秋付清银子，快步往信中所说的那间客栈走去。

方一进到客栈，陈若秋四处打量一下，并未看到沈玥的身影，心中正狐疑时，一个伙计朝她走来，瞧了她一眼，问：“夫人可是找一位年轻的姑娘？”

陈若秋一怔，点了点头。那伙计就道：“夫人请随我来。”

伙计将陈若秋带到客栈楼上的一间屋子，送到屋门口就停住了，笑道：“夫人要等的人就在里面。”随即便离开。

陈若秋推门进去，见屋中桌前正坐着一名年轻女子，背影不是沈玥又是谁？

陈若秋将门一掩，失声叫道：“玥儿！”

沈玥转过头来，瞧见陈若秋的模样时也忍不住一怔，喊了一声：“娘！”随即又皱起眉道，“您怎么成了这个样子？”

若非亲眼所见，沈玥实在不能相信，面前这个邋遢的女人竟是她那个高贵温柔的母亲。

陈若秋闻言，面上闪过一丝愤恨，咬牙道：“若非常在青那个贱人和你无情无义的父亲，我何至于此！”说罢又急切地看向沈玥，“玥儿，这些日子你去了哪里，你知不知道娘心里都着急坏了，可是出了什么事？”

沈玥闻言觉得有些心酸，面上却还是笑着道：“娘，不用怕，我如今过得很好。我找到了一个靠山，比王家还要显贵，有了这个靠山，日后沈家也不敢欺负了我们去。”

陈若秋狐疑地问：“你说的是谁？”

沈玥犹豫了一下，道：“秦国的太子殿下。”

陈若秋惊呼一声，沈玥连忙解释：“太子殿下对我极好，当初我离开沈家，在外头遇着歹人，是太子殿下救了我。之后想送我回来，奈何沈家出事，我便在太子府住了下来。娘，您不要觉得不好，我跟了太子殿下，总比跟着王家那些口是心非的人好得多。总不能让我跟沈冬菱平起平坐吧？”

陈若秋本来觉得不妙，听闻皇甫灏救了沈玥后面色稍稍缓和：“他到底是秦国的人，况且还是太子……”

沈玥心一横，干脆说了个谎：“太子殿下说了，日后回到秦国，会赐给我一个新身份，让我成为他的侧妃。”

“此话当真？”陈若秋一愣。

“千真万确。”沈玥道。

陈若秋犹豫了一瞬，就道：“此事日后再议吧，眼下却还有一件事情。”

沈玥问：“何事？”

"常在青这个贱人背后算计我，到了如今，我倒成了过街老鼠，可我最恨的不是常在青，而是你爹，若非你爹袒护，我何至于此？让他们心安理得地过好日子，我不甘心！我恨！"

沈玥吓了一跳："娘，你说什么呢。"

"此事你也看到了。"陈若秋咬牙道，"是你爹和常在青将我逼到如此绝境，我在定京城的名声是什么？下不出蛋的母鸡？妒妇？这就是你爹回报我的东西！"陈若秋说着冷笑一声，"还有那个老不死的，自我嫁入沈家后，处处挑我的不是，不就因为她是下三流的歌女出身，见不得旁人好？这回常在青与你爹的事，亦是有她在背后推动。沈家的那些人，没一个好东西！"

沈玥忍不住皱起眉，觉得陈若秋这番话颇有些泼妇骂街的劲头。

陈若秋看了她一眼，又道："当初你爹让你嫁给王家，我想着你心中喜欢的分明另有其人，可你爹哄着我说唯有王家能保全你，我便只有应了。谁知道王家竟不承认你，到如今你连自己的身份也没有，实在欺人太甚！凭什么你堂堂沈家嫡出的小姐，要和一个庶女平起平坐，简直滑天下之大稽！"

沈玥闻言，神情就是一沉。说起来，她和沈万之间也不是没有父女情，可对沈家最怨恨的，便是他们将自己的亲事作筏子，最后害自己有家难回。加上陈若秋再提起"心中喜欢的分明另有其人"，想着眼下和傅修宜更是一点可能也没有，沈玥便黯然地叹了口气："娘，别再说这些有的没的了，再说太子殿下对我很好，我也很喜欢他。"

陈若秋深深吸了口气，道："沈家害我们母女至此，万万不可简单算了。你放心，娘一定会为咱们母女出气。如今我已经被休回娘家，就和沈家没半分关系，沈家就算是出了事，也断然找不到我头上来。你现在更已不再是沈玥这个身份，必然是安全的。"

"娘，你想做什么？"沈玥听出陈若秋话里的不对，问道。

陈若秋答："你就等着看吧，我过来便只是与你说一声而已，看着你没事，娘也就安心了。"

沈玥问不出陈若秋什么，便只得无奈作罢。

又过了几日，定京城里似乎风平浪静了一些。接近年关，街道上置办年货的人渐渐忙碌起来。

这一日，莫擎从外头回来，说常在青的丈夫和儿子已经被接到定京城了。因着要掩人耳目，暂且被安置在城东的一处民宅中。

沈妙道：“你做得很好。”

莫擎问沈妙：“小姐打算什么时候去看他们父子？”

沈妙正要回答，忽而想到了什么，一下子顿住。

按裴琅信里说的，傅修宜给沈万出了难题，就是让自己嫁给周王。沈万能用什么法子？沈妙虽然不清楚，可多少能猜到一些，无非就是些腌臜手段。踏出沈宅这道门，门外也许危机四伏。

她还没有心大到明知是个火坑还往里跳，况且和天家人扯上关系，可不是三言两语就能脱身的。

沈妙问：“府里如你这样的高手还有多少？”

莫擎一愣，随即道：“大少爷手下应该还有一些，老爷手下也有一些，加起来应当不到三十人。”

莫擎已经算是顶尖高手了，如他这样的人很少。三十人护着，大约没人敢打主意，可这样一来，走在街上也太显眼了，不让人注意才怪。

沈妙道：“知道了。”

“小姐可是担心路上安全？”莫擎问，“届时可以多增派一些人手。”

“不用了，我知道怎么做，你先下去吧。”沈妙道。

莫擎不再说话，沉默着退了下去。

沈妙四处瞧了瞧，目光落在屋里半开的窗户上，心中突然一动。

她吩咐谷雨：“将窗户开得更满一些。”

谷雨惊讶：“姑娘，外头还在吹风呢。”

“我不冷，”沈妙平静道，“去打开吧。”

谷雨瞧了一眼沈妙裹得厚厚的外裳，一头雾水地将窗户打开。

整整一日，沈妙都在屋里，不知不觉天黑了，用过晚饭，梳洗过后，惊蛰和谷雨二人退了下去。沈妙将油灯剪了又剪，不知剪了几次，只觉得外头万籁俱寂，整个定京似是都陷入沉睡，窗户那头还是空荡荡的。

沈妙眼中闪过一丝失望，百无聊赖地拿桌上的棋子敲着油灯，渐渐地困意上来，便闭着眼，趴在桌子上打起盹来。

谢景行进屋瞧见的就是沈妙趴在桌上睡得香甜的画面，窗户没关，特意给他留着门。

他走到沈妙身边，垂眸看了她一眼，顿了一下，脱下身上的披风盖到沈妙身上。

沈妙被他这么一动，身子微微侧了侧，抬起头却没睁开眼，迷迷糊糊道：“小李子，给本宫揉揉肩。”

谢景行：“……”

他干脆半倚在旁边的柜子上，看着沈妙，好笑地开口：“你又梦到做皇后了？”

突兀的一句话，让沈妙猛地清醒过来，恰逢外头吹进一阵冷风，她打了个喷嚏，一瞬间睡意全无。

谢景行走到窗边，将窗户关上，屋中顿时暖和了许多。他抱胸靠着窗，问：“怎么睡在这里？”

沈妙瞧着紫衣青年，揉了揉眼睛，问：“怎么现在才来？”

屋中沉默下来，他一步一步朝前走来，一直走到沈妙坐着的桌前，双手撑在桌上，问：“你在等我？”

沈妙倏尔回神，飞快答道：“没有。”

谢景行唇角一扬，语气有些惋惜：“哦，听说你今日在窗前等了我一日，原来不是真的，既然没事，那我就走了。”说罢作势要走。

“等等！”沈妙喊住他。

谢景行道：“怎么？”

“你知道还问我做什么？”沈妙咬牙切齿道，“我的确在等你，有件事情要你帮忙。”她吸了口气。

“说吧。”谢景行拉开椅子，在沈妙的对面坐下来。

“你手下应当有不少能人异士，高手也应当有许多，像我的侍卫莫擎那种的，应该不少？”沈妙试探地问。

“那种也算高手？”谢景行嗤笑一声，“要不我送你几个真正的高手？”

“借我几个人用用吧。”沈妙道，“我会付银子的。”

谢景行扫了她一眼，微微蹙眉，问：“你要干什么？”

沈妙想着谢景行反正都已经知道常在青丈夫儿子的事，瞒着他也没有必要，就道：“常在青在柳州的丈夫和儿子已经被接到定京来了，安排在城东一处地方，我身边的人怕是不够用。”

“你想用我的人？”

沈妙道：“我会付银子的。”

谢景行问："我看起来像是很缺银子？"

沈妙沉默。的确，谢景行何止不像缺银子，简直是银子多到用不完，几乎可以兼济天下了。她索性问："你到底要怎么样才答应？"

谢景行眯起眼睛："你求人都是这个态度？"

沈妙终于烦了，道："算了，当我没说过此事。天色已晚，睿王殿下请吧。"她一生气就叫谢景行睿王殿下，听着生分得很，果然，谢景行就蹙起眉头，瞧着不大高兴的模样。

"我又没说不给你用。"谢景行叫住她，"急什么。"

沈妙重新坐回来，谢景行用漂亮的眸子盯着她，目光微微一闪，却道："说你笨还真笨，何必舍近求远？"

"什么意思？"

"本王今日心情好，"谢景行不紧不慢道，"亲自陪你去。"

夜半时分，月亮隐去，只有萧索的几粒星子稀稀拉拉挂在夜空。冬日冷得出奇，地上有薄薄的积雪，踩上去冰碴子发出窸窸窣窣的声音。家家户户屋檐下都挂满了红彤彤的灯笼，灯笼红，白雪白，也是别有意趣的好画面。

此刻，屋檐下正站着两个人。

个子颀长的青年正微微弯腰，给另一个人系面巾。若是走近些，便能听到那矮个子的姑娘正在抱怨："为什么我要戴这个？"

"嘘。"青年低声在她耳畔道，"就当怕你的绝世容颜被人看到惹来麻烦，别多问。"

姑娘冷笑："绝世容颜？那你应该先挡你自己。"

"我就不必了。"青年淡然接口，"我权势滔天，没人敢找我的麻烦。"

沈妙怎么也没想到，跟谢景行说了柳州父子之事，谢景行说亲自陪她来，竟然就是现在。这三更半夜的，只怕那对父子也都睡下了，谢景行竟然要在这个时候去，且他的理由是：夜里人少，白日里就算有人陪着，万一还是被人发现了，怎么办？

他说得太有道理，沈妙也找不出反驳的话。然而她没想到，谢景行说的办法就是他二人大喇喇地直接在街道上走。

虽然眼下看起来街上是一个人都没有，可难免让人心中不安。

"怕什么，我的人都跟着，有什么不对会提醒。"谢景行如是说。

沈妙走神的工夫，谢景行已经替她系好了脸上的面巾，只露出一双眼睛。她的眼睛黑白分明，十分清澈，昏暗的灯光下越发惹人怜爱。

谢景行帮她戴好帽子，挑眉道："还不错。"

为免节外生枝，沈妙还是找了一套小厮的衣服穿上，帽子还有些不合适，每每遮住眼睛。只是出来的时候忘了带披风，谢景行端详了她一下，就把自己的披风罩在她身上，道："走吧。"

"就这么走过去？"沈妙惊讶极了。

"城东又不远。"谢景行不以为然，"走一走也很好，你还没有见过夜里的定京吧。"

沈妙沉默。

她见过的夜色大多是明齐四四方方的宫墙内。有的时候坐在偌大的坤宁宫中，想着后宫烦不胜烦的事情，一坐就是一整夜；有的时候去御花园逛逛，看到的也是傅修宜和不同的美人言笑晏晏。

身为六宫之首，似乎她的夜色都是十年如一夜，孤独的，不自由的，冷清的，不被人注意的。

谢景行说："这里没人看到你、认识你，想做什么就做吧。"

沈妙看着对方英俊的眉眼，心中突然生出一些羡慕来。

论起来，谢景行活到现在，既是临安侯府的小侯爷，也是大凉永乐帝的胞弟睿王，众人只看得到他表面的风光，其实他背负的东西定然不比沈妙少。然而他骨子里骄傲又嚣张的性子似乎从来没有变过。任何外在的东西都无法更改他的强大，仿佛日月变迁，斗转星移，他还是以一种不可撼动的姿态强悍地立在这里。

谢景行问："你怎么了？"

沈妙转头道："没什么。"不想被人觉察心底的情绪，她转身疾走两步，可男子的靴子到底有些穿不惯，地上又结了冰，滑得很，眼下便差点一头栽倒，幸亏谢景行抓住她的胳膊，责备道："小心点。"袖中的手却顺势滑下，抓住了沈妙的手。

他的手修长冰凉，刚好将沈妙的手包在掌心。沈妙心中一动，下意识要挣开，却没想到谢景行抓得紧，她一下也没挣脱开来。

谢景行道："我抓着你，免得你滑倒。"

"我会小心，不会滑倒。"沈妙道。

"那我怕我会滑倒，你牵着我。"他眉头都不皱一下地继续道。

沈妙："……"

大雪将整条街道都覆盖了，仿佛街道都是银白色的，被灯笼映照得玉雪可爱。

夜色真好，沈妙觉得。

她却没看到，俊美青年眼中的笑意一闪而过，比烟花还要动人。

城东的一间民宅中，屋里正响起响亮的鼾声。浓烈的酒味刺鼻不已，地上横七竖八躺着好几个酒坛，床上的男人睡得正香。

隔壁屋中，八九岁的孩子躺在床上，躺了一会儿，坐起身来。似乎被隔壁的鼾声扰得睡不着，他站起身，披着被褥走到竹栅栏围着的小院里去。

这孩子是去上茅房，上完正要回屋，却见院子里站着两个人，惊得就要大喊出声，却见个子高的那人迅速将一枚石子朝他弹过来，顷刻间那孩子便定在原地，话也说不出来了。

那二人这才朝他走近。

只见昏暗的灯火之下，二人的面目逐渐清晰。一人个子娇小，穿着小厮衣服，却还能瞧出来是个女子，笼着一件宽大不合身的披风，脸上戴着一块面巾，除了眼睛，鼻子以下的部分全都遮住了。

至于这娇小身影旁边的那人……孩子几乎看呆了，这人身材极高极挺拔，穿着一件紫色绣金云纹的长袍，腰带是玄色的，越发显得整个人衣袂飘飘。他的容貌更是英俊，优雅好看得让人移不开眼。

那个子娇小些的白了紫袍男子一眼，随即轻声问道："你叫什么名字？"

孩子觉得喉头一松，咳了两声，发现自己又能说话了。听对方声音是个女子，很是温和，孩子渐渐不那么恐惧了，紧张道："我、我叫槐生。"

"槐生。"女子问，"你娘的名字是常在青吗？"

槐生一愣，随即眼圈就红了。他小心翼翼地看向女子，问："你认识我娘亲吗？你知道我娘亲在哪里吗……我很久没见到娘亲了，他们说娘亲不会回来了。有人将我们接到这里来，说是可以见到娘亲，可是这里没有娘亲。"

沈妙在心中叹了口气。这孩子和两年前的苏明朗差不多年纪，却比苏明朗可怜多了。

"别怕。"沈妙掏出帕子，替这孩子擦了擦眼泪。

槐生有些受宠若惊，这女子虽然穿着小厮衣服，一双手却白皙幼嫩。槐生知道，这种手和他们这些生满茧子做粗活的手不同，一看就是出自富贵人家。

一声轻咳响起，站在沈妙身边的紫袍男人出了声，他瞥了一眼槐生，冷冷道："进去吧。"

槐生一个激灵回神，见面前女子收回手帕，目光颇为温柔。

沈妙想到了自己的傅明和婉瑜。傅明和婉瑜有傅修宜那样的父亲，又何尝不辛苦？而她虽然没有逃跑，却无力改变自己儿女的结局，比起常在青也好不到哪里去。

按捺下心中的复杂情绪，她道："槐生，带我们见见你爹。"

槐生将屋门打开，甫一进门，就闻到一股浓重的酒气。槐生有些赧然，小跑着从另一头拿出一盏油灯点燃。

灯火将屋中的一切照得明亮了些，床榻上躺着一个中年男人，这男人生得很瘦弱，皮肤蜡黄，此刻正熟睡。

槐生惴惴不安地看向面前的二人，女子道："叫醒他吧。"

槐生走到男人身边，轻轻摇了摇男人的胳膊，小声道："爹，爹，有人来了。"

那男人先是没什么反应，后来被槐生晃得有些烦了，下意识一巴掌抽过去，骂骂咧咧道："三更半夜的，你号什么丧？"

槐生本能地闭上眼，可迟迟没等到那一巴掌落下来，小心地睁眼，却见那一直冷淡瞧着的美貌青年不知何时已经到了他面前，修长的手正扼住父亲的喉咙。

"仙、仙人！"槐生一急，又是害怕又是担心，"我爹不是故意冒犯您的！求您饶他一命吧！"

沈妙平静道："放开他吧。"

谢景行这才松开手。

槐生有些害怕。

他的父亲跪在地上，沈妙开口："你就是田力？"

田力点了点头，道："小的正是。"

沈妙扫了田力一眼，传言当初在柳州，田力也是一名英俊书生，才华横溢，才会夺得常在青的芳心，两人结为夫妇。只是后来田力屡次科举落第，渐渐生了自我厌弃之心，酗酒赌钱，常在青厌恶了这样的日子，才会离家。眼下看田力的模样，倒是稍稍能明白为何常在青会离家。

"常在青可是你的妻子？"沈妙问。

闻言，田力身子猛地一颤，即便他极力掩饰，沈妙还是能看出他目光中的愤然和屈辱。

“不必担心，我不是常在青的朋友，有什么想法，但说无妨。”沈妙道。

半晌，田力朝地上啐了一口，道：“那个下贱的婆娘，带着我的银子跑了！”

槐生瑟缩了一下，目光有些忧伤。

沈妙的目光落在槐生身上，道：“槐生，你到院子里去，我和你爹有些话要讲。”

槐生看了一眼沈妙，又看了看田力，终是什么都没说，默默拿了条毯子出去了。

待槐生出去后，沈妙才让田力讲清楚来龙去脉。

和沈妙派去的人打听来的差不多，常在青的丈夫就是田力。田力和常在青当初结为夫妇，倒也算一段佳话，常在青是柳州才女，田力也是读书人，田力本家有几处铺面，也算得上小富之家。

后来田家做生意被人挑了场子，铺面被抵押，田家夫妇受不了这个打击，相继去世，田力也因此被影响，当年科考落第，后来一年不如一年。贫贱夫妻百事哀，二人争吵不断，田力爱上酗酒赌钱，常在青便在某天将屋里仅剩的一处地契卖了后带着银子逃跑了。

田力到处都找不到常在青的下落，想来常虎和沈老将军的这点子交情，田力并不知道，因此不晓得常在青是来了定京城。

田力咬牙切齿道：“这个蛇蝎毒妇！那地契是留着给槐生长大了娶媳妇儿的，她竟然连那个也要卖了拿走。她就是个贱人！”

末了，田力问：“有人说将我爷儿俩接到这里来，就能看到那个婆娘。这位小姐，接我们来定京的人……可是你们？”田力一眼就看出面前两人身份非同寻常，尤其是那名男子。

“是我。”沈妙道，“我知道常在青在哪里。”

田力一愣，他问：“她……在哪里？”

她道：“常在青在定京城沈府中，成了沈府三老爷沈万的妾室，如今已怀了身子，沈万待她极好，想来过不了多久就能诞下沈万的嫡子。沈万府里没有旁的子嗣，一旦孩子生出来，或许常在青就会被扶正。”

田力的神情变得精彩极了，似是被戴了绿帽子的恼怒，又有屈辱和不甘。

常在青生下的孩子可以锦衣玉食富贵一生，反观槐生，连日后娶媳妇儿的唯一地契也被卖了出去，什么都未曾剩下。多少年后，两个同样从常在青肚子里爬出来的孩子，人生却有云泥之别。

沈妙微微一笑："不仅如此，沈三老爷为了常在青，还休了自己的结发妻子，和发妻对簿公堂。"

田力冷笑一声："这沈三老爷也是个没脑子的！"

对沈万，田力亦是生不出什么好感，夺妻之恨不共戴天。

"实不相瞒，我是受沈三夫人所托。"沈妙道，"沈三夫人被沈三老爷和常在青逼得无路可退，眼下一点儿办法也没有。沈三夫人打算鱼死网破，就是要让沈三老爷和常在青不好过，于是找到了你。"

"我？"田力看着沈妙，渐渐意识到了什么，"贵人的意思是……"

"在恰当的时候，同沈三老爷说明，常在青是你的妻子，让沈三老爷早日终止这个错误。"

田力道："我……"

沈妙才不给田力犹豫的时间，道："莫非你愿意看着自己的妻子同别人白头偕老？你对她余情未了，想放她一条生路。她可曾为你考虑半分？若是她心中还有良知尚存，总会舍不得槐生，可事实是，常在青的心里只有她自己，从来没将你们父子放在心上。"

田力的脸涨得通红，又不敢也不能反驳沈妙的话。

"最重要的是，凭什么槐生就要过得如此辛苦，而常在青和沈万的儿子却可以逍遥自在？田力，你好好想想，你真的甘心？"

田力道："贵人，我知道，我不甘心，可她毕竟是槐生的娘，我只想追她回来，如果她被人打死，槐生也会伤心的。"

"不要让槐生知道这件事就行了。"沈妙道，"事成之后，沈三夫人会付给你们父子一大笔银子。拿了这笔银子，你们尽可远走高飞，到一个没人认识你们的地方，重新开始生活。没有常在青，槐生还有你这个爹，你好好待槐生，槐生未必会过得比现在艰难。世上有两样东西不能挽留，泼出去的水和走出去的人。常在青现在锦衣玉食，过得极好，你又如何将她追回来？凭你的真心，还是凭槐生与她的母子关系？"

田力痛苦地闭了闭眼。

面前戴着面巾的女子还在平静地说话："她不仁在先，你又何必言义？这是常在青欠你父子二人的。”

随着沈妙的这番话，田力眼前飞快闪过了很多东西。常在青嫌弃厌恶的眼神，街坊邻居对他的指指点点，槐生总是一个人坐在角落不知道想什么，还有永远只能穿破破烂烂的衣裳。若是有朝一日，他也能改变人生，也能如那些殷实的富贵之家一样给槐生好的生活……

田力猛地抬起头，一瞬间下定了某种决心般道：“做！我答应你，一切听你吩咐。不过，你要给我足够的银钱，让我们爷儿俩可以离开这个地方，衣食无忧！”

沈妙挑了挑眉。

“银子会给你。”说话的却是谢景行，他站在阴影中，倚着门，懒洋洋地开口，“不要打别的主意，否则——”

田力猛地一颤，连忙低下头，惶恐地开口道：“小的不敢！”

等谢景行和沈妙二人离开屋子的时候，槐生迎了过来，看着沈妙，怯怯地问：“你们能找到娘亲吗？”

沈妙敛下眉眼，道：“早些睡吧。”说完率先走了出去。

她步子急了些，谢景行跟上，待出了城东的巷子，到了外面街头，谢景行道：“你对那孩子感到抱歉？”

沈妙道：“我也是个自私的人。”

“你做得没错。”谢景行漫不经心道，“你又不是菩萨座下的弟子。”

沈妙瞧了他一眼，道：“你是。”

谢景行挑眉：“怎么说？”

“陪我大半夜出行，又帮我威胁田力以绝后患，你是菩萨座下的弟子，不然怎么这样好心？”

谢景行轻笑一声，道：“你好像一点不领情。”

沈妙慢慢扬起唇角。她和谢景行之间的关系无意之中渐渐改变了，不用针锋相对，反而更加坦荡。

“常在青的事情，需要我帮忙吗？”谢景行道，“如果你求我，我可以考虑一下。”

“那就不劳睿王殿下费心了。”沈妙一笑，“省得横生枝节。”

“你又有好办法了？”谢景行瞥她一眼，似笑非笑道，“有时候觉得，天下什么时候才能有你也解决不了的难题，或许你也会求我。”

“大概没有那种事。”沈妙答。

“遗憾。”谢景行语含惋惜。

沈妙笑了。

第四章　东窗事发

这些日子，常在青的日子过得很是舒坦。

沈万待常在青极好，常在青为他出谋划策，又能将府里的事务打点妥帖。如此能对诗写字，又能打理家业的贤内助，大约没有男人不喜欢。

这一日，常在青和沈万又在院子里说话。常在青围着厚厚的毛皮外衣，脚边放着火盆，手里还端着个暖炉。

常在青道：“老爷今日倒闲。”

沈万拉着她的手放在自己手中，笑道：“岂止今日，这些日子朝中都无事，可以多陪陪你和孩子。”

“那可真好。”常在青笑道，“孩子也能多亲近亲近爹。”

这话说得沈万受用极了，他将常在青拥在怀里，叹道：“如今我心中所盼的，也无非是你诞下孩子，如此才不枉我做的这一番事。”

常在青若有所悟，见沈万眉心并未舒展，就问：“老爷可还是为前些日子沈五小姐的事发愁？”

沈万苦笑着摇了摇头，道：“沈信将沈妙看得极好，沈妙都不曾出府，实在寻不着机会。铁桶一般，让人难以下手。”说着又似有怅惘，“这样下去可不行。”

常在青眼珠子一转，笑着道：“这有何难，若是沈五小姐不出门，就让沈五小姐主动出门。说实话，要是沈五小姐出门，沈将军难免让她带着一众侍卫。沈将军出身行伍，身边人个个都是高手，真想要动手，未必就会一举成功。倒不如让沈五小姐自己主动出门，而且还是偷偷出门，不让沈将军发现，这样一来，容易得多。”

沈万思索片刻，还是摇了摇头：“沈妙平日里并未有什么秘密，想要将她哄出来很难。”

“小姑娘嘛，平日再如何镇定，总归胆小，而且心有后患。”常在青笑得柔柔，“老爷不妨剑走偏锋，譬如拿沈五小姐的爹娘或是兄长作筏子，说他们有危险，心慌则乱，沈五小姐平日再如何镇定，关系到自个儿血亲，也会慌神的。”

沈万闻言，眼睛一亮，道：“虽还有些漏洞，可也不失为一个好法子，细细完善一番，也许真的能派上用场。”他看着常在青，目光中不掩欣赏，“你总能给我惊喜。”

常在青微微低头，笑道：“老爷真是说笑了。既然跟了老爷，在青就会尽心尽力为老爷着想。虽然此事不够光明磊落，可在青也知道，朝堂之上无父子，在青会以老爷为先。”

沈万深情道：“有此佳人，夫复何求。”

沈万陪常在青坐了好一会儿，才起身离开，待回到书房，贴身小厮举着一封信前来，道：“老爷，门房说有人交了一封信，指名点姓要送给老爷，不知道是谁送的。”

沈万接过信来，见信封上头也是空空的。他们在朝为官的，偶尔也会有一些机密信件，沈万不敢耽误，便飞快地拆开信来。

第一行字，便让沈万整个人都僵在原地了。

那行字是：沈三老爷，是否知道你宠爱的贵妾是个破鞋?

沈万险些站不稳，他一手扶着桌子，定了定神，才将信件飞快地看了下去。

信写得简单，可内容一点儿也不简单。信上说，常在青原先在柳州就已经嫁过人，还有一个儿子。如今到了沈府成了沈万的贵妾，最重要的是，这时候的常在青还没有与原来的丈夫和离，若是较真些，沈万甚至可以说是夺人妻室，是可以被人告上公堂的。

沈万原本不信，可看到最后一行字的时候，他却身子一颤，猛地僵住了。

常在青私密的地方，有一颗小小的红痣。

这是铁骨铮铮的事实。

常在青私密地方的小小红痣，寻常人不可能看到，可沈万若是这样就轻易相信了信上的内容，也不可能在朝堂上混这么多年了。他见信上说常在青的丈夫和儿子如今已经进了定京城，住在城东的一处民宅中，便将信件飞快撕得粉碎，对身边小厮道："备车！"

沈万不相信陌生的一封信，却也无法做到对常在青毫无保留地信任，倒不如自己眼见为真。

待马车行到信上所说的城东那处宅院时，沈万没有下车，而是躲在暗处，让小厮去敲门。

过来开门的是一个八九岁的男童，沈万看清楚那男童的脸时，便猛地倒抽一口凉气。

在那一瞬间，沈万便知道，信上所说的是真的。原因无他，这男童和常在青实在是太像了，就连眉眼间那股子神韵也极为相似，只是比起常在青的大方爽朗，这男童就显得自卑怯懦得多。

常家没有别的子嗣，因此也不可能是常在青的弟弟。小厮按沈万的吩咐问："小兄弟，你知道常在青在哪里吗？"

男童警惕地瞧了他一眼，问："你找我娘亲做什么？"

沈万闭了闭眼。

毋庸置疑，那封信说的就是事实。

小厮敷衍了男童几句，回到沈万身边复命，小心翼翼地看向沈万问："老爷……"

"查！"沈万喘着气道，"派人去柳州查！常在青究竟是个什么底细，必须给我查个一清二楚！"

接下来的这几日，沈万忙碌了起来。每日都在外头，便是回了沈府，也是一头扎进书房，常在青也没能见着他，偶尔给沈万送糕点，沈万也表现得不如从前那般亲昵。沈万这般态度让常在青有些不安，却又不知道哪里出了错。

事实上，沈万终于接到了从柳州传回来的信。

信里说的果然和之前陌生人送来的信上说的并无二致。常在青原先就有丈夫，柳州许多人都知道。沈万看完信，气得差点掀了桌子。自己纳了个贵妾，还是别人的妻子，如今对方的丈夫和儿子都找到定京城来了，一旦被人发现，只怕他就要沦为全定京城的笑话，何况那些御史也不会放过这个参他一本的机会。

若只是这样便罢了，他还因为常在青休掉了陈若秋，甚至和陈家结了仇。

沈万心里已经隐隐有了后悔的感觉，目光沉沉地思索了一会儿，正要吩咐出去，却见自己的长随匆匆忙忙跑进来，嘴里大喊道："老爷，出事了！不好了！"

沈万怒道："慌慌张张的，成何体统！"

长随却颤抖着递给沈万一封信，不知为何，目光竟有几分躲闪。

沈万狐疑地看向长随，这长随平日里是跟着他给各位同僚传信的人。

看了两行后，沈万的面色顿时铁青无比，认真看去，似乎还有几分恐惧。

御书房里，文惠帝勃然大怒。

将手上的奏折狠狠扔到地上，文惠帝冷笑一声。身边的太监大气也不敢出，帝王一怒伏尸百万，尤其眼下，更不敢触文惠帝的霉头。

奏折上头一项一项列的全都是沈万从几年前到现在做的事，看上去似乎没什么大碍，可文惠帝到底也是从兄弟争权那样的腥风血雨中走过来的人。那奏折写得极为巧妙，但每一行都在述说沈万和定王傅修宜之间不同寻常的关系。

九个儿子中，文惠帝最放心的就是太子和定王。太子毕竟出身正统，而且身子偏弱。定王本身优秀却不问朝事，加上董淑妃也是一个不争不抢的性子，让文惠帝觉得极为舒坦。各位皇子间的明争暗斗，文惠帝看在眼中，却不会制止，这样相互制衡的局面也是他最乐见其成的。人一旦沾上权势便不会愿意放下，眼看着儿子一个个长大，到了龙精虎猛的年纪，文惠帝也会产生提防之心。

他最讨厌的就是皇子和大臣走得太近，但这是无法避免的事实，比如他的九个儿子，各自有一批拥护者，但当这个儿子变成平日里不争不抢的定王时，文惠帝的怒气比往日更甚。

傅修宜从前表现出来的随心所欲，在文惠帝眼中便成了一个字：装！

"杀鸡儆猴。"文惠帝面色阴沉地道，"一个个都当朕是好糊弄的，既然这样，朕也就遂了他们的愿！"

朝堂之事，本就是瞬息风云突变，朝登天子堂、暮为田舍郎的比比皆是。若是犯了事，成为田舍郎还算是运气不错，更多的，却是身陷囹圄，一刀抹了脖子连累九族。

沈万就是这个人。

继前些日子沈家和陈家掐起来后，本以为事情渐渐平顺了下来，谁知道突然来了一伙官差到沈府抓人，好奇的百姓一打听，听闻是沈万在朝中办事不力，连累了整个沈府。

沈宅里，罗凌思索片刻，问："沈三老爷到底犯了什么罪，官差竟会如此大张旗鼓地抓人？”

沈妙道：“陛下如此大动肝火，定是三叔做了什么太岁头上撒野的事。不过这些事也与我们无关。”

罗潭点点头：“的确，那咱们就等着看戏好了。”

沈丘面露忧色，欲言又止。待罗凌和罗潭走后，沈丘拉着沈妙进了屋，见门都锁好，才问沈妙：“妹妹，沈家的事，是你做的吗？”

沈妙哭笑不得：“大哥，你怎么什么事情都往我头上兜？陛下处置办差不力的人，我可没有本事插手三叔的差事。”

沈丘头疼地按了按额心，道：“妹妹，大哥知道你有些事不愿意与外人说。不过朝堂之事没有你想的那般简单，有时候看着是你赢了，或许未来会生出变数，将自己连累进去……”

他絮絮叨叨了一通，沈妙无奈：“大哥，实话与你说，此事确实与我无关，沈万下狱，是因为陈若秋在背后捅刀子。当初陈若秋和沈万闹得不死不休，你以为陈若秋会善罢甘休？”

这回轮到沈丘惊讶了，他问：“陈若秋？”

“陈若秋和沈万生活了这么多年，对沈万的事情了如指掌。真要在背后捅刀子，倒比寻常人来得容易。”沈妙道，“沈万被自己的枕边人害了，连累了整个府上，和我有什么关系？”

沈丘闻言，看向沈妙：“这些事你怎知道得如此清楚？”

“我整日巴望着他们倒霉，自然是派了人监视着他们的一举一动。”

沈丘道：“就算监视，出了此事也实在太巧……”他瞪大眼睛，“妹妹，不会是你在背后推波助澜吧？”

沈妙一笑：“大哥觉得是怎样就是怎样，横竖这些事情和我都沾不上一点儿边。”

沈丘一脸崩溃，道：“你的胆子怎么大成这样，这要是捅破了天……”

沈妙打断他的唠叨：“大哥怎么变得婆婆妈妈了，不过就是一件小事，沈家落到如此田地，都是咎由自取。若是沈万没有办事不力，怎么会被人抓到把柄？若是他自己和陈若秋琴瑟和鸣，又怎么会被挑拨成功？凡事应当先想想自己哪里做得不对，才说别人不是？”

沈妙一番话直说得沈丘目瞪口呆，直到被沈妙的婢子送到院子外，沈丘才反应过来，猛地一拍脑袋，回过神来。沈妙这分明就是强词夺理胡搅蛮缠，只是这种理直气壮的胡说八道，好像在哪里见过……是在哪里呢？

从花团锦簇的府邸到牢狱，不过是一夜间的事。

沈万觉得这两年来，沈府很是倒霉，像是冲撞了什么，诸事不顺。原先是二房出事，二房出事后就轮到三房。现在整个沈府的人都锒铛入狱，噢，除了大房。大房眼下已经被文惠帝重新起用，不管日后是何光景，至少眼下比他们风光。

隔壁的牢房里关着的是沈家的女眷，沈老夫人和常在青关在一处。沈万听着沈老夫人的抱怨和呻吟，心中渐渐生出了一些烦躁。

沈贵病恹恹地问："三弟，你究竟犯了什么事，陛下竟会将咱们整个府的人都抓起来？"

"我犯事？"沈万冷笑一声，"二哥也是在朝廷中当过差的人，不知道陛下有心捉拿谁，随意捏个理由也能将人捉了？这便是陛下抓我的理由。"

若真是办事不力，决计不会将整个府的人都抓起来，这分明是要兴师问罪。

隔壁的常在青闻言，惊呼一声，话中带了几分焦灼，道："陛下为何要故意这样做？莫非老爷在什么地方触怒了陛下？"

若是平常，沈万还会宽慰常在青几句，可一想到常在青竟然是有丈夫和儿子的人，便觉得恶心了。眼下看常在青这般焦急，沈万心中竟有些快慰。常在青一心奔赴富贵前程，如今富贵都成泡影，只怕现在后悔都来不及。

他挥了挥手，不耐烦地道："不知。"

心中却想到长随给他的那封信。

信是一位与他私交甚笃的朝臣写的，那朝臣不知道从哪儿得来一个消息，沈万的死对头上了一封折子，这折子上书写的不是别的，正是这几年沈万和傅修宜之间往来的证据。

沈万早年间摇摆不定，不想放弃定王这步棋，态度有些暧昧。看在别人眼中，倒像是他和定王早早就结成同盟。这些证据被文惠帝看到，可想而知，文惠帝大为震怒，只怕此事想要善了是很难了。

至于他的死对头怎么会突然有那些证据，沈万的心里隐隐约约猜到一个人。陈若秋与他做了这么多年夫妻，如果是陈若秋在背后捅的刀子，一切都说得过去了。

想着原先陈若秋温柔可人，如今发了狂鱼死网破，沈万的目光落到隔壁常在青的身上，面色渐渐沉了下来。如果没有常在青，他和陈若秋何至于夫妻离心，也不会有眼下这一遭了。这么一想，连带着常在青腹中的骨肉，沈万也是漠然以对。

沈万一家入狱，表面上是办差不力，知晓内情的人都知道，文惠帝这是震怒沈万私下和傅修宜走得近。此事牵连了沈府一家，定王傅修宜也讨不了好。

傅修宜在宫中的眼线众多，很快就得知了事情原委。傅修宜怎么也没想到，沈万和陈若秋的夫妻家事，竟然也可以牵扯出自己。眼下正是关键时候，万万不能让文惠帝在这个时候对自己起了疑心。

越想越是气闷，傅修宜冷冷道："成事不足，败事有余！"

裴琅思忖道："殿下最好还是早些与此事撇清关系。不管用什么法子，都要自证清白。"

"我自然知道。"傅修宜道，"先生以为如何？"

"证据确凿，极力否认反而刻意。殿下不妨顺势承认，将此事推到沈万一人身上。虽然陛下忌讳皇子结党，可若是沈万主动投奔，殿下烦不胜烦，陛下的心也许要宽些。"

傅修宜点头："先生与我想的分毫不差。沈万这步棋只有牺牲了。不过这样的废子，留着也是多生事端，早些除了也好。"奏折上的事否认不了，一桩一件都有证据，可如果这都是沈万一个人的主意，是沈万巴巴地想要攀上傅修宜，傅修宜不为所动，这一切便显得情有可原，傅修宜反倒是被连累的那一个了。

"我和沈家还真是有缘。"傅修宜面色冷然，"几次三番事都坏在沈家手中，不知为何，这一次虽然是因陈若秋而起，我却觉得没那么简单，好像背后有人在操纵。"

裴琅心中一跳，道："当务之急，殿下还是先自证为好，时间拖得越久，陛下余怒未消，恐怕会连累殿下。"

傅修宜哂然一笑："虽然麻烦了些，倒也不是死局。不过……先生以为沈家留还是不留？"

裴琅温声答道："既然阻了殿下大业，当是留不得的。"

傅修宜朗然一笑，盯着裴琅道："先生这话正合我意。我还有些事情，先生先下去，有要事我会再与先生商量。"

裴琅点头称是，告退之后转身离开。

却没有看到，身后的傅修宜盯着他的背影，目光中闪过一丝阴鸷。

沈万一家下牢狱之事，传得尽人皆知，自然也传到了秦王府上。沈玥愕然不已，问：“哦？真的全府都入狱了？”

“千真万确。”探子道，“听闻皇帝十分震怒，这次要治死罪。”

皇甫灏转头去看沈玥的神情。沈玥惊诧意外，唯独不见难过伤心。不由自主地，她的脑中又浮现起那一日陈若秋对她说的话，当时沈玥觉得陈若秋话里有话，莫非沈家今日之果，都是由陈若秋而起？

沈玥不敢让皇甫灏察觉出自己的情绪，假意低下头，露出一副悲戚的模样，道：“怎么会……”

“单是办差不力，文惠帝怎么会抄了家，怕不是因为这个。”皇甫灏笑笑，“只怕另有原因吧。”他说完又看着沈玥，“玥儿想去看看沈大人吗？”

沈玥吓了一跳，结结巴巴道：“眼下前去，只怕会让父亲伤怀，也给殿下添了麻烦，不、不必了……”

沈府抄家，她是被嫁到王家的女人，所以才没被牵连，可若是让人发现沈玥尚在，谁知道会不会把她也关起来。大难临头各自飞，沈家对沈玥无情，沈玥对沈家也没存什么道义，生怕连累自己，躲避还来不及，哪会眼巴巴凑上去？

闻言，皇甫灏也没在这个问题上纠缠，笑笑作罢。沈玥暗自松了口气，待皇甫灏走后，想着给陈若秋写一封信，问一问此事是不是与陈若秋有关。

虽然心中还有些后怕和惶恐，不过瞧着沈家一大家子身陷囹圄，沈玥心里竟有几分幸灾乐祸。尤其是常在青，这个霸占了自己母亲地位的女人，如今还不是跟着沈万一起受苦。这样想着，沈玥便觉得自己能给皇甫灏当侍妾，也没那么低贱，甚至还沾沾自喜起来。

沈玥是这般想的，不过第二日，定京城就爆出了一则秘闻，这桩秘闻如同投入水底的石子，激起千层浪花，也让沈家彻底成为路人茶余饭后的笑话。

定京城爆出了一桩惊天秘闻。

一大早，天还没亮，有个中年男人就跪在衙门口击鼓鸣冤，说沈府沈三老爷沈万强抢民妇，掳走妻子做妾，天地不容。那男子舌灿莲花,连说带唱，精彩极了，不多时就吸引了一大帮看热闹的百姓。半个时辰不到，全定京城都知道了这件事儿。

说是沈万掳人妻子，可众人又不是傻子，柳州和定京隔得可不近，当初是常在青自己来投奔沈府的，也自称未曾婚嫁。说强抢民妇，只怕是常在青自个儿倒贴上去的。

至于那汉子说的话，倒没一个人怀疑，一来是因为汉子手里还拿着婚书，白纸黑字连着官印都是常在青的名字；二来，那随行而来的少年，实在是长得和常在青一模一样。

陈府中，偏僻的院落里，陈若秋听着诗情从外头打听来的消息，笑得前俯后仰。

她如今越发惫懒，整个人更加不修边幅。陈家不待见她，她自己也不在意，活着的意义就是拉沈家下马，眼下她无疑是做到了。

陈若秋的确做到了。和沈万当夫妻这么多年，她也晓得沈万的命脉。零零碎碎加起来，加上又收买了一个在沈万手下当差的人，将这证据送到沈万死对头的手中，忐忑不安地等待消息，终于等来了好消息。

陈若秋对沈万有多深的爱，就有多深的恨。当晓得沈家一家人都身陷囹圄的时候，陈若秋着实快慰，但她没想到，不过第二日，就爆出了常在青是有丈夫儿子的人。

没想到自己精明一世，竟会输给这样一个抛夫弃子的女人。陈若秋笑着笑着便觉得嘴角苦涩起来。若是她当初再镇定一些，不那么着急，派人去柳州查一查，或许就不是这个结果。沈万那么一个眼里揉不得沙子的人，晓得常在青的身份，都不用陈若秋说，自己就会对常在青厌恶有加了。

可是开弓没有回头箭，走到这一步，谁也无法回头了。

“夫人，眼下该怎么办才好？”诗情小心地问。

“我想……”陈若秋按了按额心，“玥儿有了归宿，我是怎么都行的了。再过几日，我就离开定京，寻一处小地方，安安稳稳度过余生。”

诗情松了口气。

“不过我得先去看看玥儿。”陈若秋抚着心口，“不然总是不放心。”

正说着，见外头画意跑进来，面上惊慌不已，道：“夫人，不好了，出事了！”

陈若秋站起身来，皱眉问：“什么事？”

“二小姐、二小姐……”

一听说沈玥，陈若秋的一颗心顿时狂跳起来，她一把抓住画意的手，急切地问道：“玥儿怎么了？”

画意都快要哭出来了：“二小姐在秦王府的事情，被发现了！”

沈玥被带出秦王府的时候，皇甫灏并没有阻拦。

任凭沈玥哭得梨花带雨，抓着他的袖子苦苦哀求，皇甫灏也只是道："不会有事的，你就跟他们去吧。"那些官差也机灵得很，见皇甫灏的态度，最后一点儿顾虑便没有了，几乎是粗鲁地押着沈玥往外头走。

皇甫灏看着一行人带着沈玥远去，向身边的侍卫询问："去打听一下，明齐宫里究竟出了什么事。"

一大早，就有官差找上门来，说要带走沈家三房嫡出的女儿沈玥。沈玥自从进了秦王府，从来没对外人说过，众人也不会想到官家嫡女会成为秦太子的侍妾。眼下这些官差不知道从哪里知道了消息，竟然跑到秦王府来要人。

文惠帝到底对皇甫灏留了几分客气，带走沈玥的理由是沈玥也是沈家的一员，逃脱不了干系，却丝毫不提沈玥和沈冬菱换亲一事，大约是刻意避开这个问题。不过一个侍妾，能激起多大的风浪，仅仅因为这个，文惠帝没必要弄得这般大张旗鼓，皇甫灏以为，其中必然有什么蹊跷。

沈玥对皇甫灏来说，不过是了解沈妙的一个手段，恰好还有几分姿色可供玩乐，他倒还真没将沈玥放在心上，犯不着为了沈玥和文惠帝面上扯得难看，因此也就顺水推舟了。

不过……明齐宫里究竟出了什么事，皇甫灏还是一无所知。思忖片刻，皇甫灏召来身边侍从，道："你到定王府一趟，替我带个话。"

沈家的这些事情，足以称得上乱成一锅粥了。仿佛平平静静的绷面上突然翘起了一个线头，顺着这个线头一拉，原先绣得好好的图案瞬间被搅得乱七八糟，看不清楚原本的面目。

先是沈万办差不力，被下了大牢，后有常在青柳州的丈夫儿子跪在衙门口击鼓鸣冤，到了现在，居然被发现嫡出的三房女儿摇身一变，成了秦国太子府上的侍妾，从而牵扯出三房嫡女和二房庶女换亲的事，让人感叹沈府后院是多混乱的同时，也让人疑惑沈家是不是得罪了哪路鬼神，怎么一直在倒血霉。

正是午后，沈妙将帘子拉好，打算上榻小憩一会儿。

她刚脱下外头的披风，忽而发觉不对，转头一看，便见阴影里，谢景行不知何时来了，正倚在她的榻上，一手摸着某个毛茸茸的东西，那东西一拱一拱的，定睛一看，正是沈妙之前见过的那只白皮老虎。

老虎长壮了一圈，连带着毛皮都油光水滑的。

沈妙深深吸了口气，道："谁让你上我的榻？"

谢景行道："特意来恭喜你，你怎么这个反应？"

"恭喜？"沈妙愣了愣，"什么喜？"

"沈家如你所愿进了大牢。"谢景行松开手，白虎嗷呜一声，欢快地在沈妙的床榻上蹦蹦跳跳，拿沈妙上好的蚕丝被褥磨爪子。

谢景行摸着下巴："常在青的名声毁了，沈万后悔了，陈若秋被连累，沈玥也下了狱，怎么看都是值得恭喜的事。"他眼眸一弯，"你不高兴吗？"

沈妙往前走了两步，攥住谢景行的衣袖，就要将他从自己的榻上拽起来，一边拽一边道："口头恭喜便行了，或是备些银子大礼，睿王不必亲自跑一趟。"

"那怎么能表现本王的诚意？"沈妙用了很大的力气，谢景行却纹丝不动，他扫了沈妙一眼，似笑非笑道，"况且这一局，你还坑了傅修宜，更是可喜可贺。"

沈妙手上不由自主地松了下来，谢景行忽而挑眉，反手握住沈妙的手，将她往自己身前一拉。

沈妙猝不及防，又脚下不稳，直直往前栽去，扑倒在谢景行胸前。

青年眉眼含笑，目光却锐利，语气温柔得好似情人低语，说的话却字字透人寒凉。

他低声道："把皇甫灏也牵扯了进来，老皇帝更不会轻易放过傅修宜了。你这步棋妙是妙，就不怕引火烧身？"

沈妙抬眼朝谢景行看去。

是的，谢景行说得没错。陈若秋和沈万都只是一个引子，常在青也不过是受到应有的惩罚。这一切都是幌子，是她为了最后一步棋所布的障眼法。

沈妙从来没忘记自己真正的敌人，傅修宜。

沈万已经和定王扯上关系了，眼下沈玥又成了皇甫灏的人，沈玥可是沈万的女儿，这便令人想到，或许皇甫灏和傅修宜之间也有什么关系。

多疑如文惠帝，肯定会派人查探。如果皇甫灏和傅修宜真的没什么瓜葛，自然查不出什么，可惜的是，这二人本就有心结为同盟。文惠帝要是认真查一查，极可能查到一些有趣的东西。在这个节骨眼上，这可是给了傅修宜致命一击。他的帝王之路，有了文惠帝的猜疑和暗加阻拦，总不会那么顺利。

她想从谢景行身上起来，谢景行却一手攥着她的手臂，另一手扶着她的后脑，沈妙几乎整个人都趴在谢景行身上。呼吸相闻间，距离暧昧得让她能听到剧烈的心跳，不知是自己的还是他的。

沈妙突然笑了一下，缓慢开口道："引火烧身？"

谢景行好整以暇地盯着她。

“火已经找上我了。”沈妙道，“睿王以为，我还有退路吗？”

她从来都没有退路，便是没有这些血仇，没有婉瑜和傅明，没有她为了复仇而来的重生，沈信功高盖主，终有一日沈家大房面临的是覆亡的结局。为了保护沈家，傅修宜也会成为她的敌人。

“当然有退路。”那青年突然开口。

沈妙抓着他衣襟的手指微微一动。

他的侧脸英俊绝伦，眼眸漆黑漂亮得几乎让人移不开眼，他道：“有本王在，火不会烧到你身上。如果你觉得怕，可以躲到本王这里来。”

他的声音清醇如酒，低低地飘进沈妙耳中。

“本王给你砍出一条退路。”

沈妙朝他看去，他漫不经心地说话，玩世不恭地做事，却总给人一种错觉，仿佛他的承诺重逾千斤，说到就能做到。

但是，为什么她会突然觉得有些想哭。

如果前生在宫中的时候，有人对她说到我这里来，我给你砍出一条退路，她是不是就不会一条道走到黑，是不是就不会到最后惨烈到子丧族亡？人和人的相处真是很奇怪，不管谢景行此刻说的话是真还是假，沈妙的心都被轻轻撩动了一下。

像是有蝴蝶要从心里飞出来。

谢景行忽然收了唇角的笑，认真看了一眼沈妙，微微蹙了眉，在沈妙耳边低声问：“不过，你的心跳声怎么突然这么大？”

沈妙狠狠地推了一把谢景行，一下子坐起身。

谢景行唇角一勾，两只手懒洋洋地枕在脑后，道：“你病了啊？”

“是你病了。”沈妙深深吸了一口气，“睿王恭喜也恭喜够了，现在可以走了吧？我也是个清白的姑娘家，被人瞧见便嫁不出去了。”

谢景行蹙眉道：“你不是要当皇后？寻常人哪里娶得起你？”瞧见沈妙又要发火，谢景行这才坐起身，提起还在榻上追吊坠的老虎，瞧了一眼沈妙，好笑道，“既然是喜事，我来锦上添花如何？”

沈妙一愣，下意识看向谢景行，问：“你想干什么？”

“傅修宜这人，我看不顺眼。”谢景行轻描淡写地道，“虽然不能一起解决，”他冲沈妙眨了下眼，“落井下石也不错。”

正如沈妙所预计的，等沈玥被抓进牢中的事传到傅修宜耳中时，向来泰山崩于眼前也不变色的傅修宜也忍不住失色。

“沈玥怎么会突然进了秦王府？”他问手下的侍从。

“听闻是沈二小姐当初不愿嫁给王家少爷，就和沈府庶出的三小姐换了亲。只是丑事不便张扬，后来沈二小姐偷偷跑出了府，无意间和秦太子牵扯上了，就成了秦太子的侍妾……”

“够了！”傅修宜打断侍从的话，恨声道，“沈家这群人！”

表面上看是沈玥的事，实际却关系到明齐和秦国。秦国和明齐如今要走同盟的路子，九个皇子中，谁与皇甫灏走得越近，谁就越是文惠帝的眼中钉。文惠帝不希望儿子和皇甫灏走得近，文惠帝希望在秦国的眼中，自己才是唯一的君主。沈玥在秦太子府，文惠帝会怎么想，沈玥会不会是沈万为了笼络秦太子而走的棋，而沈万是替傅修宜办事的。

傅修宜和皇甫灏，眼下是真的被绑在一起了。

傅修宜越想越头疼：“此事太过凑巧，定是有人在背后算计，将矛头对准我，沈万一事是假，推我下水才是真。我倒要看看，是谁在背后捣鬼。”

一名年轻的幕僚小心翼翼地问：“殿下接下来打算如何？”

“父皇起了疑心，贸然澄清反倒弄巧成拙。”傅修宜道，“只有静观其变。不过先要弄清楚的是，到底是谁在背后算计我。”

“许是周王，或是轩王？”

“不可能。”傅修宜断然否认，“牵扯到皇甫灏，他们出手，难免留下痕迹，被父皇发现，得不偿失。”

幕僚们面面相觑，不再说话了。

裴琅站在幕僚中央，傅修宜并没有问他的意思，他也没有主动开口，却能感到傅修宜在上头望着他的目光。

看着裴琅平静得一如既往的脸，不知为什么，傅修宜的眼前突然浮现起另一张脸来。

少女的脸庞清秀小巧，一双眼眸清澈如明镜，她总是敛着眉眼，端着架子，让傅修宜想到坤宁宫中那位后宫之首。

傅修宜冷笑一声，不过是个女人罢了，就算有天大的本事，这些事也不可能出自她的手。虽然如此，傅修宜却也没忘了，沈妙或许和那位大凉来的睿王关系匪浅。

大凉来的睿王，对整个明齐皇室的态度都不冷不热，偶尔有些故意针对自己……是为了沈妙？

傅修宜捏紧拳，慢慢平静下来，道：“找几个人守在睿王府门前，不分昼夜地给我盯着！”他慢悠悠地看了诸位幕僚一眼，淡淡道，“咱们自己府上也多一倍守卫，一只苍蝇也不要放进来，一只蚊子也不准飞出去！”

裴琅心中一跳，总觉得傅修宜这话若有所指，却仍垂着袖子，面上一派淡然。

傅修宜身上的怒意还未散去，就有守卫从外头进来，低声道：“殿下，太子殿下派人给您传口信来了。”

傅修宜一怔，道：“喊进来。”正要起身，忽然意识到了什么，面色大变，“糟了！”

文惠帝如今怀疑傅修宜和皇甫灏之间有牵连，眼下这个时候正不留余力地查探傅修宜和皇甫灏间的关系。皇甫灏不知道出了什么事，对沈万被抓的真正原因也不甚清楚，想来是过来询问，不巧正撞在了刀刃上。

只怕这会儿已经被文惠帝的人捕捉到了，这下跳进黄河也洗不清了。他的罪名，也就在这个时候，差不多被坐实了！

傅修宜一下子坐倒在椅子上。

明齐天牢。

沈玥和陈若秋没想到，竟会在这种情况下和沈万一家子重逢，沈万也万万没料到，沈玥竟然会成了皇甫灏的侍妾。

沈玥心中又怕又怒，惶急地拉着陈若秋问：“娘，为什么咱们也要被抓起来，咱们与沈家不是已经没关系了吗？这到底是怎么一回事？”

常在青见状，心中有些爽快。人在倒霉的时候，总想要抓几个同样的人一起下地狱。她道：“二小姐怎么就不是沈府的人了？您可是老爷的女儿。”

沈玥冷笑一声：“那也轮不到你这个婊子插嘴。”

常在青一愣，下意识看向沈万，可令她吃惊的是，沈万看也不看她一眼，对沈玥的话置若罔闻。

沈玥得意道：“怎么，你还想让我爹替你说话？现在满京城谁不知道你常在青是在柳州被人睡过的破鞋！都说婊子无情戏子无义，看你也是自称礼数周全，怎么也是一样不要脸？还不如那青楼里的头牌姐儿！”

“你、你胡说八道什么？”常在青心中一跳。她一直被关在牢里，对外头的事一无所知，并不晓得自己在柳州的事已经流传出去。

“你不知道呀？”沈玥心中有气，干脆拿话激她，“你在柳州的丈夫和儿子可是对你思念不已，特意上定京城寻亲来了。”沈玥看了一眼沈万，不紧不慢道，“那田力可是早早地跪在衙门门口击鼓鸣冤，说咱们沈府强抢民妇呢！”

常在青身子一颤，自知无法再隐瞒下去，看向沈万，见沈万并不惊讶，颤声问道：“你……你早就知道了？”

“什么？”说话的却是沈老夫人，她眼下终于回过味儿来，尖声问，“你嫁过人？你还有个儿子？”

常在青不答，冷眼旁观的陈若秋却笑道：“娘还不知道吧，您给自己儿子精心挑选的这个媳妇，可是别人家的人。沈家给别人家养媳妇，这常在青生的儿子，说到底，自然也不是姓沈。”

沈贵也被这突如其来的消息惊呆了。常在青终于回过神来，冷笑一声，不再掩饰，破罐子破摔道：“我嫁过人又如何？生过儿子又如何？沈家又哪有你说的那般干净，不过是五十步笑百步罢了。再说了，我嫁过来也没享几天福就跟着受罪，谁坑了谁还不一定呢。”

沈老夫人闻言，怒从心头起，二话不说就往常在青身上扑去，一边扯着常在青的头发一边骂道：“贱人！我让你坑沈家！我让你坑沈家！不要脸！”

常在青又哪里是个逆来顺受的，顾不得那么多，当即就和沈老夫人厮打起来。

沈老夫人虽然年事已高，打起架来却有年轻时候的泼辣劲头。常在青年轻力盛，可自诩读书人不与人动手，也没能讨了好去。这二人一边厮打一边互相谩骂，场面混乱不堪。

沈贵见状想去拉，可男女本就分开关在牢房里，心有余而力不足。沈玥和陈若秋更不可能去拉架。陈若秋冷冷瞧着，沈玥甚至还笑出了声。

沈老夫人一把推开常在青，她脸上满是指甲抓痕，头发衣服乱成一团，满足地看着地上的人。常在青蜷在地上，弓着身子，抱着小腹痛苦地拧着眉呻吟。她的身下，渐渐漫出一摊鲜血。

竟是在牢里小产了。

沈贵不知所措地看向沈万，却见沈万没有一丝动容，看着常在青在地上痛苦翻滚，仿佛在看一个陌生人。

沈老夫人嘴里骂骂咧咧道：“贱人！都该死！贱人！”

沈玥见常在青身下的血越来越多，地上都染红了一大片，渐渐开始害怕。

常在青痛得神志模糊，努力呼唤狱卒，希望有人能为她找个大夫，可那些狱卒来来往往，根本没有要帮她一把的意思。

不知呻吟了多久，常在青连声音都发不出来了，只有出的气没有进的气，奄奄一息。

牢房里安静得可怕。沈家众人看常在青的目光里，有厌恶，有不耐，有嘲讽，有恐惧，有不屑，却没有一点同情。

常在青恍恍惚惚地念道："槐生……"

沈玥眉头一皱："她念叨什么呢？"

陈若秋摇了摇头。

"娘，你怎么看着这么没精神？"沈玥拉紧了她的手，"这一次的事……很严重？我们什么时候能出去？"

"没事，只是小事，陛下查清楚了就会将我们放出去的。放心吧。你休息一会儿，省得等会子没力气。"陈若秋微笑着答。

沈玥得了陈若秋的保证，心中稍安，便靠着陈若秋，安然闭上了眼睛。

沈老夫人听了陈若秋的话，也渐渐安静下来，闭目养着神。

至于地上的常在青，却没人关注她是死是活了。

陈若秋瞧了一眼常在青，冷笑一声，随即又想到了什么，目光变得绝望。

这一次究竟有没有生路，她对沈玥说了谎。他们恐怕是没命出去了。

没人比陈若秋更了解沈万的眼神，但凡还有一丝希望，沈万都不会是这个反应。沈万已经绝望了。连沈万都绝望了，陈若秋也没有理由相信还有别的生机。

反正要死大家一起死不是吗？死了在地下又是一家人。陈若秋想。

"三弟。"

沉默中，有人率先打破了寂静，是沈贵，只听他问："你有没有觉得，咱们沈家近几年就像撞了邪。原先爹在的时候，可没这么多事儿。"

沈万的语气辨不出喜怒，道："是爹在的时候，还是沈信在的时候？"

沈贵语塞，的确，说是沈老将军在并不确切，准确说来，沈府走下坡路的时候，是从大房分家出去开始。

可沈万这话的意思，却又不是表面的那个意思。

沈贵迟疑地问："你是说，有人在背后算计咱们沈家？这一次也被人算计了？"

沈万古怪地笑了一下，不知道是在笑什么。

“莫非……是沈信在背后捅娄子？”沈贵恍然。

一边安静坐着的陈若秋这时候却开了口，道：“罗雪雁生的那个小贱人沈妙邪门得很。你们没有发现吗？只要和沈妙沾上关系的，最后都落不了好。”

沈万和沈贵朝陈若秋看去。陈若秋好似没有看到他二人的目光，继续道：“先是二房的沈清、沈垣，现在轮到了三房，当初二嫂在她手中亦是没有讨了好。仔细想来，说从什么时候沈府频频出事，倒不如说是从她性情大变时开始。”

沈万沉声道：“单凭她一人，绝不会做到如此地步，除非背后有高人指点，或是找着了靠山。”

“只怕不是沈妙找着了靠山，”沈贵思索道，“是沈家找到了靠山。”他想到了什么，一拍膝盖，“当初战场上怎么就没让沈信摔死！我就说这么多年怎么诸事不顺，原来是沈信在背后给人下绊子！”

“不论如何，此事和沈信多多少少都有关系。”陈若秋这个时候倒是冷静下来，“否则不会一出事，沈府上上下下都被连累了，却独独他们大房安然无恙。”

众人沉默。

半晌过后，沈贵咬牙道：“既然如此，这次也要把他们一道拉下水才行！我们讨不了好，大房也别想好过。”他看向沈万，“三弟，咱们想法子把沈信也牵扯上！”

“不行。”沈万平静道，“此事都到了定罪的时候，这时候把沈信牵扯进来，明眼人都看得出来是在栽赃。越是如此，皇上越是觉得大房与我们不是一路人，我们是奸臣，大房就是忠心，白白让大房捡了便宜。”

沈贵怒道：“那就这么白白放过他不成？”

沈万冷笑：“吃了这么大一个亏，斗了这么多年，我不信还是我们输，就算不能拉下沈信，也要扒下沈信一层皮！”

“三弟的意思是……”沈贵有些不解。

沈万压低声音：“皇上这头走不通，总还有别人。你猜，现在出了这件事，固然是我们受罪，谁比我们更恼火？”

陈若秋皱眉：“定王？”

“不错。”沈万看了陈若秋一眼，到了这个时候，再怪责陈若秋将罪证呈上去已经没用了。更何况究其原因，是沈万为了常在青而休掉陈若秋，再说长远些，说不定是有人设了一个局，将他们所有人都算计在其中，再来怪责谁又有什么意思？

沈万冷冷道：“咱们的一举一动，都被别人监视着。这其中固然也有定王的人，多聊聊沈家大房，总会让定王起疑心的。”

定王是什么人？九个皇子中藏得最深，比起轩王更像笑面虎一样的人。被定王盯住，沈万相信，沈家大房接下来的日子都会很难过。

他低声喃喃：“我在黄泉路上等着你，大哥。”

定京城有关沈万这桩案子，结案结得非常快，以至百姓知道这个消息的时候，都有些莫名其妙。

前威武大将军沈府抄家，家丁皆流放，主子全处斩。

明齐许久没有出过这样的大案了，这桩案子看起来也并没有严重到如此程度。官府似乎刻意保密，到现在，罪名由头也不过是一个“办差不力，惹下大祸”。

只是那个“大祸”究竟是什么，却无人知道。

处斩的那一日，沈妙要去看。

罗潭诧异地问：“小表妹去看什么，那样血淋淋的场面，脑袋嘎嘣滚下来，晚上会做噩梦的。”

沈信和罗雪雁是不会去看的，他们还有军务，当然就算没有军务，也不会去看。

沈妙道：“我要去看。我还没见过斩首。”

“我陪妹妹去吧。”沈丘道。

“我也一道去。”罗凌微笑着开口，“我也没见过斩首。”

“胡说什么呢表哥。”罗潭睨了一眼罗凌，“从前在西北的时候，又不是没见过被军令处斩的人，砍头都看得不耐了，说什么第一次。”

罗凌的微笑有些僵硬。沈丘闻言，意味深长地看了一眼罗凌，把罗凌看得有些心中不安，才道：“那就一起去。”

罗潭见众人都去了，一咬牙跺了跺脚，才道：“那我也跟着，我才不想一个人留在府里……小表妹，你等会儿千万要捂好我的眼睛啊。”

待一行人到了刑场，围观的百姓里三层外三层将行刑台外头围得水泄不通。有人认出了沈丘，就小声议论，指指点点着沈丘和沈妙兄妹。

刑台上，沈万一行人都戴着枷锁跪着，穿着脏兮兮的囚服，蓬头垢面的，哪还有当初富贵逼人的模样。沈玥和沈老夫人嘴里塞着破布，似乎能看到沈玥拼命摇头目露惊恐。

沈妙的唇角微微一扬。

她的目光朝着台上的人一个个扫过去。

沈万、陈若秋、沈贵、沈玥、沈老夫人……听闻常在青在狱中小产，等第二日狱卒发现将她抬出去的时候，身子都硬了。倒也好，留了个全尸。

“小表妹，你在想什么？”罗潭悄声问。

“想些以前的事情。”沈妙答。

沈玥在台上慌乱地四处看着，突然看向沈妙的方向，在瞧见沈妙时，目光猛地迸出强烈的恨意。若非身上有枷锁被人押着，沈玥怕都要扑到沈妙面前，抓花沈妙的脸了。

沈妙隔着人群，冲她微微一笑。

沈玥被沈妙的目光激怒了，越发乱叫起来，押着她的官差不耐烦地给了她一脚，沈玥似是被踹疼了，暂时安静了一会儿，又向另一个方向看去，表情极为愤怒。

沈妙顺着她的目光看去，便见在离自己不远处，正有熟悉的影子，是一名妙龄女子，衣着富贵华丽，略略垂着眉眼，尖尖的下巴，大大的眼睛，不是沈冬菱又是谁?

沈冬菱也瞧见了沈妙，温柔一笑，竟朝着沈妙走过来，待走近了，对着沈妙福了一福，轻声道：“五妹妹。”又看向沈丘，“大哥。”

沈丘不咸不淡地点了点头，沈妙却是仔细打量着沈冬菱。

沈冬菱本就长得好，随了万姨娘的相貌，三分娇俏七分娇媚。从前沈冬菱在沈府里总是低眉顺眼，相貌也被一身灰扑扑的衣裳掩盖了。现在看来，许是养得好，脸儿嫩得能掐出水来，目光水润动人，活脱脱的能媚人的姿色。

再看她身边跟着的随从，看来王弼待她不错。

罗潭好奇地打量沈冬菱。

沈冬菱看着沈妙，笑盈盈道：“没想到在这里也能遇着五妹妹，真是缘分。”

沈妙微微一笑。

沈冬菱的态度十分自然，神情不见一丝哀戚。台上的沈贵是沈冬菱的父亲，沈冬菱竟也没有一丝动容，与沈妙攀谈间，竟像是在看一场赏花宴般随意。

“我来，是来寻个痛快的。”沈妙看向沈冬菱，“三姐姐来，是为了什么？”

沈冬菱闻言，不紧不慢地掩嘴一笑。她道：“五妹妹寻痛快，我可不敢。”沈冬菱看向台上，“不过是听闻定京城这桩趣事儿，来看个乐子，图个开心罢了。”

刚说完，就听见台上监斩官扔了个牌子下来，长声道：“时辰到，行刑——”

沈冬菱拿帕子掩着嘴，一副颇为可惜的模样，轻声道："真可怜。"

"是啊，"沈妙平静地开口，"真可怜。"

彼此嘴里说着可怜的人，面上都没有一丝一毫的动容。

几颗人头骨碌碌顺着台子滚到了人群中，人群发出惊呼声，胆小的女子蒙着眼睛尖叫起来。

瞧着官差搬动尸体的动静，沈冬菱却像是失了兴致，对沈妙笑道："原先在府里，因我身子不好，倒是不曾与五妹妹走动。眼下出嫁，更不方便。不过我心里是惦记着五妹妹的，五妹妹改日要是有了兴致，不妨来王家坐坐，我们姐妹二人说些知心话。"

沈丘在一边听着，眉头就皱了起来。他说不得多喜爱沈冬菱这个人，总觉得沈冬菱不似表面上那般简单。

沈妙闻言，漫不经心道："看三姐姐的模样，王少爷待三姐姐极好。"

沈冬菱羞赧地低下头："王家人厚道。"

沈妙笑得泛冷，王家人厚道？怕也不尽然。

"既然如此，都是你的福分。"沈妙轻描淡写地道，"我们还有些事，就不打扰三姐姐看乐子的雅兴了。"

沈冬菱连忙别过，道："五妹妹好走。"

沈妙不欲与她多说，率先离开，沈丘面色淡淡地点头，罗潭和罗凌赶紧跟上。

待沈妙一行人走后，沈冬菱的贴身丫头杏花不忿地努了努嘴，埋怨道："夫人这般好声气，五小姐却不领情，真是好没道理。"

"她是嫡，我是庶，自然打心里瞧不起。"沈冬菱没有如杏花那般生气。

"可您现在也是王家的少奶奶了呀。"

沈冬菱淡淡一笑："只是个王家少奶奶，在人家眼里不值一提。"

杏花没好气道："您可是正经的官家夫人，五小姐日后莫非还想嫁皇子不成？"

"杏花。"沈冬菱眉头一皱，杏花忙噤了声不敢多言，面上犹自不平。

沈冬菱轻声道："背靠沈家军这大树，还有罗家军这片土壤，就算嫁当今天子，也没人拦得着她。只是……"沈冬菱笑得有些意味深长，"不是嫁得高就是好的。"

另一头，罗潭正缠着沈妙问："小表妹，那位就是你的庶妹？我瞧着也不像说的那般懦弱呀。"

沈妙笑笑："人总是会变的。"

罗潭想了想，深以为然，道："不错，想来她如今嫁了人，颇得婆家喜欢，才改了性子。"

沈丘问："妹妹，观完行刑，现在可以回府了吧？"到底是对之前沈妙莫名其妙被人劫走的事心有余悸。

沈妙正要回答，突然听得一个清脆的嗓音道："沈家姐姐！"

沈妙回头一看。

来人是一个粉雕玉琢的小公子，穿着松绿色的绸缎衣裳，衣襟的绲边儿全绣着松叶，别致得很。这小公子十一二岁，算得上一个小小少年了，眉目清俊，却又带了几分奶气。他戴了个小小的玉冠，垂了两条丝带在耳边，腰间一个玉葫芦，白生生，水嫩嫩，可爱得像是画里走出来的人儿。

罗潭看得眼睛都直了，罗凌和沈丘有些诧异。沈妙皱紧眉头，只觉得小少年的眉眼之间有些熟悉，却想不出来到底是谁。

那小少年见沈妙只是看着他发呆，便走到沈妙身边，微微仰头，就这么和沈妙大眼瞪小眼。

就在沈妙想说点什么的时候，又听见身边传来一声轻笑，道："沈五小姐，沈大少爷。"

来人一身湖蓝色长袍，衣裳的款式和面前这小少年一模一样，是个青年，眉眼和小公子有几分相似。这人沈妙和沈丘却是认识的，是平南伯府上的苏明枫。

"二弟顽劣，不懂事，还望没有冲撞了五小姐。"苏明枫笑道。

沈妙险些咬掉自己的舌头，问："苏明朗？"

"两年不见，你不认识我啦？"苏明朗怒道，"你不是说回来后会给我带礼物吗？"

沈妙只觉得有些不可思议。

两年前，苏明朗还是个胖成一团的糯米团子，两年一过，面前这个已有几分清俊风姿的少年是谁？怎么瘦了这么多？

苏明朗还在生闷气。一边的罗潭却忍不住摸了摸苏明朗的头，大大咧咧地开口道："不愧是两兄弟，生得一样好看。"

沈丘和罗凌也忙向这兄弟二人问好。

沈妙看着苏明朗，笑道："礼物在我府上，回头让人给你送来。"天可怜见，自从跟沈信回到定京城以后，每日都是各种各样的事，苏明朗还真被她忘到脑后去了。

苏明朗是个不记仇的，闻言，方才的不满一扫而光，问：“沈姐姐是来逛街的吗？”

苏明枫尴尬一笑，他自然知道今日是沈家抄斩的日子，不远处就是刑场，想来沈妙是来观刑的。

沈妙道：“随便逛逛，现在要回府去了。”

苏明朗乖巧地点了点头，道：“那记得给我礼物呀。”

苏明枫给了他后脑勺一巴掌，苏明朗捂着脑袋怒视苏明枫，又转头看向沈妙，就要对沈妙道别，忽而目光一凝，指着沈妙腕上的镯子，道：“沈姐姐，你这个玉环，看着好像当初谢哥哥做的虎头环。”

此话一出，几人都是一愣。沈丘和罗凌不晓得什么虎头环，罗潭有些好奇，沈妙自是心虚。苏明朗说得天真，却见苏明枫眉头一皱。

沈妙的皓腕上，果然挂着一只玉环，玉质很好，通体是莹莹的翠绿色，而玉环又不是一只，在顶端分成了两只，像是一对双环。上头没有雕琢的痕迹，浑然天成，只是在凸起的部分刻了一只小小的虎头。

虽然沈妙觉得那很像猫。

谢景行送来的一匣子暗器首饰里，沈妙觉得这翡翠双环最简单，里头也藏了针，看着比较“俭朴”，才随身戴着。

她走神的工夫，苏明枫的神色沉肃下来，不等沈妙反应，就一把握住沈妙的手，道：“得罪了。”

沈妙下意识要抽回手，苏明枫却握得紧。沈丘和罗凌的目光同时一冷，沈丘道：“苏公子，你太孟浪了！”

苏明朗瞪大眼睛，苏明枫已经飞快松开手，对沈妙拱手道：“方才是在下唐突，对不住。”

他到底也没做什么事，沈妙不可能介意，只是不知道苏明枫发现了什么，下一刻，听见苏明枫问道：“敢问五小姐，手上这虎头环从何而来？”

沈妙心中咯噔一下，罗潭几人都傻了，苏明枫一个堂堂男儿，为何要问一个女子手上饰物从何而来？

苏明枫认真看着沈妙，非常坚持地在等一个答案。

沈妙回神，微笑道：“是从一个远洋而来的游商手中买下，说是舶来品，没想到苏公子好似认识，这手环是叫虎头环吗？”

苏明枫的神情一瞬有些失望，不过片刻就打起精神道："不错，是叫虎头环。五小姐可愿割爱，将这只虎头环卖与我？"

咳咳，罗潭被自己的口水呛到了。

苏明朗道："大哥，你想买下这虎头环给心仪的姑娘吗？"

一听此话，沈丘和罗凌瞬间恍然，罗潭也是一愣，原来是要买给心爱的姑娘啊。

沈妙心念电转间，微微笑了，道："这毕竟是我的贴身首饰，不管是买卖还是赠予，在外男手中总不合规矩。况且苏公子要买给心仪的姑娘，也不该拿我用过的首饰送她。我知道定京珍宝阁里有几套不错的首饰，比我手上这个好得多。"

话都说到这个份上，连清白闺誉都拿出来说了，沈丘便也点头："不错。"

事关亲妹子的闺誉，一件首饰也不能出纰漏。

苏明枫只得讪笑着道："既然如此，那便只能遗憾了。"又说了几句客套话，苏明枫带着苏明朗就要和沈妙一行人别过。

刚要走的时候，苏明枫忽然想起了什么，看向沈妙，犹豫了一下，问："五小姐可曾见过临安侯府谢家小侯爷？"

沈妙一怔，身边的几个人也是一怔。

谢景行死了两年尽人皆知，苏明枫是疯了吗？

沈妙失笑："谢家小侯爷英年早逝，我如何见得？苏少爷是不是对我有什么成见，成心诅咒我呢。"

苏明枫不再说什么，这下是真的带着苏明朗远去了。

等人群中再也看不到他二人的身影时，罗潭才摸了摸自己的肩膀，道："出了一身鸡皮疙瘩。小表妹，好端端的，那人怎么会问你见过一个死人没有？"

沈妙道："魔怔了吧。"

"我看也是。"罗潭深以为然。

沈丘眉头一皱："日后少和苏家往来。"

"可是他为什么要问你啊？"罗潭好奇地问，"小表妹和那位谢小侯爷有什么交情？"

"绝无瓜葛，不相往来。"沈妙答了八个字。

罗凌诧异地看了她一眼。

沈妙不知道的是，这一日，瞧见她腕间那只虎头环的苏明枫，一整日都坐立不安。

苏煜也察觉到苏明枫的不对劲儿，还问他怎么了，板着个脸给谁看。

苏明枫吃饭时也只是含糊几句，草草扒了两口就回到屋中，剩下苏煜和苏夫人面面相觑。

苏夫人问："他这是怎么了？"

苏煜摇了摇头。苏夫人问小儿子苏明朗："明朗，今儿个你跟你大哥出门，遇着什么人了？"

苏明朗没心没肺道："遇着了沈家姐姐，大哥问沈家姐姐要首饰，沈家姐姐不给，沈家姐姐说这样不合规矩，大哥就不高兴了。"

苏夫人和苏煜倒抽一口凉气。

苏夫人放下筷子，问："我且问你，你说的沈家姐姐，是不是沈家五小姐？"

眼下沈家二房三房都被抄斩了，自然不会是沈玥。沈清两年前就死了。沈冬菱换亲到了王家。未出阁的沈家姐姐，那就是沈妙了。

原谅苏夫人首先想到的就是威武大将军沈家，毕竟定京就这么个沈家最出名啊。

苏明朗用力点了点头。

这下苏煜也坐不住了，他颤巍巍地指着苏明朗道："你大哥问人家要首饰？"

苏明朗脑袋点得跟小鸡啄米似的。

夫妻二人对视一眼，彼此都看到对方眼中的不可置信。按说苏明枫过完年不久就二十三了，寻常人家早就成亲了，再早些的连儿子都抱上了，不过自家这个却是不知道哪根筋不对，一直不肯娶妻。

眼下听苏明朗这般说，夫妻二人半是欣慰半是犯难。欣慰的是苏明枫总算开窍了，犯难的是苏明枫看上谁家小姐不好，偏是沈信的女儿。沈信手握重权，和沈信结亲，要是哪天文惠帝准备收拾沈信了，苏家也要跟着倒霉。难道自己藏拙好容易出了一个火坑，又要跟着跳进另一个火坑？

这般想着，苏煜头疼不已。还是苏夫人体贴，道："先别急，明朗说得不清不楚。如果明枫真喜欢沈家小姐，肯定还会有所表示。金凤，你去把大少爷院子里的小厮都给我叫过来，我有事要问他们。"

屋里，苏明枫来回踱着步。

他没有看错，即便只是短短的时间，也足够他看清楚、摸清楚。沈妙腕间戴着的那只玉环，分明就是虎头环。

虎头环一共有两只，一只在公主府荣信公主手中，另一只出现在沈妙手腕上。苏明枫一直以为第二只不会出现了，因为谢景行死了。

普天之下，只有谢景行会做虎头环。

那时苏明枫和谢景行还是走马章台的惨绿少年，一日他看见谢景行拿了个镯子打打磨磨，还嘲笑了他一番。谢景行白了他一眼，只说是暗器。

后来苏明枫磨得谢景行不耐烦了，谢景行就给他看，那镯子做成两只连在一起的手环模样，里头却藏了暗器，有毒针，可以防身。

苏明枫觉得很有意思，想要，谢景行鄙夷："这是给女人用的，你戴镯子给谁看？"

苏明枫就偃息旗鼓了，后来见谢景行将那镯子送给了荣信公主。

为什么要叫虎头环？因为谢景行在上头雕了一只老虎头，他的雕工不敢恭维，荣信公主却很喜欢。谢景行反而来了兴致，说还要雕一只。

但那翡翠玉料很难找，一直没找到。直到两年前，苏明枫给他从外头富商手中找着了一块，但玉料不如之前的好，有浅浅的白痕。谢景行出征前还拿了那块玉，说路上无聊的时候就做虎头环，谁知道一去天人永隔。

而在沈妙手上的那只虎头环，翡翠玉料在日光下有浅浅白痕，一样的机关，一样的做工，而那雕工和谢景行的手笔如出一辙。

谢景行是两年前离京的，沈信两年前去了西北，沈信先走，谢景行再离开，而谢景行走的时候都还有那块玉料。难道这两年间，沈妙和谢景行见过面吗？

可那时候谢景行已经死了呀！

而且苏明枫摸得清楚，镯子上的雕痕并不久远，似乎打磨不久，还不够圆滑。

苏明枫抬手招来小厮，道："叫几个人在沈信府宅门口守着，观察一下沈家五小姐的动静，买通沈宅里的下人也好，沈五小姐的一举一动，事无巨细我都要知道。"

苏明枫自然不知道，自己的这番话传到苏老爷和苏夫人耳中，又有多大的震动。

"天哪！"苏煜道，"明枫是真的对这女子用情至深了！"

"我原先还以为是明朗胡说八道，没想到竟是真的。"苏夫人脑仁生疼，喝了一口茶道，"怎的原先那么矜持，眼下却像是换了个人？还买人家眼线，追姑娘也不是这么个追法，和外头那些上不得台面的小子有什么区别？"

"许是用情良苦呢。"苏煜感叹，"这孩子随我，长情。"

苏夫人白了他一眼："照这么看，不给明枫娶了，明枫不得怄死？得先给沈府下封帖子才行。"

夜里起了风，睿王府上，高阳正拿着一封信看得津津有味。

季羽书啃着个苹果从后面路过，见高阳扯着张纸发呆，就瞟了一眼，却是重点歪了，他道："啊，原来沈家那位表小姐喜欢苏明枫啊。"

高阳回过神，怒道："一惊一乍干什么？"

"你胆子也太小了。"季羽书拍了拍他的肩，"别成天扇你这把扇子了，好好练武方是正道。"说罢又回到原先的话头上，"罗小姐和苏少爷还是挺配的，三哥和两边都有交情，不如改日做个媒。"

高阳眉头一皱："谁说罗潭喜欢苏明枫了？"

"我两只眼睛都看见了。"季羽书道，给高阳指信上的一行字，"你看，罗小姐对苏明枫说'不愧是两兄弟，生得都一样好看'。你说说，苏明朗就不说了，罗小姐这是变着法儿给苏明枫示好呢。"

高阳压下心中的不悦，道："无聊。"

"这你就不懂了。"季羽书一副我最聪明的模样道，"只有本少爷这种阅遍花丛的老手才能看清楚女子的真心。你要是讨好讨好我，我可以考虑教你……阿嚏！"

高阳不想理会他。

正说着，谢景行从外头回来，身后跟着铁衣和南旗。

"三哥！"季羽书热情地朝他打招呼，谢景行冷着脸往屋里走，南旗和铁衣也面色肃然。

季羽书道："三哥，沈五小姐出事了。"

谢景行脚步一顿，皱眉看向他。

高阳也看向季羽书。

季羽书清了清嗓子，正色道："刚替你看了从阳传回来的消息，今日沈五小姐出门的时候遇着了登徒子，登徒子摸了沈五小姐的小手。"

高阳扶额，只听季羽书又问："三哥可知这胆大包天的登徒子是谁？"

南旗和铁衣紧张不已。沈五小姐是自家主子看中的人，谁吃了熊心豹子胆，竟然摸了沈五小姐的手？

季羽书撕心裂肺道："是苏明枫！是三哥的拜把子兄弟苏明枫！同为手足，他竟然挖三哥墙脚，不仁不义不要脸！”

南旗和铁衣呆了，谢景行目光森冷，高阳干脆拿扇子掩了脸，压根儿就不想看季羽书作妖的德行。

一灯如豆，沈妙在灯下看书，不时地抬眸瞧一眼窗户。

沈妙左思右想，都觉得今日在街头遇着了苏明枫，委实不是一件好事。苏明枫注意到她的镯子，说什么虎头环，定不是随口一说，必然和谢景行有什么渊源。

若是被苏明枫知道谢景行没死……日后不知道会不会有麻烦。

这般胡思乱想着，却听见窗户有响动，她抬眼一看，紫袍青年已经轻车熟路地进来，临了还把窗关上，省得风灌进来。

谢景行大踏步走近，在桌前坐下来，桌上的茶还未冷，谢景行给自己倒了一杯，熟得简直像是在自家屋里。沈妙忽略心中古怪的感受，道：“今日我找你来，是有一件事。”

“何事？”谢景行勾唇问道。

犹豫了一下，沈妙才道：“苏明枫可能察觉到你还活着的事了。”

谢景行沉默。

沈妙伸出手腕，她腕间的翡翠镯子莹润剔透，越发显得手腕纤细白皙：“今日苏明枫在街上瞧见了我手上的镯子，说什么‘虎头环’，问我见没见过你，我想这其中应当有什么渊源，或许他猜到了你尚在人世。”

谢景行微微蹙眉。

沈妙斟酌道：“要不……想个法子补救一下？”

“不可能。”谢景行断然拒绝了她的提议，“苏明枫和我相交多年，性狡聪慧，瞒不了。”

“那又该如何？”

谢景行摇头：“发现就发现，不用理会。”

“这样不会给你招来麻烦？”沈妙问，“苏家好歹也是明齐官家，你是大凉人，或许他会以为你是敌国派来的奸细……后患无穷。”

朋友之间的友谊最珍贵，因此也最容不得欺骗、最脆弱。

谢景行慢悠悠地看了她一眼，忽而唇角一扬，道：“你在担心我？”

沈妙一愣，随即道：“我在关心我自己。”顿了顿，又补上一句，“我现在与你是一条绳上的蚂蚱，你要是被发现，难保不牵出我，还将沈家拉下水，得不偿失。”

谢景行有些好笑：“放心，和本王做盟友，亏不了。”

沈妙习惯了他的自大，并不将他的话放在心上，只是忽而想到了什么，道：“话说回来，你真的不打算阻止一下苏明枫？”

“你以为我的面具要戴多久？”谢景行忽然问。

沈妙不明白他的意思，没说话。

“我的身份迟早会被知道。”谢景行淡声道，“不是苏明枫，也会是其他人。”

沈妙心中惊了一惊，有些不解，又问：“那你有没有想过，如果身份被人知道，你的……亲人会如何想？临安侯、荣信公主、苏明枫，还有其他人……”

随着谢景行身份的揭开，他是大凉的睿王，局面就复杂多了。

谢景行漫不经心地一笑：“知道了又怎样？天下人恨我也无妨。”他看着沈妙，笑得有些邪气，“我、不、怕。”

不知为什么，沈妙被他的这个笑弄得有些心酸。总觉得美貌的青年，也没有看上去这般无情。

沈妙兀自想着，冷不防被谢景行摸了摸头，他道：“镯子不要取下来，既然给了你，就不怕被人认出来。”

沈妙其实很不喜欢有人摸她的头，就连沈丘摸她的头，沈妙也会不悦，今日却破天荒地任由谢景行动作。

她在心里叹息，今日就不要计较那么多了吧。

谢景行站起身来：“以为你有急事才过来，没什么事我就先走一步。日后有什么问题，就叫一声从阳。他现在是你的暗卫，不用开窗等我。我到了会叫醒你。”

他说得自然，沈妙也没觉得有什么不对。直到谢景行走了之后，沈妙才觉出这话也太过暧昧了些。

她想到谢景行的话，试着叫了一声从阳，眨眼之间，眼前多了一个穿着黑衣的侍卫模样的年轻人。

沈妙头疼，谢景行这是在她闺房里塞了个人吗？日后睡觉也被人守着？她问：“你整日在屋里？”

从阳道：“属下住在门口的树上，少夫人唤属下的名字，属下是练武之人，小声唤也能听见。”

沈妙惊讶地看着他：“你叫我什么？”

从阳对她行了一礼："少夫人。"

沈妙："不要叫我少夫人。"

"是，少夫人。"

沈妙愣了半晌，挥了挥手，无奈道："罢了，我问你，谢景行去干什么了？"

从阳道："属下不知。"

沈妙深深吸了口气，一问三不知，谢景行根本不是送了个暗卫，就是送了个人来监视自己。她打量了一下这个叫从阳的人，看着年轻力壮的，明儿个就让他跟着小厨房的一起砍柴去。

谢景行出了沈宅，对身边的铁衣吩咐道："以后让季羽书离从阳远点。"

铁衣称是，忽而又想到什么，道："主子，云游的观真大师到普陀寺了，陛下之前就让您去瞧瞧，这回恰好在明齐，您打算什么时候动身？"

谢景行略略一想，道："明日。"

第二日，天气极好。罗潭抱了一大摞红纸和剪刀过来，要和沈妙一起剪窗花。

沈妙剪着剪着，想起一些事情来。

前生在秦国时，那些公主和皇子故意取笑她，让她剪窗花做针线，没日没夜地剪和绣，不仅害得眼睛不好，到夜里看东西模模糊糊的，手上还生了一层厚厚的茧子。

回宫后，恰逢傅修宜生辰，后宫美人都要送上生辰礼，哄皇帝开怀。楣夫人一曲箜篌弹拨得绕梁三日，纤纤玉指翻飞，亦是看呆了一众人。

轮到她的时候，沈妙送了一幅山河刺绣图，楣夫人却不依不饶，非要让沈妙也弹上一曲箜篌。

沈妙不愿，傅修宜却轻描淡写地道："既然楣儿有兴致，皇后就为朕弹奏一曲吧。朕也许多年未曾听你抚琴了。"

沈妙被逼无奈，只得弹了。

沈妙会弹箜篌，虽然不及楣夫人的动人，却也听得下去，但还是惹得群臣非议，宫嫔耻笑，众人指指点点。

为什么呢？实在是因为那一双弹拨箜篌的手丑得过分了。关节粗大，指间可以看到厚厚的茧子，像是乡间农妇的手。

她装作什么都不在意的模样，回到坤宁宫后却让霜降拿了双倍的磨砂石，直把手上的皮都磨掉了一层。

罗潭见沈妙出神，唤道："小表妹？"

沈妙回过神，见自己手上那一张喜鹊闹春的图案已经被剪坏了，不由得苦笑一声。

她将剪刀一扔，道："不剪了。"

罗潭啊了一声，问："为什么？"

沈妙随口道："会生茧子。"

谷雨从外头走了进来，道："姑娘，夫人要你去正堂里。"

罗雪雁今日没有上官，沈妙问："娘有什么事叫我？"

谷雨犹豫了一下，道："奴婢也不知道，不过，苏家的夫人来咱们府里了，眼下正在正堂里和夫人说话。"

"苏家？"沈妙手上动作一顿，放下茶杯，"平南伯苏家？"

"正是。"

正堂里，罗雪雁正和苏夫人说话。

苏夫人说自家老爷得了两只雪雀儿，雪雀儿是北国之地才有的。苏夫人怕养坏了，知道罗雪雁是西北人，就特意来问问雪雀儿究竟怎么才能养活。

罗雪雁之前还以为苏夫人是来笑话她的，却见苏夫人神态真诚，并没有一点儿取笑的意思，还提了两篮子从乡间庄子上新送来的瓜果。

两年前，沈家闹出抗旨那事儿，苏家还落井下石地参了沈家一本。虽然最后弄巧成拙反倒让文惠帝放松了警惕，可罗雪雁心里是记着这一出的。

只是今日人家热热情情地来，都说伸手不打笑脸人，罗雪雁也不好摆冷脸，只是心中纳闷，苏夫人说是来问怎么养雪雀儿的，说了大半天，半句也没提雪雀儿，只缠着罗雪雁说些小春城的新奇见闻，又连连夸赞罗雪雁教子有方，生得一双好儿女。

直到外头的丫鬟过来通报，说是小姐过来了，苏夫人立刻坐直身子，有些激动地朝门口看去。

便见外头走来一名穿着嫩黄色小袄裙的高个子姑娘，生得也俊，眉眼间有些英气，小麦色的皮肤，走路的时候也是一跳一跳的，梳着缕鹿髻，通身上下只有两只珍珠耳环，腰间还有一把红色的匕首。

苏夫人没想到苏明枫竟然喜欢这样的女子，一看就……很是活泼不驯。

那姑娘看见罗雪雁，笑了一声道："小姑。"

小姑？苏夫人一愣，这才看清楚这姑娘身后还有个姑娘。这一位却是穿着一身丁香色的绲边海棠百褶裙，月白小袄，外头罩一件雪白雪白的披风。她肤色白皙如剥壳鸡蛋，眼睛又圆又亮，小鼻子小嘴，眉清目秀，是惹人怜爱的长相。

那姑娘对着罗雪雁唤了一声娘，又看向苏夫人。

罗雪雁连忙道："这是平南伯苏家的夫人。这是我的闺女和侄女潭儿。"

沈妙和罗潭就冲苏夫人行了一礼。

苏夫人笑着从袖中摸出两个荷包，塞到沈妙和罗潭手中，笑道："沈夫人真是会养人，这亲闺女和亲侄女也都一个赛一个好看。"

罗潭和沈妙都看着手里的荷包，有些茫然，这又不是大过年的，送什么荷包。

罗雪雁看着那荷包也有些僵硬，就要开口推辞，不想被苏夫人一把按住双手，道："您若是推辞，我可就要生气了。我是见这两个姑娘漂亮知礼，心中喜欢得紧，都说沈夫人豪爽，何必弄得这般小气。"她又叹了一句，"若我有两个女儿就好了。"

罗雪雁今日被苏夫人弄得找不着北，只得顺着她的话说："哪里的话，夫人府上有两个儿子，亦是优秀得很。"

"哪里就优秀了。"苏夫人摇头，"明朗顽劣，每日不思进取，就知道随着他爹胡闹，我是管也管不了。听闻你家丘哥儿小时候就懂事，我心里羡慕极了。"

"不是还有明枫嘛。"罗雪雁笑道，"府上大少爷可是少年英才。"

苏夫人心中一喜，看向沈妙和罗潭，道："两位姑娘家，我们闲谈的都是些无聊的事儿，你们听着也嫌烦，自个儿玩去吧。我同夫人说说知心话。"

沈妙心中越发警惕，一说到苏明枫，苏夫人就支开自己，莫非苏夫人真的是为了昨日之事来的？

罗潭和沈妙走到外头去，沈妙借着背过身的工夫，小声道："从阳，去正堂听听她们说了什么。"

她晓得说得再小声，从阳都能听到，罗潭见状，问："小表妹，你自己又在嘀咕些什么呢？"

正堂里，苏夫人捂着心口，惆怅地看了一眼罗雪雁道："不瞒夫人，明枫确实不错。这么多年，就没让我和他爹操过心，生得一表人才，才学又高，年纪轻轻就入了仕，又孝顺知礼，定京城里打着灯笼也找不出第二个。"

罗雪雁面上笑着，心中却嘀咕，方才还说沈丘好，这会儿又说自己儿子定京第一，哪有人这样自夸的。

正想着，又听见苏夫人夸张地叹了一声，道："就是一点儿不好，我这儿子死心眼儿，喜欢一样东西就再也瞧不上别的了。以至于到了现在，还没有成亲，真是作孽啊！"

罗雪雁安慰道："这有什么，夫人不必太过挂怀，我们府上的丘儿还不是照样到现在还没娶妻。心急吃不了热豆腐，若是急急忙忙为他挑了，日后发现不合适，这不是害人害己？"

"夫人说得太对了。"苏夫人拉着罗雪雁的手，笑言，"儿孙自有儿孙福，我原本是这样想的，可明枫这孩子就是个闷嘴葫芦，有什么事也不与我说，我一点儿也不晓得他的想法。"

罗雪雁听得敷衍，实在不愿与苏夫人继续谈论别人的家事，便转了话头道："苏夫人不想知道这雀儿是怎么养的了？"

苏夫人看了一眼鸟笼里的两只雀鸟，装作没听见般继续道："还是说说我那不成器的儿子吧。"

罗雪雁："……"

"明枫小时候喜欢他爹寻来的一幅字画，后来别的字画就再也入不了眼，旁人送的他连看也不看，后来那字画被他爹送了人，明枫就想了许多年。"苏夫人感叹，"明枫是个长情的人，看中了什么，旁的都不愿将就。"

罗雪雁正纳闷，就听见苏夫人的声音传来："这姑娘也是一样，他喜欢上了一位姑娘，旁的姑娘就再也入不了心了。"

罗雪雁恍然，笑道："原来苏大少爷已经有了心上人啊，不知是哪家的姑娘这么有福气。"

这本是句客套话，不承想苏夫人等的就是她这句话，当即一拍巴掌道："正是贵府上的姑娘啊！"

罗雪雁的脸色顿时青了白，白了青。

敢情这送上门还拐弯抹角的，是在这里等着她呢。罗雪雁就说对方提两个鸟笼子过来却一句都不问鸟的事，口口声声夸自家儿子做什么，眼下倒是恍然大悟。

这是想来攀亲了！

罗雪雁冷了颜色，道："苏夫人今日来就是为了这个？"

苏夫人有些赧然，却还是道："沈夫人先别生气，我晓得今儿个是我唐突了，不过您也是做娘的，应当能理解我的心思。"

罗雪雁神情稍缓，道："无缘无故的，苏夫人怎么会来与我说这个？"心中却咯噔一下，莫非沈妙与苏明枫私相授受了？

苏夫人道："我听明朗说，明枫悄悄中意着五小姐，起初也不相信，因着我这儿子是个榆木脑袋，到现在都不曾亲近过什么姑娘，我也不知道五小姐是怎样的人儿，今日就来了。这一来看到五小姐，总算明白明枫为什么喜欢她了，模样好性情好，这气度也不差，我猜整个明齐也就只有沈家养得出这样的姑娘了。不瞒沈夫人，不光是明枫，连我也极为喜爱，所以就迫不及待想与夫人说说这事儿。我知道夫人是个爽快人，喜欢直来直去，所以也就不绕那么多弯子了。"

这一番话说得极为诚恳，又不露痕迹地将沈妙捧了一番，罗雪雁的脸色也渐渐好了起来。

"小女的亲事，一时半会儿也定不下来。"罗雪雁笑道，"我就代我家老爷多谢府上夫人和公子的厚爱。只是攀亲一事，考虑良多，这么短的时间里，我也无法给夫人答案。正如夫人所说，大家都是做娘的，做娘的心疼女儿，也希望夫人能谅解。"罗雪雁没有把话说绝，还留了几分余地。

这已经令苏夫人极为满意，又说了些话，苏夫人才离开。

等苏夫人离开后，罗雪雁的目光才沉了下来。

一直以来，罗雪雁和沈信都觉得沈妙年纪小，亲事不急于一时，可是苏夫人上门提醒了她，这个年纪，可以为沈妙定亲了。

可定京城里究竟有哪些青年才俊呢？罗雪雁打算等沈信回来后与他说说这事儿，顺带让人做个册子，也该四处相看相看了。

苏夫人回到苏府中，苏老爷忙上前为苏夫人揉肩，吩咐丫鬟递茶。

他问："怎么样，沈夫人怎么说？"

"没应承，也没说不答应，应当还要再想想吧。"苏夫人道，"毕竟我这般贸然前去，想来也唐突了人家，再说沈家又不是普通人家。"

"还要想啊。"苏煜甩脸子了，"有什么可想的？"

苏夫人好笑："莫非你以为今儿个我去了，沈家就能答应不成？"

"为什么不答应？"苏煜问，"明枫有什么不好？谁家姑娘嫁给明枫，那都是前世修来的福分。"说着又想到了什么，"等等，沈五小姐怎么样？"

总算是记得问起这件事了，苏老爷在宫宴上见过沈妙，觉得沈妙很不错，就是性子太强势了些。

苏夫人喝了一口茶，道："明枫的眼光不错，我看这沈五小姐比定京里大多数闺秀强多了。明枫性子温柔，有个这样强势一点的女子做当家主母，府里也镇得住。”

苏煜心中犯起了嘀咕，不是说婆婆看儿媳妇都挑剔得不得了，莫非是自家夫人太过温柔了？

苏明枫自外头回来，正要一脚跨入正厅，衣角就被人拽住了，回头一看，却是苏明朗。

苏明朗一本正经地看着他：“大哥，你现在可不要进去捣乱，免得误了你的终身大事。”

“我的终身大事？”苏明枫不解，“什么我的终身大事？”

“哎？今儿我听金凤姐姐和旁人说笑，说娘替你去相看媳妇了。”苏明朗道。

苏明枫闻言大惊，道：“什么相看媳妇？谁啊？”

苏明朗道：“不就是沈家姐姐吗？”

“娘去沈家给我相看媳妇了？”苏明枫拔高声音。

苏明朗道：“不就是娶个媳妇儿嘛，日后沈家姐姐成了我大嫂，也看不得你这样一惊一乍的做派。”他拍了拍苏明枫的胳膊，“真是羡慕你。”

第五章 佛门道缘

苏家来沈宅给苏明枫相看媳妇儿，沈宅弄出这么大动静，睿王府要是不知道，也实在是太说不过去了。

谢景行一回到睿王府，季羽书就举着一封信上蹿下跳，道：“三哥，苏家人都上门提亲去了！你还在等什么？”顿了顿，继续道，“还不动身找苏明枫麻烦去！”

高阳也忧心忡忡道：“苏夫人在定京城很会做人，苏家名声也不错，如果沈信觉得苏明枫也不错，说不定就答应了这桩亲事。”

谢景行扫了一眼那信，只觉头疼。

苏明枫做事还是比较稳妥的，奈何有一双太过跳脱的父母，现在都上门提亲了，指不定还会做出什么惊世骇俗的事。

季羽书还在一边煽风点火：“好个苏明枫，当初和三哥在一起的时候称兄道弟，三哥换了个身份，就悄悄出马挖墙脚了。苏明枫原来是这种人！三哥，你跟他绝交得了。”

高阳实在听不下去：“苏家这头事小，沈家已经开始给沈五小姐物色夫君事大。我们在明齐时间不多，你要做，就早些解决。”

此话一出，谢景行的神色冷了冷。

季羽书未曾察觉，反而灵机一动，道：“我有办法了！”

几人一同看向他，季羽书道：“三哥现在在他们眼里反正已经是个死人了，不如夜里扮作鬼，假装给苏明枫托梦，就说沈小姐是三哥看中的人，是要举办冥婚的，苏明枫吓着了，自然不敢打沈五小姐的主意……哎，三哥，你别走啊，听我说完嘛！”

高阳摇头叹气。

谢景行回到书房，在桌前坐下来。

身边的铁衣迟疑地问道：“主子，今日在普陀寺，观真大师所言……”

观真大师是个云游的和尚，有人说他是大凉人，有人说他是秦国人，还有人说他是明齐人。不过有一点可以肯定，但凡寺庙里来了观真大师，众人都将他奉为座上宾。观真大师是得了佛祖亲传的弟子，据说可以观人过去知人未来。这自然是有夸张的成分，不过观真大师预言极准，曾在大凉成功预言过一场水灾。

永乐帝曾以国师之位挽留，可惜被观真大师拒绝了。两年前，谢景行回到大凉，永乐帝就很想找到观真大师替谢景行看看面相，可惜那时候观真大师已经云游离开了大凉，无人知道踪迹。

却没想到，如今在这里遇着了。

白日里到了普陀寺，谢景行还没说什么，观真大师却已经猜出了他的身份，而对谢景行的预言是：破军紫薇，凶龙伏天，一身关全局。

意思就是，谢景行是个十分重要的人，一人可以关乎全局变幻。破军紫薇，指先破后立，恩威并济。谢景行在明齐的时候，以临安侯府世子自称，后战死沙场，为破；后来以大凉睿王身份重新出现在世人面前，则为立。凶龙伏天，龙是万物之首，可惜是条凶龙，凶残狠厉。

谢景行问的是劫。

而观真大师却摇头，只说凶龙无劫，是帮人渡劫的。

谢景行再问的时候，观真大师就说天机不可泄露，怎么也不肯多说一句了。

铁衣有些气馁，观真大师好容易给人看一次面相，却说得模模糊糊。凶龙无劫，帮人渡劫，听着主子倒成了个菩萨了。谁有这么大脸面，能让主子给他做靠山？那人就算敢，主子肯吗？

谢景行道：“别管这个，先把这封信送回大凉。”

他的神色有些凛然。

沈妙在床上睡不着。

从阳下午的话到现在还萦绕在她耳边，她自己也万万没想到，苏夫人来沈宅的目的竟然是为苏明枫攀亲。

莫非这是苏明枫的阴谋？沈妙想，因为苏明枫想弄清虎头环的秘密，所以决定娶了她，整日朝夕相处不怕查不出真相？可苏明枫这样也实在太亏了，为了查出真相，连自己的一辈子都搭了进去。

谷雨从外头走进来，手里还抱着一摞衣裳，笑道：“姑娘，明儿个要去普陀寺，夫人说得穿些素淡的颜色。”说着又替沈妙剪了剪油灯里的灯芯，“姑娘今儿个也得早些休息，明日起早，怕是有好些路要走。”

一提起这事沈妙就无奈。晚上，罗雪雁的丫鬟过来和罗潭与沈妙说，明日带她们一起去普陀寺上香，罗潭没去过普陀寺，高兴得很，沈妙却有些兴致缺缺。

普陀寺是定京城的一座名寺，坐落在城北一处半山腰上。据说那里的菩萨和佛祖很灵，最灵的还是一棵结缘树。年轻女子拿铜板从庙里僧人那里换一些红绳，红绳系在荷包上往树上抛撒。若是红绳带着荷包挂在了树上，就说明月老听到了女子的祷告，会为女子带来一桩好姻缘。

那棵结缘树沈妙前生也去过的，为了与傅修宜结成连理，她还一口气买了百十根红绳往上抛，后来这事儿被沈清和沈玥“无意中”说了出去，还惹了定京城百姓好一通笑话。

因此，沈妙并不怎么喜欢结缘树。

这一夜，沈妙睡得不太好。夜里做了好几次梦，梦里都是自己站在结缘树下往上扔红绳，扔得手臂都酸了，可是红绳全都不见了。地上没有，树上也没有，正在她诧异的时候，却见树上坐着一个紫袍青年，怀里揣着一大把她的红绳，冲她似笑非笑地勾了勾唇，问：“你要嫁给谁？”

剑眉挺鼻，薄唇红润，一双桃花眼艳丽却锐如刀锋，正是谢景行的脸。

沈妙倏尔从梦里惊醒，就怎么也睡不着了。

好容易熬到了天亮，惊蛰进来的时候还吃了一惊，问：“姑娘昨夜里怎么没睡好？眼底都青了。”

沈妙摆了摆手，待用过饭梳洗好后，出了门，厅里罗雪雁他们都等着，令沈妙诧异的是，除了罗潭，沈丘和罗凌也在。

罗雪雁道：“既然是上香，小辈们都一起去，也求个佛祖保佑。”

没有耽误太久，众人很快就上路了。普陀寺离沈宅有些远，早晨出发，等到的时候也快晌午了。一路上罗潭兴致高涨，一直问罗雪雁普陀寺是不是真有这么神奇。

罗雪雁说着说着，果然将话头引向了那棵结缘树。罗潭听说了结缘树后觉得有趣，道："这和我们小春城的一个习俗倒有些相似，不过既然普陀寺是名寺，这棵结缘树应当很灵验。"她摇着沈妙的胳膊，"小表妹，咱们也去扔红绳子如何？"

"你不是不急着嫁人？"沈妙斜眼看她。

罗潭轻咳两声："话虽如此，入乡随俗嘛。"

罗雪雁也道："娇娇，潭儿，等到了普陀寺，你二人也一起去扔扔红绳子，不管嫁不嫁人，总归能讨个好彩头。"

罗潭兴奋地应了。

却说他们这头正在路上，明齐存在了数百年的古寺的其中一间禅房内，佛香袅袅，此刻正坐着一名年过古稀的僧人。

僧人慈眉善目，披着大红袈裟，手中一串佛珠，一个一个捻着。他身边的小沙弥问："师父，咱们等在这里已经好几日了，有缘人真的会来吗？"

"贫僧在此等候多日，就是为了等她到来。"老和尚道。

"可是已经等了许久了。"小沙弥快嘴地接话，"什么时候才会来啊？"

老和尚不言，只是默默地转动手中的佛珠，突然，他转动佛珠的动作停下，手指反复抚摸着一颗浑圆的佛珠。

半晌，老和尚微微笑了。

"就来。"他说。

等沈妙一行人到了普陀寺，还未到晌午。许是今日马儿跑得卖力，或是路上平顺了许多，总之往日要两个半时辰的路程，今日不到两个时辰就到了。

几人跳下马车，沈丘和罗凌也翻身下马，便见郁郁葱葱的树林里，半山腰中，正坐落着一座古寺，因层峦叠嶂，仿若仙境，加上远处佛音辽远，让人不由得生出敬畏之感。

罗雪雁吩咐道："丘儿，凌儿，你们先去落马，我带潭儿和娇娇进去。"

沈丘和罗凌走后，沈府的侍卫便跟着沈妙一行人。罗潭老远就看到了外头的一棵挂满红绳的树，道："这就是结缘树吧？小姑，你快来看，好大啊！"

罗雪雁笑道："咱们先去买红绳吧。"

沈妙跟在她二人身后，心中颇无奈。罗潭跑得又快，罗雪雁是个风风火火的性子，沈妙反倒被落在后头。

待随着罗雪雁她们走进一间佛堂的时候，沈妙的裙角突然被人拉住了。她回头一看，却见门槛边上，正蹲着一个穿着道服的人。

佛门重地，如何会有道门之人？

道士一身衣裳破破烂烂，面前摆着一只签筒，手里一只拂尘，他大约不惑之年，翘着一撮小胡子，目光炯炯地看着沈妙。

“姑娘，贫道看你印堂发黑，恐有血光之灾，眼底生青，亦有桃花之难。要不要贫道替你算一卦？”

“哪里来的疯子，满口胡话！”惊蛰不悦道。

沈妙拔出自己的裙角，就要目不斜视地往前走。

却听那人说：“凤命虽好，囚困一生，可惜了。”

沈妙的脚步忽而一顿，皱眉看向那道士，问：“你说什么？”

那道士却得意扬扬地撇过头去，开始唱小曲儿。

惊蛰道：“姑娘别放在心上，指不定是哪里来的骗子胡说八道呢。”

沈妙看了看前面，罗雪雁和罗潭已经进去了，而她身后，几个侍卫跟在后面，不曾上前。她略略思索了一下，就在这道士摊前的小木凳上坐了下来，道：“我要算卦。”

“贫道这卦可是很贵的。”

话音未落，沈妙就从包里拿出一颗金花生，道：“你算得准，这颗金花生就归你。若是不准，我就让人掀了你的摊子，让衙门来抓人。”

那道士笑眯眯地收了金花生，从身后摸出个签筒来，摇了摇就交给沈妙，笑道：“姑娘抽两支签。”

“怎么要抽两支？”谷雨忍不住问，“平日里不都是抽一支就行了，莫不是……”她恍然大悟，“一支算平安，一支算姻缘？”

道士摇了摇头，道：“算命道。”

“算命道为何要两支签？”惊蛰不解。

那道士看着沈妙，捋了捋胡须，神秘地笑道：“姑娘的命道，一支签算不完整。”

沈妙心里一动，默默地接过签筒，摇了摇，两支签啪嗒一声掉在地上。

那道士拈起签来看，惊蛰和谷雨有些紧张。道士摇头晃脑道：“困凤囚笼，命危情止生祸事。断头台前，汲汲营营一场空。这是大凶！”

此话一出，惊蛰和谷雨齐齐变了脸色，惊蛰道：“好你个假道士，满口胡话，这是要去骗谁？我看你就是个骗子，我要报官了！”

“哎哎哎！”那道士却道，“急什么，小姑娘怎么沉不住气，这不还有一支签嘛。”

沈妙的一颗心却怦怦跳了起来。

困凤囚笼，是她被困于九重宫阙中的冷宫之中，挣扎无果。生出祸事来连累人家，沈家满门覆没，何尝不是断头台？而她辛辛苦苦汲汲营营，为傅修宜坐稳皇位付出心血，到最后还不是一场空？傅修宜还给她的不过是三尺白绫，甚至婉瑜和傅明也没能活下来，她什么也没能留下来，怎么就不是一场空？

沈妙道：“道长再替我看看另一支签。”

那道士嘿嘿一笑，捡起另一支签来，看了沈妙一眼，照旧捋了捋胡子，这才慢慢道：“否极泰生，紫气东来，吉兆。上上签！”

惊蛰和谷雨本就怕道士又说什么不吉利的话，见他这么说，松了口气。惊蛰不依不饶道：“我就说是个骗子，一支签凶，一支签吉，那到底哪支签说的才是真的？”

“两支签都是真的。”道士道，“不信问你们家小姐，贫道有没有说谎？”

沈妙道：“惊蛰、谷雨，你们先去侍卫那边，我有些话想要单独跟道长说。”

惊蛰想要劝几句，怎么都觉得这道士是个江湖骗子。奈何谷雨对她摇了摇头，拉着她走到了一边，腾出位置让沈妙和道士安心说话。

沈妙皱眉看着道士：“道长是不是知道什么？”

道士一边收拾着签筒，一边头也不回地道：“我观姑娘面相，是极贵之人。再看姑娘命格，是凤命所归。本该一生荣华，玉食锦衣，可惜……却被换了命格。”

沈妙道：“什么换了命格？”她的声音有几分急促。

道士停下手里的动作，看向她，道：“姑娘的命格很是奇特，一生会有一次大劫，过了这个劫自然一生顺遂，但姑娘抽到的第一支签，这个劫却没有过。”

“我的劫是什么？”沈妙问。

“一条真凤，一条假凤。假凤抢了真凤的运道和福报，真凤反被囚困。”

沈妙只觉得一颗心都要跳出嗓子眼儿了。真凤假凤，莫非说的正是她是真凤，至于假凤，难道是楣夫人？楣夫人生了傅盛，傅修宜那般喜爱傅盛，前生傅明死了，她也死了，傅修宜应当会立楣夫人为后，以傅修宜对傅盛的宠爱，或许会把皇位传给傅盛。

这不就是被夺了命格！

沈妙道：“道长说的是第一支签，那第二支签里，我的劫能不能过？”

“凭姑娘的本事，是不能的。”道长摇头道，“不过姑娘运道好，命里有贵人相助。”

“贵人？”沈妙问，“谁是我的贵人？”

“此贵人与你有缘，乃凶龙之命，凶龙伏天，囚凤入笼，他能救你，你也能化解他的戾气。若是遇着此人，借他的势，姑娘命格归位，有所失去，必有所得。”

沈妙问：“这位贵人在什么地方？我又如何找到他？”

道长笑了：“远在天边，近在眼前。”

沈妙的目光闪了闪，又问：“还有一个问题，寻常人只能抽一支签，可我为什么会有两支签？这是天意所为？”

“天地不仁，以万物为刍狗，姑娘的两支签，是有人为姑娘求的。”

“有人？”沈妙抓住道士话中的关键之处，“那人是谁？”

“是欠你良多之人。”道士从地上站起身来，拍了拍衣服上的尘土，道，“天机不可泄露，今日贫道与姑娘已经泄露太多，再说就要折福了。姑娘也莫要再问，且记住：前尘如梦，切忌纠缠，否极泰盛，紫气东来。”

说罢一扬拂尘，大踏步高歌而去。

沈妙怔怔地站在原地，直到惊蛰和谷雨走到身边，惊蛰道：“怪里怪气的，普陀寺也没人管管？”

沈妙却觉得自己窥见了某些秘密，心中有说不出的感觉。

正想着，罗雪雁和罗潭自里头走了出来。

罗潭手里拿了一个小篮子，里面是一大把红绳连着的荷包，她笑眯眯道：“小表妹，走，咱们去挂红绳。你怎么落在后面了？”

罗雪雁也道：“方才听闻里头禅室有大师讲经，想叫你来也听一听的，回头却见你在后面，不知做什么耽搁了这么久，眼下还要去听一听？”

沈妙方才听了那道士一通话，脑子混乱得出奇，哪里还有心思听什么和尚讲经，就摇了摇头道：“不去了。”

“那咱们先去挂红绳吧。”罗潭倒是很兴奋，拉着沈妙就往前走。

罗雪雁之前路过的禅室中，老和尚敲着木鱼的动作一顿，小沙弥问：“师父，已经过晌午了，到底还来不来啊？”

观真大师站起身，摇头道：“不来了。”

“不来？”小和尚一愣，“为什么？”

“她遇到了别的人。”

小和尚不解："为什么？师父不是特意在这里等着吗？若是不来，这些日子的等待岂不是白白浪费了。"

"无妨。"观真大师双手合十，"她遇到的也是有缘人。"

沈妙和罗潭来到了那棵结缘树下。

结缘树本身是一棵巨大的桂花树，极为粗壮，如今几乎看不清树枝和树桠，全都被树上的红线荷包所覆盖。

罗潭捞了一把红绳递给沈妙，道："小表妹多拿些，拿得越多，一起扔上去，挂到的可能性才越大。"

沈妙默然，罗雪雁也道："娇娇扔上去，别怕。"

沈妙只得挑了一根，在那荷包上写了自己的名字。

罗潭见状，就道："小表妹你拿得太少啦，这一根怎么也扔不上去的，再多拿些。"

罗雪雁也道："娇娇，一个不够的。"

沈妙心里还反复想着道士的话，也就随随便便一扔。

"一根绝对挂不上的，你还是再……咦，怎么挂上了？"罗潭惊讶地叫道。

罗雪雁也诧异极了，沈妙这随手一扔，竟然挂了上去。不仅如此，还是高枝，挂得稳稳当当。

"小表妹，你也太有福气了吧！"罗潭一把抓住沈妙的胳膊，激动道，"你看你看，那树枝可高了，说明小表妹你要嫁的那位一定是人中龙凤，树枝挂得又稳，说明这桩姻缘十拿九稳，好得很！"

罗雪雁面上也笑开了花，道："娇娇这扔得不错，我还说要是你挂不上，我就想法子帮你挂上。"

这一日过得分外快，等回到沈宅，已经傍晚，众人累了一天，早早地各自休息了。

沈妙心里反复想着白日里道士说的话。

命里有劫，贵人相助，那贵人是谁……替她求了两支签，或者说，替她求了重生一世机会的人，又是谁？

她前生的亲人在她死前几乎都消失殆尽了，沈妙想着，就算她死了，怕连个收尸的人都没有。又有谁会如此手眼通天？有这样的本事，有这样的交情，为她求来这一世的重生？

怎么也想不到会有这么一个人。

定京城每日有无数人操心于乱七八糟的小事，姑娘家操心嫁人婚娶，年轻人操心考取功名。有人谋的是蝇头小利，有人博的是万贯家财，还有人押上身家性命，放眼的是天下。

“太子最近身子如何？”文惠帝问身边的苏公公。

苏公公应道：“昨儿个皇后娘娘见了太子妃，太子妃言太子病情有所好转，太医也说调养些时日会更好。”

文惠帝摇头，道：“太子的身子倒是个问题。”作为最正统的皇位继承人，偏偏太子病弱。文惠帝只觉得头疼，好在太子虽然病弱，却早早生下了皇太孙，这样一来，就算文惠帝百年归去，太子病弱，只要撑到皇太孙年纪稍大些，就能让皇太孙继位。

自窗外吹来一阵冷风，苏太医见状，起身将窗掩上，道：“更深露重，陛下还是早些安寝吧。”

与此同时，被文惠帝谈论的太子殿下，此刻正与一人说话，正是定王傅修宜。

这二人一个是文惠帝眼中“名正言顺”的皇储，一个是诸位皇子心中“会咬人却不叫的狗”，此刻各自坐于桌前两方，小火煨着桌上的青梅酒，在煮酒论话。

太子道：“九弟别将此事放在心上，父皇不过是听信小人谗言而误解了你，待天长日久，误会解开，自然还会如从前一样待你。九弟何必自暴自弃？”

傅修宜摇头：“大哥不知我心中苦闷，飞来横祸当头，避无可避。我本就是一闲散人，也无心权势富贵，不过想自由自在过日子。沈家事一出，父皇却还是怀疑到了我身上，这父子之情，也未免太过凉薄。”

“九弟慎言。”太子吓了一跳，阻止了傅修宜未完的话，“天下无不是的父母，你是父皇的儿子，父皇不会对你怎样的。要怪就怪那些小人。”

他们谈论的，正是前些日子沈家被抄家之事。虽然文惠帝瞒得严，可诸位皇子在宫中俱是有眼线的。也因如此，皇子们看傅修宜的眼光也格外不同。本来嘛，诸位皇子夺嫡，彼此间斗得你死我活，以为九皇子胸无大志，也没有刻意针对过傅修宜。谁知道此事一出，才发现人家在暗处还埋着棋，争斗的时候最忌讳敌暗我明。

从前大伙儿都待定王客客气气的，如今众人看傅修宜的目光，却是同仇敌忾，傅修宜一时间给自己树了太多敌。

傅修宜在成为众位兄弟的靶子后，首先找上的就是太子。

傅修宜笑了笑，道：“罢了，不谈我的事，还是谈谈大哥你的事吧。”

“我？”太子有些奇怪，“我有什么事？”

“如今大家都争得头破血流，大哥明明是最正统的继承人，反倒被人压过势头去，不是什么好兆头。”傅修宜一笑，“原先我不欲参与这些事，刻意回避，不想还是被人找上门。既然如此，倒不如主动进来。我打算支持大哥。”

太子一愣，先是苦笑，随即摇头道：“九弟一片好心，我就不言谢了。只是……九弟也知道我的身体，我这身子，能活多久都是个问题，这些……还是随缘吧。”

“大哥切勿妄自菲薄，大哥乃皇后娘娘所出，是陛下的嫡长子，又是太子，于情于理都是明齐未来的主人。”

“可我的确没什么本事。”太子有些心灰意冷，“大臣们看我这身子，也不愿跟随我，那些往日的追随者，到现在也没剩多少。九弟让我去争，可我除了一个太子的名头，还有什么本领去争？”

傅修宜闻言，给自己和太子斟了一杯酒，端起来喝了一口，道：“所以这个时候，大哥更需要一个强有力的助手。”

太子摇头：“良禽择木而栖，那些有本事的人，如何会选我？”

“其实大哥不必想得如此困难。”傅修宜道，“要找许多有权势的人，的确是很难，可是简单一点，只要找到一个强有力的助力，其他的追随者，要与不要也没什么必要了。或者说，只要找到这个人，其余的臣子也会有大群人跟着到大哥这边来。”

“九弟说得是……”太子狐疑。

“威武大将军沈信。”傅修宜答。

太子一顿。

“沈信手握兵权，前有沈家军冲锋陷阵，后有罗家军断后勇猛，两年离京，在民间声威不减，秦国和大凉闻之也都客气几分。有沈将军助阵，众人对太子实力自然高看一截，追随者自然会闻讯而来。”

太子听完傅修宜一番话，笑了：“九弟说得不错，可九弟要知道，如今沈将军声势显赫，亦是所有人的心头好。其余兄弟也是这么认为，可是沈家军为什么要选择我呢？”

“因为你是太子啊。”傅修宜平静道，“其余兄弟选了沈将军，只怕会犯了父皇的大忌，可是大哥你不同。你是名正言顺的皇位继承人，也是父皇最看重的儿子，沈将军选择你，只会是父皇乐见其成的事。对于旁人是祸，对于你是福。这么大的兵权，总不能落入外人手中。”

“可是，沈将军凭什么选择我？”太子道，“沈将军没有任何必要来蹚这浑水，他过得很自在。”

傅修宜笑了，他道：“沈将军是没有必要选大哥，可是沈小姐可以。”

太子一愣。

傅修宜轻描淡写地道：“沈家嫡出的五小姐，沈将军的掌上明珠，也到了定亲的年纪了。”

“沈家小姐？”太子先是一愣，随后失声道，“沈妙？”

傅修宜看着他，但笑不语。

“不行。”太子摇头道，“沈小姐是沈将军的掌上明珠，到现在还未定亲，正是因沈将军将自己女儿的终身大事看得甚为重要。况且……”太子促狭地看了一眼傅修宜，笑道，“定京尽人皆知，当初沈家小姐心仪的可是九弟你，我可夺不了她的芳心。”

傅修宜笑着摇了摇头：“她哪里是心仪我，当初不过是年纪小，玩笑话罢了，这些年来她待我何曾有半分情面，倒是冷冰冰的，比外人还不如。”

太子仔细一想，的确如此，不过他还是道：“说不定就是因为你待人家薄情，沈小姐才恼了你的。”

“大哥莫要打趣我。”傅修宜笑道，“沈家也不是我能攀上的亲家，我倒愿意找一个身份不那么显赫的妻子，反而自在。话说回来，”傅修宜认真道，“大哥为何一定要从沈将军和沈小姐那里下手？父母之命媒妁之言，这件事最好还是交给父皇。”

“父皇？”

“不错。”傅修宜不紧不慢道，“父皇最疼爱的莫过于大哥你，父皇既然有心扶持大哥，必然会给大哥找一个助力。大哥若是想娶沈小姐，父皇肯定乐见其成。如此一来，只要一道赐婚圣旨，一切都迎刃而解了。”

“九弟想得太过简单了。”太子摇头，“强扭的瓜不甜，要知道沈家小姐倘若不愿嫁给我，却因圣旨不得不进东宫，日后总会生出怨气。沈将军还会对父皇有怨气，亲事结不成反倒成仇，那就糟了。”

“大哥为何要这样想？”傅修宜惊讶地看着他，“天下女子所求，无非是一个富贵安定的前程。嫁到东宫，虽不能为正妃，可太子侧妃身份也着实不低。日后大哥登基，沈家小姐便自然而然地升妃。大哥性情温厚，只要对沈家小姐好些，她如何会对大哥生出怨气？便如大嫂，当初嫁给大哥亦是父皇赐婚，现在还不是一心一意为大哥筹谋。”

太子闻言，倒是觉得傅修宜的话有几分道理。

“女子都是这样，嫁鸡随鸡嫁狗随狗，只要对她好些，便会死心塌地跟着夫君。大哥是人中龙凤，又怎么降伏不了一个女子？”

太子被傅修宜一番话说得有些不好意思，连连摆手。兄弟二人又是一番推心置腹，推杯换盏，其乐融融得不得了。

只是当夜深时分，傅修宜离开东宫后，太子面上的醉意便一扫而光。

幕僚从后头走出来，试探地问：“殿下，方才九殿下的话……”

“九弟这是想偷桃换李呢。”太子一笑，自顾拿起酒饮了一杯，笑道，“倒有几分胆量气魄，如今父皇对他心生疑窦，他竟敢来我东宫示好攀情。这样看，当初果真是我们兄弟小瞧了他。”

“那九殿下方才的提议，让殿下与沈家攀亲，殿下以为如何？”幕僚问。

太子将手中的酒杯放下来，眸中闪过一丝精光：“虽然其心不正，不过其策可使，我的确需要沈家的力量。沈妙是个好棋子，娶回来也无妨。”他又笑了笑，“既然生得不错，哄一哄也没什么大碍。”

幕僚点头：“殿下这是决定同意了？”

太子看着桌上的酒壶：“过几日，本宫会亲自与父皇提起此事。事成之后，也会记得九弟的这一份情。”

同傅修宜所料的分毫不差，没过几日，太子果真同文惠帝提起此事，文惠帝没有当即同意，却也没有拒绝，而是意味深长地看了一眼太子，最后才笑道：“不错，朕当你一直没什么长进，总算知事了。”又道，“朕会考虑的。”

等太子离开后，文惠帝才对着身边的苏公公道：“太子竟然想娶沈妙，朕倒是没想到。”

苏公公笑言：“沈家小姐才学、品貌都是上乘，太子眼光极好。”

“得了吧。”文惠帝不屑道，“朕又不是没脑子。只是老九这回给太子指了一条明路，这又是什么意思？”话中却是知道了和沈家联姻一事是傅修宜出的主意。

苏公公谨慎地没有开口。这些皇家的家务事，沾上就是一个死字，他一个奴才是万万不敢掺和的。

“不过正好，朕本来就想扶持太子，周王和离王越来越不把朕放在眼里，老九朕又看不明白。太子有了沈家的支持，既能制衡周王离王，也能把沈家的兵权控制在手里，省了朕一番力气，只是……”文惠帝看着桌上的书卷一笑，合上折子，站起身来，“摆驾，坤宁宫。”

罗雪雁接到宫中传话，要她明日带沈妙进宫一趟，很是懵懂了一番。问起沈信来，沈信也摸不着头脑。

沈妙心里怎么也轻松不起来，傅家人无缘无故定不会让罗雪雁带她进宫。裴琅已经许久没有给她来信了，若是来信，大约还摸得清傅修宜的下一步棋……沈妙心中突然一动，不错，裴琅为什么这么久都没有给她来信？

便是从前，哪怕没什么大事，裴琅也会与她保持书信联系，可是这都许久了，沈妙的心中隐隐浮起一个猜想，莫非……被傅修宜发现了什么？

沈妙不由自主地抬头看向窗户，窗户紧闭，谢景行曾说，日后不必将窗户打开，他也能到，不过这几日谢景行都未出现。沈妙披着外裳走到窗户边，将窗户打开，外头正是夜风寒重，沈妙紧了紧衣裳。

面前突然人影一闪，从阳从墙根底下站起来，看着沈妙问：“小姐是在找主子？”

沈妙冷不防被吓了一跳，抚着胸口有些恼怒，道：“没有。”

从阳一本正经地继续开口：“主子最近不在定京，小姐不必在这里等他。”

“我没有等他。”沈妙强调，“我只是透气。”

从阳不说话，沈妙想到了什么，又问：“从阳，如果我进宫，你能一道进去吗？”

从阳闻言，赧然道：“属下不是宫里的人，对宫里地形不熟，跟着小姐进去，没有地方躲藏，也没有把握不被人发现。”

沈妙垂眸，道：“没事了。”

“如果小姐有什么话要说，可以告诉属下，属下送信时会一并带给主子。”从阳看了一眼沈妙。

沈妙啪的一声关上窗户，有什么样的下属就有什么样的主子，根本不听人说话！

另一头，睿王府中，高阳和季羽书正在研究一张地图。

外头的护卫来报：“高大人，季少爷，沈家小姐明日进宫，要给殿下带进信里吗？”

“进宫？”季羽书问，“有什么事吗？”

护卫摇了摇头。

季羽书叹道："这几日忙着做这图，都没帮三哥好好看着沈小姐，三哥回来就糟了，一问三不知，你我都要倒霉。喂！"他碰了碰高阳，"你在宫里有人，最近有什么事情吗？"

"没什么。"高阳思忖一下，又道，"先不带进信里，他正忙正事，分心倒不好。既然从阳也没消息，应当不严重，要真出了什么事，我们挡一挡就是了。"

那护卫领命而去。

季羽书看向高阳："我怎么觉得你这做法不怎么妥当？"

"有什么不妥的。"高阳不耐烦道，"看图！"

季羽书嘟嘟囔囔："反正若是出了什么事，三哥问为何没有及时通报，我就说是你……"

第二日，沈妙跟着罗雪雁进宫。

宫女直接将她们带到了坤宁宫，首先见到的便是端坐在主位上的皇后。皇后身边坐着的妃子笑容和婉，衣着清丽却朴素，竟是董淑妃。

皇后和董淑妃？沈妙的心一下子提了起来。

皇后是太子的生母，和文惠帝之间便是循规蹈矩的夫妻关系，一心扑在太子的身体上头，倒是无心后宫的争权夺利。

董淑妃一直都在后宫中置身事外，就如同傅修宜一般，看着别的妃子斗得头破血流，借刀杀人，祸水东引，没有人比董淑妃玩得更好。

如果说楣夫人是明目张胆、嚣张狂妄的坏，董淑妃就是温温婉婉、笑意盈盈地递上一把刀子。所以这婆媳二人一见如故，董淑妃瞧不上沈妙，却对楣夫人十分欣赏。

皇后笑着给罗雪雁赐座，却对沈妙招了招手，示意沈妙上前来。

沈妙依言上前，皇后上下仔细打量着她，满意地笑了笑，对着董淑妃道："是个齐整人儿。"

罗雪雁有些坐立不安，做母亲的有一种天生的直觉，尤其是对自己儿女有企图的人。

"今年多大啦？"皇后问。

"回娘娘的话，臣女十六。"沈妙答。

皇后笑眯眯地握住沈妙的手，笑道："本宫在宫里的时候，就曾听说沈将军的这个女儿才貌双全。之前在宫宴上见过，就觉得极为可人。”她感叹道，“十六就生得如此水灵聪慧，不知谁家少爷有这样好的福气，能娶沈家小姐为妻。”

罗雪雁垂在身侧的手顿时握紧。沈妙心中一动，对皇后今日叫她们进宫的目的明了三分。

董淑妃也跟着笑：“可不是吗？生得漂亮又乖巧，现在这样的姑娘可不多见了。”

“沈夫人，不知沈小姐可有婚配了？”皇后笑问。

罗雪雁心中纠结一下，飞快接口道：“不怕娘娘笑话，最近正在瞧合适的人家呢。”倘若皇家打的就是这个主意，那么只怕之前就将沈妙现在的情况打听得一清二楚。

“这样啊。”皇后笑意更盛，“那本宫来为沈小姐做个媒如何？”

“不行！”罗雪雁想都没想就开口，瞧见皇后面色不善，又解释道，“小女年纪还小，臣妇舍不得将她嫁出去，想多留她几年。”

皇后闻言又笑了，道：“沈夫人这话说得就不对了，都说女儿家留不得，留来留去留成仇。你这样一直拖着不让沈小姐嫁人，沈小姐日后只怕会怪责于你。是不是啊，沈小姐？”

沈妙瞧了一眼皇后，笑道：“臣女也想伴在母亲身边。”竟是一点儿也没给皇后面子。

皇后盯着沈妙，面上不怎么痛快。

董淑妃见气氛有些僵，笑着缓和道：“沈夫人和沈小姐母女情深，瞧着令人羡慕不已。不过……”她话锋一转，“女儿家总是要出嫁的，并非嫁了人就不能母女情深了。”

这番话便是来打圆场了，可惜，罗雪雁和沈妙谁都没有接董淑妃的话头。

董淑妃心中有些诧异，之前还觉得沈妙有几分聪明，拎得清孰轻孰重，谁知道今日一看，不愧是罗雪雁生的，母女两个一样桀骜难驯，软硬不吃。

皇后也不大习惯这么与人故意亲近，尤其是对方的态度也不甚热络，不过今日本就只是想提前磨合一下，让沈家有个准备，沈家什么态度，皇后根本不在意。沈信胆子再大，再疼爱女儿，都不可能抗旨。

于是又不冷不热地聊了几句，便让罗雪雁和沈妙回去了。

等回到沈宅，沈丘和罗凌刚从兵部回来，问皇后召她们入宫究竟有什么事。罗雪雁模模糊糊应付了，就拉着沈信回了屋。

一进屋，罗雪雁就将今日宫里皇后对她说的话告诉了沈信，末了，问："我瞧着皇后的意思是要给娇娇指婚，这可怎么办？"

沈信的一张脸沉了下来，就道："指婚？我的女儿凭什么要他们指婚？娇娇长这么大，是我们供养，别人有什么权利在娇娇的亲事上指点？"

"我猜皇后是想让娇娇嫁给太子。"罗雪雁道，"今儿个明里暗里都提起太子身子好转，提了好几回。这可使不得。太子已经有了太子妃，娇娇嫁过去，最多不过是侧妃，我可不愿娇娇嫁过去还得给别的女人敬茶行礼，仰人鼻息过日子。再说了，太子那身子，我可不敢将娇娇交给他。"

"不管是哪个皇子，娇娇都不能嫁！"沈信胸中一口浊气无法纾解，干脆一拳砸在桌上。

"你是怕娇娇嫁过去，将咱们整个沈家都卷进夺嫡的风波？"

"倒不是因为这个。"沈信长长叹了口气，"皇家子弟多薄情，妻妾嫔妃成群。太子就算日后成了皇帝又如何，三宫六院七十二妃，雨露均沾，我可不想娇娇过那种日子。我的女婿，可以不必封王拜相，不必锦帽貂裘，但必须一心一意待娇娇！"

在门外偷听的沈妙听到这一句，心中陡然涌起一股暖流。

只听里头罗雪雁又道："不错，现在应当如何？"

沈信皱眉想了想，道："在圣旨下来之前，赶紧将娇娇嫁出去。只是这么短的时间，就算定亲也很困难。不管怎样，今晚我就让人去物色一些青年才俊，娇娇只要不反感，就先定下来。总之，不能让娇娇嫁到皇家去！"

沈妙心里说不出是什么滋味，屋里的声音渐渐小了下去。沈妙一转头却见沈丘和罗凌站在身后，二人俱是皱着眉头，不知何时站在这里的、听到了多少。

沈丘拉着沈妙就往外走。

直到进了沈妙的院子，沈丘和罗凌进屋，让丫鬟都出去，沈丘才关上门，道："妹妹，皇后想给你赐婚太子？"

沈妙点了点头。

沈丘咬牙："欺人太甚！"

沈妙反而失笑，道："多少人想攀上东宫的高枝，怎么到了你这里反而成了欺负人？"

沈丘没好气道："娇娇，你怎么这么心大？我这是为你着急，你倒好，反而来笑我。"

罗凌看着沈妙，温声问："表妹怎么看这桩事？"

沈妙耸了耸肩："尽人事，听天命。"

"表妹不反对？"罗凌的语气有些莫名。

"爹娘都为我寻好退路了。"沈妙说得不甚在意，"找些青年才俊，我觉得合眼的，便赶在圣旨下到沈宅前定亲，这就行了。"她又笑着道，"放心吧，我的眼光没有大哥那么高，寻个合眼的应当不难。"

沈丘嘟囔道："也不知便宜了哪家小子……"

罗凌走近一步，问："倘若没有寻到合适的，或者在那之前，圣旨就下来了，表妹又如何？"

沈丘道："表弟，你怎么说这么晦气的话？"

罗凌却仍是紧紧盯着沈妙，似乎执着地要从沈妙这里寻求一个答案。

沈妙笑了笑，道："那就嫁了。"

"妹妹！"沈丘叫起来。

"不然如何？"沈妙道，"难道要让沈家背负着抗旨的罪名全家覆没？因为我一个人连累所有的亲人？大哥，我来问你，倘若你是我，你又会如何？你也会说死也不嫁？"

沈丘沉默了。

如果是他，他会为了沈妙和爹娘，接下这道赐婚。如果牺牲一个自己，能换回整个府邸的安宁，沈丘觉得自己没什么不能做的。

"大哥也会和我一样吧。"沈妙道，"每个人都有不得已，尽人事听天命，我会尽力避免这个结果，倘若避免不了，那也没什么大不了。"沈妙看着沈丘，"一个夫君，一桩姻缘，在我心里远远没有亲人来得重要。"

"可那是你一生的幸福啊。"沈丘的眼睛有些发酸。

"幸福是要靠自己争取的，不是依靠某个人而得到。"沈妙道，"难道嫁一个良人就能保证我一生的幸福了？不管是太子，还是别的人，难道就有人能确定，在未来的几十年中，他不会广纳姬妾，朝秦暮楚？我不信。"

"妹妹，你不能这样想。你如今尚未成亲，不能将人想得这么可怕，也不能看得这么……沧桑。"

罗凌却若有所思地看着沈妙，动了动嘴唇，却终究没说什么。

沈妙笑意泛冷："不是我想得太坏，是大哥想得太复杂了。不过是嫁人罢了，女子都要嫁人，嫁得好平安一生，哪怕就是到了太子府过得不好，我也不会让伤我的人好过。”

皇后突然透露出来的这个消息，让沈家陷入了焦灼的境地。

沈信有心要赶在圣旨之前将沈妙嫁出去，可出乎他们的意料，遇到还不错的人家，但凡沈信稍稍流露出一点结亲的意思，对方就笑着推辞，不是说自家儿子已经定了亲，就是说眼下还不急着娶媳妇。

一来二去，遇到的个个都是这种情况。一个两个是巧合，多了就让人觉出些不同寻常来。沈信也察觉到其中不对，还是与沈信交好的一个武将告诉他，如今朝臣们都晓得，皇家有意将沈妙指给当今太子殿下。沈信这头给沈妙物色婆家，可谁敢跟皇家争女人?

都是为了自保，便是沈家家大业大，沈妙聪慧沉稳，也是无人敢娶的。

沈妙听了白露和霜降打听回来的消息，只是淡淡一笑。

惊蛰急道：“姑娘怎么就不着急? 这样下去，便是圣旨暂时没有下来，也找不着合适的人了。”

“傅家人又不是傻子。”沈妙端起桌上的热茶抿了一口，“哪里就会不晓得爹娘打的什么主意。”

沈妙从一开始就知道，沈信和罗雪雁这个法子是行不通的。她要嫁给太子这个消息是怎么流传出去的，不必说，自然又是皇家的手笔。皇家几乎是毫不掩饰地昭告天下，沈妙是他们看中的人，明齐的臣子怎么敢公然和皇家作对抢人?

谷雨喉头有些发酸，道：“姑娘莫非真的要嫁给太子殿下不成? ”

沈妙道：“且走且看吧。”心中却想着，明齐的皇家，她是决计不会再嫁一次的。实在不行，她就毁了自己的名声。当沈妙的名声坏了以后，若是太子还执意要娶她，这吃相未免也太难看了。

只是……沈妙盯着茶杯中浮浮沉沉的茶叶，她的名声也就同样毁了。

这是下下之策，也是唯一的办法。

沈信和罗雪雁不晓得沈妙已经有了自己的主意，还在心心念念为沈妙寻一个好夫君。

罗雪雁道：“皇家这一手委实太卑鄙了，之前那么多人想上门与咱们攀亲，到了现在，全都绕道走，这叫什么事儿! ”

“都怪我。”沈信道，“当初就应当给娇娇定下一门亲事，原以为她年纪小，多等几年无碍，没想到着了道。”

沈丘挠了挠头："无论如何，妹妹都不能嫁到太子府上去。咱们将军府养出来的姑娘，做正妻都还得挑着拣着，哪里有去给人做侧妃的道理。"

"现在没人敢与咱们家结亲，这可怎么办？"罗雪雁面色焦急，试探地问，"要不，去定京外找找有没有合适的人家？"

沈丘诧异："娘，您要把妹妹嫁得远远的啊？"

罗雪雁没好气道："我这不是没办法了吗，定京的臣子只怕都晓得了这件事，说不准定京外也流传开了，还得找些偏远的地方，不晓得这件事的人家才成。"

"不行。"沈信断然拒绝，"嫁远了只会委屈娇娇，而且山高路远，婆家欺负她，我们远在定京帮不上忙又怎么办？"

罗雪雁恼了："这也不行，那也不行，你说怎么办？"

沈丘叹了口气："说到底，这些人还是怕连累了自己，莫非就没有一个青睐妹妹胜过自己生命的男子？"见罗雪雁盯着自己，沈丘连忙又补充，"除了我和爹之外。"

正说着，却见罗凌从外头走进来。罗雪雁一边招呼他坐下，一边急切地问道："凌哥儿，今日可找着了合适的人家？"

罗凌摇了摇头。

沈信和沈丘俱是有些失望。

一片沉默中，罗凌轻声开口道："姑姑，姑父，表哥。"

三人抬起头来，见罗凌的表情有些奇怪，一副欲言又止的模样。

沈丘问："表弟，你怎么了？有什么话直说就是，这里都是自家人。"

罗凌深深吸了一口气，道："表妹到现在还没找着合适的人吗？"

罗雪雁摇了摇头，道："定京的这些人都怕被皇室找麻烦，恨不得离沈家远远的，在这关头要找一个合适又肯娶娇娇的人，实在是太难了。"

"那么，"罗凌顿了一下，才鼓起勇气开口，"我愿意娶表妹。"

此话一出，屋中顿时沉默下来。

沈丘和沈信紧紧盯着罗凌，罗凌继续道："我知道自己的右手如今尚且不好，论起家世品貌，定京胜于我的人多矣，可是……我愿意娶表妹，我会一直对她好，终身不纳妾不收通房，后院中只有她一个人。况且……"罗凌微笑道，"如果姑姑姑父担心皇家有什么动静，我可以带着她回小春城，爹娘和祖父都在那里，他们也会照顾表妹，不会让表妹受委屈。姑姑和姑父下一次出征的时候，也能回小春城来探望表妹。"

“表弟，你……”沈丘说不出话来，不仅沈丘，罗雪雁和沈信也有些发愣。

罗凌算是沈信夫妇看着长大的，性格正直温和，善于容人，恰好可以包容沈妙，又是自家大哥的儿子，等于是一家人。

若是嫁到罗家，的确是个不错的选择。

沈信盯着罗凌，道：“凌哥儿，眼下你为解难娶了娇娇，保不住日后遇着了自己心仪的姑娘，待那时你又如何？”

这话有些探究的意思在里面，罗凌面色微红，仍是坚持道：“不会遇着心仪的姑娘了……我心仪的，只有表妹一人。”

沈丘闻言，顿时乐开了花，一巴掌拍在罗凌肩上，道：“这么说来，你是早就看中妹妹了？”

罗雪雁也有些诧异，罗凌性格温和自持，情绪又不怎么外露，没想到竟然有这个意思。

罗凌点了点头。

“真是便宜你这臭小子了。”沈丘悻悻开口。

“闭嘴，丘哥儿。”罗雪雁瞪了沈丘一眼，瞧着罗凌，真是越看越满意。

沈丘道：“我又没说错，我们娇娇若是不出这事儿，定京子弟随便挑，挑个天仙都不为过。谁知道出了这事儿……表弟捡了个漏，也不知是上辈子积了什么德。”

罗雪雁大怒：“臭小子，你再胡说八道试试！狗嘴吐不出象牙！”

罗凌笑道：“表哥说得不错，娶到娇娇是我的福气，不过此事还得问过表妹的意见。若是表妹不愿意，这桩事情也不必再提。”

罗雪雁和沈信对视一眼，彼此都看懂了对方眼中的意思。嫁与不嫁，最后都要看沈妙的态度。

罗雪雁就道：“你可不要妄自菲薄，不管如何，我和你姑父还有你表哥，总是在你这头的。”

沈信和沈丘非常不满意被罗雪雁“代表”，却也没有反驳。

几人正在商量此事的时候，外头突然有小厮过来通报，道：“老爷夫人，门前有人找。”

沈丘随口问了一句：“谁啊？”

小厮道：“是平南伯夫人。”

众人：“……”

苏夫人进屋的时候，没料到沈丘和沈信也在。

罗雪雁请苏夫人坐下，苏夫人同沈信见了礼，笑着看向沈丘，道："这位就是府上大少爷吧，果真少年英才，俊逸不凡，一看就不是普通儿郎。"

沈丘连称不敢，苏夫人又看向罗凌，笑问："这一位……"

罗雪雁就解释："这是我娘家大哥的儿子，罗凌。"

罗雪雁笑问："苏夫人今日前来，可是有什么要事？"

苏夫人正色道："前些日子我与夫人说的那事儿，夫人眼下考虑得如何了？"

罗雪雁一怔，前些日子说的事？前些日子说的是什么事……是苏明枫与沈妙的亲事？

罗雪雁不免悚然，她道："苏夫人莫非没有听到近来市井中的传言？"她虽也希望有人来娶沈妙，越多越好，让沈妙多一些选择，可也不希望是瞒着对方、让对方倒霉的情况下，因此话也说得坦诚。

苏夫人道："什么传言？"

罗雪雁心一横，索性道："就是太子有心要娶咱们家闺女进府的传言。"

"原来是这事儿啊。"苏夫人笑道，"我听说了。沈家姑娘品貌卓绝，连皇家都惦记着呢。"

罗雪雁有些看不明白了，苏夫人的心是不是也太大了点儿？

"你听说了这事儿，还考虑苏家少爷和小女的亲事？"罗雪雁问。

"自然要考虑。"苏夫人点头，"做人不能如此霸道，总不能只让苏家属意沈姑娘，就不许别家属意沈姑娘了吧？夫人，我们苏家人性情敦厚，没那么霸道的。"

罗雪雁觉得苏夫人的想法与自己大约不在一个点儿上，干脆细细与她说明白："太子有意要纳小女进东宫。我也不瞒夫人，小女不愿意与人做侧妃，所以才想早些嫁出去。夫人也明白，谁要是这个时候敢与小女结亲，那就是与皇家作对，惹恼了皇家，之后只怕会吃些苦头……苏夫人，现在你可明白我的意思了？你还想要结这门亲吗？"

苏夫人慢慢笑起来，道："夫人莫不是以为我是傻子，这点子事都看不明白吧？"

罗雪雁这下就更不懂了，明白了其中坏处，却还要来结这门亲，苏家不怕惹祸上身？

苏夫人笑言："定京如今局势复杂，我家老爷常说避祸二字。这两年平南伯家都已经退出了朝堂，说起来，既然和官家已经撇清得差不多了，做事就没有那么多顾虑。我之所以结这门亲，自然晓得其中危险，不过，谁让明枫喜欢呢？”

罗雪雁瞪大眼睛，失声问道：“喜欢？”

“当然了。”苏夫人道，“若非明枫喜欢，我怎么会一直缠着夫人。”她叹了口气，“因为苏家的关系，明枫不能在仕途上大展拳脚，已经是我们愧对了他，若是亲事上再不让他如愿，我和老爷只觉欠他的，这辈子都补不上了。”

罗雪雁听着，心中便渐渐生出了一种戚戚之感，都是做母亲的，自然有些相同的地方。

只听苏夫人又道：“不过夫人放心，我们苏家虽然已经不是官家，可银子是够了，也有许多铺面，吃喝不用发愁。沈小姐嫁过来后，我和老爷会将她当自己的女儿，明枫性子古板又厚道，后院不会有别的女人。”

罗雪雁心中一动，苏夫人这话，可算是说到她心坎里去了。

想到方才的罗凌，罗雪雁开始犹豫起来。罗凌固然也不错，可是那样一来，沈妙就要回小春城，若是苏明枫的话，沈妙就能留在定京了。

这一回，因着心中的种种考量，罗雪雁没有一口回绝苏夫人，只说要再想想。苏夫人离开后，罗雪雁就去找沈信商量此事。

这事儿不知怎么就传到沈妙的耳中了，罗潭来找沈妙的时候，笑得乐不可支，道：“小表妹平日里看着足不出户，没想到酒香不怕巷子深，你看，凌哥哥和苏家少爷这就上门来了，还有那太子。这可是足足三朵桃花，看在旁人眼里，只怕要羡慕死了。”

沈妙很是无奈。

罗潭还在继续：“之前在普陀寺那棵结缘树上挂红绳的时候，小表妹你扔的那根红绳可是挂着好地方。我当时瞧了瞧，朝红绳那一处旁枝多得很，只怕就是如今的桃花，我看区区三朵是不够的，指不定还有六朵七朵八朵。”

沈妙一边端起茶杯一边道：“你当是在剪窗花，想来几朵就几朵？”

罗潭笑道：“可是小表妹你挂的那红绳最后落在一处高枝上，那高枝应当就是你的归宿，不知道我的妹夫是谁呢？”

沈妙抿了一口茶，心不在焉地听着罗潭一本正经地胡说八道。

“如果是睿王就好了！”罗潭一拍巴掌，“那我就水涨船高，是睿王的小姨子！”

沈妙正喝着茶，听了这话，一口茶全喷了出去，险些将自己呛着。

却没想到，罗潭一语成谶，沈妙的这一处桃花，不来则已，一来惊人，华丽的三朵，确实是被低估了。

第二日一早，沈宅里来了一位特别的客人。

来人不是别人，却是冯安宁。

自从沈妙和罗潭被劫走一事，冯家在道过歉后，竟再也没有登门。大约觉得无颜面对沈妙和罗潭，罗潭给冯安宁下帖子，冯安宁也是婉言拒绝。

倒没想到，今日却主动登门了。

沈妙和罗潭到了正厅，见罗雪雁正与冯安宁说着话，在冯安宁身边，还站着一名二十出头的年轻人。这年轻人生得眉清目秀，穿着一身鸦青色直身锦袍，神态温和，彬彬有礼。见沈妙看他，便对沈妙轻轻点了点头。

罗潭便道："这位是……"

冯安宁笑了笑："这位是我的兄长。"

沈妙恍然。冯家嫡出的就只有冯安宁和她大哥冯子贤，想来这一位便是冯子贤了。

罗潭疑惑地看了看冯子贤，又看向冯安宁，问："安宁，你今日来这里不是来找我们玩儿的？"

冯安宁没说话，冯子贤面色微红，主动开口道："今日前来，是听闻兵部沈丘兄弟提起近来贵府招婿……在下，在下斗胆自荐，唐突之处，还请姑娘和夫人海涵。"

罗雪雁有些尴尬，然而眼中却欢喜。沈妙一愣，心中说不出是个什么滋味。

冯安宁看了一眼沈妙，语气中带了些试探："传言的事我们都听说了，如今定京官家都有所忌惮，可嫁入东宫并非你最好的选择，倒不如……倒不如嫁给我大哥。我大哥文韬武略都不错，性情又刚正不阿，如果你嫁到我们府上，我也会帮着你，处处都有个照应。"

冯安宁这番话说得老实，罗雪雁的面色柔缓许多。

沈妙问："此事冯夫人和冯老爷可知道？"

冯安宁犹豫了一下，还是道："原先爹不同意，后来在我们的劝说下，便也由了我们的性子。我爹是刀子嘴豆腐心，嘴上犟而已，本身还是很讲义气的。"

沈妙又看向冯子贤，问："冯公子是觉得我可怜，所以想施以援手，才娶我的吗？"

此话一出，众人一愣。

冯子贤没想到沈妙会这么直白地问出这个问题，回过神道："舍妹在这之前曾多次提起姑娘，子贤倾慕姑娘才华性情……这一次，不过是机缘巧合，不敢说施以援手。"

罗潭闻言扑哧一声笑了出来，冯安宁紧张地道："我大哥肯定比太子好！"

沈妙几乎失笑，道："总不能短短几句话，就要将我的亲事决定下来吧。这样对我太不公平，对冯公子也不大公平。"

罗雪雁听着沈妙说话，心中有些想法，本以为没人敢和皇家作对，没想到一来来了仨，罗凌、苏明枫、冯子贤，任意一个都令人满意，偏偏沈妙看着谁都没特别的地方。

冯安宁说："可是你不着急，就没有时间了啊！"

这话不假，谁知道圣旨什么时候下来，圣旨一下，可就一点转圜的余地也没有了。

沈妙摆了摆手，正要说话，忽见惊蛰从外头跑了进来，急道："姑娘，宫里来人了！"

罗雪雁的脸色唰的一下变得雪白。

罗雪雁带沈妙到前厅去迎话，待传话的小太监说完，才晓得不是来传圣旨的，而是让沈妙明日单独进宫一趟，皇后娘娘有话要与沈妙说。

等小太监走后，罗雪雁的脸色变得难看极了。冯安宁和冯子贤都有些担心，沈妙反过来还劝他们不用放在心上。

等冯家兄妹走后，罗潭才问："小表妹，现在怎么办？要不就在近日将亲事定下来？"

"亲事也不是一夜间就能定下来的，还要合八字交换庚帖，请冰人来走场，事情多得很，在明日之前是来不及的。"沈妙道。

罗雪雁认真地看向沈妙："娇娇，你告诉娘，这几个人中，你喜欢的是谁？"

"倒也算不上喜欢，"沈妙微笑，"挑个最合适的吧。娘也不必着急，明日等我从宫里回来再作打算也不迟。"

罗雪雁一怔，直到沈妙走后，才喃喃自语道："莫非……娇娇对定王还余情未了……"

太子有意要纳沈妙为侧妃，此事传得沸沸扬扬，能传到官家耳中，自然也能传到皇子耳中。

周王府上，静王和周王两兄弟正坐在桌前商量此事。

“和老六他们争了那么久，没想到却被太子钻了空子！”周王愤愤地将酒一饮而尽。

静王比他哥哥沉稳些，摇头道：“我看此事不仅是太子的主意，还有父皇的授意。父皇偏帮太子，才想把沈家兵权给太子做助力。”

“父皇也是老糊涂了。”周王冷笑，“都说能者多劳，太子那个病秧子，也不想想沈家兵权到了他手里，能用几年。如此说来，还不如当初就让沈家那个小妞嫁给老九，总也好过太子。”

“老九？”静王笑得意味深长，“四哥，老九可不是你我想的这样简单。”

“你说沈万和秦王一事？”周王疑惑，“就算是真的，也只是他有这个野心而已。他有这个野心，也要有这个本事才行。成日里朝堂事参与得都不多，哪个臣子肯跟他？”

静王摇头：“四哥不要小瞧老九，我总觉得他藏得很深。”

周王不耐烦地挥手：“好端端的，老提起老九干什么。今日我叫你来，是有一事跟你商量。”周王压低语气，“我们不能眼睁睁看着沈家兵权落在太子手里，如果太子得了兵权，现在皇太孙也生了，父皇有意扶持，你我的机会更小。我和离王斗了这么久，可不想被太子捡了便宜。”

“四哥的意思是？”

“这门亲事不能结，”周王笑得残酷，“结成仇最好。”

“结仇的法子千千万万种，四哥要哪种？”静王问。

“自然是血仇。”周王放下酒杯，“沈家小妞之前不也是一心想着老九，肯定不愿意嫁给太子。既然如此，我们皇家也不做强人所难之事，不如帮她解脱。”

“想对沈妙下手可不容易。”静王道，“上次沈妙被人劫走之后，沈信给她的侍卫多了一倍，戒备森严，怎么动手？”

周王一笑：“外面不行，可以在宫里嘛。”他得意扬扬，“进了宫里，管他什么守卫，都要在外面等候。我打听过了，明日沈家小妞要一人进宫，等她进宫见了皇后，就是我们的机会，那时候动手，再简单不过。”

静王道：“在宫中动手容易，查起来却容易被人怀疑。”

“嘿嘿，所以这是一箭双雕的事儿。”周王笑了，“你说，弄成是老六的手笔如何？”

静王眼前一亮。

他兄弟二人和离王一派斗了这么多年不分上下，要是这一次沈妙在宫里出事，沈信疼爱沈妙，一定会将这笔账算在太子身上，如果不是太子有意要娶沈妙，沈妙不会出事，太子和沈家就算是结仇了。最后查出来是离王所为，离王也讨不了好处。

不费一兵一卒就收拾了两个劲敌，何乐不为？

静王笑道："四哥这个法子倒是不错，不过还得细细布置一番，省得多出破绽。"

无独有偶，周王府在商量着明日刺杀沈妙一事的时候，离王府也为此事伤透了脑筋。

离王笑眯眯地看着面前的两位兄弟，道："你们以为如何？"

襄王是个谨慎胆小的性子，道："会不会太冒险了？"

成王闻言却道："这有什么冒险的？总不能真让太子娶了沈家小姐，得了沈家兵权。"

成王这话说得十分合离王心意，他道："八弟说得不错。太子拿到沈家兵权，的确非我所愿，这桩亲事若是成了，不只是我，两位兄弟也会被连累，那可不成。我提出刺杀沈家小姐，是为了以绝后患。"

"可是要如何将此事算到周王身上？"襄王小声问。

"周王平日行事放肆，冲动之下做出此举也合情合理，父皇本就对他颇有微词，在扶持太子的时候，因为周王而损失沈家兵权，父皇只会重责于他。"离王沉吟道。

"一箭双雕，是个好主意。"成王开口，"我支持六哥！"

襄王没有说话，可他说不说话都无关紧要。他和成王都是追随离王的，离王的决定，也代表着他二人。若是成功，自然升天。若是失败，一起倒霉。这是一开始就明白的"同甘共苦"。

他在心中微微叹了口气，盼望明日刺杀沈妙进行得顺利一些。

夜色如墨，客栈楼上窗前，紫衣青年负手而立，不知想什么想得出神。从外头飞进一只雪白的鸽子，落在他面前的窗台上。

谢景行从鸽子腿上取下一支银色小管，鸽子身子一歪，飞到屋里的书桌上，歪头去啄桌案上小碗里放的玉米粒。

谢景行从银色小管中抽出纸卷，展开看完，随手扔进炭火炉中，纸卷迅速化为灰烬。铁衣从门外走进来，到谢景行身后道："主子，车马已经备好，明日一早启程回京。"

谢景行嗯了一声。

铁衣却没有退下，看着谢景行的背影，似乎有些犹豫要不要说。

"有话就说。"谢景行道。

铁衣一震，忙道："主子，定京那头传来消息，这几日沈信正为沈五小姐物色合适的青年才俊，似乎有意结亲。"

谢景行没回头，铁衣只觉得头皮发麻，心中叫苦不迭，定京那头的季羽书和高阳在传回来的信里没提到此事，铁衣这会儿提了，日后谢景行怪责他二人，倒像是铁衣在其中挑拨。

但是不说吧，此事事关重大，要是日后酿成大错，他这个暗卫也就可以不用当了。

在义气和性命间，铁衣十分果断地选择了后者。

他道："苏家苏明枫、罗家罗凌、冯家长子冯子贤都登门沈宅。"

"冯子贤？"青年转身，盯着铁衣的眼睛，"冯子贤为何登门？"

铁衣脊背发寒，硬着头皮道："宫中有消息传出，太子有意要娶沈五小姐为侧妃。沈家不希望沈五小姐嫁入东宫，想在圣旨下来之前把沈五小姐嫁出去。冯家小姐和沈五小姐是好友，特意寻兄长过来解困……"

"宫中什么时候传的消息？"谢景行缓缓问道，声音似结了层冰。

铁衣不敢看谢景行的眼睛，道："五日前。"

"五日前的消息现在才到？"谢景行不怒反笑。

屋里的空气倏尔冷下来，似乎比外头还要冷，桌上的鸽子咕地轻叫一声，脑袋缩回羽毛中去。

铁衣欲哭无泪，还得将没说完的话说完，道："宫中今日给沈家传话，明日沈五小姐一人进宫，皇后有事相谈。"

话音未落，就见俊美绝伦的紫衣青年身形一闪，已经到了门口，随手扯下挂着的狐皮大裘披上，冷声道："备马。"

铁衣一愣："主子，不是明日一早……"

谢景行扫了他一眼，铁衣打了个冷战，什么都不敢说了。

这一夜，风雪交加，寒气入骨，有人在温暖的床上翻来覆去无法安睡，有人在华丽的府邸商量杀人的阴谋勾当，有人理所当然地居于九重宫阙指点江山，也有人骑宝马千里之外披星戴月风雪迢迢。

有人欢喜，有人悲伤，有人焦虑不安，有人得意扬扬。明齐偌大的江山如画，定京歌舞升平，临到年关，各处欢声笑语，却无人看到平静湖面下的风起云涌。

定王府上，某间屋中，还有人在与自己对弈。

裴琅看着窗外风雪交加的夜色，沉沉叹了口气。

傅修宜的这一步棋，的确走得不错。无论结果是什么，是太子倒霉，是周王离王倒霉，还是沈家倒霉，对傅修宜来说，都是一件好事。

裴琅有些为沈妙担心。

这些日子，傅修宜怀疑府中有内奸，将定王府的守卫增加了一倍，连只苍蝇都飞不进来，更别说传消息出去。他没办法和沈妙以书信沟通，只能在暗处焦急。

听闻沈妙明日要独自一人进宫，恰好，他明日也要进宫，虽是傅修宜的幕僚，他也是个小官儿。

沈妙是没有路了，穷途末路之下，会不会有别的生机呢?

片刻后，裴琅看着面前的棋局，一手抵着桌角，突然反手一掀。

只是轻轻一掀，满盘棋子瞬间摔落，大大小小落在地上，发出清脆的声音。

地上一片狼藉。

第六章　变故突生

第二日一早，沈妙就进了宫。

沈府的侍卫也不能随时跟着沈妙，沈妙进宫后，他们都要在外头等候。

沈妙临走时，倒是将谢景行给的大大小小的首饰，能戴上的几乎都戴上了，做好万全准备，只怕出什么意外。

等到了坤宁宫，宫婢正在给皇后梳头，沈妙等了一阵子，皇后才让她进去。

今日董淑妃并未过来，只有皇后一个主子。她穿着有些正式的朝服，头上戴着九头凤簪，妆容贵重，扑面而来一股压迫感。

沈妙瞧了一眼，心中就了然。

还真当她是个不谙世事的小姑娘，想用皇家威严来恐吓她？若沈妙真是个十六岁的小姑娘，孤立无援之下，心中慌乱，指不定就会松口了什么事。

沈妙垂眸，脸上浮起一个谦卑的笑来。

皇后慢慢皱起眉头。沈妙的反应和她想的有些不一样，她不晓得沈妙是装糊涂还是本来就蠢。

她的目光落在沈妙腕间的镯子上，微微凝眸，笑道：“这镯子水头挺好。”

沈妙笑道：“回娘娘，臣女的簪子、项链和耳环也很好看。”

皇后一愣，一看之下嘴角就不由得一抽，猫儿眼的簪子配的是珍珠耳环，珍珠耳环配的又是琥珀项链，至于手环和零零碎碎的首饰钗子就更不必说了。皇后心中难掩鄙夷，若非沈家兵权能够给太子助力，皇后才不愿意让这么个粗鄙庸俗的女子嫁入东宫。

皇后放下沈妙的手，道：“本宫今日让你来，是想与你说说话。”她叹了口气，“那日同你母亲提过，如今你尚未定亲，年纪正好，本宫看着喜欢，有心为你做个媒。当然，本宫也不会强人所难，做媒也要你喜欢才行。”

沈妙低着头不说话。

皇后拍了拍她的手：“你觉得本宫过得好不好？风光不风光？”

沈妙心中冷笑，却答：“娘娘过得很好，很风光。”

“嫁到皇家，每个女人都会过得很好很风光，本宫是运道好。如今你也有这样的好运道，你想不想过得很好很风光？”

这话几乎有些引诱的意思在里面，沈妙唇角微微一扬，却猛地跪了下来，惶恐道：“臣女如今已经过得很好，万万不敢肖想其他，更不敢和娘娘相提并论，还请娘娘饶臣女一命！”

皇后愣住了。她没想到沈妙竟是这个反应，没有动心，没有犹豫，反而是害怕？

皇后心中没好气地想，难道当皇后有这么可怕吗？还是这沈家小姐其实是个胆小如鼠的，又蠢笨如牛，根本听不懂自己的暗示，还以为大祸临头。

真是扶不上墙的烂泥。

接下来的时间，任凭皇后说得如何委婉，或严厉或温和，沈妙都是一副谦卑惶恐的模样，虽然害怕，嘴巴却紧得很，一句松口的话也撬不出。到最后，皇后都带了几分火气，十分不悦地让沈妙回去，想着从沈妙这头是走不通的，还是从文惠帝那头下手吧。

因着皇后让沈妙走的时候，对沈妙的态度已是十分不满，连带着坤宁宫的宫女对沈妙也不怎么在意，将沈妙交给外头一个路过的小太监，让小太监将沈妙送出了宫。

小太监带着沈妙往宫外走，拐过几个弯儿，带沈妙走的尽是僻静之处。在绕过一处花园，面对一处废弃荒园时，沈妙停下脚步，道：“这不是出宫的方向，你要带我去什么地方？”她的手按在手腕的镯子上，没有人比她更熟悉明齐的宫殿。

小太监一愣，低声道：“裴先生想见姑娘。”

裴琅？沈妙皱了皱眉。

思忖片刻，沈妙还是跟着小太监往前走。

裴琅找她的话，一定是有很重要的事情。

世上之事，多有巧合。沈妙不晓得的是，皇家有意为她指婚一事，牵连了一众人。沈信罗雪雁马不停蹄地为之奔走，其他人却也前赴后继奔了进来。譬如罗凌能够表白的真心，苏明枫阴差阳错的求娶，冯子贤义字当头的施以援手。

人世间有千丝万缕的联系，那些联系如蜘蛛吐出的晶莹丝线，在各自的位置上安好，有一日纵横交错，便形成了一张细细密密的网结，构成了这世上最令人诧异的、无法置信的巧合。

荣信公主进宫了。

她的身子不是很好，近几年来越发消瘦，一年到头进宫的日子寥寥可数，今日却有几分急切。宫女要去通报，荣信公主摆了摆手，就道：“本宫没带帖子，有要事要与皇兄商量，不必通报了。”

宫门口的守卫哪里敢拦，宫女要为荣信公主寻轿子，荣信公主道：“走小道，轿子反倒不方便。你们搀着本宫，本宫慢慢走。”

荣信公主心里也是焦急的，她听闻太子有意娶沈妙做侧妃一事，赶着去找文惠帝，希望能改变皇兄的这个想法，便抄了一条近道走。

沈妙到了一处偏僻的亭子。

亭子掩映在树林中，背靠一条长长的走廊，走廊上亦是一排屋子，倒是方便躲藏。

不一会儿，裴琅从屋子中走出来。小太监在外头替他二人把风。

沈妙问：“裴先生有什么要紧事在这里谈？”

“定王把府邸封住了，我没办法给你传信。”裴琅道，“太子娶你入门的主意，是定王提出来的。”

沈妙挑眉，裴琅见她并不惊讶，就问：“你知道了？”

“猜到是他的手笔。”沈妙道，“以太子的脑子，无缘无故怎么会想起我来。”

这一处荒园曾经闹鬼，平日里几乎没有人来，因此裴琅也不担心有人路过。他皱眉道：“成亲的事，你打算如何？”

沈妙道：“顺其自然。”

“你不能嫁给太子。”

“嫁不嫁不重要。”沈妙冷冷道，“就算嫁过去了，我也未必过得不好，也会用我的法子达到自己的目的。路都是自己走出来的，裴先生不会以为世界上只有一条路吧。”

“我并非你想的那个意思。”裴琅叹道，“嫁进东宫，固然可以让你走你的路，可是以你的婚姻为代价，对你来说，实在得不偿失。”

沈妙心中微微一动，看着裴琅。

裴琅竟然会说“以你的婚姻为代价，对你来说，实在得不偿失”？要知道前生婉瑜要嫁给匈奴的时候，裴琅说的是：“娘娘，以公主一人的婚姻换来明齐安好、换万民福祉，不是一件很好的事情？”

裴琅道：“皇家将消息传出去，整个定京没有人敢和沈府结亲。”

沈妙反问：“那又如何？”

“如果不行，你嫁给我吧。”裴琅说。

空气一瞬间变得僵硬极了，然而出乎裴琅的意外，沈妙盯着他的目光没有一丝动容。

她问：“你在说什么？”

裴琅好像被兜头浇下一盆凉水，冷得出奇。沈妙的目光，让他觉得心里某些隐秘的愿望被人窥见了，一瞬间变得狼狈。

裴琅定了定神，才继续道：“不能嫁到东宫，你总要嫁给旁人，这才能有一条生路。嫁给我的话，或许能抵挡一阵。”

“裴先生为什么要帮我？”沈妙轻轻开口，“我们不过是因为流萤而生出的交易关系，或是主仆关系。我是主，你是仆。从头至尾都是我在要挟你，若是我被禁锢，不正合了你的心意？”

可是沈妙的问题，裴琅说不出答案，因为他自己都不知道自己为何要这么做。

沈妙微微一笑：“就算我嫁给裴先生，也是下下之策。裴先生要用什么身份娶我，定王那头又如何交代？裴先生是颗好棋，我可舍不得随随便便就用了。况且，”她抬了抬下巴，“亲事和夫君对我来说，并没有你们想象的那么重要。不过是一个同床共枕的人罢了，在一起吃饭，在一起睡觉，除了这些，和陌生人又有什么分别？嫁给谁，我不在乎；会不会被逼婚，我也不在乎。”

裴琅听得连连摇头，他想否定沈妙的话，但当他抬头瞧见沈妙的神情时，又怎么也说不出话来。

沈妙的表情是认真的，她是真的不在乎。

可是女人怎么会不在乎相伴一生的人呢？

裴琅呆呆地看着沈妙。

气氛僵持时，突然听见有恶意的嘲笑从身后传来："没想到还有这么一桩风流韵事。"

沈妙猝然回头，见身后不知何时出现了两个蒙面黑衣人，二人手里皆提着长剑，朝沈妙扑将过来。

裴琅忙拉着沈妙躲避，沈妙厉声喝道："你们是谁？"

"沈小姐莫要怪我们，要怪就怪你挡了别人的路！"二人狞笑一声，一人朝裴琅掠去，一人提剑就往沈妙这头来。

竟是一点儿活路也不留。

沈妙心中暗道不好，没想到裴琅寻的这个地方竟然方便了旁人杀人灭口。她按住腕间的镯子，千钧一发时，却见当空之处横出两个石子儿，不偏不倚，正打在两个黑衣人的膝盖处。那二人痛得大叫一声，摔倒在地。

唰唰两道剑光，亦有二人猛地掠出，反手将黑衣人手中的长剑刺入对方胸膛。

一切发生得太快，根本没给人喘息的机会。后面出现的二人却是宫中侍卫打扮，对沈妙作了一揖。

裴琅正要说话，屋顶突然又翻下一人，身材挺拔高挑，紫金袍，银面具，一双桃花眼，目光锐如刀锋。

却是睿王。

"睿王殿下……"裴琅喃喃出声，他本就聪明，稍稍一想便明白了，面前这两个侍卫应当是睿王的手下，之前想杀人灭口的黑衣人却不知道是哪路人马了。

裴琅心中警惕，面上却浮起一个客气的笑容，拱手道："多谢睿王殿下出手相助。"

睿王没有说话，扫了裴琅一眼。隔着面具看不清他是什么神情，裴琅却觉得那一眼格外冰冷。

沈妙皱了皱眉，睿王已经攥住她的胳膊转身往外走。

裴琅一惊，忙唤道："睿王不可！"

两个侍卫挡在他面前。

裴琅是读书人，不会武功，想帮忙也没法。倒是沈妙，被拽着跌跌撞撞地跟人走，罢了还回过头来，一脸平静道："裴先生先回去吧，我与睿王还有些事。"

睿王的脚步更快了。

裴琅望着二人的身影渐渐消失，两个侍卫莫名其妙地看了他一眼，这才离开。

地上还有两具尸体，裴琅是不能久留的。他不晓得沈妙和睿王之间有什么关系或者是因缘，不过……他的心里，一瞬间有些空落落的。

沈妙被拽得手臂生疼，谢景行一言不发走得飞快，到了最后，沈妙心中火气也上来了，怒道：“放开我！”

谢景行走到一处无人走廊，才猛地松开手，沈妙站定之后，火气噌噌噌地往上冒，道：“你疯了！”

这处花园比方才的荒园要在外头一些，沈妙怕被人瞧见，就要自己往外走，却被谢景行拉着胳膊又拽回来，一把将她推到墙上，按住她的两手，冷眼瞧着她。

他戴着银面具，露出姣好的轮廓线条，下巴优美，薄唇却抿得很紧，眸中怒火喷薄，他一字一顿道：“沈妙，你就这点能耐？”

沈妙皱眉看着他。

谢景行伸手握住她的下巴，逼她抬起头正视自己。沈妙极不喜欢这种被人自上而下地俯视，挣扎着就要离开。

可她到底是个女子，谢景行轻而易举就化解了她的挣扎，甚至微微屈起膝盖抵着她的腿，让她动弹不得。

可这姿态，也就更暧昧了些。

沈妙问：“你到底想干什么？”

谢景行的语气辨不出喜怒：“罗凌、苏明枫、冯子贤，现在还来一个裴琅，这么多人英雄救美，我倒是小看了你。”

沈妙不语。

他手上的力气倏尔加重，捏得沈妙下巴生疼，微微蹙起眉。

谢景行却咬牙道：“嫁给谁不在乎，也不在乎会不会逼婚，你想嫁到太子府？”

沈妙心中一动，想来方才她和裴琅的话，都被谢景行听到了。

她冷笑道：“嫁给太子又有什么关系？反正你也知道，我想当皇后。太子最后也是要坐上皇位的，指不定我进了东宫，斗死了太子妃，自己顶上去，也是明齐未来的沈皇后，这有什么不好的？”

这话说得恶毒，谢景行的脸色更加铁青了。

他也笑，只是笑得冰冷：“可惜太子坐不上皇位。”

沈妙抬起头看他，极为平静地开口：“就算他坐不上皇位，也与你无关。睿王殿下又为什么来质问我，我与你之间的关系似乎没有好到这样。我嫁给谁或者不嫁给谁，这和你有什么关系？”

此话一出，谢景行反倒缓缓笑了。

他勾起唇角，捏着沈妙的下巴拉向自己，道：“你想办法和我斤斤计较的时候，和我讨价还价盘算生意的时候，借我的手杀人的时候，可有本事得很。怎么，到了现在，你就只有这点能耐？嗯？”

沈妙的眼睛有些酸涩，她真是讨厌极了谢景行此刻的做派。然而挣脱也挣脱不开，她讨厌这样被动的自己。一时间，她只觉得眼前雾蒙蒙的，很是不舒服。

谢景行眉头一皱，道：“不许哭！”

沈妙只觉得内心羞耻极了，只好怒视着谢景行，开口道：“谢景行，你不要太过分了！”

“谢景行？”另一头的草丛里却传来一声惊呼。

沈妙和谢景行猝然回头，见草丛里跌跌撞撞地走出一人，沈妙的身子忍不住一僵，下意识去看谢景行的神色，却因为谢景行戴着面具，什么都看不到。

那人是荣信公主。

荣信公主快步上前，这时候才看见，这男子是睿王。

大凉来的睿王，刚来明齐入宫时，荣信公主也是见过的。不过她不关心朝事，也未刻意打听过。此刻瞧见这人是睿王，心中说不出是什么滋味。

可方才沈妙又的确是说的谢景行，她没有听错。

荣信公主看着沈妙，问：“沈姑娘，方才你叫睿王殿下……谢景行？”

沈妙还没来得及开口，睿王道：“本王名谢渊，小字景行，刚才沈小姐叫的本王小字。”

沈妙心中稍稍松了一口气，待瞧见荣信公主古怪的神情时，又猛地反应过来，心里将谢景行骂了个狗血淋头。

除了亲人之外，只有妻子或是情人才会称呼对方的小字，她叫谢景行小字，落在荣信公主眼里，谁知道会是个什么样！

荣信公主在睿王和沈妙之间扫了一眼，最后定在了睿王身上。

有些像的，比如这一身紫衣，可又有些不像，那股子陌生的凉薄的心狠手辣的劲儿，和记忆里的少年截然不同。

谢景行早就死了，死在了北疆万马奔驰的战场上。

荣信公主猛地捂住心口弯下腰来，不管过了多久，想到谢景行的死，她都无法释怀。玉清公主死后，她将谢景行当作自己的儿子，中年丧子，白发人送黑发人，她的伤悲不比谢鼎少。

沈妙忙上前扶起她，紫衣青年却负手而立，淡淡扫了她一眼，身形动也未动。

荣信公主唇边不由得溢出一丝苦笑。

是了，睿王怎么可能是谢景行呢？如果是谢景行，怎么都不会这么冷漠的，像看一个陌生人般看着她。

荣信公主摆了摆手，道："你怎么在这里？"

沈妙答道："皇后娘娘让我进宫去。"

荣信公主眉头一皱，问："睿王怎么也在这里？"

沈妙道："我从宫里出来，带路的小太监中途有事，等了许久不见，自己走反而迷路了，恰好遇着睿王殿下，就让睿王殿下帮我指一指路。"

这话几乎是明目张胆地骗人，刚才荣信公主可是清清楚楚地看到是睿王一路拉着沈妙走到这里来的。况且沈妙也都叫了睿王的小字，这二人的关系非同寻常。

荣信公主莫名有些生气。当初谢景行带沈妙来公主府，荣信公主以为谢景行待沈妙特别，如今沈妙却和另外一个男子关系匪浅，而且这男子的小字恰好也叫景行。就像是自己的东西被旁人占了去，荣信公主心中不是个滋味。

"如此，本宫代沈姑娘多谢睿王殿下。"荣信公主开口道，却是极力想划清沈妙和睿王的界限。

睿王颔首。

"既然领路的太监不见了，本宫有许多宫女，本宫让她带你出去。之后的路就不劳烦睿王。"荣信公主又道。

睿王便也没说什么，淡淡应了一声，自己先离开了。

等睿王离开后，荣信公主才松了口气，问沈妙："你与他是怎么认识的？"

沈妙也没料到会突然遇着荣信公主，不由得暗自埋怨，平日里谢景行的暗卫耳聪目明，今日关键时候却不知是不是瞎了，连荣信公主也没发现。

她道："曾同睿王殿下巧遇几次，算是认识。"

荣信公主深深看了她一眼，道："你不愿意说，本宫也不逼你。只是……此人非明齐人，保不住对你有所图谋。你是个聪明的姑娘，有些事情得自己拿捏，不为了自己想，也要为你爹娘大哥想一想。"

沈妙心中哭笑不得，误会到了这个地步，想来也是解不开了。

荣信公主抚了抚心口，喘了几口气。沈妙见状，问："公主哪里不舒服？"

"早年间就有心疾，"荣信公主摇了摇头，"这几日犯得厉害。"

沈妙见她疼得难过，道：“公主应当找太医好好瞧瞧，这样疼着很难过。”

“无妨。”荣信公主摆手，“本宫活到现在，这一生不亏，也不想折腾。”她的声音渐渐低落下去，“毕竟……也没什么值得惦念的了。”

沈妙知道她是又想起了谢景行，只好道：“小侯爷见公主这模样，也不会欢喜的。”

“他若真的在乎我这个姨母，也就不会那么狠心地撒手西去了。”荣信公主收起面上的悲伤，拍了拍沈妙的手，“皇兄有意为你指婚的事情本宫已经听说了。本宫今日进宫来，就是为了和皇兄商量此事。你也不愿意嫁给太子吧？”

沈妙没料到荣信公主竟然会为她说情，这份情她会记在心里。沈妙道：“我是不愿意嫁入东宫，不过公主也不必勉强，世上之事，冥冥中自有天意，顺其自然，老天会给出安排的。”

荣信公主反倒笑了，道：“你倒看得通透。”

她道：“时间不早了，我就不与你说了，先去那头，我让宫女送你出去。”

今夜的风雪格外大。

睿王府里，一众护卫抖抖索索地站在风中，今日睿王看谁都不顺眼，王府里里外外上上下下都被罚了个遍，就连季羽书和高阳二人都被关进塔牢里面壁了。

夜莺悄悄捅了一下南旗的胳膊，问：“主子这是怎么了？谁惹了他啊？”

南旗嘘了一声，见寝屋里没什么动静，才低声道：“沈五小姐要被宫里赐婚，高公子和季少爷漏报了，主子才发火的。”

火珑幽幽叹道：“冲冠一怒为红颜呀。”

屋里，谢景行将信交给铁衣，铁衣犹豫道：“主子，这头改变计划，陛下要是知道了……”

谢景行看了他一眼，铁衣马上闭嘴不说话了。在主子心情不好的时候质疑主子的决定，绝对不是一个好主意。

谢景行一边把另一封信装进信封，一边道：“裴琅那边是怎么回事，想办法打听一下。”顿了一下又道，“还有冯子贤和苏明枫。”他眉头微皱，“药材的事情怎么样了？”

铁衣忙道：“已经派人去寻了，找到之后会马上送到医馆。”

荣信公主的心疾近来频犯，煎药的方子里有一味药引十分稀缺，春日才有。定京城医馆里有的都被卖到公主府了，这几日荣信公主没有新的药引，只能硬扛着。

谢景行就让人暗中自外头重金搜来，再“顺手”卖到医馆里。

“尽快。”谢景行抿着唇道，思索了一下，又站起身来披上外衣就要往外走。

铁衣一愣：“主子还要出去？”

“账没算完。”谢景行冷哼一身，拂袖而去。

深夜，沈宅外头静悄悄的，沈妙的闺房里也早就一片漆黑。

谢景行到的时候，从阳正在树上睡觉，见他过来，差点吓得从树上跌下去。

谢景行往窗户处瞧了一眼，从阳忙道：“少夫人已经休息了。”

谢景行走到窗前，见窗台上放着一个玉环一样的东西，下面还有个坠子。

从阳道：“这是少夫人休息后，罗凌偷偷放在窗台上的平安坠，少夫人还没有发现。”

谢景行闻言，目光一动，挑剔地拿袖中的匕首尖儿挑起那平安坠，往从阳的怀里一扔，道：“收好。”

从阳一愣，听见谢景行继续道：“家里宠物缺个吊坠。”

从阳：“……”

从阳无语的工夫，谢景行已经轻车熟路地打开窗自己进去了。

屋里床榻上，沈妙睡得正熟。

谢景行走到榻边，抱胸看了一会儿，挑眉道：“睡得着，看来没把我的话放心上。”

他在榻边坐下来，随手捞了一杯桌上的茶水喝了一口，转头去看沈妙的睡颜。

少女睡着的时候，眉目清秀稚嫩，终于让人记起，她本就是一个十六岁的小姑娘，不能因为所处的境况和她表现出来的手段而忽视了这一点。

想到白日里沈妙被他捏着下巴，极力忍着眼泪的模样，谢景行心中倒是起了一点愧疚。

他伸手替沈妙将额前的乱发拨到耳后，却见那姑娘的睫毛微微颤动了一下。谢景行手一顿，目光往下，就见被子裹着的身子几不可见地颤抖了一下。

竟是在装睡。

谢景行挑眉，干脆坐近了一点，微微俯身，暧昧的低沉嗓音在屋里响起。

“帮了你这么多次，不如以身相许，报答我一回。”

他盯着沈妙的眼睛，慢慢俯身。

沈妙的身子僵硬极了，呼吸声似乎就在嘴边，自上而下的压迫感越来越近，她猛地一把推开谢景行就要坐起来，怒道：“你想干什么？”

声音却有几分慌乱。

谢景行又将她按回榻上。

沈妙不安地挣扎，谢景行几下制服她的乱动，好笑道：“你以为我会对你做什么吗？”又挑剔地打量她一眼，“想得美。”

沈妙气得想叫莫擎进来狠狠揍谢景行一顿。

因她夜里睡觉只穿了中衣，方才一番挣扎，中衣都滑落开来，露出雪白的肩膀。谢景行瞧着一怔，沈妙发现他在看哪里，羞恼万分，正要骂人，就见谢景行猛地将被子一扔，活活将她兜头罩了进去。

沈妙从被子里堪堪拱出脑袋，怒道：“有病！”

谢景行将她牢牢地裹在被子里，像个蚕蛹，又把她按在床上，沈妙怎么也动弹不了，谢景行就一手撑着脑袋，似笑非笑地看着她。

沈妙终于挣扎得烦了，就问：“你来干什么？”

“沈妙，你安分一点。”谢景行皱眉道，“有本王在，谁敢逼你嫁人？”

沈妙被气笑了：“你又不会在明齐待上千年万年，我总归有一日要嫁人，你护得了我今日，护不了明日。护得了明日，总有一日护不住。”

“如果护得住呢？”谢景行问。

沈妙一愣，没有说话。

谢景行道：“你是不在乎嫁人，还是根本就想嫁人了？”

“那和你有什么关系？你问得也太多了。”

谢景行翻了个身，把沈妙压在身下，一手撑在沈妙脑袋边，低声问：“你想嫁谁？罗凌？苏明枫？冯子贤？还是裴琅？”

他越发逼近，英俊的五官在沈妙眼前放大。她可以闻到对方身上传来的好闻的竹叶香。他的眼睛极为漂亮，这时候也带着咄咄逼人的意味，仿佛要逼出人的真心。

沈妙心里突然就有些慌了。

这个距离太近，近到她可以听到怦怦的心跳声，分不清是自己的还是谢景行的。

沈妙猛地往后一缩，她背后是床梁，谢景行伸手护着，免得她撞到脑袋。

“这和你没什么关系？”沈妙飞快开口，“我们只是盟友关系，盟友就是相互合作的。睿王还想要管到我的终身大事不成？别说是嫁人了，就算是以后生子、和离、被废，那也和你没有半分关系！”

谢景行本来听到她说前半句还挺生气，听到后半句却又哭笑不得，道：“什么乱七八糟的，你很想当废后？”

沈妙被气得口不择言，道：“和你没关系！我们只是盟友，你凭什么管我的事？”

谢景行盯着她，似乎被她挑得火气也渐渐上来了，他本也是骄傲的人，这样一而再再而三地被人嫌弃，心中别提有多憋屈。

他问：“是盟友？”

沈妙点头。

“盟友不能管你的事？”

沈妙继续点头。

谢景行爽快道：“好啊。”他飞快俯身，在沈妙唇上啄了一下，沈妙瞬间呆住，就见那俊美的紫衣青年以一种极端恶劣的语气道，“现在不是盟友了。”

“你……”沈妙说不出话来。

他笑得玩世不恭：“这样就能管你的事了。”说罢又自床上站起身来，居高临下地盯着沈妙，恐吓道，“记住，以后嫁人、生子、和离、被废，那也要本王同意才行。”

说罢，他又看了窗台一眼，闪身不见了。

屋外。

从阳被迫在树上听了大半天的墙角，直听得面红耳赤，却又不敢径自离开。等谢景行出来的时候，从阳与他行礼。

谢景行道：“以后有人送来的东西直接扔掉。”他接过从阳给他的平安坠，满脸不悦地走了。

这一夜，有人故意搅乱一池春水，惹得冬日寒风里也能开出凛冽花朵，自然也有计划落空、在府里暴跳如雷的人。

周王和离王府上，就陷入了同样的纠结。

今儿晚上有人敲门，周王以为是下人，道了一声进来，却迟迟未有人进。周王起身去开门，兜头就是两具冰冷的尸体。没人知道这两具尸体是怎么跑到周王府的。周王大发雷霆，将所有守夜的侍卫都重责了一番，又在屋里仔细搜寻，怀疑出了内奸，可最后却徒劳无功。

两具尸体也被查出来，正是今日派去行刺沈妙的刺客。

周王心中不安，连夜让人给静王传消息，兄弟二人打算好好琢磨此事。

至于离王这头，就更是粗暴了，有人直接将两具尸体从墙外扔进了府邸，吓了离王府的侍卫们一跳。侍卫们出去追，连个鬼影子也没看到。最后发现两具尸体是离王派出去行刺沈妙的刺客，离王闹心极了。

另一头，周王和静王两兄弟正在交谈。

周王问："你以为是谁干的？"

静王沉吟一下："或许是离王。"

"我也是这般想的。"周王点头，"也许他想借此威胁我，或者他本就怀着和我一样的念头。"

"不过离王向来表面和气，不会做这种撕破脸的事。"静王摇头，"是太子的手笔也说不定。"

"太子？"周王顿住，又点点头，"这些年太子都称病，谁知道是不是障眼法。咱们谁也没有见识过他的手段，如果是他引得我和离王内斗，他就可以享受渔翁之利。"

静王叹了口气："不过有个人你也别忘了，就是老九。"

"老九就算了。"周王摆了摆手，"老九就算是嘴上嚷嚷，也是有心无胆，他都不怎么在朝中走动，哪里来的人脉。能不动声色地跑到周王府闹事，手下至少也是个高人吧。"

"老九没那么简单。"静王道，"你不要小看他。"

"总而言之，"周王叹气，"不管是离王还是太子，都是来者不善。我再查探一番，看看是谁在背后捣鬼。"

静王点头。

周王和离王自然不知道，将他二人派出去的刺客原物奉还的，并非他们所猜的太子或是对方，而是八竿子也打不着的人，不过这招祸水东引果然不错。明齐皇子间的争斗，不知不觉越发激烈起来。

而在时间的流逝中，沈家众人惴惴不安地寻求"合适人选"的时候，明齐皇家的圣旨却迟迟没有下来。倒不是因为别的，而是因为文惠帝近来被一件事情弄得极为头痛。

他问身边的太子："大凉这是什么意思？是要跟明齐对着干吗？朕还从未见过这般狂妄的人！"

太子讷讷地不敢说话。睿王进宫一趟，不知和文惠帝说了什么，睿王走后，文惠帝勃然大怒，摔桌子扔茶杯的，只差没把御书房掀了。

太子猜想应当是睿王说了什么放肆的话，不然也不会把文惠帝气得如此失态。

文惠帝暴跳如雷，明齐如今的国力他比谁都清楚，已经不比老皇帝在世时强盛了。这一次的朝贡宴，做出大国派头，也不过是想掩饰心虚，让大凉和秦国看看，明齐还是很有些本事的。

只是这也是掩耳盗铃的动作，秦国皇甫灏表面待他尊重，实则不怎么样。为了明安公主的死，到现在还抓着大理寺的人不放。

大凉就更不必说了。睿王更是我行我素，瞧不出一点儿对他尊重的意思。文惠帝一直安慰自己是这个睿王性情如此，没想到昨日里睿王来宫中一趟，御书房里谈话，文惠帝有意和大凉交好，却被睿王拒绝了。

文惠帝好歹也是一国之君，失了脸面，自然脸色不大好看。不过睿王根本就不在乎他会不会生气，漫不经心地提起明齐和大凉国土交界处的几座城池，话里话外都是要把城池收回来的意思。

文惠帝当即就变了脸色。

那几座城池倒也不是很大，城池内却有好几座矿山。矿山开采出来的矿石能打造出大件的兵器。城池恰好在明齐和大凉的边界处，从前大凉没在意过这些，城里居住的都是明齐的百姓。如今睿王这话一出，意味着什么？意味着大凉有占领这几座城池的意思！

文惠帝对寸土方圆敏感得很，大凉先是抢几座城池，谁知道后来还会抢什么。如今是看中了这几座，过几日看中了那几座，再过几日看中定京怎么办？再过些日子干脆就带兵踏平了明齐！

以明齐的兵力，是无法和大凉相抗衡的。

睿王是大凉派过来的使者，也就代表着大凉永乐帝的意思。睿王看似不经意的几句话，却透露出大凉的某些野心。而让文惠帝内心叫苦不迭的是，明知道对方的野心，他还不敢直接就将睿王扣下。

做皇帝做得一点尊严都没有，文惠帝心中窝火极了。

“大凉揣着这把野心，谁知道接下来会做什么？你和沈妙的亲事暂且不急。”文惠帝道，“朕现在不能惹恼了沈信，正是关键时候，若是让沈信对朕生了不满，让大凉钻了空子就不好了。”

太子闻言，心中有些失望，却也不好多说什么，就道：“儿臣不急，还是以大事为主。”

见太子如此，文惠帝很欣慰，拍了拍他的肩，道：“朕知道。你放心，朕绝不会坐以待毙，明日与秦太子说说结盟的事，秦国知道大凉的野心，势必也会紧张。等结盟后，就不必忌惮大凉，朕再亲自降旨，沈家的兵权和沈家丫头，都是你的。”

太子微笑着应下，心中有些埋怨大凉睿王，定王好容易给他出了这么个妙计，却因睿王的几句话落空，他心中极不是滋味。

可也无可奈何。

宫中传回来消息，沈妙和太子的亲事暂且被压了下来，虽然不知道是什么原因，荣信公主也松了口气。

那一日她进宫见了文惠帝，希望文惠帝能打消让沈妙嫁给太子的念头。谁知道文惠帝不仅不答应，还对荣信公主发怒，将她“请”出了宫。

气得荣信公主的心疾当晚又犯了一回。

荣信公主对身边的杨姑姑道：“本宫还以为这回帮不了她，心中愧疚。如今暂且压了下来，就有转圜的余地。”

正说着，外头有人进来，宫女福了一福，小声道：“殿下，医馆里的人送药引来了。”

荣信公主一怔，问：“不是已经没有了？”

宫女高兴地道：“医馆的大夫说，昨日有个远商过来卖药，里头恰好有一大篓子那味药，医馆便全都收了。听大夫说足以用到明年，可真是巧极了。”

杨姑姑也跟着笑道：“倒是赶上了好运气。”

荣信公主不甚在意地挥了挥手，道：“送到厨房去吧。”

宫女连忙称是，等宫女走后，荣信公主苦笑着叹了口气道：“原先景行在的时候，也是这么一篓子一篓子地送药引。怎么现在倒成了难得的运气了？”

杨姑姑知道她想起了谢景行，心中伤怀，正想将话头岔开，就听荣信公主道：“扶我去行止院。”

杨姑姑一愣。当初玉清公主过世后，荣信公主恼怒谢鼎，曾将谢景行接到公主府住了一段日子。谢景行生得玉雪可爱，荣信公主特意命人为他造了一处院子，就是行止院。谢景行长大后，偶尔也来公主府住几日，就歇在行止院。

自从两年前谢景行战死后，荣信公主让人将行止院封了起来，除了每日让下人洒扫之外，一律不许人进去。她自己也怕睹物思人，从不踏足行止院一步，今日却破天荒的，两年来头一遭要去行止院看。

杨姑姑有些担忧地搀扶着荣信公主往行止院走去。荣信公主道："近来几日也不知怎的，总是梦见景行……"

荣信公主心里有些不安。

这几日，她每天晚上都做梦，梦见有个紫衣少年郎，脸上戴着半块银面具，她不晓得那是谁，就伸手揭开对方的面具，那人长了一张和谢景行一模一样的脸，却唤她荣信公主。

是大凉睿王的声音。

荣信公主每每从梦中惊醒，只觉得后背都被汗水湿了大半。她想着，莫不是那一日见着沈妙和睿王纠葛，因为对方小字，而将谢景行和睿王混作一人，以至于到了夜里都魔怔的地步。

想得越多，她心里也就怀念谢景行越多，想着今日去行止院看看。

屋子里还是和两年前一模一样的摆设，因日日有人打扫，一点儿灰尘也没有落下，看上去崭新整洁。

架子上摆的都是谢景行从小到大喜欢玩的小玩意儿，椅子上还搭着谢景行旧时的衣衫。

荣信公主走到椅子边，将衣裳拿起来，伸手抚过上头的纹路，怀念道："和从前一模一样。"

杨姑姑道："上头的金线还崭新哩。"

荣信公主扑哧一笑，道："景行这孩子规矩多，小时候穿衣裳，偏偏喜欢紫色，本宫嫌紫色老成，要给他绣上花，他却嫌弃得很。后来还是宫里的绣娘用金线在袍角衣襟处绣了暗纹才肯穿。想要华丽，却又不想太张扬，鬼主意多得很。"

杨姑姑也跟着笑："小侯爷金尊玉贵，紫色贵重，也就只有小侯爷穿着才会这般好看。"

荣信公主笑起来，一边抚摸着袍角用金线绣着的暗纹，可是笑着笑着，她就笑不出来了。

神情渐渐变得凝重。

正如方才她和杨姑姑所说，谢景行对衣裳十分挑剔，喜爱穿紫衣，喜欢华丽，却又不想过分张扬，一定要用暗金色的丝线在袍角或是衣襟绣花纹。因为他要求高，那丝线很细，花纹也是很特别的。

可那一日在宫里，与沈妙拉拉扯扯的睿王，穿着紫金袍，拽着沈妙的手往上，衣袖处的金线和谢景行从前惯穿衣服上的一模一样。

荣信公主身子不好，眼睛却没瞎。当日她瞧见睿王，听沈妙唤睿王谢景行，也有一瞬间将睿王当作谢景行，可后来瞧睿王的神态和气质，却又十分陌生，听了睿王解释，便打消了这个念头，但她总觉得有什么地方不对劲，回到公主府后，也频频想起谢景行和睿王二人。

她一直以为自己对此耿耿于怀，是因为睿王和谢景行的小字一模一样，现在终于明了，和名字无关，仅仅是因为她看见了对方的衣袖边角。

母亲对孩子的事总是格外上心，哪怕只是一件小事。衣袖纹路她记得清楚，只是自从谢景行死后，她已经两年未瞧见过这个纹路，一时间没有想起来。今日在这里却想起来，和睿王衣袖边角的花纹一模一样。

有的事，冥冥中便已注定，有时候仅仅需要一个引子，就能把所有散乱的珠子牵起来串好，一切便都有了答案。

一样爱穿紫衣，一样的袍角纹路，一样叫景行，一样和沈妙有着特殊的关系。

荣信公主突然就想起那一篓子药引来。

为何之前一直没有，今日就有了？是因为前些日子她当着睿王的面犯了心疾，没过几日就有远商过来卖药材？

巧合发生太多，也就不是巧合了。

怀疑的种子一旦发芽，断没有长回去的道理。它在心中飞快抽出枝条，飞快向上长成参天大树，直到不可动摇地深深扎根于土壤，坚不可摧地立在那里。

荣信公主猛地蹲下身去，按着自己的心口，杨姑姑吓了一跳，只见荣信公主面色惨白，额上大滴大滴地渗出汗珠，连忙高声叫道："来人！快叫大夫来！公主心疾又犯了！"

一只手猛地握住杨姑姑的手，荣信公主面色痛苦，语气却十分坚决，她道："扶我回书房，拿封帖子过来。"

她必须亲自验证一件事。

沈妙一觉醒来，罗雪雁欢喜地告诉她，她与太子的亲事暂时被压了下来。沈信打通了宫里的关节，方知原是和睿王有关。

听闻是睿王和文惠帝闲谈的时候，无意中提起过边关的几座城池，文惠帝担心大凉来者不善，在这个紧要关头，必须要好好拉拢沈信这个强将，因此暂时不会提起沈妙的亲事。

罗雪雁道："睿王这头来得巧，却解了娇娇的燃眉之急。有了更多的时间，咱们就能慢慢替娇娇挑选合适的才俊了。"

沈妙不由得为谢景行的手段所折服，自己觉得困难的危局，到了谢景行手里就这么轻而易举地化解，反倒显得她很无能似的。

罗潭说："小表妹，你将这书抓得这么紧做什么，书页都要抓破了。"

沈妙这才回过神，忙松开手。

罗潭双手托着下巴，促狭地看着她："哎，你是不是在想，凌哥哥、苏公子、冯大哥，这三人都是顶好的，想不清楚到底选哪一个才好？"

沈妙道："想太多。"

罗潭还要说什么，就见罗凌自外头走了进来，罗潭吐了吐舌头，喊了一声："凌哥哥。"

罗凌笑道："你们在说什么？"

"在说小表妹的亲事。"罗潭大大咧咧地道，"小表妹这不是还没决定嫁给谁吗，我过来打听一下消息。"

沈妙没什么反应，罗凌有些尴尬，拿手抵在嘴边轻咳两声，左右看了看，就道："表妹，平安坠还喜欢吗？"

"平安坠？"沈妙眉头一皱，"什么平安坠？"

罗凌一愣，就道："就是我昨日……"

话没说完，就被外头的下人打断了，说罗雪雁让沈妙去前厅一趟。

罗凌咽下到嘴边的话，让沈妙先去。沈妙对他歉意地笑了笑，道："等会儿再与凌表哥说了。"

等到了前厅，才知道原来是公主府的人来沈宅了，说荣信公主给沈妙下了帖子，让沈妙去公主府一趟。

荣信公主救了沈妙几次，沈信夫妇对她十分感激，断没有拒绝的道理。沈妙接了帖子，心中却异常沉重。

可逃避不是办法，麻烦找上门了。

荣信公主，终究还是怀疑了。

第二日午后,罗雪雁让沈信准备了一马车的礼物，让沈妙带到公主府去。

沈丘为了防止意外，让沈妙随身带了许多侍卫。尽管如此，一路上沈妙的神情都称不上轻松。

不知不觉，在沈妙还没将对策思索出来的时候，马车已经到了公主府门口。公主府的下人们恭敬地将她迎进去，沈妙让莫擎他们几个留在府门口，帮着将送给荣信公主的礼物搬到库房，宫女带着沈妙往里头走。

却是直接带着她到了荣信公主的寝屋。

荣信公主正在喝厨房送来的甜汤，见沈妙到了，吩咐下人给沈妙也盛了一碗，笑道："新来的厨子很会做点心甜汤，本宫吃着比宫里的好，你也尝尝。"

沈妙谢过荣信公主，端起碗来小口小口地尝，一边吃一边端详着荣信公主的脸色。

荣信公主比起宫中偶遇那日的气色好多了，脸色红润了不少，心情也不错，面上带着笑容。

沈妙道："公主瞧着身子好了许多。"

"医馆那头近来碰巧收到合适的药引，厨房日日煎药给本宫喝。"荣信公主感叹，"也真是运道，从前想要找这味药材，已是十分不易，没想到竟然在这时候撞上了。"

沈妙顺着荣信公主的话说，心中觉得有些古怪。荣信公主不是这么琐碎的人，这点子事不至于特意拿出来说。

她本来以为今日荣信公主要问起谢景行，没想到荣信公主半句也没提，反而话锋一转，说起前些日子文惠帝压下沈妙亲事的话来。

"那日你走后，本宫向皇兄求情，想让他打消这个主意，皇兄也未曾应允。后来还是托了睿王的福。"她看向沈妙，笑道，"想来沈将军已经打听过原因，也告诉了你吧。"

沈妙点了点头，心中暗自警醒。

"虽说这话有些大逆不道，不过也得感谢睿王，若非他这么一句话，皇兄也不会改变主意，你的亲事不会如现在这样被压下来。"

沈妙沉默不语，荣信公主突然拉起她的手，笑盈盈道："你与大凉睿王关系匪浅，本宫到底比你年长许多，看人也是一样。睿王身份特殊，本宫想着你年纪小，难免上当受骗，没想到他是个讲义气的人，这一次开口恰好卡在这个关头，本宫想，说不是故意的话，就有些勉强了吧。"

沈妙越发谨慎，面上丝毫不显，只是微笑着答："睿王是人中龙凤，臣女是浮游草芥，自是不能相提并论。"

这便是婉言否认和睿王关系亲密一事了。

“本宫知道你是害羞。”荣信公主今日尤其执着古怪，“本宫不会说出去的。”

沈妙还想说话，荣信公主却又转头说起别的事情了。

荣信公主今日兴致勃勃，拉着沈妙说了许久。方才说起睿王，沈妙还以为荣信公主会继续追问下去，没想到荣信公主却又转头问起近来罗雪雁可有给沈妙相看合适的青年才俊。

从晌午东拉西扯聊到了夜色降临，荣信公主都没有结束话头、送沈妙回府的意思。

等到最后一壶茶喝完，荣信公主站起身，惊蛰、谷雨心中微微松了口气，想着终于可以回沈宅了，谁知荣信公主又亲切地拉着沈妙的手，笑道：“陪我去院子里转转吧。”

惊蛰和谷雨张大嘴巴，黑灯瞎火的，外头冷得很，逛什么院子，也不怕着凉。皇家的公主都有这种怪癖?

沈妙却是看明白了。荣信公主醉翁之意不在酒，可她无法拒绝。

她道：“好啊。”

出乎惊蛰和谷雨的意料，荣信公主带沈妙逛的院子，原来是一处偏院，夜色里门口没有打上灯笼，看不清楚牌匾上是什么字。

荣信公主拉着沈妙跨进屋里，笑道：“这院子叫行止院。”

沈妙心中咯噔一下，就知道荣信公主接下来要说什么了。

果然，荣信公主一进屋，就很怀念地双手抚过架子上的一些小玩意儿，笑道：“这里是景行住的地方。”

“景行自小就没了娘，玉清走后，本宫怜惜他身世坎坷，又恼恨临安侯不安于室，惹得后院失火，也怕方氏再使出什么阴毒的手段，就将景行抱回公主府养着。

“景行生来调皮，和本宫亲近。本宫没有儿子，想着若是一直将景行养在身边也不错，后来就在这里为景行修了行止院。

“景行在本宫这里被养得很好，临安侯来要了好几回人，甚至从皇兄那头入手，本宫也照样不领情。后来方氏生了两个儿子，本宫就将景行还回去了。”荣信公主转身看着沈妙，“你可知道为什么？”

沈妙思忖片刻，道：“因为谢小侯爷是临安侯府的嫡子，临安侯府本该由他继承。若是小侯爷一直留在公主府，就会被方氏和谢家两个庶子兄弟钻了空子，指不定临安侯的位子日后也会落入他兄弟二人之手。”

荣信公主闻言笑道：“本宫早就知道你是个通透人。”

沈妙微微一笑，不置可否，若是换成婉瑜和傅明，她也会让婉瑜和傅明回去。本就是自己孩子的东西，凭什么被别人白白占了便宜？

“景行回去了，都说血浓于水，本宫生怕他和临安侯好了，受小人挑拨，反而会对本宫和玉清有所怨言。可是让本宫意外的是，他和临安侯的感情一直不怎么好。有时候本宫想，他和临安侯看着真不像是一对父子，又何来血浓于水的说法？”

沈妙的心高高悬了起来。

荣信公主拿起架子上的一面小镜子，道：“其实不是和临安侯看着不像父子，和玉清也不怎么像。临安侯是个浑人，却优柔寡断，否则也不会被方氏算计。玉清就是个傻的。景行却和他二人的性子都不一样。景行瞧着顽劣不堪，做事却极为果断。他曾得了一把称手的宝剑，被他的好友看中，好友未说，他却看在眼里，后来就说看中了友人的镜子，将自己的宝剑做了交换。本宫问他，明明不喜欢那面镜子，为什么要说谎呢？他却告诉本宫，因为他并不喜欢那把宝剑。他好像很小的时候就很清楚自己要的是什么，不要的是什么，不要的东西不会多看一眼，要的东西一开始就牢牢抓在手中。”

荣信公主盯着沈妙，有那么一瞬间，沈妙觉得荣信公主和谢景行在某些方面还是有些相似的，那种逼人的压迫感，从这个已经不再年轻的皇室公主身上重新展现出来。

她开口道：“本宫想，临安侯在他眼中，或许就是不需要的东西，所以从一开始，他也不曾对临安侯有过什么亲情。本宫一直以为，本宫是他要牢牢抓住的人，可是现在看来，本宫错了，本宫也是他不需要的人，对吗？”

那一句“对吗”，问的却是沈妙。

惊蛰和谷雨已经被杨姑姑拉了出去，屋里没有旁人。沈妙安静听着，开口道：“小侯爷是将公主放在心上的。”

“沈妙，本宫知道你冰雪聪明，又善于揣度人心，所以你也不必哄本宫了。”荣信公主冷笑一声，“如果景行真的将本宫放在心上，又怎么会以假死的消息来欺骗本宫，又怎么会看着本宫得知他的死讯整日无法安睡，明明一开始就打点好了一切，却要欺骗本宫的信任和真心，明明近在眼前却不肯相认，用拙劣的借口敷衍。沈妙，你告诉本宫，这是将本宫放在心上吗？”

说到最后一句，语气陡然间变得锋利，几乎带了几分愤怒的质问。

沈妙心中一沉，到底还是知道了。

可她还是不能承认。

荣信公主是明齐的公主，谢景行是大凉的睿王，一旦这个消息被证实，会给局势带来什么样的变化，会给谢景行带来多大的麻烦，谁都说不准。

即便荣信公主心中已经认定了。

她道："臣女不明白公主在说什么。"

荣信公主轻蔑地看着她，道："你可知欺骗皇室是什么罪名？"

"欺君之罪。"沈妙答。

"通敌叛国，欺君之罪，这八个字就足以令你们沈家满门抄斩，株连九族。当初沈万的事情你也看到了。你可知你现在说的是什么话，你对本宫说的又是什么谎？"

沈妙道："臣女什么也没说。"

"不见棺材不落泪是吗？"荣信公主的声音透着刻骨冷意，"本宫想要你死，是轻而易举的事。若你今日的回答不能令本宫满意，本宫只要向皇兄稍稍那么一提，等待你们沈家的，将是灭顶之灾。你要为了你一个人的任性，而让父母兄长都赔上性命？"

沈妙沉默不语。

荣信公主慢慢道："现在告诉本宫，睿王就是战死的谢景行，是吗？"

"不是。"坚定的两个字，未曾有一分动摇地从沈妙的嘴里吐出来。

"沈妙！"荣信公主愤怒地盯着她，"本宫会让沈家获罪！"

"凡事要讲证据。"

"只要本宫愿意，不需要证据也能治你的罪！"

沈妙心中几乎要冷笑起来，傅家人就是这样，就是这么强势霸道。哪怕是看上去最为刚正不阿的荣信公主。

人都是复杂的，人性都是自私的。

"本公主再问你一次，睿王是不是谢景行？"

"不是。"

"来人！"荣信公主面色一沉，"把沈妙给我……"

她的话还没说完，剩下的就咽下了喉咙。

自窗外跃进一个紫色身影，他是从后窗跃进来的，后院无人守候，因此也无人瞧见他。那人一身暗紫锦衣，袍角处金线绣着的却是荣信公主最熟悉不过的图案。

他进屋后，先是瞧了一眼，走到沈妙面前，又在荣信公主面前站定，这才懒洋洋地、不紧不慢地开口道："她胆子小，容姨别吓着她。"

荣信公主在瞧见这人之后便一直噤声，呆呆地立在原地，待听到这一声容姨，伸手指着对方，颤抖着说不出话来。

这算不得多宽敞的屋里，灯火摇曳，微微晃动，那人把玩着拇指上的扳指，戴着半块银面具，面具泛着冰冷的光，一点儿没让人觉得温暖。

沈妙不可置信地盯着谢景行，她万万没想到，谢景行敢在这时候出现，堂而皇之地出现在公主府，出现在荣信公主的面前。

他怎么敢？

荣信公主颤巍巍地指着他，问："你叫本宫什么？"

屋中的紫衣青年身材挺拔修长，慢慢伸手抚上自己的面具。

面具被他拿了下来，让人得以看清楚他出色的五官。

无双美貌，艳骨青松。

一个陌生的谢景行，一个和招摇炫目的俊美少年截然不同的年轻男人，可身上还隐隐约约看得出少年时骄狂的影子。只是如今那骄狂被压了下去，取而代之的，是一种危险的、可怕的锋芒。

他将面具戴了回去，漫不经心地有些懒散地开口："别来无恙，容姨。"

荣信公主怔了很久，才从震惊中回过神。

她看着谢景行，以一种陌生的目光上上下下打量着他，语气不明道："本宫该叫你睿王还是……谢景行？"

话里的疏离和防备让沈妙忍不住大吃一惊。

谢景行道："公主随意就好。"

"药引是你送来的吗？"荣信公主问。

谢景行但笑不语。

荣信公主也笑："睿王的东西，本宫也不敢白白收了。这些药材价格也不低，回头本宫会让人将银子送到睿王府上去。多谢睿王了。"

"不必。"谢景行道。

"睿王来这里是为了……"荣信公主的声音客气而警惕，不像是面对死而复生的"儿子"，倒像是敌人。

"她什么都不知道。"谢景行道，"公主有什么疑惑，直接问我，不必为难她。”

“我哪里敢为难她。”荣信公主冷笑，语气有些复杂。

“不为难就好。”谢景行走过来，搂住沈妙的肩，不顾沈妙是什么神情，就道，“今日之事，改日本王会亲自登门解释，公主对本王有什么不满和误会，不必连累他人。”他挑唇一笑，“睿王府随时等候。”

说罢，也不顾荣信公主是什么反应，他带着沈妙几步上前，从窗户掠了出去。

沈妙被今日谢景行的举动惊着了，被人掳出公主府都没什么反应。她怎么都没想到，谢景行竟敢这样出现在公主府中，更让她吃惊的是荣信公主的态度。

在死而复生的谢景行面前，荣信公主的怀疑多过高兴。

沈妙的耳边又响起荣信公主的话语来。

“他好像很小的时候就很清楚自己要的是什么，不要的是什么，不要的东西不会多看一眼，要的东西一开始就牢牢抓在手中。”

是不是谢景行从小就知道会有这么一天，所以才把这些亲情归于“不要”的那一部分？

其实不是不要，而是要不起。

沈妙的心里，突然就有些不是滋味。

谢景行只将沈妙带到公主府外，沈家马车还在外面等着。莫擎和阿智瞧见她出现在府门口，有些意外。

阿智问：“小姐怎么一个人出来了，其他人呢？”

谢景行已经不见了。

正说着，惊蛰和谷雨气喘吁吁地跑出来，惊蛰道：“奴婢们在外面等着，杨姑姑说您出来了，奴婢还以为她骗人呢。”她又左右看了看，困惑不已，“奴婢们在外面守着没看见姑娘什么时候出来的，公主府里有其他出口不成？”

沈妙摇了摇头，想着今日在公主府发生的一切，只觉一个头两个大，道：“先回去吧。”

马车启程的时候，沈妙忍不住撩开车帘回头望了一眼，漆黑的夜色掩盖了一切，沉沉的没有月光，什么也看不见。

离公主府不远的某个角落，紫衣青年默然目送马车远去。

高阳将折扇折好收于腰间，看着面前的俊美青年，问：“值得吗？”

“总会有这一天。”

“不觉得可惜？”

谢景行微微挑唇："缘分到头而已。"

高阳不说话了，半晌摇了摇头，拍了拍谢景行的肩。

从公主府里转出两个婢子，手里拿着一筐东西，将筐里的东西倒了，罢了将筐子一并扔在地上。

有个婢子很惋惜地道："这点东西花了不少银子，就这么扔了真可惜。"

"你知道什么。"另一个婢子瞪了她一眼，"谁知道有没有毒，好了别看了，走吧。"

两个婢子转身回了公主府，地上只有一只筐子孤零零地剩着。

却是早前被医馆送来的，"非常碰巧"收到的荣信公主心疾的药引。

高阳面上带了几分不忍，想要劝慰几句，谢景行却已经走远了。

他锦衣华服，身材挺拔，悠然从容地行走于夜色中，满身都是挡不住的风华。

只是那背影，到底有几分寂寥。

沈妙回了沈宅，众人见她安然无恙地回来才松了口气。沈妙心里有事，推说疲乏想早点休息，众人不疑有他。沈妙回到寝屋，让惊蛰和谷雨下去，自己烦躁地走到窗边，推开窗往外看，天空仿佛泼墨，冬夜的定京城里里外外都透出一股萧瑟冷清的感觉。

她想了一会儿，又转身回到屋里，从箱子里取出一件深红锦毛披风罩在身上，走到窗户边，小声唤了一声："从阳。"

一个黑影从树上落了下来，在沈妙面前站得笔直，恭敬道："少夫人有何事吩咐？"

沈妙如今已经自发地听不到从阳的称呼了，她犹豫了一下，道："你带我去见谢景行。"

从阳张大嘴巴，倒吸一口凉气。

沈妙被从阳看得有些恼羞成怒，就道："你到底有没有办法？"

"少夫人，"从阳一脸为难，"属下现在不知主子在什么地方。"

沈妙皱了皱眉，从阳日日在沈宅盯着她，的确不可能知道谢景行的下落。

她当机立断对从阳道："你带我去睿王府。"

从阳面露难色，沈妙见状皱眉问："你连这个也做不到？"

从阳连忙解释："属下一个人自然能做到。不过带着少夫人就不能做到了。"

沈妙问他："你可会轻功？"

从阳忙不迭点头。

“那就行了。”沈妙道，“你抓着我带我去睿王府。”

她这话一出，从阳就连连摇头，目光里甚至有几分惊恐，道：“不可！”

“又怎么了！”

从阳道：“男女授受不亲。”

沈妙：“……”

她就不知道谢景行这是打哪儿找来的侍卫，比女子的规矩还要多。接下来任凭沈妙怎么说，从阳就是不肯“带”她去睿王府。

沈妙也犯难了，总不能半夜三更出正门，这又要怎么对罗雪雁解释。

她看着院子外的墙，脑中突然灵光一现。谢景行搬到衍庆巷时，因不缺银子花，干脆将睿王府到沈宅之间相邻的所有宅院都买了下来，还美其名曰邻居。

既然是相邻的宅院……沈妙道：“翻墙吧。”

从阳呆呆看着她，似是不相信自己的耳朵。

沈妙瞪了他一眼：“你是听不见我的话？”

“是是是！”从阳一个激灵站直身子，也不敢去打量沈妙是什么神色。

接下来，从阳觉得痛苦极了，先前他以为沈妙要自己翻墙，然而沈妙所说的翻墙是指在一面墙的两边都摞起垫脚的东西，摞成阶梯状，沈妙再从墙这一面走到另一面。

等沈妙“翻”过最后一堵墙，来到睿王府的时候，从阳已经累得不想说话了。

沈妙还在看睿王府的布置，只觉果然如传说一般富丽堂皇，面前突然多了一个穿着黑衣的中年男子。

“铁衣！”从阳喊道，随即问，“其他人呢？”

叫铁衣的侍卫看着沈妙，却问：“沈小姐登门可有要紧事？”

沈妙瞧着对方似乎是认识她的，估计是谢景行的人，就道：“我找睿王，有些话要说。”

铁衣道：“主子在后院，跟我来吧。”

池塘里的水都已经结冰，夏日风荷举，锦鲤嬉游，到眼下不过一片白茫茫。似乎再好的时日总会有过去的那一刻，就如同春日里开的花，总有一日要凋零。

紫衣青年懒洋洋地睡在树上，双手支着脑袋，面具也没取下，树上挂着风灯笼，微光下，神情说不上萧索，也谈不上快乐，只是有些寂寥。

树下白虎不时拿爪子挠一挠树干，偶尔拿嘴去咬落在地上的冰凌子，嘎吱嘎吱的，在夜里清晰可闻。

沈妙一进来，入眼的就是这幅景象。白虎见有人来了，立刻站起来，猫着身子警惕地看着她，嘴里发出低低的嚎叫。

“嘘，娇娇。”谢景行道，“安静。”

沈妙：“……”

她走到树下，抬起头看着睡在树上的人，道：“你在叫谁？”

谢景行低头，看见沈妙，愣了一下，问：“你怎么来了？”

“公主府里的话还没说完，就过来看一看。”

谢景行扫了她一眼，没有从树上下来，低笑一声，道：“你是关心我才来的？”

“怎么想是你的事。”

“难道你以为我会伤心？”谢景行的神情越发有趣，“真是天真。”

“没有就最好了。”沈妙心平气和地开口。

谢景行盯着天上，懒洋洋地摆手：“你回去吧，我没事。”

沈妙没有回去，静静看着树上的青年。

过了半晌，她问：“谢景行，你想灭了明齐吗？”

空气在一瞬间沉寂下来，有细小缠绵的灯花从风灯笼里漏出一两丝。

灯光昏暗，树枝掩盖了青年的神色，即使看得见，隔着面具也看不清他的神情。只看得到华丽的紫色衣袍垂下一角，绣着金线的图案在光下熠熠生辉，那些丝线交错纵横，隐隐约约勾勒出瑞兽的图案。

似乎是龙。

他没有回答。

白虎轻轻呜咽一声，转身跑到草丛里去了。

沈妙背靠着树，淡淡道：“倘若你最后是想灭了明齐，中途的所有人都是可以取舍的，道不同不相为谋，有的人很好，可注定不是一条道的。不是一道的人，管他做什么。”

谢景行哧地一笑，声音自头顶传来：“你在安慰我？”

“不，我在安慰我自己。”沈妙答。

她能理解谢景行，她和谢景行到底有些不同。谢景行是男人，并且更加杀伐果断，相信今夜一过，他还会是那个胜券在握的睿王，没有什么难得倒他，也没有什么能阻挡他的步伐。

“你也有伤心事吗？”谢景行调侃。

“我的伤心事不比你少。”沈妙微笑着道，“至少荣信公主还活着。”

就像她的婉瑜和傅明，她可以救很多人，唯独这两个救不了。无论她今后能否大仇得报，或是连同沈家一起过得平平安安，这份遗憾永远没有弥补的机会，只能在夜里翻来覆去地咀嚼。

“你也知道迟早都会有这么一日，又何必过多牵挂。尽人事听天命，做过的事已经仁至义尽，其余的再过分，也不过是缘分走到尽头而已。”沈妙道，“没有谁是该一辈子和谁走一条道的。譬如我的亲事，傅修宜和我不是一条道的，太子不是和我一条道的，皇甫灏不是，冯子贤不是，罗凌不是，裴琅也不是。”

傅修宜和太子是傅家人，自然就是仇人。皇甫灏心怀鬼胎，冯子贤太过温厚，罗凌个性正直，怎能懂她心里的阴私算计。至于裴琅，他们纠葛复杂，永远不可能坦诚相待。

“你这么说，天下就没有和你是一道的人了。”谢景行提醒。

“事实如此。”

“你这样安慰我，会让我有一种错觉。”谢景行微微一笑，“你是和我一道的。”

风卷起地上的碎叶，从湖面吹过。湖面结了冰，坚硬如磐石，不可动摇。

可似乎也能恍惚透过湖面，瞧见春日里微风拂过，水花漾开，一池春水泛起粼粼波光，一派花红柳绿的好景象。

沈妙声音轻轻的，比夜里的风还要轻，散在空中。

她说：“谁说不是呢？”

你这样安慰我，会让我有一种错觉，你是和我一道的。

谁说不是呢？

面前的树影一闪，有人从树上掠下。

“你觉得，我是大凉的睿王，还是临安侯府的侯爷？”他问。

沈妙靠着树，双手背在身后，看着他的背影，道：“这很重要？”

“我也以为不重要。”谢景行平淡地述说，“从我知道自己的身份开始，就有人不断提醒我，这很重要。”

“临安侯懦弱无能，优柔寡断，不配为人父。真正的谢景行就算当初没有夭折，也一样会死在方氏手中。”

“容姨待我很好。”

“我以为对她来说，我的身份并不重要。”

“但现在看来，我犯了一个很大的错。”

他淡淡道：“对天下人来说，这个问题，自始至终都很重要。”

沈妙盯着他的背影，良久后才道：“对我来说不重要。”

谢景行轻声笑起来。

他转身朝沈妙走过来，在她面前停下脚步，问：“你可知道我是谁？”

“你只是谢景行而已。”

“只是？”他微微不满。

“你骗得了别人，骗不了我。”沈妙看着他的面具，“一开始我就知道你是什么样的人。从我认识你开始，到结盟结束，你就只是谢景行，而已。”

谢景行意味深长地哦了一声。

他又上前一步，沈妙下意识后退，她本就靠着树，这会子背抵在树上退无可退，却被谢景行挑起下巴。

谢景行道：“你是不是觉得我很残忍？”

“不觉得，我也一样。”沈妙答。

“那你知不知道，我不是好人？”他的声音低沉动听，在夜里和着冷冷的风灌进耳朵，教人浑身发烫。

沈妙再往后缩，却不愿被低看，只道：“知道，我也一样。”

谢景行扶住她的腰，将她拉向自己。面具挡着他的脸，让他的英俊都带着一丝蛊惑人心的神秘。

他道：“那我现在能回答你的问题了。”

“什么问题？”沈妙不解。

“你问我是不是要灭了明齐。”

沈妙盯着他，那双漂亮的眸子里尽是璀璨流光，深邃得几乎要把人吸进去一般。

“那你的回答是什么？”她问。

“如果我说是，你要告发我吗？”谢景行笑得邪气。

沈妙慢慢道：“不会。因为我也一样。”

只一句话，却让谢景行的目光有些变化。

像是从冷漠冰原里盛开了簇簇火花，看不出来喜怒，他只问：“你知不知道自己在说什么？”

沈妙沉默。

他咬牙切齿地说：“沈妙，你不要后悔，上了我这艘船，这辈子就别想下去了。”

他突然俯身朝沈妙吻下去。

沈妙下意识要躲开，却被谢景行揽着腰搂进怀里。他冰凉的面具碰到了她的脸，禁锢着她的手，粗暴地吻上她的唇。

耳边有呼呼风声，然而美貌青年的怀抱如此强势，亲吻灼热，仿佛穷尽一生也无法逃开。

谢景行松开沈妙的时候，沈妙险些瘫软下去，觉得自己表现失态，恼羞成怒，被谢景行扶着不让她掉下去，只好怒视着谢景行。

可她不知道自己方才被吻过，一双眼睛漾出水光。水灵灵，俏生生，红唇如花瓣，教人更想爱怜。

谢景行移开目光。

沈妙除了尴尬和愤怒外，还有一丝不知所措。

“说说你的亲事。”谢景行恢复了玩世不恭的语气，“现在你有什么打算？”

沈妙莫名其妙地看着他：“什么打算？”

谢景行眯眼瞧她，语气危险：“太子、罗凌、冯子贤、苏明枫、裴琅，你想嫁的是谁？”

沈妙皱起眉，作势要认真思考。

谢景行目光一凝，语气不善道：“你还真想嫁给别人？”

“我为什么不能嫁给别人？”

“亲了我，摸了我，还敢给我戴绿帽子。沈妙，你胆子不小。”

沈妙微微笑起来：“你该不会想让我嫁给你吧？”

“你总算聪明了一回。”

沈妙一愣，她不是没想过和谢景行之间的关系。他二人说是盟友，可到底比盟友更暧昧些。夜里异样的心跳，让沈妙也觉察出一些东西。

可谢景行是大凉的睿王，她是明齐的将军嫡女。且不说明齐这头能不能同意，永乐帝那边只怕不好交代。

沈妙还在走神的时候，只听谢景行又道：“你什么都不用担心，乖乖在屋里绣嫁衣等我。”

“我什么时候答应嫁给你了？”沈妙反问。

“哦？”谢景行稍稍思索一下，挑唇笑了，“我也不介意在今晚就生米煮成熟饭。”

沈妙目光警惕地看着他，谢景行道：“看样子你很是期待。”

沈妙决定不和谢景行再这样说下去了，就道：“太子的事情，我有一个办法。”

谢景行挑眉：“你早就有了对策？”

“突然想到的。”沈妙强调，“要你帮忙。”

“要我帮忙？”谢景行微微一笑，看着她低声道，“夫君帮你。”

沈妙：“……”

定王府中，这一夜灯火通明。

傅修宜在得知沈妙和太子的亲事被压了下来，是因为睿王“无意”间的一句话，当夜就让所有幕僚都到定王府，谈论这件事情的始末。

“之前猜测沈妙和睿王关系不简单，如今拿太子一试，果然露出马脚。”傅修宜冷笑一声，“沈妙一有动静，睿王就坐不住。”

裴琅垂首站在下面，这些日子，傅修宜一改从前对他的器重，在很多事情上都不再过问他的意见。裴琅知道，傅修宜这样聪明的人，莫名其妙地冷落他，一定是发现了一些端倪。

“裴先生怎么看？”今日破天荒的，傅修宜却问起了他的意见。

裴琅心中一跳，道：“属下以为，应当立刻去查探沈家同睿王或是大凉间有什么关系。沈妙身份特殊，代表着明齐最重要的兵权，若是沈家和睿王私下里达成了什么协议，只怕……”

傅修宜道：“先生说得不错，不过我今日打听到一件事情。”

众人等着他说出后面的话。

“沈妙今日在荣信公主府上待了一日。公主身体不好，却独独留了她到夜晚，而且沈妙离开后，公主看起来心情也不好。”傅修宜笑笑，“会不会公主也知道什么。”

一名幕僚沉默片刻，道：“也许荣信公主知道内情，殿下不妨从荣信公主那头入手，也许能找出蛛丝马迹。”

“我也是这样想的。”傅修宜看向裴琅，“沈妙背后有沈家这座靠山，本人也十分古怪。睿王独独对她的每件事出手相助，其中一定有什么隐情。如果荣信公主也掺和进来，事情就更有趣了。”

“纸包不住火，他们之间的秘密，我一定要揭开。”傅修宜笑得意味深长，“还得仰仗诸位了。”

众人连称不敢，裴琅低着头，心中划过一丝不安。

荣信公主在行止院坐了整整一夜。

谢景行未死，反而成了大凉的睿王。过去两年间，荣信公主无数次希望一觉醒来，那个傲气俊美的少年还会站在她面前，懒洋洋地唤一声容姨。然而真正当这一刻来临时，荣信公主的第一个念头，并不是欣慰。

他穿着尊贵的紫金长袍，袍角可以用金线堂而皇之地绣上飞龙；他戴着冷冰冰的面具，熟络地与她打招呼，却顶着一个睿王的头衔。

那却是来自大凉的最大威胁。

在其位谋其政，她是明齐的公主，皇室独有的骄矜和多疑总会在这时生出来。

她在桌前写信，是给文惠帝隐晦的提醒，写了一半又停笔，将面前的纸扯碎。

谢景行没死便罢了，怎么会变成大凉永乐帝的胞弟睿王？是谢景行本就是大凉人，还是因为机缘巧合，被大凉的人收买？

沈妙一定知道什么，可肯定不会说，谢景行护着她，荣信公主也不好动作。思来想去，荣信公主总算想到了一个人。

平南伯世子苏明枫。

荣信公主唤下人去拿帖子来。

第七章　太子之死

日子越来越逼近年关。

文惠帝自前些日子被睿王一番野心勃勃的“闲谈”惊住以后，越发起了和秦国结盟的心思。随着文惠帝表现出的诚意越来越多，皇甫灏的态度也有所松动。

明安公主的事情暂且不提，睿王对文惠帝说的话，最后也传到了皇甫灏耳中。听到这番话时，皇甫灏就有些坐不住了。

正如文惠帝所担心的，大凉志不在几座城池，而是定京乃至整个明齐，那么明齐就危险了。唇亡齿寒，单单一个秦国也不是大凉的对手，秦国和明齐结盟的目的，只是为了牵制大凉。

皇甫灏将消息传回秦国，秦国皇帝虽然也恼怒白白折了一个公主在明齐，可和整个秦国的江山大业相比，公主就实在是微不足道了。

秦国皇帝让皇甫灏暂且压住明安公主一事，务必和明齐结成同盟交好。

一个有意结盟，一个正愁没有帮手，一拍即合，面上一派其乐融融，文惠帝和皇甫灏的关系倒是近了不少。

文惠帝有心扶持太子，之前本想将沈妙嫁给太子，谁知会突然窥见大凉的野心，一时不敢对沈家下手，这会儿皇甫灏过来，恰好可以让皇甫灏与太子多走动走动，让皇甫灏承太子一个人情。

世上之事，自有千丝万缕的联系。聪明人善于在这些关系中寻找可以利用的地方，普通人一个不小心，就会迷失在各种交错里。

员外郎府上。

沈冬菱正在喝茶。

上好的叶儿青，生长在南国险峰，一小撮就是几百两银子。她穿着江南织锦的袄裙，环佩叮咚，十分俏丽娇艳，一眼看去，是个养尊处优的娇媚少妇。

人往高处走，水往低处流，员外郎府上虽然看着不比别的官家，可也算是富得流油。沈冬菱一直以为王家是跟着周王的，嫁过来才知道，王家真正的主子是太子。王家和走私盐贩子有些往来，银钱源源不断流入了太子府，不过就算是雁过拔毛，扣下来的雁毛也让王家满足了，要知道私盐本就是一本万利的生意。

员外郎家就王弼一个独子，王家几乎是王弼在做主，自然而然，沈冬菱就成了王家的当家主母。

今日王弼从外面回来，将手里的糕点随手递给丫鬟，道："路过广福斋，顺手给你买了你爱吃的云片糕。"

"夫君有心了。"沈冬菱笑盈盈地与他倒茶，"夫君今日高兴得很，有什么好事发生？"

王弼道："陛下让皇甫灏与太子多加接触，大约是要和秦国交好。这样的人情陛下送给太子，显而易见是要扶持太子。咱们既是太子的人，等太子日后继承大统，只会给我们一份功劳。"他笑着看向沈冬菱，"你说该不该庆祝？"

沈冬菱绽开一个笑容，道："真的？"说罢又轻声道，"夫君真是厉害，妾身跟了夫君，真是妾身前世修来的福气。"

被一个千娇百媚的女人用如此崇拜的目光看着，任是哪个男子的虚荣心都能得到满足。王弼笑道："这就容易满足了？"他叹了口气，"若是前一阵子陛下将沈五小姐赐婚给了太子殿下，太子有了沈家的兵力支持，只会更加有利，咱们的胜算也就更大些。"

沈冬菱顺势依偎在王弼怀中，伸手抚上王弼的胸口，柔柔道："夫君就是对自己太苛刻了些。能做到这些，已经不是普通人了。"

这正是王弼想听到的，他道："你可真知足。"

"妾身有夫君这样的男儿就知足了。"沈冬菱娇笑，状若无意地问，"如今不能让五妹妹嫁给太子了吗？"

"五妹妹？"王弼一愣，随即道，"差点忘了，你们是姐妹。"

他本是无心之语，听在沈冬菱耳中却分外刺耳，似乎是在说她是庶女，沈妙是嫡女，嫡庶有别一般。

她将脑袋埋在王弼的怀里，不让王弼看见她此刻阴霾的表情，问："不行吗？"

"不是不行。"王弼道，"只是如今大凉野心难明，其余事情一概延后。沈妙如今年纪不小，听闻沈家不希望沈妙嫁入太子府。这件事的重点在于要越快办成越好，拖久了，难免生变，沈信给沈妙寻个亲事，将沈妙嫁出去极有可能。那时候，太子的筹谋就落空了。"

"不能先将亲事定下来？"沈冬菱问。

"傻瓜。"王弼道，"沈家不想沈妙嫁给太子，沈妙自己也不愿，如果使用非常手段，让沈信在这时生出不满就不好了。"

"这不就是仗着自己的权势欺负人吗？"沈冬菱撇了撇嘴。

"可以这么说。"王弼笑道。

"凭什么只能让他们用权势欺负人，不能让太子也用权势欺负人？"

王弼笑了："太子厚德，不能做出这等欺压人的行为。"

"太子不能做这种事，别的人就可以是吗？比如普通人，普通的老百姓。若是天下人都要求五妹妹嫁给太子，这算不算是以百姓的权势欺负人呢？"

王弼本当沈冬菱说赌气话，听到后面，神情渐渐严肃起来，问："你该不会是又有什么坏主意了吧，说来听听？"

"夫君可真是狡猾，说了对我有什么好处？"沈冬菱问。

"嗯。"王弼假装思索一下，"若是你说得好，我便想法子为你求个诰命回来。"他想着，若是沈冬菱真有办法让沈妙嫁给太子，他就是立了大功，日后太子登基，也要感念着他的好。

沈冬菱闻言，眼中闪过一丝光芒，却说："我可不是为了诰命夫人，而是为了夫君你。夫君想要辅佐未来君主，妾身这个小女子，也就只好献丑了。"

她说得俏皮，令王弼心中大悦。

"其实这个法子很简单，只要秦国太子配合就行了。"她说。

王弼闻言，问："此话何解？"

沈冬菱一笑："咱们明齐不是正要和秦国结盟嘛。依夫君话里的意思，秦国也定是乐于与咱们结盟的吧。若是秦国要求结盟的条件是迎娶五妹妹呢？"

"这自然不成。沈将军绝不会同意将沈五小姐远嫁。"王弼倒很清楚，毕竟沈信疼爱沈妙这个女儿，整个定京城无人不知。

沈冬菱一笑："正是这个理儿，但若是这个消息传了出去，明齐的百姓知道此事，定会要求沈将军将五妹妹嫁过去。毕竟皇甫灏是秦国太子，生得也不错，五妹妹嫁过去不亏。如果大伯不答应，那么秦国不与明齐结盟，也许会被大凉钻了空子，明齐江山岌岌可危。一个五妹妹换天下百姓的安危，在百姓眼里是很划算的。”

王弼陷入了沉思。

沈冬菱又道：“世人都知道大伯最能将天下大义置于个人性命之前。如今却被百姓要挟，他可以与官家拼命，却不可以罔顾百姓的意愿。就算是陛下，也不能任性妄为，而是要考虑百姓的意思，更何况是大伯呢？大伯不希望让大凉有了可乘之机，也不想五妹妹嫁到远方，可谁能阻止皇甫灏？就算有，也未必敢。这时候，只要太子殿下出面说一句，五妹妹是太子府早就定下的人，一切就可迎刃而解了。”

“这……”王弼听得有些犹豫，只听沈冬菱继续笑道：“太子的脸面，皇甫灏不可能不顾。比起嫁给皇甫灏远居秦国，大伯自然更愿意五妹妹嫁到太子府上，至少还在定京。太子在这个关头挺身而出，大伯也会感念太子的恩德。”

王弼的眼睛顿时亮了。

沈冬菱还没说完，她环着王弼的脖颈，道：“不过这出戏要皇甫灏和太子殿下配合。太子殿下可以给皇甫灏一些好处，皇甫灏得了，一起做戏，剩下的事情就顺其自然了。”

王弼搂紧了沈冬菱，在她脸上狠狠亲了一口，道：“没想到我还娶了一个智囊团！”

沈冬菱赧然地低下头：“夫君莫要打趣妾身，其中定有许多不严谨的地方，不过夫君一定能想法子弥补。”

“你能想到这些已经很不容易了。”王弼越看沈冬菱越觉得欢喜，“这次你可是帮了我的大忙，放心，等大功告成，我一定在太子面前提上你的功劳，让咱们家菱儿也好好威风威风！”

沈冬菱心中不屑，王弼会将她的功劳说出来才怪，此刻不过是花言巧语罢了。

她推了推王弼，急道：“夫君可莫要提起此事是妾身的主意。哪有没事就算计自己妹妹的。这话传出去，妾身以后还怎么做人？”

王弼本就是随口一说，沈冬菱慌张推拒的模样让他觉得满意极了，道：“好好好，我不说。不过这也不是什么坏事，嫁给太子，日后太子登基，沈五小姐就是贵妃，这可是求也求不来的好事。”

沈冬菱笑道：“妾身也是这么觉得的。”

王弼道："此事需要好好筹谋一番，我得先同太子商量一下。"

沈冬菱回过神，笑道："届时将五妹妹约出来一道才好呢。"她想了想，"妾身得给五妹妹下个帖子。"

"哦？"王弼问，"她会出来吗？"

沈冬菱道："夫君不相信妾身？放心吧，妾身一定会将五妹妹叫出来的。"

平南伯府上，苏明枫亦陷入了头痛。

昨日荣信公主竟然来到了平南伯府上，单单见了苏明枫一面，向他打听谢景行的消息。

谢景行两年前就死在了北疆战场上，荣信公主却突然问起有关谢景行的旧事，还旁敲侧击地打听谢景行是否有什么秘密，最后问起了谢景行的尸首问题。

谢景行当初遭万箭穿心而死，被敌军首领斩下首级挂在城楼，扒皮风干。后来谢家军想法子弄回尸首时，已经惨烈得不成形状。荣信公主怕受不住，根本不敢去看，倒是苏明枫这个玩伴送了谢景行最后一程。

荣信公主来问苏明枫，是否确定那具尸体就是谢景行。

无缘无故的，荣信公主为什么会问起这个？苏明枫想起之前沈妙手上的虎头环，几乎第一时间心中就生出怀疑。

苏明枫甚至有了个大胆的猜测，谢景行只怕没死。只是让苏明枫疑惑的是，谢景行如果真的没死，为什么不出现？现在又在哪里？

苏明枫打算派人盯着荣信公主。既然荣信公主已经发现了蛛丝马迹，掌握的东西一定比他多。荣信公主调查什么，他只要跟在后面捡便宜就好了。

苏明枫抬手召来下人吩咐了几句。

沈妙接到沈冬菱的帖子时，谢景行正在她房间里喝茶。

谢景行扫了一眼她手中的帖子，道："沈冬菱？"

"大约又在打什么主意。"沈妙道，"邀我去品香。品香都出来了，看来员外郎府上的底子也不错。"

上好的一块香，有的价值千金，烧了就没了。沈冬菱的帖子上写的是品凤嘴香，也是十分珍贵的。员外郎家的俸禄，断然经不起这样的折腾，显然，沈冬菱嫁的人家，其实有个不折不扣的富裕底子。

"花这么多银子，定也不是为了姐妹叙旧而已。"

“算计你吗？”谢景行挑眉问道。

“沈冬菱可不是沈玥，真想要算计我，我也不会轻易被她算计了去。我猜她让我去，大约是想筹谋什么，若是我过去了，只会让事情变得更顺利而已；若我不去，也并不会损失太多。”沈妙一笑，“我只是意外，员外郎家竟然有这么多银子。”

谢景行接口道：“王家是太子的人，太子私下里与贩卖私盐的盐贩子有些关系，王弼是中间人。”

沈妙恍然大悟，难怪王家烧得起香，这样一来，沈妙倒是有些明白沈冬菱的底气从何而来。

“王弼是太子的人。”沈妙思索道，“沈冬菱突然这么做，一定和王弼有关，就是说和太子有关。”沈妙看向谢景行，“我和太子之间的关系……她想拿我的亲事做文章？”

谢景行赞赏地看着她，道：“聪明。”

“你早就知道了？”沈妙有些怀疑。

“沈冬菱出的主意，”谢景行拿起一块糕点咬了一口，“让皇甫灏和太子达成协议，演一出戏。以你嫁给皇甫灏为要求和明齐结盟，否则同盟破裂，大凉也许会进攻明齐。届时将消息放出去，百姓惶恐之下会要求沈信将你嫁给皇甫灏。一边是百姓，一边是你，沈信必然极为痛苦。这时候太子出面，说你和太子早已有了婚约，比起将你远嫁秦国，沈信更容易接受你嫁给太子留在明齐，还会因此感激太子。”谢景行耸了耸肩，“你这位庶妹，也不是个简单角色。”

沈妙听得面色铁青：“她倒是为我殚精竭虑。”

沈府中，沈妙和沈冬菱一直井水不犯河水，如今先撩者贱，沈妙对沈冬菱生出一股无法抑制的厌恶来。

她道：“和太子的亲事不行。”

谢景行似笑非笑地盯着她：“怎么，这么想嫁给我？”不等沈妙发火，他又道，“放心，天下还没人敢从我手上抢东西。我看上的女人，他要不起。”

沈妙岔开话头道：“沈冬菱算计我，我自然也要回敬一两分。”

“夫人的意思就是我的意思。”谢景行懒洋洋道。

沈妙说：“你现在到底是什么意思？要灭了明齐，大凉来统一？”

谢景行的目光有些奇异，道：“我说是，你会帮着我不成？”

“我说过了，在这一点上，我与你是一样的。”沈妙回答。

谢景行面上的玩笑之色渐渐收起，他迟疑了一下，问：“你……不喜欢明齐？”

沈妙垂眸：“天下大势分久必合，合久必分，自古以来就是这个道理，不是我愿不愿意、喜不喜欢可以改变的。就算我不愿意不喜欢，这些事还是会发生。”她抬头看着桌上的烛火，“并且比起傅家人来，我宁愿这江山在你们手中。”

谢景行一愣。

“两国交战，和百姓无关。明齐这些年本就气数将尽，赋税沉重，天灾不断，百姓日子艰难。官场黑暗，官员腐朽。皇帝更是昏聩，对于有功世家，提防算计，吃相太过难看。相比较而言，大凉百姓却安居乐业。”沈妙道，“我知道永乐帝是明君，当初攻打其他小国时，曾有小国百姓自发打开城门相迎，不正是这个道理？”

谢景行深深看了一眼沈妙，心中翻涌着说不出来的滋味。

世人都说女子最是短视，只看得到面前，看不到大局，殊不知只是他们未曾遇到而已。谢景行突然庆幸起来，这个女人是他发现的，这一番话，沈妙也愿意对他说。

谢景行顿了片刻，突然不悦道：“你把他的事情记得这么清楚做什么？”

沈妙道：“我也是为了自保，傅家人当家，沈家迟早会被寻理由消灭。君主不仁，臣子自然也没有必要守着道义过日子。不是吗？”

“那你怎么就知道，永乐帝不会是第二个文惠帝，不会对沈家下手？”谢景行问。

“听闻永乐帝身边有个姓李的将军，遭遇和沈家很是相似，可永乐帝对李家礼遇有加。沈家兵力不如那位李将军，应当不必操心。”沈妙心中想着，至少前生到她死之前，这位李将军一家都活得很好。

谢景行一怔：“你怎么知道有位李将军？”

沈妙心里一动，她如今是沈家的嫡女，自然不可能认识大凉的李将军，便道：“这位李将军很有名，我知道他不奇怪。”

“很有名？”谢景行皱眉，“有我有名？”

沈妙道：“别说这些了，既然最后要对付明齐，自然不能让秦国和明齐结盟。你留在定京，不就是为了拆散他们的联盟？”

谢景行微微一笑：“出嫁从夫，你替我想得很周到。”

沈妙忽略了他话里不该听的部分，道：“拆散他们的联盟，有个不错的法子，就看你能不能办到了。”

谢景行挑唇一笑：“说来听听。”

“杀人，越货，栽赃，诽谤。”她笑得温和，“死无对证最好。”

定王府这几日人人自危，尤其是傅修宜手下几名幕僚，做起事更是小心翼翼。不为别的，前几日，傅修宜最看重的裴琅被抓起来关在私牢里了。知情的下人微微透露，原来裴琅是傅修宜对手派来的探子。

下人不安，傅修宜自己这几日过得也不怎么舒心，他也有些疑惑的事。

派人盯着公主府，最后却得知荣信公主去了平南伯府上找苏明枫。虽不知道所为何事，傅修宜却以为，其中一定有蹊跷。

傅修宜绞尽脑汁想着荣信公主和平南伯府之间可能的关联，却怎么也想不出线索，而且傅修宜不解的是，为什么荣信公主不去找苏煜，而是独独找了苏明枫呢？苏明枫早就不在仕途了，为公事，苏明枫帮不上半点忙；为私事的话，苏明枫私下里认识荣信公主吗？苏明枫，苏明枫……傅修宜咀嚼着这个名字，突然一愣。

苏明枫的名字在定京城被许多人知晓，不仅因为他本身优秀又有才华，也不是因为他仕途正好，更不是因为一场大病不得不退出官路令人惋惜，而是因为他是谢景行的发小。

仿佛发现了端倪，傅修宜的思路一下子打通了。苏明枫是谢景行的发小，荣信公主是谢景行的姨母，如果荣信公主私下里去找苏明枫，最可能谈论的就是谢景行。

可荣信公主为什么突然去问一个早已死了的人？

傅修宜站起身，想了想，吩咐身边的人：“去地牢。”

定王府上有一处地牢，修建在院子的祠堂中。在王府里设祠堂，是为拜佛祈福。墙壁上挂着一幅慈眉善目的观音像，掀开画像，会瞧见一尊小小的笑佛，拧一下笑佛脚边的木鱼，石门轰然打开，顺着石门的甬道走进去，就是定王府的地牢了。

傅修宜神情悠然地走了进去，手下在前面带路，走到最后一间时，才停下脚步。

牢里的人被倒吊着锁在梁上，浑身上下都被血湿透了，衣袍看不出本来的颜色。因为是倒吊着的，不时有鲜血一滴一滴地滴到地上，形成一小片血渍。

那人已经昏死过去，傅修宜对身边人使了一个眼色，立刻有人带着一桶辣椒水对着那人兜头淋了下去。

那人一个激灵，全身上下止不住颤抖起来。

傅修宜笑着上前，道：“先生过得可还习惯？”

辣椒水刺疼伤口，也洗清了囚徒脸上的血迹，露出一张清然傲骨的脸，正是裴琅。

裴琅颤声回道：“托殿下的福，过得还不错。”

“早知道先生不是普通人，没想到不仅才华出众，气节也令本王敬仰。要不……沈家怎么会派你过来？”傅修宜感叹，“都说沈信带的兵个个英武，先生是文人，原来骨头也这样硬。”

裴琅喘了口气，笑道：“属下和沈将军无半点关系。”

“这都几日了，先生还是如此执着。”傅修宜道，“气节虽可嘉，到底令人头疼。”

裴琅只是笑，不说话。

傅修宜看着他，语气十分温和：“其实本王与你主仆一场，算是相交甚欢。你才华横溢，本王很是欣赏，所以愿意给你一个机会。”他靠近裴琅，诱哄道，“只要你告诉本殿，沈家到底有什么秘密，你被派来本殿身边的目的究竟是什么。”

裴琅咳了两声，才艰难笑道：“多谢殿下厚爱，不过臣与沈家毫无关系，回答不了殿下的问题，可惜了。”

傅修宜面无表情地看着他，半晌后才轻轻笑了，拍了拍手，掸了掸溅到身上的血迹，道：“先生骨头硬，本王佩服得紧，也好奇得紧，想看看先生的骨头能硬到几时。”他对身边人挥了挥手，“这点东西入不了先生的眼，施展不开，换好点儿的吧。”

他就要离去，忽然想起了什么，道：“先生不说，本王自己也能查到沈家的秘密。不过本王想问先生，听闻沈家重情重义，先生为主肝脑涂地，不知道沈将军会不会派人来救先生出火坑？”

说完，他带着侍卫离开了。

傅修宜走后，裴琅猛地吐出一大口鲜血来，傅修宜最后那句话，让他忍不住苦笑起来。

沈家人重情重义不假，可他为之办事的人是沈妙，沈妙重情重义，那只是对她的亲人朋友，旁人在沈妙眼中一点儿也不重要。

虽然理智上知道沈妙不会来救自己，可裴琅心中竟隐隐也有一丝期待。

他不知道的是，睿王府里，火珑和夜莺正坐在树上嗑瓜子儿。

夜莺问："季老板和高公子到现在还没出来，是要守着塔牢过多久啊？"

火珑吐出一口瓜子壳儿："主子这些日子都在外头奔走，哪有心思顾及旁人？听闻大凉宫里又来信催了。"

"可季老板一直待在塔牢，沣仙当铺那边的消息怎么办？会不会耽误事儿？"

世上有些事情，就是阴差阳错，沣仙当铺临江仙楼上的书房里，书桌角落已经堆了厚厚的一摞信，因无人整理，蒙上了一层灰尘。压在最下面的一封信，信封上赫然写着三个字。

定王府。

太子府上。

太子给皇甫灏斟了一点儿酒，笑道："方才本宫的话，皇甫兄以为如何？"

皇甫灏不说答应，也不说不答应，道："你这算盘打得可真好，坏人全让本宫做了，你落得个美名，还抱得佳人归。"

太子也不恼，跟着一笑："君子有成人之美，若是可以，本宫倒是乐于见到沈五小姐做你秦国太子妃。"

皇甫灏摇头："急什么，本宫又没说要夺人所好。不过……"他看向太子，"本宫可不是成日就喜欢做好事的人，更何况是拿自己的名声做好事，要是之后沈将军记恨上本宫，本宫也很难办啊。"

"皇甫兄可是有什么困难？"太子笑问。

"也不是什么大事，只是要让你见笑了。"皇甫灏叹了口气，做出一副犯愁的模样，"虽然我是秦国太子，可平民尚且家家有本难念的经，更何况本宫。父皇待本宫极好，可本宫的几个兄弟不省心，若是有一日兄弟们与本宫起了争执……"他意味深长地看了太子一眼，"那时候，还请助本宫一臂之力。"

太子心中大骂皇甫灏狡猾。皇甫灏的意思是，倘若有一天秦国皇室内斗，皇甫灏夺嫡，太子必须助他一臂之力。一个明齐太子如何相助秦国太子夺嫡？那就只有借兵了。

皇甫灏果真是打得一手好算盘。

皇甫灏见他犹豫，笑了："你在犹豫什么？本宫如今帮你做的这件事，不也是一样？"

太子一个激灵，倘若这次能成功，沈妙嫁给他，有了沈家这个助力，太子的实力只会大增。如今皇甫灏帮他，不就是帮他夺嫡?

太子心一横，道："好。皇甫兄这回拔刀相助，日后本宫也定然不会袖手旁观。"

却说另一头，员外郎府上，沈妙竟然回了帖子。

沈妙答应了品香，不过还要带着表小姐罗潭。

王弼瞧见回帖很高兴，对沈冬菱道："不是说你姐妹二人没什么往来，没想到她竟会答应。"

沈冬菱笑道："看来是想着许久未曾见面了。毕竟如今府里的姐妹，就只剩下我二人。"她接过王弼手里的帖子，端详起来。

沈冬菱给沈妙写帖子，只是想同王弼证明，她很尽心尽力地为王弼做事，希望王弼日后能多念着她的好。

可没承想沈妙竟然答应了。

沈冬菱心思陡转，沈妙之所以会带上罗潭，大约因为罗潭会武功，有个人陪着更加安心。沈妙既然敢来，一定是有了万全之策。

不过沈冬菱也不在意，她的目的本就不是算计沈妙。沈冬菱推了推王弼："夫君，既然五妹妹答应前来，不如将太子殿下和皇甫灏也一同叫来，日后说起来，可以说皇甫灏在品香时瞧着五妹妹生出爱慕，之后的事不就更加顺其自然了？"

"你们女子果然想得更周到些。"王弼笑着搂上沈冬菱的肩膀，"有妻如此，夫复何求？"

沈冬菱笑着与他打趣，心中想的又是另一回事。

她想看看，自己和沈妙，究竟是谁更厉害一点。将沈妙也算计在自己的计划之中，到底比算计沈玥来得有趣多了。

正被沈冬菱"算计"的沈妙，此刻托着腮，在屋里与谢景行下棋。

眼看着谢景行又连吃了她好几颗子，沈妙道："累了，不下了。"

"不想下还是不能下？"谢景行道，"求求我，我就教你。"

沈妙都要被他的话气笑了，道："谢谢，我不要。"

她又不打算当棋艺大师，学这个做什么。

她问："两日后你的人马可都安排好了？"

两日后就是品香的日子，也是她和谢景行第一次联手算计旁人。一算计就是两个太子，说出去都让人觉得胆寒。

“放心，万无一失。”谢景行道，“你的马车也安排好了。你真的要去？”他皱眉，“你可以不去。”

“为什么不去？”沈妙道，“去不去都与我无关，不过……我希望他们做得更隆重一点。”沈妙微微一笑，“我若要去，他们只会将局布得更逼真，可是到最后发觉一切都是错的，是不是会更有趣？”

谢景行似笑非笑道：“这么狠？”

“狠吗？”沈妙反问。

“狠。”他点头，薄唇轻勾，“不过我喜欢。”

沈妙：“……”

谢景行漫不经心地盯着她，目光沉沉的，不知道在想什么。手边就是棋子，少女坐在桌前，灯火让她柔美又婉约，如同盛开的清荷。

他若有所思地看了对方一会儿，突然笑了。

“这件事情解决了，我就娶你，沈娇娇。”

两日后。

沈妙起了个大早，罗潭也早就梳妆打扮好了。

沈丘和罗凌叮嘱了几句，让沈妙把阿智和莫擎带上。

沈丘道：“不必委屈自己，若有什么不愿意的事，直接走了就行，不必顾忌。”

沈丘一开始得知沈妙要赴的是沈冬菱的约，其实是反对的，或许上过战场的人都会有一种趋利避害的本能，沈丘不愿沈妙和沈冬菱走得太近。

沈妙笑道：“我知道，有表姐陪我一道，不会有事的。”

罗潭笑嘻嘻道：“就是就是，丘表哥要真的不放心，可以跟我们一起去呀。”

沈丘摇头：“兵部还有事，况且我一个粗人去品什么香，呛鼻子。”

罗凌微笑道：“不管如何，要小心些。品完香早些回来。”说这话的时候，目光盯着沈妙，眼神很是关切。

沈妙避开他的眼神，道：“省得了。”

罗潭催促着要走，只道：“成了，还是快些出发吧，若是在路上耽搁了就不好了。”

二人这才道别，随着马车往前走。

马车里，罗潭道："小表妹，你到底是怎么想的？"

沈妙莫名其妙："什么怎么想？"

"你的亲事。"罗潭一副很为她操心的模样，"如今太子那头暂且压下了，可总有一日你要嫁人。"

不由自主地，沈妙的脑子里又浮起那一日谢景行对她说的话来。

"这件事情解决了，我就娶你，沈娇娇。"

怎么可能呢？一个是明齐的将军嫡女，一个是大凉睿王。睿王这个身份，明齐的公主嫁过去都算高攀，更何况她？而且她真的嫁过去，沈家又如何自处？真是一件艰难的事。

沈妙冷不防被罗潭推了一下，她回过神，只听罗潭道："想什么这么专心？连我问你的话都没回答。"

沈妙问："你问了我什么？"

罗潭无奈地看着她，半晌才道："我问你，来求亲的这几个人中，你最中意谁？"

沈妙失笑："没有。"

罗潭坐直身子，看了一会儿沈妙，老气横秋地叹道："真是个木头疙瘩。"

另一头，沈冬菱正在府里梳妆打扮。

杏花左瞧右瞧，然后道："夫人今日为何打扮得这般简单，出门在外，不正是越娇艳越好？"

"你懂什么。"沈冬菱端详着镜子里的佳人，她极有万姨娘年轻时的楚楚风致，又因为变成妇人，添了几分风韵。

沈冬菱端详了片刻，将头上的玉簪子拔了下来，换上一支素银簪子。

杏花见状，欲言又止。

沈冬菱道："不必想这么多，今日我不是唱主角儿的，打扮得花哨反倒夺人风头，我可不干这等糊涂事。"

杏花闻言，道："夫人丽质天成，不必比也是头等美貌。"

沈冬菱站起身，瞧了一眼帖子，帖子的时间是巳时，还早得很，她道："先去外头和夫君一起吃饭，之后去易凤阁，恰恰合适了。"

她不知道，她这头还准备去和王弼吃早饭，皇甫灏已经出门了。

品香的地方设在易凤阁，易凤阁是定京城郊外山城的亭台，曾是先皇为其皇后修建的取景佳处。坐在易凤阁，下可观幽深峡谷，上可临近青天。富贵人家又颇讲究风雅的，往往喜欢在易凤阁品香，一炷香燃起来，微风吹过，直捣青天，让人心生辽阔之感。

虽然如今是冬日，不过恰好峡谷银装素裹，煮雪论香，更别有意趣。

皇甫灏瞧着做得精美的帖子，哂然一笑，在这样美丽的地方对臣子女儿“一见钟情”，听着是不错，不过只是做戏而已。

皇甫灏的侍卫赶来，说马车已经准备好，可以出发了，皇甫灏才抬脚往府门口走去。这帖子送来，上头非要在辰时到易凤阁，实在有些早，还非要他起个大早。

只是做戏要做全套，皇甫灏心中再如何不满，也只得应了。

易凤阁在郊外，离定京城有些距离，到了郊外后，还有好一段山路，幸亏富贵人家特意修了一条专供马车行驶的车道，尽管如此，要到易凤阁，也需要好一阵子。

皇甫灏让侍卫留在半山腰，自己独自往前走去。倒不是旁的，只是帖子里特意吩咐过，让他不要带侍卫过去。侍卫越多，这桩“姻缘”反倒越不自然。况且太子会早些到，和皇甫灏有要事相商，人多了不方便。

皇甫灏不怕出什么意外，一来嘛，这地方肯定有太子安插的侍卫，不必担心刺客；二来，这么多人瞧着，他今日出门时秦王府的人也都知道他是来赴太子的约，若是他有个三长两短，太子也脱不了干系。

因此，皇甫灏很坦然地将侍卫留下，自个儿上去了。

在皇甫灏从山腰往上走时，太子也正带着侍卫从另一条路往易凤阁走去。他二人恰好维持在一前一后的距离，差距并不大，却因为不是一条路，也不是一个方向，所以刚好错开。

两炷香后，皇甫灏到了易凤阁。

易凤阁的长亭中，此刻已经坐了一人。那人见到皇甫灏，立刻站起身来，正是太子。

皇甫灏有些惊讶，没料到太子竟会比他先到。

他左右看了看，道：“其他人怎么没来？”

太子笑了一笑，道：“不急不急，今日叫你来得这般早，是因为本宫有些话要单独与你说。”

皇甫灏觉得奇怪，不过也没多想，他的护卫就在山腰处，要赶也赶得过来，再看太子的侍卫都在身边，不会出什么差错，就道：“请说。”

太子走到皇甫灏身边站住："皇甫兄难道不奇怪，今日本宫为什么这样早就叫你过来，又为何要皇甫兄的侍卫留在山腰？"

"大约有很重要的事情商量。"皇甫灏不耐烦与太子打机锋。

"皇甫兄就不觉得，这很像要杀人灭口？"太子问。

皇甫灏哈哈大笑起来，道："开玩笑可不是你的风格。"

太子没有回答，皇甫灏转头看他，不由得心中一跳。

太子神情平静，没有别的动作，但就是这种平静，让皇甫灏心中突然生出了一种深深的不安。

他还没有听到答案，就见太子目光微微一闪，皇甫灏心中一惊，下意识侧身避开，堪堪避开了从后面刺来的一道银色剑光。

那是太子的贴身侍卫。

皇甫灏又惊又怕，终于意识到了不对。太子带着侍卫，他的侍卫却留在了半山腰。皇甫灏想不通太子下杀手的原因，怒道："你要干什么？"

太子面无表情地看着他："抱歉了。"

几个侍卫同时朝皇甫灏飞扑过来，皇甫灏绝望之下大呼："傅修延！你害本宫，秦国不会善罢甘休！傅修延！"

傅修延是太子的名字。

他的声音戛然而止，当胸而过的剑光仿佛一条银蛇，冒着森然白光，慢慢溢出来的血迹，却和地上的薄冰黏成了一线。

易凤阁背靠大峡谷，皇甫灏最后的一声怒吼，声嘶力竭，也因此余声不绝，晃晃悠悠地传了下去。

一层又一层，就像从水底荡起的涟漪。

正往易凤阁赶去的太子一行人的动作忽而停下，他们在下山的背阴路上，回音听得不甚真切，太子皱眉道："方才是不是有人在喊本宫的名字？"

侍卫们个个面面相觑。

太子想了想，又道："大概是本宫听错了。"

普天之下，除了帝后，还没人敢连名带姓叫他的名字，况且此刻易凤阁应当没什么人才对，给各位的帖子上约定的时辰是巳时，不过太子自来就有早到的习惯，所以辰时就上山。他应当是第一个到的。

这样想着，便觉得方才不过是幻觉，可不知为什么，太子心中隐隐冒出些不安来，不由得加快了脚步。

等到了易凤阁时，老远瞧见亭子里一个人背对着他坐着，看背影就是皇甫灏。太子有些意外，没想到皇甫灏来得这样早，他笑着上前打招呼："没想到皇甫兄也来得这样……"

一个"早"字还没说出口，太子的手才刚拍上皇甫灏的肩，皇甫灏咚的一声倒了下去。太子吓了一跳，立刻伸手去拉皇甫灏，这一拉之下，皇甫灏的正脸对着他，太子啊地惊叫一声，一下子松了手。

皇甫灏的眼睛瞪得浑圆，大张着嘴，似乎极为愤怒惊愕，他的衣裳却是湿冷的，当胸处，银色袍子已经被大块大块的鲜血染红了。

"这是怎么回事？"太子瞬间蒙了，皇甫灏死了？

这怎么可能！

他还没来得及反应，一大群人突然自外头冲进来，皆是侍卫打扮，见皇甫灏横躺于地死活不明，就冲着太子怒道："大胆，竟敢谋害太子殿下！纳命来！"边说边朝太子扑过来。

太子自己也带着侍卫，和那些个侍卫打作一团。太子这时候才明白过来，这些对他拔刀的是皇甫灏的侍卫，可皇甫灏的侍卫方才又去了哪里？怎么现在才冲出来？

太子还记得解释，高喊道："本宫才刚刚到达此处，到达此处时皇甫兄已经遇害了，并非本宫所为！"

其中一个领头模样的侍卫闻言却恨声道："满口胡言！方才我等在山腰处等候太子殿下命令，听见太子殿下亲口喊出是你加害于他！我等苦于一时不能立刻到达，如今人证物证俱在，你又如何抵赖！"说罢又举着剑冲过来。

太子一边被自己的侍卫护着，一边瞠目结舌，皇甫灏喊出自己加害于他？

这根本就是个笑话！

他才来到此处，皇甫灏已经死了，皇甫灏为什么要诬蔑他？等等，太子心中突然一动，之前还未到易凤阁时，似乎听见有人喊自己的名字，莫非不是幻觉，是真的？

可皇甫灏怎么会叫出他的名字？

太子心中一团乱，却还是道："本宫刚来这里，怎么会加害于他？"

"明齐狗贼，你将我们太子哄骗出来，又在帖子里让太子殿下将我等留在半山腰，以此为名，方便你下此毒手！此仇不报，秦国枉为人一遭！"

太子如遭雷击。

给皇甫灏的帖子是他亲自写的，可是那帖子里从没提到过什么要将皇甫灏的侍卫留在半山腰。

一个侍卫护在太子面前，道：“殿下，顶不住了，这头的人不要命，殿下还是先行离开吧。”

太子抬眼看向对方，皇甫灏已经气绝，人死不能复生，那些侍卫大约知道主子死了，就算是回秦国也会被皇帝迁怒，干脆将所有的罪过全都归到他身上，眼下是要和他同归于尽了。

他们招招狠辣，太子的侍卫还要护着太子，难以抗敌。太子有些犹豫，他这一走，没将事情解决好，就是默认了这个污名，可若是不走……瞧着对方来势汹汹，太子不晓得自己还能不能安全地回去。

他咬了咬牙，又看了一眼地上的皇甫灏，一狠心道：“走！”

易凤阁发生的这些事情，外头的人还不知道。

沈冬菱和王弼坐在马车中，马车行驶在往山上去的路上，到山脚还有些距离。他们今日是来做个“见证”，去得太早反而不妙。况且沈宅到易凤阁要远些，若是沈妙没去，他们去得早了，反倒不方便太子和皇甫灏说话，所以王弼就吩咐马车故意慢些。

沈冬菱依偎在王弼怀中，笑道：“夫君今日心情瞧着不错。”

王弼搂着她：“娶了佳人，心情自然好。”

一想到过了今日，他在太子心目中的地位又会上升，王弼心里就不由得得意万分。

他也想要一飞冲天。

正想着，马车却突然停了下来。

王弼掀开车帘，问：“怎么回事？”

一个侍卫跑了过来，王弼认识，是太子身边的人。不过此刻，那人的脸色却着实不好看。

王弼和沈冬菱怎么也没想到，皇甫灏竟然会被太子所杀。

沈冬菱面上竭力保持冷静，安慰王弼道：“这其中肯定有什么误会，只要解开误会就好了。”心却如坠深渊。

在外人看来，是王弼寻得好香送给太子，太子借花献佛，邀请皇甫灏来品香，可出了这桩血案，王弼是造成祸事的源头。即便此事与王弼没有直接关系，皇室雷霆之怒，牵连甚广，王弼根本不可能安然无恙地离开。

再者，就算太子侥幸证明了自己的清白，可品香一事是王弼献策在前，因为王弼献出的这一策，皇甫灏死了，秦国必不会善罢甘休，太子的盟友也就此身亡，太子怎么会不迁怒于王弼？

左看右看，王弼这个替罪羔羊，是跑不了的。

王弼的面色难看极了，只道："先回府去，登门太子府，问清楚究竟出了什么事。"

车夫掉转马头往城里的方向去，沈冬菱突然想起了什么，问："怎么都没见着五妹妹？"

王弼就是一愣。

他们在这里停了一阵子，按理说沈妙她们也应该到了，可郊外山路一眼就能看清前面，前前后后再无别的马车。

沈妙怎么会没来？

沈冬菱见识过沈妙对付二房三房的手段，一颗心就沉了下去。

沈妙没有来，为何会这样巧？莫非沈妙一早就知道今日会出事？难道……此事和沈妙有关？

她就算再神通广大，怎么可能轻而易举杀了秦国太子！

王弼听闻沈冬菱的话，却误会了沈冬菱的意思，他道："对啊，若是沈五小姐也在，事情大约会顺利些！"

王弼想着，沈妙在的话，看在沈信的分上，文惠帝也不会太过为难她，独独惩罚他一人的话，又显得有失偏颇。

他道："咱们先回府，指不定沈五小姐已经回去了。先看看太子那头。"

沈冬菱点头，心中却苦笑，不知道为什么，她总觉得，沈妙绝不会"已经回去了"，只怕沈妙一开始就没打算来易凤阁。

另一头，街道上，马车里，罗潭擦了把额上的汗，道："怎么办，一耽误就耽误了这么久，现在赶去易凤阁已经来不及了吧？"

方才沈家马车行在市井一处热闹地方时，不小心撞上了一名老妇人。那老妇人不省人事，沈妙和罗潭断没有抛下老妇人独自离开的道理，让侍卫送老妇人去了最近的医馆，一直亲眼见着大夫替老妇人把脉说没事，老妇人醒来，她们才离开。

她们的这一举动，赞扬声是赚了不少，可时辰也耽误了。现在要赶去易凤阁，等到了只怕都是晌午了。

沈妙思忖一下，道："不去了。"

"哎？"罗潭惊讶，"怎么不去了？小表妹不是最讨厌言而无信的人吗？"

沈妙笑道："品香要讲究时辰、地点，易凤阁最好的时候就是早晨，晌午或是下午再品香，天地混沌，品不出香的本气，这倒是不美了。"她伸手招呼莫擎，让莫擎飞鸽传书到易凤阁，说她和罗潭因有事耽误就不去了。

罗潭本就对品香一点儿兴趣都没有，难得出来放风一趟，当即要拉着沈妙去逛逛。

等这一趟逛下来，再回到沈府的时候，已经是傍晚了。

进了正厅，罗雪雁正和沈信说着什么，见沈妙和罗潭回来，松了口气，道："娇娇，潭儿，你们去哪儿了？"

"今日员外郎府的王夫人邀我们去易凤阁品香，路上马车冲撞了老妇人，我和表姐忙着照料那位妇人，耽误了时辰，索性告罪了一声不去。我和表姐随意逛了逛。爹，娘，可是出了什么事？"

罗雪雁深深出了口气，道："真是吓死我了，秦太子今日在易凤阁遇刺身亡，有关人都被缉拿入大牢审问。王弼却说你也在场，不过并未有人见到。我和你爹匆忙回来，见你们不在，还以为出事了。"

罗潭一愣："遇刺身亡？谁有那么大的胆子，光天化日就敢刺杀秦国太子？秦国太子的侍卫武功很差？怎么连主子的性命都护不住？"

沈妙道："放心吧，我和表姐并没有去易凤阁。白日里冲撞那位老妇人的时候，街上许多百姓都瞧见了，为免惹出麻烦，我们还自报了名讳，那些百姓都能为我们做证。我们当时忙着照顾老妇人还来不及，哪里有时间去易凤阁？"

众目睽睽之下不会有假，沈妙又不会分身术，怎么可能又出现在易凤阁。

沈信冷哼一声："王弼好大的胆子，竟敢往我沈家人身上泼脏水！"

"王家是想拖咱们下水。"罗雪雁也明白过来，恨声道，"沈冬菱还与咱们是亲戚，哪有算计自家人的道理！"

罗潭觉得气氛有些沉重，嘀咕道："可是之前给咱们下的帖子里，可没提过秦国太子也要去品香啊，秦国太子去品香做什么？"

还不等有人回答罗潭的问题，只见两个人风尘仆仆地从外头走进来，正是沈丘和罗凌。罗潭啊呀一声惊叫起来："丘表哥，凌哥哥，你们怎么了？"

沈丘和罗凌衣裳蓬乱，脸上身上还沾染了一些血迹，看起来极为狼狈。

罗雪雁和沈信也吓了一跳，罗雪雁连忙上前："出什么事了？"

沈丘忙解释："别担心，不是我的血，是旁人的。"

罗雪雁这才放下心来，罗潭问："丘表哥，你和凌哥哥是去抓今日刺杀秦国太子的刺客了吗？"

沈信眉头一皱，问："沈丘，是这样吗？"

沈丘和罗凌对视一眼，彼此的目光都有些古怪。片刻后，沈丘让正厅里的下人都下去，又有些犹豫地看向罗潭和沈妙，沈妙笑道："我和潭表姐不会说出去的，大哥有什么事就直说吧。"

沈丘叹了口气，这才开口："今日兵部城守备的人马都去拦人了，不过不是刺杀皇甫灏的刺客，而是皇甫灏的侍卫。"

"侍卫？"罗雪雁皱眉，"难道他们要明齐给说法，已经闹得不可开交了？"

"倒也不是。"沈丘犹豫了一下，才道，"皇甫灏的侍卫说，刺杀皇甫灏的是太子，眼下都去往东宫那头要杀了太子给皇甫灏报仇。"

"太子杀了皇甫灏？"沈信一下子站起来，"不可能！"

且不说太子那瘦弱的身子能不能成，如今正是明齐要和秦国拉拢关系对付大凉的时候，怎么可能做出这种自毁筹谋的事？

"我也以为不可能。"沈丘有些困惑，"不过那些侍卫都说，当时在山上听见皇甫灏大叫着太子的名字，大声说太子就是凶手。他们既是皇甫灏的侍卫，也没有诬陷别人放走真凶的理由。"

罗雪雁问："皇甫灏的侍卫没有跟皇甫灏在一起吗？为什么说是听见？"

"这就是疑点所在了。"罗凌接口道，"根据皇甫灏的侍卫所言，今日是太子邀请皇甫灏去品香的，也是太子给皇甫灏下的帖子。太子在帖子里称有要事与皇甫灏相商，要皇甫灏将侍卫留在山腰，独自前去。可太子说自己写给皇甫灏的帖子里并没有这样提过，官差奉命去搜帖子，那帖子却早不知被皇甫灏给丢到什么地方了。如今死无对证，双方各执一词，很是焦心。"

罗潭喃喃道："太子让皇甫灏去品香，可为什么王夫人给我和小表妹的帖子里没有提到这两人呢？"

屋里的人齐齐一怔。

不错，太子和皇甫灏品香，为什么要将沈妙和罗潭也带上？罗潭就不说了，和定京城的众人没什么关联，沈妙却不同，沈妙是沈信的女儿。

沈冬菱下帖子的时候，不可能不知道太子和皇甫灏也要去，可为什么没有对沈妙提起？是忘记了，还是故意不提？如果是故意的，又为什么故意不提，是在计划什么?

众人不禁出了一身冷汗。

罗雪雁道:“不行,得向沈冬菱问清楚。”

“娘,”沈丘拦住她,“沈冬菱和王弼都已经进牢里了,这个时候可不能赶着去见人,否则被以为和她有什么关系就不好了。”

众人神情各异,唯有沈妙一如既往地平静,说:“这和我们都没有关系,等着看外头怎么处理就是了。”

沈丘问:“妹妹,你怎么一点儿也不惊讶皇甫灏遇刺,也不诧异是太子杀了皇甫灏?”

沈妙微微一笑:“这有什么好诧异的?既然如那些人所说,太子是和皇甫灏单独有事相商,在商量的过程中,没有达成一致意见或是出了什么严重的分歧,让太子冲动之下杀了人,也极有可能。明齐从前又不是没有这样的案子,何必大惊小怪。”

沈丘无言,沈妙说得固然没错,可有什么分歧能严重到杀人?更何况对方还是一国金尊玉贵的太子。

沈信和罗雪雁都蹙紧眉头,他们在朝为官,朝中每一个微小的举动,都可能牵连到他们日后的生活,更何况这次皇甫灏死在明齐,罪名落在明齐太子身上。秦国皇帝知道一双儿女双双折在明齐,这雷霆之怒,又该谁来承担?

明齐和秦国同盟再想复原,实在很难,这时候大凉又会作何举动,一切都是未知。

这一晚,谢景行过来找沈妙的时候,沈妙正站在窗户前发呆。

自树上掠下的人影在沈妙面前摆了摆手,沈妙回过神,入眼就是谢景行玩味的笑容,他道:“想我想得这么出神?”

沈妙啪的一声就要关窗户,谢景行手疾眼快地按住,顺势跳进屋里,将窗户关上,道:“小心冻傻了。”

外头站在墙角正冻着的从阳:“……”

沈妙在桌前坐了下来,问:“处理得怎么样了?”

“没问题。”谢景行示意沈妙给他倒茶。

沈妙憋着气给他倒茶,不情愿地把茶杯推了过去,问:“你确定秦国的人不会发现?”

“发现不了。”谢景行笑笑,“不是谁都跟你我一样聪明。”

沈妙翻了个白眼，瞧着对面慢悠悠喝茶的紫衣青年，心中微微起了些波澜。

今日之事，就是她和谢景行一手策划的。谢景行手下能人异士众多，有易容精妙的，也有模仿人发声口技出众的，甚至有看一眼字迹就能写出一模一样字来的。太子给皇甫灏的帖子，谢景行的人神不知鬼不觉地做了改动，连时间也一并改了。让皇甫灏和太子一前一后上山，上山后，谢景行的人易容成太子，跟在“太子”身边一直低着头的“侍卫”会用太子的口吻说话。

皇甫灏和太子之间虽算熟络，却还不到掏心掏肺的地步，根本无法察觉对面的人已经李代桃僵，之后就是一连串的误会。

在外人看来，太子杀了皇甫灏，这是无法更改的事实。秦国不会善罢甘休，别说结盟，只怕都要和明齐结仇了。文惠帝为了平息秦国皇帝的怒气，最后牺牲旁人，也免不了牺牲太子。

“你为什么笃定皇帝会牺牲太子？”谢景行挑眉问道，“那可是他自己的儿子。”

沈妙微微一笑：“你可记得我二叔？”

“记得。”

“当初沈垣也是他的亲儿子，沈垣出事的时候，他可是忙着撇清自己的关系。皇帝也是个普通人，皇家亲情更是淡薄，为了‘天下大义’，‘大义灭亲’又有什么关系？即便知道太子是冤枉的，皇帝也只会咽下这枚苦果。”沈妙嘲讽道。

谢景行若有所思地盯着她。

他开玩笑道：“你好像对皇家很了解，说得像亲身经历过一样。”

沈妙垂眸，可不就是亲身经历过？

不留后患，这是傅家人的本性。

就连傅修宜和文惠帝之间，又何尝不是钩心斗角？文惠帝提防自己儿子篡位，傅修宜盼着自己父亲早死。还有徐贤妃、董淑妃、皇后……深宫之中，谁讲亲情，谁就是个傻子！

可怜她前生不明白，总以为人会长着心肝，却忘记了，傅修宜能对自己的兄弟父亲下手，自然也能对自己的儿女下手！

眼见沈妙眸中情绪变幻，谢景行眉头一皱，他犹豫了一下，放缓了声音，道：“你有什么困难，可以告诉我，我替你解决。”

沈妙抬眼看他：“说得你能做到似的。”她心里明镜似的，谢景行的确能做到。

杀两个太子，他说杀就杀了。胆子大，能力通天，偏还狡猾得让人抓不住把柄，好像天下间没有他办不到的事情。

若是前生遇到他就好了，沈妙心中冒出这么一个念头来。

可她只道："要是让你将江山改头换面，你能做到吗？"

紫袍青年闻言，哂然一笑。他眉眼俊美，海棠生春，目光锐利如刀，语气却带着微微调侃。

"颠覆个皇权罢了，你想要，都归你。"

第八章　亲事落定

明齐的这点动静，终归没有瞒住天下人。

皇甫灏死在太子手中，消息传回秦国皇帝耳中，不过短短数日，就有人快马加鞭传信到明齐，誓要文惠帝给个说法，不然就出兵踏平明齐。

若是从前的秦国，明齐自然还能与之抗衡一二，可如今本就有个大凉野心不明，虎视眈眈潜伏在一边，再来一个秦国，明齐这回就真的完了。

证据确凿，文惠帝无奈，只得将太子也关进牢中，虽然也特意让人关照，可到底还是一步弃车保帅。

事实上，不怪文惠帝这么做，他之所以将太子关进大牢，除了暂时平息秦国皇帝的愤怒以外，还是为了太子的安全着想。皇甫灏的侍卫虎视眈眈，一心要为皇甫灏报仇，若是太子哪日一个不小心，死于那些侍卫之手，也不是不可能。如今太子成为阶下囚，牢里那么多人守着，总不至于生出什么事端。

可惜文惠帝的想法无人理解，因他这个举动，连皇后都坐不住了。

皇后一进养心殿就怒气冲冲地质问文惠帝：“陛下明知太子是被人冤枉的，为何要将他关起来？陛下这般作为，就没想过日后朝臣们怎么看他？”

文惠帝皱了皱眉，道：“朕自有主张。”

文惠帝对皇后还是留有几分情面的，皇后是他的正妻，当初先皇在世时，若非有皇后娘家的扶持，文惠帝也不可能走到今日。更何况，皇后还是太子的生母。

“臣妾恳请陛下收回成命。”皇后道，“太子日后还要面对朝臣，陛下这么做，会让天下百姓误会的！”

皇后不允许太子的未来出一点差错，哪怕是一滴脏水也不能沾身。更何况这一次还不是普通的过错，谋害秦国太子的罪名，一旦被证实，傅修延只怕想保住一条命都很难。

文惠帝心中烦闷至极，不耐烦道：“朕做事，不需要你来指手画脚！”

皇后心中一跳，柔声道：“臣妾知道陛下心中烦闷，方才是臣妾冲动了。臣妾也是担心太子……记得太子小时候书算不好，太傅怎么教都学不会，还是陛下亲自教导太子学成……在太子心中，陛下最是英明神武。如今臣妾和陛下心中都明白，此事定与太子无关，太子性情温柔敦厚，怎么会杀人？陛下是太子的父亲，莫非要眼睁睁看着太子因莫须有的罪名而背负骂名？”

这一番怀柔到底起了些作用，文惠帝的神情缓和下来。九个皇子中，文惠帝最想扶持的就是太子，自然不愿意太子白白折在这里。

文惠帝正要说话，便听外头有宫女通报道：“陛下，贤妃娘娘来了。”

皇后笼在袖子里的双手狠狠握紧，宫里的妃子中，徐贤妃最嚣张，因她生了周王和静王两个双生皇子，模样也娇艳，虽然行事狂妄，却将文惠帝的心抓得紧紧的。

周王和静王两兄弟的野心，皇后也不是一无所知。太子一旦出事，徐贤妃也不会放过这个落井下石的机会。

便见徐贤妃窈窈窕窕地走了进来，即便已经生了两个儿子，徐贤妃的容貌也没有丝毫衰老。

徐贤妃一进来，向文惠帝和皇后请了安，随即笑道：“近来陛下心情不大爽利，臣妾让御膳房的糕点师傅做了些紫雪燕窝，端给陛下尝尝。没想到姐姐也在这里。”

皇后淡淡一笑，不欲与她多说，可贤妃哪里会放过这个机会，看向皇后道：“姐姐今儿个来找陛下，是为了太子的事吧？”

文惠帝还没说什么，皇后就竖起眉毛，怒道：“妹妹管得也太宽了些！”

徐贤妃捂着嘴笑了笑，看看一言不发的文惠帝，又看了一眼皇后，才不紧不慢道：“本来呢，这些事情妹妹是不该说话的，可陛下本来就为此忧心，姐姐怎么不晓得体谅陛下，还在这关头来叨扰陛下？”她一边让宫人放下篮子，一边道，“太子之事，可不仅关乎一人性命，好端端的秦国太子就折在这里，当日只有太子和秦国太子在，妹妹自然相信太子不会做出这种丧心病狂的事，可得拿出证据来呀？

“若是拿不出证据，如何服众？再说了，秦国那头的人看得这样紧，若是陛下听了姐姐的话，将太子放了出来，秦国那头晓得了，不知道会掀起多大的波澜。姐姐可不能心中只想着自己和太子，也得为天下苍生想想。”徐贤妃说得体贴，却让皇后变了脸色。

“住嘴！”皇后怒道。

徐贤妃佯装被吓到，退后一点，委委屈屈地看向文惠帝，道：“陛下，臣妾好心好意劝导姐姐，姐姐偏不领情，臣妾真是冤死了！”

文惠帝一个头两个大，他何尝不晓得徐贤妃这番话是在挑拨离间，可也没办法否认，徐贤妃说的是事实。

思及此，文惠帝连带着对皇后也不耐烦起来，对皇后和徐贤妃道：“都下去，朕一个人静静。”

皇后好不容易才等着文惠帝松口，被徐贤妃一搅和，前功尽弃，犹不甘心，还没等她说话，徐贤妃却抢先开口道：“陛下既然不愿人打扰，臣妾们就先退下了。陛下千万保重龙体，莫要为此太过伤神。”

文惠帝头也不抬地摆摆手。

皇后再如何不愿，也只得同徐贤妃退了出去。

待出了养心殿，皇后停了下来，看向徐贤妃，冷笑道：“本宫知道你心里在想什么。不过你生的儿子，永远也没办法取代本宫的儿子！”

徐贤妃笑了一笑，道：“太子金尊玉贵，妹妹可是一心盼着他好。他们兄友弟恭，说什么取代不取代。”说罢，抚了抚鬓边的一朵珠花，妖娆万分地走了。

独独剩下皇后站在原地气得咬牙。

皇后和徐贤妃一前一后进了养心殿，很快就传到了其他人耳中。

董淑妃坐在斜榻上，她的下首坐着的男人玉色锦袍，微微含笑。

傅修宜笑道：“母妃今日格外高兴。”

“皇后坐不住了，”董淑妃也笑，“亲自去养心殿为太子求情，贤妃跟着也去了。如今贤妃和皇后就快撕破脸，自然值得高兴。”

傅修宜道：“周王、静王想代替太子，贤妃在后宫定会出力。”

“可惜却不是什么好法子。”董淑妃端起茶来抿了一口，“不过，鹬蚌不相争，怎么让渔翁得利？”

母子二人一齐笑起来。

董淑妃问：“你近来怎样？”

傅修宜一笑："发现了些有趣的秘密，正在查探，想来过不了多久就会有结果。"

董淑妃嗔怪地看着他："这些事情我也就不多操心了，说起来，到如今，你也应该娶亲了。贤妃她们可恨不得你娶个无权无势的女子做王妃。"董淑妃说着叹了口气，"原先沈妙恋慕你，本想着若她一直恋慕下去，最后让她进门，你总归有沈家这个助力。不承想世事无常，如今沈家这门亲，你是挨也挨不得了。"

傅修宜笑道："我虽挨不得，明齐也无人敢挨。谁与沈家绑在一块儿，都要惹来父皇的猜疑。明齐有权势的官家都不会与沈家结亲，沈妙未必能嫁好。"

董淑妃感叹："不错。"说罢又想起了什么，"太子这一回跟头栽得委实惨重。皇甫灏一事断然不会轻易了了。你觉得，这是周王、静王兄弟做的，还是离王做的？"

傅修宜摇头道："未必是他二人所为。"

董淑妃一听愣了，问："不是他们，莫非还有旁人？"

傅修宜脑子里就冒出睿王和沈妙的脸来。

睿王和沈妙之间，一定有不可告人的关系。

之前文惠帝让皇后试探沈家，放出沈妙要嫁入太子府的流言，没过多久，睿王就对文惠帝说出那番似是而非的话，文惠帝便打消了要沈妙立刻嫁人的念头。

如今这出品香局，分明就是针对沈妙设的。到了现在，皇甫灏和太子两败俱伤，沈妙却安然无恙。听闻那一日沈妙也要去易凤阁的，却在半路上冲撞了一名老妇，耽误了时辰才没去。怎么就会那么巧，莫非这一次，也是睿王在背后操纵一切？

见傅修宜不知想什么想得出神，董淑妃问他："怎么了？"

傅修宜回过神，道："没什么。"忽而又站起身来，看向董淑妃，"儿臣突然想起还有些事，就不与母妃闲谈了。"

"正事要紧。"董淑妃道，"你先去吧。"

却说另一头，谢天谢地，季羽书和高阳总算被放了出来。

好容易从里头出来，两人执手相看泪眼，无语凝噎。半晌，季羽书道："我得先回沣仙当铺洗个澡，换身衣裳，就此别过。"

高阳叹了口气，看着自己灰头土脸的模样，心中一阵无奈。

季羽书回到沣仙当铺，让红鸾给他放好洗澡水，美美地洗了个澡，吃饱了点心后，才回到书房。甫一进去就差点被里头的灰尘给熏出来，季羽书的书房不许下人们进去，因此这些日子也无人打扫。

好容易打扫完了，季羽书一屁股坐在书桌前，见桌上已经堆了厚厚一摞书信，便开始翻阅。待翻到最后一封的时候，季羽书已经昏昏欲睡了，不过他看着看着，睡意一扫而光，脸色也渐渐严肃起来。

裴琅竟然被傅修宜关起来了？裴琅的身份暴露了？

天哪！发生了这么大的事情，有人知道吗？有人解救他吗？

季羽书扭头就要出门，想将这信拿给谢景行看，刚站起身来，却又站住了。

“三哥不会又把我关起来吧。”季羽书喃喃道。

“三哥很看重沈小姐，这裴琅似乎对沈小姐也有意，那么裴琅就是三哥的情敌。既是对手，三哥心里肯定不想救他。”季羽书念念有词，“眼下还是不要告诉三哥这件事了，既然没有新的消息传来，应当还没有死，让他多熬些日子再说吧！”

沈丘和罗凌作为兵部城守备的统领，这些日子忙得很，皇甫灏是死了，遗留下来的问题一大堆。

为避免生乱，城守备军都增了一倍，在定京四处巡查，尤恐那些秦国侍卫为了发泄怒气伤害无辜的百姓。

这不，等今日的事情忙完，天色已近傍晚。

沈丘和罗凌并肩在街上走着。

沈丘叹了口气：“刑部要是再不给出解决办法，城守备也扛不住了。”

罗凌跟着摇头：“不管什么结果，定京只怕要生乱。”

二人对视一眼，彼此都看到了对方眼里的忧心忡忡。

沈丘道：“别提这个了，昨日我听娘说，妹妹的亲事得重新考虑。虽然太子那头暂时不必担心，可局势越乱，就越有人要拿沈家作筏子。妹妹身份特殊，难免引人觊觎，如果不早些将亲事定下来，未来反而不好。”

罗凌闻言，愣了一下，还未说话，就听沈丘道：“表弟，你是怎么想的？”

“我？”罗凌脸微红，“我的想法，表哥不是早就知道了？”

沈丘嗨了一声，一手揽上罗凌的肩膀，道：“你好歹也是个练武之人，又跟着舅舅在军里长大，怎么说起这些倒像那酸腐文人。我看你什么都好，就是脸皮薄。这等事情，你不去与妹妹说，莫非还要妹妹主动来找你不成？”

罗凌有些尴尬地笑。

沈丘循循善诱："男子汉大丈夫，喜欢就是喜欢，直接去就是了。你若是当我的妹夫，我也认了！"

罗凌越发赧然："这也要表妹同意才行……"

"你都不说，妹妹怎么知道你的心思？"沈丘一瞪眼睛，"表弟，我照实跟你说了，苏明枫那人，从前有病，我不喜欢；冯子贤，啧啧，上次他们冯家害得妹妹差点丧命，这也不提了。说来说去，倒是你还不错。"

"多谢表哥。"罗凌笑道，"若是有机会，我一定……"

罗凌还没说完，却见一匹骏马突然自街道另一头奔过来，那马毛色光滑，即便在昏暗的街道上亦十分夺目。从来英雄爱良驹，沈丘和罗凌不由得被那骏马吸引了目光。

马上的人也英武，远远瞧着便是风姿出尘。那人在临近沈丘二人时，突然勒马停住，马蹄扬起，上头的人却坐得极稳，显然马术超群，漂亮极了。

沈丘不由得喝了一声："好！"

马上的人道："沈少将军。"

沈丘一愣。但见骏马之上端坐着一人，华贵的紫金袍在灯光下流光溢彩，身姿挺拔，面上戴着银质面具，露出姣好的轮廓。一双眼睛自上而下看过来，便是几分似笑非笑的风流。

"睿王殿下！"沈丘和罗凌连忙朝此人作揖。

睿王道："不必客气。刚以为本王看错了，不想真是沈少将军，就停下打个招呼。"他只是对着沈丘说话，并没有看罗凌。

沈丘有些受宠若惊，睿王平日里连文惠帝都不放在眼里，竟会主动与他打招呼？

莫非他少将军威名广播，连大凉的睿王都心生钦佩？

却没有瞧见罗凌猛地苍白的脸色。

睿王的腰间挂着一枚平安坠，莫名眼熟。

平安坠的纹路非常特别，一眼就能辨出。罗凌的脸色十分难看，他问："敢问睿王殿下……腰间的平安坠从何而来？"

沈丘诧异地看了罗凌一眼，罗凌是个极有分寸的人，在外头也十分沉稳，可眼下冒冒失失地问睿王，就有些唐突了。

没想到，今日睿王分外给面子，他解下腰间的平安坠，在手里把玩一番，懒洋洋地笑道："这个？是一位姑娘送给我的。"

沈丘："……"

睿王今日话说得也太多了吧！有些事情知道得越多，死得越早，他对睿王的私事一点儿兴趣也没有，罗凌干吗问这些有的没的。

罗凌的脸色越发惨白，控制不住地死死盯着睿王手里的平安坠。

不过，睿王只是瞥了他一眼，又随手将平安坠挂在腰间，对沈丘道："本王还有事，就不与沈将军多说了。沈将军日后有空，可以来睿王府坐坐，本王很想同沈将军切磋一下。"

说罢，他一拉缰绳，马儿扬蹄，又潇洒地离去，徒留沈丘二人呆立原地。

沈丘喃喃道："这睿王莫非想拉拢我？"

沈丘正想着，突然瞧见一边罗凌异样的脸色，奇道："表弟，你怎么了？身子不舒服？脸色怎么这么难看？"

罗凌回过神，勉强笑了笑："没什么，回去吧。"

"好。"沈丘又望了一眼睿王消失的方向，"看来睿王还是挺喜欢那姑娘的，竟将定情信物挂在腰间。"

沈丘心大，却没有发现，回去的路上，罗凌的步子都是踉跄的。

好似受了什么极重的打击。

夜里风寒，惊蛰和谷雨去放好水，沈妙洗澡出来，就瞧见屋里多了一个人。

谢景行回头的时候，看见的就是沈妙穿着中衣，一手拿帕子绞着湿漉漉的头发的模样。

少女如今同两年前不同，如含苞待放的花骨朵儿，青涩又芬芳。中衣宽大微微湿润，灯火摇曳下，她唇红齿白，眼睛似乎都蒙上了一层水雾。头发黑而湿，贴着脸颊，越是往下，越是能瞧见若有若无的雪白……

谢景行别开眼，沈妙还没反应过来，就见一件厚实的披风兜头朝她罩来。待抱紧了披风，沈妙怒道："你干什么？"

"穿上。"谢景行皱眉，"着凉可没人管。"

沈妙气极，不过也确实觉出些冷来，便将那披风罩了起来。

她一边绞着头发，一边走过来坐下，见谢景行若有所思地打量自己，不知道为何，脸上一热，就问："看什么？"

"还以为你不会害羞。"谢景行懒洋洋道，"还好，总算放心了。"

沈妙莫名其妙。

谢景行支着下巴，打量着她问："找我干什么？"

今日是沈妙让从阳想法子把谢景行给叫过来的。

沈妙停下绞头发的手，踌躇了一下，才问："裴先生许久没有给我回信了，你替我打听一下，裴先生是不是出事了。"

闻言，谢景行的目光顿了一下，意味深长地看向她："裴琅？你很关心他。"

沈妙皱眉："我不是过河拆桥的人。"

谢景行漫不经心地点头："好啊，我替你打听。"

为什么觉得谢景行是在敷衍她？

两人默默无语，气氛有些尴尬，沈妙岔开话头，问："听闻太子还没被放出来，宫里现在到底是个什么情况？"

谢景行扫了她一眼，道："不用担心，太子就快完了。"

沈妙一愣："什么？"

"秦国皇帝已经给文惠帝下了最后通牒，如果不处理太子为皇甫灏报仇，就会出兵攻打明齐。"谢景行的语气听不出喜怒，"这个关头，老皇帝不敢冒险。"

沈妙道："已经下了最后通牒吗？难怪……不过，"她看向谢景行，"这话说得这么快，想来秦国皇帝也没有调查过其中缘由，这是笃定要太子当替罪羊了？为什么？难道他就不想抓到杀死儿子的真正凶手？"

谢景行挑唇一笑："天真。"

沈妙蹙眉。

只听谢景行道："皇家只重结果，真相是什么，并不重要，毕竟皇甫灏不可能死而复生。"他把玩着手里的茶盏，"秦国折了一个太子和一个公主，未必就没有别的合适的皇子，只是秦国现在的朝政因此事一定很乱。秦国提防明齐，自然也要明齐付出一样的代价。不管太子是不是杀人凶手，他都必须死。"谢景行唇边的笑容凉薄，"只有太子死了，明齐和秦国才算扯平。"

沈妙微微吸了口凉气。

不管怎么样，一个身在泥沼的人第一反应并不是想法子爬出来，而是要扯着身边的人一起滑进去。所谓同甘共苦的盟友，不外如是，以利益捆绑在一起，也以利益精打细算。

文惠帝只怕也已经看清了这一点，所以很快，太子就会成为平衡这场不公平的砝码。明齐多了一个太子，就把太子抹去。

沈妙沉默不语。

谢景行却笑道："一箭双雕，你做得不错。"

沈妙道："我只是负责想，你才是功臣。"

谢景行微微一笑，不置可否。

又说了一会儿话，沈妙的头发也干了，困得打了两个哈欠，谢景行见状，就打算离开。

临走的时候，沈妙突然叫住他，犹豫了一下，还是开口问："荣信公主最近有没有找你？"

"没有。"谢景行挑眉。

"那你……打算如何？"

谢景行头也不回地掠出窗口，扔下三个字："不如何。"

沈冬菱和王弼被关在监狱的最里间。

沈冬菱难堪极了。

前些日子，她怀揣着飞黄腾达的美梦，却不想如今是这样的结局。原先富贵安逸的时候，她和王弼相敬如宾、和和美美，一旦出事，那些掩藏的矛盾就暴露出来。

王弼指责沈冬菱，毕竟品香这个主意是沈冬菱出的。连太子都还没被解救出来，他们的结果又能好到哪里去？

沈冬菱只得为自己辩解，她怎么晓得皇甫灏会莫名其妙死了，这就是个阴谋。有人要算计太子，反将他二人也算计了进去，沈冬菱是无辜的。

今儿个有狱卒来，为他们送的饭和往日不同。

饭菜非常新鲜，里头甚至夹杂着肉，沈冬菱乍然一见这么丰盛，还有些惊喜，问："大哥，这是给我们的？"

那狱卒瞧了她一眼，古怪地笑了笑，道："是，给你们的。"

王弼却意识到了什么，神情变得难看，问："大哥……这是什么意思？"

"呵，是个明白人。"那狱卒又道，"吃完这最后一顿，好好上路吧。"

沈冬菱手里的筷子啪嗒一声掉了下来，她几乎不敢相信自己的耳朵。

王弼一屁股跌坐在地上，似乎早已料到，再也站不起来了。

"大哥，这是怎么回事？"沈冬菱问，"什么时候才能放我们出去？我们是被冤枉的！秦太子遇刺真的和我们无关。都关了这么久，事情还没弄清楚？什么时候才能放我们回家？”

狱卒被沈冬菱叫得眉头直皱，退后两步才不耐烦道：“别说你们了，就连太子殿下都被定了罪，你们又说什么无辜？”

王弼怔住，问：“太子殿下认罪了？”

狱卒从鼻子里哼了一声，道：“可不是，不管是不是冤枉的，你们能同太子殿下一块儿，也算你们的福气。再说了……”狱卒笑得恶意，“便是你们这头无罪，王家买卖私盐也不是小罪。”

王弼身子一颤，问：“这……你又是如何得知的？”

“我怎么知道？”狱卒摆了摆手，不耐烦道，“外头都这么传的。”他又瞧了一眼王弼，“听闻派人抄王家的时候，王家的金银都是用箱子往外抬，足足抬了一个晌午！既然享过富贵，这辈子也就不亏，王公子也别想其他的了，安心吃了这碗饭，来世投个好人家。”

沈冬菱一颗心直往下沉，若说之前还有一丝侥幸，那么私盐的事情一旦被抖出来，她和王弼真的是一条活路也没有了。

如今国库空虚，文惠帝尚不够富裕，王家却做着买卖私盐的勾当，富得流油，不狠狠惩戒一番，如何甘心？

沈冬菱只觉得天旋地转，她千方百计和沈玥换亲，为自己筹谋了这么一桩亲事，怎么就锒铛下狱？怎么就富贵如过眼烟云了呢？

她不甘心！

如果不是她为王弼出这个主意，是不是就能躲过一劫，皇甫灏不会死，太子不会被冤枉，他们也不会成为无辜的牺牲品？她那一日为什么鬼迷心窍想着要去算计沈妙？明明晓得和沈妙作对的人最后都没有好下场，为什么还要亲自去撞得头破血流？

沈妙？对了，沈妙！

沦落到如今这步田地，一定是沈妙在背后动了手脚！

沈冬菱忽而福至心灵，她从自己腕间褪下一只镯子，她的首饰在进了牢狱后因打点狱卒都用得差不多了。

她将那镯子塞到狱卒手中，急切道：“劳烦大哥帮我个忙，找到我五妹妹，替我传个信儿，就说我有话要与她说。”她又恳切道，“人之将死，其言也善，还望大哥帮我最后一回。”

她泪盈于睫，狱卒倒还真的心软了几分，将镯子接过，道：“既如此，就帮你一回。不过，我只负责带话，沈五小姐来不来，却不能保证。”

沈冬菱连忙道谢。

王弼冷笑一声，也不知在嘲笑自己还是嘲笑沈冬菱，他道：“难道你以为沈妙会来救你？”

“会不会来我不知道。”沈冬菱道，“若是她愿意救我，我也不怕对她服软。可若是她无心救我，凭什么沈家大房就能安然无恙地活下去？既然是一家人，自然应该有难同当才对。”

就如沈冬菱所想的，狱卒果真将她的话带给了沈妙，不过沈妙也干脆，直接打断狱卒的话，表明自己不愿意去。

沈妙坐在梳妆镜前，惊蛰一边给她梳头，一边问：“奴婢还以为姑娘会去见三小姐一面。”

谷雨瞪她一眼：“姑娘见她做什么？他们犯的是死罪，姑娘平白无故去看她，万一旁人想多，连累了姑娘怎么办？”

惊蛰吐了吐舌头，道：“姑娘从前不也见过二小姐大小姐她们最后一面吗？”

“沈冬菱不是普通人。”沈妙开口道，“她特意给我挖个坑，我才不去跳。”

“挖坑？”惊蛰脸色一变，“姑娘是说，三小姐想要害姑娘？”

“防人之心不可无。”沈妙淡淡道。

沈妙垂眸，有一件事情她很奇怪，太子和王弼自是因为皇甫灏之死才下狱，可文惠帝定罪的决定传得这么快，除了秦国皇帝一直催促以外，只怕还和买卖私盐的消息有关。

文惠帝不能容忍在自己眼皮子下谋取财富的人，哪怕是亲儿子也不行。秦国皇帝的逼迫加上文惠帝的怒火，才会有这么快的决定传来。

只是……买卖私盐的消息是怎么传出去的？

是谢景行干的吗？她托着腮苦苦思索起来。

宫中，养心殿外。

皇后已经在院子里跪了整整一天了。

宫人劝道：“娘娘，还是先回去吧。陛下今日有事在忙，娘娘何必伤了身子。”

“本宫要跪。”皇后语气坚定，“要跪到陛下改变心意为止。”

太监将皇后的话传到文惠帝耳中时，文惠帝勃然大怒，道：“让她跪！让她跪！朕不会改变心意，让她死了这条心！”

太子和王家买卖私盐一事，终于将文惠帝心中最后一点愧疚也消磨了，眼下文惠帝对太子愤怒厌恶还来不及，怎么会听皇后的劝？

皇后也是没法子了，和文惠帝做了这么多年夫妻，文惠帝心中想什么她一清二楚，可太子是她唯一的儿子，为了儿子，跪上一辈子她也甘愿，一日算得了什么？

正僵持着，却听身后传来一声轻笑，有人妖妖娆娆地走过来，她瞧着皇后，道：“姐姐怎么跪在这里？吓了妹妹好大一跳，还以为姐姐同妹妹行这么大礼，日后可莫要再开这样的玩笑了。”

皇后咬着牙看她，恨得切齿，这人正是徐贤妃。说实话，太子买卖私盐一事突然被捅出来，皇后怀疑和周王、静王脱不了干系。

徐贤妃笑得俏丽，问：“姐姐怎么不进去，莫不是做错了什么事情，跪着求陛下原谅呢？要不妹妹进去，替姐姐说情可好？”

皇后咬牙道：“不必了。”

徐贤妃笑道：“姐姐若是不愿，妹妹也不勉强。妹妹这会儿还有话要与陛下说，就不打扰姐姐这份兴致了。”她掩嘴一笑，就要派人进去通报文惠帝。

皇后恨不得抓花徐贤妃的脸，徐贤妃这会儿进去，无非就是煽风点火。

可是她无法阻拦。

徐贤妃正要进去，又见外头匆匆忙忙跑来个人，瞧见徐贤妃，歉意道：“贤妃娘娘，睿王殿下在外头，这会儿要求见陛下呢。”

睿王？徐贤妃和皇后同时一怔。睿王这会儿来，是做什么？

徐贤妃虽然骄纵，却不是拎不清的，当即就道：“那我晚些时候再来。”

文惠帝身边的近侍很快出来对那通报的人说了几句，通报的人出去，皇后和徐贤妃一站一跪，却见外头走来一名穿着紫衣的年轻男人。

他戴着半块银色面具，神情悠然，从皇后身边走过，只扫了她一眼，眸中并没有太多意味，脚步亦未停。

书房里，文惠帝端坐在桌前，他表现得云淡风轻，一派稳重，仿佛刚在书房里暴跳如雷的人不是他。

只是脊背有些僵硬。

紫袍青年自外头走了进来，懒洋洋地唤了他一声陛下，就算打过招呼，接着就走到他对面施施然坐下。他坐得随意，目光没有一丝尊敬，仿佛文惠帝才是客人。

文惠帝回过神，笑着看向睿王，道：“这些日子朕忙得很，倒没有过问睿王住得可还习惯？”

这话有些亲近的意思在里面。如今秦国对明齐态度恶劣，若是大凉这时候再有别的想法，明齐可就真的进退维谷了。

睿王懒洋洋一笑，道：“托陛下的福，本王过得还不错，不过，听闻陛下这几日却不太好。”

文惠帝心中一跳，摇头苦笑道：“教子无方，让睿王见笑了。”

“也怨不得陛下，”睿王道，“毕竟陛下有九个儿子。”他的语气听不出喜怒，“不过秦皇却可怜了，来明齐朝贡，太子和公主都折在这里，真是飞来横祸。”

文惠帝的笑容变得尴尬起来。

他道：“朕会尽快处理此事。”

睿王一笑：“秦皇应该不会轻易善罢甘休。”

文惠帝一口气憋在胸口，只觉得睿王就是故意来恶心他的。他只好僵硬地岔开话头，问：“今日睿王来找朕，不知所为何事？”

睿王没有说话，只是屈起一根手指在桌上有一搭没一搭地敲着，一片沉默中，文惠帝的心也被那敲着桌子的手指揪住了。

若是睿王在这时候提起大凉和明齐交界处的城池……该怎么拒绝？

他的脊背由最初的僵硬变得冷汗涔涔。

片刻后，睿王敲着桌子的手指一顿，漫不经心道：“是为了本王的终身大事。”

“什么？”文惠帝一愣，还没等他想明白，就听见睿王平平淡淡的声音响起：“皇兄一直希望本王早日成家，这一次来明齐，叮嘱本王要将王妃带回去。本王正有此意。”

这回文惠帝听懂了，睿王想在明齐找个女人，可是为什么？文惠帝心中奇怪，露出一个大度的微笑，道：“原来如此，英雄难过美人关，睿王青年才俊，自然应得如花美眷。不知道睿王看上的是哪家姑娘？”

睿王盯着他，一双漂亮的桃花眼突然绽开点点笑意，文惠帝一愣，就听见睿王开口：“沈家，沈妙。”

文惠帝笑不出来了。

他干涩着嗓子问：“你说……谁？”

“威武大将军嫡女。”睿王道，“陛下不记得了？前些日子，太子不是还要娶她做侧妃？”

竟然逼人至此！欺人太甚！文惠帝的脑子里一瞬间冒出许多个念头，到了最后，却有些控制不住地冷笑起来。

这个睿王，看着懒懒散散，对什么事都不上心，明齐和秦国结盟之事也不放在眼里，每日自顾做自己的事情，原来却是个扮猪吃老虎的，还有后招在这里！

一娶就娶的是威武大将军的嫡女，他娶的是沈妙，还是沈家的兵权？

文惠帝知道，对于大凉来说，沈家兵权也许算不得什么，大凉本来就有许多出色的将士，可对于明齐，原先优秀的将领们大多在早年间被他遣散了，如今谢家也式微，能支撑明齐威名的也就一个沈家而已。明齐没有了沈家，犹如老虎没有利爪，再对付大凉，只怕挣扎不了几分，就被吃干抹净了。

好一个睿王，好一个大凉！

文惠帝勉强挤出一个笑，道：“睿王好眼光，不过沈将军爱护女儿，众人皆知，若是睿王执意要娶沈妙，沈将军只怕心疼幼女，不愿她远嫁大凉。”

“这有何难？”睿王把玩着手上的扳指，漫不经心道，“沈将军不愿，陛下下一道圣旨不就行了？”

文惠帝一愣。

睿王继续道：“大凉和明齐如今还算友善，陛下不会连这个面子也不给本王吧？”他伸了个懒腰，淡淡道，“如此，本王也该向皇兄回禀一下城池的事了。”

文惠帝活了一辈子，总算是知道“气得发抖”是什么感觉了。

沈家就是块肥肉，睿王这是不仅要抢这块肥肉，还要主人家双手将肥肉奉上。

若是他真的下了这道圣旨，只怕就算沈信日后因忠心留在明齐，也会对他生出怨愤之心，毕竟是他下圣旨让沈妙远嫁的呀！

若是他不肯下圣旨……在明齐和秦国同盟岌岌可危的情况下，贸然与大凉对上，可不是明智之举。

睿王的目光落在文惠帝身上，犹如猫儿戏耍爪中老鼠，慢悠悠地问：“陛下可想好了？”

文惠帝憋着气，自登基以来，他处理过无数棘手的事，没有一次如同眼前这般令人憋屈，没有一个人敢如此无礼又放肆地对他。

生平第一次，文惠帝开始后悔从前不应当为了集中兵权而对付世家大族，若是明齐再多几个沈信这样的猛将，是不是就不必如眼前这样，在大凉面前低声下气？

可世上哪有后悔药？

睿王见他不回答，便是一笑，站起身来，道："本王明白了。"作势要走。

"等等！"文惠帝叫住他。

睿王站住，笑道："陛下可想好了，一国之君，一言九鼎。"

"明齐和大凉交好，朕自然也该成人之美。"文惠帝笑得比哭还难看，"若是沈家小姐嫁给睿王，也是沈家小姐的福气，朕乐见其成。放心，朕今日拟旨，过几日就上朝颁旨。"顿了顿，才无比艰难地从嘴里吐出几个字，"城池一事……"

"就当是送给陛下的礼物。"睿王一笑，心情不错地离开了。

等睿王离开后，文惠帝一下子瘫软在椅子上，额上渗出汗珠，脸涨得通红。

愤怒、羞耻、屈辱、怨恨在他脸上交织。

"拿朕的纸笔过来。"文惠帝定了片刻，突然道。

高公公忙应了。

文惠帝目光沉沉，用沈家这门亲事换来的暂时安定，究竟能维持多久，谁也不知道。最重要的是，沈妙嫁给睿王后，虽然沈信还是明齐人，文惠帝却再也不敢信任沈信了。

沈信这颗棋子是废了，明齐的局势也会更加艰难。为了提防大凉，明齐必须赶紧和秦国恢复盟友关系。

秦国还在为皇甫灏和明安公主的事情而恼火明齐，明齐就必须拿出诚意来。

太子必须死了。

文惠帝闭了闭眼睛。

出乎所有人的意料，文惠帝给太子下的定罪书来得又快又急，几乎不给人想清楚的时间。太子在牢中自尽了。

太子自尽后，皇后闹了一场，在坤宁宫闭门不出。

太子倒了，皇后下半生没了依靠，这个位子还能不能坐稳都不好说。皇后若是也倒了，谁会是六宫中的下一个主子？看来看去都是徐贤妃的胜算最大。

周王、静王，可算是天时地利人和皆备了。

皇甫灏一事，除了太子和皇后受累外，被连累得最惨的，却是员外郎王府。

当日是员外郎府上王少爷提出要去品香，还携带着妻子。谁知皇甫灏会血溅易凤阁，王弼和沈冬菱肯定跑不了。

不过定下他们罪名的却不是这个。

员外郎被人私举暗中做着买卖私盐的生意，买卖私盐是大罪，整个王府都要被连累。王弼和沈冬菱被判斩首，王家其他男丁流放，女子充为军妓发配边关。

沈妙一边听惊蛰说着这几日发生的事情，一边和罗潭坐着喝茶。

正说着，沈丘和罗凌一前一后从外头走进来，罗潭招呼道：“丘表哥，凌哥哥，过来喝茶吃点心！”

罗凌进了屋，先是看了沈妙一眼，见沈妙正微笑着看向沈丘，不由得目光一暗，走到一边坐下来。

沈丘抓了一块雪花糖塞到嘴里，道：“你们今儿个怎么有闲心？”

罗潭嘻嘻哈哈与沈丘打趣，又听见外头小厮通报，沈信和罗雪雁回来了。

沈丘道：“刚好，爹娘回来，咱们也该吃饭了。”

沈信和罗雪雁自外头走进来，不过这一回，就连大大咧咧的罗潭也察觉到了不对劲。

沈信面色铁青，神情十分难看，罗雪雁亦是怒不可遏的模样。

跟在沈信和罗雪雁身边的小厮大气也不敢出一下，低着头退了出去。

沈妙看着沈信和罗雪雁，笑道：“爹娘怎么看着不大高兴，是外头有什么不顺心的事儿吗？”

沈妙一开口，沈信和罗雪雁同时朝沈妙看过来，沈信的目光里悔恨、愤怒、憋屈交杂，罗雪雁眼中却是深深的愧疚和无措。

沈妙心里咯噔一下，很快明白过来，能让沈信夫妇露出如此神色的，只怕跟她有关。

罗雪雁深深吸了口气，笑道：“没事儿，是朝廷上的一些事情。娇娇饿了吧，咱们先吃饭。”

只是那笑容勉强，连罗潭都目光凝重。

沈妙的微笑淡下来，道：“爹娘为什么不对我说实话？我不是小孩子，我和大哥一样，也是沈家的人。这件事和我有关对吗？”

沈信闻言，定定地看了沈妙一会儿，终于深深地叹了口气，苦笑道：“今日上朝，皇上下了道圣旨。”

“赐婚与你，”他艰难道，“和睿王。”

此话一出，屋中顿时一片寂静，罗雪雁不敢看沈妙的眼睛。

罗凌愕然，罗潭张大嘴巴，沈丘一拍桌子站起来：“这叫什么事儿！睿王是什么人，妹妹一个明齐姑娘，怎么能嫁给大凉的人，皇上是不是疯了？”

“丘儿！”罗雪雁怒视着他，“慎言！”

沈丘倏尔闭嘴，看了一眼沈妙，抓耳挠腮道：“不论如何，妹妹都不能嫁给那个劳什子睿王……睿王，这名字怎么恁熟……”他脑中灵光一闪，拊掌道，“原来是那个人！我就说堂堂大凉亲王怎么会主动与我打招呼，原来他是奔着妹妹来的，可恶！”

沈信听着就皱眉，问：“你见过睿王？”

“上次我和凌表弟在回府路上遇着他，他还邀我去睿王府切磋。”沈丘愤愤道，“我要早知道他原是这个心思，当时就应该砍断马腿让他摔死！”

沈妙：“……”

罗凌也是愣了一愣，随即想到什么，朝沈妙看去。

沈妙被罗凌复杂的目光看得莫名其妙，这会儿也没心思追问，只是问沈信：“这是陛下颁的圣旨？皇上为什么突然要给我赐婚？”

诚然，沈妙晓得这是谢景行的主意，不过她还是想打听一下，谢景行到底是如何说服文惠帝的。

沈信看着沈妙，顿了片刻，才长叹一口气，道：“娇娇，是爹无能啊。”他这才慢慢将今日之事道来。

原来今日上朝，文惠帝处理完了一些朝事，临近下朝时，突然话锋一转，说起大凉睿王有意在明齐娶个王妃回国的意思。朝臣们有的激动有的不安，疼爱女儿的，自然不希望女儿远嫁，而一心往上爬的，又希望女儿嫁给睿王，至少能做个王妃。

文惠帝却没给众人思索的机会，直接赐婚了，而被赐婚的姑娘，却是威武大将军沈信的嫡女沈妙。

众人愕然，谁都知道沈妙是沈信的掌上明珠，要沈妙嫁到大凉去，只怕沈信不会同意。而如今明齐又正是需要沈信的时候，文惠帝怎么会在这个时候找沈信的不痛快？

沈信憋了一肚子气，恨不得抽刀砍了金銮殿，文惠帝这次都没跟他商量，直接为沈妙赐婚，这就意味着，沈家一点儿反对的机会都没有。若是反对，那就是抗旨，搭上整个沈家一起死。

下朝后，文惠帝叫住沈信，将沈信带到了御书房里，与他促膝长谈了一番。

这一回，说的却是赐婚背后的真相。

于是沈信知道了，要沈妙嫁给睿王是睿王的意思，睿王以明齐边关城池来威胁文惠帝作出这个决定。

文惠帝对沈信说："朕是明齐的主子，不能置百姓的生死不顾，所以沈将军，就请委屈沈小姐一回，以她一人换天下百姓的安危，沈小姐若是知道了，也会理解朕的决定。"

臣子当听君令，何况眼前君主还如此诚恳地与自己说明原因。若是从前，沈信一定会体谅，甚至会觉得感激。

可在文惠帝对他说出"以她一人换天下百姓的安危"时，沈信的心里却有一丝凉意划过。他甚至觉得，面前这个他效忠了一辈子的君王，竟然有几分虚伪。

天下百姓，他沈信的女儿也是天下百姓之一！凭什么该牺牲的就是他的女儿？他这一生，戎马征战，为的就是保护苍生，可连自己的女儿都保护不了，他算什么人父？

后面文惠帝说了什么，沈信根本没有听进去。

沈信的话说完，屋中人都沉默了。

沈妙道："原来如此。"

她神情平静，似乎没有被影响到一丝一毫。

罗雪雁怕她憋坏了，道："娇娇，你不必这样憋在心里，事情还没有决定……"

"娘不用哄我，圣旨都下了，总不能抗旨吧。"沈妙笑笑，"况且嫁给睿王也不是什么坏事，做个王妃，锦衣玉食，吃穿不愁，瞧睿王当初的风姿，虽然看不见脸，也当是个生得不错的人。"

"可是你与他素不相识，"沈丘急道，"又怎么知道他的为人处世？"

"世上不都这样？"沈妙淡淡道，"有的人相处了一辈子，都不晓得对方的为人处世，嫁给睿王没有你们想的那么糟。留在定京，就我的身份，反倒更容易被人算计，沈家护不住我的。"

沈信眼中倏尔闪过一丝沉痛。

他的兵权越大，所受的桎梏也就越多，皇帝越是忌惮，就越要牵制他。沈妙的亲事之前能被太子拿捏，自然也能被其他人拿捏。不怕贼偷就怕贼惦记，沈家的确护不住沈妙。

"大凉是个好地方。"沈妙的语气有些向往，"曾见游记上写过，大凉国富民安，夜不闭户，歌舞升平。百姓和乐，盗贼肃清，是一番好景象。"

"再好的景象，你独自一人……"罗雪雁不忍。

"大凉的睿王妃，就是亲王妃，一人之下，万人之上，倒不至于有人会欺负我。”沈妙思索着，“睿王既然想要娶我，说不准对我情根深种，自然也会对我好的。”

她这话倒将罗雪雁一干人逗笑了，罗雪雁笑道：“傻孩子，他可不一定……”话又突然顿住，沈妙聪明早慧，又怎么会不知道睿王很可能不是冲着她的人，而是冲着沈家而来？她这样说，不过是让他们放心罢了。

思及此，罗雪雁又感到无限心酸。

沈妙微微一笑：“是喜事，怎的你们瞧着却不怎么开心？若是如此，反而晦气了。既然圣旨下了，过不了多久就会通知，我得开始忙着给自己绣嫁衣了。”

她的语气里没有一丝埋怨或是不开心，反而十分自然。越是这样，沈信夫妇就越是难过。

又说了一阵子话，沈妙觉得乏了，众人才吃饭。一顿饭吃得食不知味，各自有着各自的心思。待吃完后，众人散去休息，沈妙正往她的院子里走，却被罗凌唤住了。

“凌表哥有事？”沈妙看着他问。

罗凌问：“表妹是真的想嫁给睿王？”

沈妙笑道：“圣旨都出了，想或者是不想，与我都没有关系吧。”

“还以为你会直接说不想。”罗凌的目光暗了暗，仍是牵起一个微笑，“就像从前在小春城拒绝那些少爷一样。”

沈妙笑而不语。

“祝贺你。”他笑得苦涩。

沈妙点头致谢。

另一头，沈信夫妇的院子里，沈信也正和罗雪雁商量这事儿。

沈信道：“和娇娇一起去大凉？”

罗雪雁点了点头：“咱们不在娇娇身边，若是娇娇在大凉有了麻烦，天高地远，咱们不晓得她受委屈，当初……不也有嫁到别国的小姐都被夫家人害死了，这头都不知？”

“他敢！”沈信勃然大怒，随即又道，“我是可以去，只怕皇上不会放人。”

罗雪雁的声音低下去：“如今大凉和明齐局势这么紧张，咱们也一道跟去大凉，皇上定会以为我们叛国……确实不妥，可是真就没法子了吗？”

无奈中，沈信背对着罗雪雁，望着墙上的一幅字画出神。

那是沈老将军赠予他的字画《精忠报国》。

他忠心，他报国，可得到的是什么，为什么他此刻觉得后悔呢？

这个君王一直提防他、打压他、控制他，沈信不觉得有什么，哪怕君王利用他。

但是为什么要伤害自己的儿女？

天下君主都是这么对待忠臣，还是仅仅这一个如此？沈信想，若是文惠帝在睿王面前有一点儿反抗，或是为沈妙争取一点儿，他都不会像现在这般不满文惠帝。正因为文惠帝答得干脆利落，好似为了天下江山，沈妙什么都不算，才让沈信心里有了疙瘩。

沈信突然就对文惠帝的无能有了一丝厌恶。

他却没意识到，在这场交易中，自己对文惠帝生出的怨愤之心，远远比对大凉睿王要多得多。

他自然也不晓得，自己这份心思的转变，在很早之前就被某人预料到了。

罗雪雁还在念叨："睿王怎么会突然想娶娇娇？大凉可不缺这点儿兵权，就算是为了挑拨，也不至于如此吧。"

沈信道："明日我再去打听打听，先睡吧。"

可今夜，注定是一个不眠之夜。

今夜，公主府一片沉肃。

荣信公主坐在主位之上冷笑起来。

她怎么就没看出来，这个外甥还有这样的本事！

那个漂亮的少年，总会笑眯眯叫她容姨的少年，和记忆中的样子相去甚远，如今的谢景行，满身都是陌生的气息。他可以为了得到自己想要的东西蛰伏几年，他想要的最后都会得手。霸道的姿态，凌厉的手段，毫不留情的威胁……

荣信公主心里有些害怕。

她不知道应不应该将谢景行的身份告诉文惠帝。

荣信公主想了一会儿，脑子里又浮起幼时的画面来。她成日不外出，又与人交往甚少，连丫鬟都不能在夜里进屋来。适逢驸马忌日，她染了风寒，第二日躺在床上起不来，五岁的谢景行端了热腾腾的粥，一勺一勺喂她吃，还拿小板凳坐在她床前，读诗给她听。

恍惚算来，十年转瞬即逝，他们明明不是母子，却胜似母子，怎么就走到了如今这个地步？

一边是国仇，一边是数十年的陪伴，要怎么办才好？

荣信公主不晓得，这些日子，公主府的一举一动都被人盯着。公主府因不与外人交往，连侍卫都惫懒了几分，并未觉出异样。

平南伯府上，苏明朗看着婢女端来的糖蒸酥酪，义正词严地拒绝：“我不吃，拿去给大哥吧。”

如今的苏明朗也到了爱美的年纪，这些甜甜的东西，虽然闻着很香，他却决计不肯动一动。

随即又突然想到什么，他叫住那侍女，道：“算了，别端给大哥了，日后大哥若是娶了沈姐姐，沈姐姐嫌弃大哥是胖子怎么行？”

侍女端着盘子不知道该如何是好，苏明朗见状，长叹一口气，道：“既然你这样为难，我就勉为其难吃了吧。”

侍女：“……”

屋里，苏明枫却没心思吃什么糖蒸酥酪，他来回踱着步，神情很是焦灼。

苏煜同情地看着他，拍了拍他的肩膀，道：“儿子，爹知道你心里难过，可这圣旨是陛下亲自下的。沈姑娘要嫁给睿王，就必然要去大凉，眼不见为净，过些日子你就会把她忘了的。”

“爹，您就别给我添乱了行吗？”苏明枫不耐烦道，“我不是因为这个难过。”

“你心里想什么爹还不知道？”苏煜道，“人不风流枉少年，没什么，天涯何处无芳草，你要想开一点。”

苏明枫忍无可忍：“好，爹，我知道了，我不会寻短见，你让我一个人待一会儿，可以吗？”

苏煜无奈，只得抛下一句“总之，爹会努力再为你寻一位天仙似的姑娘，你不要伤心了”，然后叹息着离开。

苏老爹走后，苏明枫在书桌前坐了下来，心中莫名烦躁。

文惠帝突然下旨给沈妙赐婚，这让苏明枫很是意外。文惠帝的心思，苏明枫没空猜想，他想的是沈妙。沈妙和谢景行两年前似乎就有来往，前些日子因为那只虎头环，苏明枫笃定沈妙和谢景行之间有些特别的关系，甚至还怀疑谢景行依然活着。

想要知道谢景行的消息，就必须关注沈妙。

可为何沈妙和睿王结亲的事情，会让他这么不安呢？仿佛有什么东西呼之欲出。

正当他坐立不安的时候，外头有人回来了，是苏明枫派出去监视公主府的探子。

探子朝苏明枫行了一礼，就道："前些日子，少爷让小的查的事情有眉目了。"

苏明枫心中一喜，立刻坐直身子，问："快说！"

"属下的人跟着公主府的侍卫，发现有人一直在监视睿王府的动静。属下猜得没错的话，应当是荣信公主的吩咐。"

"睿王府的侍卫，似乎有几人潜伏在沈宅，不知道是监视还是保护沈五小姐。"

苏明枫眉头一皱，怎么都是睿王？荣信公主监视睿王，睿王监视沈妙？

可他要找的是谢景行的线索啊。

难道……苏明枫的心剧烈跳动起来。

这几日，沈家都陷入了一种非常古怪的情绪里。因为沈妙的这道赐婚圣旨，每个人都是愁云密布，虽然众人都竭力表现得欢喜，可到底还是掩饰不了惨淡之色。

倒是沈妙自己，跟没事人似的。白日里她正坐在屋里看书时，白露匆匆忙忙跑了进来，道："姑娘，夫人要你赶紧去正厅，睿王府的人送聘礼单子来了！"

沈妙怔住，聘礼单子？

谢景行还真是胆大包天了，明知道沈家的人不待见他，竟敢送聘礼单子来，这不是火上浇油吗？

不过想一想谢景行肆无忌惮的性子，也确实是他能做出来的事。

待到了正厅，老远瞧见罗雪雁捧着个长长的东西在看，罗雪雁的身边，沈丘和沈信也站着伸长脑袋，罗凌目光复杂。

沈妙一脚踏进屋中，才发现除了沈家人以外，屋里还站着一个人，待看清楚那人的样貌时，沈妙险些呛住。这人是个满脸大胡子的中年男子，沈妙从前也见过，似乎是跟在谢景行身边的侍卫，从阳曾唤过他铁衣。这人勇猛威武，今日偏偏穿了件大红衫子，衫子上绣着彩鸾祥云什么的，大约为图个喜气，不过铁衣本来皮肤黝黑，穿这身衣裳，看着蠢极了。

瞧见她，铁衣行了个礼，一板一眼道："王妃。"

这下子，连沈丘也忍不住咳了起来，瞪了一眼铁衣："别乱叫！"

沈妙莫名想笑，谢景行非得让铁衣这么个五大三粗的汉子来送单子，这是成心逗人笑呢。

见沈妙在那里发傻，罗潭唤她："小表妹，你快来看这聘礼单子！"

沈妙走了过去。

聘礼单子做得十分考究，用撒了金粉的香木做成长长一卷，封皮上还镶着翠绿色的猫眼。

罗雪雁把聘礼单子递给铁衣，道："唱吧。"

明齐的习俗，聘礼单子是要由男方的人来唱的。唱得越久，说明聘礼越丰厚，女方也就越体面。

铁衣显然不大习惯做这种事，他翻开第一页，干巴巴地唱道："黄花梨攒海棠花围拔步床一张、酸枝三屏风罗汉床一张、黄花梨顶箱柜、黄花梨木柜、楠木书柜、楠木多宝槅一对、豇豆红瓶一对、嵌螺钿黄花梨炕桌一张、点螺钿黄花梨金钱柜一对……"

第一页是家具，众人听得目瞪口呆，这么多东西，都可以放三个宅子了！

第二页是摆设，只听铁衣又唱道："沉香木镶玉如意一柄、岫玉如意一柄、锡纸油灯一架、镀金小座钟一座、银怀表一个、绿玉翠竹盆景一盆、银镀金六方盆料石梅花盆景一盆、素三彩十八子攒盘一个、粉彩茶叶罐一个、陈女贞酒一坛、竹梅双喜挂镜、荣华富贵挂屏……"

每一样单拎出来都价值不菲，这睿王一来就是这么大一堆。

罗潭吸了吸鼻子，拉了拉沈妙的袖子，道："睿王他们家是干什么的啊……做盐商的吗……"

罗雪雁和沈信也皱起眉，这睿王给的聘礼未免太丰厚了些。

不过他们还来不及惊讶，铁衣已经继续往下唱了，第三页是日用品，他唱道："黄杨木梳六匣、湘蜀竹篦子两匣、紫檀木梳妆匣一个、漱口盂、檀香皂、幔帐、缎子门帘、玻璃珠门帘、绿走水、五彩流苏、鸳鸯枕、八铺八盖……"

沈家众人："……"

铁衣继续唱第四页衣裳："大毛皮旗装、银鼠皮、灰鼠皮、羊皮、珍珠毛各一件，各种棉旗装十二套。纱夹、绸夹、缎夹、布夹衣装，三十二套。单衫、纺绸、狐绸、茧绸、薄纱花布大褂，十二套。五福捧寿、凤穿牡丹、百蝶穿花、万字长春敞衣十二套。各色上等丝绸三十匹，香云纱六匹，织锦缎二十匹，云锦十匹，蜀锦十匹，各色绢纱十二匹。绣花缎子被面三十六条，绣花鞋二十双，江绸绫袜四十双……”

罗雪雁忍不住开口：“这位……小兄弟，莫不是你把睿王的聘礼单子拿错了，不对头吧？”

这哪是娶媳妇，这是尚公主的阵势啊！不对，尚公主只怕也没这么讲究。

铁衣面无表情道：“不会的，睿王府就这么一份聘礼单子。夫人还请继续听。”

他唱第五页金银首饰：“珊瑚朝珠、金箔朝珠、蜜蜡朝珠、沉香朝珠各一盘，青玉各式佩件四件、白玉各式佩件四件、水晶各式配件两件，珍珠手串、翡翠手串、珊瑚手串……”

他唱第五页古玩字画：“织金彩瓷瓶四对，郎红玉壶春一对，成化斗彩瓶一对，宣德蓝釉留白梅瓶一只……”

唱第六页书籍四箱、文房四宝一箱。

唱第七页丫鬟及仆役，还有专属侍卫。

唱第八页马匹车辆。

第九页……

沈家众人：“……”

铁衣越唱越顺口，端的是一个气势悠长，比小春城里戏台子上那些老生唱得还余韵绕梁，每唱一句，让人觉得仿佛瞧见了大堆白花花的银子。待唱完最后一句，他还下意识收了个腔，长长吐出一口气，将聘礼单子合上，这才看向沈妙。

“田产、商铺没有入礼单，因为都在大凉。”铁衣说得诚恳，“殿下将其全部折成金银，即是黄金一万斤。”

黄金一万斤！

罗潭简直要晕过去了。

铁衣继续道：“买下来的睿王府到沈宅及其中间所有宅屋，也都一并在内，晚点会让人将地契送过来。”他恭敬地把聘礼单子递给罗雪雁，“请夫人收下。”

罗雪雁没收，也不敢收。

那是黄金一万斤，这么长的一份聘礼单子，他们沈家这是要成为明齐首富了吗？

睿王真的不是把大凉的国库都搬过来了吗？

睿王脑子没病吧？

沈信皱眉，还是沈丘最先反应过来，迟疑地试探道：“睿王写的这份聘礼单子，你们皇上可知道？”

铁衣愣了愣，随即想到了什么，道：“陛下对身外之物不甚看重，况且这也算不得什么大数目。”

瞧见沈家众人震了一震的模样，铁衣继续道：“在大凉皇室，金银珍珠不过沙石细土一样，到处都是。”

众人肃然起敬，看来大凉果然是国富民强，富得流油。

铁衣又道：“不过请将军和夫人放心，殿下娶沈姑娘，一切都是按照大凉皇室礼聘来的。”

罗雪雁和沈信这才放下心来，沈家虽然不缺金银，却还是在沈妙这一事上格外看重，定要遵循礼仪。二人又感叹，这份聘礼，比当初文惠帝迎娶皇后的还要丰厚。

寻常臣子娶夫人，自然不能比皇家还丰厚，可睿王不是明齐人，是大凉人，不必考虑到这一层，就算比皇家丰厚，皇家也不会说什么。如此一来，沈妙的聘礼，应该是明齐自开国以来最为盛大的。

沈信和罗雪雁心中终于有了一丝安慰，不管怎么说，这样风风光光地嫁出去，至少也是许多姑娘家毕生的愿望。思及此，二人对睿王的那点子恶感，顿时消散了不少，连带着对面前这个大胡子男人的态度都要亲切了许多。

罗雪雁问：“不过，怎么都未曾将庚帖送过来？”

铁衣道：“殿下已经让名僧算过与沈姑娘的八字，当是天作之合，五百年修成的眷侣。夫人今日请将庚帖交与我，殿下的庚帖，会与地契一并送来。”

人家态度诚恳得很，毛病都挑不出来。

罗潭忍不住问：“那婚期是在什么时候呢？陛下的圣旨里，可没说具体是什么时间。”

铁衣笑道：“请婚书也已经做好了，殿下年关过后会回大凉，回大凉当日，盛娶沈姑娘过门，一路红妆，直到大凉都城城门。”

那就是说从明齐出嫁，一路敲锣打鼓，直到回到大凉。在明齐完成婚礼的各种礼仪，回大凉也向大凉的子民正式宣布。几乎是把沈妙抬到一个很高的位置了，同天下人宣布沈妙睿王妃的身份。

沈信和罗雪雁对视一眼，彼此都看到了对方目光中的疑惑。

这睿王对沈妙如此上心，怎么瞧着……好像是真的心悦沈妙？

罗凌低头看着地面，仿佛能将地面看出一朵花来。

屋中人神情各异，沈妙的反应反倒显得平淡了。她点了点头，对铁衣道：“多谢。”

铁衣忙称不敢，又说明了一下过几日还要送过来的东西，这才离开。

等铁衣走后，众人面面相觑。若说睿王是为了挑拨沈家和明齐皇室，或是让沈家不能为明齐皇室所用，在圣旨下来的时候，睿王的目的就已经达到了。

既然已经达到了目的，为何还要摆出这么大的阵仗，这不是多此一举？

沈丘怒气冲冲道：“睿王是黄鼠狼给鸡拜年，没安好心吧？送这么多东西，以为我沈家贪慕富贵不成？这么多银子，指不定别人怎么想沈家！”

罗潭笑眯眯道：“不管怎么说，妹夫出手大方，总比出手小气好得多。男人嘛，肯给姑娘银子花，那才叫好男人。”

沈信捂着头：“这些东西又往哪儿放？”

“是啊。”罗雪雁也忧心忡忡道，“咱们宅子里可放不下这么多器物。难道单独在府里修个粮仓，里头装东西？”

沈妙听得直想笑，道：“他不是把那些宅子全都买了吗，等他走后，那些宅子都是沈家的了。买几个护卫，放些东西过去如何？要不干脆住进睿王府也成。”

沈信摇头：“衍庆巷不是我们能住的。”说着眼中闪过一抹痛色，“年关后他就走，娇娇，你……”

年关后，沈妙就要去大凉了。

屋里人都沉默下来。

沈妙见状，怕他们又感怀，忙岔开话头道：“睿王送了这么多聘礼，嫁妆又该如何算？”

罗潭正觉得口渴，端起桌上的茶喝，闻言一口茶水全喷了出来，道：“嫁妆？天哪！”

沈家众人也仿佛被一个惊天大雷劈在了头上。

按理来说，送多少聘礼，回给的嫁妆就要差不了多少。

可是这嫁妆……睿王给沈府送了这么多聘礼，要回差不离的嫁妆的话，就算把整个明齐国库搬空也没有那么多啊！

睿王给沈家出了个难题。

第九章　兄弟阋墙

夜里，沈妙坐在灯下，想着白日里铁衣捧着一条长长的聘礼单子唱得福气绵长，不由得发笑。

谢景行也实在是太乱来了，若是被人瞧见这聘礼单子，只怕沈家就要被明齐所有人羡慕妒忌。

只是谢景行写这么长的单子，也不晓得永乐帝知不知道。想着想着，沈妙又有些心酸。

她前生嫁给傅修宜的时候，傅修宜可没有给出这么丰厚的聘礼，当时的傅修宜说，定王府内清寒，他生性俭朴，所以不欲大肆操办，沈妙也信了。

甚至将自己的嫁妆都贴补了傅修宜。

如今她嫁给谢景行，说不清楚心中是什么滋味，但谢景行给了她超乎想象的隆重。

让人竟对这桩婚事，有些期待起来。

窗户被人叩响了两下，沈妙抬眸，见从阳在外头徘徊，她打开窗，从阳见到她，先同她行了一礼，道："少夫人，主子让属下带您过去。"

沈妙愕然，转瞬便点头道："好。"

正好，她也有话想对谢景行说。

和第一次的生涩不同，这一次沈妙来睿王府，可算轻车熟路了。

待沈妙来到睿王府，睿王府的下人们瞧见她，齐齐停下手里的动作，对她恭声喊：“少夫人！”

沈妙：“……”

从阳乐呵呵道：“少夫人，大家都很喜欢您。”

沈妙只觉得尴尬，心中五味杂陈。

待被从阳领着到了睿王府的后院，老远就看见一个雪白的毛团朝她扑过来，欢快地咬她的衣角。

一个懒洋洋的声音在夜色里响起：“娇娇，过来。”

沈妙抬眼，看到谢景行倚在树上，双手抱胸，似笑非笑地看着她，也不知道在叫谁。

沈妙朝他走过去，白虎一路欢喜地跟过来。

她在谢景行身边站定，问：“你找我来做什么？”

谢景行挑眉：“裁衣。”

“裁衣？”沈妙狐疑，还未继续问下去，谢景行突然伸手将她拉进怀里，抱了抱，然后放开。

他的动作太快了，从拥抱到放开也不过短短一瞬。

谢景行道：“以你的脾气，大概不会乖乖绣嫁衣。我找了大凉最好的绣娘，只是不知道你衣裳的尺寸。”他上上下下打量了一下沈妙，意味深长道，“抱一下就知道了。”

沈妙：“无耻，不要脸。”

谢景行慢悠悠地哦了一声，然后道：“但你刚刚好像很喜欢。”

沈妙讽刺：“你的手段倒是很高超，抱一下就知道尺寸了，以前干过不少这事？”

谢景行盯着她，直把沈妙盯得脊背发麻，才勾唇笑道：“吃醋了？那你可以抱回来。”

他张开双臂，一副任君采撷的模样。

“谁要抱你。”沈妙鄙夷，“对了，我有事问你。”

谢景行挑眉：“什么事？”

“聘礼单子收到了，你为何送那么多聘礼？我们沈宅堆不下那些东西。再说了，你送那么多东西，沈家还不起同样的嫁妆。你是故意找麻烦的吧？”

“就这个？”谢景行漫不经心道，“我还打算多送一点。”

沈妙正要说话，却见一个侍卫匆匆忙忙跑进来，看见谢景行，面露难色，道：

“殿下，外头有人找，属下们将他拦住，可他就像疯了一样，大喊着您的名字，怕惹人误会，只得将他暂时制住。”

“所以？”谢景行问。

“是平南伯苏家大少爷苏明枫。”侍卫道。

沈妙猝然抬头。

睿王府前厅中，此刻正有个五花大绑的年轻人，他浑身上下几乎被捆成粽子模样，嘴里还堵着一块破布，愤怒地瞪着一边的侍卫。

这人正是苏明枫。

苏明枫派人监视睿王府已经很久了，连带监视的还有沈宅和公主府。越是查探，苏明枫心中的疑惑越深，他怀疑睿王就是死去的谢景行。

谢景行和沈妙有关系，沈妙如今又被赐婚给睿王，如果谢景行就是睿王，一切就说得通了。

不管谢景行是不是睿王，苏明枫都必须亲自去查验一番。

他想偷偷潜进睿王府，可没料到睿王府的侍卫都成了精，一下子就将他抓住了。

苏明枫想着，既然已经被人抓住，不查清事实就更划不来了。

正想着，从门外走进一个大胡子侍卫模样的人，在他面前停下脚步。

“主子要见你，跟我来。”

苏明枫跟着大胡子侍卫往里走去，一路上，睿王府的下人朝他投来审视的目光，倒让苏明枫有些不自在，可转念一想，事已至此，也没有回头的机会。反正已经得罪了睿王，不如一查到底。

只是如果睿王迁怒苏家，连累整个府邸又该如何？

一路胡思乱想着，直到大胡子提醒他到了，苏明枫才猛地回过神。

这是在睿王府的后院，院子里有一方池塘，借着挂在树枝上的灯笼微弱的光，可以看见花园中有一张石桌，石桌前正坐着两人，一男一女。

苏明枫下意识看向大胡子，大胡子道：“殿下在前方等候，先告退了。”说罢不等苏明枫回答，转身离开。

苏明枫看向石桌前的两个人，顿了顿，终是迈开步子朝二人走去。

待走到石桌前，睿王是背对着他的，因此苏明枫第一眼看到的，是坐着的女子。

那女子眉清目秀，雍容端庄，苏明枫失声叫道：“沈小姐！”

竟是沈妙！

“沈小姐，你怎么在这里？”

“苏少爷未免管得太宽了。”睿王漫不经心的声音响起，“本王的王妃在自家府上，有什么不对？”

“自家府上”四个字，差点让沈妙喝茶的动作继续不下去。她冲苏明枫点了点头：“苏公子。”

苏明枫的目光又落在背对着他的睿王身上。

他坐得懒散，身姿却意外地挺拔修长，借着灯笼微弱的光，可见衣领处以精细的金线勾勒着流畅纹路。

“睿王殿下。”苏明枫道。

睿王没有说话，苏明枫定了定神，有沈妙在这里，他心里反倒不怕了。

苏明枫鼓起勇气问：“今日明枫前来，是有一事询问。”

“说。”

睿王越是说得简单，苏明枫心中越是七上八下，他道：“睿王殿下与明枫的一位故友十分相似，但那位故友已经消失两年，明枫斗胆……”他心一横，“明枫斗胆恳求殿下摘下面具，让明枫一解心中疑惑！”

沉默了一会儿，才有声音响起。

睿王问：“你说的故友，是不是叫谢景行？”

苏明枫心中一动，一阵狂喜从心头掠过，道：“正是！”

“谢景行死了。”睿王的声音听不出喜怒，“你说他消失了？”

“世人皆言他战死北疆，尸体我也亲眼见过。”苏明枫苦笑一声，“不过我不愿意相信罢了。如今殿下出现，明枫知道自己这个要求很唐突，不过……世上总有一些事情，费尽心力也要去完成。”

趴在地上的白虎低低呜咽了一声，睿王从石凳上站了起来。

他转过身，半张面具在风中透出冷淡幽暗的光芒。苏明枫这才发现，睿王站起来竟比他高了小半个头。

谢景行也高了他小半个头。

那时候鲜衣怒马正少年，最爱一心比高低，苏明枫为了这小半个头的差距，曾央求着苏夫人每日给他多盛半碗饭，希望能比过谢景行。谢景行还颇为鄙夷，道：“你想变成第二个苏明朗？”

时间恍惚而过，似乎一切都还未变，然而沧海桑田，到底是过去了。

沈妙欲言又止，睿王道：“你想看本王的脸？”

苏明枫点点头。

睿王伸出手覆住银色的面具，慢慢拿了下来。

斜眉入鬓，桃花双眸含情，鼻若悬胆，唇角挂着的懒散笑容几乎还似昨日。那样貌到底是有了一丝丝改变，从美貌的顽劣少年变成了眼前这个成熟的邪气俊美的男人。

但到底还是他。

谢景行撇嘴一笑，语气嫌弃：“看傻了？”

苏明枫觉得眼圈有些发酸，他上前一步，忽而一拳擂在谢景行的肩膀上，就像他们从前常做的一般。他嘴里骂道：“浑蛋，竟然瞒天过海，连我也瞒，不讲义气！”

沈妙心中难掩诧异。

她实在没想到，谢景行会这么轻而易举在苏明枫面前揭下面具，承认自己的身份，就像当初在荣信公主面前一样。

“你、你怎么成了睿王？”苏明枫拍着胸口，“刚才我还在想，如果睿王对我动了杀心，今日就只有命丧于此。”

谢景行瞧着他，道：“两年不见，你越来越蠢了。”

苏明枫摆手：“我就知道你没死，若不是荣信公主那日来找我，我瞧见沈小姐手上的虎头环，只怕还会被你蒙在鼓里，你是不打算见我了吗？”

谢景行耸耸肩：“正是。”

苏明枫气极，随即道：“看来沈小姐是早就知道你身份了。”他嘿嘿一笑，看向沈妙，意味深长道，“当初我就觉出不对劲，如今你也算是得偿所愿，藏得很深嘛。”

“你到底想说什么？”谢景行不耐烦，“我和你嫂子还有话要说。”

沈妙和苏明枫同时被“嫂子”二字震了一震，苏明枫看了一眼沈妙，道，“你既然还活着，为什么这两年都不与我说一声？而且看起来荣信公主是怀疑你的身份了，你为什么不主动与她说？还有你爹……”

“苏明枫，”谢景行打断他的话，“我是大凉的睿王。”

院子里安静下来。

沈妙在心中微微叹息一声，总要走到这一步的。

谢景行的身份，注定了在定京城里没有站在他这一边的人。

苏明枫疑惑地看向谢景行，问："你在说什么？对了，你现在变成了睿王，是不是当初北疆战场上发生了什么事，你不得已之下采取的权宜之计？这身份长久下去不是办法，你总要……"

"我是大凉的睿王。"谢景行道。

絮叨的声音戛然而止。

风卷起院子里的落叶，白虎早蜷缩到为它搭好的窝棚里去了，无星无月的夜里，只有灯笼发出微弱的光。

苏明枫的目光惊疑不定，问："这是……什么意思？"

"我的真实身份，就是大凉的睿王，不是临安侯府谢鼎的儿子。"谢景行淡淡开口，"不是权宜之计。"

"不可能！"苏明枫脱口而出，"你与我相识十几载，幼时就在一起，你若是大凉的睿王，我怎么不知道？"

"谢家世子甫出生就夭折，真正的临安侯府世子已经死了。"谢景行道，"不是我。"

苏明枫怔怔地看着谢景行，话语有些混乱："你的意思是，一开始你就不是临安侯的儿子，有人狸猫换太子换了你进来，你在定京城长大，可你其实不是明齐人，你是大凉人，你是大凉永乐帝的胞弟，你是大凉的亲王，这怎么可能呢，这根本不可能……"

他的话语在看清谢景行的神情时猛地顿住。那张熟悉的脸上，有的只是冷漠。

他说的是真的。

苏明枫说不出此刻心里的感觉，仿佛堵了一团棉花，乍见老友的欢喜荡然无存。

他问："你什么时候知道自己身份的？"

"记事起。"谢景行答。

苏明枫倒退两步。

"记事起？"他问，"你很早之前就知道你是大凉人了？"

谢景行不置可否。

苏明枫在听闻谢景行的答案后，面色变得极为复杂，惊诧、怀疑过后，愤怒之色渐渐涌上，他冷笑着反问："哦，那你现在回来做什么？莫不是看明齐不如你们大凉，还想野心勃勃地在这里插上一脚吧？"

他话说得刻薄，连沈妙也忍不住看向他。

“是又如何？”

苏明枫冲谢景行吼道：“我今日总算知道什么叫乱臣贼子，什么叫养不熟的白眼狼！原来我以为你从小对临安侯不亲，是因为玉清公主，如今看来，分明就是你一早就要和他们划清界限！你根本不是临安侯的儿子，却心安理得地享受着临安侯府的一切，甚至谢府的两个庶子都不及你丝毫。你口口声声说荣信公主是你的亲人，你却欺骗她，让她为了你的死而成日痛苦。你当我是兄弟，却隐瞒着自己的身份多年，只怕你与我交好，也是有原因的。

“你不喜欢明齐，不喜欢定京，可那毕竟是养育你的地方，生恩不及养恩大，你享受了明齐给你的一切，却转头去做大凉的睿王。你大凉国富民强，你大凉兵强马壮，你为了荣华富贵抛弃明齐的一切。谢景行，你无情无义，你就是个小人！你不配为人臣子，不配为人嫡子，更不配为人兄弟！滚回你的大凉！”

“够了！”沈妙猛地打断苏明枫的话。

苏明枫的这些话，未免也太伤人了。

她转头看向谢景行，脸上没有面具，谢景行的表情一览无余，他平静地看着苏明枫，好似对苏明枫的话根本不在意。

沈妙的心里，突然起了几丝波澜。

她看向苏明枫，面上浮起一个嘲讽的笑，道：“哦？苏公子看来倒是大义凛然，这就迫不及待地过来伸张正义了。可惜，你所谓的别人是白眼狼，在我看来，你也一样。”

苏明枫道：“你说什么？”

“说你是白眼狼啊。”她微微一笑，声音轻柔温和，和风细雨一般，字字句句却毫不留情。

“指责别人之前，最好先看看自己是什么模样。苏公子觉得睿王是白眼狼，觉得睿王利用了你，我想请问苏公子，自小到大，谢景行帮了你多少？从你入仕开始，你不懂交际应酬，是谢景行出银子替你打点；你想要学拳脚功夫，谢景行帮你请武师。皇上要打压平南伯府，是他在旁提醒着你，劝平南伯急流勇退。若非如此，你以为如今明齐定京还有个平南伯府？只怕坟头的草都有一丈高了。你说谢景行利用你，与你交好有别的图谋？整个定京城，提起你苏明枫，谁不知道是谢景行的发小？从小到大，你身子羸弱，却无人敢欺负你，你以为凭的是谁？是你平南伯府的门面声望，还是你有个定京城无人敢惹的发小青梅？世上之事，就是这么简单，苏公子莫要觉得我说得不好听，从小到大，谢景行替你铺了多少路，帮了你们苏家多少次忙？如果这就是所谓的利用，我也希望有人能利用利用我。苏公子，你说是不是？”她笑意盈盈，话如雨打芭蕉，滴滴答答都是凉意，“拿了别人的好处，回头却要倒打一耙，口口声声指责别人的不是，这不是白眼狼是什么？苏公子，我是不是也能说你无情无义，不配为人兄弟？心安理得地享受着你指责的人所给你的一切，你亏不亏心？”

苏明枫不是一个会和女人争辩的人，何况沈妙的话字字句句都是嘲讽，说的又都是事实，直堵得他脸皮都涨成紫红色。

沈妙说完一通话，心中畅快至极。

谢景行对苏明枫究竟有没有存在利用之心，沈妙想，铁定是没有的。否则前生苏家被文惠帝下令满门抄斩，苏煜父子无人收尸，人人皆惧怕文惠帝的迁怒，只有谢景行站了出来，厚葬了他们。

那时候的谢景行，背负着谢鼎战死、临安侯府岌岌可危、他自己也即将领命出征的危险。

如果这样还要被苏明枫骂不配为人兄弟，沈妙就要替谢景行不值了。

她没有发现，在她说话的时候，谢景行的目光落在她身上，皆是笑意。

苏明枫看向谢景行，说不出话来。

谢景行瞥了他一眼，道：“我不欠你什么。”

“就算欠，也早就还清了。”谢景行道，“临安侯府树大招风，皇帝有心打压。临安侯手下谢家军千万，如果再父慈子孝，子承父业，皇帝就睡不安稳了。走得越近，死得越快，我还想多活几年，就先替临安侯保一个侯府。养育之恩换整个侯府安稳，值不值当？”谢景行挑起唇，问。

苏明枫被问得哑口无言。

“如果我不这么做，谢鼎本就是皇帝的眼中钉，总有一天会死，临安侯府会被安上一个莫须有的罪名，会被泼污水，会倒。现在虽然儿子死了，绝了后，至少临安侯府还在，皇帝放过了临安侯府。提起临安侯府，也还是清明之家。”谢景行笑得嘲讽，“我和玉清公主总有母子的名义情分，为了这点情分，能做的，也就只有保住临安侯的尊严了。”

沈妙看着谢景行英俊的侧脸，他说得漫不经心，仿佛这些一点儿不重要，可在过去的那些年，这些未曾言明的话，只能放在心里。

为了保住延续一个侯府的清明，却要被迫承受着“忤逆”“放肆”“目无尊长”“不敬父兄”之名。

苏明枫听得呆住。

“我在大凉，也并不是你想的那样简单。”他看着树上的冰凌，漫不经心道，“要是换了你，怕是待不了一日就会哭着回来找娘。”

苏明枫被这话气得喉头一哽。

“世上没有无缘无故的好处，得了什么，就要争取什么。苏明枫，你的日子安逸，不能以这种安逸才猜度我。我经历的，比你想象的多。”

他叹了口气，桃花眼微微弯着，睫毛垂下一个好看的弧度，然而那双眼睛里一点笑意也无。

“最重要的是，明齐对我，没有养育，只有抹杀。”他说。

苏明枫踉踉跄跄地走了，走的时候仿佛经历了巨大打击，几乎是失魂落魄。

直到回到沈宅，沈妙的心情都很是复杂。

这一夜，沈妙思虑重重，苏明枫饱受煎熬，自然还有旁的人无心睡眠。

定王府中，彻夜通明。

傅修宜缓缓问道：“苏明枫去了睿王府？”

手下道：“正是，出来后，平南伯世子好似受了刺激，一副魂不守舍的模样。”

傅修宜挥了挥手，手下退了下去。身边的幕僚上前问：“平南伯世子大半夜去睿王府，莫非和睿王私下里有些关系？”

“平南伯府都已经不再入仕，睿王真要寻什么合作的人，也当寻不到他身上。”傅修宜目光转冷，“苏家本也是一颗极好的棋子，可惜当初苏明枫突然生了重病，苏家渐渐退出了官场。不过，”他道，“苏家也因此躲过一劫，算是幸运。”

幕僚道：“说起来，当初平南伯世子生的那场病实在古怪。因平南伯世子生病，平南伯辞官，现在渐渐退隐，定京几乎都没有他们的消息了。”

傅修宜笑了一声：“莫非你以为，苏明枫真的生病了？”

“请殿下赐教。”

“苏明枫和临安侯府的谢景行可是至交。”傅修宜道，“苏家突然退出仕途，本就古怪。尤其是苏明枫，正是蒸蒸日上的时候。当时大夫说活不过几年，你看，两年过去了，苏明枫不也好好地活着？有人在提醒平南伯府。”

“可是，”幕僚疑惑地问，“临安侯府还有临安侯谢鼎，为什么提醒他们的是谢景行？”

“谢鼎自身都难保。”傅修宜喝了一口茶，“谢鼎骄傲自大，仗着军功卓绝在父皇面前屡次放肆，父皇早已有除他之心。若是谢鼎聪明一点，就会收敛，可你看看，在定京，他何曾收敛过？倒是这个谢景行，”傅修宜眯起双眼，“不可小觑。”

“谢景行不也是行事放肆张狂？”幕僚道，“提起谢小侯爷，谁都知道是个顽劣胆大之人。”

“不错，可你不要忘了一点，”傅修宜回答，“从头到尾，他都没有入仕。”

“当初金菊宴上，谢景行一人对付他两位庶弟。他有旷世之才，却不愿意展现，这叫什么？这叫藏锋。谢鼎活了多少年，谢景行又活了多少年？谢景行小小年纪，却能清醒地审时度势，所以，提醒苏家的人不是谢鼎，而是谢景行。”

幕僚看向傅修宜：“殿下是不是太过高看谢景行了？即便他提醒了苏家，可也不能证明什么……”

“不能证明什么？”傅修宜反问，“那加上一个谢家军如何？”

“谢家军？”幕僚疑惑，随即想到了什么，震惊地看向傅修宜，“殿下的意思是……”

“总之，临安侯府最可怕的，不是谢鼎，而是谢景行。”傅修宜道，“这个人在年纪尚且不大的时候，就有足够的野心和头脑。如果再赋予他一定的权力，临安侯府这块骨头，永远都啃不下来。”

“好在谢景行已经死了。”幕僚心有余悸，“如今的临安侯府，再也翻不出什么波浪来。”

“不错。”傅修宜道，“我现在好奇的是，为什么苏明枫会与睿王搅在一块儿。”

“不仅如此，”幕僚接过他的话，“还有荣信公主似乎也在调查睿王。”

“苏明枫、睿王、荣信公主、沈妙，”傅修宜道，“这几个人一定有什么特别的关系。”

“殿下的意思是……”幕僚沉吟。

傅修宜诡异地笑了笑：“苏明枫和荣信公主一辈子都没离开过定京城，不可能认识睿王，但他们对睿王的态度，看上去倒有几分熟络。还有，睿王和沈妙也只见过几次面，就会为她做到这个地步。会不会，睿王从前就来过明齐？”

幕僚大惊失色：“殿下的意思是，睿王从前就来过定京，见过他们几人，甚至和他们几人有过交情？”

傅修宜笑道：“也许我们一开始都被骗了，或者说，睿王一开始就是以明齐人的身份生活在定京的。否则这一次，他为什么要戴着面具？我想，他的脸，我们一定见过。”

幕僚沉默，似乎被这消息震惊得说不出话来。

傅修宜又是一笑：“不过这些都只是我一人的猜测，现在作不得准。无妨，我已经派人继续守着，只是现在，对睿王的秘密倒是更加期待了。”他顿了一会儿，突然又想起了什么，问，“裴琅现在怎么样？”

幕僚一怔，道：“仍是不肯松口。”

傅修宜笑了：“继续吧，别让他死了就行。沈家找的这些人，一个个的骨头是真硬，叫人羡慕。”

幕僚不敢再说什么，恭敬地退下了。

一连又过了几日。

正是年关，定京城里大大小小的事都轻松了许多。

一家子人正在厅里闲谈，厨子做了点心，炭火烧得旺旺的。

罗潭笑着看向沈妙：“小表妹，年关一过你就要出嫁了，眼下绣嫁衣是来不及，不过……你总得给自己准备准备吧。”

罗雪雁一拍脑袋，懊恼道：“我差点将这事儿给忘了。潭儿说得对，娇娇的嫁衣得开始着手准备了。定京城的绣娘我不怎么熟悉，等会子问一问相好的夫人。”

罗潭正笑嘻嘻地与罗雪雁说嫁衣上绣什么图案喜庆，就见外头进来一人道：“夫人，老爷，门外有人求见。”

“不是说了，这几日不见客，关大门吗？”沈信不悦，“怎么没拦着？”

小厮都快哭了，道：“是……是大凉的睿王殿下。”

罗潭瞪大眼睛，沈丘霍地站起身来，杀气腾腾地开口，问：“他来干什么？”

小厮：“这……小的没问……”

话音未落，就听见一道低沉悦耳的声音自小厮身后响起：“送嫁衣。”

一个高大挺拔的身影自小厮的身后走出来，沈宅里的小厮不说眉清目秀，却也个个端正凛然，跟沈丘混久了，还有几分英武之气，不过跟身后这人一比，顿时显得有些灰头土脸。

紫金袍宽大摇曳，他的笑容带点轻慢，却并不让人反感，银质面具微微泛着冷光，又让他有了几分让人琢磨不透的深沉。即便看不到样貌，勾勒出来的轮廓也是很好的。尤其是他闲庭信步地走来，洋洋洒洒，皆是优雅入骨。

他道："睿王。"

连自报家门都如此嚣张。

沈丘一拍桌子，桌子上的点心碟子被他拍得震了三震，他问："你就是睿王？"

睿王点头。

"你为什么要娶我妹妹？你有什么阴谋？"沈丘喝道。

"娇娇温柔懂事、端庄大方，我倾慕已久，惶惶求娶，所幸皇恩浩荡，幸不辱命。"他慢慢地含笑道来。

沈妙忍不住抖了抖身上的鸡皮疙瘩。

沈信和沈丘顿时勃然大怒，只差一点子火星就炸了。这睿王坏事都做尽了，跑这儿来装什么大尾巴狼！

罗雪雁的目光却柔和了下来。

女人看男人和男人看男人不一样。女人看男人，看的是细节。睿王没有用"本王"，而是用了"我"，称呼沈妙没有用"沈五小姐"，反而用"娇娇"。

罗雪雁打量着睿王，睿王肯花心思，那就比她想的要好多了。更何况，若是论起外貌和气质，睿王实在很难让人生出恶感。

她道："睿王殿下……"

"我名渊，字景行。"睿王道，"夫人可以叫我景行。"

沈妙差点就被茶呛住了。

罗雪雁有些意外，皇室之人最讲究规矩，让人称自己的字，那是关系极好才会这么做。

罗雪雁看睿王的目光更加柔和了，道："景行，你先坐吧。"又吩咐惊蛰，"上茶。"

沈丘和沈信顿时大惊失色，想不通罗雪雁为何在短短时间里对这个睿王另眼相待。

罗凌见状，有意无意地打量着他。

"景行？"罗潭突然开口，"这不是定京临安侯府世子的名字吗？"

沈妙端着茶杯，心中无力。

沈丘心中愤愤，听到罗潭的话便道："不错，睿王一定不知道临安侯府世子是谁吧？”

睿王转头看向他：“哦？那是何人？”

“他也叫谢景行，是临安侯府临安侯的嫡长子。人家都说南谢北沈，他们谢家是可以同我们沈家齐名的武将世家！谢景行就是谢家小侯爷，他可是个难得的少年英才，当初一人一招就能挑翻数人，文韬武略更不用提，还生了一张俊美无俦的脸，可算是明齐一个人人敬仰的少年英才，知道的人没有不说一声好的！”沈丘长叹一声，“可惜天妒英才，早早就陨落在北疆战场了。”他话锋一转，挑衅地看向睿王，“不知道睿王殿下与这样的人同名是什么感受？那一位文韬武略无双，容颜盖世，您又有几成胜算?”

沈妙：“……”

“听沈少将的话，好似很仰慕那位谢小侯爷？”睿王慢条斯理地开口问道。

“那是当然！”沈丘说得慷慨激昂，“他就是我心中的英雄，无人可取代！”

沈妙扶额，谢景行……一定暗中……爽快极了。

沈丘说得口干舌燥，见睿王非但没有露出难堪的神色，反而还十分赞同似的，道：“这么说来，的确令人可惜。”

沈丘大为沮丧，对睿王越发警惕起来。

罗雪雁却很满意，睿王比苏明枫稳重，比太子率直，比冯子贤大气，比罗凌……罗凌是自家人，就不说了。

沈信瞧着罗雪雁和睿王越聊越亲热，心中不是滋味，故意干咳了两声，强行打断了他们的交谈，干巴巴地问睿王：“你不是说过来送嫁衣的吗？怎么，现在觉得我们沈家的茶好喝，故意来蹭茶喝了？”

罗雪雁瞪了沈信一眼，转头对睿王道：“景行，你今日是特意过来给娇娇送嫁衣的吗？”

“赐婚圣旨来得急，我想娇娇没有时间自己绣嫁衣。当初来定京时，皇兄让我将大凉最好的绣娘也带上，若遇到了喜欢的姑娘，娶她回去，要送她一件天下最好的嫁衣。”他笑意清浅，“嫁衣已经做好了，做了三个月，如今就拿过来请夫人过目。”

沈丘叫了起来：“三个月？明明赐婚圣旨是前不久才下来的。你分明就是说谎，难道你未卜先知，三个月前就知道要娶妹妹？还有，你怎么知道妹妹的尺寸？拿件不合适的嫁衣来，再好看妹妹也不穿！”

谢景行道：“三个月前在街上偶然见过娇娇，那时候惊鸿一瞥，下定决心非娇娇不娶，皇兄只让我送嫁衣给心爱的姑娘，却没要求娶之后才能送。所幸，到底是娶到了。”

沈丘在说话方面根本不是谢景行的对手。一番话让谢景行说得漂亮，自个儿又没捞着好。

“至于尺寸……”谢景行微笑，“只要有心，总能知道。”

他示意铁衣上前，铁衣噔噔噔地小跑着出去，不一会儿就抱了个巨大的箱子进来，将箱子放到桌上。

那箱子很大，似乎是香木做的，带着若有若无的梨花香气。

饶是沈妙自来平静，心中也有些期盼起来。

前生的嫁衣，是她一针一线绣的。傅修宜当时韬光养晦，要求简朴，婚事不宜张扬，于是她只能将嫁衣绣得样式简单、图案朴素。

可到底是对未来充满向往的女子，于是她在红裙外头用暗红色的丝线绣了并蒂莲，又在纱衣里绣了点点桃花。

她心里为自己这个小小的花样十分得意，想着洞房之后，夫妻间喁喁耳语，她就让傅修宜猜一猜，看傅修宜能不能猜出嫁衣上的花样。傅修宜会看到她心灵手巧的一面，进而慢慢喜欢上她。

可到了最后，那一夜灯火灿烂，她在新房等了整整一夜，等得红烛流干，一颗心等到冰凉，都没有等到傅修宜。第二日清早，却被告知傅修宜喝醉了宿在书房。她一夜没睡，又要进宫给皇帝皇后请安，迷迷糊糊出了丑，让傅修宜不忿。

几乎冷落了她两三个月，傅修宜才碰了她。

那件嫁衣，是她痛苦的开始。

她恍惚地出了神，直到罗潭的一声惊呼，将她从回忆里拉出来。

但见罗雪雁伸手从箱子里慢慢取了衣裳抖开，让众人都得以瞧见。

非常鲜艳的大红，丝线极细，仿佛是千万根细细的丝线交织而成的锦缎，又经过最好的绣娘裁剪。

大红色的布料里，细细密密地闪着璀璨的金光，不晓得是金粉还是什么，这些金闪闪的东西掺杂进去，整件衣服都好像在闪闪发光。

红绢衫是海鲛锦做的，薄如蝉翼，绯色流霞。绣花红袍除闪着金光的红色衣料外，还用十二色彩线缠缠绵绵绣了龙凤呈祥的图案，金龙威武，彩凤朦胧，仔细一看，龙凤的眼珠子是用黑色的细小宝石做成。而龙鳞和凤羽，皆是用切割得细细的猫眼石穿着针线，一针一针绣了上去。

红裙、红裤是一体的，颜色纯正，做得宽大，微风拂过，便如仙人行动，飘然如仙。

霞帔就更不必说了，花丝、镶嵌、錾雕、点翠，珍珠更是有好几百颗，直教人花了眼。

子孙袋、定金银、照妖镜、天官锁。

最吸引人的还是那顶凤冠。

冠口金口圈之上以珠宝带饰一周，边缘镶金条，中间嵌宝石。每块宝石周围饰珍珠，宝石之间又以珠花相间隔。沈丘甚至还缺心眼儿地数了数，凤冠上有彩色宝石一百块，凤凰眼珠子点缀的红宝石就更数不清了。

罗雪雁惶惶开口："景行，娇娇戴这顶凤冠，是不是有些不合适？"

睿王笑道："夫人放心，这顶凤冠，皇兄是知道的。我们大凉皇室就只有兄弟二人。娇娇嫁到皇室，也就是皇室中人，凤凰而已，她担得起。"

沈信若有所思，罗雪雁还想说什么，就听见罗潭叫了一声："好漂亮的绣鞋！"

罗潭从木箱底小心翼翼地拿出一只绣鞋，将它托在掌心。

绣鞋非常小巧，鞋面上也绣着小小的凤凰，鞋面本就小，要绣出一整只凤凰十分不易，何况这凤凰羽毛都用细小的宝石点缀。鞋底也有图案，莲花展开，寓意步步生莲。鞋面最上头，有两颗又圆又大的南海鲛珠。

沈妙见了微微一愣。

南海鲛珠很是珍贵，沈妙记得，如今最得宠的徐贤妃才有一颗，还日日戴在头上。如今眼前就有两颗，还被随手放在鞋面上。

沈信沉默了片刻，慢慢吐出一句："你有心了。"

睿王一笑："娇娇高兴就好。"

沈丘不由得看向沈妙，若是沈妙跟了这样一个人，一生荣华富贵，如果这个睿王性子也真如今日表现的这般好，那沈妙的这一生大约也是值得的吧。

又说了一阵子话，罗雪雁热情地邀请睿王留下来吃饭。睿王也没有拒绝，笑道："不过我想与娇娇单独说两句话，不知道夫人可准允？"

沈丘立刻警醒道："你要和妹妹说什么话？与我说也是一样。走，咱们去院子里切磋两招……"

罗雪雁拎着沈丘的耳朵道："你胡说八道什么呢，睿王能跟你这样的粗人比画？"再看向睿王，笑道，"那让娇娇带你进屋去说吧。别说太久，等会儿就该吃饭了。”

沈妙、沈丘：“……”

罗雪雁喜滋滋地去吩咐厨房了，沈妙虽然也颇无语，却还是看了一眼谢景行，道：“你跟我到我院里去。”

沈丘眼巴巴地也想跟上去，沈妙回头道：“大哥，你就别去了。”

沈丘不可置信地瞪大眼睛：“妹妹！”

“丘表哥，”罗潭拽住他的衣角，“小两口说悄悄话，你个大男人偷听什么嘛。”她看了一遍心不在焉的罗凌，“你想切磋的话，找凌哥哥好了。”

罗凌回过神来，苦笑一声，却还是道：“表哥想切磋，我自然奉陪。”

沈丘委屈极了，看向沈信，不悦道：“爹，就这么放过那小子不成？”

沈信闻言看了沈丘一眼：“吃完饭，你和他切磋一下，试试他的武功。”

沈丘眼睛一亮，摩拳擦掌道：“是！”

果然还是沈信与他是一道的，他必须让睿王看清楚，他们沈家的女人不是好娶的！

沈妙带着谢景行直接去了自己的闺房。

她也不怕被人瞧见，横竖谢景行来她屋里也不是头一回了。一回头见谢景行四处打量，她不由得气闷：“又不是第一次，有什么好看的。”

“是第一次从正门进。”谢景行笑道，在桌前坐下来，看着她说，“从正门进来的感觉不错。”

沈妙嘲讽：“你是在抱怨从前没有给你名分，来得名不正言不顺吗？”

“聪明。”谢景行喝茶。

“那是你自己来的，没人邀请你。”

谢景行笑眯眯地看着她：“夫人对我很好，表姐也不错。”

沈妙问：“你有什么话跟我说？”

“上次托我查的事情，帮你查清楚了。”谢景行道。

“查的事情？”沈妙疑惑地问，“什么事？”

谢景行目光一闪：“裴琅的消息。”

沈妙恍然大悟，想起这些日子裴琅一直没有消息，这会儿真心焦急起来，就问：“查到什么了，他是不是出事了？”

“你很担心他？”谢景行挑眉。

“他是替我办事的人。”

“好吧。”谢景行耸了耸肩，“他现在不太好。傅修宜似乎发现了他的身份，把他关进了定王府的地牢中，严刑拷打逼他说出真相。”

沈妙的心微微收紧，道：“他还活着吧？”

“傅修宜没得到想要的答案，不会那么轻易让他死。”谢景行道，说罢又盯着沈妙，“你似乎一点不担心他会出卖你？”

“他不会。”沈妙回答。

谢景行微微蹙眉。

沈妙想着，裴琅这个人虽然有时候太过理智，不近人情，可在忠诚一事上，却从来让人无法挑剔。裴琅是个很有原则的人，这个原则在他心中高过了一切。比如前生他辅佐傅修宜，就尽心尽力地帮傅修宜坐稳那个位子。

说起来，成亲后傅修宜对沈妙很冷淡，除了偶尔的关心问候，大部分时候都是沈妙一个人在定王府度过的。沈妙想讨傅修宜欢心，便向裴琅讨教，希望能让傅修宜对她刮目相看。

裴琅也的确耐着性子教她了，没有不耐烦的时候。沈妙对明齐格局的了解，其实大部分还是来自裴琅对她的指导。

裴琅是她在广文堂的先生，说起来，倒也算是她在定王府的先生。

所以，沈妙不会担心裴琅出卖她。

“傅修宜手段繁多，”沈妙难得表现出一丝焦虑，“尤其是对背叛他之人。裴琅既然已经被他发现，现在为了得到答案，傅修宜或许会留着他的性命，可不代表不会做别的事情，若是将他折磨得肢体不全……”沈妙打了个寒战。

地牢是个什么样的地方，沈妙是亲眼见过的。

大约从那时候开始，对傅修宜，除了爱慕之外，还有一丝惶恐和惧怕。

谢景行目光锐利：“你怎么知道他如何对待背叛之人？”

沈妙看向谢景行，道：“你有办法救出他吧？”

谢景行收回喝茶的手，道：“理由。”

“因为没有理由袖手旁观。”

谢景行沉默。

沈妙本以为谢景行还会追问下去，他却点了点头，道：“可以。”

沈妙一愣，随即松了口气。

“不过，”谢景行沉吟，“定王府守卫众多，从傅修宜眼皮子底下救人，可没那么简单。”

沈妙心中一动：“你要亲自出手？”

“不然呢？”他的语气听不出喜怒，“你亲自要求救的人，我可不敢出一点差池。”

“你……小心些。”沈妙道，“我可不想还没进门就变成寡妇。”

谢景行道：“你怎么能这么诅咒自己？放心，你不会变寡妇的。”

沈妙：“……”

二人又说了一会子话，罗雪雁身边的丫鬟过来催吃饭了。一顿饭吃得极为融洽，连不近人情的荣信公主，谢景行都能哄得高高兴兴，更别说爽朗爱笑的罗雪雁了。

沈丘惦记着晌午沈信与他说的要他和睿王切磋武功，饭吃到一半时，就大大咧咧地抛出一句：“今儿饭吃得太多，妹夫，等会儿陪大哥切磋切磋，咱们男儿家还是应当活络活络筋骨。”

罗雪雁骂道：“沈丘，你皮痒了是不是？”

“娘，”沈丘委屈道，“咱们年轻人的事，您就别掺和了。”又看向睿王，突然想起什么似的道：“哟，差点忘了问，妹夫你会武功吧？”

“略懂一点。”谢景行笑着看他。

沈丘正色道：“那就好，放心，大哥一定会让着你的。”

他一口一个大哥、妹夫喊得亲热，脸色怎么看都是跃跃欲试的欣喜。

罗雪雁看向沈信：“你也不管管？”

沈信一副置身事外的态度：“年轻人的事，让他们自己解决。”

有了沈信的首肯，罗雪雁这回再阻拦，倒显得不近人情了。于是吃过饭后，沈丘就迫不及待地拉着谢景行去了沈宅院子里的空地上。

罗雪雁怕出什么事，只得跟上，沈信自然要去看的，罗潭也拉着罗凌去看热闹，沈妙不想去也得去了。于是院子里围了一圈人，倒像是来看擂台比试的。

沈丘兴冲冲地让手下抬了一排武器出来，问：“妹夫想要哪样，先选！”

看那拿出来的武器，好家伙，长枪、战戟、铁棍、弯刀、九节鞭、巨锤、长剑……还有几把巨大的斧头。

睿王的目光微微一怔。

沈丘得意道：“你要是喜欢，尽管选，也算是大哥让着你。”

沈妙：“……”

谢景行扫了一眼那些兵器，随手从里头拿起一把短短的匕首来。

“这个？”沈丘意味深长道，“妹夫好眼光，不过一寸短一寸险，不要因为这个轻就选它，不如选这把长剑，虽然锈了些，却也不重，你提得动。”

“多谢大哥，”谢景行一笑，“我就要这个。”

沈丘冷哼一声：“那就别怪大哥不留情面了，实在是你选的这把匕首太过拙劣。”

谢景行扯了扯嘴角。

虽然他戴着面具，但唇角的笑容似乎总带着几分漫不经心、几分嘲讽。沈丘当即扛起一把长枪，枪头直指谢景行。

罗雪雁掩面。

“请，大哥。”谢景行彬彬有礼。

“大言不惭！”沈丘一马当先地扛着长枪冲了过去。

许多年后，威震四海的沈少将变成了沈老将，一生赫赫军功惹无数人羡慕，打过的胜仗数不胜数……但他还清楚地记得这个有着温暖日光的午后，这将成为他在未来无数年中无法磨灭的记忆……和耻辱。

所有人都没看清楚究竟是怎么回事，沈丘扛着枪冲过去，二人混作一团，不过很快又分开，沈丘的枪掉在地上，睿王的两根手指夹着匕首，稳稳地搁在沈丘的脖子上。

沈家众人：“……”

睿王松开手，匕首在指尖潇洒地一转，才似笑非笑地看着沈丘，道：“大哥承让。”

四个字，沈丘的面色顿时变得紫红。

沈家众人面面相觑，罗潭喃喃开口：“丘表哥……是输了吗？”

众人一震。

在明齐年轻一辈中，沈丘的武功说是第二，无人敢称第一，可沈丘的枪竟然被睿王给挑下来了，睿王的匕首还架在沈丘的脖子上，怎么看，沈丘都没胜呀。

沈丘咬了咬牙，心有不甘，却也不得不道了一声：“愿赌服输。”

罗潭拍手叫了起来：“妹夫好厉害！打得过我丘表哥，你的身手在明齐算第一啦！”

罗凌忙捂住罗潭的嘴。

罗雪雁快步走到睿王身边，道：“景行，你的武功这样好?”

“自幼习武，都是花拳绣腿，”睿王笑道，“不比大哥稳扎稳打，惭愧。”

“年轻人不要总是这么谦虚。”罗雪雁道，“有骄傲的本事，就该骄傲起来。”

沈妙心中默默道，谢景行已经是天下第一骄傲了，再让他骄傲，他就能登天了……

这一顿饭，总归吃得宾主尽欢。等谢景行离开后，众人各自散去，罗雪雁还念叨着：“睿王这孩子看着还是不错，且不说身份，单是胆识、才貌和人品，都是世间佼佼者。”

“戴个面具，谁能看清他长什么样。”沈丘道，“万一他丑得很怎么办？再说了，人品又是如何看出来？我瞧着也不怎么样。”

“你懂什么？”罗雪雁道，“我走过的桥比你走过的路还多，看人不会错。”

沈丘撇了撇嘴：“偏心。”

“沈丘，你今儿个够了啊。”罗雪雁气不打一处来，“有这工夫妒忌，不如好好练武，在人家手里没过几招，刀都在脖子上了，说出去还要不要脸了？”

沈丘忙道：“知道了，我现在就去找爹练武！立刻！马上！”边说边一溜烟儿跑了。

罗雪雁瞧着桌上的木箱，里头装着沈妙的嫁衣，想着这么贵重的衣服还得锁着才放心，就搬起箱子打算亲自放到库房，却见箱子表面的箱盖上似乎还有一个夹层。

她心中疑窦顿生，将夹层打开，一个红布包着的小册子从里面落了出来。

另一头，沈丘正与沈信说话。

“爹，睿王练武绝对不止几年时间，看这模样，应当是从小习武。”沈丘想了想，又道，“这次是我掉以轻心，下次再来，一定揍得他刮目相看！”

沈信摆了摆手，道：“行了，你不是他对手。”

“爹！”沈丘大惊失色，“您不会因为我一次失误，就再也看不起我了吧！”

“行了，你出去吧。”沈信道，“没事别胡思乱想，好好练你的武功。”

沈丘愤愤地离开了，临走之时，又忍不住看了沈信一眼。

父亲看起来，怎的好似十分忧愁的模样？

沈信的确很忧愁。

他让沈丘去考验睿王的武功，本意是想看看睿王有没有做沈家女婿的资格。不料这比试，竟让他看出了一些门道来。

睿王那一手匕首锁喉，沈信曾见一个人用过。

谢鼎。

沈信从少年时候开始，一直暗中和谢鼎比试。沈家有沈家枪，枪舞得杀气腾腾，谢家虽没有谢家枪，但一手匕首锁喉却也是旁人羡慕不来的。

谢鼎这一手没传给别人，只传给了他唯一的嫡子谢景行。谢景行少年时候与人比试，也用过这一招，当时沈信恰好撞见了，还诧异于谢景行年纪轻轻就将这一招使得如此炉火纯青，甚至在原来的锁喉法上稍稍改进了一下，更加狠辣。

今日睿王和沈丘切磋的时候，用的正是这一招。

或者说，用的是被谢景行改进过后的一招，角度分毫不差，却不知是不是故意的，使得慢腾腾，简直是故意让沈信看清楚。

沈信无法掩饰自己看到一刹那的惊骇，谢景行已经死了，可大凉的睿王怎么会用谢景行使的匕首锁喉？

睿王和谢景行的身影，那一刻，在沈信的眼里竟然重叠在一起，丝毫不差。

于是一个诡异的念头冒了出来，睿王难道是谢景行？

沈信觉得这个想法很不可思议，却又抑制不住去思索。他心中惊疑不定，又不好与旁人说，想着还是先查探一番，等事情明朗一点的时候再作打算。

转眼离年关也就只有几日了。

对裴琅来说，日子就像是凌迟。他被关在定王府的地牢已经不知多久了，两条腿已经血汗淋漓，今日过后，他就要被剜了膝盖骨。

剜了膝盖骨，一辈子就只能跪着，对于裴琅这样心高气傲的人，无疑是一生的梦魇。

外头突然沸腾了起来，不知出了什么事，闹哄哄、吵嚷嚷的，伴随着噼里啪啦的什么东西断裂的声音。

热浪慢慢朝他这边涌来。

有人高声叫道：“起火啦！起火啦！”

起火了？

裴琅心中一怔，这是傅修宜的地牢，地牢里除了囚犯，只有傅修宜的亲信侍卫。没想到这里会起火，大约很快就会被扑灭。

不过裴琅这一回猜错了，火不仅没有被扑灭，反而越来越大，有些黑烟飘了进来，外头杂乱的脚步声也渐渐微弱。

裴琅所在的这间牢房本就是最靠里面的一间，火一起来，几乎将外头和里头隔为两部分，裴琅这里头就遭了殃。

眼见热浪滚滚袭来，裴琅却觉得眼前这一幕似曾相识，似乎在什么地方见过。

就这样吧……就这样结束，也挺好。

他方闭上眼睛，就听得面前传来一个陌生的声音："喂，死了吗？"

裴琅惊诧地睁开眼，见面前站着一个黑衣人，面上蒙着黑色面巾，只露出一双眼睛，璀璨流光，丝毫不见慌乱。见裴琅不回答，他有些不耐烦，不知道从哪里找到钥匙，直接将牢门打开了。

这人竟然是来救他的！

裴琅心里生出几分不可置信，不过，为何这人的眼睛如此熟悉呢？

沈妙在夜里点起一盏灯，想将白日里沈丘送过来的书收拾一下。

正收拾时，突然听见窗户外有动静，沈妙抬眼看向窗户，并没有人，思忖一下，便打开门，走到院子里去查看。

她倒不惧怕是坏人，毕竟这院子里还有一个从阳。方走到院子里，就见树下站着一人，她愣了一下，提着灯笼上前两步，赫然发现正是谢景行。

谢景行穿着一身黑衣，多了几分冷寒肃杀，面上挂着的懒洋洋的笑容一如既往，看着沈妙径自上前。

沈妙觉得谢景行有些不对劲，却也说不出哪里不对劲，问："怎么站在这儿？"

谢景行勾起唇一笑，沈妙还没来得及说话，谢景行突然朝她一头栽来。

沈妙下意识扶住他，摸到他背后湿漉漉的一大块，就着手边的微弱灯光一看，大片大片的血迹触目惊心。

沈妙小声唤："从阳！"

周围并无人应答，从阳不在。

沈妙心里着急，又不敢惊动旁人，谢景行不知道从哪里滚了一身伤回来。

她半拖半抱着将谢景行弄回自己屋里，让谢景行睡在她的榻上，想去请个大夫过来。

她正要离开，谢景行却似乎清醒了一瞬，道："不要叫人。"

沈妙愣了一下，在他身边蹲下来，问："你的伤怎么办？"

谢景行费力地从怀中摸出一个药瓶样的东西，还未等沈妙继续追问，又昏了过去。

沈妙在短短一瞬间做了决定，屋里还有些热水，她将热水端过来，找了一方干净的手帕沾湿，犹豫了一下，慢慢解开谢景行的衣襟。

灯火下，年轻男人的身体匀称修长，似乎蕴藏着力量。沈妙脸上发烫，尽量让自己动作快些。

谢景行的衣服上沾了血，凝固的血块粘着皮肉。沈妙每扯一下，谢景行就要微微蹙眉头。

无奈，沈妙只得寻了一把银色剪子，拿火烧了烧，小心翼翼地替他剪开衣服。

沈妙不是没见过男子的身体，只是独自一人扒着谢景行的衣服，难免有些尴尬。

不过很快，她面上的尴尬就散去，取而代之的是凝重的神情。

谢景行的身上有许多刀伤，虽然不致命，但沈妙也晓得，这么多刀伤，光是流血就能致命。当下不敢含糊，立刻用湿帕子替谢景行一点点擦净血迹，又将药粉撒上，找了半天找不到干净的布条，沈妙便将新做的一条束胸布条拿出来，给谢景行包扎。

她从柜子里找出几颗补气血的药丸，还是罗潭给她买的，说女子来月事的时候气色不好，吃这个可以有好气色。沈妙将药丸捣碎，拿热水泡开，才喂给谢景行喝下。

忙完一切，夜色深沉，如化不开的浓雾，沈妙将谢景行翻了个身，再检查检查他身上还有没有别的伤口。

她翻动谢景行时，无意间碰到了谢景行的大腿处，沈妙正要缩回手，突然觉得有些不对劲。

手下的皮肤坚硬，像是结了一层厚厚的痂。她心中一动，微微掀开谢景行的长裤，见谢景行小腹深处往里蔓延着一道可怕的伤疤。

她还要往下摸，床上的人闷哼一声，一把攥住她的手腕，沈妙的脸腾地烧得绯红，下意识去看谢景行，见谢景行紧紧蹙着眉，抿着唇，双眼却未曾睁开。

沈妙舒了口气，不敢往下摸了，拿了一件自己做大了的外裳给谢景行穿上，将他捂得严严实实，又怕夜里谢景行发热，便搬了个凳子坐在榻前守着。

什么时候睡着的也不知道。

晨光熹微，鸡叫顿起，沈妙醒过来的时候，发现自己睡在了榻上，身上盖着厚厚的被褥。

她下意识一骨碌翻起身，见屋里空空如也，并没有谢景行的身影，愣了一愣，就听见身后传来含笑的声音："找我？"

谢景行穿着件宽大的中衣走了过来，应是刚梳洗过，水珠顺着下巴滑到了衣襟深处，沈妙诧异地看着他，谢景行昨日受伤昏迷不醒，眼下看来，却是神清气爽。

她问："你身子好了？"

谢景行一笑："当然。"

沈妙点头："补气丸果然是有效果的，表姐没有骗我。"

"补气丸？"谢景行皱眉，"是什么？"

沈妙面不改色道："女子来癸水的时候吃一粒，身子就不会那么虚了。昨天夜里我见你流了许多血，就给你吃了三粒。"

谢景行的笑僵住。

沈妙见他吃瘪，心中失笑。下一刻，谢景行悠然开口："哦，既然如此，就当是昨天夜里摸了我的回报。"

见沈妙愣住，谢景行笑得暧昧："昨天夜里，有人不知道在摸哪里……"

沈妙的面色由青变白，又由白变青，怒道："你醒着？"

"虽说不出话，但神志还是清醒的。"谢景行走到桌前坐下。

沈妙犹豫一下，站着没动，问："你身上的伤是怎么回事？"

"替你办事。"谢景行说得轻松，"定王府那种地方，下次还是不去了。"他伸了个懒腰，"傅修宜的花样还真多啊，连我都吃不消。"

"你去定王府了？"沈妙瞪大眼睛，"你去了定王府地牢？"

谢景行的目光闪了一闪："你对定王府了解不少嘛，还知道有个地牢。昨夜去逛了逛，顺带救你的裴先生出来。"

沈妙愣愣地看着他。

见沈妙发呆，谢景行狐疑地看了她一眼，问："你怎么不问问你的裴先生的死活？"

沈妙回过神："他还活着吗？"

"活得好好的。"谢景行挑眉，"一星火都没沾。"

沈妙捕捉到他话里的字眼，问："火？"

"我一把火烧了定王府地牢。"谢景行道，"斩草除根。"

沈妙倒吸一口凉气，默了默问："他现在在睿王府？"

谢景行道："高阳在替他医治。"

沈妙觉得古怪，高阳在替裴琅医治，谢景行为何不让高阳医治，反而带伤跑到了她的院子来，难道谢景行以为她的医术比高阳高明不成？

谢景行一笑："看我做什么，我的确没这么好心，要不是你……"

"你的伤是怎么来的？"沈妙打断他的话。

"定王府的护卫多，地牢里有傅修宜的死士。"谢景行难得给她解释，"人太多不方便，只能一个人进去。"

"不是这个。"沈妙顿了一下，才问，"你的旧伤看起来很深，是在大凉受的伤？"

谢景行一怔，没有说话。

"在明齐不曾听过你命危的消息。"沈妙道，"像是上了年头的伤，到底是怎么来的？"

"关心我？"谢景行道，"小事，不提也罢。"

"我想知道。"沈妙垂眸，"就算是为了去大凉做准备也好。你总不能让我毫无准备地去面对一个完全陌生的人和地方。"

谢景行看着面前的茶水，笑了笑："在北疆受的伤。"

沈妙猝然抬头。

谢景行淡淡道："谢家军里有天家人，当初去北疆，因为计划有变，我必须提前回大凉以恢复我的身份。不过谢家军里有埋伏也是事实。北疆人和天家人里应外合，设了一个局，本来针对的是谢鼎，因我的请帅令，改成了对付我。当日我有所防备，没料到临安侯的亲信是皇帝的人，他暗算我。虽然有墨羽军暗中接应，我还是受了重伤。皇兄让人将计就计，偷梁换柱，皇帝以为大计已成，其实我已被接回大凉养伤，养了半年才可下床走动。"他看向沈妙，不以为然地一笑，"准确说来，是在明齐受的伤。"

沈妙心头掀起一阵巨浪，却又在转瞬之间醒悟过来。她就说谢景行怎么会受伤，原来如此。

前生谢鼎先出征，兵败身亡，接下来临安侯府衰落，谢景行接了皇家将令，再次征伐，得了万箭穿心的下场。原来谢家父子同时战死沙场，是傅家人早就设好的结局！

今生谢景行改了主意，提前出征，皇帝本来要对付的是临安侯，便乘机改成了谢景行。谢景行死了，没想到临安侯一蹶不振，倒让皇家不必再次出手。

这样一来，正应了谢景行对苏明枫说的那句"明齐对我，没有养育，只有抹杀”。

连谢鼎的亲信都是皇家派来的探子，那么临安侯府的一举一动几乎都在文惠帝眼皮底下。或许连方氏和谢长朝、谢长武也暗中被文惠帝的人控制了也说不定。不过如今临安侯府后继无人，文惠帝应该不会再动别的心思了。

谢景行瞧着沈妙的神情，挑唇一笑，越过桌子摸了摸她的头，道：“你怕什么，到了大凉，有我在，谁敢动你？”

“大凉也有皇室。”沈妙总觉得事情没那么简单。

谢景行不以为然：“我也是皇室。”他收回手，满不在乎地开口，“除了皇兄，你谁都不必怕。就算见了皇兄，真的惹怒他，告诉我，我也保你安然无恙。”

“大凉是我的地盘，谁敢欺负你，我弄死他。”

又说了几句话，天色大亮，眼见着惊蛰和谷雨快过来唤沈妙起床时，谢景行才离开。

谢景行离开后，从阳不知从哪里冒了出来。

沈妙瞪着他，问：“昨夜你怎么不在？”

从阳饱含歉意的声音传来：“少夫人，实在不巧，昨日有任务，中途耽误了，等再回来的时候，已经是今日早上。”他神情诚恳，“少夫人有事吩咐？”

“没什么。”沈妙摆了摆手。

从阳一跃跳回树上，心中很是委屈。昨夜主子吩咐他不准出声，从阳就只得在树上蹲了一夜。又想着，主子受了点轻伤，偏还要千里迢迢赶回沈宅，连血都不止，流得满身都是，还不都是为了让少夫人心疼。

另一头，谢景行正走在回睿王府的路上。

深冬风寒露重，他松松垮垮的中衣外头，只随意披了一件玄色大氅，黑与白深沉地撞在一起，显得脸色有些苍白。

他没有戴面具，神情不若平日轻松，总是弯着的桃花双眸冷冷沉沉，带着一丝凉薄的冷意。

对沈妙，他终究还是说谎了。

那些纵横的伤口，除了在北疆之外，还有在大凉的。

其中一道伤口深可见骨。当时他在北疆战场身受重伤，是高阳拼着命将他从阎王手里救回来，高阳说，倘若当时的刀再偏上一厘，或是他再晚一点被送到自己手里，他这条命只怕救不回来了。

他受伤的消息除了高阳和永乐帝，以及亲信以外，没人知道，再次出现在大凉朝臣面前时，他依旧是衣袍翩翩、俊美无俦的睿王。

睿王这个身份的出现，到底会让一些人损失利益。所以，暗算、偷袭、刺杀、下套、阴谋层出不穷，手段诡谲难辨。

每一次，深刻的危机后，第二日出现在朝堂之上的，依旧是笑意懒散的睿王。长此以往，在众人心中，睿王就是个心机深沉、手腕狠辣的可怕敌人。他们不再轻举妄动，对他尊重畏惧、点头哈腰。

那就是谢景行拼死挣来的东西。

他用两年时间，坐稳了大凉睿王这个身份，不再有人怀疑他、挑衅他、算计他。那些雪夜里的厮杀、朝堂之中的陷阱，就如同昨夜那身黑色的衣袍，一同被剪碎了。

沈妙说："就算是为了去大凉做准备也好。你总不能让我毫无准备地去面对一个完全陌生的人和地方。"

谢景行慢慢走着，唇边浮起一个悠淡的笑容来。

有什么可准备的呢。

在那之前，他已替她解决了所有麻烦。

这一日，睿王府里来了一位不速之客。

来人身佩长刀，威武雄壮，眉目刚毅中带着风霜，直挺挺地往睿王府门口一站，一看就来者不善。

门口守门的护卫拦住他，这汉子却道："带我见睿王。"

侍卫毕恭毕敬道："没有帖子，殿下不见外人。"

大汉正要发怒，里头传来一个惊诧的声音："沈将军？"大汉抬眼一看，见铁衣大步走来。

待走近了，铁衣狠狠瞪了一眼那护卫，道："沈将军，下人不懂事，还望海涵。属下这就带您去见殿下。"

沈信憋了一肚子气，这些日子他辗转反侧，总是想到自己的那个荒唐猜疑。因此，他决定亲自来睿王府一趟，无论结局是什么，总要弄个明白。

沈信一路随着铁衣走，果然如铁衣所说，睿王府上上下下里里外外都张灯结彩，显得十分喜庆，沈信的心里舒坦了许多。

待到了屋门口，铁衣停下脚步，道："属下不能进殿下的书房，沈将军直接进去即可。"

沈信深吸一口气，推门走了进去。

屋里，睿王正坐在椅子上看书，姿势懒懒散散的，翻书更是随意，仿佛只是随便看看，并没有认真。

沈信皱了皱眉："睿王？"

睿王抬眼，将书随手放在桌边，沈信见着，那是一本兵书，还是一本十分晦涩的兵书。

"沈将军陪我下局棋吧。"睿王开口。

沈信道："我不会下棋。"

"战棋。"睿王抬手取过棋盘，放在桌上，给了沈信一罐白子，自己留了一罐黑子，道，"沈将军和我以盘为国，以棋路为界，以子为兵，战一局怎么样？"

沈信一听兵事就来劲儿，再看对方年纪轻轻，一时有了被人轻视的不悦，就道："来就来！"

二人便摆好棋子，开始下棋。

同外表不同，睿王的棋风令沈信大吃一惊，对方有着与年龄不相称的老辣狠戾。

沈信的战棋惯来下得不错，可和睿王一比，竟频频落了下风。

一局终了，结局不出意外，沈信输了。

睿王道："你输了。"

沈信摆了摆手，道："再来！"

"再来还是一样。"睿王道。

"什么意思？"沈信皱眉。

"你输。"

沈信活了这么大，除了罗雪雁，没人敢这么对他说话，当即就要发火，却见睿王轻飘飘地道："沈将军今日来睿王府，恐也不是为了下棋而来。"他挑唇问，"什么事？"

沈信怒气冲冲的话就堵在喉咙里了。

想到今日自己来睿王府的目的，沈信正视着睿王的眼睛，不放过睿王神情的微小变化，缓缓问道："之前你在沈宅和沈丘比试，匕首抵着沈丘脖子的那招，是从哪里学的？"

闻言，睿王一笑："沈将军是说匕首锁喉？我使得那样慢，还以为沈将军看清楚了，怎么，需不需要我再做一次给沈将军看？"

沈信一愣，睿王果然是故意的！

他就说了，那一日的匕首锁喉，睿王似乎刻意使得慢了些，简直像在故意让他看清楚。他问："你知道它叫匕首锁喉，你怎么学会的？"

"很早之前就会了。"睿王懒洋洋道，"沈将军以前不也见过？"

沈将军以前不也见过？

沈信的脑子里嗡的一声响，仿佛惊雷在他心头猛地炸开，炸得他全身上下每一寸都忍不住颤抖起来。

很多年前，明齐街头，他曾无意中见过临安侯府世子对人使过这一招，当时他还想，谢景行这一招，可比谢鼎使得厉害多了。

如今睿王说："沈将军以前不也见过？"

睿王从前可从来没来过明齐，沈信从前也没见别人使过这招。

沈信的心里掀起惊涛骇浪，问："你是不是谢景行？"

睿王直接取下了面具。

沈信倒抽一口凉气。

谢景行的外貌，沈信是清楚记得的。

如今面前人的模样更加成熟英俊，可眉眼之间还有从前的影子，沈信在那一瞬间就明白过来。

他说："这是怎么回事？你是不是应该解释一下？"

谢景行微微一笑，给沈信倒了杯茶，道："岳父喝茶，慢慢听我说。"

接下来的小半个时辰，沈信从谢景行的嘴里听到了一个他从未想过的惊天秘密。

沈信万万没想到，谢景行竟是大凉的亲王，身世如此离奇坎坷，更没想到谢景行的胆子这样大，成了大凉睿王，竟还敢这样大摇大摆地来明齐，他就不怕一旦身份被揭穿，会给自己带来怎样的麻烦？

待听完谢景行的一番话后，沈信心中震怒、愤慨、懊悔、迟疑，种种复杂情绪交织在一起，不过他还是以最快的速度明白自己这时候应当下什么决定。他道："你既然是这个身份，娇娇不能嫁给你！"

"为什么？"谢景行问。

"你的目的，绝非只是来明齐朝贡，"沈信的话语犀利，"大凉的野心不止于此。总有一日，大凉会对明齐出手，到那时，你和我们必兵戎相见。如果娇娇嫁给你，你让她如何自处？我绝不会让娇娇如此为难！"

“岳父多虑了。”谢景行浑不在意地一笑，“她知道我的身份，也比你更明白所要面对的局势。或许，你应该想一想，沈家和明齐之间的关系。”

沈信听他话中有话，不觉眉头一皱，问：“你什么意思？”

谢景行打了个响指，目光落在刚才那局棋局上。谢景行道：“刚才和岳父大人下的这局棋，是我以明齐皇室的身份和岳父大人下的。岳父大人就没发现什么？”

沈信猛地抬头，怒道：“胡说八道！”

“是不是胡说八道，你我二人都清楚。”谢景行敛去笑意，“明齐对沈家是个什么态度，我不信岳父之前就没瞧出来一二。事实上，如果不是沈妙暗中周旋，沈家做不到现在这样明哲保身。我不是菩萨心肠，只是不愿意看沈妙一个人护着你们沈家，你们却什么都不知道，我可不舍得。”

沈信气得胡子都直了，追问：“娇娇怎么了？你刚才的话是什么意思，给我说清楚！”

“岳父岳母成日在西北驻守，心怀天下，自然忙不过来，也照看不了娇娇，我却侥幸晓得。你以为沈家二房、三房是什么好东西？当初他们和豫亲王勾搭，在卧龙寺给沈妙下迷香，想把沈妙送到豫亲王床上。沈垣是怎么死的？任婉云是怎么疯的？沈贵、沈万是怎么出事的？荆楚楚、荆冠生……沈家人算计沈妙就算了，明齐皇室也从来没顾忌过你的人头。

“你以为当初你退守小春城，是谁在其中周旋？苏家苏煜突然出面，歪打正着让皇帝网开一面，真的只是巧合？沈家每次全身而退真的是上天福佑？”

他看着沈信僵硬的神情，讥讽道：“两年前岳父班师回朝，恰逢沈老太婆寿辰，沈家祠堂一把火，可是沈妙亲自烧起来的，为的就是让你们认清沈家人的野心。她用自己的性命来告诫你们，沈将军，你敢说你能护她安全无虞？”

沈信如遭雷击。

“沈家二房、三房走到如今这个地步，全都是沈妙的筹谋，沈将军也别怪她心狠手辣，如果不是这样，只怕她活不到现在。”谢景行目光锐利，几乎让人喘不过气来，“岳父对天下人来说是良将，不过我以为，对沈妙来说却不然。我不知道她为什么要把这些事情担在自己身上，在我看来，沈将军不是一个好父亲，沈家却很好运，养了沈妙这个女儿。

“她为你们操持，千方百计保住沈家，明齐的皇室也是她未来要对付的，沈将军现在说沈妙会为此为难，我不懂，”他冷冷地嘲弄道，“你真的了解沈妙吗？”

沈信坐在椅子上，这一刻突然觉得无颜。

“相反，我和娇娇的交情虽然算不得深厚，好歹也一起同甘共苦过。我曾救了她的性命，也解她于危难之中。”谢景行道，“我为什么不能娶她？”

沈信的心中忽而生出无限的疲惫来。

他的女儿，他自认疼爱有加，却连最基本的了解都做不到。那这些年，他究竟做了什么？

他看着桌上残余的棋局，看了许久许久，直到眼睛开始发酸，才轻声道：“都说给我听。

“你知道的，有关娇娇的事情，都说给我听。”

裴琅醒来时，发现自己在一个陌生的地方。

他不晓得救了他的人是谁，也不晓得那人为什么要救他。问了服侍他喝药的侍女，只知道这里是睿王府。

裴琅隐隐察觉到沈妙和睿王之间或许有些交情，至于究竟走到了哪一步，他却不知道。不过，沈妙没有放弃自己，一想到这里，裴琅就微微动容。

正想着，门被打开，从外头走进一名年轻男子，背着个药箱，走到他面前坐下，似乎要替他把脉。

裴琅看清楚那大夫的容貌时，叫了起来：“高太医！”

他动作太大，牵扯到了身上的伤口，不由得倒抽一口凉气。

高阳按住他的伤口，道：“不用这么惊讶，小心扯到伤口。”

裴琅看着高阳，心中闪过许多念头。高阳是太医院最年轻的太医，既然是太医，无缘无故不会给宫外的人瞧病。莫非睿王为他向文惠帝借了高阳过来？不过这个念头很快就被裴琅否定了，睿王没必要因为他惊动皇家。

那么第二个可能，就是高阳和睿王私下里就有交情。

他抬眼看向高阳，目光怀疑不定，道：“高太医怎么在这里？”

高阳一边替裴琅把脉，一边道：“睿王召我过来给你瞧病，我就过来了。”他把完脉象，“差不多稳定了。不过你的腿伤了筋骨，我得给你施针。”

“傅修宜下手可真狠。”高阳从医箱里拿出一排金针，让高阳坐好，挽起裤腿，开始为他施针。

裴琅心中一动，高阳到底是明齐的臣子，竟然直呼定王的名讳。

高阳专心致志地为裴琅施针，突然道：“你是不是想问，我和睿王究竟有什么交情？”

裴琅顿了顿，才笑道："高太医愿意告诉在下？"

"不瞒你说，我就是睿王的人。"

"你是不是在惊讶，我为什么要将这么大的秘密告诉你？"高阳继续道。

"不错。"裴琅坦言，"我的确不解。"

"这有何难？"高阳一笑，"定王府起了大火，火灭后傅修宜会派人寻找尸骨，找不到你的尸骨，傅修宜就会知道有人救了你，这笔账傅修宜自然要算到你头上。你现在和睿王府绑在一块儿，既然都是自己人，有什么秘密不能说的？"

裴琅问："定王府那把大火是你们放的？"

高阳："当然。"

裴琅犹豫了一下，还是问出了心中最想问的问题："是睿王救了我？"

"不然谁有那么大的本事。"

"可他为什么要救我？"裴琅试探地问，"因为别人请求他这么做吗？"

高阳意味深长地看了他一眼，一根金针刺进他的膝盖，裴琅眉头一皱，只听高阳道："不错，因为我们王妃所托。"

"王妃？"裴琅一愣，"睿王妃？"他不曾听过睿王有什么王妃，更不知道睿王妃和自己有什么交情，"睿王妃为何……"

"大约是看在王妃和你曾有师生之谊的分上吧。"高阳笑得体贴，"睿王妃毕竟做过你的学生。"

裴琅："她是？"

"沈妙。"

第十章　睿亲王妃

这个年，沈家过得还算开心，却似乎也并不怎么开心。开心的是一家人聚在一起，不开心的是年头一过，沈妙就要嫁往大凉。

沈宅里，沈信从外头走进来，道："娇娇，爹有话跟你说，来，咱们去书房。"

沈妙随着沈信进了书房，沈信让下人在外头守着，沈妙在桌前坐下，沈信跟着在沈妙对面坐了下来，深深叹了口气，道："再过几日，娇娇就要出嫁了。我打算让莫擎跟着你去大凉。"顿了顿，沈信又道，"到了那头，如果有人欺负你，你就告诉睿王，交给他来办就好。"沈妙应了。

"若是睿王也护不住你，你也别怕，还有爹娘。我在沈家军里挑了几个人，身手虽比不上莫擎，却也不是等闲之辈，打扮成陪嫁侍卫随你一起过去。"

沈妙想了想，忍不住开口问："爹，你和娘……就没想过离开明齐？"

沈信一怔，看向沈妙，没说话。沈妙索性全说出来，她道："我嫁到了大凉，皇上必会对沈家生出嫌隙。君主心思向来难猜，若是皇上起了别的心思……倒不如现在就以不放心我为由，一同去往大凉，兵权不要就不要，反正留在明齐，说不定哪一日兵权也会被收了回去。"

沈信道："皇家要打压沈家，忌惮我手中兵权，断不会让沈家轻易离开明齐。更何况，他们还想用沈家来牵制你。"

沈妙一愣，一直以来，她顾忌着沈信，对明齐皇室的冷漠无情不敢说得太明白。沈信从小被沈老将军教诲要忠君报国，让一个人推翻过去几十年崇敬的东西是一个漫长的过程，可眼下沈信这番话，倒像是看得极为通透。

沈信道："娇娇的顾虑，爹都知道，不过，爹还是不能走。"

"如果爹下定决心，用些手段，总也离得开。"沈妙道。

沈信哈哈大笑："原先觉得娇娇太过柔婉，不像武将家出来的姑娘，如今见你这模样，和为父很像，很好！"他喝了一口茶，又道，"要用手段也不难，可日后又如何？"

"日后？"沈妙疑惑，"什么日后？"

"娇娇，天家人视沈家如眼中钉，就算有朝一日明齐强盛，沈家也终会成为板上鱼肉任人宰割。"沈信长叹一口气，"我沈信身正不怕影子歪，死了也不怕，只是不愿意你娘、你大哥和你也受牵连，更不愿沈家世代清明、祖祖辈辈传下的忠贤之名被人侮辱。"

沈妙的一颗心怦怦地跳了起来，她猜到沈信将要说什么，可有些不敢相信。

下一刻，就听得沈信的声音响起："这个天家忠仆，我沈信不干了。"

沈妙猝然抬头，道："爹……"

沈信爽朗一笑："你爹我虽然尽忠，却也不会效忠狼心狗肺之人。如果现在沈家随你一道去大凉，有朝一日大凉进攻明齐，天下百姓就会骂我们沈家乱臣贼子，就会骂你助纣为虐，这莫名其妙的污名，我们可不背。

"而我们留在定京，你一人远嫁，若有朝一日明齐和大凉兵戎相见，你不必出面。你一介女子，身如浮萍，独自一人在异国，身不由己，百姓不会怪责你。而沈家在明齐，更不可能和大凉勾结，自然也不会背上莫须有的污名。"

沈妙摇头："那样的话，爹难道要以沈家军的名义，代替明齐和大凉作战吗？"

"不。"沈信笑了，"在那之前，陛下一定会对沈家动手。即便皇上不动手，我也有办法让他对沈家动手。待到那一日……"沈信的目光陡然一沉，"皇室对我们沈家不仁不义之日，就是沈家揭竿而起之时！"

不愿意沈家背负污名，却也不愿意为了清名而牺牲活着的人，成为卑劣皇权的牺牲品，所以要让天下百姓都看清楚，是皇室先对沈家不仁，沈家才会对皇室不义。沈信正是要利用这一点，和皇室来一场人心的较量。

沈妙看着沈信，想说话，又一时无言。沈信笑着拍了拍她的头："本来觉得小姑娘太老成不好，不过现在，爹很庆幸。"他微笑着开口，"这样的话，就算爹娘不在身边，娇娇也能保护自己。”

沈妙道：“爹，如果沈家不能自保，就写信到大凉吧，我是沈家的女儿，我会想办法。”

“这都是男人做的事情，你一个姑娘家，还真把自己当男孩子了不成？”沈信失笑，“我们家娇娇是世上最好的姑娘，嫁给睿王还是亏了啊。”

沈妙觉得鼻子有些发酸，也清楚明白，她即将离开家人了。

“睿王这个人虽然狡诈阴狠了些，不过还算讲信义，既然答应娶你，就总会护着你。你若是喜欢他，就不要顾虑什么。喜欢你喜欢的，做你想做的就行了。”

“我知道了。”沈妙轻声道。

沈信笑着道：“再过几年，爹答应你，一定会去找你的。”

沈妙点头：“我等着爹。”

转眼到了成亲的前一夜。

第二日，沈妙就要从沈家出嫁，坐着花轿逛完整个定京城，热热闹闹地礼成，然后从定京城门出城，浩浩荡荡地离开明齐，前往大凉。

该带的东西都带了，该带的人也带了。就连裴琅，沈妙都没忘记。如今裴琅留在定京很危险，傅修宜掘地三尺也要找到他，倒不如让裴琅混在出嫁的队伍里一同前往大凉。

沈妙明日成亲，对于沈府，今日是个不眠之夜，对于公主府也是一样。

荣信公主在屋里来回踱着步，下人都被她遣散了。

荣信公主对谢景行总还念着几分旧情。她提防他、怀疑他、警惕他，却也忘不了过去岁月中的相伴，忘不了在那些孤独的日子里，谢景行陪她度过的艰难时光。

人的感情很复杂，没有纯粹的爱恨，若能将爱恨分清楚，大约世上许多事情就变得容易许多。最难的就是爱中掺杂着恨，于是狠不下心，也做不到若无其事。

明日沈妙出嫁，谢景行就要离开定京城。等谢景行回到大凉，再次踏入明齐得是什么时候？是否那个时候就会对自己兵戎相见？或者带人踏平定京城？

荣信公主是谢景行从前的姨母，也是明齐的公主。在江山和亲情面前，她总要做一个取舍。

过了片刻，她走到桌前坐下，取出纸笔，拿笔蘸了墨汁，要往纸上写字，却又在即将落纸时停下动作，十分纠结的模样。

这一封信写下去，这一封信送出去，等待谢景行的是什么，无人可知，也许是万人指责，也许是身陷险境，不过有一点可以肯定，这一封信完成，也就代表着她做出了取舍，她和谢景行过去的那些情分，也就在这一瞬间烟消云散了。

她没想到，从前听到谢景行死讯险些跟随而去的自己，如今却要亲自把谢景行往可能的死路上推。

她咬了咬牙，终于还是提笔，迅速书写起来。

平南伯府上，苏煜和苏夫人瞧着苏明枫紧闭的书房门，面面相觑。

苏夫人叹了口气，道：“为今之计，只得等明枫自个儿想明白，忘记沈家小姐了。”

“说起来容易做起来难。”苏煜摇头，“明枫性子随我，长情。”他看向苏夫人，“咱们站在这里也没用，还是先回去，让明枫自己想想吧。”

正说着，见苏明朗抱着厚厚一摞子字帖路过。苏煜唤住他：“明朗！”

苏明朗停下脚步，朝二人走过来，唤了一声爹娘。

“你大哥今儿个受了打击，心情不好，爹有件重要事情交给你，你去你大哥书房里，与他说会儿话，劝解劝解他。”

苏夫人也道：“对对，明朗，你让你大哥教你写字，或者让他陪你玩叶子牌，别让他闲着。”

苏明朗老气沉沉道：“你们是想让我劝劝大哥，别因为沈姐姐的亲事难过了吗？”

苏煜、苏夫人：“……”

苏明朗看了一眼书房，道：“我兄弟二人要说些知心话，爹娘放心，我不会让大哥投河自尽的。”

噎了半晌，苏夫人才道：“那就谢谢明朗了啊。”

苏明朗迈步走向苏明枫的书房，费力地推开门，见苏明枫坐在书桌前，神情焦躁复杂。

苏明朗爬上椅子，端端正正坐好，看向苏明枫道：“大哥，喜欢就去争取。”

苏明枫一脸疑惑。

“大丈夫敢做敢当！”苏明朗给他鼓气，“既然你喜欢沈家小姐，就去抢亲。”

苏明枫失笑，摇了摇头：“她嫁给谁和我有什么关系？”

苏明朗疑惑地问：“你不喜欢沈姐姐了吗？”

“别听娘瞎说，我何曾喜欢过她？”

“可是你还派人偷偷调查沈家姐姐，”苏明朗控诉，“这不是喜欢是什么？”

苏明枫道：“我可不是因为喜欢她才这么做，不过是因为……”他顿住，面上又浮起复杂的表情。

苏明朗看着他：“大哥，你现在真奇怪。”

“二弟，”苏明枫突然开口问，“你还记得临安侯府的谢景行吗？”

“谢哥哥？”苏明朗道，“我记得，当初大哥说谢哥哥去了很远的地方，再也不会回来，让我不要再提起谢哥哥，怎么今日又提起了？大哥，谢哥哥回定京了吗？”

苏明枫摇头：“没有。”顿了一会儿，他问，“你也觉得，他是我最好的朋友吗？”

“当然。”苏明朗道，“谢哥哥虽然很凶，嘴巴也很坏，还老欺负人，不过对我们家挺好的。”苏明枫沉默。

苏明朗好奇地看着他：“大哥是不是和谢哥哥吵架了？”

苏明枫站起身来：“没有，我出去一趟。明朗，你留在这里，哪里也不要去。”

定京的夜色掩盖了一切，公主府和平南伯府上，暗流在礁石下翻涌起伏，平静的水面下酝酿着足以毁灭一切的风暴。

定王府里，傅修宜端坐在高位上。他的模样看起来稍稍有些憔悴。前段时间，一把火把定王府地牢烧了个精光，地牢里也没有裴琅的尸体。

傅修宜决心掘地三尺也要把裴琅和裴琅背后的人找出来。他本以为是沈家人，可查到最后，发现和沈家一点儿关系也沾不上。再往下查，线索便被掐断了，苗头也没有。可想而知傅修宜心中多窝火。

明日沈妙和睿王大婚，明日过后，沈妙随着睿王前往大凉，睿王身上的秘密就更无法得知。眼见着机会消失在面前，傅修宜如何甘心？

正在这时，傅修宜派去查探事情的侍卫从外头走进来，对着傅修宜行礼，然后道：“殿下，公主府和平南伯府上有动静了。”

傅修宜眼睛一亮，道：“如何？”那侍卫走近两步，躬身在傅修宜耳边耳语两句。傅修宜身子一震，随即露出大喜之色。

“天助我也！立刻派人跟着他二人，不要放过一丝一毫。”

侍卫领命离去，傅修宜靠上椅背，脸上慢慢浮起一个笑容。

“睿王、公主府、平南伯、沈妙，”他道，“本王倒要看看，你们之间有什么见不得人的秘密。”

正月初八，利婚丧嫁娶，利远行。

天方亮，沈妙就被惊蛰和谷雨唤醒，要为她梳妆打扮。白露和霜降给沈妙拿来一些精致的糕点，白露道：“姑娘先吃点垫垫肚子，今儿个嫁礼烦琐，途中可不能饿着了。”又端起一小碗粥，“这是夫人一早起来亲自给姑娘熬的冬粥，喝了吉祥如意哩！”

沈妙接过碗来，慢慢地喝，心中不免有些感慨。前生她嫁给傅修宜，是和家人赌气哭闹，逼得沈信没法子才答应，可那门亲事，到底是看热闹的多、祝福的少。罗雪雁那时候都被她气病了，勉强撑着来做完整个嫁礼，哪还有心思熬什么粥？不像现在，府里上上下下都一派欢喜，尽心尽力地为她劳碌。

刚刚吃完，罗雪雁就进来了，身后跟着个中年女子。

“这是定京里的梅娘子，”罗雪雁笑道，“今儿个特意来为你做喜娘的。”

梅娘子含笑道：“奴家一见王妃，便觉得甚是投缘，想过来讨个彩头，才觍着脸过来的。”沈妙也笑着与她见礼。

梅娘子道：“王妃，新娘子的行头复杂得很，劳烦先将嫁衣换上，奴家好为您添妆。”罗雪雁就忙催促着沈妙过去。

换好衣裳，绞面，盘头，换首饰，一层层扑脂粉。梅娘子一边给沈妙梳妆，一边笑道：“奴家这些年也瞧过不少的姑娘，竟无一人比得上王妃的气度。”她笑了笑，又对罗雪雁道，“夫人别怪奴家多嘴，王妃雍容华贵，宫里的贵人们也要逊色几分。”

罗雪雁谦虚：“哪里就有那样好，只是娇娇自来沉稳，是比她爹长进多了。”

“话可不能这么说。”梅娘子给沈妙描眉，“有的人虽然身份高贵，可是骨子里没那个重量，不过是端着架子，衣裳一脱，首饰一扔，就和平头百姓没什么两样。有的人却不同，便是布衣荆钗，或什么都没有，往那儿一坐，自有高高在上的气度。”

沈妙一边任由梅娘子摆弄，一边听梅娘子说话，觉得有趣，便细细听着她们交谈。

新娘的妆容足足化了半个时辰，待妆成后，梅娘子笑道：“过会子添妆的人该来了，夫人先在这里陪陪王妃，奴家去寻点儿香叶过来。”罗雪雁应了。

沈妙坐在桌前，罗雪雁又是高兴又是舍不得，牢牢握住沈妙的手，道：“娇娇，今儿你就要嫁人了，娘有几句话要与你说。”

沈妙道：“娘说，我听着。”

“娘当初嫁给你爹时，你外祖母已经过世了，娘只有兄弟，没有姐妹，几个嫂嫂又年轻，没有人跟娘说这些话。”罗雪雁有些唏嘘，“这些都是娘自己摸索出来的，不知对不对，不过还是与你说一说。”

“夫妻相处之道，贵在坦诚。我和你爹成亲这么多年，彼此从来没有什么秘密，如果发现对方有秘密，不要心急，等一等，耐心些，他会说与你听。”罗雪雁慈爱地拍了拍沈妙的手，“娘知道你性子稳，这是好事，可是感情一事，不是一个忍字就能解决的。你若喜欢他，会在乎他的一举一动，就不会这么稳了。”

“坦率些，直接些，不要觉得害羞，也不要害怕，那是你的丈夫，是要与你共度一生的人。”罗雪雁顿了顿，又道，“景行跟我保证过，有了你之后，不会再有别的小妾通房，说实话，我并不信任他。只是如今事已至此，只得走一步看一步。”

沈妙垂眸，又听罗雪雁道：“可是我们沈家的女儿，绝不会委曲求全。若是你的丈夫后院里有了别的女人，你可以嫉妒，可以吃醋，可以与他大吵大闹，说什么贤妇大度，全都是狗屁，不过是世人约束女子的不公平交易罢了。你若是想要和离，爹娘也会帮你。”

沈妙先是惊讶地看着罗雪雁，随即心中失笑起来。是了，罗雪雁考虑的是她的感受，不会让她委屈，至于旁人如何，与她何干？

罗雪雁从袖子里掏出一本小册子，道：“娇娇，这个……这个你且收好，等着嫁礼完成之后，寻个空闲的工夫将它看完。”

沈妙有些奇怪，接过来随口问：“这是什么？”

罗雪雁涨红了脸，支支吾吾道：“你需要明白的东西。”见沈妙作势要打开，又连忙一把按住沈妙的手，“现在别看！晚点……晚点你一个人的时候再看。”

沈妙点了点头，还要询问几句，瞧见罗雪雁不自然的脸色，猛地明白过来，脸上顿时火辣辣的。

罗雪雁和沈妙都有些尴尬，此时外头却有脚步声传来。罗潭拉着冯安宁走了进来，见罗雪雁也在，就道：“姑母，我们来与小表妹送添妆来了！”

罗雪雁便笑道：“那你们先说说话，我出去一会儿再过来。”

罗雪雁离开后，罗潭围着沈妙打了个转，惊叹道："小表妹，你今日也实在太美了吧！简直要把仙女都比下去了！"

"不错。"冯安宁也跟着点头，"在明齐算是头一份了。"自从被沈丘甩了冷脸后，冯安宁就来得少了，这回沈妙出嫁，她心里虽然惧怕沈丘，却还是鼓足勇气来了。

罗潭笑嘻嘻地从背后拿出一个匣子来，道："这是我送给你的添妆！"

沈妙将匣子打开，里面是个铁疙瘩一样的玩意儿。

冯安宁问："这是什么？你拿这个给沈妙，也实在太寒碜了吧！"

"你懂什么？这个东西叫指南针！"罗潭道，"和军营里用的那种只能指个大概方向的不同，这个可以指得很精确，是从东域海上传来的东西，说是现在只在船队中用，凌哥哥拿了十只回来，我好容易才求来了一只，你不要就算了！"

沈妙忙将匣子一合："多谢你。"

罗潭撇了撇嘴："我是觉得，小表妹你本来就什么都不缺，送金银首饰什么的，比不上睿王的，我送了也是自取其辱，倒不如送个实用些的。指南针你拿着，你在大凉人生地不熟的，哪一日若是走丢了，说不定会派上大用场呢。"

沈妙一笑："说得很有道理。"

罗潭得意扬扬地看向冯安宁："冯大小姐，你送的是什么，也拿出来给我们瞧瞧开开眼界。"

冯安宁瞪了她一眼，不服气道："一个指南针算得了什么，我们冯家什么没有，怎么会送那些俗气玩意儿。"

她把自己的匣子打开，从里头拿出一个小瓶来，道："这里头有三粒归元丸，归元丸知道吧，前朝大医儒做出来的续命东西，有价无市呢。"她把瓶子连同匣子往沈妙手里一放，"你性子不讨喜，在明齐就有人追杀，更别说是大凉了，有什么三长两短，就吃一粒归元丸，总归是能救你一命。"

沈妙微微一笑："多谢了。"

冯安宁闻言，眼圈一红，道："此去一别，不知道这辈子还能不能再见面。你在明齐没什么朋友，我既然是认识你的，自然不能让你脸上无光，送的添妆也不能拿不出手……"说着说着就哽咽了，偏还要说，"我可不是舍不得你，不过是觉得送了你这么份大礼，你却不能给我成亲添妆，实在是太不划算了……"

沈妙哭笑不得，就道："你成亲时，我定会托人给你送添妆回来，也会时时与你写信，不会让你白送的。"冯安宁这才稍稍好了些。

沈妙忽而又想起了什么，从袖中摸出一封信来，对冯安宁道："现在就有一封，今日之事完了后，你将这封信看了，再让你大哥看了。"

罗潭和冯安宁同时一愣，罗潭笑嘻嘻道："难道小表妹是觉得对不起冯大哥，当初没答应冯大哥的求亲，所以特意写封信来表达歉意？"说罢又摇头，"可为什么让安宁看啊？"

"这你就别管了。"沈妙道，"今后若是有麻烦，你就来沈宅找我大哥，我大哥会帮上忙的。"

沈妙记得，前生冯家的结局不怎么好，冯安宁更是嫁了个人面兽心的浑蛋，最后年纪轻轻就香消玉殒。如今重来一世，她只能将能提醒冯家的事情都记在信中。

冯安宁红了脸，嘟囔道："那么凶，谁要他帮……"

这话却没有被沈妙听见。

沈妙没有姐妹，在明齐朋友又少，来添妆的大多都是看在罗雪雁的面子上，那些小姐想要讨好沈妙，送的东西大多是一些金银首饰。

这些来添妆的女子说完话后不久，吉时到了，来迎亲的车马队都已经到了沈宅的大门口。罗雪雁和梅娘子进来，梅娘子为沈妙盖上盖头，沈妙被二人搀扶着，慢慢朝外头走去。

沈宅门口今日分外热闹。

定京万人空巷，就是为了看沈家女儿出嫁，沈宅门口里三层外三层被围得水泄不通，百姓议论纷纷。

"今儿个沈家五小姐出嫁的排场可大了，瞧这外头的车马，都不像是普通人用得起的。"

"你看打赏的香囊里都是碎银子，就晓得这嫁礼不同寻常。"

另一人插嘴道："排场能不大吗？且不说沈家本就风光，也不看看沈五小姐嫁的是什么人，那可是大凉的亲王。"

中年妇人道："听闻大凉睿王送的聘礼足有整整九十九抬，也不晓得是真的还是假的。"

"哎哎哎快看，来了！"

明齐的嫁礼上，是要送聘礼的。成亲当日，有人将聘礼一担担地抬到新娘的娘家，让众人过目，也让周围人看清楚。因此，聘礼越是丰厚的人家，女方和男方也就越有脸面。

因此，也有人为了面子，在成亲当日故意拿空箱子当作聘礼来送人。今日却不是。那一担担的聘礼，全都是大大敞开着，让人将里头的东西瞧得一清二楚。古玩、书画、首饰、家具、珠宝、衣裳、白银……应有尽有，满满的，一箱一箱压得密密实实，一点儿水分都不掺，看得人红了眼。

可谁都不敢动手，哪怕是最嚣张的盗贼强盗，也不敢轻举妄动。因为抬着箱子的小厮周围，站的全都是大凉的军人，士兵们穿着厚厚的铠甲，宝刀出鞘贴在身边，不怒自威，脚步整齐，似乎只要有人心怀不轨，就会立刻将来人拖出来斩杀。这等威名凶悍，让人不敢近前，人群自发让开一条道，让这些抬着聘礼的人通过。

有人好奇，真的拿手指一个个数着："一、二、三、四……"长长的队伍似乎怎么也到不了尽头，人群中的倒抽冷气声此起彼伏。一直到最后一个，有人喊了出来："是九十九抬！九十九抬聘礼！"

九十九抬聘礼！当初太子娶太子妃的时候，也不过五十八抬，这都几乎多了一半儿。人群中不由得爆出阵阵惊呼，可想而知，今日之后，沈妙的这次风光大嫁，只怕要成为明齐无人可超越的一次盛景了。

有人就道："当初沈五小姐爱慕的不是定王殿下吗？只怕现在她心中也在庆幸吧，定王殿下自来清简，沈五小姐若嫁给定王殿下，大约如今这样排场的百分之一也不到。"

这话好巧不巧被人群中的傅修宜听到了。他面上倏尔浮起一丝怒气，又很快忍耐下来。他的清简是做给天下人看的，不过是为了有一个好名声，今日在这个时候说他清简，却似乎在说，他远远比不上睿王。

他又看向沈宅门口，看向被罗雪雁和梅娘子搀扶着走出来的沈妙。沈妙正在跨火盆，小心翼翼地提脚，免得烧了裙裾。

她的动作小心又缓慢，极为认真。周围的人都在惊叹沈妙这身嫁衣如何璀璨流光，傅修宜却觉得心中涌上了一股难以说清的感觉。他觉得这一幕十分刺眼，竟然有一种冲动，想一脚踢翻那火盆。

正当傅修宜有些抑制不住这个莫名其妙的想法时，人群中突然起了一阵骚动。他回头一看，见人群自动让出一条小路，而在道路的尽头，有人鲜衣怒马而来。那人拉着缰绳，大红的锦袍如烈火般炙热，自远处快速奔来。衣袂飘飘，姿态优雅却热烈，几乎要灼伤人的眼睛。众人皆惊呼。

他却在离沈妙一步之遥的地方猛地拉紧缰绳，马蹄蓦地止住。年轻男人高坐骏马之上，银色面具也被大红的袍子映得微红，他什么都没说，只是在马背上微微俯身，朝着新嫁娘伸出一只手。他懒洋洋地，以不可抗拒的姿态开口："来娶你了，沈娇娇。”周围的人都安静下来。

沈妙蒙着盖头，什么都瞧不见。她本能地仰起头，下一刻，感觉自己的手被人托起，有什么东西被戴在了指尖处。周围的人倒抽一口凉气。历代亲王都有自己的扳指，扳指并不仅仅是一个装饰，更重要的是身份的象征。送出去的可不只是个扳指，这意味着睿王将随意调动手下的权力都交给了沈妙。

年轻的小姐羡慕极了，睿王虽然戴着面具，却是风姿无限，本来身份就高贵，还出手大方。

睿王将扳指戴到沈妙手上后，薄唇一挑，微微俯身，一个吻就印在沈妙的手背上。沈妙自然猜到了那是什么，不由得脸上一红，好在盖头蒙着，旁人也看不见。

睿王直起身，梅娘子连忙笑着唱：“进聘礼——抬嫁妆——”

抬完嫁妆之后，做母亲的就要亲自喂新嫁娘吃麻团子。那团子做得小小的，里头混了花生、莲子和芝麻，寓意早生贵子。罗雪雁拿小勺舀了，沈妙微微掀开盖头的一角，吞下罗雪雁喂的麻团。

罗雪雁的眼眶有些湿润：“娇娇，嫁人后，千万不要委屈自己。”

沈妙也跟着一动，道：“省得了，娘。”

沈信背过身去，悄悄抹了把眼角的泪。沈丘走过来，新娘的兄弟要负责把新娘背上花轿。

沈妙趴在沈丘背上，沈丘走得格外缓慢，一边走一边低声道：“妹妹，你太瘦了，等我再见你的时候，只要比今日瘦了一毫，我都要去找睿王算账。”

沈妙：“……”

沈丘的声音憨憨的：“我会去看你的。”

沈妙把头埋在沈丘脖子里，像小时候撒娇那样对他道：“一定要。”

等沈丘把沈妙背上花轿，花轿落帘之后，梅娘子就唱开了。

“天下之盛事，莫如婚嫁之喜。

“君不闻圣者，一箪食，一瓢饮，在陋巷，人不堪其忧，亦不改其乐，三月而不违仁乎？郎君如是。

“呵！美哉！沈家五娘也。女娲之初，炼万石于补天，修灼灼于其表，化蓁蓁于其里，真乃窈窕之淑女也。

“天生烝民，有物有则。郎君仪表堂堂，举止有若雁塔，虽涉芸芸之众而不改其真。沈家五娘者，明齐定京人氏，尝以怀古柔情，温婉贤淑，绝殊离俗，妖冶娴都。其貌神端庄，举止矜持有度，纵使西子之容，犹未能及也。

“今日结秦晋之好，结发为夫妻，恩爱两不离。

“一阳初动，二姓和谐，庆三多，具四美，五世其昌征凤卜。

“六礼既成，七贤毕集，凑八者，歌九和，十全无缺羡鸾和。

“一对璧人留小影，无双国士缔良缘！

“起花轿，嫁喜成！”

梅娘子的声音喜气清亮，唱词又好听，一唱完毕，众人纷纷鼓掌叫好。下人们将贴着金箔的铜板钱币往外头抛撒，一把把煞是好看，人群一拥而上，嘴里说着吉祥话儿，纷纷抢夺喜钱和糖块，端的是热闹非凡。

沈妙坐在花轿里，将周围的动静听得一清二楚，她的心也跟着忐忑起来。

外头的轿夫们开始抬花轿了。谢景行找来的轿夫自然都是好的，花轿抬得很稳，一点儿也不会晃荡。

睿王坐在高头大马上，走在最前面。马匹的身上挂着红绸做的大花，显得十分神气，他的姿态懒散却优雅。所到之处，俱是百姓的欢呼笑闹。

睿王的身后是轿夫们抬着的花轿，车马队不住地往外撒喜钱。再往后就是沈家的嫁妆队，众人数了数，一共是五十抬，恰好是睿王送来的聘礼的一半。这嫁妆虽然比不上聘礼，但也绝对不算少了。

人群后，罗雪雁偷偷侧过头，对沈信道：“这样真的好吗……”

沈信道：“他既然敢送，咱们就敢收。再说他送了九十九抬，咱们府里出不起这么多嫁妆，少了也会被人看笑话。”罗雪雁就不说话了。

沈妙的嫁妆五十抬，有二十抬都是睿王出的。那一日，睿王过来送嫁衣，从装嫁衣的匣子里掉出一张纸片，便是嫁妆单子。

睿王也知道沈家一定出不起与之相符的嫁妆，干脆将嫁妆也解决了，这样说来，睿王就是给沈家送了一百一十九抬嫁妆。

街道上到处是欢欢喜喜的人，傅修宜混在人群中，没再继续跟上去。他只觉得这一幕十分刺眼，脸色沉冷地背对着花轿离开了。

与他一样憋屈的，还有文惠帝。文惠帝只要想起睿王成亲，脑海中就会浮起睿王在御书房里威胁他赐婚的那一幕，胸中憋闷，气不打一处来，更不会主动给自己找不痛快，便让宫里太监接了睿王派人送来的喜礼，宫门紧闭，自个儿回养心殿躺着，不许任何人前来打扰了。

这门亲要在明齐成，花轿被抬着在定京城逛上一圈，本来花轿绕完城门后，就要直接出城，可睿王坚持要在定京完成所有礼仪。于是拜见父母这一环，便在定京城的祭坛举行。

定京祭坛，那是皇室举办婚礼的地方，不消说，这又是睿王向文惠帝讨来的额外赏赐。

祭坛之上，梅娘子将沈妙从花轿上扶了下来，罗雪雁和沈信坐在祭坛的另一头。

拜天地，拜高堂，夫妻对拜。

这是在明齐，罗雪雁和沈信自然受了沈妙二人的拜礼，可睿王的父皇母后已经仙逝多年，二人只得拿酒在地面洒了，权当是拜祭。

最后夫妻对拜，礼成。事已至此，便是宣布，从此以后，沈妙就是睿王妃了。嫁鸡随鸡，嫁狗随狗，她到底是大凉的人了。

众人欢呼笑闹中，人群远处，季羽书正与身边的人说话。

“真是没想到，三哥竟然真的娶了沈姑娘。”他感叹道。

站在他对面的，正是易容过后的裴琅。裴琅最终还是答应跟随沈妙去往大凉，他已经彻底得罪了傅修宜，再留在明齐，不仅讨不了好，或许还会牵连到流萤，倒不如将流萤带去大凉。

至于晓得睿王的真身就是谢景行，那也是几日前的事情了。裴琅在睿王府养伤，夜里走出院子的时候，恰好看见睿王背对着他，上前打招呼行礼时，睿王没有戴面具，他也就看到了睿王的真面目。

裴琅抬眼看向祭台上那一双穿着嫁衣吉服的璧人，男才女貌，端的是般配无比，他心中莫名涌出了一阵酸涩。

季羽书看了他一眼，拍了拍他的肩，同情地开口：“窈窕淑女君子好逑，裴先生也不要难过，等回到大凉，我让芍药姑娘介绍姐妹给你。”

心思被人窥见，裴琅赧然，却执拗地不肯移开眼睛。

季羽书在心里低低叹息一声。

等复杂而烦琐的礼仪被一丝不苟地完成后，竟然已经到了下午出城的时刻。沈妙嫁给定王，这叫“远嫁”，从明齐定京城的城门出去，从此山高水长。沈家众人都是要跟随前去送行的。罗潭却没有去，说不想亲眼看见那种离别场面。众人拿她无可奈何，只能作罢。

定京城公主府中，荣信公主正在屋里坐立不安。

“公主殿下，睿王的花轿已经快要到城门口了。”来回报的人说。

荣信公主烦躁地挥了挥手，让下人离开，自己跌坐在椅子上，不安地咬着嘴唇。那一封信里，揭露了谢景行的真实身份，她要将信送往皇宫文惠帝的手中，这是她身为明齐公主的责任。

谢景行的身份暴露之后会发生什么，对自己的皇兄，荣信公主有绝对的了解。也许因为大凉的国力，并不会让谢景行死，可毁掉一个人的名声，让万民唾骂他，却有可能。背负着这么一个污名，就算回到大凉，谢景行的日子也绝不好过。

荣信公主选择用信件说明，没有亲自去见文惠帝，似乎觉得这样，出卖谢景行的就不是自己。可文惠帝怎么到现在还没有动静呢？

“再去查一查！”她唤来另一个手下，吩咐道。

睿王妃的花轿已经到了城门口，梅娘子完成了喜娘要做的事情，惊蛰和谷雨把沈妙从花轿上扶了下来。

沈信和罗雪雁对着沈妙细细叮嘱：“大凉和明齐不同，到了那头，要照顾好自己。冷了就添衣，千万保重。记得时时写信回来，若是受了委屈，一定要告诉他们。”

沈信又转头对谢景行说了几句。

时辰已到，罗雪雁抹了抹眼泪，道：“娇娇，一定要写信回来！”

马车帘子被放了下来，长长的车队、侍卫们依次前行，扛着厚重的嫁妆，整齐划一地往前走去。

谢景行端坐马上，一直跟在马车左右，不时地隔着马车帘子与沈妙说话，惹得惊蛰、谷雨几个丫鬟一直哧哧地笑。

路途自然很遥远，从明齐到大凉要几个月的车马路程，沈妙心中却并不黯然。

直到傍晚时分，该在外头找个地方歇脚了，正寻思着，车队突然停了下来。沈妙心中一紧，莫不是遇上了拦路贼，可转念一想，谢景行的手下武功高强，人数众多，遇见了拦路贼也是打得过的。

她撂下盖头，将马车帘子掀起，惊蛰和谷雨惊呼一声，沈妙已经跳下马车。却见谢景行勒马停在前面，路中央，一个戴着黑色斗笠的人拦在前方。他道：“喂，做兄弟的，是不是欠我一包喜钱？”那是苏明枫的声音。

沈妙微微一怔，谢景行已经翻身下马，走到苏明枫面前。苏明枫从怀中掏出一封信，猛地砸在谢景行胸前，道：“我的贺礼。”又低声道，“公主府送出来的信，被我压了下来。”

“我知道。”谢景行挑唇一笑，“不过还是多谢了。”

苏明枫一愣，随即声音变得愤怒："你知道？对了，你手眼通天，只怕早就在各处潜伏着人马，公主府的一举一动都逃不过你的眼睛。就算昨日我没有压下这封信，你也有办法拿走。"谢景行不置可否。

"你这个人！"苏明枫一把揪起谢景行的衣领，忍了忍，忽而又松手，怒道，"浑蛋！"

谢景行挑眉："你愿意来送我，我很高兴。"

苏明枫沉默，片刻后道："最后一次了。"

"最后一次来送你。"他抬起头，"忠义不能两全，不过这一次，我还是选义气。这一次过后，你我就不是兄弟了。"

他说："我知道你的打算，所以也不用劝我，不用挽留什么。你我二人，日后终会到达兵戎相见的地步。再见之时，你我便是敌手，再不复往日情分。"他认真地一字一顿道，"不过，现在，你还是我苏明枫的兄弟。"

世上有一些事情，总令人无奈。命运阴差阳错，要得到什么，势必要舍弃一些东西。挽留下来的，总归是最珍贵的。

沈妙似乎透过面前这两个男人，看到许多年前，总角之交言笑晏晏，从定京城街头逛到巷尾，再一同去捉弄先生的背影。

苏明枫将拳头握紧，伸出来，放在谢景行面前。这是他二人小时候时常做的动作。谢景行看着他，突然一笑，摇了摇头，也伸拳与他碰了一碰。

苏明枫仰头哈哈大笑："痛快！"

他忽而翻身上了来时的那匹马，在马背上对着谢景行道："今日一过，你我二人不再是兄弟。不过眼下太阳未落，月亮未起，你我还是至交好友。"他一夹马肚子，马儿长嘶一声，他掉转马头，奔驰而去。

"今日我就再贺你一次，从今往后，衣食无忧，儿孙满堂。高朋满座，万寿无疆！"那斯斯文文总是笑着的年轻人爽朗飞扬，尾音渐渐消散在夕阳余晖中，只看得到一个模糊的背影。

谢景行唇边带笑，眉眼却渐渐冷了下来。他也再次上马扬鞭，喝道："出发！"

千山茶客 著

青岛出版社
QINGDAO PUBLISHING HOUSE

第十一章　初入大凉

沈妙离开定京城已有月余了。

这一月，定京城有关那场十里红妆盛世花嫁的话头还没有停歇。酒楼里说书人说起那日睿王娶妃的盛况，依旧是宾客满座。

在沈妙随着睿王远嫁大凉后，定京城里出了两件事。

一件是在定京城里开了许多年的沣仙当铺突然关门了，一夜间从掌柜到伙计都不见了踪迹，几栋铺子和楼宇以低价卖给别人。

第二件就是威武大将军沈信自嫡女嫁人之后，升成了军正，掌管整个王朝的御林军。表面是升官，实则不然，不过是个空壳子的闲职。

定王府近来也不甚愉悦。

傅修宜阴沉着神色，道：“一个月了，还没查到裴琅的下落，难道他会飞天遁地？活要见人，死要见尸，再找不到人，你们就不要回来了。”

探子们诺诺应着，傅修宜烦躁地挥了挥手：“滚！”

几个人屁滚尿流地退了下去。

“殿下，定京没有裴琅的消息，会不会裴琅已经出城了？”幕僚提醒道。

“不可能。”傅修宜道，“城守备有我的人，裴琅不可能安然无恙地过去。”

幕僚闻言皱起眉。

“不过，有人可以不用画像。”傅修宜突然开口道，“睿王当日娶妃出城时，随行侍卫、官兵是没有人拦的。”

幕僚眼睛一亮：“会不会是裴琅混在睿王的人中，跟着一起走了出去？”

傅修宜冷笑：“睿王府戒备森严，裴琅和睿王又没什么交情，怎么混——”他倏尔止住话头，“交情？”

如果“沈家”和“沈妙”是分开来看的话，裴琅效忠的不是“沈家”而是“沈妙”，一切都说得通了。

裴琅是沈妙的人，沈妙现在是睿王妃，睿王看在沈妙的情面上，也许会帮着救裴琅一次。

那么裴琅和睿王也就有关联了。

傅修宜猛地站起身，越想越觉得有这个可能，整个定京城里，有能力神不知鬼不觉烧了定王府地牢还能全身而退的人，似乎也就只有这个神秘莫测的睿王了。

“该死！”傅修宜一拍桌子，他一直想知道睿王到底隐藏着什么秘密，可沈妙出嫁前一夜，他派出去的探子再也没回来。

正在懊恼时，外头进来一个护卫，是傅修宜的心腹。他上前从怀中掏出一封信来，道：“公主府中出来一封信，是往皇宫送的。属下截了这封信拓印了一份，殿下请看。”

傅修宜心中一动，忙接过信来，抽出信纸，迫不及待地开始阅读。起先他的神情还好，渐渐地，脸色变了。

片刻后，傅修宜突然一手撑住桌子，猛地将桌上的茶壶掀翻了。倾倒的茶水洒了一地，幕僚和心腹皆是一惊。

傅修宜只吐出一个“好”字，就把那封信狠狠地砸在幕僚脸上。幕僚慌忙接过来，一看便惊呆了。

荣信公主在信里提起了一件耸人听闻的事情，荣信公主觉得大凉睿王和谢景行很有几分肖似。

“殿、殿下……”幕僚看向傅修宜。

傅修宜慢慢冷静下来，仔细去看，他的手还有些颤抖。

“既然谢景行没死，当初北疆谢家军的事，定已经东窗事发……”他缓缓道。

谢家军里混着皇室的人，谢鼎的心腹给了谢景行致命的一刀，谢景行既然没死，想来也查清楚了其中底细。那么这一次明齐朝贡，谢景行来做什么，是来复仇的吗？

此刻，沈宅里的众人还不知道定王府里出了这等事情。

罗雪雁和沈信打着商量：“要不再过些日子，咱们就跟陛下提回小春城去如何？

至少在小春城，也不至于如此荒废时光。”

沈信摇头：“皇上留我们在定京，就是为了提防沈家，不可能放我们回小春城去。留在定京，成为牵制娇娇的棋子，日后才好做事。”

罗雪雁正要发问，就听沈信叹了口气：“再说了，潭儿现在也没个消息传回来，真要回去，我可不敢见岳丈老爷和舅兄。”

“那倒也是。”一提起这事，罗雪雁就觉得头疼，“我已经让人去给娇娇他们传信了，不知赶没赶上，来去也要时间，现在都没消息，我心里怪不安稳的。”

沈妙嫁礼出城那一日，罗潭没有来送，说是不想亲眼目睹离别的场面。而沈妙出城之后，大家回来也已是傍晚，丫鬟说罗潭已经睡下了，罗雪雁便也没有去打扰她。

直到第二日晌午，罗潭都借口不舒服不肯出门一步，罗雪雁终于意识到不对，再去找人时，就见罗潭的丫鬟颤巍巍地捧着一封信跪下来求饶了。

得，千里走单骑，罗潭潇洒地留了一封信就追随小表妹的脚步去往那个衣食琳琅满目，市井摩肩接踵的大凉了。

罗雪雁忙派人去追，可沈妙的人本就已走过一天，且睿王的队伍脚程极快，也不知什么时候才能追上。

“只盼着信到了景行手里，景行能派可靠的人将潭儿送回来。”罗雪雁道。

定京城里的这些事情，罗潭怎么会知道？便是知道了，也只会当没听到。

又到了傍晚时分，车马队要休息，这时候，罗潭可就惨了。

她是混在睿王府车马队的武夫中赶过来的，自小跟罗家人生活在一起，扮男人更是像模像样，一时间无人发现，可每天夜里是她十分痛苦的时候，十几个大汉睡一间房，夜里呼噜声、说梦话的声音，还有种种异味，真的比杀了她还要难受。

今儿个农舍后头有片温泉，这会儿月亮升起来，没人看见，罗潭就抱着衣服偷偷摸摸出去了。

她摸黑走了老远才走到湖边，左右看了看，已是深夜，大家都睡得熟了，便是有半夜起夜上茅房的，也不会绕远来这边。罗潭放下心来，三下五除二脱了衣服，穿着件兜肚就下了水。

温泉水暖和又舒服，罗潭觉得幸福极了，她一边看着天上的月亮，一边想：已经过了一个多月了，罗雪雁那头便是追上了，再回去似乎也不可能，既然这样，要不要同沈妙说个明白呢？这样一来，她就能睡沈妙的屋子，也不用背着人洗澡都洗得这般艰难了。

正想着，突然听见脚步声，罗潭吓了一跳，一把抱起石头边的衣服，将整个身体都没入水中。

罗潭会凫水，可将头埋在水里也不是一件轻松的事。脚步声在温泉边上停下来，却迟迟不离开。罗潭渐渐觉得呼吸困难，想抬头浮出水面，可她就只穿着一件兜肚，再如何大大咧咧，这一刻，罗潭也要顾及着清白。

那人停在温泉边上不走，罗潭就隐在水里不肯起来。随着时间流逝，罗潭的眼睛有些花了，脑子也有些发蒙，她突然听见头顶有人模模糊糊地说话："水性不错啊，你打算将自己闷死吗？"

罗潭心中一动，那口气再也憋不住，猛地钻出水面。不过她尚有理智，只是将头浮出水面，泉水蒸腾出雾气让人看不清楚她的身子。

"啧，"那人道，"还以为你会撑得更久一点。"

罗潭对那人怒目而视，却在看清楚对方样貌时怔住，呆呆道："高、高大夫？"

蹲在湖边上，手里提着个粉灯笼，笑眯眯看着她的年轻男人不是高阳又是谁？

"你怎么在这儿？"罗潭忍不住问。

高阳含笑不语。

罗潭心里嘀咕，莫非是出诊已经到了这般偏远的地方，她问："高大夫，你连这么偏远的病人的生意也要接吗？朝廷给你的银子是不是很少，你竟这般辛劳。"

高阳被罗潭这话噎了一噎，半晌才道："不是你想的那样。"

罗潭看着他："那你为何在这里？"

高阳好整以暇地盯着她："那你又为何在这里？"

"我？"罗潭理直气壮，"我是小表妹的陪嫁表姐，陪她去大凉的!"

高阳险些笑出来，道："哦，我前几日遇着了一个人，似乎是从沈宅里出来的，拿着封信要给睿王妃，只是不晓得睿王妃在哪里，向我问路。"

罗潭一惊："你让他去见我小表妹了？"

高阳耸了耸肩："没有，我见他风尘仆仆，很是疲惫，就将他留在我这里，等他休息够了再去。"

罗潭先是松了口气，随即紧张起来："高大夫，你千万不要让这个人见到睿王妃。"

"为什么呢？"

"……他是坏人。"罗潭道，"他想要陷害我！千万不要。"

高阳笑了："陷害你？陷害你从沈宅里混到睿王府的车马队里，跟着去大凉吗？"

罗潭："你——"

“怎么办？”高阳很有些苦恼，“要是我把这个人送到睿王面前，你就要被送回定京了，可能就是明日。”

罗潭脱口而出：“不行！”好容易才跟着走了这么久，偏在这时候前功尽弃，她看着高阳，“要怎么样，你才肯替我保密？”

高阳道：“你早说这句话，我就不必在这里跟你浪费时间了。”

“你想让我干吗？”罗潭问。

高阳看了她一眼，道：“你先出来吧。”

罗潭这才记起自己还只穿着件兜肚与高阳说话，虽说看不见，却也赧然，双颊一下子涨得通红。

她道：“我的衣服都湿了，没法出去，你替我找件衣服吧。”

高阳想了一刻，开始脱衣服，罗潭大惊失色：“你想做什么？”

高阳脱下衣服，慢条斯理地递给她：“给你衣服穿而已，你想到哪里去了？”

“你转过去！”罗潭觉得今日这个高大夫真是分外讨厌，和他对上，自己就是被耍得团团转。

高阳转过身去，嘴里还道：“也没什么值得看的。”

罗潭没听到这句话，只是从水里出来，躲在石头后，飞快地将高阳的衣服穿上。

穿好后，罗潭才对高阳道：“现在可以转过来了。”

高阳这才笑眯眯地转过头来。

“说吧，你的条件是什么？”

“这几日你都是怎么睡的？”高阳却问了一个问题。

“和大家一起睡呀。”罗潭回答得理所当然。

“以后就睡我屋里。”

“凭什么？”罗潭怒了，“男女授受不亲！”

“你是女人？”高阳笑了。

“也对，你不是男人。”罗潭立刻反驳。

高阳幽幽道：“那个送信的人现在还在我房里……”

“睡睡睡！”罗潭连忙道，“我马上去睡！”

高阳摇着扇子走了，罗潭跟在后面。

她怎么觉得，现在的高阳比起从前那个好欺负的高大夫，似乎变了一个人呢？简直像是露出了本性。

三个月后，车队终是来到了大凉的土地。

车马队行至陇邺门口，守卫瞧见谢景行，几乎没看令牌就放行。而这一行车马队浩浩荡荡地走到陇邺的街上，也十足引人围观。

百姓就大声道："是睿亲王殿下带着王妃回来了！"

沈妙心中一动，谢景行在明齐娶妻，这里的百姓却好像深知事情的来龙去脉一般，想来是早在这之前，谢景行就想法子在大凉传出了这个消息。

正想着，马车帘子就被人掀开，谢景行骑马走在外面，道："想不想看看陇邺的风光？"

这时候他已经揭下了面具，在大凉，大约他不必隐藏身份，而神情和在明齐的时候又是不同了，那种懒洋洋的玩世不恭之态微微散去了些，多了几分锐利和锋芒。

沈妙就往外看去。

和书上记载的一模一样，陇邺的光景，和定京又是不同。

定京的楼宇多是精致华丽，大凉的商铺酒楼却是大气高华，很有些气势卓然的模样。沈妙也去过秦国，不过秦国都没有陇邺这般让人心生向往。

饶是她见多识广，却也忍不住有些好奇地打量起来。

谢景行见她如此，挑眉道："也不用着急，以后一有时间，我就带你出来逛逛。陇邺不小，要熟悉这里得慢慢来。"

他的声音没有刻意放小，有离得近的百姓就好奇地往沈妙这头看，还道："亲王殿下对王妃很好啊，竟这般宠爱。"

"难怪从前陛下要与他指婚都不应，原来是对王妃情有独钟。"

"王妃生得也很美啊，倒是很登对的模样。"

"过不了多久就能生下小世子了。"

沈妙也听到了这些议论，一瞬间脸涨得通红。

队伍的后头，高阳怅然道："如今要回到原来的位置了，反倒有些怀念在明齐的时候。"

"谁说不是呢。"季羽书也叹了口气，拍了拍高阳的肩，"走吧。"

大凉的宫殿占地很广，一座座楼宇偏殿连绵在一起，金黄的琉璃瓦，大红的墙柱。

门口石狮子威武骄昂，金子打造的龙椅上，金龙盘旋其中，龙头在椅背，镶着两粒红色的宝石，龙尾缠缠绕绕到了扶手之上，尾巴尖上细细的鳞片都雕刻得惟妙惟肖，好似下一刻就要从龙椅上腾云驾雾直上九天。

空空荡荡的朝殿里什么人都没有，唯有龙椅上坐着个男人。他坐得笔直，此刻太阳将沉，宫中烛火未燃，一寸寸暗下来，那威严的背影便显得格外孤独。

大殿里响起轻柔的脚步声，有女子缓缓而来，笑意柔和，一步步朝着坐在龙椅上的男人走过来。

她道："陛下又一人坐在这里，也不与臣妾说一声。"

那男人这才抬起头，道："原来是皇后啊。"

显德皇后微微一笑："陛下在为何事烦恼？"

"景行今日回来了。"永乐帝揉了揉额心，"还带回来了那个明齐的女子。"

"陛下不喜欢沈妙吗？"显德皇后的声音柔柔的。

"非我族类，其心必异。"永乐帝只说了八个字。

"陛下不喜欢沈妙，可景行喜欢。"显德皇后道，"不然也不会千里迢迢将沈妙娶回陇邺，不会送上九十九抬聘礼，亦不会为沈妙而在天下百姓中给她铺好名声。"顿了顿，她才道，"更不会忤逆陛下了。"

"狐颜媚主！"永乐帝沉声道。

"或许沈妙真有些过人之处，"显德皇后安抚道，"陛下不肯相信景行一次？"

"朕不是不相信他，朕是不相信沈妙！"永乐帝道。

"可是陛下也没有办法，不是吗？"

"已经没有时间了。"永乐帝的声音倏尔深沉，"为了江山大业，朕什么都能牺牲，也没什么不能狠下心的。明日让他二人进宫一趟，朕要看看是怎样的女人迷惑了他的心智，也要提醒他，别忘了自己的身份，不要因为在明齐两年，就忘了自己的本质。"

显德皇后眉头微微一皱。

"朕让他娶了正妃，也能让他纳了侧妃！"说罢站起身来，走下长长的阶梯，走出这安静的大殿。

显德皇后站在原地，目光似有忧伤，片刻后才叹了口气，跟着走了出去。

大凉只有一位亲王，就是永乐帝的亲生手足睿亲王。这位睿亲王身份十分神秘，据说年纪轻轻就跟着高人四处云游去了，所以自小到大，几乎都没有人见过这位睿亲王是什么模样。

直到两年前，突然传来消息说睿亲王回来陇邺了，在祭坛的时候，百姓也得以见到这位睿亲王的真面目，的确是风流美貌。

这位睿亲王回到陇邺后，就恢复了亲王身份，如今还娶了王妃。

沈妙方踏入睿亲王府的大门，侍卫们便对她行礼："恭迎王妃！"

谢景行搂着沈妙的肩往里走，一边招呼众人："东西抬进去。新房准备好了？"

"回殿下，都已经妥了。"从最里面跑出一个五十来岁的管家模样的人，生得一脸憨厚，"还请王妃过目。"

"辛苦了。"谢景行道。

"不辛苦不辛苦。"老管家笑着道，"殿下回来就好。"又好奇地打量沈妙。

沈妙隐隐觉得这管家的地位倒是不低，否则谢景行这样恶劣的人也不会好声好气地对他说话，于是抬起头，迎上对方的目光微微一笑。

那管家似乎有些受宠若惊，唰的一下脸就红了。

谢景行不满地拉起沈妙就往前走："别看了。"

等沈妙来到那官家所说的布置好的新房时，忍不住张口结舌。

那床足足能睡下七八个人，上头铺着柔软的毯子，被褥都是鲜艳的红色，这便算了，可新房墙上一水儿的春宫图是什么意思？

沈妙道："我还是另找个地方睡吧。"

"怎么了夫人？"管家问，"这间屋子您是有不满意的地方吗？您请说，老奴这就让人改一改。"

谢景行扫了老管家一眼："墙上贴的都是什么乱七八糟的，扯了。"

"那可不成。"老管家坚持，"这些都是很有意义的，毕竟这是殿下和夫人的成亲之礼，听闻两位还没入洞房，天下的事头一回，总是有些疑惑的，老奴寻这些可寻了许久……"

沈妙："……"

谢景行放下手中的匕首，盯着老管家，眼神几乎可以杀人了，道："多谢唐叔，但是不用教。"他切齿，"我会。"

唐叔一怔，随即道："那也要学无止境。"

沈妙直接甩袖子出了门。

这一日，就在这"兵荒马乱"中度过了。沈妙初来乍到，也没显出什么娇气的一面，况且这地方还真的没什么可挑剔的。

到了晚上，梳洗过后，沈妙回到了新房，倒不是她愿意来这里，不过是因为除了这间新房，睿亲王府也没有给她准备别的房间。

惊蛰一边给沈妙梳头，一边道："难怪大家都说大凉好，今儿一看，果真名不虚传。"

"哦？"沈妙逗她，"在定京过得不好吗？怎么更喜欢这里些？"

惊蛰想了想："只是觉得这里的人待夫人更好些。夫人一来陇邺，就是以亲王妃的身份，就是一个好开头，总觉得日后也会越来越好呢。”

沈妙失笑，真的会越来越好吗？沈妙不觉得，且不说明齐那头如何，谢景行所筹谋的事情，只怕也不会简单。在大凉的危机未必就比明齐更少，只怕是更危险、更复杂。

骑虎难下，龙潭虎穴，如今也只有硬着头皮闯一闯了。

正想着，就听见惊蛰和谷雨开口道：“见过殿下。”

沈妙抬眸，就见谢景行走了进来。

谢景行道：“下去吧。”

惊蛰和谷雨连忙退了下去。

他走到桌前坐下，一边等着沈妙梳头，一边问：“习惯吗？”

“没什么问题。”沈妙道。

谢景行给自己倒茶喝：“你可要打起精神来了。”

沈妙狐疑：“你又出了什么事？”

“皇兄下了旨，明日召你我进宫一趟。”他道，“皇兄为人古板严厉，对我这次娶妻很是不满，大约会恐吓你一番。”

沈妙睨他一眼：“哦，对你娶妻很不满，你果然背着他做事的，还骗我爹娘说什么他早已同意。”

谢景行一笑：“权宜之计罢了。再说，就算他对你不满又如何，天下对你不满的人多了，在明齐就如过江之鲫，你不也把他们——”他比了个杀头的姿势，懒洋洋道，“送上路了？”

沈妙也笑了，说：“你是在暗示我什么吗？”

“那倒没有。”谢景行道，“我们谢家人和他们傅家人不一样，做不来手足相残的事。”

沈妙道：“倒没看出来你们还是有情有义之人。”

“不信？”谢景行问。

沈妙摇头：“皇家自古无情，如今亲昵不过是因为你们本身没有利益纠葛，或者说是站在了一处，等有一日你们立场不同了，或是因此要抢夺什么，还是会为了保护自己的那一份而出手的。到那时候，就没什么兄弟之说了。”

谢景行摇头，叹了口气笑道：“你好像很不相信皇家之间的感情。”

沈妙抿着唇一言不发。

“以后你就会明白了。”谢景行摇摇头，又笑了，支着下巴看她，“沈娇娇。”

“什么？”

“感觉你来陇邺之后，变乖了好多。”他眼中笑意涌动。

沈妙深深吸了口气，将梳子往梳妆台上一搁，站起身来，道：“我要睡了，你什么时候走？”

“走？”谢景行挑眉，“我的新房，我为何要走。”

沈妙瞪大眼睛，谢景行也站起身来，自顾往床上一躺。

她说：“那我出去睡。”话音未落，手臂就被人猛地一拽，沈妙没来得及站稳，一下子往床上跌去，一双有力的胳膊扶住她，却恰好将她抱在怀里。

沈妙鼻尖充斥着男人身上好闻的青竹香气，然而他胸膛起伏，呼吸热烈，一瞬间，她竟不敢抬头去看对方的表情。

僵了不知多久，谢景行低沉的声音自头顶响起。

“两个月。”

“什么？”她下意识抬起头，正对上一双似笑非笑的桃花眼，让她的心也不由自主地怦怦直跳起来。

谢景行抱着她，懒散道：“给你两个月的时间，两个月之后，我就不忍了。”

沈妙怔住，谢景行唇角一挑，笑得邪气：“做君子不是我的爱好……我从来就不是什么好人。”

沈妙猛地跳起来，道：“我去睡书房。”

谢景行一把拉住她，道：“我去外面睡。”

沈妙不敢看他的眼睛。

谢景行推开门，似乎心情很愉悦地离开了。

沈妙抚着心口，那里还残余着方才剧烈的跳动。

这世上的夫妻都是怎么相处的呢？沈妙想着，她前生从头到尾都不晓得真正的夫妻是如何相处的，因此这一世，这件事上，也如懵懂孩童一般。

半晌之后，沈妙将被子蒙在脑袋上，直直倒了下去。

车到山前必有路，船到桥头自然直，顺其自然好了。

第二日一早，沈妙就跟谢景行一同进宫去见永乐帝。

到了宫里，随着谢景行走到一处偏殿，门外头立着个胖胖的太监，瞧见他二人就道：“亲王殿下安好，陛下和娘娘已经等候多时了。”

却不知有意还是无意，却没有同沈妙行礼。

“邓公公，这是本王的爱妻。”谢景行偏不就此揭过，将沈妙往身前一推，“你怎么不行礼？”

邓公公笑容不变，立刻见人说人话见鬼说鬼话，瞧着沈妙道："原是王妃娘娘，奴才有眼无珠，请王妃娘娘见谅。"

沈妙笑得温和："无碍。"

谢景行扫了邓公公一眼，道："行了，皇兄对我这般不满意，还要我来干吗？"又挑唇一笑，"若不是今日王妃劝我，谁要过来看他？"

邓公公、沈妙："……"

沈妙扯了扯他的袖子，谢景行道："怕什么？我睿亲王府的当家主母，还犯不着怕人。别怕，谁欺负你，夫君给你做主。"

他的声音没有放低，饶是机灵的邓公公面上也忍不住露出尴尬之色，大殿中突然传来剧烈的咳嗽声。

邓公公一个激灵，道："还请亲王殿下和王妃娘娘随洒家进来。"

沈妙被谢景行拉着，跟着走进去。

一路都是低着头的，不曾抬头，是初次觐见天颜应当的礼节。沈妙知道永乐帝对她怕是不怎么喜欢，因此不愿意在这些细节上出一点儿差错，做得滴水不漏，只能看见大殿光滑的大理石雕刻着云纹，上头铺着软软的羊毛毯。

"臣弟参见皇兄。"谢景行懒洋洋道。

谢景行这般放肆，沈妙不能，却也没下跪，弯腰行礼，道："臣妇参见陛下。"

"你就是沈妙？"半晌，一个威严的声音响了起来，"抬起头来。"

沈妙抬起头。

高座上坐着的男子三十多岁，剑眉星目，高鼻薄唇，和谢景行有七八分肖似。不过谢景行五官柔和，神情锐利，美貌和英气融合极好。而面前的中年男子，大约因为常年身居高位，没有那股柔和的气质，目光深邃，看人的时候带着冷意，似乎要把人的心底看穿。

沈妙心中诧异，倒没想到永乐帝竟然如此年轻。

她在打量永乐帝的时候，永乐帝也在打量她。

见她神色依旧平静，永乐帝眼中微微闪过厉芒，大殿里，响起了谢景行懒洋洋的声音："皇兄看够了没有？再看，臣弟就要不舒服了。"

"景行，你这样说，本宫也要生气了。"一个含笑的声音传来，沈妙的目光落在永乐帝身边的女子身上。

想来这位就是永乐帝的妻子，大凉的显德皇后了。

显德皇后看上去比永乐帝年轻些，穿着青柚色绣金边的朝服，束宽腰带。她本人也是眉目端庄，聪慧平静，坐在永乐帝身边，笑着看向谢景行。

“景行的妻子，明齐的沈家小姐。”显德皇后对她点了点头，温柔笑道，“本宫一直好奇是怎样的姑娘让景行也能收了心，眼下见到却懂了，景行的眼光不错。”

永乐帝瞥了一眼显德皇后，似乎有些不悦，道：“明齐和大凉的规矩不同，既然已经嫁为大凉妇，就要守大凉的规矩。”

“皇兄，”谢景行打断他的话，“规矩臣弟自然会教。若是教不会，皇兄也不用操心，睿亲王府的人臣弟自己看着办，皇兄还是管自己的事就好。”

谢景行这般护着沈妙，又当着沈妙的面一点儿面子也不给永乐帝，永乐帝终于怒了，道：“你就这么护着你媳妇儿？朕多说一句也不准了？要不要朕把这个位子给你坐？”

“算了。”谢景行不甚在意地摆了摆手，“这个位子您留着自己坐，臣弟不感兴趣。只是臣弟好容易才娶回个姑娘，您要再插手，媳妇儿跑了，臣弟怎么办？孤苦一生？”

沈妙：“……”

永乐帝站起身来，看了沈妙一眼，那目光十足威胁，转身拂袖而去。走到一半，见谢景行还站在沈妙身边，丝毫没有跟过来的意思，顿时又勃然大怒道：“给朕滚过来！”

谢景行无奈，对显德皇后道：“皇嫂，娇娇就交给你了。”又对沈妙道，“事情办完后我再来接你。”

等谢景行和永乐帝都走后，显德皇后才微微笑起来，也站起身走到沈妙身边，道：“屋子里怪闷的，你既然没来过大凉的皇宫，本宫也带你转转吧。”

沈妙应下了。

显德皇后人很好，没什么架子。二人去御花园里随意逛逛，一路上，显德皇后问了她来陇邺可曾习惯，言谈间倒像是个亲昵的大姐姐，让人觉得心中极为熨帖。

“景行在明齐娶了妻，虽说有些意外，本宫心里却很安慰，否则，还真担心他一辈子都不找姑娘，孤身一人。”

沈妙闻言，就笑道：“亲王怎么会孤身一人，在明齐的时候，年少起就有许多姑娘爱慕他。”

显德皇后笑着摇头：“你可曾见过他对谁特别好？”

沈妙一怔。

显德皇后又已经自顾说开了：“本宫一直想着，如果景行也和皇上一样，那这辈子也就太亏了。好在他比皇上运道好些，遇到了你。”

沈妙听着显德皇后的话，心中有些犹疑。谢景行比永乐帝运道好是什么意思？

正想着，突然听到身后传来一个妩媚的女声，道：“姐姐今日好兴致，竟也来逛御花园了。”

沈妙和显德皇后一同转过头去，便见自花园的另一头小走廊里，几个宫人簇拥着一位宫装女子走了出来。这女子穿着银朱红紫金百凤裙，头戴玛瑙玉花簪，本就是盛春，打扮得比春日还要艳丽三分。

她过来妖妖娆娆地同显德皇后行了个礼，并不把显德皇后放在眼里。

“原来是静妃妹妹。”显德皇后不咸不淡地应着。

沈妙心中思量，这静妃瞧着不过二十出头的年纪，竟也称得上是妃位了。只是同显德皇后比起来，除了更年轻姣美些，这位静妃气质上似乎逊色显德皇后多矣。

静妃似乎才注意到沈妙，就问：“这位却是脸生得很，是哪家府上的夫人？”

“这位是睿亲王的夫人，睿亲王妃。”显德皇后并不想与静妃多介绍沈妙，话语也说得简单。

此话一出，静妃的神情便变了，闻言先是诧异地叫了一声睿王妃，然后便上上下下打量起沈妙来。

同永乐帝犀利的审视目光不同，更别说显德皇后善意的观察，这一位的目光却十分无礼。待看完后，便从鼻子里哼了一声，不阴不阳地道了句：“原先以为是多么国色天香的大美人儿，才会让睿亲王千里迢迢也要娶回大凉，如今一看……”她笑得刻薄，“大约是我眼光不好吧，实在是看不出有什么特别的。”

沈妙不晓得自己和这位有什么渊源牵连，便也谨慎地没有说话。显德皇后的脸色冷下来，道：“能让静妃看出来特别的人，的确是少之又少了。”

静妃看着沈妙，突然一笑，道：“看来姐姐同睿亲王妃感情不错，也会来一起逛园子。倒不知姐姐是不是在同睿亲王妃说什么悄悄话儿啊？也应当说一说的，毕竟睿亲王妃初来乍到，有许多事情不知道吧。”

沈妙看向静妃。

静妃娇笑一声：“想来也是了，睿王殿下每日忙得慌，哪里有时间与睿王妃说起大凉的事情呢？说起来，前些日子我四妹还问起睿王殿下什么时候才能回来，说是学了一首曲子，还想让睿王殿下给她指点指点呢。”

显德皇后怒道：“静妃!”

沈妙心中恍然大悟，她就说为什么静妃无缘无故将这矛头对准她，原来如此。想着谢景行在明齐就招姑娘喜欢，到了大凉，有了睿王这层身份，莺莺燕燕更是层出不穷，这会子她才刚来，就被人记恨上了。

静妃笑盈盈地看着沈妙：“睿王妃无事的话，也可以请我四妹去府上坐坐，我四妹自来喜欢结交好友，睿王妃若是无事的话，多个姐妹也是好的。”

多个姐妹？沈妙心里冷笑，是后院里多个姐妹吧。

本想着应付过去，不想目光却落在指尖谢景行给她戴的白玉扳指之上，沈妙突然转了主意，笑道：“这恐怕不行。”

静妃一愣，显德皇后也怔住。

“殿下将睿王府的一切事务都交给我打理，大至公中银子，小至商铺流水，仆妇侍卫，往来拜帖，里里外外都忙作一团，只怕是没有时间招待客人了。”沈妙略带歉意，“臣妇毕竟初来乍到，殿下信任臣妇，臣妇不敢辜负，若是四小姐喜欢，大可去找殿下坐坐，臣妇是没有时间的。”

一番话，说得静妃哑口无言，心头却是起了一团火。

沈妙这话看着温温和和，说自己没有时间陪伴客人，其实却是明晃晃的炫耀。看，睿亲王多疼她，把亲王府的所有事情都交给沈妙打理。

睿亲王妃是变着法儿炫耀自己在亲王府地位有多高呢！

显德皇后嘴角微微扬了起来。

静妃气得脸色铁青。

沈妙微微一笑：“静妃娘娘如此担心臣妇孤单，想来也是感同身受。大约静妃娘娘也有孤单的时候，倒不如日后多寻几个姐妹来宫里坐坐，那样也会快活许多。”

静妃一口气差点没提上来！

她如今风华正茂，可每年进宫的秀女那么多，帝王的宠爱又最是珍贵，若是多来几个倾国倾城的“姐妹”，要她如何自处？

这睿王妃好利的一张嘴！

显德皇后却笑了，道：“原来静妃妹妹是孤单了，这好办，明日我便同陛下提起，宫里这些日子有些冷清，是该添几个新姐妹了。”

静妃一下子就急了，道：“不孤单，我不孤单！”显德皇后的位子坐得稳，添几个姐妹自然无所谓，可静妃正是得宠的时候，就怕被人分了宠去。

扑哧一声，不远处传来人的轻笑。几人回头一看，却见永乐帝和谢景行不知什么时候站在花园后头，因着被树丛掩盖了，倒是没发现他二人的身影，也不知道在这里听了多久。

永乐帝面色冷漠，看不出来喜怒，只是淡淡道：“睿亲王，你这个媳妇儿，倒是生得伶牙俐齿。”

静妃委屈地跑向永乐帝：“陛下……”

谢景行走过来，拍了拍沈妙的头，欣慰地开口：“娇娇真懂事，也知道主动体恤他人感受。”又扫了永乐帝一眼，“静妃既然想要姐妹，皇兄就该顺着，宫里又不是养不起闲人。”

静妃一听，心中又急又慌，咬着唇看向永乐帝，端的是一副楚楚可怜的模样。

永乐帝道：“什么时候你还要管起朕的事情来？”

“皇兄的妃子不也是管了臣弟的王妃吗？”谢景行挑眉，看向静妃说：“静妃，你确定要让本王听你四妹弹曲？”

静妃打了个冷战。

她勉强笑了笑：“睿王殿下百忙，哪里有时间听四妹弹曲儿呢，臣妾日后会教导四妹的，睿王殿下千万莫要介意。”

“本王没工夫介意。”谢景行一笑，揽住沈妙的肩，“王妃也没有闲工夫，静妃有空，还是多想着为皇兄分忧为好。”

静妃咬着唇，尴尬地看向永乐帝。

永乐帝面色一沉，冷冷地问沈妙道：“睿王妃，这也是你的意思？”

沈妙温顺地低头道：“妻从夫纲。”

显德皇后有些讶异地看了沈妙一眼，似乎没想到沈妙当着永乐帝也敢这么硬气，又突然想到什么，笑着摇了摇头。

谢景行直接拉起沈妙，道：“皇兄要是没有别的事交代，臣弟就先走一步了。新婚宴尔，我夫妻二人有许多要做的事。”

沈妙：“……”

永乐帝道：“记住朕与你说的话！”

谢景行似笑非笑道：“哦。”

只是那个哦字，却怎么也不像是把永乐帝的话放在心上。

沈妙和谢景行二人离开后，永乐帝似乎极为不高兴，一甩袖子，连显德皇后和静妃也没理，径自离开了。

马车上，沈妙问：“皇上和你说了什么？”

“一些朝廷上的琐事。”谢景行道。

见沈妙不说话，谢景行转过头来，捏了一把她的脸，道：“不过你今日让我刮目相看。这般凶悍的模样，似乎许久没看到了。”

“凶悍？”沈妙反问。

“不然呢？”谢景行叹息，仿佛回忆般道，“当初在明齐的卧龙寺看到你的时候，我就想，沈家姑娘真凶悍，日后也不知谁家少爷倒霉，才会把这样的母老虎娶回去。”

沈妙平静地看着他："你是不是想吵架？"

谢景行唇角一扬，道："这就对了，这样才是我谢家人。"

沈妙道："你不与我说皇上和你说的话就罢了，不过静妃是什么人？皇上似乎极为宠爱她，只是……"她斟酌着词句，"我瞧着却没什么特别的。"

谢景行笑道："静妃是卢将军的嫡长女，卢将军……就相当于你们沈家在明齐的地位。"

沈妙挑了挑眉，原来是手握兵权之家，难怪永乐帝要对她格外宽容些了。

"大凉和明齐不同，明齐的武将已经极少，沈家和谢家各自分半壁江山。大凉文武齐名，并不刻意偏颇，因此武将众多，反而难以集中。卢将军算是其中兵数众多之人，也正因如此……有些放肆了。"谢景行说到此处，目光闪过一丝冷意。

"看静妃在后宫是个什么态度，就知道卢家在陇邺是什么态度了。"沈妙道。

后宫中女人代表的，往往并不单纯只是一个女人，她们身上还维系着一个家族的声誉和实力。

谢景行赞赏道："不错。静妃骄纵，卢家放肆，皇兄有意打压，却也得徐徐图之。"

"不能制衡吗？"沈妙问。

谢景行摇头："卢家是先皇的人，先皇剩下来的人，已经被皇兄清理得差不多了。除了两家外，武将卢家，文臣叶家，卢叶两家根基极深，党羽众多，若要连根拔起，只会伤及皇室基脉。皇兄不能操之过急，他们也深知此意，才敢有恃无恐。"

沈妙皱眉，谢景行和永乐帝是同胞兄弟，先皇就是他们的亲生父亲。为什么谢景行叫他先皇而不是父皇？而且，如谢景行说来，卢叶两家都是先皇的人，永乐帝是正统继承皇位，这些两朝元老应该不遗余力地辅佐他才是。怎么看着是卢叶两家野心勃勃，永乐帝有心打压他们的狼子野心？

难道先皇不愿意见到永乐帝治理国家？还是卢叶两家在先皇死后起了异心？

"皇后娘娘是哪家的人？"沈妙问。

"是柯家人。"谢景行道，"柯家是史官出身。"

沈妙一愣："史官，史官轻权，无实权在身，皇上肯娶史官家里的姑娘，还立为皇后，可见是很爱皇后娘娘的。"

谢景行不置可否。

"可是……"她又道，"既然心中有皇后，为什么任由静妃对皇后不敬？静妃既然敢对皇后不敬，显然也是受皇上的纵容。"

谢景行淡淡一笑："皇兄和我不一样。"复又摸摸她的头，"皇嫂和你也不一样。”

沈妙挥开他的手，道：“所以卢家四小姐恋慕你是吗？”

谢景行怔住，随即笑了：“你怎么还在吃醋？”

“可是有一点很奇怪。”沈妙自顾道，“如果卢家想把持朝政或是显露野心的话，已经送了一个女儿进宫，目的已经达到了，又为什么还要再送一个过来。而且，”沈妙看着他，“就算送，为什么要送给你？你只是睿亲王，不是皇上，卢家女儿总不会非要把你们皇室兄弟都掌控在掌心吧。”

她一抬眼就愣了，谢景行深深地看着她，还未问出口，谢景行就已经拉着她往前，双手搂着她的腰，将自己的头埋在沈妙的肩上，半抱着她。

他含笑的低低抱怨声从耳边传来：“再这样下去，我在你面前就快没有秘密了。”

秘密？沈妙心中一动，她说对了什么吗？

“你对我还有秘密？”她故意问。

“你对我不也有秘密？”谢景行说。她一顿，谢景行松开手，盯着她的眼睛，嘴角扬起，眼神却牢牢地锁住她，让她有些喘不过气。

他说：“要不交换一下？我的秘密换你的秘密？”

沈妙心里狠狠地震了一下，极快地反应过来，掩饰般转过头去，道：“你的秘密我才不想知道。”

谢景行哦了一声，笑了：“反正你也有本事自己查到，是吗？”

沈妙回过头，看着他不语。谢景行懒洋洋道：“我的秘密，你有本事自己查。你的秘密……你觉得，我知不知道？”

沈妙一瞬间有些慌乱。她异样的神色被谢景行尽收眼底，谢景行目光加深，低低叹息了一声，又将她抱入怀里。

“我不喜欢逼迫，如果你不想让人知道，我不会问。”他说，“但是别让我等得太久。”

回到睿亲王府后，谢景行很快又出去了一趟。

沈妙留在府里，倒是想到了另一件事情。

裴琅是跟着谢景行的兵马队一路到了大凉的，为的是躲避傅修宜的追捕。将流萤也一道带来了，流萤倒是好安置，可是裴琅，看着谦和其实心高气傲，原先不过因为流萤，所以为她办事，可是被傅修宜怀疑后，冒着生命危险也要保护她，让沈妙这下也没有别的理由要求裴琅去为她做些什么了。

最后，沈妙站起身来走出屋子，决定当面和裴琅谈一谈。

裴琅的屋子被安排在睿亲王府东侧的最后一间，沈妙来到裴琅院子里时，裴琅正坐在院中下棋，身边站着两个青衣侍女，俱是花容月貌。

这画面落在沈妙眼中，却觉得十分怪异。她止住脚步，远远地瞧着，脑中却想起上一世的事情来。

上一世，裴琅才学无限，最后傅修宜登基，将他也扶持为国师。他年轻长得也很好看，傅修宜曾试图将大臣的千金赐予他为妻，被裴琅婉言谢绝。说起来，沈妙前生直到死之前，裴琅始终都是孤身一人，未曾听说有什么心仪的姑娘。

这般想着，裴琅身边那个替他摇扇子的侍女瞧见沈妙，先是一怔，随即忙行礼道："奴婢见过王妃。"另一个青衣侍女也赶紧行礼。

裴琅抬起头，这才看见沈妙。沈妙微笑着走了过去，对那两个青衣侍女道："你们下去吧。"

两个侍女依言退下，沈妙道："难得见裴先生这般风流，红袖添香为伴。"

两个侍女看着裴琅的目光，可是掩饰不住思慕。

裴琅摇摇头，苦笑一声。

"先生跟我来大凉，本是无奈之举。"沈妙道，"如今成了不上不下的局面，今后可有什么打算？"她顿了一下，"当初流萤之事，是我逼迫先生所做，先生情非得已，连累先生背井离乡，实在愧疚，若是先生想要离去，也是可以的。"

闻言，裴琅有些诧异地看了沈妙一眼。

一直以来，沈妙面对他都有一种理直气壮之感，而眼下，沈妙那股敌意却没有了。仿佛放下了什么，非常平和，却让裴琅有些怅然若失。

沈妙瞧着裴琅，心中却有些感慨。

这一生，裴琅已经不是傅修宜的人了，甚至同傅修宜反目成仇，再没有投奔的理由。那些不甘心，也没有必要坚持下去。

裴琅道："你日后有什么打算？"

沈妙一怔："我？"

裴琅的目光又变得清明起来，道："睿亲王府似乎并不如表面上看起来那般无坚不摧。想来大凉皇室之中，也有一些变数存在。"他看着沈妙，"就算大凉皇室与我无关，睿亲王府也有办法自保，可是你的路，也未必就会一路顺畅。"

沈妙微微蹙眉："的确如此，先生说起这些……"

"我可以助你一臂之力。"裴琅道。

沈妙："先生？"

“我虽然算不得什么经世之才，但也能尽自己的绵薄之力。流萤和我如今都是依仗你而在大凉立足，只有你过得越好，脚步扎得越稳，我们才过得好。就算是为了我自己打算，我也必须帮你……我想留在睿亲王府。”

沉默半晌，沈妙才道：“裴先生，你想好了，你不欠我什么，没有必要把自己的人生与我的拴在一起。不必倚仗我，凭借你的本事，你也会过得很好。那些借口不用说了，你本身不是一个追名逐利的人。”

裴琅道：“我的选择，就是这个。”

沈妙正要开口，惊蛰从外头走了进来，拿着装饰精美的帖子，道：“夫人，彩夏宴的帖子给送了来，夫人且看看。”

沈妙刚来大凉，就有人来送帖子，这是她第一次在陇邺的贵夫人圈中露面，对方显然也是别有用心。

她问：“帖子是谁送的？”

“陇邺将军阁，卢夫人给送的。”

沈妙动作一顿。文叶家，武卢家，大凉的两大世家，和皇室似乎有着极为微妙的关系。果真是来者不善。

当天夜里，谢景行回来，沈妙将帖子的事情说与谢景行听，谢景行就告诉沈妙，若是不想去，推辞也行，卢叶两家虽然嚣张，却也不敢真的和睿亲王府撕破脸。

话虽这么说，沈妙却并不想拒绝。她如今对大凉格局一无所知，倒可以趁着这个机会多多了解。

谢景行自然不会阻止沈妙的决定，夫妻二人商量了一下，沈妙就让人回了帖子，只说会准时赴约。

两日后，就是彩夏宴的日子。

沈妙起了个大早，惊蛰正给沈妙梳头的时候，外头唐叔敲了敲门，沈妙示意他进来，只见唐叔身后还跟着一个年轻姑娘，有些胖，一双眼睛笑眯眯的，白嫩嫩圆乎乎，一瞬间，沈妙就想到了苏明朗……不过，却是个女孩子。

“今儿夫人要去彩夏宴，”唐叔笑道，“少爷吩咐过，要给夫人找个熟悉的人指点，老奴去领了八角姑娘过来。夫人将八角姑娘做丫鬟带着，若是遇着了不识的人，八角姑娘会给您解释。”

沈妙笑了笑：“谢谢唐叔。”唐叔连连摆手称不敢。

沈妙看向这个八角，忽而想到什么，问：“亲王府里不是没有侍女？你……”

除了厨娘和几个嬷嬷，亲王府里只有小厮和侍卫，没有侍女。因此沈妙带着的惊蛰谷雨几个，几乎要成为亲王府里的香饽饽了。

八角一笑："奴婢不是亲王府的侍女，奴婢是墨羽军的人，特意调过来陪伴夫人的。"

"墨羽军？"沈妙一愣，问，"你会武功吗？"

"奴婢会杀人的。"八角笑眯眯答。

沈妙道："既然如此，你就跟着我一道去吧。惊蛰留在府里，和白露霜降几人将库房整理一下，谷雨，你和八角与我一道出发。"

惊蛰都收拾得快好了，却被告知不能去，心中很是委屈，便不情不愿地叮嘱八角，一定要照顾好沈妙，这才离开。

等一切就绪，沈妙才上了马车，往彩夏宴的宴所卢府赶去。

大约行了快一个时辰，马车终于停了下来。八角掀开帘子一看，就道："夫人，卢府到了。"

谷雨和八角将沈妙扶下马车，便见卢府门口已经停了许多马车，而门口竟连一个相迎的人都没有。谷雨愣住，就道："这……这人家怎么都没有人来迎？莫不是走错了？"

沈妙扫了一眼门口，心中已经有了思量，问谷雨："彩夏宴的帖子上，是什么时辰？"

谷雨忙从袖中摸出那帖子，打开来看，道："是巳时。眼下还未到巳时呢。"

"想来只有给我们的帖子是这般吧。"沈妙淡淡道。

谷雨说："夫人，这是何意？"

"门前有马车，显然已经有客人来了，便是提前来，也不应该来了这样多。门口无人迎，却又替我们留了门，晓得我们一定会来。旁人的帖子上，时辰一定是辰时，我们的帖子上，却是巳时，这是故意让我们来得晚。"

谷雨恍然大悟，愤然道："可这样捉弄姑娘对她们有什么好处？欺人太甚！"

"好处？"沈妙声音微微转冷，"好处可多了。没有人迎就擅自进门，是为无礼，她们会说明齐沈家放肆无状。不进则为失敬，拿了帖子却中途离开，言而无信。理由都在他们身上，被逮了错处，一开始就低人一头，越到后面，不过是任人嬉笑而已。"

八角问："夫人还要进去吗？"

"进。"沈妙提起裙裾，就要往里走。

"可是夫人，"谷雨疑惑地问，"进去了也会被人逮到错处，不进也是不对，进退都是错，为什么还要进去？"

“那就让别人犯下比你还要大的错。”沈妙微微一笑，“这样，就没有人在意你犯的错了。”

卢府中，此刻厅里气氛融洽。今日彩夏宴是卢夫人亲自操持的，恭维声不断。

卢夫人今年四十出头，年华在她身上逝去，尽管如此，她也穿得极为华丽，仿佛这样就能为她增添一点儿光彩。

“卢夫人真是好福气，”一名圆脸夫人笑着道，“静妃娘娘在宫中得陛下宠爱，对您还这样孝顺，这次彩夏宴陛下还特意送了礼来，足见静妃娘娘在陛下心中的分量了。”

卢夫人心中得意，面上却还是谦虚道：“都是皇上大度，偏怜静妃，才让咱们全家都沾了光。”

“夫人这是说的哪里话？”另一个矮个儿夫人笑道，“静妃得了恩宠，府上二小姐也已经嫁了都尉，听闻最近又怀了双胞胎，也得让我等沾沾福气才行。”

卢夫人摇头，一脸头疼道：“这不还有老三和四姐儿吗？这两个，可真要让我头疼死了。”

圆脸夫人忙夸张地叫了一声：“夫人这还要头疼呢。三公子一表人才，小小年纪又武功出众，至于四姐儿，更不必说了，天仙一样的人物，这还用得上操心？”

“夫人谬赞，”卢夫人摇头苦笑，“老三便罢了，男子多锻炼几年也无可厚非，可四姐儿的亲事拖不得，如今可真叫我头疼……”

“娘，您又在别的夫人面前编派我的不是了！”一个娇俏的女声忽而响了起来，众人回头，便见大厅里出现了一个妙龄少女，大约十六七岁的模样，穿着件浅紫云锦百鸟裙，樱色莲花素比甲。近香髻，珍珠钗。这女孩子姣美动人，仿佛春日里踏草而来的蝴蝶仙子，倒十分惹眼。

这便是卢家四小姐，静妃的四妹卢婉儿了。

卢夫人偏疼地摸了摸她的头，道：“我哪里敢编派咱们的婉儿小姐。”

卢婉儿撇了撇嘴，不再说话。她站在厅中，其他的官家小姐与她相比，便显得黯然失色。她神情倨傲，四下里看了看，就道：“那明齐的沈家小姐怎么还不来？”

她这话声音不低，厅中的夫人小姐们都听在耳中，顿时窃窃私语起来。

当初卢家四小姐，人人都说要嫁到睿亲王府做亲王妃的，卢婉儿也对睿亲王很是满意，谁知道横空杀出个沈妙，卢家人不悦，卢婉儿更是不甘心。

卢夫人笑道：“许是在路上有什么事情耽搁了。”

“还真是大架子，”卢婉儿不悦道，“别的夫人小姐们都来得准时，偏她一人迟了。明齐的规矩都是死的吗？”

正说着，就见外头突然出现了一个圆圆脸模样的姑娘，众人都不知道她是什么时候进来的，那姑娘笑道："请问，这里是彩夏宴吗？"

卢夫人一怔，就笑道："正是，您是睿亲王妃？"

"奴婢不是，"那笑眯眯的姑娘道，"王妃在这里。"说着，又回头搀着一个年轻的姑娘走了进来。

也不知是因为那圆脸丫头的衬托，还是因为众人想象中的睿亲王妃太过不堪，总之，当那个年轻姑娘走进来的时候，众人都呆了一呆。

她穿了莲青团蝶百花烟雾凤尾裙，烟紫白玉兰纱衣，流苏髻。说不上多艳丽，却也绝对不清简，陇邺官家小姐最喜欢的就是吃穿打扮，却见她这一身配得相得益彰，头上只戴了一支嵌花凤形宝石步摇，却让整个人都显得华贵了。

年轻姑娘新月眉，杏眼清澈，鼻尖小巧挺直，嘴巴红润，极为眉清目秀。看着是很温和的人，然而微微抬着下巴，脊背笔直，微微含笑走过来，一步一步都让人有些心颤。

说起来也奇怪，今日这睿亲王妃和卢四小姐都穿了紫色的衣裙，卢四小姐的紫色浅，睿亲王妃的紫色深。年轻姑娘穿浅紫色显得温柔活泼，穿深紫色反而会让人觉得老成僵硬。而今日沈妙这一身紫色，却像是为她量身定做一般，有种华贵的端丽，镇得住场子。而相比之下，卢四小姐的这一身，却有些上不得台面了。

卢夫人目光一闪，笑道："睿亲王妃可算是到了，夫人们都等着您一人呢。"

沈妙微微一笑，不紧不慢道："倒是未曾想到夫人们来得这样早，那帖子上写明了巳时，我与殿下说了，殿下还让我走得早些免得迟了，不想还是迟了，倒是我的不是。也都怪殿下，不提醒我一句，应当走得早些……辰时到最好了。"

卢夫人心中一跳，没想到沈妙就这么毫不遮掩地说出来了。

卢婉儿上下打量了一番沈妙，道："睿亲王妃怎么也不差人招呼一声就自己进来了？没的还说我们怠慢了。"

沈妙看着卢婉儿一笑："这正是我要说的。贵府若是人手不够，其实也不必这么勉强的，偌大一个府门，守门的侍卫也不曾有，实在是有些危险。"她笑得温和，"我让亲王府的侍卫们替贵府守着门，免得有奇怪的人钻空子进来了，就不太好了。"

卢婉儿和卢夫人闻言，几欲吐血。

本想说沈妙无礼的，可被她这么一说，倒像他们卢府穷得连看门的小厮都请不起了。还让亲王府的侍卫守着门，要是让外头路过的百姓看到，那会怎么想？

沈妙亲切道："夫人不必感谢我了，若是日后有什么需要，让殿下送几个人马来府上也是可以的。”

送几个人马，谁知道送来的是不是探子。睿亲王府敢送，他们还不敢收呢。

周围的夫人们便也看明白了，这睿亲王妃绝不是什么可以拿捏的软柿子。

卢夫人勉强笑了笑，道：“亲王妃还是先请坐吧。”

却是给沈妙安排了一个并不显眼的位子。

八角悄悄俯身到沈妙耳边道：“那位圆脸夫人是枢密使夫人袁夫人，与卢家交好的。矮个子夫人是户部尚书夫人韦夫人，同叶家是姻亲，与卢家关系也不错……最左边穿黄衣裳的夫人，相公是当朝左徒，她的小儿子您也是认识的，就是季少爷。”

季羽书的亲娘？沈妙朝那位季夫人看去，季夫人生得很是端庄，看起来和季羽书是截然不同的性子。

沈妙想着，这些夫人非富即贵，难怪说卢家在陇邺势力不小，静妃也嚣张得连显德皇后都不放在眼里，原来背靠大树好乘凉。这些个世家既然都要买卢家一个面子，显然卢家与其交涉极广。

永乐帝和谢景行想要将卢家彻底打压，却不是一件容易事。卢家的利益牵涉其他许多官家，倘若卢家一倒，与之有关系的许多世家都要跟着遭殃。

正想着，她身边却施施然走来了一人，在她身边坐了下来。八角立刻站直身子，不再与沈妙解释。沈妙回头，那位姣美的、有些骄傲跋扈的卢四小姐就坐在她身边。

卢婉儿道：“睿亲王妃，能不能冒昧问您一句话？”

沈妙：“请说。”

“您和睿亲王，认识多长时间了？”卢婉儿问。

沈妙心中失笑，道：“未满一年。”

闻言，卢婉儿就笑了，有几分得意，又有几分轻蔑：“原来还不满一年，这样的话，想来睿亲王妃对睿亲王，还有诸多不了解的地方。”

沈妙一笑：“四小姐似乎对殿下很了解？”

“你别介意，”卢婉儿道，“我知道你们沈家在明齐的地位，可是我们卢家在陇邺，比你们沈家在定京的地位只高不低。”卢婉儿又看了一眼沈妙，“睿王妃，睿亲王是个很有野心的人。从回到陇邺开始，他便着手在朝堂干出一番大事业，这样的人是不会拘泥于儿女情长的。你可以帮到他什么？现在自然是浓情蜜意，可是日后等你对他无用之时，他还是会对你弃若敝屣。”

“所以？”沈妙问。

“陛下有意让我做睿亲王的平妻，可是亲王不会有两个亲王妃。”卢婉儿恩赐般道，“所以，你做妾，我为妻。”

“卢姑娘若是有心，大可自己去与殿下说个明白。”沈妙微微一笑，“与我来说这些，是没有用的。”

“我自然知道。”卢婉儿轻蔑地瞧了她一眼，“我今日来与你说这些，不过是希望你有自知之明，主动同亲王殿下说起自甘为妾之事。”

沈妙几乎要笑起来，微微扬了唇角，道：“这个我却是不能的。”

“你说什么？”卢婉儿瞪大眼睛。

她们说话的声音有些大，周围的夫人就朝她们这头看过来。

沈妙也不掩饰，笑着道：“自甘为妾这事，我不会做的。为夫君广纳姬妾，开枝散叶之事我也不会做的。当初睿亲王来我沈府提亲之时便也说过，亲王府后院不会再纳旁的女人，若非如此，我也不会千里迢迢嫁到陇邺来。”

周围的夫人听得目瞪口呆。

世情如此，男女之间本就不公平。寻常人家的男子尚且经不住诱惑，更何况是富贵人家、官宦人家、皇室子弟？

睿亲王英俊风流，位高权重，如他这样的人，一生怎么会只有一个女人呢？

这明齐沈家出来的小姐果真是好大的脸面，也实在忒不知天高地厚了！

卢婉儿几乎气得脸色铁青，一字一顿道：“睿亲王妃，这可是善妒，女子善妒，德行有亏。”

沈妙笑了：“大约是吧，我自来便善妒。若非睿亲王提出这个条件，我大约也不会动心的。”

卢婉儿恨得说不出话来。

沈妙这样的态度，反像是一个刺儿头，让人无法下手了。周围的夫人们也诧异，沈妙初来乍到，不仅没有夹着尾巴做人、伏低做小，反而气焰如此嚣张，连永乐帝也要稍稍忌惮的卢家都敢得罪，竟也不知是哪里借来的胆子，果真是蠢到如此地步了吗？

沈妙当然不怕。即便永乐帝对她不满意，想给谢景行再指上一门亲事，却也不会将卢婉儿指给谢景行。

若是卢婉儿进了睿亲王府的门，整个大凉皇室的兄弟就都和卢家攀上了关系。外戚专权，可不是什么好事。

卢夫人和卢婉儿都僵住的时候，却听得对面传来一声轻笑，道：“亲王妃果真是性情中人，睿亲王年纪轻轻却重情重义，倒是世间难得的男子。”

沈妙朝说话的人看去，那人坐在季羽书的亲娘身边，是一个略显瘦削的夫人。穿着一身茶色的绣裙，肤色略深，眉目端正，却因为上了年纪而深陷，显得有些不近人情。她的眼睛有些长，看人的时候似乎都带着钻研，仿佛要将人看穿，有些让人不舒服，一看便知是个精明而严肃的人。

八角借着与沈妙添茶的工夫，悄悄凑到她耳边道：“这是丞相府的叶夫人。”

只一句话，沈妙就明白了。文叶家，武卢家，想来这位叶夫人就是传说中陇邺的两大世家之一，丞相府叶家中人了。同卢家有些嚣张外露不同，叶家这位夫人看着要比卢夫人收敛许多，却也让沈妙隐隐觉得更加不好对付。

叶夫人瞧着沈妙，忽而开口笑道：“睿亲王夫妻二人感情甚笃，看来过几日皇家狩猎的时候，亲王妃也会跟着前往吧。”

沈妙含笑道：“这还要与殿下商量商量。”

“王妃初来乍到，还不知皇城狩猎的妙处，许多趣事儿，王妃大约也能凑凑热闹的。”叶夫人继续道。

沈妙瞧着那叶夫人，竟是要逼她应下这狩猎的架势了。

坐在叶夫人身边的季夫人却开口笑道：“诸位也莫要逼着睿王妃了，睿王妃年纪还小，正如叶夫人说的，又初来乍到，只怕还有些害羞呢，狩猎场上可都是老熟人，自然要让人想一想的。”

却是主动为沈妙解了围。

沈妙意外地看过去，季夫人却对她笑着点了点头。

季夫人的相公是当朝左徒，官位也不低的，旁的夫人自然不会反驳她的话。

这彩夏宴便是不咸不淡地过去了，卢婉儿被气得狠了，当即转身而去。剩下的卢夫人待沈妙也是不咸不淡的，不过沈妙也没有放在心上，一边喝茶，一边听着八角暗中与她解释诸位夫人之间的关系，暗暗记在心里。

等她离开的时候，正要上马车时，却出乎人意料地被人叫住了。回头一看，却是季夫人。

季羽书的亲娘是个端庄和气的性子，看着沈妙就笑道：“羽儿对我说，当初在明齐定京的时候，承蒙王妃关照，今儿我就替羽儿来与王妃道一声谢了。”

沈妙连称不敢。季夫人瞧见四下无人，凑近沈妙身边一点，低声道：“叶夫人今日说的皇家狩猎，王妃回头还是与亲王说一声，这其中水深，王妃别白白被人算计了。”见卢家门口有其他的夫人陆陆续续出来，季夫人道，“王妃若是得了空闲，可以来府上坐坐，陇邺想来你也不甚熟络，我也是可以为你说一说的。”这才与沈妙道了别，匆匆离开了。

回去的路上，沈妙一直想着今日的事。卢婉儿的话她倒是没放在心上，不知为何，总觉得那个叶夫人让她极为介意。

沈妙问八角："今日在宴上，似乎没见着叶夫人的女儿，叶家有几位小姐？怎么都没有带出来？"

八角一愣，随即摇头道："叶家没有小姐。"

"怎么会没有小姐？"沈妙皱眉。

"这是陇邺人人皆知的事实。"八角道，"丞相府叶丞相和叶夫人是少年夫妻，刚成亲的时候有过一个女儿，可惜夭折了。叶夫人忧思过重，与叶丞相便也感情淡了。叶丞相后来纳了一个妾，小妾生了一个儿子，就是如今丞相府的叶少爷。"

沈妙皱眉："丞相府没有旁的子嗣了吗？"

八角摇头："叶丞相有了叶少爷之后，有一次外出遇刺，伤了子孙根，日后是不可能有子嗣的了。"

沈妙诧异，如叶家这样的高官世家，怎么会只有一个儿子？她问："叶家岂不是只有一个庶子了？"

"那倒不是，小妾在叶少爷出生的时候便因身体虚弱去了……不过，也有人说是叶家人将小妾掐死的。叶少爷出生后就养在叶夫人名下，是占着嫡子的身份。不过，"八角顿了一下，"即便是占着嫡子的身份，这位叶少爷也并不得叶夫人看重。"

"这是为何？"沈妙奇怪。虽然不是亲生的，但是在叶家没有其他子嗣的情况下，养在自己名下，叶夫人对这位嫡子好些，日后也会好过得多。

"叶少爷生下来就有先天之症，腿脚不良于行。这样的人日后是没法子走入仕途的，所以有人说，叶家到这一代，就要败落了。"八角解释。

沈妙这才心中了然。原来是个瘸子，难怪叶夫人瞧不上了。想到此处，心中倏尔大亮。文叶家，武卢家，卢家将静妃送进宫中，为何叶家却没有，原来不是叶家没有野心，而是因为叶家根本没有多余的女儿。

眼下的这个格局……沈妙隐隐猜到永乐帝的打算了。

叶家在子嗣方面无法与卢家抗衡，若是和卢家联盟，便是有朝一日野心既成，也只是卢家得利罢了。人总有劣根性，凭什么大家都是世家大族，到了最后你却独大，而我日渐式微？倒不如我也反水为好。

永乐帝大概是想挑起卢家和叶家之间内斗，收服叶家，再来对付手握兵权的卢家，会容易得多。

只是叶家和卢家也交好这么多年了，彼此利益盘根错节，叶家有卢家的弱点，卢家何尝没有叶家的把柄？要想离间，也不是一件容易事。

脑子里思索着这些事情，连马车回到睿亲王府，沈妙都未察觉到。直到身边传来八角唤主子的声音，有人在她脑门上弹了一下，道："想什么这么出神？"

沈妙这才瞧见谢景行，今日他回来得早，身上还穿着暗红色的官服，沈妙一个激灵，拉着他的袖子就往书房匆匆走去，道："正好，我有事问你……"

谢景行先是愕然，随即便无奈，任由她拽着自己向前。

待进了屋，沈妙将今日发生的事与谢景行一说，谢景行道："皇家狩猎？"

沈妙点头："似乎有些不同寻常。"

"每年六月初二皇家狩猎，是先皇传下来的规矩。"谢景行懒道，"不过我与皇兄都只是在外面逛，不会深入其中。"

"为什么？"沈妙问。

"危险。"谢景行压低声音。

沈妙一怔。

谢景行挑眉道："害怕了？"

"我有什么可害怕的。"沈妙看向他，"你的意思是，有人会对皇上和你出手吗？皇家狩猎，里头都是禁卫军，谁有这么大的胆子？"

"墨羽军你见过，"谢景行却突然话锋一转，"那是我的人，和大凉军队无关，皇兄也是知道的。你知道为什么要私养军队吗？"

"因为皇室的军队信不过？"沈妙飞快地问，心中却有些不可置信。

谢景行点头。沈妙说不出话来。

皇室的军队都是一代代传下来的，也就是说，先皇传下的人马，却不肯忠于如今的永乐帝。联想到之前谢景行语气中对先皇的凉薄，沈妙心中倒是起了几分好奇。她犹豫了一下，看向谢景行，问："说起来，你当初流落到明齐定京，其中的隐情，到底是怎么一回事？"

闻言，谢景行目光微变，沈妙坐在他身边，都能感觉到他此刻情绪的阴冷。片刻后，谢景行笑笑，伸手摸了摸沈妙的头，道："怎么有这么多问题，又想知道我的秘密了？想知道，拿自己的来交换。"

沈妙白了他一眼。谢景行又道："你好像一点儿也不对卢婉儿的话生气？"他略略有些不满，"有人觊觎你的夫君，你都没有勃然大怒？沈娇娇，你真是没有良心。"

沈妙道："反正你也不会答应的，不是吗？卢家野心勃勃，你大约还没有心大到养条毒蛇在身边。"

谢景行哈哈大笑："我现在不就养了条毒蛇在身边？还是条美人蛇。"

沈妙懒得与他说，就道："你对叶家有什么看法？"

谢景行思忖："叶家人比卢家人聪明，懂得隐忍，可能因为子嗣，不如卢家嚣张。皇兄和我打算从叶家入手，挑拨叶卢两家。"

沈妙手指一缩，不知为何，今日面对叶夫人，她总有一种难以言喻的感觉。

谢景行却看出了她神情的异样，问："你似乎有什么话想说？"

沈妙摇头，就问："皇城狩猎，这一次你会参加吗？季夫人与我说不要被人算计，让我觉得很奇怪。"

谢景行神色微微转冷，道："这一次，就算不想去，你也得跟去了。"

"为何？"

"今年是先皇规定的六十年祭典，皇城狩猎中，皇兄必须猎到狩猎场上的一头公狮才能表示来年风调雨顺，为大凉明君。"

公狮？沈妙道："这可算是猛兽。"

"野兽倒不怕。"谢景行笑容有些冷，"野兽不会暗中放箭，可比人安全多了。只能带皇城禁卫军进去，这是先皇立下的规矩，皇城禁卫军忠不忠心，却很难说了。"谢景行挑眉，"所以你要懂，这是先皇留给我兄弟二人的一个局。给天下人看的局，明知道是什么，我和皇兄也没有选择的余地。"

他又看了一眼面露忧色的沈妙，捏了捏她的脸："不过你放心，你不会有事，虽然会以皇家宗妇的名义跟去，却不必进入内场。"

沈妙问："你有把握对吗？"

谢景行盯着她，缓缓摇了摇头："没有。"

沈妙的心紧紧提了起来。

谢景行一笑："骗你的。"

沈妙怒视着他，谢景行伸了个懒腰，悠悠道："等狩猎结束后，就跟你说说宫里的事情吧，省得你整日东想西想。"他似笑非笑道，"你现在也是我谢家人了，总要担负起一些事来的。"

沈妙心里一动，谢景行这是打算与她说清楚他的秘密了吗？但是为什么，这一次的皇城狩猎，她会有这么不安的感觉？仿佛要发生什么不好的事。她沉默着，暗自攥紧了双拳。

第十二章　狩猎遇险

六月初二的天气，天公作美，明明昨日里还在淅淅沥沥地下雨，第二日就艳阳高照了。

罗潭伸了个懒腰，屋里的侍女笑着问她道："小姐今日还想去哪里转转？"

罗潭瞧着屋里小山一般堆着的小玩意儿，道："不知道，回头问问高大夫好了。"

"高公子今日出门去了，要明日夜里才回来。"侍女道，"让奴婢跟小姐知会一声，小姐若是想出去，叫上府里几个侍卫，奴婢也会跟着去逛，看上什么，买回来就是了。"

"有事？"罗潭道，"有病人要出诊吗？"

侍女笑而不答。

罗潭便摆了摆手："既然如此，那我就随意逛逛吧。"

她来陇邺也快一个月了，这些日子以来，都和高阳在一处。高阳说他少年时在外游历，曾在陇邺定居过一段时间。陇邺这一处府邸都是他的，罗潭虽觉得奇怪，但见这府里上上下下也都如此说，便也没再多疑。

给沈妙送信的人已经被高阳打发了回去，说是沈妙答应带上罗潭一道，也会照顾好罗潭。不知高阳是怎么扯谎的，之后的脚程中，沈家人果真没有再过来。

沈家这头算是揭过了，罗潭心里打着算盘。等过些日子她将陇邺玩儿个遍，就去找沈妙说个一清二楚。

罗潭走出门，走到院子里，听到隔着院墙的街道上，远远传来一些喧闹的声音，就问身边侍女道："外头做什么这么热闹呢？"

侍女笑道："今日是皇家狩猎，适逢六十年祭典，陛下也要亲自去猎场内狩猎，这会儿禁卫军跟着过来，街道上百姓都在欢呼。"

罗潭喜欢凑热闹，就道："那咱们也去看看吧，是不是就能瞧见陛下的天颜了？"

那侍女的脸色微微一变，摇头道："街道上人潮拥挤，况且陛下都在华盖里，是瞧不见的。"

罗潭有些兴致缺缺，侍女笑道："奴婢先去准备些等会子路上要吃的小食，过了这刻，小姐想去哪儿，奴婢便陪您一起去。"

"你去吧。"罗潭道。

等那侍女走后，罗潭却偷偷朝后院门溜去，嘴里小声道："不出门，远远地瞧上一眼总也不过分吧。"

院子里很快就不见了她的身影。

沈妙梳洗好后，就瞧见谢景行换了身衣服出来。

因着今日要狩猎，所以他穿了便于打猎的骑装。窄袖高领，腰间束带，青靴上绣着暗色花纹，极为利落爽快的模样，却因着骑装十分合身，仿佛哪家矜持优雅的贵公子。

等到了外头，莫擎和睿亲王府的一些侍卫已经准备好了，八角他们也在。惊蛰和谷雨今日不必跟上来，谢景行又从墨羽军里调了个女侍卫茴香，和八角一同扮作沈妙的贴身丫鬟保护她的安全。

谢景行布置得越周全，沈妙心中就越不安。她右眼皮一直跳个不停，仿佛预示着什么事情将要发生。

她这般心事重重的模样落在谢景行眼里，谢景行若有所思，一边与沈妙往门外走一边道："怎么闷闷不乐的？"

沈妙道："总觉得心里不安生。"

"你相公命大。"他唇角一扬，"夫人不必担心。"

沈妙白他一眼，却见门口并无马车，就问："马车还没牵来吗？"

谢景行一笑，拉着沈妙走到门口，莫擎牵着一匹马上前，谢景行翻身上马，又突然拉起沈妙的手将她一拉，沈妙猝不及防地上马，被谢景行圈在怀中。

"马车也太慢了。"他低头看沈妙，不紧不慢道，"你会步射，可会骑马？"

沈妙正想说话，谢景行又打断她的话道："不会也没事，夫君教你。"说罢一扬马鞭，马儿长嘶一声，疾奔而去。

身后谢景行的侍卫们也跟了上来，沈妙背靠着谢景行，被他环在怀里，心中忍不住惊了一惊。马匹是上好的宝马良驹，跑得飞快，谢景行马术极好，尽挑曲折的路走，市井之中人群经过处皆响起惊呼，而他纵声大笑，极为嚣张飞扬。

沈妙就想起这一世第一次见谢景行，在广文堂门前，那紫衣的俊美少年端坐于高马之上，懒洋洋地放肆地打量众人。

他的呼吸从耳边传来，几乎要贴上她的脸颊。头顶上传来他低沉愉悦的笑声，沈妙的心情也忽而被感染了。

沈妙笑起来："你在陇邺也像在定京一样无礼吗？"

"有过之而无不及！"谢景行低头扫了她一眼，将下巴搁在她的头顶上摩挲，低声笑道，"你在定京可没有在陇邺开怀。"

沈妙一愣，谢景行继续笑道："这样的沈娇娇我比较喜欢。"

"我也是。"沈妙笑道。

谢景行的动作顿了一顿，连马匹也慢了下来，他道："你也喜欢这样的我吗？"

"不是啊。"沈妙笑，"我也喜欢这样的自己。"

谢景行磨牙。

两人的说笑声顺着陇邺夏日的微风飘得老远，身后的一众侍卫中，茴香与八角咬耳朵，道："不是说夫人性子冷，都是咱们主子一厢情愿？瞧着感情还不错啊。"

"夫人性子可不冷。"八角笑眯眯道，"夫人是个好人哩。"

等到太阳已经将金辉洒遍大地的时候，沈妙和谢景行终于来到了狩猎场。

狩猎场的外场是平实的树林，内场却要往里走，往花栾峰上去。花栾峰是陇邺的一座奇峰，山上丛林密布，雄奇险峻，多有难得的美景，也有许多珍禽异兽。

皇家狩猎场将这一处圈作狩猎场，是先皇之前就有的规矩。而先皇在世的时候，按照开国皇帝传下的规矩，六十年一次祭典，当朝君主要亲自入内场狩猎，猎到雄狮方歇，以雄狮作为祭品。

历代帝王在花栾峰狩猎的时候，也会因此遇上危险，不过有禁卫军跟随，倒也问题不大。只是今非昔比，有了禁卫军，反倒比没有更加危险。

沈妙和谢景行的出场无疑是惹眼的，众人见他二人共乘一骑，皆目瞪口呆。永乐帝和静妃已经先到了，静妃诧异地掩嘴惊呼道："身为皇族宗妇，怎么能……也实在太失礼了。"

永乐帝皱眉看向谢景行，谢景行扶着沈妙下马，在一众人面前朝永乐帝走去。

谢景行和沈妙与永乐帝行礼，谁也没有搭理静妃。静妃见状，咬了咬唇，却是突然看着沈妙笑道："睿王妃今日跟着亲王一道来狩猎场，夫妻二人伉俪情深，共乘一骑，真让人羡慕。"说罢又话锋一转，"如此一来，想来睿亲王进内场的时候，亲王妃也是要跟着的吧。"

沈妙还未回话，永乐帝却是眉头一皱，冷声道："她不用进！"

静妃一愣，似乎没想到永乐帝会突然开口，还想着沈妙若是跟着睿王一道进内场才好。内场多凶猛野兽，便是有睿王护着，沈妙就算不受伤，因受到惊吓而形容狼狈也是令人痛快的。

沈妙心中了然，永乐帝不是为了自己而出头。是因为今日他兄弟二人去内场，本就十分凶险，永乐帝和谢景行已经布置好了一切，多一个人进去都会多一分变数。

谢景行揽着沈妙的肩，就道："皇兄无事，我就先带娇娇四处转转了。她刚来陇邺，对人还不大熟。"说罢也不管永乐帝是什么脸色，就带着沈妙走了。

才走了几步，就见远处季羽书兴奋地跑来，一口气跑到他们面前站定，道："三哥，嫂子！"

沈妙瞧着季羽书那张灿烂的笑脸，问出一直想问的问题："你为何一直叫他三哥？"

"哎？"季羽书怔住，看向谢景行，"你没跟嫂子说过吗？"

见谢景行不置可否，季羽书便挠了挠头，对沈妙笑道："其实应该叫三表哥。我同三表哥是表亲，族里兄弟排起来，他是老三而已。三哥的母后是我的姨母，我们是表兄弟。"

沈妙这才明白。

谢景行对沈妙道："狩猎开始的时候，你随着我去外场，猎些兔子野鹳便行了。巳时的时候，我会跟着皇兄一道去内场，留侍卫给你，你在外场随意逛逛。"顿了顿，又道，"姨母今日也来了，我让季羽书跟她提过，晚一点我若是没回来，你就和姨母一道回城，她会将你送到亲王府。"

"晚一点你不回来？"沈妙怀疑地看着他。

"放心，我和皇兄都已经做了准备。"他暧昧一笑，"两个月都还没到，我怎么可能舍得死……"

沈妙推了他一把，一回头，却感觉有目光落在她身上，顺着那目光看去，便见那一日彩夏宴上的叶夫人正看着她。

叶夫人与她的目光对上，也不闪避，微笑着看来。沈妙本能地有些不舒服，问：

“叶家人今日也要去狩猎吗？”

“叶茂才是丞相，自然也要跟着去的。不过臣子们只会在外场，不会到内场的。”谢景行顺着沈妙的目光看去，奇道，“你好像对叶夫人很关注，出什么事了？”

“不知道为什么……”沈妙蹙眉，“总觉得叶家人给我的感觉不大好。你最好提防些。”

“皇兄现在有意拉拢叶家人，叶家的一举一动都有注意，没发现什么不对。”谢景行思索，又安慰她道，“他们在外场，影响不了局面，不必担心。”

沈妙再看向叶夫人的时候，叶夫人已经转身去找别的夫人说话了。她便按捺下心中的不安，只得作罢。

等时间恰好的时候，狩猎就要开始了。今日来的都是在陇邺地位还不低的官员，官员们陪着狩猎，女眷们便是跟着看热闹就行了。胆子大些的、玩心大些的跟着去外场，性子安静些的便在围场外头等着。

好巧不巧，今日卢婉儿也来了。

卢婉儿也是精心打扮了一番，便是骑装也十分精美，衬得她整个人娇艳无比。只是沈妙也在这里，便衬得她一身艳粉色的骑装轻浮了些，单看是娇俏，可和睿王站在一处，却有种不伦不类之感。

卢婉儿走到沈妙面前，虽是对着沈妙说话，眼珠子却黏在谢景行身上去了。她的嗓音娇俏清甜，几乎成了蜜糖。

“亲王妃，没想到今日竟也能在这里遇着你。彩夏宴那一日，我与亲王妃一见如故，想着得了空一定要与你再见一面，没想到现在就见着了，真是缘分。”卢婉儿这会儿对沈妙客客气气，乖巧的模样哪里有那一日在彩夏宴上飞扬跋扈的半点影子？

卢婉儿一边说话，不等沈妙回答，一边又看向谢景行，美目里全是不加掩饰的情意，绵着嗓子道：“睿亲王今日看着也十分威风，早前曾在姐姐寝宫中见过一面，当时睿亲王还称赞婉儿琴艺出众，现在婉儿苦练琴艺，比往日长进了许多，不知亲王殿下什么时候得了空闲，还能指点婉儿一二？”

沈妙一怔，不由自主地看向谢景行。谢景行竟然真的听过卢婉儿弹琴？还称赞卢婉儿琴艺出众？

瞧见沈妙怀疑的目光，谢景行微微挑唇，坏笑道：“哦？不高兴了？”

沈妙别过头。

谢景行耸肩，再看向卢婉儿时，已经换了一副神情。他俊眉修目，仍是懒洋洋地开口，笑容却已经不见了。

“当初陪皇兄说话，遇着静妃，静妃说卢四小姐在静华宫抚琴，要皇兄也去一听。本王当日听了，说可与鸦雀媲美。卢四小姐，你连讽刺和恭维都分不清？的确是需要名师指点指点脑子了。”

沈妙差点没绷住笑出声来。

卢婉儿的脸涨得通红。

当初在静华宫，她抚完琴，沉迷于睿亲王俊俏的皮相，哪里还听得进睿王究竟说了些什么。以为睿王是在夸奖她，这会儿被睿亲王挑明，显得她像个笑话一般，卢婉儿就傻了。

谢景行慢悠悠地扫她一眼，道：“还有，本王是皇上的兄弟，去妃子寝宫之类的话，卢四小姐日后就不要提了，不知道的，还以为卢四小姐蓄意挑拨，这样的罪名，本王也承担不起。”说罢，就拉着沈妙径自离开，把卢婉儿一个人扔在原地。

沈妙走了几步，问谢景行道：“卢家人那么厉害，怎么养出来的小姐都是这副模样？”

谢景行道：“满腹心思都在朝堂之争上，子女自然疏于管教。况且卢家对女儿一向宽容，不过是尽力栽培男子。”

说着的时候，谢景行已经拉着沈妙走到了狩猎场的边缘。那里各位臣子和一些想要助兴的女眷已经挑好了马匹。谢景行走近，铁衣就牵着两匹马过来。一匹高大的黑色骏马，一匹稍显矮小的枣红色小马。谢景行扶着沈妙上了枣红色的马，自己又上了黑色那匹。

永乐帝那头也开始动了，禁卫军准备好了，是要跟着永乐帝一道往里走的。

鼓手开始有节奏地敲起鼓来，鼓点越来越急促，最后由站在高台上的一个弓箭手搭弓射箭，弓箭直飞，射中远处吊着的一个金果子，鼓手猛地一捶大鼓。狩猎开始了！

谢景行带着沈妙在外场上走，莫擎他们几个也跟在身边。

“你什么时候进内场？”沈妙一边骑马一边问谢景行。

“皇兄等会儿到巳时会给我信号。到时我就离开。”谢景行坐直身子，“现在还可以陪你转转。你想不想打只狐狸？”

沈妙：“狐狸？”

谢景行伸过手拉住她的缰绳：“跟我来。”

谢景行是打猎的好手，沈妙毫不怀疑。百步穿杨这回事，沈妙一直觉得是沈丘的吹嘘，今日却亲眼目睹了。谢景行准头极好，几乎是百发百中，不过短短的时间里，他们的马背上已经堆满了猎物，虽然都是小兽，可也很难得了。

“还有什么想打的？”谢景行得意一笑，“我帮你猎来。”

沈妙正要说话，却见着另一头从阳匆匆忙忙地赶来，上气不接下气道：“主子，不好了，皇上进内场了！方才铁衣与我搜寻，没见着皇上影子，在花栾峰底看见马蹄印。”

“内场？”谢景行皱眉，“没给信号就自己去内场。”他目光一闪，“不好！莫擎，你们护送夫人出外场，铁衣跟我走。”

沈妙道：“你现在就要去内场？”

谢景行眸中染上沉色：“计划有变。”

沈妙道：“我等你回来。”

谢景行没再说话，掉转马头，扬鞭拍马，铁衣紧随身后而去。

沈妙坐在马背上，这时候，她再没什么心情在外场闲逛了。莫擎道：“夫人，咱们回去吧。”

沈妙点点头，莫擎便和一众侍卫护送着沈妙离开。沈妙的心扑通扑通跳个不停，她竭力让自己平静下来，仔细思索着事情的每一个细节。

今日之事，似乎潜伏着重重危险。永乐帝在大凉朝堂中的地位，并不如想象中的稳固，其中以卢家兵将为首，隐隐有谋反之意，卢家又是为先皇效力的。

莫非永乐帝与先皇之间有龃龉？

她昏昏沉沉地随着马步走着，等出了外场，一眼瞧见了季夫人。

“亲王妃怎么这样早就出来了？”季夫人笑道，“还以为会在里头多玩会子。”

沈妙微微一笑：“我也不过是跟着他们一道进去凑凑热闹而已，并不会打猎。”又看着季夫人道，“夫人不必王妃王妃地叫我，叫我一声娇娘就好了。”

季夫人一愣，随即笑得更热络了些：“原来景行都与你说了，既然如此，我也不做那些虚头巴脑的事儿，就唤一声娇娘了。”

沈妙笑笑，季夫人拉着她的手，一边往另一头走，一边道：“今儿景行和行止去内场狩猎，你就跟我在外头等着。等到日落了，他们也就该回来了。”

沈妙笑着应了，转瞬想到谢景行，就问：“姨母，这内场之争，究竟凶险还是不凶险……一头雄狮，只怕不好猎吧。”

季夫人叹了口气：“这都是开国就立下的规矩，当初本来要废止，结果先皇……”她顿住，又看向沈妙，笑着道，“你不必担心了，还带着禁卫军呢，畜生虽然凶狠，那些侍卫也不是吃素的。”

沈妙闻言，跟着笑了笑，心中思量着，看来季夫人是不知情了。

外场离树丛远远的边缘处，有即时搭起的凉棚。一些小姐贵夫人就坐在里头，喝茶吃着点心，见着自家人回来，带着一些猎物，便欢呼雀跃着上前炫耀。

到底是当成一场新鲜的玩乐。

沈妙的心渐渐沉了下来。

正想着，对面有人走了过来，沈妙抬眼一看，却是那位叶夫人。叶夫人走到季夫人身边坐了下来，看着季夫人笑道："你怎么也没进去？"

"我哪里会狩猎，就是看着罢了。"季夫人也跟着笑。虽然季家和叶家也无甚往来，面子上总还是要做一做的，"叶夫人也不进去？"

"我就不去了。"叶夫人摆了摆手，"我这身子可受不了。"她的目光落在沈妙身上，"亲王妃怎么也不进去？不是方才瞧见亲王陪着亲王妃一道进去了，怎么不多玩会子？"

沈妙心中一动，道："日头太大，外场晒得我头晕，便自己先回来了。"又做出微微嫌弃的模样，"况且我也见不得杀生的场面。"

季夫人就笑："睿亲王妃就是心软。"随即岔开话头问叶夫人，"说起来，前些日子听闻叶少爷发了痛症，可好些了？"

叶少爷，指叶家那位小妾生下被抱到叶夫人名下养着的嫡子。叶夫人闻言，就道："还行吧，都是老毛病了，这么多年也没办法。"语气中尽是淡漠。

季夫人就又同叶夫人生拉硬扯了一番，到后来，叶夫人也有些不耐烦了，就起身离开。

沈妙和季夫人又坐在一处等。

太阳落山后，天也渐渐黑了。永乐帝还未回来，除了一些小姐和女眷已经回去，臣子们都还在狩猎场周围。沈妙问起季夫人是不是头一次出现这样的情况，季夫人道："倒也不是，不过以往出现得很少罢了。"

有些臣子已经扎起了营，用长布做了帐篷，夜里有露，怕着凉。

沈妙看见卢婉儿站在不远处，正在和一个中年男子说着什么。紧接着，卢婉儿被人硬拉着上了马车，被一众侍卫护送着走了。

大约是卢婉儿想留在这里，这男人却不准。沈妙正要离开，那男子却似乎感到了沈妙的目光，猛地转过头来，露出一张凶神恶煞的脸。他身材魁梧，像是一头熊，脾性也十分暴躁，看着沈妙，目光很是阴鸷。

八角道："那是卢家的家主，卢正淳将军。"

沈妙恍然，这便是卢婉儿的爹，那位卢家的武将。

卢正淳留在这里，不知道是不是也在等花栾峰上的一个结果？沈妙心中思索着，目光从卢正淳身上划过，转身离开了。

这一夜，沈妙辗转反侧，怎么都睡不着，干脆就在季家的帐篷外坐着。

谁知道，一坐就是一夜。

晨光熹微，远远地，山林里传来鸟兽的鸣叫。

外头一些夫人已经醒了，茴香给沈妙盛了一碗粥。沈妙一边喝粥，一边问八角：“殿下还没有消息吗？”八角摇了摇头。

沈妙看了看远处，再过一个时辰，天就要彻底大亮，就算谢景行他们在山上度过一夜，这时候也该回来了，断没有在山上狩猎整整两天的先例。

“你们墨羽军里，没有什么信号吗？”沈妙问，“这一次的事情，你们主子没与你们说好，一旦事成，会放出什么信号知会？”

八角和茴香都是一愣，二人对视一眼，一同摇了摇头。茴香道：“这次计划，主子没有告诉奴婢二人。”

沈妙无奈：“也不知现在是什么情形了。”

正想着，却见另一头走过一个熟悉的身影，沈妙一愣，顾不上喝粥了，将碗往八角手里一塞，自己快步上前追上来人。

那人回头，正是季羽书。沈妙将季羽书拉到无人的角落，问他：“你怎么回来了？”

季羽书问：“嫂嫂这是什么意思？”

沈妙皱眉：“你不是与谢景行在一道？”

季羽书诧异：“没有啊，我在外场，只有皇家人才能进内场。我虽然是半个皇亲国戚，还是不够格的。”

沈妙就奇了，以为季羽书过来是为了帮衬谢景行。眼下季羽书没去，谢景行和永乐帝莫非是两个人单打独斗吗？

她说：“你老实告诉我，这一次谢景行究竟想做什么？”

季羽书委屈地摸了摸鼻子：“嫂嫂，你问错人了。三哥要做什么大事从来都不带上我。当初在明齐，我就只管着沣仙当铺的吃喝，旁的一概不许插手。昨日狩猎场，高阳和他一道，我倒是想跟着，三哥不许。”

“高阳？”沈妙问，“高阳也是臣子，他如何去的？”

“高阳易容成三哥的贴身随从跟着去的。”季羽书道，“他脑子活，又懂医术，一旦有什么事，也好帮忙。”

沈妙心中一紧，高阳会医术,所以谢景行随身带着，难道局势已经凶险到了这番地步？

季羽书看着沈妙的神情，问：“嫂嫂，是不是三哥出了什么事？”

沈妙正要回答，八角突然跑了过来，道："夫人，他们回来了！皇上下山了！"

季羽书和沈妙对视一眼，季羽书迫不及待地开口："我们赶快过去！"

沈妙和季羽书过去的时候，季夫人也得了信早到了。

自外场里走出一众禁卫军，为首的正是永乐帝，奇怪的是，永乐帝没有骑马，而是自己走着。再眼尖一点的，就看到永乐帝腰间的佩剑似乎有点点血红。

静妃在华辇里等了许久，立刻傲娇地迎了上去，娇滴滴道："陛下可算是出来了，臣妾可在这里苦苦守了一夜，眼睛都熬红了。"

永乐帝看了她一眼，并未搭话，沈妙瞧得清楚，叶茂才神情如常，卢正淳却有些阴鸷。

身后的几个禁卫军将几匹马上拉着的东西砰的一声倾倒在地面，顿时引起周围的女眷一阵惊呼。那东西不是别的，正是一头巨狮的尸体，上头血迹斑斑，自背上腹部有无数的箭孔，想来也是经过了一场激战。

当即就有朝臣上前恭贺道："陛下英明神武，乃我大凉社稷之福。"众人依葫芦画瓢，皆是顺着说，跪下来吟唱追捧。

沈妙也跟着跪下身来，永乐帝示意众人平身。沈妙却并未看到谢景行的身影。

众人平身以后，卢正淳突然开口道："陛下，怎么只见陛下一人，不见亲王殿下的踪影？"众人似乎这才想起睿亲王不在。

永乐帝紧紧盯着卢正淳，目光冷如寒冰，道："睿亲王受伤，已经从另一头回城医治。"

众人一片哗然。沈妙心一紧。季夫人站在沈妙身边，握紧了沈妙的手，劝她道："狩猎场上难免有摩擦，有那么多护卫护着，应当是没有事的。"面上却越发担忧了。

沈妙心中却不这么想，永乐帝既然让谢景行先出城去，不让谢景行暴露于这些臣子面前，那么谢景行所受的伤，定然也不会只是摩擦那么简单。

她四处扫视了一番，没有谢景行铁衣他们，也没有高阳，心中就更急了。

永乐帝似乎也不想多言，便是猎到了这头雄狮，神情也未见有多高兴。众人猜测永乐帝是不高兴了，没人敢在这会儿触霉头去跟永乐帝说话，连静妃也收起骄纵，小心翼翼地服侍在侧。

既然雄狮已经猎到了，众人自然不必再留在狩猎场。永乐帝要回宫，诸位臣子家眷也要各自回府。

沈妙记挂着谢景行的伤势，想赶紧回睿亲王府。季夫人和季羽书也想去，沈妙摇头道："事情只怕没那么简单，姨母和羽书现在过去，反倒容易被人钻了空子。我先回去瞧瞧究竟是怎么回事，姨母和羽书等殿下好一些的时候再过来。”

季夫人慢慢咂摸出沈妙话里的味道来，商量了一下，便决定见机行事。

几人分道扬镳，沈妙一行人立刻马不停蹄地往睿亲王府赶。八角和茴香安慰沈妙：“夫人且放心，主子的武功不弱，也许这正是主子的计划，用来混淆敌人视听。”

沈妙摇头：“我心里感觉不好。”八角和茴香面面相觑，不作声了。

等到了睿亲王府，沈妙下了马车就直接往府里走，一脚踏进去，却发现府里安静得出奇。若是往常，唐叔便也早早地迎了上来，唤着夫人回来了又送甜汤什么的，今日却一个人都没有。

沈妙心里一急，往院子里走，恰好瞧见院子里，唐叔站在屋门口来回踱着步，愁容满面。沈妙心里咯噔一下，唐叔也瞧见了她，沈妙问：“他怎么样了？”

“殿下伤得很重，高公子正在给他医治。”唐叔叹了口气，“我还许久没见过殿下这样了。”

沈妙想了想，便推门走了进去。

甫进屋，便闻到一阵浓重的血腥味，谢景行身边的铁衣也在里面，沉默地拧着帕子，盆里的鲜血触目惊心。高阳眉头紧锁，看见沈妙进来，道：“你……知道了吧？”

沈妙快步走到床头，谢景行双眼紧闭，脸色如纸，嘴唇苍白。他上半身的衣裳被人拉开，腹部一处却有层层叠叠的箭伤，最深的是一道刀痕，和上一次沈妙见着的不同，这刀痕明显是新添的，却因为恰好覆在旧伤之上，几乎是旧伤未愈又添新伤，便深得狠了。

最让沈妙心头发冷的是，伤口周围的血都泛着紫黑色，她指着谢景行的伤口，语气都有些不稳：“这……”

“淬了毒。”高阳干脆利落地截断了她的话。沈妙如遭雷击。

片刻后，她定下心神：“你能解？”高阳摇了摇头。

“这不是一种毒，而是好几种混在一起，我若要解，就得先分清楚这些是什么毒，需要花费不少时间，可是他的伤口等不了那么久……”

“等不了那么久，你就想办法让他等！”沈妙厉声喝道。

高阳第一次见沈妙如此疾言厉色的模样，呆了一呆。

沈妙深深吸了口气，平复了下心情，才问高阳：“眼下最多撑得了几日？你要解他的毒又需要几日？”

“他最多撑七日，而我解毒最少也要半月。”高阳第一次露出无奈的神情，“现在的问题是，他根本撑不了七日，他旧伤复发了。”

沈妙瞧着谢景行，突然想到了什么，对高阳道：“你先等等。”随即又出了屋子，走到另一间屋里去，直奔梳妆台，从梳妆台底下的抽屉里摸出了一个小匣子，将匣子打开。

匣子里放了个圆乎乎的东西，还有个药瓶。沈妙抓起药瓶，匆忙回到高阳所在的屋子里，将那药瓶递给高阳，道：“这里有三粒归元丸，是不是可以帮他一把？”

那匣子里的正是沈妙出嫁时，罗潭和冯安宁送的添妆。罗潭送的是指南针，冯安宁送的是三粒归元丸。归元丸可以帮人续命，让将死之人续一口气，是明齐的前朝大医儒留下的好东西。

高阳一喜，道：“你从哪里得来的？”顺势将药瓶接过去，倒出一粒来细细一看，闻了闻，道：“没错，就是归元丸。有用！有了这个，他大约能撑上十日。”

沈妙松了口气，只听高阳又道：“可十日以内，我未必就能研究出解药来。”

“不管你能不能研究出来，都要试上一试，若是不行，到时候再说。”她冷道。

高阳点头：“我现在要为他施针，配合着归元丸让他暂时安定下来。你们先出去吧。”

沈妙看了一眼谢景行，心中仿佛被什么紧紧揪住了，走了出去，对唐叔道：“你们先下去吧，我想一个人待一会儿。”

唐叔欲言又止，最后道：“无论如何，夫人都要保重身体，老奴会竭尽全力配合夫人。”沈妙应了。铁衣和唐叔也走了，打发了惊蛰几个。

沈妙站在屋门外头，看着院子，这会儿却疲惫得紧。半晌，她在院子的台阶处坐了下来。六月的天本就炎热，沈妙竟然觉出些冷意。

有人的脚步声传来，裴琅不知什么时候走到了院子里，跟着坐了下来。犹豫了一下，才开口道：“别担心，他是大凉的亲王，没有那么容易就出事的。”

沈妙沉默。裴琅觉得嘴里涩涩的，心里酸酸的。说起来，他好像从没见过沈妙这般模样，沈妙在裴琅面前，总是成竹在胸，气势颇高，非要压他一头。裴琅被关在定王府地牢里时，也曾想过，沈妙会不会因此愧疚，担心他的生死，沈妙担心人的时候，是什么模样的？现在他总算看到了。

总觉得和沈妙明明坐得很近，之间的距离倒像是千远万远。裴琅道：“你回屋去吧，风大。”

“不必了。”沈妙看着外头，“你身子还未全好，不用管我，先回去休息。”

裴琅沉默一下，道：“我陪你吧。”沈妙也懒得劝他了，她这会儿心思全然不在裴琅身上，一心记挂着屋里谢景行的伤势。

高阳忙碌了整整一夜。

沈妙也坐了整整一夜。

鸡叫三声的时候，高阳打开门走了出来，一眼看到门前台阶上坐着的沈妙和裴琅二人，忍不住微微一愣，道："你们……坐了一夜？"

沈妙揉着已经麻木的膝盖站起来，问高阳："他怎么样了？"

"暂时稳住了，归元丸的功效不错，接下来我要在屋里研究解毒的法子，谁也不要打扰。"他又看向沈妙，"这些日子，他就托你照看了。"

闻讯而来的唐叔忍不住问："那若是十日后您还没有出来……"

高阳没有说话，屋里的气氛顿时沉重了。

"你去吧。"一片寂静中，沈妙开口，声音十足平静，仿佛床上那个生死一线的人并非她丈夫。

高阳认真看了她一眼："我也希望能成功，如果不成，这辈子，我都不会高兴起来。"

他转身离开了。

唐叔看了看沈妙，又看了看裴琅，道："夫人，裴公子，你们昨夜守了一夜还没吃东西，眼下主子的病情已经稳定了。还是先吃点东西，歇上一歇，别主子的伤好了，你们却累病了。"

沈妙点头，道："端到屋里来吧，我就在这屋里歇一会儿，也方便照看。另外派人给季夫人那头传个话，就说殿下病情暂时稳住，只是还未醒来，暂时不要过来了。"

唐叔点了点头，裴琅看着沈妙，见沈妙已经走到屋里床前的椅子上坐下，目光暗了暗，转身也跟着离开了。

谷雨很快端了碗粥过来，沈妙让她出去顺便带上门。屋里只剩下沈妙、昏迷不醒的谢景行和铁衣三人。她一边吃东西，一边问铁衣："到底怎么回事，现在能告诉我了吗？"

铁衣踌躇。沈妙停下手里的动作，盯着他严厉道："当日你是跟着他一道进内场的，发生了什么没人比你更清楚。就算你只认他一个主子，也不能瞒着我。"

铁衣忙道："不是的，夫人，只是主子的计划这一次属下也不是很清楚。因着与主子商量的是皇上，连墨羽军都未曾动用，但中途似乎出了什么变故，皇上在内场命在旦夕，有人混在禁卫军中伏击，主子为了给皇上挡刀才身负重伤，那刀上淬了毒，有人想要皇上的命……"

沈妙脑子里的猜想大约有了个模糊的轮廓。这场狩猎，其实是永乐帝与卢家的博弈。永乐帝想用自己的性命来扳倒整个卢家，卢家想要趁此机会对付永乐帝，却不知永乐帝下了必死的决心。

但是永乐帝这个玉石俱焚的计划并没有告知谢景行，或者说永乐帝知道谢景行不会同意，难怪谢景行会说计划生变，为了挽救永乐帝，谢景行才受了这么重的伤。

沈妙看着躺在床上的青年，归元丸的效力无法更长久，高阳十日内研究不出解药，又该如何？沈妙蹙眉，指甲渐渐嵌进掌心。

未央宫中，永乐帝狠狠地将手里的折子拂在地上。

显德皇后弯腰将折子捡了起来。

“他卢家胆子够大，心也够野。”帝王面沉如水，“这个时候还在朕面前耀武扬威，朕恨不得扒他的皮、喝他的血！”

“这一次卢家铤而走险，若非景行舍身相护……”显德皇后没有说下去。

闻言，永乐帝眼中闪过一抹痛色，道：“朕倒恨不得朕死了。”

“景行是个重情重义的孩子，皇上明知道他不会同意的。皇上安排好了一切，对景行来说未必就开心，于他来说是枷锁，皇上根本也没有考虑过他的感受。”

永乐帝本就心情不悦，闻言几乎有些震怒了。

“皇上不必生气，眼下景行还未醒，当务之急，埋怨什么，都是其次。”显德皇后提醒道。

永乐帝闭了闭眼，道：“朕知道。朕只有这么一个弟弟。”

“景行的伤势有高阳照料，睿亲王府那头还没传什么消息过来，卢家已经开始动手了。”

“朕知道。”永乐帝唇角微微勾起，“他想对付朕，朕既然没死，就轮到朕来对付他了。兵权？谁都有，卢家活得够久了，这一次，谢渊要是有半点不好，朕要卢家九族上下，皆为之陪葬！”他顿了顿，又一字一顿道，“谢渊要是好了，他们也无活路可逃。”

显德皇后微微颔首，看着外头的天空。六月的皇宫外头，方才还是艳阳高照，这会儿却已经是阴云密布了。

终究是要变天了。

高家府邸上。高阳刚刚回府，就听到一个气势汹汹的声音传来：“高阳，你是大凉陇邺人，却骗我说你是明齐定京人，你不是什么太医，分明是大凉的卫事大臣，你这个骗子！”

罗潭气冲冲地站在门口，一副必须要高阳给个交代的模样。

高阳是回来炼药的，他的药房在自己府邸中，高府和睿亲王府离得也不远，没想到一回来就遇到了罗潭的质问。

罗潭身边的侍女歉意地看着高阳，皇家狩猎那天早上，罗潭溜了出去，恰好瞧见臣子里头走着的高阳。当即回头来问侍女，侍女眼见着是瞒不成了，只得和盘托出。

对于罗潭来说，这便有些无法接受了。高阳是个纯粹的大夫，所以在大凉或者在明齐无所谓，可他明明是大凉的卫事大臣，却在明齐做了太医，这在罗潭的眼中和敌国奸细、探子没什么两样。

高阳此刻正为谢景行的事焦头烂额，便对身边的小厮道："告诉她吧，我先进屋去了，谁也不许进来。"径自走向了药房。

罗潭本来以为高阳会解释，没想到高阳直接无视她进了屋，便道："喂，你这是什么意思，你先跟我说明白，你到底——"

"罗姑娘，"高阳身边的小厮忙阻止她道，"小的跟你说吧，其实现在事情有些棘手，公子今日出门是给人看诊去了，睿亲王府的亲王殿下出了事，正需要公子医治呢。"

罗潭一怔："睿亲王？那不是我妹夫吗？出什么事了？"

小厮抹了把汗："这事就说来话长了……"

另一头，沈妙伏在谢景行床前，眨了眨眼睛，重新坐了起来。

打了会儿盹，精神头好了不少，转头看向床上的男人，仍旧紧闭着双眼，仿佛睡着了。见他这会儿没什么事情，沈妙就安心了，不过总归是七上八下的。

唐叔过来给沈妙送热茶和点心，道："夫人也吃点东西，这样一直照料着主子，也是很累的。"

沈妙道了一声谢，忽而想起了什么，迟疑了一下，问："唐叔，殿下两年前刚到陇邺的时候，也是这样的吗？"

两年前，谢景行之所以回陇邺，还有一个原因，北疆战场上，明齐谢家军里有文惠帝的人马，那些人要取他性命。谢景行躲过了生死，却没有躲过重伤。听闻也是一番生死险境，当时幸好高阳在身边，加上谢景行福大命大，否则只怕没有如今的睿亲王了。

唐叔一怔，怅然道："原来夫人也知道啊。的确，主子第一次回陇邺的时候，也是被人送回来的，当初大夫都说回天乏力，高公子也无可奈何，最后主子却挺了过来，实在是奇迹。"

沈妙垂眸："陇邺想要他命的人可不少。"

唐叔有些惊讶地看了一眼沈妙，摇了摇头，就要退出去。

在唐叔即将退出房门的时候，沈妙叫住他，问：“唐叔，先皇和殿下的关系似乎不大好，这件事你知道吗？”

唐叔脚下一个踉跄，顿了顿，才缓缓开口道：“不瞒夫人，奴才曾是先皇后出阁前府上的侍从。只是夫人若想要知道这些事情，还是等殿下亲自与您说吧。恕老奴无法告知。”他行了一礼，转身离开了屋子。

沈妙按住额心，谷雨匆匆忙忙跑进来，道：“夫人……夫人……”

沈妙皱眉，问：“出什么事了，这样慌张？”

话音未落，就听得外头传来一个熟悉的声音：“小表妹！”

沈妙怔住，见谷雨身后，蓦地冒出一个熟悉的身影，不是罗潭又是谁？罗潭神情焦灼，瞧见沈妙，三步并作两步走了进来，又看了看床上还未醒来的谢景行，喃喃道：“他果然没有骗我……”

沈妙一下站起身，问：“你为何在这里？”

她疾言厉色，罗潭吓了一跳，不由得缩了缩脖子，小声道：“这事就说来话长了……”

等罗潭将自己如何到这里的来龙去脉都告诉了沈妙，沈妙也不由得倒吸一口凉气，不赞同道：“简直胡闹！大凉和明齐相隔甚远，你孤身一人宿在旁人府上，若是出了什么事，舅舅舅母如何？你让我爹娘又如何？”

罗潭自知理亏，小声道：“我知道错了，只是之前一门心思想跟着你们。”随即声音更小道，“我也没有想到高阳是陇邺人啊，他之前还骗我说只是曾经游历至陇邺，在这里恰好也有府邸而已……”

沈妙瞧了一眼低眉顺眼的罗潭，事情都已经发生了，再来责怪埋怨谁都于事无补。

罗潭道：“高阳去药房里给妹夫炼药解毒了，我还以为他是随口胡说，眼下见了妹夫，才知道是真的。”她看向沈妙，“小表妹，妹夫真的伤得很严重吗？”

沈妙点点头：“安宁的归元丸最多只可保他十日安康，十日过后，高阳还不能炼出解药，那就危险了。”

罗潭悚然：“就没有别的办法了吗？”

“我正在想。”沈妙垂眸，“消息已经传到了皇上耳里，皇上正暗中招揽奇医……远水解不了近渴。”

罗潭沉默了一会儿，伸手握住沈妙的手，坚定道：“妹夫如此英才，定然不会有事的，你们会长长久久，我还等着你给我生个小侄子呢。你别挂心了，我陪你一道守。”

谢景行身边离不得人，沈妙便亲自照料他。几乎整日整日在谢景行床边坐着，喂他喝水，无事的时候就拿书在一边看。

罗潭除了夜里回屋去睡以外，旁的时候也跟着沈妙坐在屋里。难得她一个闲不下来的性子，也能在这里待上许久。

时间很快过去了三日，三日以来，谢景行都没醒过，除了高阳在药房闭关炼药以外，永乐帝还派了宫中医术最高的老太医来照看谢景行。因着老太医也在，谢景行的脉象还算平稳。

众人都把希望投向高阳，只盼高阳能在十日以内拿出解药来，否则这回真的是叫天天不应叫地地不灵了。

谁知道到了第四日的时候，谢景行却突然不好起来。

先是脉搏变得极乱极不稳，呼吸也十分急促，脸色更是白得吓人，连水都喂不下去，伤口处竟然也开始溃烂。

老太医来看了看，摇头叹息，说谢景行的毒起先被高阳暂且用针法压着，现在毒已经压不住了，开始向里蔓延。若没有那三粒归元丸，只怕现在就撑不过去。

谢景行伤势突如其来的恶化让众人心中一阵不安，老太医的医术虽然高明，却高明不过高阳，连高阳都无可奈何，他自然更是束手无策，连连摇头之后就回皇宫复命了。

唐叔迟疑了许久，才问沈妙：“夫人，季夫人那头，是不是也要知会一声……”

若是谢景行真的不行了，季夫人必然是要来见上一面的……

“不必。”沈妙斩钉截铁地打断了他的话，“暂时不要。”

一直沉默不语的裴琅道：“不管如何，有些事情还是应当开始考虑的。”

考虑什么，考虑后事吗？

她冷冷地扫了一眼裴琅，那眼神看得裴琅一怔，一颗心不由得慢慢沉了下去。

罗潭早已坐不住，回到高府上去找高阳，却被告知高阳炼药的时候切忌被人打扰，任何人都不能进去。

罗潭怒了：“这也不行，那也不行，说是什么名医，妙手丹心，连个毒都解不出来！”一扭头奔向屋子里，将门猛地一关，自己伏倒在床上默默流起泪来。

罗家人骨子里都爱打抱不平，眼睁睁看着沈妙难过，自己却一点儿忙也帮不上，罗潭觉得自己无能极了。干脆将自己关在屋里，饭也不曾吃，好似这样做，心情就能好过些。

罗潭这样一来，吓坏了高府里的众人。若是几日后公子出来，瞧见罗潭这副模样，必然要心疼，这一心疼，遭殃的就是他们下人了。

下人们一合计，得找个人进去劝慰劝慰罗小姐，找来找去，最后一致推了个人出来，一个叫奔月的小姑娘。

奔月是高阳从恶霸手里救下的，小时候被人贩子拐走的，跟着走南闯北，见识倒是不凡，很有几分市井间的机灵劲儿，一张三寸不烂之舌，高府里但凡有人想不开，找奔月保管没错。

这会子罗潭不高兴，众人就将奔月找来，让她赶紧劝劝罗潭，让罗潭好好吃饭。

罗潭正在屋里坐着默默流泪，见有人推门，进来个扎着两只辫子红头绳的小姑娘，手里提着个食篮，一边将食篮放在桌上，一边打开，从里面端出些菜肴来，菜肴香喷喷的。

罗潭道："你出去吧，我不想吃。"

"小姐莫要累了自己，人若是不吃饭，就容易病倒，小姐要是再病倒了，睿亲王妃得多难受呀。"奔月道。

罗潭摇了摇头："我吃不下。"

"小姐，凡事何必想不开？亲王殿下吉人自有天相，这一次虽然凶险，可最后铁定也会没事。都说大难不死必有后福，想来日后也是洪福齐天。"奔月继续卖力劝慰。

罗潭苦笑："漂亮话谁都会说，若是说几句吉祥话人就能好，天下还要大夫做什么。"

奔月道："小姐，有的说总比没的说好，盼望着亲王殿下好起来总是没错。"

"你说得是不错，"罗潭道，"只是眼下情况危急，要我轻松起来，我也做不到。你也别劝我了，我眼下听不进去，就算我让自己听，可心里，"她指了指胸口，"也做不到。"

奔月第一次有些黔驴技穷了，绞尽脑汁许久，才想到能安慰罗潭的话，道："其实亲王殿下也许并没那么严重，不是还没到十日吗？之前奴婢有个小姐妹，家中有个弟弟，才三岁，得了恶疾，所有人都说活不过三日，当时公子也看过，说那小童三日内必然会夭折，谁知道奴婢的小姐妹运气好，遇着了个高人，说是有办法给小童改命。小姐妹就带着自个儿弟弟去找那高人了，三日后您猜怎么着？"

罗潭不由自主被她的话吸引住了，顺着奔月的话继续问："怎么了？"

奔月一拍巴掌："那小童活了！不仅活得好好的，还比从前更康健了。"

罗潭一怔，追问："怎么会这样？"

奔月道："奴婢们也很奇怪，连公子也说不出个所以然。"

“那对姐弟如今在什么地方？”罗潭问。

“因着好奇的人太多，奴婢的小姐妹觉得烦不胜烦，又适逢出府的年纪到了，就带着弟弟搬离了陇邺，具体去了哪里都不知道。”奔月道，“说起来，当初她还画过那高人住的地方给奴婢，奴婢还给了公子，公子带人去看过，却发现根本没有小姐妹说的屋舍，只有一片荒地，想着那人大约搬走了，或者是小姐妹记错了，到最后都没能和那高人见上一面。”

罗潭沉吟片刻，突然问起：“你可还有那高人处所的地图？”

“有是有。”奔月点头，“这府里几乎人人都有一幅，当初好奇的人太多了，大家都想找那人去给自己改改命，看看能不能换一个大富大贵的前程，可最后都无功而返。”

罗潭问：“那你给我取来。”

“您要这个做什么？”奔月突然想到了什么，失声道，“您不会想要去找那高人吧？都过了好些年了，不知道那人是否还在世。况且公子当初都没能找到，您……”她道，“奴婢并不是想让小姐去找那高人想法子的啊。”奔月心中后悔不迭。

罗潭摇头：“你只管取给我看看，我也并非一定要去找那高人，只是觉得自己坐在这里什么都不做，心里难受得很。不管去不去找，找不找得到，我至少也为妹夫和小表妹尽过力，不是个废人，心里也会好受得多。”

话都说到了这个份上，奔月也没有拒绝的道理，便很快出门，又很快回来，递给罗潭一幅用手帕绣成的地图，赧然道：“奴婢画得不好，也不认得字，就刺绣还行，就照着小姐妹画的绣了一幅，小姐可看看能不能看懂。”

也亏得罗潭自从到了陇邺以来，日日都在外头闲逛，越是偏僻的地方越是感兴趣，才来陇邺不久，却也条条路甚是熟络，一看就跳了起来，道：“这不是西城外头的凤头庄往南吗？”

奔月一愣：“小姐也晓得？”又道，“奴婢那小姐妹当初就说，过了凤头庄以后，一直朝南走，就能瞧见山底的屋舍，可公子带着人去，凤头庄往南分明就是一处断壁，根本没有什么山底，也没有屋舍。”

罗潭盯着那地图，道：“凤头庄离这里不远，快马加鞭一日就能到。”

奔月道：“小姐，你可不能……”

“我去找小表妹。”罗潭道，“你留在这里吧。”

奔月有些担心，可转念一想，罗潭不靠谱，睿亲王妃却靠谱，定不会跟着罗潭瞎胡闹，又放下心来。

睿亲王府中，沈妙瞧着昏迷不醒的谢景行，眉头紧紧蹙了起来。

谢景行的情况越来越不好了，只有六日可以支撑，六日之内，除了祈祷高阳能炼出解药来，真的还有其他法子吗？

正想着，罗潭从外头跑了进来，什么话都没说，只问沈妙："小表妹，你成亲之日我送你的指南针可还在？若是在，能不能借我一用？"

沈妙狐疑地看着她："你要那个做什么？"

罗潭躲闪着她的目光，道："突然想起来，问你借着玩玩。"

沈妙道："你就不用骗我了，说，到底要它做什么。"顿了顿，又道，"你不告诉我实话，便不用想拿到它了。"

罗潭又气又急，牙一咬，心一横，索性将之前奔月的话和盘托出。待说完后，罗潭看着沈妙的神情："我想去找找那位高人，他既然能为一个奴婢的小弟弟改命，未必就不能为妹夫改命。如今也没有旁的办法，找个人，总比没人找好。"

沈妙思量一番，摇头："高阳已经去过一次，比起你现在来，身为医者的他，当初肯定更想弄明白这是怎么一回事，既然高阳都不能找到那个地方，你又如何找得到？"

罗潭道："小表妹，若真是虚头巴脑的东西，我又怎么敢在这关头耽误你的时间？我曾听闻祖父讲，他年轻的时候见过一种奇门遁甲，外头什么都看不出来，可是摆着的一草一木都暗藏玄机，人走进去之后，便会不自觉被眼前的景象迷惑，以为自己走的是直线，殊不知走的却是弯道，来来回回地兜着圈子，怎么也转不出去。早年间还有人以为这是鬼怪之术。"

沈妙皱眉："奇门遁甲？"

罗潭点了点头："只是祖父也说过，那也是他年轻时候见过一次，后来这门手艺渐渐就失传了，到了如今，只怕是没有人见过的。我想着，那位高人既然有能耐为人改命，未必就不会这奇门遁甲。听说，还有特意针对练武之人设的奇门遁甲，武功越高越走不出去，最后活活困死在阵法里。"

"你想说，之所以他们找不到那对姐弟所说的屋舍，是因为有人布置了奇门遁甲。"沈妙摇头，"就如你说的，只是针对练武之人，可高府其他下人也曾去过的，仍旧没有找到。"

见沈妙如此，罗潭有些泄气了，道："说来说去，你就是不信我，不信有人可以救妹夫是不是？"

"我信。"沈妙道。

罗潭一愣。沈妙问她："那指南针是否可以不被其他东西影响，一直指向南边？你所说的凤头庄往南，人的眼睛和感官或许可以被奇门遁甲所影响，指南针却不会，那是工匠的活儿。”

罗潭道：“正是这个道理！这是军队和海上用来指路的东西，可是我方才想到，用在奇门遁甲之术上再好不过了，可是，”她看向沈妙，有些不敢相信地问，“小表妹，你真的愿意相信我，让我去找那位高人吗？”

“我相信你，也相信自己的运气。”沈妙道，“总不能坐以待毙，多条路走总比死守着一条路好，不管结果如何，总要闯一闯，否则就太不甘心了。”她道，“我和你一道去。”

罗潭张了张嘴：“一道去？”

“如果真的有高人在世，那高人既然隐瞒自己的去处，必然有原因。你一人如何说服他？既然他是我的丈夫，我是他的妻子，这件事，我自然没有假他人之手的道理。”

罗潭仿佛第一次认识沈妙，一直以来，沈妙理智沉稳，分析利弊头头是道，她以为永远不会看到沈妙去搏什么，去相信不可能的事，可是这一回沈妙做了。是因为睿亲王吗？

沈妙站起身来：“你跟我一道去，拿上指南针。”又对外头唤来莫擎和从阳二人，“你们跟我去趟凤头庄。铁衣，你照顾好谢景行，等我回来。有什么事铁衣你做主，皇上问起来，罪责我担。”

言罢，拿了外裳就出了门：“备车！”

铁衣几个没想到沈妙竟然会在这个关头想出这么一招，去找一个不知道是否存在的人，这也太过不理智、太过天真了。可沈妙像是铁了心，吩咐唐叔这几日要做什么，就带着罗潭出了门。

因着戴了斗笠也穿了寻常人穿的衣裳，倒没有人认出来。睿亲王府一向善于做这些乔装打扮的事，铁衣虽然有些担心，但沈妙严厉起来的时候，连沈丘都不敢轻易阻拦，更别说这些个下人了。

看着沈妙离开的背影，唐叔问：“这……夫人能找着人吗？”

铁衣摇了摇头：“有心试总比没心理好。”又吩咐其他人，“夫人出府的事情都给我好好瞒着，要是走漏了风声，后果自负！”

马车上，罗潭看着沈妙道：“小表妹，这几日你都未曾休息好，先在马车里歇一歇吧。”沈妙点头。

这一觉睡得分外漫长，沈妙本是午后出发，醒来时，已经是第二日午后快要傍晚了。马车停在一处荒地中，枝杈纵横，几乎将天空都遮蔽了。

莫擎和从阳皱了皱眉，从阳道：“这是什么鬼地方？连个人都没有。”

“听闻以前这里是一处绣庄，绣庄里最善于绣一种凤尾图，只是后来绣庄渐渐没落，这庄子也被人废弃了。”八角解释道。

罗潭道：“地图上绣着的应当有一条小路，这里可没什么路呀。”

众人凑过来一看，果然，地图上凤头庄面前就是一条小路，从小路往里走，就是田地和屋舍。可这里别说是屋舍和田地了，连小路的影子都没看到。

“怎么连一个人都没有。”罗潭道，“会不会是草长了起来，将路也掩盖住了，所以咱们看不到？”

莫擎和从阳看了看周围，摇头：“不至于。”

八角和茴香也瞧了瞧，茴香道：“这林子太大，太阳落山以后，再在林子里走容易迷路，也许有野兽出没，咱们对这里的路也不甚熟络。夫人，您看……”

他们做下人的，当然要保护沈妙的安全。墨羽军善于对付敌人，可大半夜在陌生漆黑的林子行走，并不擅长。

沈妙看了看地图，问罗潭：“奔月所说的，那对姐弟进了凤头庄之后就一直往南走，是吗？”

罗潭道：“是的，可是她也说过，那地图上的南边有条小路，小路恰好就是向南的方向，可是这里没有小路。”

“走吧。”沈妙道。

众人一愣，从阳问：“夫人，咱们去哪儿？”

沈妙示意罗潭将指南针拿出来，道：“往南走。”

“可这里没有什么小路啊。”茴香惊讶极了，“若是一条错的路，岂不是一开头就错了？”

沈妙看了茴香一眼，道：“既然已经到了这里，又分辨不出哪一条是对的哪一条是错的，就都尝试一遍。那对姐弟所言一直向南，总归方向是一样。不管小路在哪里，大不了东南西北四个方向都找上一遍。没有办法的时候，尝试也是一种办法。”她率先拿着指南针往前走去。

众人呆了片刻，罗潭道：“小表妹，你等等我！”

八角笑眯眯道：“咱们也赶快跟上吧。”几人跟了上去。

树林里本就因着枝叶茂密而昏暗无光，太阳落山之后，更是一片漆黑，幸好从阳随身带着火折子，点燃后几人继续在里头前进。

只是这里一路都是同样的树枝，到最后，已然分辨不出前后有什么不一样的景致。

隐隐约约，林中传出几声野兽的嗥叫，莫擎和从阳同时停下脚步，手慢慢搭在腰间的佩剑之上。茴香压低声音，小声道：“是狼的声音，这里竟然有狼。”

“狼怕火光。”沈妙道，“每人手上拿两个火折子，都点燃。要是有狼群在林子里，瞧见这么多火光，也会以为我们有许多人而不敢近前。”

八角圆圆的脸上显出一点惊异的神情：“夫人，您连对付狼群的办法也知道呀。”

沈妙一笑：“曾听人提起过而已。”

当初婉瑜要嫁给匈奴人时，听闻匈奴那头时常有狼群，沈妙心里担忧着，寻了许多驱赶狼群的办法交给婉瑜，只是……可惜了。

沈妙道：“继续往前吧。”

“还往前？”茴香道，“夫人，咱们已经走了好几个时辰了，您没有发现吗？咱们好像在原地打转。再这么下去，就算在这里走上一夜只怕也到不了头。”

从阳也道：“不错，夫人，就算要走，也不能一直没有目的地走，否则咱们就是一错再错了。”

沈妙沉吟片刻，看向罗潭：“指南针的方向一直在向南吗？”

罗潭连忙点头，道：“是的，我们一定没有走错方向，可是……这景象看着确是方才也见过的。”

“分明没有走错路，景象却一模一样，这反而更加奇怪。”沈妙道，“物极反常必为妖，若是走错路，咱们原路返回，必然也会中招，定然是返不回去的。倒不如一直这么走下去。不过你们说得也没错，一直看的都是同样的景物，这些树长得一模一样，难免会误导人，若是真的一样，会让人心中生厌自疑，若是假的，更是混淆视听。”

她从袖中掏出一方手帕，又让罗潭也掏出一方手帕，自个儿将手帕系在眼睛上，道：“这样吧，什么都看不见，只跟着指南针往前走，看看能走到什么地方。我和潭表姐都蒙着眼，八角茴香在前面看指南针，从阳你们在后面，再往前走试试。”

莫擎有些犹豫：“夫人，这样真的能行吗？”

“我知道你们想说什么。”沈妙蒙着眼睛，语气却是毋庸置疑，“我也不知道这样走下去是什么后果，谢景行没有那么多的时间，我们多走一步，就多一分可能。如果连走都不走，那结果似乎也没什么好奇怪的了。”

“对对对，”罗潭也连忙道，“不管怎么样得先试一试呀，嘴上说了千百次有什么用，倒不如自己做起来实用。”

莫擎默默地跟在沈妙背后朝前走去，茴香几个顿了顿，终于没再说什么，也继续跟了上去。

凤头庄发生的这些事情，陇邺城里的人不知道。

卢府里，卢婉儿同卢夫人撒娇道："娘，我想去看看亲王殿下，都不知道他伤得怎么样了？要是伤得严重可怎么办？"

卢夫人安抚她："若真是严重，定然会四下里寻找大夫的，现在亲王府一点儿风声都没有，想来是没事的。你过去凑什么热闹。"

"可我心里不安得很。"卢婉儿道，"都怪那个沈妙，简直是灾星，她刚嫁过来，亲王殿下就出了这么大的事儿，她就是克夫嘛！得早点将她休了才行，要是一直跟她缠在一处，亲王殿下指不定还会出什么事儿呢。"

卢夫人笑着道："是是是。不过你眼下可不能过去，等睿亲王身子好些了，让你大姐想个法子让你们见一面，现在可不能添麻烦。"

卢婉儿不悦道："娘可不要骗我。"

等卢婉儿走后，卢夫人面上的笑容才沉了下来，吩咐一边的丫鬟道："好好看着小姐，这几日不要让她出门。若是坏了老爷的事，我拿你们是问！"

丫鬟们连连低头应了。

另一头，丞相府中，叶夫人与叶老爷也正说着此事。

叶夫人正与叶老爷下棋。叶茂才和卢正淳生得完全不一样，卢正淳是典型的武夫，凶神恶煞的模样连小儿都能吓哭。叶茂春却面白无须，瞧着也和气，不晓得的，却以为是哪家文绉绉的读书人。

叶夫人落下一子，笑盈盈道："睿亲王府如个铁桶一般，眼下都无什么消息传来，不晓得睿亲王如今是什么模样。我这吃也吃不好，睡也睡不好，真是烦恼极了。"

"夫人不是心里已经有了计较，怎么还会为此烦恼？"叶茂春笑笑，跟着落下一子。

叶夫人嗔怪地看了他一眼："没有消息就是坏消息。睿亲王那样逞强的人，但凡是能见人，总要出来的。迟迟未露踪影，大约也是因为不能。"

叶茂春笑："或许是为了迷惑旁人也说不定。"

"老爷这是小看妾身，哄妾身玩儿呢。"叶夫人道，"肯定不是骗人的。"

"哦，这是为何？"

叶夫人看着棋盘，道："睿亲王府那头不清楚，可皇上没有掩饰，眼下不是已经开始着手对付卢家了吗？瞧着皇上下手那样重，想来睿王伤得不轻。"

叶茂春哈哈大笑："原来夫人看得如此透彻，我倒是愧疚了。那夫人不妨也来猜一猜，看我是怎么打算的？”

叶夫人低头笑，道：“这就难说了，得看睿王是个什么结果。”

见叶茂春不否认，叶夫人自觉说对了，更是娓娓道来：“皇上和卢家暗中博弈了这么多年，这些日子又想拉拢咱们叶家，可咱们又不傻。鹬蚌相争渔翁得利，就让皇上和卢家斗去吧。之前睿王还在，所以我们乐得和皇上交好，睿王这一次若是逃不过……仅凭一个皇上，这天下终究还是要被卢家掌控啊。”

“一个睿王而已，哪里就有你说的那般神奇。”叶茂春淡淡一笑。

“睿王可是个厉害人，”叶夫人也笑，“老爷不也这么觉得吗？”

叶茂春执棋的动作一顿，意味深长地看着叶夫人，道：“夫人以为，睿王这一次可否逃过一劫？”

叶夫人想了许久，才吐出四个字：“在劫难逃。”叶茂春看着她。

“老爷可还记得两年前睿王刚回陇邺，也受了重伤，皇上瞒得了别人却没有瞒过咱们。当时以为睿王必然回天乏力，他却活了过来，更凭着一己之力将朝廷里的局都打乱。”叶夫人一笑，“人不可能有两次好运气，上一次是老天爷庇佑他，这一次，又有谁能来庇佑他？睿王注定没有前程，逃过了两年前，逃不过两年后。”

“是吗？”叶茂春紧跟着叶夫人落下一子，道，“我却与你想的恰恰相反。两年前睿王药石无灵，最后却大难不死，人的命运大约一开始就注定了的，睿王注定有前程，逃过了两年前，自然也能逃过两年后。”

叶夫人闻言也没有生气，只道：“那咱们就拭目以待吧。”

叶茂春也笑，落下最后一子，道：“夫人好似输了。”

叶夫人一瞧，果真如此，撒娇道：“老爷趁妾身说话的时候下棋可不厚道，再来一局。”

叶茂春却笑着摇了摇头，道：“改日吧，今日要考验鸿光的功课，时辰也该差不多了。”

叶夫人连忙道：“那老爷先走吧，鸿光的功课要紧。”

叶茂春起身离开了，叶夫人瞧着叶老爷离开的背影，面色渐渐冷了下来，道：“不过是个瘸子，学富五车又怎么样，还不是只能一辈子窝在府里！”到底觉得愤然难平，将桌上的棋子呼啦一下扫到地上。

屋里伺候着的丫鬟一动也不敢动，谁都知道叶夫人最不喜的就是那位叶少爷，叶鸿光，就是那位小妾生的、长养在叶夫人名下不良于行的嫡子，叶家唯一的子嗣。

日头透过树枝的缝隙落在土地上，碎银一般终于驱赶了阴霾，虽然只是一点点，却也足够令人欣慰了。

茴香和八角停下脚步，转头也扶住眼上还缠着布条的沈妙和罗潭二人，对沈妙道：“夫人，天已经亮了。”

若非亲眼所见，茴香几人却是怎么都不能想到沈妙一个千金小姐，竟然能在这样荒无人烟的树林里和他们一道摸黑走了一夜。

“我们走了多远？”沈妙问。

“回夫人。”从阳道，“走了一夜，已经走了很远，不过按照沿途留下的记号没有看到第二次来看，应当是没有走回头路。”又道，“蒙上眼睛的办法果然好使，看来之前咱们是被自己的眼睛给骗了。”

“可是这树林还是长得一模一样啊。”罗潭有气无力道。

“继续走吧。”沈妙道，“都走了这么远，总能走到尽头的。”

茴香愣了一下，这回却没说什么了，昨夜里，他们也试图阻止过沈妙几次，结果被沈妙厉声斥责了几句。茴香和从阳心里纳闷，这夫人看起来温和稳重好说话，一旦正经地发起火来，怎么就那么吓人呢?

几人继续跟在沈妙身后走，罗潭有些萎靡，努力瞪大双眼，试图找些事情来分散自己的注意力。

这么一分散，就察觉到些不同寻常来，她拉住沈妙：“哎？这儿有花儿，方才这一路上可没见着有什么花儿。”

众人一愣，跟过来看，果见树丛掩映中，有细细的小花，不留意去看根本见不到。

莫擎突然皱眉：“好像有鸡叫的声音。”

茴香八角和从阳武功高，都竖起耳朵听了一听，最后道：“不错。”

“这里怎么会有鸡叫？”沈妙沉吟着，“难道前面有屋舍人家？别看了，走吧，既然有声音，出口应该就在不远处，我们很快就能走出这片林子了。”

众人一听能走出这片树林，皆是斗志昂扬，立刻重整旗鼓出发。这一回运气是不错，走了半炷香的时间后，树枝的缝隙越来越大，日光照进来得越多，人就越觉得舒心。

“看来真是要走出去了。”罗潭的睡意一扫而光，“咱们快些走！”话音未落，便瞧见树林到了尽头，有一条小路，众人面面相觑，沈妙率先走了进去。

沿着小路走到尽头，正是一方田园，虽是田园，也种着花草蔬菜，却显得十分杂乱，像是有人种的，却又没有好好打理，任其自然生长，结果就长成了乱七八糟的样子。

在这后面，还有一方屋舍。屋舍是用茅草堆出来的，摇摇欲坠。众人往前走，八角先跑了进去，然后摇头出来，道：“夫人，里面没人。”

没人？罗潭失望：“怎么会没人呢？”

沈妙道：“花草犹在，不像是没人，在这里等吧，总会出现的。”话音未落，就听得一个破锣嗓子响起：“哟，贵客来了，有失远迎，有失远迎啊。”

众人一齐回头，沈妙看清那人面貌，忍不住一怔，失声道：“是你。”

八角问：“夫人……认识吗？”

那笑眯眯的穿着一身破破烂烂道士衣裳而来的中年男人，正是当初在明齐普陀寺，收了她一颗金花生，算她“凤命虽好，囚困一生”的怪道士！

这道士竟然千里迢迢来到了大凉的陇邺？

沈妙道：“道长……”

怪道士看着她，捋了捋胡子，摇头晃脑道：“贫道道号赤焰，夫人是为了救人而来的吧，贫道已经等你很久了。”

罗潭一怔，问：“赤焰道长，您早就知道我们会来找你？”

赤焰道长得意一笑，抖了抖腰间的签筒，签筒发出噼里啪啦的声音，道：“贫道也给自己算了一卦。”

沈妙想，这道士怪里怪气，却好像有些真本事，譬如当初在普陀寺说的话，很有几分道理。若他就是那所谓的高人，似乎也并不意外。她道：“我夫君身负重伤，闻言道长可以逆天改命，因此特意寻来，还请道长救我夫君一命，事成之后，必有重谢。”

茴香几人都站在沈妙身后，他们听闻沈妙方才的话，似乎是与这怪道士认识，心中虽惊疑，却不好在此刻询问。这会儿听沈妙说话，又疑心她是不是有些魔怔了，“逆天改命”太过玄乎，这道士怎么看都是一个吃五谷杂粮长大的寻常人，沈妙莫不是被骗了？

沈妙却晓得，既然看得出她活了两世，看得出她前生做了皇后，这个怪道士大抵也不是胡说八道。

听闻沈妙的话，怪道士笑着摇了摇头，走得近了，众人才看清楚，他背上背着个鱼竿，手里提着个鱼篓，看样子是去钓鱼了。

那道士把鱼篓靠着门放好，才直起腰深深看了沈妙一眼，道：“天机不可泄露，贫道连天机都无法泄露给夫人，又怎么敢逆天改命呢？”

“可是你都救了奔月的朋友，那个小弟弟啊。”罗潭不解，“那样不也算是逆天改命吗？”

"那是因为小儿命不该绝，上天注定要他遇上我，也注定我救他一命。"赤焰道长道。

沈妙眉头微微一皱："那么敢问道长，道长与我的缘分，注定又是什么？"

道士嘿嘿一笑："天机不可泄露。"

左一个天机不可泄露，右一个天机不可泄露，又是在这样的紧要关头，饶是沈妙能忍，此刻也有火气上头，怒道："方外之人，行的又不是丧尽天良之事，如今好人蒙受奸人所害，坏人反倒得意扬扬。还真是杀人放火金腰带，修桥补路无尸骸。这算什么天道？行的又是哪门子正义？道长还推行如此，倒是让我大开眼界，也以为可笑至极。"

赤焰道长劈头盖脸挨了顿骂，非但没有生气，反而哈哈大笑，拊掌道："果真和那条凶龙待久了，你也变得如此凶悍，甚好！"

罗潭小声嘟囔："有病吧，被人骂还这么高兴……"

赤焰道长开口："你说得没错，天道本来就不公，不过世间人管人间事，天道主宰运道，却主宰不了命道。"他微微一笑，"虽然天道没有注定我为他改命，他的命格本就太贵，我也改变不了，可是天道注定你我在此相逢，也注定贫道要赠你一场缘分。"

众人听得云里雾里，只听那道士说："你真的很想救他？"

"不错。"

道士又笑了："你既然这样想救他，就跟我来吧。"说罢转身，作势要往前走。

沈妙毫不犹豫地立刻跟上，茴香几个也连忙启程。赤焰道长却忽然又回头，看着茴香他们道："你们不能跟上。"

"为何？"从阳面有怒容。

"前面有我师父布置的奇门遁甲，世上无人能解，包括我。此行只有一道生门，其他皆是死门，本就是针对有武艺之人，武功越高，死得越快。这位夫人没有武功，能与我一道前行。其余人……"他摇头，"进则死。"

"可我们凭什么相信你不会谋害夫人？"茴香道，"不让我们跟着，我们怎么知道你会将夫人带去哪儿？"

赤焰道长两手一摊，活像个无赖："若是不信，贫道就不去了，你们领着这位夫人赶紧回去吧。"

直把茴香气得差点吐血。

沈妙道："你们在这里等我就是了，我和道长一同过去。"

"夫人。"八角很是不赞同。

“那个……”罗潭却是小心翼翼开了口，道，“我说，我能不能去，我虽然有武功，可是武功不高，应当不会怎么影响吧。”

赤焰道长这才瞧见罗潭，上上下下将她打量一番，道：“还行，差不多也是没有武功，行了，你也跟我一道来吧。”

罗潭：“……”

什么叫差不多也是没有武功，她只是武功差一点，比不得睿亲王府这些自小练到大的练家子，但也不是没有好吗！

不过比起茴香他们来，至少她还能跟沈妙一道过去。罗潭道：“小表妹，我陪着你，若是有什么事情，也好有个照应。”

沈妙想了想，就点了点头。

茴香几个见沈妙打定主意，知道劝解是不可能的，又见罗潭也跟了上去，便嘱咐了罗潭一番，还把墨羽军用来传信的信号烟花给了罗潭，说若是有什么事，就捏爆烟花，他们自然会想法子冲上来。

赤焰道长不耐烦了，道：“还不快走，等天黑了，贫道可帮不了你们了。”

沈妙道：“现在出发吧。”

赤焰道长带着沈妙和罗潭二人走的路十分古怪，有时候眼见着似乎是绝路，又能被他挖掘出一道新的路来。

罗潭看得啧啧称奇，问：“道长，这地方您经常走吗？”

“贫道自小住在这里，”赤焰道长得意地摸了摸胡子，“这些树，许多都是贫道当初栽下的。”

罗潭点头：“看来您是地道的大凉人了，怎么之前听说……您和小表妹见过一面？”

赤焰道长意味深长地看了沈妙一眼：“贫道与这位夫人有两支签的缘分，不管在哪里，必然遇见。”

罗潭挠了挠脑袋，听不明白，沈妙却若有所思，总觉得这道士知道的似乎比她想象的还要多。等这一回谢景行的事情过去之后，能不能再认真地向他问一问自己前生的事情呢？

她心里刚刚冒出这个念头，赤焰道长就笑道：“夫人想要救人，又想要问话，二者只能选其一，不可兼得。”

沈妙心中一个激灵，道士似乎能将她的念头看穿。只听得赤焰道长问：“夫人心中可有了决定？”

沈妙淡淡道：“答案可以想法子自己去寻，可是救人一事，只得劳烦道长。秘密怎能和性命相提并论，还请道长救人为先。”

怪道士又是哈哈大笑：“夫人忒不诚实，说什么秘密和性命，倒不如说，你将他看得比自己还重要，所以为了他而舍弃自己追寻的东西。”他神秘兮兮地一笑，“夫人的戾气，也因此而消散了不少呢。”

沈妙微微皱眉。那道士随手捡了根柳树枝条，像个孩童，嘴里哼着不知名的曲调，摇摇晃晃地继续往前走。她只得跟上。

道士走了许久，天色渐渐暗下来，日头微弱的时候，道士突然停下脚步，道：“到了。”

罗潭和沈妙上前两步，只见出现在面前的，是一座巨大的山谷，谷里花草芬芳，六月盛夏，夕阳洒下遍地金霞，五彩流光的模样，仿佛人间仙境。

“这里好漂亮！”罗潭惊叹道。

赤焰道长看向沈妙：“夫人发现了什么没有？”

沈妙犹豫了一下，道：“是药草？”

赤焰道长哈哈一笑：“正是。虽然我救不了你的夫君，改不了他的命格，不过我师父有一片药谷，里头有一株药草可以解百毒，而这株药草正可以救你夫君的性命。”沈妙并未告诉过赤焰道长谢景行的伤势，赤焰道长却一语就道出谢景行中了毒。

她道：“还求道长将那可解百毒的药材给我，救我夫君一条性命。”

赤焰笑了：“这株药草是我太太太太太师父留下来的，一直在这药谷里放着，留到现在，世上只有这么一株。寻常人吃了，延年益寿，中毒的人吃了，自然能药到病除……这株药草如此珍贵，我怎么能白白给你？”

“您是慈悲为怀的道长啊。”罗潭道，“若是要金银，我小表妹也是出得起的。你想要什么来交换？”

沈妙也道：“但凡是我力所能及的，绝对会为道长去做。”

“若我要夫人以自己的性命来交换呢？”赤焰狡黠道。

沈妙一怔，还没等她开口，罗潭就道：“你这人也太欺负人了，哪有这样做条件的！”

赤焰摆了摆手：“出家人慈悲为怀，我是道士，自然也不会做这种杀人放火的勾当。不过是玩笑话罢了，我有一个问题需要问夫人。”他看向一时怔住的沈妙，“夫人可否为贫道解惑？”

沈妙看向道士：“道长请说。”

“你看，”道长蹲下身去，指着草丛间的一株小花道，“这红袖草是可以治咳疾的灵药。不过这些日子都不怎么开花，夫人看这是什么缘故？”

沈妙跟着蹲下去，细细一瞧，见那花苞之上密密麻麻地蠕动着一些黑点，就道：“大约是生了虫子。”

“贫道也是这样想的。”赤焰一脸苦恼，“可红袖草最是娇贵，不能以药物驱虫，却最招虫，要想除掉这些虫子，只得自己用手一点点将它拈出来，动作还得轻柔，否则就会伤了花瓣。”

罗潭道：“原是如此，可这和我们有什么关系？”

赤焰道长站起身来，看着沈妙也站起身，才笑道：“贫道是男子，动作粗鲁，平日也不甚细心，自己挑不清楚，而且不小心就会损伤花瓣。这些都是很难得的灵药，珍贵得很，所以想请夫人替我挑干净上头的虫子。”

罗潭瞪大眼睛，敢情这道士让沈妙过来，是将沈妙当花农药童了？

沈妙问：“将这些虫子都挑干净之后，道长就会将那株解百毒的药草给我吗？”赤焰点了点头。

“好，我做。”

罗潭不说话了，就当一会儿花农能赚一株药材，似乎也不亏。

赤焰却摇了摇头，领着沈妙和罗潭往前走了几步，道：“是这里的红袖草。”

两人一看，却是有些呆住了。那是一大片药材的园地，几乎有大户人家的所有农田加起来那么多，而且整个田地里的药材不是整整齐齐地长着，一些红袖草，一些别的草，胡乱长在一起，茂密无比，便是要找出那些红袖草也要费上许多工夫，更何况这么多红袖草，要挑干净其中的虫子，不知要挑到何年何月去了。

“你是在故意耍弄我们不成？”罗潭跳起来，“这些东西，一个人如何挑得完？”

赤焰只是笑眯眯地看向沈妙：“夫人也觉得，一个人挑不完，一个人做不到吗？”

沈妙只是深深看着他，道：“做完了这些，道长真的会将药草给我？”

“小表妹！”罗潭急了，“他分明就是在捉弄你，若是有心救人，怎么会提出这样根本不可能完成的任务？”

赤焰道：“小姑娘这话可就说错了。世上有得必有失，有失必有得，想要什么，就要付出相应的代价。这位夫人想要我的药材，就要为我除去其他药草上的虫子，这是一件很公平的事情，况且能不能完成，不是这位夫人说了算吗？”

他道：“将这些红袖草花苞花茎上的虫子挑干净，再替我这漫山的药材施一遍肥料，我就将药草送与你。”他又一扬拂尘，“可不能糊弄了事，贫道最后可是要检查的，若是有半分敷衍，那药草也就不会给你了。还有，”又看向罗潭，“这位姑娘却是不能来帮忙的。夫人，你能做到吗？”

“我能做到，也希望道长遵守诺言。”说完这句话，沈妙就跳到了那片药丛里，弯下腰，开始认真地挑起虫子来。

堂堂亲王妃，却在这里给一个山野村夫当花农药童，挑虫子，还……施肥……罗潭实在无法想象，定京里的沈信和沈丘晓得了，定然要勃然大怒。罗潭咬牙想要过去帮忙，却被沈妙厉声喝住，道：“站住！如果不希望我恨你，就不要下来。”

她疾言厉色，罗潭眼圈却红了，心里堵得慌，大喊：“这怪道士分明就是在唬你玩儿呢，值得吗？”

“我没为他做过什么。”沈妙头也不抬地认真打理着花草，“有一丝可能，就做吧。”又道，“你若真心为我着想，就替我寻个或是自己做个灯笼，晚些天黑了瞧不见，我也好有点亮光。”

罗潭深深吸了口气，一转眼却见赤焰道长微笑着扬着拂尘往另一头走了，便赶紧跟上，道：“怪道士，你先听我说……”

沈妙蹲在花丛中，并未觉得挑虫施肥给人做花农有什么不堪，如果赤焰最后谨守诺言，那么她吃苦也是值得的。只是这满满一山谷的红袖草，真的不知道要弄到几时。

等罗潭送来灯笼，天已经全黑了。山夜里有清凉的风，有璀璨的星，有月亮，有蝉鸣，沈妙却无心欣赏。她在夜里打着灯笼，一株一株药草地摸过去，提着沉重的担子踉跄行走，有蚊蝇在身边，娇嫩的皮肤被叮出红肿的包，手也被刺扎伤，整整一夜没有休息过。罗潭看得直掉眼泪，偏偏又不能帮忙，在心里把赤焰骂了个狗血淋头。

到底是到了第二日午后。

沈妙抹了把额上的汗，将空了的担子放好，让赤焰道长去看。赤焰道长却笑了：“不必看了，你做得很好。”又从自己贴身行囊里摸出一个匣子，递给沈妙。

沈妙打开一看，果然见里头躺了一株药草。

“这就那株药草。”赤焰道长笑笑，“你替我将满山的红袖草治好，我也用这个治好你夫君的伤情。谨守诺言。”

罗潭怒道：“你这是赚了！”

“夫人的坚持让贫道刮目相看，希望日后无论遇到什么事情，夫人都能想想今日的真心，倘若夫人有半点侥幸，这虫子都不会被驱逐干净，这药草，也不会在夫人手中。”

“多谢道长相赠。”沈妙急着要赶回去，接到药草的一瞬间，浑身涌上深深的乏力。

“多谢道长相赠。”罗潭不满，“也希望道长日后的红袖草不要生虫子了，今后可没有人如我小表妹这么好心，一人给你干了满山的活儿，便是那些药农，也不会尽心尽力一夜就做好的。”

赤焰道长哈哈大笑：“那可说不准，我和夫人有三面之缘，这才两面，终还是有一面的。”

罗潭撇嘴：“谁想见。”拉着沈妙道，“我扶着你，咱们下山吧。”

赤焰道长跟在背后，瞧着二人的背影，目光落在沈妙略显蹒跚的脚步上，眼中闪过一丝复杂。半晌之后，他摇了摇头，吐出两个字：“徒劳。”

第十三章 前生宿敌

沈妙和罗潭二人回到了最初的茅草屋前，茴香和八角站在槐树下眺望，从阳和莫擎坐在树下抱着剑。

茴香突然道："来了！"八角赶紧迎上去，便见怪道士身后跟着罗潭和沈妙二人往这头走来，罗潭还好，沈妙却浑身上下皆是泥土，头发蓬乱，还有些异味。

茴香和八角对视一眼，八角问："夫人，您这是……"

沈妙道："走吧。"

赤焰道长却道："你们既是赶着时间走，倒不必走来时的路。"他带着几人兜兜转转，到了一方，赫然出现一望无际的田园，纵横交错有一条清晰的小路。

奔月曾说，那对姐弟走的路有田地、有小路，倒是与眼前的不谋而合。

赤焰道："你们顺着这条路一直往前走，就能走到出口去。"又看向沈妙，笑道，"贫道曾与夫人说过，夫人会有一劫。"

沈妙平静地看着他："道长是想说，现在那劫数要出现了吗？"

"劫数乃应天命而生，天机不可泄露。"道士神秘一笑，"不过，过不了多久，贫道与夫人还会再见面。到时候，希望夫人也能如昨夜一般，挑干净红袖草上的虫，到那时，劫数才有解脱的生机。"

他这话说得不清不楚，其他人听得一头雾水，沈妙也不明白。只是眼下却没有太多的时间在这里逗留，今日已经是第六日了。

同赤焰道过别，沈妙几人就走上了田间小路。等要上马车的时候，茴香还是忍不住道："夫人，那道士究竟让您做了什么？"

沈妙道："没什么事，先回去要紧。"率先上了马车。

马车上，罗潭问沈妙："小表妹，你为什么都不说呢？"

在罗潭看来，一个千金小姐纡尊降贵做药农，一做就是一整夜，也不是人人都能做到的。沈妙吃了苦却不告诉别人，这有什么好处？

"做这些又不是拿出去给人炫耀的。"沈妙道，"况且传了出去，反倒折损睿亲王府的脸面。这件事到此为止，你也不要告诉旁人。"

罗潭问："睿亲王也不能知道吗？"沈妙点头。

罗潭道："我知道了。"又对沈妙道，"你先休息会儿。"沈妙点点头，靠着马车背后闭了眼睛。

这一觉睡得却是很短暂，没过多久，沈妙便被人摇醒，睁眼一看，八角看着她道："夫人，罗小姐，回府了。"

罗潭也醒过来，二人跳下马车，已经是第二日清晨，太阳高悬了。沈妙揉了揉额心，看到睿亲王府的大门竟然无人守卫，心中就是一凉。

亲王府一向戒备森严，这会儿连人都不在，莫非是……出事了？

莫擎道："夫人，先进去看看吧。"

等走到亲王府里面时，发现人空落落的，沈妙步子走得急，没提防差点撞到一人身上，那人吓了一跳，回头一看沈妙却愣住："夫人，您回来了！"

这人是唐叔。

沈妙急忙问："发生什么事了？府里怎么一个人都没有？"

"夫人，您怎么现在才回来？主子命悬一线的消息不知怎么被传了出去，这些日子好些人都在明里暗里试探，府里要帮着隐瞒，朝廷那头的人又来打探，真是乱成一团！季夫人来打听了几次您的行踪，还有皇上那头。"

罗潭道："小表妹也是在帮妹夫找那救命的高人，说起来我们已经拿到——"

"对了！"唐叔一拍脑袋，"忘记告诉您个好消息，主子醒了！"

沈妙和罗潭一同愣住，沈妙问："醒了？"

"是啊！"唐叔道，"夫人有所不知，夫人走的当晚，主子的伤口突然裂开，毒性怎么也收不住，宫里头的太医都说，归元丸都保不住主子的命了。将高公子也找过来，高公子也没有办法，都说过不了两日，主子眼看着就不好了。"

罗潭忍不住问："然后呢？"

"主子快要不行的消息传了出去，季夫人心里着急，眼看全陇邺都知道了，索性在外头贴了一张榜，请求路过医者谁能治好主子的病，必会重金酬谢。恰好有人揭了这张榜，请进来，给了主子药草，高公子将药草炼成药丸给主子用了，主子伤口渐渐好了起来，今儿凌晨的时候还醒了一回。高公子和宫里的太医都看过，主子的伤势已经在渐渐恢复，毒也解了。”

唐叔一口气说完，感叹道：“都说主子命不该绝，两年前旁人也说主子不行了，主子偏挺了过来。如今又是如此，定是先皇后娘娘在天上保佑着主子。”

沈妙听闻谢景行的毒已经解了，才真的松了口气。八角几个也拍着胸口，一颗悬着的心才放回肚子里。

罗潭瞧着沈妙，心想沈妙好不容易才从那苛刻的怪道士手里求得了这株药草，如今却是派不上用场了。

唐叔又道：“主子刚醒来的时候还问起过夫人，夫人不许老奴将此事说出去，这些日子夫人又迟迟不归，老奴怕出事，也怕主子心里胡思乱想，反倒让伤势加重，便隐瞒了下来。”

沈妙道：“你做得很好。”她并不想让旁人知道她去找赤焰一事，一是怕被别人钻了空子；二来，人若是对某件事做得太过上心，这件事就会成为这个人明显的弱点。如果有一日别人想要对付沈妙，只需要在谢景行身上下手就行了，而沈妙并不想过早暴露自己的弱点。

“我先去看看他吧。”沈妙道。

“夫人。”唐叔阻止她，“主子才服了高公子煎下的药，这会儿已经休息了。夫人去反倒是不好。”

沈妙沉吟，又看向唐叔：“府门口为何连守卫的人都没有？这样乱，看着也没多少人，这是怎么回事？”

唐叔惭愧道：“老奴竟然忘了将此事告知夫人，虽然主子得救了，可季夫人和季少爷怎么也放心不下，这几日一直都在府里住着。老奴瞒着他们夫人的去处，只说夫人去寻大夫帮忙了。倒是那救了主子一命的人，也算主子的恩人，老奴就将他们安置在府中，今日主子醒了，季夫人他们也去看了。那恩人如今就在府上大厅里坐着，季夫人和季少爷他们都在大厅里，说是要好好酬谢人家。不过恩人不是贪慕权势之人，之前想送恩人万贯金银都不要。”

“那他要什么？”罗潭问，“不是揭了榜吗？若不是为了求得东西，为何又要揭榜？”

唐叔笑道：“老奴心里也疑惑着，季夫人问过恩人，恩人说当日偶然路过，恰好见着这张榜，想起恩人自祖上传下来一株灵草，可以解百毒。这药草能救人一命，也没多想，就揭了榜来到咱们府上。”

罗潭耸耸肩："那倒是高风亮节，我可做不到这般，祖上传下来的东西，到底要好好掂量掂量，去救素昧平生的陌生人……实在需要气魄。"

唐叔也笑："的确如此。"然后看着沈妙道，"季夫人也正因此事头疼，老奴也拿不定主意，不过既然夫人回来了就好，夫人来瞧瞧，究竟要赠恩人什么才好。"

"既然是救命恩人，我便先去见上一面吧。"沈妙垂眸，"现在是在正厅吗？"

"正是。"唐叔道，"老奴正要过去，正好，夫人也一道过去吧。"沈妙点头，罗潭也赶紧跟上。

一路上，唐叔想起来道："那两位恩人也是刚到陇邺，对陇邺都不甚熟悉，说是来寻亲的。季夫人想着，过些日子就替他二人张罗一下，咱们亲王府也可出一份力。"

"两位恩人？"沈妙问，"怎么有两位？"

"那是一对姐弟。"唐叔笑着道，"年纪大约也就和夫人差不多，生得很出挑。"

罗潭好奇："这样说来，这对姐弟倒是极好的人了。"

"大约是吧。"唐叔笑道，"不管怎么说，能救主子一命，对亲王府来说，都会是终生的座上宾了。"

正说着，已经走到了正厅门口，一踏进门，屋中央坐着季夫人和季大人。季大人正侧头和季夫人说话，见唐叔身后跟着的沈妙，季夫人噌的一下站起来，快步走上前来："娇娘，你可算回来了！"

厅里还有一些夫人，却是沈妙没见过的。沈妙有些疑惑，季夫人低声道："这些是来看望景行的夫人……白日里不好打发回去，只得让她们在这里坐着了。"

沈妙了然，谢景行在陇邺的地位微妙，他的生死，关乎朝廷中许多人的生死利益。那些个朝臣让自己的夫人打着来安慰季夫人的名头过来看人，安慰是名，眼见着谢景行的伤势是真。

季夫人道："这些日子你去了哪里？唐管家说你去寻大夫了，可怎么也找不到你。"话末，又带了小小埋怨，"我知你心急去找大夫，可无论如何，都该陪伴在夫君身边。你如今是睿亲王府的王妃，做事且想一想前因后果，许多双眼睛盯着呢。"

季夫人才说完，厅中一位妇人就看着沈妙笑道："亲王妃可算来了，这几日咱们来探病，却没有瞧见亲王妃。眼下见着亲王妃没事，我们也就放心了。"这话明里暗里却都是在说沈妙这个睿亲王妃当得实在算不得称职。

季夫人面色有些不好看，沈妙微微一笑，不咸不淡地侧身道："家中混乱，劳夫人牵挂了。"

她这么一侧身，另一个夫人便惊叫道："睿亲王妃，您这是怎么啦？衣裳怎么弄得脏兮兮的，莫不是摔了一跤？"接着又猛地捂住了鼻子，露出一副极其难受的模样。

季夫人和季大人一愣，唐叔也一愣，厅中众人的目光唰的一下全都集中在沈妙身上，这才发现，沈妙的衣裳上沾满了泥土和灰尘，脏污不堪，仔细去看，头发似乎也有些乱，虽然已经整理过，总有些狼狈，而浑身散发出若有若无的异味，却像是……像是肥料的味道。

罗潭在背后听得火冒三丈，偏偏沈妙又警告过她，此事不能说出去。

一片窃窃私语中，沈妙神情反倒最淡然，并不觉得有什么不妥。总归日后又不会坐在一起喝茶。

季夫人正想说几句话打圆场，突然听见自外厅传来男子的笑声，道："李兄实在是高才，这九连环我解不开，你却短短半炷香的工夫都不到就解开了，除了我三哥，还没人比你这动作更快呢。"正是季羽书的声音。

紧接着，另一个声音响起，似乎是年轻男子，十分清澈，却又有几分低哑，合在一起，便显得有些特别。那人道："季兄承让，在下万万不敢与亲王殿下相提并论。"

沈妙心中一动，不由自主地，一颗心紧紧揪成一团，那清澈低哑的声音十分熟悉，可是她却想不起来到底是谁，然而灵魂在这一刻似乎微微蜷缩。她低头去看自己的手，袖子很长，只露出指尖，然而那白嫩的因着前夜忙碌了一夜而显出几道血痕的指尖，此刻在猛烈颤抖着。

下一刻，季羽书的声音响起："莫要这样说，等我三哥醒了，定要你二人比试一番，三哥最喜欢聪明之人，你若去了，三哥一定很欣赏。"

那正厅的帘子被人一掀，从里头走出两个人来，季羽书走在最前面，突然瞧见沈妙，便是一愣，随即不顾诸位夫人在场，三步并作两步走上前来，问："嫂嫂！"又低声道，"你回来了！这些日子你不在，我问铁衣也不肯告诉我，你究竟去了哪里？"

沈妙没有回答他的话，目光死死地盯着季羽书身后的人。那是一个年轻男子，二十出头的模样，五官生得平淡，浑身上下却散发着一种聪明人的气息。他穿着松香色的长袍，青布靴，一双眼睛仿佛夏日日头，热烈微醺，却又带着一种隐隐的狂热。

沈妙险些站不稳，罗潭手疾眼快地在身后扶了她一把，还以为她是前天夜里太累，这会儿支持不住了。

季夫人就道："这位就是救了景行的恩人之一，李公子。"

年轻男子对着沈妙行礼，笑道：“在下……”

“李恪！”沈妙在心里喊道。她永远也忘不了这个名字，永远也忘不了这双看似热烈纯稚的眼睛！这个在短短几年间成长为傅修宜左膀右臂、几乎可以与裴琅分庭抗礼的臣子，这个楣夫人的亲生兄弟，李恪！

她怎么也没想到，那漫长的一生过去后，在今生她竟还能与面前的男人再见，却是在这陌生的国土，在她的府邸，在一屋子人面前，李恪就这么堂而皇之地出现在了她面前！

她的脸色蓦地发白，一边是理智提醒着自己不能冲动，一边却恨不得冲上去将这个人撕成碎片，喝他的血吃他的肉！

她前生到最后之所以惨烈如斯，都是拜这对姐弟所赐。楣夫人夺傅修宜真心，李恪鸡犬升天顺势被提拔。李恪为傅修宜鞍前马后，楣夫人背靠大树好乘凉，更加得宠。姐弟二人依靠彼此升迁，楣夫人想法子嫁出婉瑜，李恪就想法子废掉太子，楣夫人害沈家大房满门抄斩，李恪却和二房三房的沈贵沈万交情颇深！

这一场恶缘，前世今生都逃不掉！可是沈妙怎么也没想到，却是在这里，以谢景行恩人自居的他！她突然想起了唐叔说的那是一对姐弟。

沈妙凶狠的目光让季夫人一瞬间有些发怔，她问：“娇娘……”

“不是有两位恩人吗？”沈妙缓缓移开目光，语气是连自己都没察觉出来的诡谲，“还有一位在哪里？”

“方才丫鬟倒了茶水在她身上，我让她去换了身衣裳过来。娇娘的衣裳不少，这府里没有旁的女人衣裳，拿丫鬟的不好，我便拿了娇娘的衣裳应付。”季夫人道。

正说着，却见季羽书看着门外道：“来了。”

那女子芙蓉面，杨柳腰，模样顶顶赛天仙。一身轻薄小衫，缓缓而来。正午的太阳因她掀开帘子而进来，越发显得这姑娘美貌绝伦。她轻盈浅笑，光彩夺目，恍惚隔了一生一世。

沈妙站在屋中，衣裳蓬乱而狼狈，脸色苍白，盯着那女子的模样如饿狼，如猛虎，如在心口伺机而动潜伏不安的毒蛇野兽。

那个人穿着她的衣服，来到她的府邸，救了她的夫君，耀武扬威地出现在她面前。前生的宿敌，今生的死仇，恶缘剪不断理还乱，再一次被推到了命运边缘。

季夫人笑着道：“这便是拿出药草来的李楣姑娘。”

沈妙死死盯着她。楣夫人之所以能在后宫中得宠那么多年，便不是普通的女人。比她美貌的没有她聪明，比她聪明的却没有她美貌，该进时进，该退时退，满腹心机算计到底，骄狂又谨守分寸。后宫中妃嫔曾经背地议论，若是她想，这天下的男人，没有哪个不会臣服在她的裙下，就譬如此刻。

楣夫人有一双极妩媚的眼睛，像是午后初睡醒的猫，带着漫不经心的慵懒。沈妙盯着她的目光太过异样，让她也忍不住看了沈妙一眼。

她这点讶异被离得最近的季夫人和季羽书捕捉到了，二人同时看向沈妙，但见沈妙的眼神，皆是一怔，可是下一秒，沈妙低了低头，再抬起来，却又换了一副微笑的神情，仿佛那些皆是错觉。

“是个齐整人儿。”沈妙轻声道。

唐叔诧异，沈妙这话说得，倒像是宫里，不，那些宅门里的正室看初进门的妾室那般挑剔和轻蔑。

沈妙道：“李姑娘是大凉人吗？”

“正是。”李楣笑了，“只是刚来陇邺。”

“李姑娘和李兄弟是钦州人。”季夫人笑道，“初来乍到陇邺，就在城门口揭了榜，救了景行一条性命。”

“初来乍到就揭了榜？”沈妙似笑非笑地看着李楣，“这应当是说殿下好运呢？还是说李姑娘好运？”

这下子，屋中人几乎都能听出沈妙的敌意了。李楣怔住，李恪上前一步，笑着冲沈妙作了个揖：“既然亲王殿下也无碍，在下和姐姐也就先走一步，这些日子在府里多有叨扰，得罪了。”

李恪的话不卑不亢，像是听了沈妙的话，因自尊心而一时愤慨做出的行为。季夫人愣了愣，来不及问沈妙究竟是怎么回事，下意识就要拦住李恪和李楣，道：“说什么叨扰，你救了景行的命，怎么还能说得罪了，论起来，我们还没有报答——”

李楣笑着开口：“季夫人，之前便也与您说过了，来这儿揭榜，实在是因为偶然，当时也没想太多。这药草是来解毒救人命的，我姐弟二人没有用它，拿着也是白白拿着，能救人的东西，自然是要拿来救人。”

李楣又看向沈妙，语带歉意道：“只是这身衣裳，方才因民女弄脏了自己的衣裳，才穿了王妃的，还请王妃不要介意。待民女洗干净了，一定会亲自还给王妃，不会有一丝穿过的痕迹。”

沈妙定定地看着她。世界何其之大，大到人的一生都可以重来两次，世界何其之小，小到过了两世，居然还可以再遇到前生的仇人。

李楣见沈妙没有回答，有些赧然，微笑着就要拉着李恪走。

“慢着。”沈妙突然开口。

李恪和李楣一愣，二人转过头来，见沈妙笑得温和如水，道：“既然救了殿下一命，就是整个睿亲王府的恩人。两位这就离开，岂不是要让睿亲王府被人戳脊梁骨，说性子凉薄？”

“这怎么能说是王府性子凉薄呢。”李楣摇头，“这是我们的主意。”

“总得等殿下好全了再走吧。”沈妙微微一笑，“不然，半途而废的事情，亲王府可承担不起。”

这话中的意思却是有些怀疑在里面，如果那株传说中的药草其实是假的，过几日谢景行又旧病复发，到时候上哪儿找人去？

季夫人和季羽书有些尴尬，沈妙也不是咄咄逼人的人，怎么就对这对姐弟如此严苛？

可沈妙知道，这姐弟二人也许不会因为亲王府的感谢而留下，却一定会因为亲王府的怀疑而停留。因为他们的人生，就是做尽了坏事都要留下一个美名，不容许自己有一个污点，怎么能平白无故任人泼上一盆脏水在身呢？

果然，此话一出，李恪便面露愤慨之意：“放心，我们一定会在这里，亲眼目睹亲王殿下好起来的！”

沈妙微笑：“那便好，亲王府欠你们这样一份‘恩情’，若是不留下来，我们怎好‘报答’？”

她一会儿怀疑，一会儿又说报答，态度让人摸不着头脑。李楣若有所思地瞧着她，沈妙笑道：“我还有些事情，便不在此陪各位了。”又对季夫人道，“姨母替我招呼各位夫人便好。”作势要走，忽而又想起了什么，在李楣面前停下脚步，道：“这衣裳我看着怪衬你的，像本就是为你做的一般，既然合身，也不必脱下来还我，就当是我送你便是。”

唐叔直到沈妙走后，才看向罗潭。罗潭吐了吐舌头：“别问我，我也不知道。”转身也跟着走了。

季夫人有些惭愧地看着李楣和李恪：“王妃这些日子都操心着亲王的病情，大约有些敏感，还望你二人多多担待。”

“拳拳之心，自然可以理解。”李楣微笑。

“那我们先到里头说吧。”季夫人笑道。

季羽书也看向李恪，犹豫了一下，道：“李兄，请。”

沈妙回到屋里，惊蛰谷雨惊喜地迎了上去，道：“夫人，您可算回来了！”

待看清楚沈妙一身狼狈，二人又不约而同愣住，惊蛰问：“夫人……这是怎么一回事？是不是受委屈了？”

谷雨机灵，道：“夫人，奴婢先去给您放些水，您先洗洗身子，再喝碗热粥，左右殿下已经无事了，您休息好了之后，再慢慢地想事情也不迟。”又拉了惊蛰，去给沈妙放热水。

热水放好后，沈妙打发走两人，自己坐在木桶里，水温温热热正好，这会儿沈妙却觉得凉如冰雪。楣夫人怎么会出现在大凉呢？又怎么会阴差阳错地成了谢景行的救命恩人？

前生沈妙去秦国做人质，回来时楣夫人已经进宫了。听闻楣夫人是傅修宜东征途中遇到的臣子女儿，如今傅修宜尚未东征，自然无法遇到楣夫人，而楣夫人眼下却到了大凉。

难道前生楣夫人也到了大凉？按照这个时间来算，楣夫人还未遇见傅修宜，就已经提前遇到了谢景行？

那楣夫人最后为什么又会成为傅修宜的宠妃，为什么会到了明齐……莫非，这也是谢景行的意思吗？沈妙不由得打了个冷战。

就像谢景行明明是大凉的亲王，却在明齐的定京里成为临安侯府的小侯爷一样。楣夫人难道是大凉派过去的探子？可这样的话，楣夫人也没必要为傅修宜生下傅盛，最后还立傅盛做了太子。

她的眉头越蹙越紧，然而比起来，最让她觉得可怕的，就是前生楣夫人和谢景行究竟是不是盟友的关系。如果前生楣夫人是大凉皇室派去明齐的人，不管怎么说，沈妙最后落得的这个下场，都和大凉皇室有着密不可分的关系。永远没法挽回的傅明和婉瑜，那她和谢景行之间又该如何自处？

兀自想得出神，沈妙竟是连木桶里的水什么时候冷了都不知道。还是惊蛰心里放不下，过来唤她，沈妙才惊醒。她擦干身体，披上衣服出去，一眼瞧见了罗潭。

罗潭凑上前来问：“小表妹，你是不是不喜欢那个李楣？”

沈妙道：“为何这么说？”

“你对人一向很客气，可对这个李楣很奇怪，就像当初对常在青一样。”罗潭想了想，“常在青可不是什么好人，莫非这李楣也不是？”

沈妙一边绞着头发，一边淡淡道：“若我说她是坏人，你信吗？”

“她真的是坏人啊？”罗潭一愣，“可是瞧着怎么也不像啊。”

沈妙摇了摇头，道：“你回去吧？”

罗潭怔住：“你不去看看妹夫吗？”

沈妙顿了顿，道：“今日累得很，想早些睡了。”

“好吧。”罗潭点了点头，“好好休息，我也不打扰你了。”想了想，又道，“若是你觉得那李楣有什么不对，也可以跟我说，在这大凉，就只有咱们骨子里还有相同的血啦。”

等罗潭走后，沈妙便冷了脸色，对惊蛰道：“把莫擎给我叫过来。”

她鲜少有这般郑重其事的时候，尤其是今日，还带着淡淡杀气，惊蛰和谷雨都二话不说，立刻出门寻人了。

莫擎很快来了，沈妙问莫擎：“那对姐弟如今住在府里什么地方？”

莫擎道：“住在偏院一处空了的屋子里。”

“你替我杀了他们。”沈妙道。

莫擎看向沈妙，踌躇半晌，还是问道：“夫人，他们——”

“他们和我有仇，血海深仇不共戴天。此二人不除后患无穷，你替我杀了他们。”她道。

莫擎还未回答，突然听得窗外传来一声：“这可不是良策。”

二人回头一看，见惊蛰走得匆忙，连窗户也没关，恰好这会儿傍晚天黑，窗户前什么时候多了个人都不知道，却是裴琅。

沈妙示意他进来，裴琅走进来，看了一眼莫擎，对沈妙摇头道：“贸然杀人，非是良策。”

沈妙冷冷地盯着他，楣夫人的出现，让她回忆起了过去，连带着对裴琅也没有好脸色。裴琅轻咳两声，还是开口道：“那对姐弟如今住在亲王府，眼下你杀了他们，于情于理，亲王府都脱不了干系。偌大一个亲王府，护卫无数，连一对姐弟的性命都保护不了，你以为旁人会相信吗？他们只会说这是亲王府的人下的手。

“其次，今日你在外头做的事情，你大约不知道，外头都传言你嫉妒李楣美貌，而对她故意刁难。既然你与他们有仇，不该表现出来，一旦表现出来，还被其他人见着，若这对姐弟出事，第一个被怀疑的人就是你。

“第三，你找莫擎替你杀人，说明此事你对别人并不信任，包括睿亲王的手下，可是莫擎真的是这府里其他侍卫的对手？

“就算莫擎武功再高，双拳难敌四手，一旦被抓，睿王势必要问你原因，你让莫擎出手而不告诉睿王，必定有不能告诉别人的理由。被发现的话，你的秘密就瞒不住了。

“所以，此计并非良策。”裴琅一口气说完。

沈妙盯了他一会儿，半晌突然笑了，她道：“裴先生，你永远都这么理智吗？”不等裴琅说话，又冷笑一声，“也是了，若你不理智，不超然，又如何居于人上。”

裴琅有些听不明白，只听沈妙又道：“你说得没错，的确如此，我不能在亲王府里贸然杀人。况且，就这么让他们死了，也实在太便宜了这两个人。”

莫擎不语，沈妙对他道：“你出去吧，先替我好好查清楚，我要将这对姐弟的底细摸得一清二楚，事无巨细！”莫擎应声离去。

沈妙深深吸了口气，仇敌就在眼前，却不能现在就动手，这种抓心挠肺的感觉实在是难受，惹得她几乎想要迁怒于人。

莫擎应声出去了。裴琅瞧着沈妙，思索了一会儿，问：“你对这对姐弟倒是怨气很深。”

沈妙冷笑：“何出此言？”

“从没见过你一来就要人命的。”他有些探究地看向沈妙，“说明你的心中对他们存有忌惮和提防。这对姐弟……很厉害？”

沈妙看着面前的裴琅，心中又生出一股气来，就问：“裴先生总是这么能摸清楚旁人的心思，那你知不知道他们与我究竟有什么深仇大恨？”

“你愿意告诉我吗？”

“他们欠我两条收不回来的性命。”沈妙道，“就算杀他们一万遍也不足以补偿！”

裴琅被沈妙眼中的凶厉惊了一惊，道：“我可以帮你。”

沈妙盯着他：“我凭什么信你？”

这话让裴琅意外，前些日子，他明明感觉沈妙对他的态度有所缓和，可今日的沈妙，像一只竖起刺的刺猬时刻防备着，对他的态度又回到了从前，甚至比从前还要疏远，仿佛他们是敌人。

裴琅不知道和那对姐弟有没有关系，思索一下，又问：“听说那对姐弟是大凉中人，过去你没有来过大凉，怎么会与他们结下仇怨？”

“裴先生，”沈妙打断他的话，“能告诉你的话，我全都说清楚了。我对这对姐弟是什么态度，你也一清二楚。我不奢望裴先生能在其中为我出谋划策，但是也请裴先生不要插手阻拦，更不要将这件事情告诉别人。”

裴琅的心中，突然生出了一种难堪的愤怒，他也有一身傲骨，本愿意闲云野鹤一生，却被沈妙用流萤撺掇着进了朝廷，成了傅修宜的人，又莫名其妙成了奸细，远走异国。一腔真诚却被当作不怀好意的揣测，他也有掉头就走的冲动，可看到沈妙冷漠的目光时，却又觉得发不出火来。仿佛一见到她，便会有莫名其妙的愧疚袭来。他哽了哽，道：“你这是不信任我。”

沈妙冷道：“我谁都不信。”

裴琅走了，沈妙坐回桌前，只觉得浑身脱力得很。李楣李恪，以这样的身份居住在睿亲王府，杀又杀不得，只有先将他们困在这亲王府里，大仇一定要报，否则，她就不配曾为两个孩子的母亲。正想着，惊蛰推门走了进来，对沈妙道："夫人，殿下刚刚醒了，要见夫人。"

沈妙一愣，面露复杂之色，片刻后道："我知道了。"

大凉皇室、谢景行、楣夫人姐弟，这其中可能有的关系都被沈妙猜测了个遍，越是深入想，越是觉得可怕。若是那些可怕的猜想尽是事实，沈妙也不知道自己应当做出什么样的反应。

楣夫人的出现扰乱了她的计划和心绪，让她连谢景行也难以面对。她怕被人看出她心中的怨恨，也怕谢景行证实她心中的可怕猜想。

寝屋里弥漫着浓浓的药香，来来往往的下人们都在各自忙碌着手中的事情。谢景行醒了，高阳提着药箱从里头走出来，瞧见沈妙也是一愣，道："他刚醒来，早晨醒过一次，问起你。伤口还未好，你顺着他。"

沈妙应了，推门进去。

谢景行只穿着中衣，披着外裳，半靠在榻上看书。也不知是不是因为受伤，这些日子他看着清瘦了些，轮廓反而更加分明。

沈妙想要进去，却又有些迟疑，仿佛踏出这一步，就要面对她不敢面对的问题。她惧怕得出答案，本能地想要逃避这个问题。

谢景行目光未抬，淡淡道："既然来了，为什么不进来？"

沈妙一顿，慢慢走了进去，临近榻前才坐了下来，道："还好吗？听唐叔说你已经醒了，想着你要休息，也就没有打扰。"

谢景行勾唇一笑，也不知是什么语气，道："有意思。"

沈妙看向他，他的目光还落在书上，声音有些冷意。

"你不敢看我？"

"怎么会？"沈妙微笑，"是不是病糊涂了。"

谢景行也微微一笑，只是笑意并未到达眼底，他啪的一声合上书页，将手中书籍随手扔在一边，转过头来，自沈妙进来以后，第一次看向沈妙。他目光锐利，却又带着几分隐隐的微怒，问："沈妙，是不是我不让人叫你，你就根本不会过来？"屋子里气氛冷凝，他脸色虽然苍白，气势却不弱。

沈妙道："你想得实在太多了。"

"你是不是有什么事情瞒着我？"谢景行问。

沈妙摇头："没有。"

谢景行深深地看了她一眼，沈妙道："你身子既然好了，就应当多休息，夜里很长，服了药，早些睡吧。"她站起身，转身就要离去。

“你就这么迫不及待地想走吗？”谢景行的声音从背后传来，带了几不可见的委屈，“这几日听闻你都并未来看我，可我睁开眼的第一时间，却想着你一定吓坏了。”他扯起嘴角，垂眸道，“是我自作多情。”

沈妙什么话也没说，推门走了出去，走了几步后，蓦地停下脚步。

谢景行一定会发现她的异常，他那么敏感的人，如果发现了，她的秘密根本无法解释。常在青一事，到底关乎她的家人，可李楣姐弟和她从未见过面，而且还是谢景行的恩人。

一边是可能招来的祸患，另一边是想要将前世的敌人尽快铲除，让他们多活在这世上一刻，对沈妙而言都是折磨。如今还关系到谢景行，沈妙觉得，来到大凉这么多日子，她终于遇到了自己最大的劫难。

八角端着空了的药碗过去，瞧见沈妙一愣，道：“夫人怎么这么快就出来了？不陪着主子多坐一会儿吗？”

“不必了。”沈妙道，“你们照顾好他。”她头也不回地往前走去。

两日后，莫擎带着打听到的消息来到沈妙面前。他道：“这对姐弟是钦州人氏，是一户商户人家的儿女，不过是抱养来的。这家商户夫人死得早，老爷不久前也病逝了，临死前告诉他二人非是亲生，安葬了养父后，他们就来陇邺寻亲了，不过并没有什么线索。”

“不可能。”沈妙站了起来。

莫擎道：“能打听的消息只有这么多，属下让人在钦州那头也打听，街坊邻居都知道，是从小看着这对姐弟长大的。”

“你确定李楣没有去过明齐？”沈妙指甲不自觉嵌进掌心。

“她从来没出过远门，这是第一次离开钦州。”莫擎道。沈妙闭了闭眼。

“这两日李楣李恪二人都在亲王府，偶尔去季府陪季夫人说话，并未做出什么事。”

沈妙问：“那他们，有没有见过殿下？”

“这倒没有。没有通传，谁都不能亲自见殿下。”莫擎回答。

“我知道了，你下去吧，继续关注这对姐弟，一有动静，立刻告诉我。”沈妙道。莫擎应声退下。

莫擎离开后，沈妙坐回椅子上，渐渐沉了目光。莫擎既然是打听，就一定不会错过蛛丝马迹。这样一来，她就算对季夫人说这两人居心不良，也无人相信了。自小在钦州长大的商户姐弟，第一次来陇邺是为了寻亲，说是要谋害亲王府，谁能信呢?

她起身，本想去看看谢景行，可一想到李楣姐弟如今还以谢景行恩人的名义自居，前生大凉皇室和李楣姐弟可能有着的联系，便又觉得难以面对。

那一步终究还是没踏出来。

未央宫。

显德皇后听着面前宫女将话说完，松了口气，面上也带了些轻松笑意，道：“既是醒了，来人，将本宫匣子里两支百年老参送去亲王府，让亲王补补身子。”说完又想起了什么，“皇上可是知道此事了？”

“陛下已经晓得了。”宫女笑道。

“正好，本宫与他说一说这事。”显德皇后就要起身。

那宫女却犹豫着道：“陛下此刻正在静妃娘娘那里……”

显德皇后动作一顿，随即温和笑道：“如此，本宫也就不必去了。”

“不过，娘娘，奴婢之前听闻亲王殿下醒来一事时，还听到一些夫人在议论，说……”

“说什么？”

“说亲王妃似乎不怎么喜欢那对救了亲王殿下性命的姐弟，表现得十分刁难。或许是因为妒忌对方的美貌更胜于她，或许是根本就不希望亲王殿下得救……”

“胡说八道！”显德皇后厉声喝道，“亲王妃怎么会不希望亲王殿下得救！”

宫女吓得立刻不敢抬头了。

显德皇后却在这一声厉喝之后自己平静了下来，淡淡道：“想说亲王妃善妒是吗？本宫倒觉得，不过是当个恩人，就能掀出这么大风浪，这对姐弟也不是等闲之辈。”

未央宫静悄悄的，无人说话，显德皇后坐在高位之上，眸光变幻，却又显得无比孤独。

一连十几日，沈妙都将自己关在屋里，思索一个两全其美的办法，然而无论她怎么想，都不能确定不留后患。

这十几日，她也在刻意躲避谢景行。因为每每面对谢景行，脑中就会有无数的猜疑。倘若前生李楣姐弟真的和谢景行有关，只怕她和他夫妻的缘分也会走到尽头。

这一日早上，沈妙醒来时，神情十分难看。惊蛰和谷雨都看出来她的不对劲，问了几遍，沈妙敷衍了过去，心中却惊疑不定。

昨夜里，她做了梦，梦见在定京的坤宁宫里，婉瑜和傅明正在她面前闲谈，突然嘴角流出鲜血来，她惊慌失措地找太医，一抬头却见楣夫人和傅修宜走了过来，傅修宜让人捆住她，将生死未卜的婉瑜和傅明与她一同丢弃在宫中，然后一把大火将坤宁宫烧了个干净。

熊熊大火舔舐着坤宁宫，很快将婉瑜和傅明卷了进去，她撕心裂肺地尖叫，却见楣夫人浅浅笑着，对她道："你输了。"

沈妙从梦中猝然惊醒，夏日的太阳便是在早晨也有正午的炎热。沈妙出了一身冷汗，全身上下都是汗涔涔的。婉瑜和傅明绝望的神情充斥着她的脑海，让她整个人都坐立不安起来。

她刚出院子，却迎面瞧见了正往外头走的李楣。李楣瞧见沈妙，立刻停下脚步，对着她行了一礼。沈妙暗了暗眸子，道："李姑娘，这是到哪儿去？"

李楣笑道："亲王殿下醒了，今日召见我姐弟二人过去。二弟已经先过去了，民女也正打算赶过去。"又有些惭愧地看着沈妙，"在府上叨扰多日，今日见过亲王殿下后，民女二人大约也该离开了。王妃娘娘照应我们许多，还未曾说一声感谢。"

沈妙心中冷笑，她可从来没有让人照应过这二人。

"怎么就说离开的话？"沈妙不咸不淡道，"我们还未好好'报答'你们。"

李楣摇头："我们是来陇邺寻亲的，亲王殿下既然已经好了，我们也该离开了。"

沈妙扯了扯嘴角，连笑都不屑于应付。李楣看着沈妙，突然轻声开口道："王妃娘娘，民女是不是有什么地方得罪了王妃娘娘，娘娘似乎并不喜欢民女。"

"我的确不喜欢你。"沈妙昂着下巴，她可以同敌人虚与委蛇，独独不能对楣夫人做到这一点。

她轻笑一声："你想知道为什么吗？"李楣疑惑地看着她。

"本能。"沈妙冷冷道，然后头也不回地带着惊蛰和谷雨从李楣身边走过。李楣在原地站了一会儿，摇了摇头，也离开了。

惊蛰和谷雨一句话也不敢说，不知道为什么，她们总觉得，沈妙面对这个陌生的李楣时，就会变得很可怕。

"就要离开了？"沈妙低低自语了一声，随即冷冷道，"走得了吗？"她转身，"把莫擎给我叫过来。"

莫擎很快就来到了沈妙屋里，道："夫人，属下正有一事想要禀告。"

沈妙道："你的事情先放一放，我有更重要的事。"

莫擎疑惑："夫人请说。"

"你替我，杀了李楣和李恪。"

莫擎愣住。沈妙道："我想了又想，这件事情虽然不妥，但这两人留着不死，反倒是更大的变数。”

在前生和今生的选择上，她选择现在就杀了李楣和李恪，至于大凉皇室前生扮演着什么样的角色，她不想追究了。这是她为了谢景行做出的最大让步，也是唯一的让步。

莫擎突然跪下身来，道：“恕属下无法做到。”沈妙盯着他。

“属下想与夫人说的正是这件事。刚刚传回来消息，李楣姐弟二人要寻的亲人是当朝丞相叶茂才，李楣姐弟是叶夫人的儿女。”莫擎道，“叶家已经派人来了。”

沈妙问：“你说什么？”

“属下有负夫人所托，望夫人责罚！”

屋中沉寂了许久，莫擎迟迟不敢抬头。不知过了多久，沈妙的声音才从头上传来，带着苍凉：“不怪你，他们有备而来，而我心志不定，犹豫了才会错失良机。不过——”她的声音突然转厉，锋利而杀机重重，“就算有叶家，这两条命，我也非要不可！”

陇邺和定京不同，定京地处北方，风景最盛的是冬日，银装素裹最壮阔，陇邺地处南边，最好时节是夏时，夜凉如水，星如银河，风花雪月最琳琅。

院落是偏僻的院子，却也抵挡不了好夜色。一壶清茶，一局棋子，便有了最满足的东西。青衫男子月下独饮，仿佛山林中生长的青竹般出尘。

沈妙来到院子的时候，看到的就是这一幕。

裴琅坐在石桌前，一边喝茶一边下棋。沈妙一直觉得，傅修宜让裴琅进入朝堂其实并不见得是什么好的决议，裴琅这样的性子，更适合闲云野鹤一样的生活。他爱看书，爱圣人，喜欢下棋、花草竹子，桩桩都是风雅之事，偏偏做的却是朝堂倾轧、各自为营的手段。

“裴先生。”沈妙在他对面坐了下来。

裴琅抬眼看到是沈妙，略微有些意外。那一日沈妙不留情面地将两人的关系划开，便是裴琅再如何容忍，到底也是个男子，有自尊心，这些日子都未曾主动过来找沈妙。

“裴先生之前说会帮我，这句话如今可还算数？”沈妙单刀直入地问。

“你说的，是哪一件事？”裴琅放下手中的茶杯。

“所有的事，不过眼下的这一件，是我想要李楣姐弟的性命。”

“这很难。”裴琅苦笑一声。

“比你想象的更难。”沈妙道，“这姐弟二人和叶家搭上了关系，说是叶茂才的儿女，大约很快就要变成叶楣和叶恪了，单纯地暗下杀手是不可能的，可是，我不能放过他们。”她说的是不能，而不是不想。

裴琅蹙眉：“可是，你为什么一定要他们的性命？”

沈妙笑容有些泛冷，道：“不是每件事情都一定要有答案的，你问我为什么，我还想问别的问题为什么。我都找不到答案，又怎么能告诉你？”

裴琅看着桌上的棋子，半晌一笑：“我明白了。我不会再继续问你原因，可是，你想要我做什么？”

“杀人的事情你不在行，可我知道你的本事。”沈妙道，“既然已经变成了叶楣和叶恪，要对付的人就成了叶家。我要对付的是叶家，在朝堂之中如何让一个家族倾覆，没有人比裴先生更明白了。我要你，做我的幕僚。”

裴琅一怔，摇头道：“我不懂你的意思，我虽然跟在定王身边，可也只是出谋划策于政事，并没有倾覆敌手的经历。你如何说出此话？”

沈妙微笑，心中却想着，她自然是知道。裴琅光风霁月，看着温文尔雅，手段却是截然不同的狠戾。傅修宜刚登基的时候，周王的人马虎视眈眈，试图卷土重来，最后都是败于裴琅之手。

“我只问你，你帮还是不帮？”沈妙问。

裴琅沉吟道：“叶家如今在陇邺的格局很是微妙。大凉皇帝有心要利用叶家来对付卢家，叶家没有子女，所以才更好控制，但是如果多了一双子女，格局就要被打破了。

“叶家也许会倒戈，也许会和卢家相争，也许会联手皇室对付卢家，叶楣和叶恪的出现，本身就极为微妙。在这种时候，皇室不宜轻举妄动，所以会对叶家更加客气。而你是睿亲王府的王妃，睿亲王是皇帝的胞弟，和皇室是绑在一起的。你想要叶家姐弟的命，大凉皇帝第一个就不会同意。”

沈妙盯着他：“我自然知道这一点，所以我要你想的办法是，让皇室主动出手对付叶家。”

“谁先动谁就输了，皇室在观望，叶家何尝不是？如果你一定想要叶家姐弟的性命，首先就要在叶家寻个错处，拿住叶家的把柄，最好是挑起叶家和皇室的纷争。”

沈妙问：“那卢家呢？”裴琅怔住。

“若是我让卢家和叶家挑起纷争，又如何？”

裴琅摇头：“你……是想要保全亲王府才会这样想的吧，可是我必须奉劝你一句，两全其美的法子是不可能的。卢家不是傻子，这个时候，是不会主动与叶家相争的。”

沈妙道："我明白了。"

"你真的不惜得罪皇室也要对付叶家？"裴琅皱眉，"如果你真的和皇室对立，那睿亲王与你之间……"

"我没有第二条路可走。"沈妙垂眸。

"你打算如何挑拨？"裴琅问。

"这正是我要与你商量的事情。"

大凉和明齐是截然不同的战场，沈妙对陇邺各方势力并不熟络，现在更是知之甚少。

这一商量，竟是商量到了深夜。等沈妙觉出要回自己院子的时候，已经很晚了，只有惊蛰和谷雨陪着她。她回到自己的院子，推开门，进了屋，正要脱掉外裳，动作忽地一顿，转过头去，谢景行正抱着胸，坐在她的书桌前，百无聊赖地翻着书。

"你怎么过来了？"沈妙问，"你……能下床了？"

谢景行懒洋洋一笑，没有回答她的话，道："这么晚，怎么现在才回来？"

"睡不着。"沈妙道，"在外逛了逛。"

谢景行砰的一下将手中的书扔在桌上，道："哦？不是和裴琅去喝茶小酌了？"这架势，竟是来兴师问罪了。

沈妙皱眉问："你想说什么？"

"半个月。"谢景行道。

沈妙盯着他。他也盯着她，道："我醒了半个月，你只过来看过我一次。你是不是忘记了，你是睿亲王府的王妃，是我的妻子？"

沈妙不说话，这根本无法解释。谢景行仍盯着她，目光失望里带着微怒："我在这里等了你一晚，你在和裴琅喝茶下棋。沈妙，难道你喜欢那个书生？"

沈妙心中突然涌起一股无名之火，她为叶楣的事纠结反复，夜里睡不着觉，因中间插着一个睿亲王府而不敢妄自动弹，以至于错过最好的时机，无法利落地手刃仇人。在这样如泥沼一般的境地里，谢景行居然还能将她与裴琅凑在一堆。

她道："那和你有什么关系？"

谢景行一把将沈妙拽到身前，他拽得狠，沈妙差点跌倒，被他撑着脑后。谢景行捏着她的下巴，一字一顿道："如果我现在要了你，就有关系了。"

沈妙蹙眉，道："或许我们结盟结得太仓促了。"

谢景行一顿，深深地看了她一眼，道："或许？"

他蓦地松开手，一下子站起身来，背对着沈妙，淡淡道："你的心是不是铁打的？你眼里只有利用和筹谋，但我是个活生生的人。"

“其实你，自始至终，都没有动过心吧。”他漠然道。

谢景行离开了。

谢景行走后，沈妙按了按额心。那一句“其实你，自始至终，都没有动过心吧”，让她觉得不寒而栗。

对谢景行究竟是什么时候动心的，沈妙已经记不清了。或许是在万礼湖上他救她一命开始，又或许是在公主府中他在荣信公主面前摘下面具开始，还或许是成亲当日，他在高马之上伸出一只手来相对，又或者是更早之前，再早之前，她在祠堂放的那一把火，她第一次遇见谢景行，和谢景行交锋开始。

现在，因为她的动心，她不能毫无顾忌地去对付楣夫人，倾慕与怀疑交织在一起，反而让她无法面对谢景行。而谢景行呢？只怕在心里也对她失望透顶了吧。

她在桌前坐着，那一只从赤焰道士手中得来的药草，被关在匣子里随意扔在一边，落了一层薄薄的灰，再也无人注意了。

接下来的几日，沈妙的日子过得有些古怪。罗潭和高阳不知道出了什么事，找不见人影。季夫人和季羽书也回了季府，裴琅受了风寒，在屋里歇息，并不出门。

沈妙身边突然只剩她一个人，便是在这个时候，叶家来人了。叶家来人，来认回叶楣和叶恪。沈妙身为睿亲王府的王妃，还是要去见一面的。

亲王府的正厅里，叶夫人正与叶恪说话，叶楣坐在一边，微微笑着。叶茂才对面的正位上，坐着谢景行。

谢景行穿着银紫色长袍，坐得随意，似笑非笑地听叶茂才说话，看不清楚究竟是个什么意思。

沈妙进来的时候，最先看到她的是叶楣，叶楣站起身给她行礼，叶恪却没动。

沈妙走到另一头，谢景行身边的主位上。

叶茂才起身道：“这些日子留在亲王府，楣儿、恪儿多有叨扰，得亏亲王妃照拂，感激不尽。”

沈妙微微一笑：“担不起叨扰二字，叶姑娘和叶公子还是殿下的救命恩人。”

叶茂才笑呵呵地打了几句圆场，沈妙话锋一转，疑惑地问：“不过，李姑娘和李公子怎么会变成叶姑娘和叶公子的？他二人要寻的亲人是叶家，倒有些令人意外。”

她这般说话，谢景行只是把玩着手中的茶杯，既不阻止，也不顺从。

叶茂才踌躇一下，笑道：“说来惭愧，都是十几年前的旧事了。当时贱内分娩，府中接生婆得奸人指令，将我儿偷龙转凤。其实是一双姐弟，却被换成了早夭的女婴，这些年一直私下暗中查探。这一次他二人进陇邺，误打误撞来到亲王府，后来又说是寻亲，倒是对上了。都说楣儿和恪儿救了亲王殿下的命，其实我们叶家才应该感谢殿下，若非阴差阳错，我们一家人还不能团聚。”

“正是这个道理。”叶夫人跟着笑道。自从遇到叶夫人，沈妙还是第一次看见她笑得这般开怀。

“那也真是巧。”沈妙漫不经心道，“钦州离陇邺也不是太远，叶家找了十几年都没找到，偏偏这一次一进亲王府就找到了。”她看着叶楣，“真是缘分，是不是，叶姑娘？”

叶楣一笑：“自然是的。亲王府是块福地。”她仿佛没有听出沈妙话里的言外之意。

沈妙移开目光，又看向叶茂才：“今日叶大人前来……”

叶茂才忙道：“我是来接他们回府的。”说罢又赧然道，“身为父亲，这么多年却让他姐弟二人流落在外，都是我们的不是。如今好容易一家人团聚，自然不能再让他们过风餐露宿的日子。今日就将他们接回府中，赶明儿上玉牒，从今往后，他们就是我叶家的子孙了。”

沈妙觉得这戏蹩脚又索然无味。

叶茂才又对谢景行恭维了几句，打着看在叶恪和叶楣的分上攀交情的意思，态度就有些微妙了。

大凉皇室有意拉拢叶家来对付卢家，叶家在其中所处的位置很是关键。按理来说，叶楣姐弟二人回来叶家，叶家更有底气和卢家抗衡，自然没必要委曲求全臣服于皇权之下，眼下这态度，倒透露出一些要站在永乐帝这边的意思了。毕竟睿亲王府和永乐帝关系极近，讨好了睿亲王府，也无异于向永乐帝表了忠诚。

沈妙的一颗心渐渐沉了下去，这不是她乐见其成的。一旦叶家站了永乐帝那一头，她要是在背后扳倒叶家，就是剪了永乐帝的助力，别说是永乐帝，只怕谢景行也不愿。

但若要她和害死自己儿女的凶手成为同盟，这辈子也就脱不开恶心两个字了。

不过，谢景行的态度却耐人寻味。

叶茂才的话，他漫不经心地听，不咸不淡地答，恰到好处地避开了需要表明态度的问题，不上不下，不清不楚，把个叶茂才耍得团团转。叶茂才和叶夫人两人一齐上阵，说了许久，似乎是什么事都说了，罢了一回想，好像谢景行又什么态度都没透露。

到最后，谁也没说服谁，眼见着天色都要晚了，叶茂才也没瞧出谢景行的态度，晓得今日这趟算白来了，多留无益，就带着叶楣和叶恪起身告辞。

谢景行吩咐唐叔去送人，要出正厅时，叶夫人回头问道："再过几日，就是亲王殿下的生辰了吧？"

沈妙一愣，她没听谢景行说起过。

叶夫人眼尖，瞧见沈妙意外的模样，笑问："怎么瞧着亲王妃好似不晓得的模样？"

叶楣和叶恪也停下脚步看向沈妙，目光微妙。做妻子的不晓得丈夫的生辰，倒也奇怪。

谢景行坐在厅中喝茶，好似没听到叶夫人的话。沈妙微微一笑，淡声道："叶夫人可还记得叶小姐和叶少爷的生辰？"

叶夫人疑惑："这……"

沈妙笑道："错过了十几年，叶夫人还是先想想如何补偿叶小姐和叶公子的生辰吧。"言外之意便是，管好你自家的事，别吃饱了撑的。

叶夫人脸色不大好看了，叶楣拉着叶恪又同沈妙行了个礼，才匆匆告辞。

看着他们一行人离开的背影，沈妙深深吸了口气。叶楣这对姐弟究竟还是成功了，在她下手之前，终于让叶家成功庇护到了他们。从今往后，要打压叶楣和叶恪，首先就要对付叶家，这可比单单暗杀一对姐弟要难得多。

真叫人不甘心。她想着，犹豫了一下，回头去看谢景行。或许他们应该认真谈一谈，这些日子，她的确表现得太糟糕了些。可才刚回头，就见谢景行面无表情地站起身，目不斜视地从她身边经过，像个陌生人的模样。

沈妙的那一句"我有话跟你说"就憋在了喉咙里，半晌也咽不下去。身后的谷雨和惊蛰见状，面面相觑。惊蛰低声道："再这样下去，才刚嫁过来，日后可怎么过呢。"

谷雨也道："得想想办法。"

沈妙回到屋里，越想越觉得不是滋味。外头有人叩门，推门进来的是八角。八角笑盈盈地将一碟子糕点放在沈妙的桌上，笑道："这是小厨房里新做的点心，夫人且尝一尝合不合口味。"

沈妙道："你有话要与我说？"

八角挠了挠脑袋："奴婢笨，还没说就被夫人看出来了。夫人，奴婢是被惊蛰和谷雨找过来劝劝您的。"

门外的惊蛰和谷雨面色一僵。沈妙失笑："你想劝我什么？"

"她们都说夫人性子冷，主子伤病，夫人也不来看看主子。主子醒了后，只来瞧过一次，大伙儿为主子鸣不平，这些日子都冷落了夫人。还请夫人不要责怪。"

沈妙摇头："他们说的都是事实。"

"夫人性子并不冷呀。"八角笑眯眯道，"夫人只是不喜欢说出来罢了。否则也不会为主子求药草了。夫人为什么不将此事告诉主子呢？"

沈妙淡声道："救他的人不是我，那药草也没用，徒劳的事，没有起到作用，就不算功绩，有什么好拿出来说的？"

八角蹙眉："可那都是您的心意啊！"

沈妙看向她："心意？"

八角点头："不管您最后有没有救了主子，可您的心意是真实的。您将自己的心意掩藏起来、遮起来，主子如何能知道？在奴婢看来，夫人您的心意比那药草更加珍贵，夫人因为药草无用而掩藏起自己的心意，岂不是丢了西瓜捡了芝麻？"

沈妙怔住。八角笑眯眯道："夫人，您的心意，比药草更管用，能治好主子的病呢。"

"心意，一定要说出来才能被知晓吗？"沈妙垂眸，"若是有心，如何不会了解？"

八角摇头："对于旁人来说也许是这样，对于主子来说却是不同的。"

"哦？"

"您也知道了，主子的身世……并非一帆风顺，墨羽军是主子一手建立的，主子每日面对的就是算计，那些都是来自于外人的、敌人的，也无可厚非。自家人，总希望坦率一些。"八角认真地看着沈妙，"夫人，您是主子的妻子，是和主子最亲近的人。您如果连自己的心意都不说明，主子也许会察觉，可是他不会确定啊。越是珍贵的东西，越是苛求，主子看重您的心意，才会有所触怒，他不是怀疑您，而是怀疑自己啊！"

他不是怀疑您，而是怀疑自己啊！沈妙猛地一震，心潮生出起伏。谢景行是多么骄傲的人，千军万马中亦是漫不经心含笑而过，他在最肮脏混乱的朝堂倾轧中过活，年纪轻轻背负起不属于自己的沉重，亲眷兄弟朋友，若即若离，有真心无人信，倒让他像是一个总对任何事情都不上心的人。

却让人忘记了，他有着最率直的赤诚，宛如少年般天真。就像对待苏明枫、对荣信公主，甚至对临安侯。

他骄傲地不肯说明一切，却又在背后做着一切。这样的人，前世和今生，都不会和李楣李恪这样的人搅和在一起。她本来就不该怀疑的，她的不信任，源自于不自信，就像谢景行对她的怀疑，来自于对自己的怀疑。

沈妙闭了闭眼。就如八角说的，人在对待自己最珍贵的东西时，总会变得无比苛求。她对谢景行动心，才会害怕谢景行和楣夫人有牵扯，谢景行对她在意，让她这些日子的冷落都变成了对方的眼中钉。

她好像做错了一些事，好在，大约还有机会弥补。

八角看着沈妙神情变化，忽而又笑了：“夫人好好哄一哄主子，主子这些日子性子冷厉得很，墨羽军的众人都要吃不消了。”

沈妙道：“我知道了。”

“不过，”八角犹豫了一下，还是问道，“夫人，您……和叶家那对姐弟有过节吗？”

沈妙一愣：“为何这样说？”

“您对那对姐弟太冷淡了。主子这些日子都让人在查那对姐弟的底细，可似乎并未查出什么不对来，所以……夫人？”

沈妙心中一动，一来意外的是谢景行竟然在私下里查探叶楣姐弟的底细；二来，这对姐弟的底细，连谢景行都查不出有什么不对，可真够清白的。

“他们是同我有些过节。”沈妙道，“不过……此事事关重大，暂且先不提。”

八角若有所思地点点头，又看着沈妙笑道：“总归夫人想通了就好啦。主子的生辰是下个月初三，往年都会在陇邺的碧霄楼上大宴宾客，奴婢偷偷问过管事娘子，今年也是一样。夫人若要准备生辰礼，最好就在这几日为主子备好。”

沈妙还未来得及说话，八角又抛下一句：“主子这个人很好哄的，实在不行，夫人您亲手做一碗长寿面，主子保管也能消气儿！”说完一溜烟儿跑了。

沈妙怔了怔，扑哧一声笑出来。

有些事情既然无法避免，那就直接面对吧。比如剪不断的血仇，比如……无法言明的心意。

第十四章　姻缘问解

七月初三，是谢景行的生辰。

唐叔忙着将送来的贺礼登记在册子上，罢了拿给沈妙看。沈妙扫了一眼，上头的名字令人眼花缭乱，不管大官还是小吏，都赶着巴结，卢叶两家也派人送来了贺礼。

沈妙心中感慨，也就是永乐帝和谢景行关系亲密，换了在明齐，哪个臣子办生辰宴会这么多人来道贺的？在帝王眼中，定然是会被猜忌的。

唐叔问沈妙："夫人也别忘记早些梳妆打扮，铁衣那头会派人来接夫人过去碧霄楼。"

沈妙疑惑："我？"

唐叔笑了笑，道："夫人是府上王妃，又是殿下的妻子，殿下的生辰，夫人自然是要过去的。"又犹豫了一下，吞吞吐吐道，"夫妻之间吵架，床头吵床尾和，殿下看着是有气，可是今日若是夫人不过去的话，不知道又要跟自己生多久的闷气，所以……"

"知道了，我会过去的。"沈妙道。

唐叔这才松了口气，又细细叮嘱了沈妙几句，才离开。

等离开以后，沈妙看完账册，将册子收拾好，准备回屋里，惊蛰迎上来，小心翼翼地问沈妙："夫人今晚一定会去碧霄楼的吧？"

"睿亲王府被旁人盯着，我刚来大凉，势必有人看热闹，若是不去，反倒落人口舌。兵来将挡水来土掩，去就去。"

惊蛰连连点头："就是，他们想瞧瞧咱们明齐过来的王妃是什么模样，就让他们看清楚！"

沈妙回到屋里，惊蛰和谷雨也跟了进来。谷雨问："夫人要不要先挑今夜里穿什么？"

沈妙道："那些等会子再做，你替我磨墨吧。"

惊蛰和谷雨面面相觑，不知道沈妙这会儿怎么有兴趣写字了。

沈妙问谷雨："潭表姐也快回来了吧？"

谷雨道："高公子托人传过话儿了，肯定赶得上今晚碧霄楼的生辰宴。"

磨好墨，沈妙思索一下，开始提笔写信。她写得犹豫，写两三句，觉得不好，又将信揉成一团扔在纸篓里。重新开始写，写一会儿，复又如刚才一样丢掉，也不知废了多少张花笺，才收回笔，将信纸装进信封，递给惊蛰："你等会儿见了铁衣，把这个交给他，让他晚上生辰宴的时候交给谢景行。"

沈妙又道："谷雨，你替我出去一趟。"她又随手扯了一张纸，写了几笔递给谷雨，"帮我买齐这几样东西。"谷雨连忙道好。

二人离开了，沈妙坐在屋里，松了口气。

服软这回事，她是很少做的。不过这一回本来就是她做得不对，谢景行也是个骄傲的人，两个人之间，总要有一个先低头。沈妙想，谢景行什么都不知道，也就没有必要让他低头了。

时间过得很快，转眼到了傍晚时分。惊蛰给沈妙插上最后一支珠钗，笑道："夫人今儿个一定能将所有人都比下去。"

"又不是选秀女，这又有什么用？"沈妙失笑，对着镜子瞧了瞧，将珠钗拔了下来，换上一朵紫红色的玉海棠。

惊蛰眨了眨眼："这样配倒比方才那支更好！"

沈妙站起身来，笑道："八角他们还在外面等着，走吧。"

几人一道出了门，见门口马车已经备好，八角和茴香在外头守着。惊蛰奇怪地问："殿下不和夫人一道吗？"

茴香有些尴尬地回道："殿下已经先去了，让属下们过来接夫人。"

沈妙淡淡道："行了，出发吧。"

碧霄楼是陇邺最大的酒楼，便是那些大官，要在这里摆上一桌酒席，也是十分有脸子的事。因此，在这里摆个生辰宴，几乎将整个酒楼盘下来，可算是风光无限了。

正座的主位上，年轻男人斜斜而坐，漫不经心地勾唇听着众人恭维的道贺声。紫金长袍几乎将整个座位都铺将圆满，远远看去，便如流动着的夜色星空，有种华丽的旖旎。敬酒的人多了，身上自然而然染上微醺，然而一双桃花眸似笑非笑，好似也有微微醉意，却又无比清明，让人分不清是醉还是醒。

来往的宾客里有女眷，皆是投去倾慕的目光。睿亲王年纪轻轻，俊美无俦，又有几分邪气的俊俏，恰好是女人们最痴迷的那种。再加上地位高贵，家财万贯，正是挤破了头也想让人往身边冲。

可惜已经娶了夫人。不过……虽然有王妃，侧妃之位不还是空着？便是做不成侧妃，做个妾只怕也是人人争抢的。

卢婉儿坐在卢夫人身边，目光不由自主地往谢景行身边投去。她有心想过去同谢景行说两句话，可眼下都是臣子在与谢景行恭维，她是个官家小姐，再胆大，也不可能当着这么多人的面去献殷勤。

一转眼，却瞧见正与叶恪说话的叶楣，卢婉儿的脸色就沉了下来。

卢婉儿自认娇生惯养，因此看旁的女子，总带着几分俯视的目光。整个陇邺里，她自认为比之公主也不差。如今叶家认回了流落在外的一儿一女。本来卢婉儿是抱着看热闹的心态来瞧一瞧，待看到叶楣后，却一点儿也高兴不起来了。

叶楣生得太美貌了，还有一种特别的风韵。说是妩媚，比妩媚多一分天真，说是天真，又有一种成熟的风情。最重要的是，叶楣还很聪明，今日第一次见许多夫人，这会儿已经能和那些夫人相谈甚欢了。

一个美貌的、聪明的、懂得进退的女人，还被冠上了叶家千金的名号，这让卢婉儿有了强烈的危机感。而且叶楣还救了睿亲王一命，和睿亲王府也就自然而然有了更近一层的关系。卢婉儿恨得牙痒痒。

那头叶夫人吃惊道："一直都未曾见着亲王妃。怎么，亲王妃今日没来？"

诸位夫人窃窃私语起来。

叶夫人又道："不会是身子病了吧。前些日子我去接楣儿和恪儿的时候，见着亲王妃就有些憔悴，似乎那时候身子就不好，连亲王殿下都未曾照顾呢。"

此话一出，一片哗然。叶夫人这话里，既不露声色地提了一把她去过亲王府，亲王府和叶家关系亲切，又将沈妙狠狠地贬低了一番。睿亲王命悬一线的时候，沈妙竟不去照顾，实在太没有良心。

谢景行正在饮同僚敬来的酒，嘴角含着淡笑，目光未曾往这边落一眼。

有人就道："莫不是夫妻二人吵架了吧。"

"怎么会呢，"卢夫人笑得和气，"当初亲王妃亲口说的，睿亲王府不会再纳人，可见二位感情极好，否则也不会说出这样的话来。"

叶楣看向叶夫人，道："亲王府不会纳人吗？"

叶夫人摇头，低声道："亲王妃自己说的。"

罗潭听得一肚子气，她风尘仆仆地赶回来，没想到没看到沈妙，反而听得这些人越说越过分。

"不会不来了吧？"有夫人问。

罗潭正要辩驳，听得门口传来一个温和含笑的声音，道："对不住诸位，我来迟了。"

众人下意识往门口看去。

年轻女子拂开珠帘，含笑往里走来。

她年纪轻轻，容貌生得极为清秀，眉如新月，眼如秋水，盈盈淡淡，唇角微勾。穿着晚霞紫百合如意暗纹裙，丁香苏绣烟罗衫，归云髻，暗紫的葫芦八宝耳环。倒也不是很华丽的打扮，甚至称得上简朴，然而仿佛随着她的到来，本就富丽的长厅也为之一亮。肌肤赛雪，眉眼如画，她一步一步走过来，裙摆迤逦，丽色逼人。

那是和叶楣截然不同的美貌，美人在骨不在皮，叶楣是美的，可这女子的美，却如春日的溪水，夏日的薄冰，秋日的弯月，冬日的胜雪，美在仪态，美在神情。

沈妙走到了主位以下，女眷那头的正中坐下。她神情雍容，满屋子的夫人小姐，亦有高官贵族，和她这么一比，倒是相形见绌了。

她接过罗潭递过来的酒，笑道："晚来，自罚一杯。"优优雅雅地喝了个干净。

来人中亦有谢景行的追随者，沈妙这番动作，让人心生好感，立刻就应和着举杯，笑道："王妃好气度，我等一同干杯！"

沈妙微微一笑，扫了一眼场中众人。她总要以睿亲王妃的身份去认识陇邺朝堂中人。更重要的是，有楣夫人在场，她不容许自己在楣夫人面前有一丝一毫的溃败，这是她背负着一双儿女而来的尊严。

叶楣看着沈妙，目光似有惊异。

罗潭小小地拉了一把沈妙，用只有两人能听到的声音低声道："小表妹，你是不是和妹夫吵架了？怎么瞧着不太对劲？"

沈妙转眼向谢景行看去，他正听着面前一个官僚敬酒，目光都未往这头看一眼，真是十足的冷漠。沈妙微微黯然，不知铁衣将那封信给他没有。

正想着，一位大人道："既然这会子人都到齐了，大家就一同祝贺亲王殿下生辰！"

众人一同举杯道贺。谢景行勾唇应了，一杯饮尽。

一位夫人又道："说起来，叶夫人刚刚找回叶小姐和叶少爷，叶小姐如此美丽，想来也是才艺双绝，又与睿亲王府颇有渊源，倒不如应个景儿，露两手给亲王殿下道贺？”

这话有些贬低的意思在里面。一个千金小姐当着众人的面给人表演才艺，若非是正经的比试场合，就显得有些轻浮了。

叶恪面有不快，叶夫人正打算回敬，叶楣却笑着开口道：“倒也不是不可以，只是怕扫了诸位的兴致，不敢献丑。”

提议的夫人正是巴不得她“献丑”，立刻笑道：“怎么会呢？亲王殿下您说是不是？”

谢景行挑眉，这才往这头扫了一眼，唇角一扬，似笑非笑道：“跳吧。”语气有些随意，仿佛在支使哪家供人取乐的舞娘。

叶楣目光一闪，站起身来，先是对着沈妙行了一礼，道：“既然今日大家兴致都这样好，我方来陇邺，不知有没有坏了规矩，不过也愿意献丑让大伙儿都高兴高兴。总归是个玩闹的兴致。”

一番话说得规规矩矩，几分天真不知事，却带了些妩媚的挑逗。

沈妙看到了叶楣眼中的挑衅。

“曾与养母学过钦州的一种水袖舞，今日就跳给大家看吧。”她说。

沈妙微微低头，唇边闪过一丝冷笑。

叶楣很快换了衣裳出来，却是穿了一身雪白的长裙，宽大束腰将她的腰肢裹得盈盈不堪一握，衬得俏脸端丽，窈窕生情。四扇摆好的屏风架着宣纸，纸笔墨都在，弹琴的侍女也在，弹拨第一声开始，叶楣抖了抖长长拖地的水袖，开始翩翩起舞。

沈妙的指甲几乎都要掐进掌心了。

水墨舞，是叶楣跳得最好的一种舞。叶楣琴棋书画样样精通，每一样拿出来都能独占鳌头，水墨舞不过是其中之一。起舞时，袖子上沾上墨汁在宣纸上作画，一曲舞罢，画成。既风雅，又独特，美人美景美画，好不风流。

可这水袖舞是沈妙的心头血、眼中刺，每每瞧见，都痛不可当。当初匈奴来请求和亲，傅修宜要把婉瑜嫁过去。沈妙软硬兼施，甚至拿沈家要挟，奈何傅修宜心如磐石，婉瑜想了许久，想出了一个主意，自己学了一首曲子，亲自弹给傅修宜听。

那首曲子是婉瑜寻了许久方寻来的，又被沈妙改了又改，婉瑜想说的话都在曲子中。不过是希望傅修宜念着父女情分，做事不要那么绝，给婉瑜留一条活路。

可那一日，沈妙将傅修宜请到坤宁宫，让婉瑜弹给傅修宜听，弹完就看见傅修宜眼中有一丝动容，可楣夫人就不请自来了，旁若无人道：“陛下原来在这里，臣妾今日新学了一支舞，想跳来给陛下观赏，既然皇后娘娘也在，一并观赏了吧。”

她跳得妩媚生情，他看得深情厚谊，却全然忘了还在等候的婉瑜和沈妙。婉瑜眼中的失望，沈妙永远都记得，才十几岁的小姑娘，眼中的生机一点点淡去，几乎归于平静。

到了第二日，婉瑜就来给她磕头，说："母后不要为儿臣白费心思了，儿臣愿意和亲。"

怎么会有人愿意和亲呢？只是婉瑜比她更早更清楚地看到傅修宜的无情、楣夫人的手段。或许婉瑜觉得，就算是奔赴不知前途的未来，也比留在宫中承受那遍布的阴谋暗箭来得舒坦。

最后，婉瑜解脱了。可是沈妙，永远无法释怀。

眼前雪白的长袖飘然舞动，可沈妙觉得，长袖上沾着的并非是墨汁，一滴一滴，都是婉瑜的心头血，也是她的眼中刺，骨中钉。

李楣腰肢柔软，动作妩媚，一双眼睛盈盈生波，目光所及，似乎在看旁人，又似乎没有看旁人，像是一只蝴蝶，挠得人心痒痒。

女眷们尚且看得目不转睛，又何况男眷们？卢婉儿看得妒恨交加，气得直咬牙。

沈妙冷眼看着李楣翩然起舞，思绪飘飞在上一世的时候。

她第一次见楣夫人，是从秦国回到定京，只听闻宫里多了一个妃子，大家尊称为楣夫人，却不提妃位。听闻傅修宜对这位楣夫人宠爱有加，沈妙心中酸涩，却不以为然，想着傅修宜那样冷峻的性子，再如何宠一个人，也不会有多过分。

然后她去御书房里找傅修宜，瞧见楣夫人在御书房里摔了傅修宜的镇纸。沈妙见那女子美得活色生香，一颦一笑皆如画，骄纵又野蛮，竟然就在御书房里使性子撒泼。沈妙以为傅修宜会发火，傅修宜也的确是出现了怒容，而那楣夫人竟然扭头就走。

沈妙当时想，好一个烈性女子，敢与傅修宜这般说话，这样的性子，在后宫中活得到几时？

她当时忙着问婉瑜和傅明的情况，也没多留意，只觉得那个女人是个极美极狂妄的人。

可傅修宜就算气成这模样，第二日清晨，沈妙就在御花园瞧见傅修宜陪着楣夫人散步，言语间颇为宠溺，让人看得呆了。

她从来没有见过这样的傅修宜，傅修宜对女人一向不怎么有耐心。也就是那时，沈妙突然意识到，这个女人十足危险，她成功抓住了傅修宜的心。

楣夫人的真面目究竟是什么？沈妙看着眼前女子，这一世，她成了叶家千金，谨小慎微，不再骄纵，可，这真的就是她的面目吗？

她今日这番动作，又想做什么？她想让谢景行如同傅修宜一样，对她一见着迷、再见倾心吗？沈妙心中冷笑不绝，抬眼往谢景行那头看去。这一看，却正对上谢景行的目光。他的目光正落在沈妙身上，大约没想到沈妙会突然看向他，顿了一下，随即撇过头去，若无其事地继续瞧着外头，似乎在遮掩什么，却一点儿也没看到那中间舞得热烈的人。

沈妙愣了一愣，心中涌上一阵难以言喻的感觉。

谢景行的目光在她身上，并未投向叶楣一眼。这和傅修宜何其不同？若是傅修宜，只要沈妙和楣夫人一同出现的场合，是一眼都不会多看沈妙的。人和人果真是不同的，就像她和叶楣不同，谢景行和傅修宜也不同。

她这般想着，竟连叶楣什么时候舞毕了都不知道。只听得厅中鼓掌声热烈，这才抬起头。见叶楣站在其中，微微笑着，额上渗出些晶亮的汗珠，香腮含粉，越发动人。而她身后，水墨画已成，洋洋洒洒，有麒麟踏祥云而来，正是一幅祝寿图，惟妙惟肖。

"叶小姐果真是才艺双绝！"学士府的大人道，"画得传神，上等佳作，我学士府的姑娘们可都没有这份本事！"

"舞跳得也不错。"有夫人赶紧跟着道，"叶夫人真是好福气，叶小姐随了您，不仅花容月貌，更是一身才气。看看咱们这陇邺里，舞跳得这般好，画画得这般好，也真是数一数二地出挑了。"

叶夫人笑盈盈地受了，卢婉儿妒忌地绞着帕子。

有人道："不知道亲王殿下以为这幅祝寿图如何？"

众人看向谢景行，叶楣也往谢景行那头看去，却见谢景行手持酒盏看着窗外，不知道在想什么，想得出神，根本就没有听这头的言论。

"殿下？"高阳提醒他。

谢景行回过神，问："怎么？"

"问您叶小姐这幅祝寿图怎么样？"高阳道。

众人有些尴尬，敢情人家在这里尽心尽力地展示才艺，睿亲王根本就在走神。

谢景行闻言，扫了一眼那图，微微勾唇道："不错。"

敷衍的态度，隔着三层人都能看见。

叶楣的笑容就有点僵，反是沈妙见了，眼中闪过一丝笑意。谢景行定是故意为之，虽然不知道为何他要故意让叶楣难堪，不过沈妙因为他这个举动而微微开怀。

她这一点笑意被叶楣捕捉到了，叶楣盯着她，忽然轻声笑道："说起来，当初住在睿亲王府的时候，听闻王妃也是才艺双绝。"突然就把话头转到沈妙身上了。

"只听过王妃步射极好，未曾听过其他。既然今日是亲王寿辰，王妃不如也来助助兴，让我等开开眼界，小女仰慕王妃许久了。”她轻声道。

众人看向沈妙。沈妙微微一笑：“我是睿亲王府的王妃，怎么能像歌女舞妓一样吹拉弹唱，任人观赏呢？”

刹那间，厅中哑然无声，叶楣的脸唰的一下红了。

叶夫人和叶茂才脸色难看，叶夫人想说话，可她一开口，岂不就是顺着沈妙的话头说叶楣就是歌女舞娘的德行？

卢婉儿有些幸灾乐祸，沈妙和叶楣掐起来，才是她最乐见其成的。

谢景行含笑瞧着一切，就这么袖手旁观着。

叶楣踌躇地站在原地，微微蹙眉，好好一个美人，被逼到如此境地，让人觉得十分不忍。厅中的男眷就有些打抱不平又自诩正义的，想要英雄救美，为叶楣说话了。

沈妙扫了一眼厅中众人，将众人的神情尽收眼底，叶楣就是有这样的本事，她想要什么，从来都不用自己说。皱皱眉头，叹叹气，就驱使着周围的人为她抛头颅洒热血，今日自己拒绝了叶楣，只怕明日全陇邺的人都要站在叶楣那头了。

怎么能让叶楣如愿？

她站起身，在众人诧异的目光中笑道：“不过，叶小姐盛情难却，我就勉为其难，恰好前些日子学了一首曲子，就弹与叶小姐听吧。”

“怎么是弹给叶小姐听呢？”卢夫人笑道，“不应该是恭贺殿下生辰吗？”

“这曲子悲得很。”沈妙淡淡道，“不似喜庆乐调，也不适合恭迎生辰。只是我前些日子觉得好，便学了，既然叶小姐仰慕于我，好东西自然要分享，对吗？”她含笑看向叶楣。

叶楣也柔柔一笑：“自然是的。”

沈妙端着袖子走到中间，叶楣退下。惊蛰给沈妙寻了椅子过来，沈妙抬眸，问：“取琴来吧。”

谷雨过了许久才出来，道：“碧霄楼只有一把焦尾琴，夫人……”

焦尾琴音色特别，谷雨心里清楚，跟了沈妙这么多年，几时见过沈妙抚琴？她一边暗恨叶家千金不安好心，偏要沈妙做这等风雅之事，一边又为沈妙犯难，打肿脸充胖子，丢了的脸面只会是自己的。

尤其是有了叶楣的水墨舞珠玉在前，沈妙做什么都是相形见绌。

“无碍，就拿它吧。”沈妙道。

周围的夫人小姐闻言，俱是窃窃私语起来。

“不是说自来粗野吗，竟还要托大弹琴？”

“应当是想与叶家小姐一较高下吧，真是争强好胜。”

"可惜了睿亲王府，今日只怕是要丢脸了。"

"明齐的人果真上不得台面，也不掂量掂量自己几斤几两。"

他们声音小，却掩饰不了嘲弄的目光。

季羽书和高阳咬耳朵，悄声道："嫂子真的会弹琴？当初沣仙当铺查出来的消息，连弹琴的先生都没给她请过一个。无师自通？太厉害了吧。"

高阳耸耸肩："我也不清楚，静观其变吧。"

裴琅也在宴请的宾客中，广文堂有教授琴艺课，可沈妙没有选择修琴，裴琅也曾听闻那里的先生抱怨过，沈妙连琴弦都分辨不清楚。这会儿见沈妙欣然接受，心中难掩诧异，又忍不住看了一眼谢景行，想着沈妙如此争强好胜，都是为了谢景行吧。

谢景行微微蹙着眉头，捏着酒盏的手却微微攥紧了。

沈妙焚香净手，道："这首曲子叫《血咏》，是一位年轻公主被迫要去与敌国和亲，下嫁给年过五旬的粗鲁敌国领袖，对于未来茫然不安，却无可奈何，希望能改变自己父皇的主意，心中悲愤绝望之下所作的曲子。"她声音淡淡，如同渺茫月色。

她弹拨了琴弦。焦尾琴琴音厚重，本不似普通琴音清越，弹拨起来也难以打动人心，而她一点一滴，抚得漫长。分明是莫名的琴音，却声声扣人心弦。从弹拨的第一声开始，厅中就安静下来了。

她慢慢地开口，慢慢地唱：

长江浩浩西来，水面云山，山上楼台。山水相连，楼台相对，天与安排。

戴月行，披星走，孤馆寒食故乡秋，枕上忧，马上愁，死后休。

她的声音平日温和，如水一般清澈，然而此刻带了沉痛之意，听得人眼圈发红，心头发酸。随着她的唱词，眼前仿佛浮现了那年轻的小公主，生得玉雪可爱，却被迫穿着凤冠霞帔，苦涩地坐在宫中一隅。宫殿巍峨重重，幽深厚重，本是天真烂漫的年纪，却要迎接并不轻松的命运。

她上马车，拜别母后，帝王无情，为千秋大业牺牲女儿，成为皇家公主，迎来的却是不能自己做主的姻缘。

离京的路途遥远，她落寞地掀开帘子，看沿途飞过的老鹰，看水底的游鱼，看风看雨看云，每一样都比她自由。

咫尺的天南地北，霎时间月缺花飞！手执着饯行杯，眼隔着别离泪。刚道声保重将息，痛煞煞教人舍不得！

沈妙的眼泪慢慢地流了下来。她清秀端庄，肤白如玉，灯火之下，素手弹拨，但见泪痕，分明是冷冷的神情，仿佛有无尽苦楚，说说不得，唱唱不出，一双眼睛黑白分明越见清澈，暗暗痛色无穷，却衬得人如雨中花，让人忍不住想呵护。

满厅的人无语凝噎，眼圈发红，只觉得心头哽咽，再无之前叶楣跳舞时的欢欣。

琴弦忽而一转，琴音声声急促，唱词变得锋利。

误国君，奸佞专权，开河变抄祸根源，官法滥，刑法重，黎民怨。人吃人，何曾见？贼做官、官做贼，混愚贤，哀哉可怜！

倒不如亲眼见这楼倾台塌，变成瓦砾，兴亡五十年，冷眼看碑残！

她眉眼冷厉，声声啼血，如泣如诉，仿佛在说一段过往，然后目光掩饰杀机，满腔愤恨凝而未决，一丝丝一束束，都朝那坐着的叶楣姐弟飞去。

婉瑜到底未曾将这首曲子完整地弹给傅修宜听见，那剩下的曲子被沈妙补完，在冷宫之中，她拿断了琴弦的残琴弹给自己听。前半段是婉瑜的哀求，后半段是她的控诉。夜里不绝入耳，可是那些人都听不见。

现在在这里，你且听！你且听！听这曲调可曾有一丝熟悉？可曾有一丝胆寒？

谢景行将杯盏放下，目光锐如刀锋。叶楣却觉得有些发冷，那唱词与她何干？可为何像是冲着她来的，心中竟也有不安？

那一曲唱罢，悠悠淡淡的琴声方歇，沈妙猝然停手，抬眸。厅中久久没有言语。

谁敢说睿亲王妃粗野无名，不通琴棋？能弹唱满厅人寂寂无声，也是本事。

为何又偏偏让人一颗心沉沉定定，仿佛听了个悲伤的故事，怎么都高兴不起来了？

沈妙开口道：“这曲子算不得喜庆，本不该在生辰上弹拨，不过叶小姐想听，就特意为叶小姐弹了。”她看向叶楣，“叶小姐可算满意？”

众人的目光嗖的一下落在叶楣身上。

“王妃果真如传言一般才艺无双，”叶楣笑道，“这一曲《血咏》，让人佩服。不过……”她有些疑惑，“前半段和后半段怎么是截然不同的风情？后半段，好似换了个谱儿。”

后半段激烈、愤恨、绝望，如同困兽发出的最后呐喊，让人战栗。

沈妙动了动手指，前面和后面自然是不一样的，前面是婉瑜为打动傅修宜，作得哀婉，后面却是她痛失女儿，后被打入冷宫，对这双毒男女的控诉。

沈妙微笑："前半段是这位小公主被迫出嫁的心情，后半段却是这位小公主的生母，那位皇后痛失女儿的绝望和悲愤了。"

"原来如此！"众人恍然。

又有人问："这曲子可真是动人心弦，亲王妃是从哪里得来的这个故事？"

"不过是路过的说书人传唱的罢了。"沈妙含笑，"只是觉得这故事太沉重，便记了下来。"

"哦？"有年轻的小姐忍不住问，"那既然是个故事，最后的结局是什么？那位和亲出嫁的公主又有什么结局？"

沈妙淡淡道："故事的结局，那位公主死在和亲路上，那位皇后也被打入冷宫，不久就被赐白绫一双，殁了。"

其他人皆是唏嘘，说这个故事太过悲惨。

叶夫人有些不高兴，沈妙这一出弹唱，和叶楣分不出上下。叶楣妩媚多姿，舞得热烈动人，沈妙只是静静地坐着弹唱两句，便吸引了其他人的注意，而且还讨巧地讲了一个故事，抢了叶楣的风头，这样一来，叶楣的那出水墨舞，反倒是落了下乘。

叶夫人道："大喜的日子，倒让人怪感伤的。"

沈妙也笑："扰了各位的兴致，倒是我的不是。"她走到席间来，取了一个酒碗，酒碗是男子们喝酒用的，她也给自己倒了满满一碗，微黄的酒酿，倒映出她年轻的容颜。

"敬一碗酒，赔罪。"她仰头灌了下去。

谢景行目光猛地一沉，似乎要起身，却又不得已按捺了下去。

沈妙抬着下巴，这碗酒灌得急，来不及吞咽的酒水顺着脖子滑下，打湿一小块衣襟，也是浓丽的、让人心碎的娇艳。

她睫毛长长，眼神清澈，罢了，将酒碗往桌上一搁，既是优雅，又最豪气，道："先干为敬了。"

这碗酒确实干得好，将来往同僚心中的那点子豪气也点燃了，纷纷拿了酒碗笑道："亲王妃好酒量，敬您一杯，干了！"

沈妙微微一笑，那点子笑容却又让人有些琢磨不透了。她看了一眼叶楣姐弟，叶楣姐弟也正盯着她。

她看了看外头。这一碗酒，却是将整个碧霄楼的热意都点燃了，酒酣耳热，沈妙站起身来，对着女眷席道："先出去透透气。"

径自离开了。

外头八角和茴香正等着她，往不远处的凉亭走。沈妙只觉得喉咙火辣辣的，那上好的酒酿却是最浓烈，但她并不觉得醉，只是眼角都被辣得似有热泪盈出。

那一杯酒，敬的是她的小女儿，和亲途中惨死的小公主。这些听戏人只是听一听就尚且觉得悲惨万分，那么她呢？婉瑜呢？在独自随着和亲的队伍远去的时候，是不是绝望如置身烈火，却又没有任何出处？

她以为她能忍住的，到底还是没忍住。作为一个母亲，她宁愿自己死一千遍，也不愿意婉瑜和傅明去承受这些痛苦。

她一步步地走，月色凉薄如水，却吹不干她心中的荒芜。

那凉亭里已经放好了酒水和食篮，八角道："夫人，烟花也已经买好了。"沈妙应了。

说了吧，都说了就能解脱。无论未来谢景行怎么看她，她要面对的是什么，她都可以忍受。没有什么会比前生的她更糟糕了。连那些都忍过来了，不被理解的隔阂，怪物一样的眼光，又算得了什么？

她正想着，却听得身后有声音响起："你在等亲王吗？"转头一看，却是裴琅。

裴琅瞧了一眼亭中桌上摆着的东西，笑了笑："倒没想到你会做这样的事。"

沈妙问他："你怎么出来了？"

"不习惯这种地方。"裴琅道，"也喝不得酒，打算先回去了。没想到看见你在准备这些。打算和亲王和好？"

沈妙点头。

"以前时常在想，大约没有你会服软的人，现在知道了，原来就是亲王。"裴琅笑容有一丝不易察觉的黯然，"虽让人意外，又觉得并不意外。"

沈妙微微一笑。

与此同时，碧霄楼里的谢景行扫了一眼铁衣，就要起身离席。

季羽书扯住他的衣角："今儿个你是寿星，怎的要临阵脱逃？"

"松手。"谢景行瞥他一眼。

季羽书乖乖松手："到底去干什么，神神秘秘的。"

高阳道："你管他那么多做什么。"

谢景行微微侧目，看了一眼正与叶夫人说话的叶楣姐弟，不由得暗下眸光。

沈妙对这对姐弟的态度实在是太奇怪了。叶家这对姐弟，看起来也并不简单，虽然墨羽军也查不出什么不对，可正因如此，才更让人觉得怀疑。

他忽而又想起铁衣塞到他袖中的那封信。那封信却是沈妙写给他的。倒也没提道歉的事，只说生辰宴上，在离碧霄楼不远的一条小巷的凉亭里，有话要与他说。

支开众人，不管是不是道歉，对沈妙来说，都是很大的让步了。谢景行本来对上沈妙就是好哄得很，摆着冷脸也是故意的，眼下心中却是愉悦。

凉亭里，裴琅与沈妙说完话，就打算告辞，才下台阶，迎面撞上了一个八九岁的孩童，裴琅猝不及防，被撞得跌倒。八角和茴香在另一头等谢景行过来，沈妙见裴琅低声呻吟，似乎摔得不轻，打算过去看看。

才走到裴琅面前，就见那小孩儿面朝地趴着，也不知怎么样了，裴琅正在唤他。沈妙也蹲下身来，正要说话，那孩子却猛地抬起头来，目露凶光。

沈妙猝不及防，见有银色雪光迎面刺来。此刻要躲也来不及，裴琅猛地将她抱住翻身，整个人将她护在身下！接着，便是一声痛哼。

裴琅死也不放手，将沈妙护得极紧，那小孩儿却不管，一脚踢开裴琅，将刀子转了个角，往沈妙身上刺去！却有声音传来，小孩儿手下一偏，再看沈妙，却是同裴琅一样，刀锋入到腹部。

谢景行正同茴香和八角往这头走。茴香道："夫人已经等了您有一会子了，怕您还在气着，所以一直耐心等着。您见了夫人，千万要体贴她呀。"

谢景行面无表情，眸中闪过一丝笑意。

绕过小巷，就见凉亭，还未近前，就有浓重的血腥之气。

谢景行脚步一顿。八角和茴香也是一愣。但见凉亭之前，横卧两人，月色清亮亮如灯笼，将地上映照得一清二白。大片大片的血色，还有，熟悉的人。

睿亲王府今夜格外不同寻常。

院子里下人都凝重着脸色，就连风都是冰冷的，吹得人额上冒出冷汗。

铁衣跟到年轻男子身边，低声道："主子，没有发现踪迹。"

谢景行扫了他一眼，神情平静，眼底酝酿着黑色风暴，下一刻就要将人席卷进去。他反问："没有？"

铁衣打了个冷战，正要说话，高阳从里头走了出来，道："嫂子没事，刀痕未伤及要害，服了些安神药，明日一早就能醒来。"

谢景行目光稍定，高阳又道："不过裴琅伤得很重，刀伤太深，流了不少血，能做的我都做了，能不能挺过去，还得看他自己。"

"看样子，是裴先生替夫人挡了这一刀。"铁衣小心翼翼道。

"这可不是什么好事。"高阳看了一眼神色冷沉的谢景行，"如果他真的醒不过来……以嫂子的脾性，一辈子都会在心中愧疚。"

"陇邺封了城门没有？"谢景行问。

"封了。"铁衣道，"墨羽军暗部的人也全部出动，既然周遭的人都未发现，夫人连呼救的时间都没有，那人要么是没武功，要么手法十分高明。”

谢景行道：“不用想了，捉住活的，直接打死。”

“那背后之人……”

“再查！”铁衣奉命离去，谢景行又看向高阳，道：“你今夜就留在这里，也不用来回走动。”

高阳道：“我知道。”又看了一眼谢景行，“你也先休息吧。”

在离碧霄楼不远的地方就对睿亲王妃下手，对方的胆子未免也太大了一些。

谢景行走到屋里，沈妙躺在床上，脸色苍白。他叹了口气，在沈妙床边坐了下来。

屋里的桌上还有摆着的食篮，里头有沈妙吩咐碧霄楼的厨房特意给他做的长寿面。谢景行伸手将食篮打开，从里头将那只碗捞出来。碗里的面条已然凝成了糊糊，隐约可见白的面、翠绿的青菜、卧着个鸡蛋黄。

谢景行取了双筷子，大口大口地吃起来。味同嚼蜡，终是吃完了。他将空了的面碗放在桌上，握住沈妙的手。

外头，罗潭得了消息，正往这头匆匆赶来。瞧见高阳，便先问：“我小表妹怎么回事？”

“她没事。”高阳道，“裴琅替她挡了一刀。”

“裴先生？”罗潭怔住，“那裴先生如何？”

“不太好。”高阳摇头。

“你都不能救活他吗？”罗潭问。

高阳苦笑：“我是大夫，不是菩萨，如果人人都能被救活，阎王殿里也就没人去了。”

罗潭道：“我今日才知道，小表妹原是和妹夫吵了架的，说是因为小表妹在妹夫病中没有去探望他？碧霄楼里的那些夫人说小表妹冷酷无情，他们都知道些什么！小表妹在怪道士那里替妹夫求药的时候，他们又有谁看见了？无理取闹！”

“怪道士？”高阳问，“什么怪道士，你说的求药又是怎么一回事？”

罗潭一呆，道：“没什么，我随意说的。我先去看看小表妹吧。”说罢就要往沈妙躺着的屋里走。

高阳一把拉住她道：“别去了，谢景行在里面。”

“啊？”罗潭低下头，忽而想起什么，“你今夜留在这里吗？”

“我要留在这里看裴琅是什么情况。”高阳道，“你先回去吧。”

罗潭摇头：“我不回了，就在这里，等小表妹醒来再说。”

高阳知道罗潭性子执拗，便也没有多劝。

这一夜分外漫长。

沈妙和裴琅遇刺一事是被瞒下来的，碧霄楼里的众人并不知情，只以为谢景行是提前离席。

夏日里白天长，黑夜短。日头冒出点光芒，院子里鸟儿开始啼叫时，两间房里都是寂静无声。

谢景行看着高阳，问："怎么回事？"

高阳眉心紧蹙，替沈妙把脉，又替裴琅把脉，一屋子人面前，摇了摇头。

"奇怪，裴琅伤势过重，到现在却没什么动静，应该有所反应，却跟睡着了一样。王妃未伤及骨肉，服过安神药，也应该醒了，到现在都未曾醒来。"

"所以？"谢景行面沉如水。

"这……有些奇怪。"

唐叔道："会不会又是有别的毒？只是高大夫之前未曾发现。"

"不可能。"高阳断然否认，"他二人脉象都不是有毒之兆，反是若有若无，看不出什么问题，偏偏一直未醒。"

"那可怎么办？"罗潭有些急了，"我小表妹不可能一直都这么睡下去，总得有个原因。"

高阳看了一眼谢景行，谢景行的目光令他有些招架不住，只得道："再等半日看看。"

这半日，谢景行寸步不离地守在沈妙的床边，可别说是半日，一直等到了夜深，沈妙都未曾醒来。裴琅也是一样。

唐叔问高阳："高公子，这到底是怎么回事啊？夫人和裴公子就算不醒，也得有个原因，连您也瞧不出来原因吗？"

高阳心中真是有苦说不出，他二人除了脉象若有若无之外，就和平常人睡着了一样，他如何看得出来？

面对谢景行越来越锋利的目光，高阳也是颇感压力。

到后来，季羽书也得了消息匆匆赶来，大家伙儿一块儿发愁。

罗潭忍不住，急得要上火，都快掉眼泪了，道："这些日子难道是冲撞了什么不成，先是妹夫，现在又成了小表妹。小表妹要是有个三长两短，我该如何同姑姑姑父交代？"

高阳拍了拍她的肩膀："这不怪你。"

"我若是陪在她身边，至少也不会让人钻了空子。"说罢又想到了什么，怒道，

“还有妹夫也是，若不是与小表妹置气，也就不会平白无故地让人跟着小表妹，对小表妹下手。”

高阳无奈，谢景行和沈妙夫妻二人间的事情，真不是他插得上手的。

“若是小表妹醒不过来，才有他后悔的！”罗潭怒道，“那些个夫人偏听偏信，他总是小表妹的枕边人，还觉得小表妹对他真是毫无感情？”她想了想，捏了捏拳，“左思右想，这件事情都没必要瞒着妹夫，小表妹自己为他付出了那么多，结果白被人捡了便宜，若是小表妹真的不好，也总得让她把话说清楚。小表妹不说，我来说！”

“你要说什么？”季羽书奇道。

罗潭瞪了他一眼：“当然是比叶家那对姐弟更大的功劳了！”

罗潭气咻咻地去找谢景行了，高阳怕她惹事，连忙跟在后面。到了门口，正瞧见谢景行沉着脸从屋里出来，自从沈妙出事之后，谢景行就没换过脸色。

罗潭道：“睿亲王！”她没有叫那句亲昵的妹夫。

谢景行扫了她一眼，沈妙不醒，他心中烦闷，对待旁人更无耐心，面上都是森然。

罗潭自来就是不管不顾的性子，脾气一上来，天王老子都不怕。她道：“小表妹之前不肯让我告诉你，如今她都躺在病床上了，她不说，我来说得了。我没什么顾忌，也没她想得那么多，做了什么，平白无故地藏着不被人知道，也太过吃亏了！”

闻讯赶来的唐叔和铁衣他们也都站在一边，闻言皆是有些诧异。

“那些夫人都说你在病床上卧床不起时，小表妹都不来看你。你觉得备受冷落，小表妹是个无情之人，所以心中不悦，同她置气是吧？”罗潭盯着他，“你却不知道，她那些日子不来看你，不是因为她不想来，而是因为她出城替你求药去了！”

出城替谢景行求药，谢景行目光落在铁衣身上，铁衣讷讷低下头，不敢直视谢景行的目光。

“说清楚！”谢景行上前一步。

罗潭道：“你不知道吧，闻言凤头庄有位高人可以逆天改命，帮人修改命格。那时候高阳在替你炼制解毒之药，小表妹三颗归元丸全给了你，也只能保你一时性命。十日之内若是找不出解药，你的性命就会不保，可你在第四日时就情况危急，太医说你撑不过七日，小表妹听闻凤头庄那位高人的传说，就带了我和几个侍卫前往凤头庄。”

谢景行目光一震。

沈妙是什么人，理智又精明，尤其不信鬼神，什么逆天改命这样的荒唐话竟也会相信，也是真的走投无路了。

“凤头庄离陇邺是不远，而那高人居所更是难寻。当日我们连夜赶去，在树林中险些迷路，还有狼群，小表妹坚持要点着火把连夜找路，生怕赶不及时间回来救你。

“第二日我们找着了那高人，那高人会奇门遁甲，只带了没有武功的我和小表妹进了山谷。说有一株灵草可以解百毒，但要小表妹付出代价。那代价其实不难，却要人在满山谷里的红袖草中，一株一株将其中的虫子挑出，再给它们一株一株施肥。”

高阳和季羽书都面露惊异，唐叔和铁衣更是震惊不已。

这些事情他们没有听旁人说过，不知道其中有这些渊源。唐叔恍然大悟，难怪沈妙回府当日那般狼狈。

罗潭越说越气：“听上去似乎没什么对吧？可她自小也是娇生惯养的。满满一山谷，那些农妇一个人都无法完成，她之前就未睡，立刻开始动作，忙碌了整整一夜。你们这些锦衣玉食的人，恐怕一辈子连挑肥的扁担都没摸过。她既然能做到这一点，凭什么就比那对姐弟矮上一分？”罗潭看着谢景行，“叶家姐弟救了你是不假，他们对你的确有救命的恩情，可是我小表妹也绝不逊色！

“说她没有在你身边，可你去问问这亲王府的下人，她未曾离府之前，在你的床前守了几日？可曾离步？她不眠不休地照顾你，莫非还比不过只有一面之缘的叶家姐弟？

“如今我小表妹落到这个地步，我替她委屈！亲王殿下当初将她从明齐娶回大凉，承诺的是什么？你却连相信她也做不到。她固然有诸多不好，可是有一点毋庸置疑，她的真心毋庸置疑！”

罗潭说完，面色涨红。再看谢景行，他无悲无喜，面色平静，越是平静，越是让人胆寒。

“说完了？”他缓缓反问。这语气太冷，冷到罗潭都忍不住缩了缩脖子。

高阳连忙站出来道：“现在不是追究这些的时候，当务之急，还是想想怎么能让他二人醒过来。”

谢景行冷笑：“这还不简单，把叶家姐弟抓起来就是了。”

季羽书一愣：“三哥，你想做什么？”

“她既然为叶家姐弟反常，叶家姐弟一定有问题。”

谢景行转身就走，被高阳一把拉住，道：“不可！他们现在不是无权无势的李家，而是叶家。惊动叶家是什么下场？”

“放开。”谢景行冷道。

“你冷静些！”高阳道，“王妃如果真的恨叶家姐弟，委曲求全这么久，一定也是不想用自伤的办法。你这岂不是拖她后腿了！”

“不错啊三哥，”季羽书也帮腔，“叶家在陇邺也不是什么蓬门小户，你这么出手，只怕会给亲王府也招来麻烦。”

“她能忍，我不能。”谢景行道，“叶家过了底线。”

“三哥……”季羽书还要劝，忽然自院子外头传来八角的声音：“主子，有人来了！”

铁衣道：“什么人？”

“是……那天夫人与我们去凤头庄见到的道士。”八角犹犹豫豫地回答。

“什么？”罗潭瞪大眼睛。

季羽书也忍不住看向八角：“道士？”八角点了点头。

厅中，那穿得破破烂烂的怪道士正摸摸这个，瞧瞧那个，满眼都是好奇。茴香和从阳尴尬地立在一边。

谢景行一行人来到厅中的时候，赤焰道长正准备把一尊花瓶上仙鹤的宝石眼睛抠下来，还问茴香道：“这个贫道能不能带走？”

“赤焰道长！”罗潭一见他就喊了起来。

赤焰一瞧见是她，笑道：“罗姑娘啊，许久不见了。”

罗潭道：“您过来，是不是知道我小表妹出事了，特意来为我小表妹改命的？”

赤焰道长看向罗潭身后的谢景行，笑道：“贫道不能改命，只能算命。这位小哥，你以为如何？”

“我不信天道。”谢景行道。

“天道本无信，人又为什么要执着地从天道中寻求答案？”赤焰道长摇头晃脑道，“这位夫人的命格奇特，旁人本就无法捉摸，全凭她自己选择。你和我，都奈何不了。”

罗潭听不懂，只追问：“道长，我小表妹现在到底应当如何？”

“我当初赠她的灵草可还在？”赤焰道长问。

“咦？”罗潭疑惑，“当初我们回来的时候，亲王的毒已经解了，那药草自然是未用，不知道被小表妹放在了哪里。”

“奴婢好像知道！”惊蛰道，带着众人去了沈妙的房里，果真在梳妆台下头找出一个落满灰尘的匣子，打开来看，里头躺着一株看起来并无甚特别的药草。

罗潭眼尖，道：“就是这个!”

“拿去煎了吧。”赤焰抚着胡须。

“等等。”谢景行看向怪道士，“我凭什么相信你？”

“你可以不信贫道，但你也没有别的选择。”赤焰道长叹了口气，“这药材是这位夫人所寻的，可当初寻得之时，贫道就说过徒劳二字，即便没有这株药草，你也会安然无恙。你的命格里，并没有这桩劫难，她的所作所为，本就是一场空。”

众人听得怔住。

“不过，倒也不是一场空。”怪道士面上又显出些欣慰，“爱人者人恒爱之，救人者人恒救之。倘若当初在山谷里，她有半分不诚、半分敷衍，就不会得了这株灵草，也就不会有今日。这灵草是以救你之名，其实是在救她，她为你而付出，其实是在自救啊！”

罗潭隐隐听出了一些端倪，问道：“意思是，您早就知道这灵草不会用在亲王身上，而是用在我小表妹身上了。”

怪道士看着罗潭，笑眯眯道：“孺子可教。”

谢景行盯着他：“你让她做药农？”

那眼中有杀意，道士后退一步，躲到了高阳身后，轻咳两声，道：“她的命里有此一劫，贫道已经将那劫难化作最小的了。比起性命来，做药农岂不是要轻松得多？”

“可是她为什么还不醒？”高阳疑惑，“我也是医者，查看了她的病症，却是怎么都找不出源头。”

道士道：“贫道说了，这是她命里注定的一劫。”

“什么劫来劫去，叫人听不懂。”罗潭道，“您不妨直接告诉我们，我小表妹吃下那株药草，什么时候能醒？”

赤焰一笑：“那药草不是给她吃的，是给另一位伤者吃的。”

另一位伤者，莫非是裴琅？

谢景行低声道：“你敢装神弄鬼，我现在就能要你的命。”

“戾气太重了。”赤焰摇头，“那一位为了夫人舍弃性命，却是因为命里的一些纠葛，这位夫人求得药草，恰好可以了却这一段亏欠。”

“那我嫂子怎么办？”季羽书问。

怪道士看向躺在床上的沈妙：“她在我山谷里为我满山的红袖草挑出虫子，却挑不出自己心里的虫子。这段劫难对她来说是幸，也是不幸。贫道与她有三面之缘，两朝牵挂。与她这最后一面，就是为了这一段缘分。

“人间事自不圆满，有遗憾，有不甘。她想要求得一个答案，却没有人告诉她。”怪道士眯了眯眼睛，“如今，她找到了法子，正在追索的答案近在眼前。没有人可以帮她，你不能，她不能，贫道也不能。所以，耐心地等吧。”道士看向谢景行。

“那就是你的缘法。”

黄沙漫漫，风卷旗扬。沿途多风霜，日月星辰也不过是点缀。

护送的侍卫都是零零散散的，一个丫鬟模样的姑娘从车队后头走过来，跳上马车，递给里头的人一碗粥，道：“娘娘，粥有些凉了，不过还能吃，您还是吃一口吧。”

马车中的女人尚且年轻，神情却十分憔悴。她撩起马车帘，问道：“现在到哪里了？”

“再走一段路，天黑之前能上官道。”白露笑道，“奴婢问过那些人了，五日之内，定然能够回到定京。”

霜降也跟着笑：“待回了宫，娘娘就苦尽甘来了。”

“苦尽甘来。”沈妙苦笑一声，“折了的人却是回不来了。”

她说的是惊蛰和谷雨，闻言，白露和霜降也眼露悲伤，不再言语。

惊蛰为了拉拢权臣而自甘为妾，在沈妙刚去秦国的第一年就传来消息，被权臣的妻子寻了个由头杖责而死了。至于谷雨……沈妙握紧双拳，却是为了保护她而死在了皇甫灏的手中。

整整五年，在秦国的五年，将她身上最后一点子骄矜也磨得丝毫不剩。她咬着牙委曲求全，不过是为了有朝一日能回到故土，与她的一双儿女重逢。

这一路有多难？连护送的侍卫都不多，单看这车马队，谁能想到这是一国皇后的仪仗？当初她带过去秦国的那些人马，早已在五年的时光里不是死就是散。就如同回国之途，若非有莫擎护着，她定然是不能活着回去的。

沈妙叹了口气，好在五年，终于是熬过去了。

正想着，前面传来了嘈杂的声音。

她问外头：“怎么回事？”

莫擎从前面走过来，道：“遇着个怪人，过来讨水喝。”话音未落，就见他背后出现个穿得灰扑扑的老头儿，瞧着沈妙笑嘻嘻道：“夫人，快要渴死了，给口水喝吧。”

这老头儿穿得怪里怪气，直勾勾地盯着人，叫人心中生疑，并非不肯给水喝，只是沈妙身份特殊，万一遇着歹人，只怕要出事。莫擎命人拉住这老头儿，不让他靠近沈妙。沈妙笑道：“沿途有旱灾，天公不作美，一碗水就是一条性命，给他吧，本……我也不缺这一碗水喝。”

莫擎便命人取了只碗来，盛了一碗清水给那老头儿，老头儿咕嘟嘟一口气灌了下去，拍了拍肚子，拨开侍卫的手站起来，对着沈妙作了一揖，道："夫人宅心仁厚，救了贫道一命。这一碗水之恩，贫道也要报的。"

"贫道？"沈妙一愣，随即笑了，"你是道士吗？"

"法号赤焰。"怪老头看着沈妙，摇头道，"夫人面相极贵，可是运贵命浅，承不起贵运。"

"这人胡说八道些什么？"白露看向沈妙，"娘……夫人，指不定是哪里来的江湖骗子，别听他胡说八道了。"

莫擎作势要驱赶这怪老头。

"等等。"沈妙道，"一路上也怪无聊的，听人怎么说吧。"

那老头又装模作样地一拜，道："夫人眉间有黑气，只怕不好。这路途尽头，却是凶兆。若就此掉转马头，倒可以避开此劫。夫人，贫道还是劝您，此道是黄泉道，莫要走，走了就不能回头了。"

"越说越过分！"霜降气得脸色铁青，"你这是咒谁呢？"

沈妙却是好脾气，在秦国待久了，面对明齐的任何人，都有故乡人一般的欣喜，她笑道："多谢道长提醒，不过这条道我却是非走不可的，我儿女都在这条道上，我得回家。"

怪道士道："意料之中。"他看向沈妙，"萍水相逢，赠您一场缘分。"说罢从袖中摸出个红绳来，就要上前给沈妙，被莫擎拦住，只得将红绳交与莫擎，莫擎左看右看没什么蹊跷，才递给沈妙。

"这红绳是贫道赠予夫人的答谢，夫人将其系在腕间，能成就自己的一道缘法。"他郑重其事道，"夫人且记住，天道诡谲，事在人为。贫道能看命，不能改命，能为夫人改命之人，亦不是贫道。上天有好生之德，有劫也有缘，这红绳是问，终有一日，夫人也会找到自己的解。"说罢，放声大笑了几道，转身大踏步去了。

白露道："娘娘可千万别把那怪人的话往心里去，大约是脑子不清楚。"

"这东西也别戴了。"霜降也道，"怪不吉利的。"

沈妙却莫名地爱不释手，将它系在腕上，笑道："无事。"

马车队启程，重新开始动起来。

远远的风沙几乎要将人的身影都掩盖，前方的路里，却再也没有那怪老头的身影了。

再回明齐，并不似霜降说的苦尽甘来。

人世间每时每刻都在变化，局势会变，人心也会变。

身为皇后，有时候想起来，觉得甚至比在秦国遭人羞辱的日子也好不到哪里去。沈妙坐在坤宁宫内，看着桌上枯萎的红袖草，神情有些恹恹。

红袖草是莫擎送来的，说是难得的灵草，长得十分好看，不知为何近来有些枯萎，沈妙也无心打理。

回来明齐有几年了，这几年来，她过得都算不上好。

后宫中多了一个楣夫人，娇艳聪慧，妩媚柔和，惹得人目光落在她身上久久不愿离开。

最初不是没有过心碎，心碎的日子多了，便渐渐变得麻木。伤痛和萎靡转化成了恨意和不甘，因为傅盛。

傅盛总是过多地分走了傅修宜的宠爱，而她的孩子傅明，坐着太子的位子，德才兼备又努力上进，最后反倒像是失宠皇子。傅修宜可以手把手地教傅盛写字论政，却吝啬于给傅明一个关心的眼神。

沈家过得也不怎么好，罗雪雁的病越来越重，荆楚楚那头和沈丘不清不楚地耗着。沈家的名声每况愈下，沈信苍老了许多。

傅修宜在打压沈家，沈妙隐隐约约察觉到这一点。

沈妙对傅修宜的一片痴心，早已在这几年来冷眼看他和楣夫人燕好的时候冷却成冰，可在其位谋其政，她总要坐稳皇后这个位子，总要替傅明和婉瑜争取一些机会。

匈奴那头最近传来消息，楣夫人想撺掇着傅修宜将婉瑜和亲过去。

这才是沈妙最不能忍受的。

然而楣夫人的手段越来越高明了，傅修宜对傅盛的宠爱，所有人都看在眼里，沈家一日不如一日。楣夫人兄弟李恪近来又替傅修宜办妥了几件大事，水涨船高，楣夫人在后宫中的地位节节攀升。

沈妙知道朝臣们在想什么，他们在想，什么时候改立太子，什么时候废后。

可傅修宜还要脸面，她是发妻，楣夫人要越过她这头，也不是那么简单。

斗来斗去，她的一颗心却疲惫不堪。若不是为了这双儿女，有时候会觉得，不如一把火将这皇宫里里外外都烧个干净，倒也天下太平。

白露走了进来，道："娘娘，宫宴的衣裳已经备好了，得早些梳头。"

沈妙应了。

霜降在一年前死了，楣夫人连她身边的丫头都不放过，只剩下白露一个。

今夜是明齐的宫宴，新年将至，傅修宜宴赏群臣，最重要的是，给临安侯府的小侯爷谢景行饯行。临安侯谢鼎战死在北疆战场，如今他的儿子再次出征，其实这个时机并不是很好，甚至让人觉得这一去很有些悲壮，然而谢景行还是接了请帅令。

沈妙和谢景行并无多少交集，不过是因着沈家和谢家这点微妙的关系。临安侯府自从谢鼎时候，便只有谢景行一人撑着门楣了。这未免令人有些唏嘘，当初的南谢北沈，到了现在，沈家一日不如一日，谢家也渐渐败落，教人兔死狐悲。

谢景行有他的路要走，沈妙自己的路又何尝不艰难？

她道："梳头吧。"

这一场宫宴，真是格外地热闹。

傅修宜许久未曾这么开怀，冷峻的神情都显得柔和许多。沈妙冷眼瞧着傅盛去给他敬酒，父子二人其乐融融的模样，心中凉意蔓延。

傅明端坐在一边，婉瑜也坐得规规矩矩。

沈妙坐在傅修宜身边，看着傅修宜不时与楣夫人交换眼神，言笑晏晏，当真是情浓，傅修宜也微微含笑。

沈妙想，他二人，定然是当真高兴的。

可是这一场宫宴的主角呢？

沈妙不由自主地看向筵席左侧的男人。

那年轻男人模样俊美绝伦，姿态懒散飞扬，斜斜坐着，暗紫色的长袍有些宽大，却仍遮不住意气风发。他嘴角含笑，慢慢饮酒，好似满座喧哗都与他无关，与这热闹格格不入。

沈妙心中失笑，觉得临安侯府的小侯爷，倒和自己有几分肖似了。谢景行要走的是一条生死未卜的血色之路，而她的一生到最后还不知是个什么结局。

腹背受敌，四面楚歌，都是命悬一线的千钧一发。

她也拿了酒杯，给自己倒酒喝，一口一口，喝得却极为克制。

待筵席离场，人三三两两都散了。她坐在位子上，听见楣夫人道："陛下，今夜臣妾备了好酒，陛下与臣妾一同看烟花吧，盛儿还说想与陛下较量一下棋艺。"

傅修宜大笑，点着楣夫人的鼻子道："这争强好胜的性子，真是和你一模一样！"

沈妙的那一句"一年到头，婉瑜和太子也想陪陪皇上"就咽了下去。回头，两个孩子眸间的黯然让她心中一痛，却也是忍着痛，面上云淡风轻。

这新年，却是怎么都睡不着的。

她哄了两个孩子睡觉，宫墙里传来烟花的声音，都是夜深，而这样的夜里，楣夫人的宫殿那处却有最好看的烟花。想必他们三人，也是很有情的。

沈妙披了衣裳，命白露拿了一坛酒，一个碗，自己去了花园。从花园的一角，可以看到烟花，便是一小半，也极为绚烂，几乎要映亮整个天空，可以想象另一头看得见全貌，又是怎样的好风光。

她拿出一个碗，白露有些心疼，沈妙摆了摆手，让她不要开口。

“这烟花真好看啊。”沈妙声音低低，带了醉意，“什么时候能完整地看一场呢？”她又突然笑了，“大约是不成了。”正说着，却听闻身后传来脚步声，靴子踏在积雪之上，发出窸窸窣窣的碎响。

白露吓了一跳，道：“你们……”

沈妙回头，就见有人拂开那重重树影，走上前来。一个侍卫打扮的人在后面，身前站着的人身材高大，紫袍青靴，一双桃花长眸映着夜色里的烟花，分外明亮动人。

“临安侯府……谢侯爷？”沈妙眯着眼睛看他。

那人似乎也有些意外，啧了一声，道：“傅修宜的皇后，原来是个酒鬼。”

他身后的侍卫道：“主子，咱们该走了。”

白露有些紧张，不知为何谢景行居然还在宫中。一个皇后，一个臣子，若被人瞧见站在一起，指不定要出什么大事。

白露不敢惊动旁人，花园也是很偏僻的，就小声道：“世子爷，皇后娘娘喝得有些醉了，奴婢正要扶她回去，还请世子爷装作没有看到。”

谢景行瞥了一眼沈妙，笑了一声，提不起兴趣般转身就要走。

“慢着！”沈妙却唤他。

白露一怔，急得恨不得捂住沈妙的嘴巴。

沈妙道：“本宫听闻你要去北疆了？”

谢景行抱着胸，似笑非笑道：“皇后娘娘有何事吩咐？”

铁衣和白露都盯着沈妙，沈妙一笑，从桌前将自己方才喝过的碗拿了出来，将坛子里的酒往里头倒了满满一大碗，示意谢景行看，道：“少年英才，千古人物，世无其双！”

谢景行挑眉，白露羞得恨不得将沈妙拖走。

“北疆是个很不好的地方啊。”沈妙拍了拍他的肩，她个子娇小，拍人肩的时候还要踮起脚尖，又看着谢景行，半是认真半是醉意道，“听闻父亲说过，那里寸草不生，地势诡谲，多有毒蛇虫蚁，很容易就落入陷阱。你此去，危险重重。”

“微臣多谢娘娘挂怀。”谢景行随口道。

“千年史册耻无名，一片丹心报天子！”她嘴里囫囵道，给谢景行扬了扬手里的酒碗，一口气就吞了下去。

白露和铁衣都吓了一跳，前者没想到沈妙竟然说喝就喝了，后者诧异皇后竟然会如此豪爽。

沈妙抹了把嘴巴，打了个酒嗝，道："这是本宫敬你的一碗酒，一定要凯旋！"

谢景行盯着她，她唇边尚有未擦拭干净的酒水，月色下，容颜便显出白日里看不出来的清秀。褪去那层皇后的枷锁，其实是个十分清秀美丽的女人。

他挑唇，笑容显出几分邪气，慢悠悠道："皇上看来很是冷落了皇后娘娘。"

白露瞪大眼睛，谢景行的话未免也太放肆了。

沈妙喝完后，又晃晃悠悠地抱起酒坛，满满地倒了一大碗，递给谢景行，道："你也喝！"

"我为什么要喝？"谢景行莫名其妙。

"你，和本宫同病相怜！"沈妙道。

"谁跟你同病相怜了？"谢景行好笑，沈妙却已经举着那酒碗往他嘴边喂过来。

白露大惊失色，这也太暧昧了！铁衣也惊诧万分，可是谢景行没说话，他不会出手。

谢景行冷不防被灌了一碗酒，推开沈妙的时候，许多酒水都洒在了衣裳上，却看沈妙，终是满意地笑了，道："你我有一碗酒的情意，等你凯旋的时候，就陪本宫看烟花吧！"

谢景行觉得，今日实在是很莫名。原来女人撒起酒疯来是没有理智的，就算是素日里看着端庄淑仪的皇后，也实在是判若两人。

"皇后娘娘还是找皇上来看吧。"他整理着自己的衣裳。

沈妙黯然："本宫还从未跟他一起看过烟花。"

谢景行盯着对面的女人，她微微垂头，嘴角上扬，目光却苦涩，他莫名心软了几分，道："好好好，微臣答应你。"

沈妙眼睛一亮，看着他道："那就这么说准了。"

谢景行点头。

沈妙想了一想，摇头道："口说无凭，得有个信物才成。"就开始摸自己头发上的钗环。

白露一愣，心中暗道不好，皇后的东西在谢景行身上，那可就是私通的罪名。生怕沈妙拿什么手帕钗子给对方，突然见沈妙腕间的红绳，便灵机一动，道："娘娘，您的那根红绳就很好嘛！"

沈妙目光落在红绳之上，心中一动，就飞快地解开，把谢景行的手拿过来，给他认认真真地系上。

谢景行目光落在她微翘的睫毛上，湿漉漉的，像是混了冬日的寒气而浅浅润泽，莫名地心中微微发痒。

沈妙给他系好，冲着他一笑："这是本宫给你的信物，以此为信，等你凯旋！"

"多谢皇后娘娘赏赐。"谢景行漫不经心地一笑，"不过微臣没有什么信物可以赠皇后娘娘的，不如送给皇后娘娘一个心愿如何？"

"心愿？"沈妙看他。

"凯旋再遇，微臣能赠娘娘一个心愿，娘娘要的心愿，微臣能做到，定当竭力而为。"

沈妙道："一言为定！"

"一言为定。"

轰的一声，天空一角再次被璀璨的烟火映亮，二人一同看去，仿佛有默契，异常相合。白露也呆住。

烟花转瞬即逝，有些东西却是不会消逝的，比如这个夜晚。

沈妙再醒来的时候，只觉得头痛欲裂，一边揉着额心，一边站起身来往桌前走，道："竟睡了这样长的时间。"

白露给她端来热汤，道："娘娘昨日喝多了，先醒醒酒吧。"

"喝多了？"沈妙动作一顿，"宫宴上并未喝多少。"

白露心虚："大约是宫宴上的酒水劲头大。"

沈妙点头，又叹气道："本宫这一喝醉就什么都记不起来的毛病真是这么多年还没变，不过也是许久都未喝醉了。"

白露点头，只听沈妙又看向自己空空荡荡的腕间："这红绳又怎么不见了？"

白露小声道："大约是……丢了吧。"

沈妙叹了口气："果真是不长久的。"

日头正烈，出发的队伍正在城门。

为首的年轻男子戎马轩昂，分明是含着懒散笑意，目光却冷冽得令人不敢逼视。

"主子，都已经准备好了。"铁衣道。

谢景行瞧了一眼身后，出了这道城门，今后的前程南辕北辙，也意味着和从前一刀两断，再无牵扯。

终究要离开的。

"这里已经没有什么值得留恋的了。"身边的白衣男子摇着扇子，"也和你没什么关系了。"

"说不定都盼着三哥有去无回。"穿松绿色长袍的公子哥儿却是笑道，又看向前面，"不管如何，总算要回家啦。"

“不一定。”

二人一同往那紫衣男子看去。

谢景行低头，他的目光落在自己腕间，那里系着一根红绳，红绳的末端被端端正正仔仔细细地打好了结，似乎牢固得怎么也不会松开。

“这不是女人戴的东西吗？”季羽书问，“你戴这个做什么？”

“喝了人的送别酒，欠了人一个心愿。”谢景行道，“只有回来再还了。”

他收回目光，扬鞭：“起！”

光阴如箭矢，日出日落，一如往昔。

然后花开几轮，花谢几轮，月亮尚且有阴晴圆缺，何况人事？

譬如说式微的沈家。

婉瑜公主在和亲途中病故了，沈皇后一蹶不振，虽然仍是端庄淑仪，仔细看去，眸中却已有了微弱死气。那点死气只有在看见太子的时候才会划过微弱星亮，仿佛灰烬里的余火，却也是将熄未熄的模样。

宫装丽人含笑看着面前的青衣男子，笑道：“国师，取皇后的一滴指尖血，对您来说，也不是难事吧。”

裴琅看着面前的女人，她像是暗夜里的一只猫，精明美丽，否则那高高在上的帝王也不会将她捧在掌心了。

以退为进，从不主动提及名分和索取金银，却让人心甘情愿地将东西奉上。不仅如此，连旁人的都要抢过来。指使着别人去战斗，依靠着帝王的心，凭借着兄弟的扶持，不动声色，慢慢将想要的东西握在掌心。

娇媚如花，蛇蝎心肠。那年仅十来岁的小公主，可不就是被这一位活生生地逼至尽头？

相比之下，六宫之主的那一位，到底还是比不过这一位狠毒。或许是出自沈家这样的忠将之家，性子再如何变化，骨子里都留了三分余地的仁厚。

可就是这点仁厚，注定了永远都要比对方的手段逊色一截。

楣夫人见他发呆，又道：“国师？”

裴琅回过神来，想了想，问：“贵妃娘娘要皇后娘娘的指尖血做什么？”

“做什么你就不必知道了。”她说，“如今皇后娘娘是个什么情势，国师也看得清清楚楚。”她指着窗外夹在两棵树间的藤草，笑道，“这藤草刚刚发芽时，是夹在两棵树中间的。不必选择什么也能活得很好。等它渐渐长大后，个子拔得越高，风雨就越大，得为自己寻个攀爬的处所。”她看向裴琅，“左边一棵树，右边一棵树，它却只能选择一棵树爬，这两棵树占了同一个地方，争夺同一块土地，土地就那么多，有一棵一定会被砍掉。藤草必须好好抉择，若是攀爬了那要被砍掉的树，就会被连根拔掉。”楣夫人笑盈盈地看向裴琅，“国师，您觉得那棵藤草，应当怎么选择呢？”

裴琅定定地看了一会儿外头的两棵树，片刻后才转过头，道：“臣明白了。”

楣夫人满意地笑了。

等裴琅走后，宫女从后面走出来给她倒茶，一边轻声道：“娘娘，国师真的会去拿皇后的指尖血吗？国师和皇后瞧着似乎还不错呢。”

“国师可是位聪明人。”楣夫人端起茶来抿了一口，笑道，“否则，在公主和亲的时候，也就不会袖手旁观了。况且……他心底有不可告人的心思，他这样光风霁月、理智到不允许自己出一丝偏差的人，自然是要斩草除根的，我这是在帮他。”

宫女似懂非懂地点点头，又道：“不过，那和尚说的，能借到皇后的命格给娘娘，是真的吗？”

“不管是不是真的，六宫之主的位子，我都坐定了。”楣夫人眼中闪过一丝狠意，“指尖血而已，把她的运气给我，等我皇儿坐稳了这明齐江山，我也会大发慈悲，给他们母子三人烧上纸钱的。”宫女诺诺，不敢说话了。

沈妙的病有些重了。傅明刚刚看过她，陪她说了一会子话，沈妙想找人问问沈府里近来的情况，才出院门，就瞧见了裴琅。

裴琅同她见礼，沈妙却很冷淡。婉瑜和亲一事上，裴琅冷淡的态度教人心凉。对傅修宜的厌恶，自然而然转移到了对裴琅的憎恶之上，她连多看一眼裴琅都不想。

“听闻皇后娘娘病倒。”裴琅递上一个匣子，“这个……或许对娘娘的咳疾有好处。”

沈妙扫了他一眼，将匣子打开，是一株药草，莫名有些眼熟，沈妙拿出来一看，指尖突然一痛，再看时，却被那药草上的刺给扎破了，血珠顺着指尖流了下来。

白露惊呼一声，要给她包扎。裴琅定定地盯着她的指尖，有些木然道：“这是红袖草，对咳疾有用的。”

沈妙笑了，她将药草往匣子里一扔，合上匣子，还给裴琅，冷淡道：“不必了，这药草本宫曾有过一株，不过最后枯萎了，而且本宫养的那株草，上面可没有带刺。”她话中有话道，“若不想送礼，便不要送。国师的东西，本宫实在消受不起，还请拿回去吧。”说罢，再也不看裴琅一眼，转身走了。

裴琅紧紧握着手中的匣子，目光复杂地盯着沈妙的背影。她的身子越来越不好了，走两步都要停下歇一阵子。

可是……裴琅看向匣子，人总是要做出一些选择的，身不由己，他也无奈，也没有办法。

他转头往另一个方向走。

道不同不相为谋，他什么都不能做，他只能……袖手旁观。

那一场大火烧了整整三天三夜。

明齐沈皇后殁了。

在沈家因为叛国满门抄斩后，在太子被废自尽后，在楣夫人被立新后、傅盛为新太子后。孤零零的冷宫夜里突然起火，将被废的沈皇后一并烧了个灰飞烟灭。

这真是令人唏嘘的一件事。明齐帝王仁慈，念在夫妻之恩，未曾因沈家不忠而让皇后一并共赴黄泉，饶了她一命，只是打入冷宫，偏偏这女子命里无福，还是死在大火之中。

一朝权力易手，沈皇后曾生活过的痕迹随着那场大火被烧得干干净净，沈家大房也无后人。

新太子的母后李皇后，一改从前柔婉妩媚的性子，变得有些厉害起来。一心一意扶持兄弟，将傅修宜哄得服服帖帖，倒有些外戚专权的意思了。

也有朝臣隐隐觉察出不对，想要暗中提醒皇帝，可还没来得及动作，便莫名其妙地要么被贬谪，要么被流放。裴琅冷眼看着一切，心中却有几分快意。

沈妙死后不到半年时间，明齐几乎颠倒了天地。楣夫人姐弟极有手腕，明齐江山日后会不会落在楣夫人手里，都很难说。人心最容易生变，明君可以变成昏君，忠臣也可以生出异心。

裴琅在每个夜里睡觉的时候，总会被梦里的一双眼睛惊醒。那是沈妙的眼睛。裴琅曾经想，他做的是对的，顺应了大势，趋利避害，这是本能，也是最好的抉择，可是时间过得越久，越是骗不过自己。

哪里就是大势所趋呢？他明明不愿意沈妙就这么死去的。是从什么时候开始对沈妙生出别的情感？裴琅自己也不知道。他是她广文堂的先生，看着沈妙从一个骄狂的什么都不知的娇娇女非要嫁给傅修宜，看着她入了定王府，为了傅修宜学习并不喜欢的东西，变成王妃，变成皇后，又变成废后。

她其实有些蠢，算不得多聪明，学东西学得慢，却有种让人害怕的固执，裴琅有时候觉得沈妙可笑，有时候却又很羡慕傅修宜。

再到后来，总是会不由自主地留意她。连他自己都没意识到，面对沈妙的问题，他教导得格外耐心。

可裴琅是个聪明人，聪明人不允许自己犯错误。在他察觉到自己愈来愈奇怪的心思后，决心要阻止这个错误，所以沈妙去秦国做质子，是他提议的。五年后，沈妙回来了，他的心思还是没有改变。

他冷眼看着沈妙在后宫里和楣夫人斗得遍体鳞伤，看她越来越暗淡的目光，看她憔悴的神情。最后傅修宜问他，如何对付沈家后人时，他不假思索地说了四个字——斩草除根。

斩的是他心里的草，除的是他心里的根。可他没想到，傅修宜斩草除根，竟连傅明也一并除了。虎毒尚且不食子，傅修宜却连自己的骨肉都下得了手。婉瑜尚且还能借口是路途中的意外，傅明只能是傅修宜自己的命令。

裴琅记得沈妙得知傅明死讯后的眼神，那双黑白分明的眼睛睁得很大，没有眼泪，凄惨得让人不忍目睹。

那一场大火，烧了三天三夜，却烧得裴琅的后悔之心慢慢迭起。他去找了普陀寺的住持，问如何消除心中的业障。

住持是个老僧人，看着他摇了摇头："心病还需心药医。"

世上有没有后悔药？裴琅求高僧指点，僧人道："施主之所以频梦故人，因为对人有所亏欠。她在你梦中消散不去，因为有怨气未解。无法往生，亦得不到解脱。"

裴琅惶恐，问可有解决办法。僧人反问："将过去的错误拨乱反正，再求一个重来的机会，如果需要施主的生命，施主也愿意？"

裴琅道："愿意。"

那僧人道："施主回去吧。"

"为何要回去？"裴琅不解。

"施主愿意付出自己的生命，然而那个机会却是需要等的。"

"那个机会……是指什么机会？"裴琅问。

"施主所欠之人，还有心愿未了。等故人心愿了却之时，施主献出自己的性命，或许有所生机。"僧人道了一声阿弥陀佛，却说，"言尽于此，再多的，贫僧也无法多说了。"

裴琅辞谢了僧人，回到宫中去。

沈妙未了的心愿，是什么呢？沈妙这一生凄惨伶仃，子丧族亡，她想看到的，大约是仇人下地狱、沈家复清明吧。

有一个重来的机会，但你要等，等不等？

等。裴琅作出了决定。这一生如此漫长，漫长到他愿意用这条性命，来挽回一个错误。

冬去春来，雁来雁往。

明齐已经不似从前的明齐了。苛捐杂税、赋税徭役，百姓民不聊生，贪官污吏狼狈为奸，朝堂混乱，帝王昏庸。太子整日忙着结党营私，恨不得早日登基成新帝。将兵权收归手下，却无良将驱策，明齐是一块肥肉，谁都想要啃一口。

遥远的大凉攻打吞并了秦国，终于对明齐发动了攻势。摧枯拉朽般，胜利来得不要太容易，一路打到定京城门楼下。

驻扎安营，定京城内人人自危，百姓家家户户大门紧闭，亡国之气弥漫。

大营帐中，有人正坐着擦拭长剑。

“明齐气数到了尽头。”白衣公子摇着折扇走了进来，“听闻今夜皇宫里正在清理。”

要清理的，宫中的女眷，妃嫔、宫女，甚至皇家公主，都要清理的。与其落入敌手被人侮辱，倒不如先死个干净，算是保全气节。

真是保全气节吗？那些人中，又有多少其实是不想死的？

擦拭长剑的动作一顿，男子抬起头来，露出一张绝美的脸。他生了一双温柔的桃花双眸，不过目光满是冷漠，道：“哦，沈皇后的尸身找到没有？”

季羽书挑开帐子走了进来，刚好闻言，就道：“打听过了，没有，冷宫里的一把火烧了个干净，连件衣服都没留下。”

高阳嘲笑道：“傅修宜还真是怕人闲话，处理得倒是干净利落。”

“沈家真是可惜了。”季羽书叹道，“若有沈家在此，他又何以落到如此田地？”

谢景行淡淡道：“自取灭亡而已。”又看了一眼手中的红绳。

那绳子的颜色都已经有些褪了，却仍旧牢固，后来他曾上过许多次战场，这红绳一次都没有脱落过。

想到那一夜女子清凉飞扬的道贺声，谢景行摇摇头，他的确是凯旋了，也打算看在那一杯饯行酒的分上还她一个心愿，不过斯人已去，此生是没有机会了。

他道：“明日一早，攻城。”

大凉的旗帜飞扬，六月的天瞬息万变，黑云压城，狂风大作，仿佛下一刻就要倾盆大雨。

宫殿里已经没有人了，到处都是横七竖八的尸体。有自缢而亡的宫中女眷，也有被大凉兵马斩首的仆从。

裴琅坐在茶殿中，给自己斟茶。他倒得缓慢，桌上一角的青烟袅袅升起，散发出香味，仿佛美人耳语，教人心醉。他看了一眼窗外。沈妙死的那一天，也是这样的天气，天色阴沉，突然大雨滂沱而至。

他等了许久，终于等到了这一天。大凉的军队到了，明齐的气数将尽。傅修宜和楣夫人快要活到头了，沈妙的心愿，大约也可以了了。他犯的错误，也终于有回头的机会了。

他把小瓶的东西倒进了另一头的酒壶里，满满给自己斟上一杯。你的心愿就要实现了，可惜……替你了却生前心愿的，却不是我。

城楼之上，大军压境，帝后都被反绑着双手押持着绑缚在旗杆之上。

人都有私心，为了自己的活路，可以将别人的生路断送。这是楣夫人和傅修宜经常做的事，现在，轮到他们来尝尝这其中滋味了。

明齐宫中，臣子绑了自家帝后，来向大凉邀好投诚。他们愿意用帝后的头颅求得对方网开一面，放自己一条生路。

树倒猢狲散，墙倒众人推，楣夫人就算再如何得宠，在这一刻，她谁也不能驱动。

哦，还有新太子傅盛。早已被傅盛身边最爱拍马屁的谢长武和谢长朝给斩了头颅，先拿给大凉的将军献媚了。

城楼之下，坐在高马之上的男人懒洋洋地眯起眼睛，黑云不知什么时候又散去了，渐渐地有金阳洒遍了整个城池。

他衣袍华丽，戎装沾染鲜血，却依旧贵气，同楼台之上被绑着任人鱼肉的帝王形成鲜明对比。

“谢景行！”傅修宜咬牙道。

临安侯府的世子，谢鼎的儿子，谢长武和谢长朝的兄弟，谁也没有想到，那个早已战死沙场的少年，随着临安侯府一同没落的少年，却在许多年后以这样的模样重新出现在天下人眼前。

他是大凉永乐帝的胞弟，金尊玉贵的睿亲王，也是大凉的少帅，驱使着令人闻风丧胆的墨羽军。

“好久不见，傅家小儿。”谢景行与他打招呼。

谁都知道大凉永乐帝的胞弟最是风光，替他征战天下，又最是磊落豪爽，这么一个英雄人物，原先却是临安侯府的世子。

楣夫人紧紧盯着那男子。

谢景行皱眉，问季羽书：“沈妙就是输给了这个女人？”

季羽书道：“不错。”又补充道，“瞧着也是一般姿色的模样，真是不知这明齐皇帝的眼睛是不是长偏了。"

他二人的声音未曾掩饰，大凉军队便发出一阵哄笑，楣夫人恨得脸颊通红。傅修宜心中恼怒，看着谢景行，沉声道："想杀就杀，何必废话！"

"到现在还充什么大丈夫？"季羽书不屑道，"三哥，这明齐皇帝急着想死呢。"

谢景行懒洋洋一笑，道："本王本不想杀你，懒得亲自动手。不过本王欠你小皇后一个心愿，恰好这结局也是你多年前替本王准备的结局，所以于公于私，都要原物奉还。"

他摊开手，高阳将长弓送上，递上银箭。谢景行手搭弓箭，只听咻的一声，城楼之上的楣夫人中箭！那箭却不是当胸的，恰好避开了要害，血不停地流出来，触目惊心。楣夫人痛得几欲晕眩，傅修宜本来尚且沉着的脸色也变了两变！

世上最可怕的事情不是死亡，而是等待死亡。

谢景行微微一笑，再摊手，高阳再送上两支银箭。他将两支箭一同搭在长弓之上，然后，吹了声口哨。但见那大凉数万大军，齐齐拉弓，搭箭对准城楼上的二人！风吹得高台之上旗帜猎猎作响，仿佛厉鬼哭号。而最后一丝黑云散去，金阳遍地，炙烤大地。

男子紫衣随风微微拂动，笑意冷冽，眉目间却有少年般的顽劣。他站在城楼之下，望着目有惶惶之意的二人，朗声而笑。

"对不住皇帝小儿，承蒙一位姑娘托付，取你狗命！"

"放！"

数万支箭矢凶猛地朝楼台上的二人扑将而去，仿佛厉兽出闸，几乎要将天地遮蔽。连金阳都不能泄露出一丝，汹汹然将二人吞噬！

什么都瞧不见的。

皇宫之中，青衫男子伏倒桌前，似是睡去了。

脚边，一盏灯笼倾斜，里头的蜡烛倒了下来，不过半刻，烧得布帘都生出火光。

"咦，三哥，皇宫走水了。"季羽书眺望着远处，惊道，"派人去救火？"

"不必了。"谢景行拦住他。

"这明齐皇宫不干净，烧了也痛快。"他挑眉，"白日焰火，我总算也没有失约。"

"那是什么意思？"季羽书不懂。

谢景行望着天空中被火光染红的一角，眼中却浮现起清亮亮的月色里那孤独饮酒的身影来。

“这王朝负了你，本王就替你覆了这王朝。”他低声道，“这大概就是你的心愿了吧。”

却没有注意到，那一直牢牢系在他腕间的、跟随了几年都没有脱落的红绳突然断开，飘落至地上的余火之中，化为灰烬。也无人听到，灰烬之中，女子长长的叹息。原来这就是劫，原来这就是缘。

你眼睛看到的，可能不是真的。耳朵听到的，可能也不是真的。前后两世，他站在遥远的巅峰漫不经心微笑，也只有靠近身前，才能明白他是什么样的人。他玩世不恭却最真诚，满腹算计却讲义气，可以因一杯温酒策使千军，也能为萍水相逢的陌生人驱马楼头，道一声对不住皇帝小儿，承蒙一位姑娘托付，取你狗命。

他活得最沉重也最潇洒，最黑暗也最真实。从卑劣里生出来无限的赤诚，睥睨人世，冷眼相争，最后不紧不慢地执棋反袖，把那一点点的光芒都握在掌心。

这是她的问，她的问，却只有他能解。

“下雨了。”高阳收起扇子，“夏日天真奇怪。”

谢景行扬唇一笑：“进城。”

“作甚？”

“覆皇权。”

第十五章　花好月圆

沈妙做了一个冗长的梦。

那个梦很长很长，长过一生。

在那黑暗得几乎看不到一点光明的一生里，却也有一些事情是被她忽略的。那些东西像沉沉夜色里的星星，被其他东西掩盖，变得不真切，偶然发现，明亮如昔；又像是在自家院子里无意闯入的烟火余烬，带一点鲜亮色彩，让枯燥、冷淡的夜也变得生香。

她看到了谢景行。不是顽劣的少年，不是战死沙场的英杰，他骄傲张扬如在后世一般狂妄，骑着高马，带着长弓，谈笑之间，将一个王朝颠覆。他在清亮亮的月色里喝过她赠的饯行酒，就在黑云沉沉的破城日还她一个穷尽一生都恨不能完成的心愿。

因他了却了心愿，因他得以重生。过去的缘法铸就未来的结果。

沈妙慢慢睁开了眼睛，目光所及，是天青色的帐子，帐子一角挂着香囊，香气和药味混在一起，显出一种耐人寻味的味道。

沈妙抬眼看向身侧，年轻男人伏在床头，一只手还紧紧握着她的手。他闭着眼，下巴生出青青的胡楂，与素日里养尊处优的模样区别开来。

他的手骨节分明，修长而温暖，恰好将她的手完全罩在其中。沈妙只轻轻动了动，谢景行就醒了过来。

瞧她睁着眼睛，谢景行愣了一下，忽而道："你醒了？"

沈妙点了点头。

“有没有觉得什么不好？”谢景行追问，“让高阳进来给你看看？”他平常都是一副懒懒淡淡、任何事情都不放在心上的模样，这会子却是难得的焦急。

沈妙道：“不必了。我很好。”又问，“裴先生怎么样？”

谢景行的脸顿时黑了。沈妙瞧见他脸色一变，赶忙给这只小狼犬顺着毛捋一捋，道：“他是救命恩人，被旁人这样舍命相救，这份恩情可不能顺着承接。”

谢景行面色稍缓，道：“高阳看过了，昨夜里醒过一次，死不了。”又看了沈妙一眼，“倒是你，再不醒，我就打算砍了那道士的脑袋。”

“道士？”沈妙怔住，“你说的可是赤焰道长？”

“什么道长不道长。”谢景行鄙夷，“江湖骗子罢了。”所谓的赤焰道长今儿一早就辞别了睿亲王府，临走还拿了厅中那尊古玩花瓶。

沈妙听完，心中却有些疑惑。谢景行见沈妙不说话，皱眉问：“你怎么了？”

沈妙回过神来，看着他，轻声问：“谢景行，你有什么心愿吗？”

谢景行瞥她一眼：“怎么？你要替我完成？”

“我可以送你一个心愿。”她认真道，“但凡我能完成，一定竭尽全力。”

她的神情太过郑重，惹得谢景行微微侧目，不过片刻，他就扬唇似笑非笑道：“好啊。”又凑近沈妙耳边，低声道，“我的心愿……你一定可以做到。”

沈妙问：“是什么？”

“给我生个孩子吧。”

沈妙定定地看了他一会儿，谢景行摸了摸鼻子，正要开口，就听沈妙答：“好啊。”

谢景行一怔。沈妙盯着他，唇角含着笑意，和往日的不同，是发自肺腑的，是真的感到愉悦的开怀。

谢景行下意识伸手探她的额头，道：“你果然病还未好。”

沈妙拨开他的手，道：“谢景行，生辰那一日，你吓坏了吧？”

谢景行松开手，见她神情平静，稍稍放心，顺着她的话反问：“你以为？我还以为……”他没有说下去。即使到现在回忆那个场景，谢景行都忍不住觉得后怕。

“我来赔罪吧。”沈妙道，“你的生辰是不是已经过去很久了，今日就给你补上如何？”

谢景行莫名其妙地看着她，道：“心领了。你身子没好，别折腾了。”

“本就是皮外伤而已。”沈妙却主动道，“我们出去吧。”

她今日醒来后实在有些反常，谢景行眯起眼睛，问：“你是不是背地里做了对不起我的事了？”

“嗯。”沈妙认真点头。

“和裴琅有关？”谢景行冷了脸色。

沈妙深深吸了一口气，问：“你去还是不去？”

谢景行还未开口，听得身后传来声音道：“去吧。”

高阳走了进来，看了看沈妙道：“听闻你醒了，就过来瞧瞧。本来也就是皮外伤，没什么大事儿。”又对谢景行道，“你也出去活动活动筋骨。”又提起屋里的医箱走了。

谢景行和沈妙二人面对面沉默，半刻，谢景行一笑：“你想去玩什么？”

“自打来了陇邺还没有出去逛逛。”沈妙道，“对陇邺也不太熟悉，你与我就随意走走，与我说说这里的事情。”沈妙又想起了什么，“对了，那一日我在碧霄楼外头的亭子里，还让八角去买了许多烟花，大约都还在，将那个也一并拿上。”

“大白天看什么烟火？”谢景行盯着她，“你的脑子也伤到了？”

沈妙反问：“白日里的烟火你见过没有？”

谢景行道：“谁傻谁见过。”

“我见过。”沈妙答道。

谢景行疑惑地盯着她。

“夜里的烟火好看，白日里的未必逊色。你没看过，我就带你去看。”沈妙微微一笑，就要下床来，刚一下来，便疼得倒抽一口凉气。

谢景行见状，笑眯眯地站起来，抱胸看好戏一般看着她：“要我帮你吗？”

“你会吗？”沈妙见他神情就知道他没安好心。

谢景行道：“你求我，我就帮你。”

沈妙觉得谢景行这性子真像是喜欢恶作剧的少年，乐此不疲地捉弄旁人。

她盯着谢景行的侧脸，心中一动，啪的一下亲了谢景行的脸颊。

谢景行愣住，沈妙移开目光，看向床头挂着的香囊。

“沈妙！”谢景行皱眉看她，“你病得不轻，得再让高阳来看看。”作势抬脚要走，沈妙一急，喝住他：“谢景行！”

他脚步一顿，再转过头，换了一副促狭的神情，沈妙知道自己上当，心中后悔，却见谢景行放声大笑，突然走上前打横将她一把抱起，沈妙下意识勾住他的脖子。

谢景行抱着她出门，惹得睿亲王府的下人纷纷朝他二人看来。沈妙目光扫过那些掩嘴偷笑的下人，心中恼火，拧了谢景行一把，道：“你做什么，快放我下来！”

“啧，知道害羞了？”谢景行挑眉，语气恶劣得直让人想将他揍上一顿，道：“刚刚不知道是谁在白日宣淫，要侮辱我清白的……”

却见迎面走来罗潭。

罗潭也没想到会撞见这么一幅画面，有些不自在。沈妙让谢景行放她下来，对罗潭道：“这些日子也辛苦你了。”

“不辛苦不辛苦。对了，”罗潭突然想起了什么，从袖中摸出个东西，放到沈妙手上，“这是赤焰道长临走时交给我的，让我转交给你。”

那是一个小小的木盒，上头刻着一只鸡和一条蛇，罗潭道：“也不知为何要画个鸡和蛇。”

沈妙说：“这是龙与凤。”赤焰道长的雕工实在让人不敢恭维。

沈妙将木盒打开，从里面拎出两条红绳来。

“这……”罗潭道，“就是两条红绳嘛，有什么特别的，这道士真是吝啬……”

沈妙盯着那绳子，目光微微晃动。

她前生曾在道士那里得到过一根绳子，绳子陪伴她数载，后来辗转到了谢景行手中。她的芳魂曾在红绳中栖息，这红绳也是连接着她前生与谢景行那一段缘法的介质。

突然就觉得这红绳亲切起来。

她伸出手，将红绳绑在自己手上，罗潭看着她的动作，惊道：“你……小表妹，你该不会要戴着这个吧？”

沈妙满意地看着手上的红绳，又挑起另一根，对谢景行道：“伸手。”

谢景行道：“我不戴。”

“伸手。”沈妙重复。

谢景行不可置信地看着她：“我是男人。”

“这个可以保平安的。”沈妙随口胡诌，“你与我一起戴了这个，倘若你有危险，我就能知道，我有危险，你也能感觉。”

罗潭站在一边，弱弱问道：“真的……有这么神吗？”

谢景行闻言，虽然还是满眼嫌弃，却仍旧任由沈妙将红绳戴在他手上，末了，还与他牢牢实实打了个结。

罗潭看得龇牙，优雅贵气的睿亲王，手上却戴着这么个玩意儿，和他锦衣华服实在格格不入。

沈妙道：“好了。”

谢景行缩回手，不动声色地将袖子往里头挪了挪，试图挡住那显眼的红色。

罗潭道："好啦，我就不打扰了，先走一步。"又冲沈妙眨了眨眼，拖长声音道，"小表妹这样好，我就放心啦！"一溜烟儿跑了。

沈妙："……"

谢景行道："走，看烟火去！"

睿亲王府的下人们："……"

从阳小声问铁衣："分明生病的是夫人，怎么主子好似脑子有毛病？青天白日的，看什么烟火啊？"

铁衣面无表情地把扫帚递给他："扫地！"

未央宫中，显德皇后正倚在榻上看书，一边听手下宫女说话，罢了，将手中的书卷放下，欣慰道："没事就好。"

沈妙遇刺的事情，瞒着外人，却没有瞒着永乐帝和显德皇后。好在如今沈妙醒了，总算是让人心中一块石头落了地。

显德皇后放下书，就再也没了看书的心情，站起身来，走到窗边站定。昨夜下过一场雨，今日又是好天气，除了窗户边的那株李子树，枝枝叶叶被风雨吹打落了一地。

她自语道："陇邺也是不太平啊。"

永乐帝已经开始对卢家出手了。

陶姑姑是显德皇后身边的女官，轻声道："今儿个静妃去御书房找陛下了，去的时候满眼都是泪，出来时也十分不好。静华宫的宫女们说，回去后，静妃娘娘责罚了好几个下人，还摔了许多东西。"

显德皇后微微一笑："卢家吃了亏，又想试探陛下的态度，自然会从静妃这里下手。"

"皇上对静妃娘娘也不再耐心。"陶姑姑道，"若皇上真的对卢家下手，静妃这一头，您看……"

"全交给皇上自己拿主意吧。"显德皇后淡声道，"真心也好，假意也罢，本宫瞧不清楚。"她看向一脸担忧的陶姑姑，笑了，"你不会以为，本宫还在乎这些吧？"

陶姑姑不再说话。

显德皇后又看着外头，道："帝王的妻子不是妻子，是要和他一同承担天下的人。本宫从不惧怕，只是有些遗憾……”她看向自己的腹部，“本宫……没能生下自己的孩子。”

“当初若非静妃娘娘——”陶姑姑咬牙。

“罢了，”显德皇后疲惫地挥手，“有没有静妃都一样，这个孩子，本宫总归是生不下来的。”她轻声道，“你看后宫，又有谁生下了他的孩子？”

日头西转，沈妙和谢景行走在回府的路上。

大凉民风自由，夫妻二人一同上街很常见。不过因为谢景行太出名了，走到哪里都能被诧异的目光包围。

沈妙自打来了陇邺，还是第一次这样好生出来转转。一边用新奇的眼光打量周围，一边对谢景行道：“陇邺和定京果真不一样，若是有朝一日，能游历名山大川，看过各处不同风景，那就好了。”

谢景行一笑：“那有何难？”

“说来容易做来难。”沈妙道，“有时候倒羡慕江湖草莽居士，无忧无虑，无俗事在身，过得精彩。”

谢景行若有所思地看着她。

沈妙说：“你看我做什么？”

他扬唇，握住沈妙的手，笑道：“等明齐和大凉的俗事一了，你想去哪里，我带你去就是了。”

沈妙冲他一笑：“这是你还我的心愿？”

谢景行微愣，想到之前沈妙醒来后说的那个心愿，面上浮起一丝不怀好意的笑容，道：“你今日一直在提醒我那个心愿，是不是因为两个月之期已经到了，很想……”

沈妙掉头就走：“我什么都没想。”

从阳和铁衣跟在后面，面色尴尬。主子们感情好自然是好事，不过让他二人在跟前伺候着，根本就是虐待啊！

还不如去守塔牢！

月亮渐渐升起，街道上的人少了，沈妙和谢景行才回到府中。

谢景行去沐浴，沈妙回了自己的房间。惊蛰帮她放好了热水，道：“夫人先去沐浴吧，小厨房里也做了饭菜，等会子出来刚好可以吃。”

沈妙应了，沐浴的水很是温热，谷雨在一边伺候着，注意到沈妙腕间的红绳，奇道："夫人，这红绳是街上新买的吗？倒是别致。"

谷雨也见了，笑道："普陀寺有卖这种红绳的，一个铜板五根，可以求姻缘。"

惊蛰就笑："五段姻缘才值一个铜板啊，也真是太便宜了些。"

沈妙摆了摆手，道："等会儿让人将饭菜都摆到谢景行房里吧。"

他二人一直都是分房睡的，惊蛰愣了愣，笑道："夫人要跟殿下一起用饭呢。"

沈妙笑了笑，道："替我绞头发吧。"

谢景行披上中衣走了出来。他一个人的时候，面上并没有懒散笑意，反而显得凉薄。

方出去，却见桌子中央摆着几碟精致的菜肴点心，谢景行眉头一皱："铁衣。"

叫了几声没反应，门突然吱呀一声开了，沈妙抱着个酒坛子进来。那酒坛子极大，她抱得摇摇晃晃，谢景行上前接住，搁到桌上，问："你做什么？"

沈妙道："我在你的库房里找了许久，找着了这坛，大约是十州香，估计也有些年头了，就抱了出来。"

谢景行一顿，揭开酒坛，一股醇厚的酒味扑面而来，笑道："了不得，十州香你也认识，唐叔居然没拦着你？"

十州香有价无市，再多的银子也难买。整个睿亲王府一共就三坛，沈妙抱了一坛，还是有五十年的年头。

沈妙一笑："我还喝过呢。"

谢景行怀疑："喝过？"

沈妙不说话了。她当皇后的时候，宫宴上什么样的美酒没喝过，一坛十州香虽然珍贵，也不到让她另眼相看的地步。

沈妙拍了拍头："忘记拿酒杯了。"又瞥到一边用来盛饭的碗，干脆捞来两只，满满地倒了两碗。

谢景行不可置信地看着她，问："沈妙，你是酒鬼吗？"

"我来陪你吃饭，"沈妙道，"有菜怎么能没有酒？"

谢景行抱胸看了她一会儿，突然想起一件事来，就道："我差点忘了，碧霄楼那天，你喝了一碗酒，当着那么多人的面喝酒……沈娇娇，你以后要注意分寸。"

她喝酒的时候娇艳妩媚，优雅豪气，一刹那的风情让人看得目不转睛，碧霄楼上多少男人的眼珠子都黏在她身上，当时谢景行便生了好大一个闷气。若非要顾及身份，只怕当时就要把沈妙揣在身上带走了。

他循循善诱："以后不要在外面喝酒，要喝必须有我在场，有我在场也不能多喝，尤其是不能当着其他人的面……沈娇娇，你有没有听我说话？"

沈妙放下碗，她刚吞下一大口十州香，酒香甘冽，入喉却辛辣，赞叹道："不愧是十州香。"

谢景行道："你现在是在无视我吗？"

沈妙看了他一眼："你不喝？"又端起酒碗来喝了一口。

谢景行道："喂，你今晚不是要在我这里做个酒鬼喝到烂醉吧。十州香也不是你这么个喝法，你这是牛嚼牡丹。"

沈妙斜睨他一眼："还从没人敢说我是牛嚼牡丹。"

谢景行："……"

感觉沈家的将门豪气，在沈妙身上也只有喝完酒后才能体现出来了。

沈妙将满满一大碗酒递给谢景行，道："你也喝。"

谢景行莫名看着她，沈妙却执拗地伸着手，他便只得在桌前坐了下来，接了那碗酒，慢慢啜饮起来。

沈妙瞧着他，看着看着，便也抱着碗，一仰头灌了下去。

谢景行才喝了几口，就看见沈妙将那碗倒扣过来，一抹嘴巴，像足了沈信在帐中同士兵们饮酒的做派。

他道："你喝完了？"

沈妙轻咳了两声："我有话跟你说。"

谢景行扫了她一眼，又看了看自己碗里亮如琥珀的酒水，道："喝酒壮胆才敢跟我说，你是不是背着我犯错了？"

"之前你不是问我，我的秘密是什么吗？"沈妙道，"不用拿你的秘密交换了，我告诉你。"

谢景行噙着酒碗的动作一顿，抬眼看向她。

"你想不想听？"

谢景行放下酒碗，道："我怎么听着，像是你要给我下套？"

"那我便当你想知道，我告诉你了。"沈妙自顾道。

"你是不是一直很奇怪，我与苏明朗说的话，同豫亲王下手，沣仙当铺的存在也早就晓得，还有沈家二房三房，你还很奇怪我为何总是针对定王，分明之前还爱慕定王，因爱生恨也说不过去。"沈妙道，"最初的时候，你一定对我心生警惕，也命人私下里调查过我。"

谢景行有些不自在，显然，他的确如沈妙所说，命人查探过沈妙的底细。

“你一定什么都没查出来，还以为我背后有什么高人，或者说，沈家背后有什么高人指点。”

谢景行沉默。

“你虽查不出来我的底细，但也一定将我的过去查探得事无巨细。你应当知道，我爹娘在明齐六十八年年关回到定京前，我曾因为定王的关系落了一次水。自落水后，性子变化。比如从前我迷恋定王，在那之后，却再也没对定王表现出什么心思。”

谢景行眸中闪过一丝轻微的不悦。

“那一次落水后，我对沈家二房三房有了隔阂，对沈清和沈玥也不如以前友好，甚至会与沈老夫人作对。”沈妙道，“是不是觉得很奇怪？”

谢景行道：“人总有清醒的时候。”

沈妙之前糊涂，是她年纪小，糊涂到了一定时候，也许会因为某件事得知真相，于是一夜之间就成长了。

沈妙摇头：“不是的。是因为我在明齐六十八年落水那一次，躺在床上迟迟无法醒来，做了一个很长的梦。”她看着桌上跳动的灯火，“那个梦很长，就像我亲身经历过。”

“你能相信那样的梦吗？”沈妙笑了笑，“就像是预言。”

谢景行蹙起眉，目光变得锐利。

“传闻南国曾有一太守坐在树下打盹，梦见自己为皇，度过了漫长的一生，忽而醒来，发现不过片刻而已，梦中种种，不过黄粱一梦。分不清楚，梦里是真实，还是真实是场梦。”

“我的这个梦，比故事里的南国太守还要长，还要苦。我梦到了以后。”她道。

“我梦到了自己嫁入定王府，沈家和定王府绑在一块儿。我梦见日后朝廷纷争，诸王动乱，皇子夺嫡，最后傅修宜登基，我为后，母仪天下，十分风光。”

谢景行挑了一下眉。

“你大约觉得这是个美梦，却是我此生以来做过最可怕的噩梦。

“我生了一儿一女，他们是世上最懂事可爱的孩子，大凉国力越发雄厚，明齐有外族入侵，明齐同秦国借兵，秦国以我为人质，在秦国待上五年。

“我遇到了皇甫灏和明安。”沈妙道。

谢景行的神情凝重。

“我不喜欢秦国皇室，他们总是羞辱我，他们发明了一种步射，让我顶着草果子，又老是故意射偏。后来我暗中练习步射，不过练习得再好，第二日总也不会射中他们。

“五年很快过去，我回到了明齐。定京宫里多了一个宠妃，叫楣夫人，她生了一个儿子，叫傅盛。

“傅修宜宠爱楣夫人，疼爱傅盛。我被冷落，虽是皇后，却遭人暗中耻笑。

“傅修宜打击沈家，我虽心焦，却无法干政。我大哥因为污了荆楚楚清白仕途尽毁，又因为杀人入狱，最后残废溺死在池塘。我娘因常在青病情加重，不久郁郁而终。我爹被夺了兵权，成日饮酒。二房三房步步高升。

“我和楣夫人在后宫之中争斗，最后我败了，沈家亡了，婉瑜和亲途中病故，傅明被废了太子之位自尽。我在冷宫中，被赐一条白绫，宦官亲手勒死了我。我睁开眼睛，发现自己躺在床上，原来做了个很长很长的噩梦。”

她轻飘飘的，淡淡诉说着。谢景行不说话。

她醉酒后总自称本宫，谢景行笑她小小年纪筹谋倒深，偶尔也奇怪，为何她的梦里，总是一个被冷落的废后，原来……

沈妙说：“你相不相信我这个梦？”

谢景行反问：“你相信吗？”

沈妙笑了一声：“我若不相信，只怕今日站在你面前的，就只是一具白骨了。

“我醒来后，试图证明这仅仅是一个噩梦。然而我越是认真追索，越是发现，这不仅仅是一个梦，梦里的那些事情，在一件件发生。

“我提醒苏明朗，是因为苏家在不久后就会因皇帝忌惮而覆亡，苏家上下皆被问斩，唇亡齿寒，苏家过后，轮到的就是沈家。我为了自保，才去提醒苏家，却被你发现了。”

“在你的那个梦里，我是什么结局？”谢景行问。

沈妙道：“你很好。”

“谢家渐渐式微，临安侯后来战死，你代父再征，听闻马革裹尸，可是多年以后，重新以睿亲王的身份回到明齐。”沈妙微微笑了，“灭了明齐帝后。”

谢景行蹙眉：“就这样？”

“就是这样。”沈妙点头。

“这样，”他扬眉，“我还以为，在你的那个梦里，你我之间也会有所牵扯。”

“你到底只是将它当一场梦是吗？”沈妙眸光微黯，“不过这样也很好，我宁愿那只是一场梦。”她深深吸了口气，看着谢景行道，“现在我要说的事情，你要听清楚。

“那个梦里，与我斗了一辈子的楣夫人，新太子的母妃，最后把持了朝政的女人，叫李楣。她是傅修宜在东征的时候遇到的臣子女儿，如今我再次见到了她。

“她现在，叫叶楣。

“我这么说，你明白了吗？”她问。

谢景行许久没有说话。也不知过了多久，他才看向沈妙：“她就是你梦里的仇人？”

“我终其一生恨她入骨，却不能手刃仇敌。今生再次相见，她成了陇邺叶家找回来的女儿。谢景行，我的仇可以隐忍，但有一点，叶楣绝非良善之辈，为了权势，可以不择手段向上爬。她不会做无谓之事，睿亲王府既然承了她的恩，就一定会成为她手中的刀。你要提防她。”

谢景行拿起酒碗，将酒水一饮而尽，虽是在笑，眼中却含冷意，道：“叶楣是吗？傅修宜看女人的眼光一如既往的庸俗，我可与他不一样。”

“不管你的梦是不是真的。”谢景行道，“就冲着他负了你心意这一点，就不可饶恕。你的仇交给我，我替你报。”他打断沈妙将要出口的话，“你是我的女人，你的仇就是我的仇。这世上，你我二人的仇人数不胜数，就不分你我了，若是有朝一日遇着我的仇人，你想要替我报，就算扯平了吧。”

沈妙皱眉：“你有仇人吗？是谁？”

谢景行看了她一会儿，突然伸手揉了揉她的脑袋：“怎么说什么都信，真可爱。”

“放肆！”沈妙道。

谢景行动作一顿，沈妙也愣了一下。

他盯着沈妙：“你还想做皇后吗？”

“那样的梦我不想做第二次。”沈妙道，“那样的皇后，我也不想再当第二回。”

不知过了多久，一坛子十州香，大半都落到了沈妙肚里。谢景行将她送回屋，嘱咐惊蛰谷雨好好照顾她，才转身出了屋。

他走在院子里，夏夜的微风吹到脸上，将那酒意也清醒了几分。

沈妙的话，像雷霆击在心中，刹那间过去所有不解在这一刻明朗。然而沈妙的话又太惊世骇俗，他其实从不信鬼神。不信鬼神，却偏偏相信沈妙。

若是沈妙的梦是真实发生过的，一想到沈妙最后跟了傅修宜，落得那么凄惨的结局，谢景行就怒不可遏。

前日里下过雨，青靴踩在地上的积水中，发出窸窸窣窣的声响。谢景行站定，道：“铁衣。”铁衣应声出现。

“查查叶楣姐弟和明齐有何瓜葛。”他道。铁衣低头应了。

他心中思绪纷乱，皱眉看向天上的弯月，干脆走到院子里，去找幼虎玩儿。

娇娇许久都未见主人，见他来了，跳起来与他嬉戏，谢景行心不在焉地与幼虎玩了一会儿，夜渐深，幼虎开始打盹，他才回到屋子。

却仍是没有睡意，他走到屋中间，脱下外袍，打算坐一会儿，突然觉得有什么异样。抬眼往榻上看去，便见床榻之中，鼓起了好大一个包，还有浅浅的呼吸声。

他眉头一皱，走过去将被子一掀，忽而怔住，随即好笑道：“你做什么？”

床榻上，沈妙裹着他的被子，怀里抱着个枕头，瞪着眼睛盯着他。沈妙白皙的脸蛋都变得红彤彤的，清澈的双眼蒙上一层水意。她道：“我在‘自荐枕席’。”

谢景行险些以为自己听错了，他说：“你说什么？”

“丽妃曾告诉我，想得到一个人的心，倾慕一个人，就要自荐枕席，男女之间，鱼水之欢，是天经地义的事。我未曾欢过，想来你也未曾，所以我就来自荐枕席了。”

谢景行听她说完，脸都涨得通红，与沈妙大眼瞪小眼，似乎不知道如何反应，最后道：“你乱七八糟说的什么话！”他不知道她嘴里的丽妃是谁，该不会是她后宫中的哪个姐妹？

沈妙坐在榻上，醉醺醺的，还要端着架子，道：“我想与你探讨探讨。”

谢景行赶紧走到桌前给自己倒了杯凉茶喝了一口，心中的郁躁稍稍平息。鱼水之欢这话都能说出来，她到底在想些什么？他道：“我不是乘人之危的人。”

半晌没有听到动静，谢景行有些奇怪，忍不住回头去看，一口茶水噗地喷了出来！沈妙外袍不知怎么就没了，穿了个兜肚，委委屈屈道：“你是不是嫌我长得丑，所以不肯碰我？”

那大块肌肤像冬日里的白雪，又比白雪更温润。她发丝蓬乱，衬得小脸可爱，目光蒙眬，实在秀色可餐。

谢景行手忙脚乱地给她盖被子，道：“你真是病得不轻！”

沈妙振振有词：“你我是夫妻，夫妻圆个房怎么了？”

谢景行避开对方的双眼：“你伤还未全好……改日再说。”

沈妙疑惑："不是你说两个月为期吗？我看过日子，早就到了。"

谢景行险些崩溃，他强调："我不是乘人之危的人，你把我想成什么人了？"

"我知道。"沈妙点头，"我是来圆你心愿的。"

谢景行："……"

"乖，今日太晚了，改日再说。"谢景行替她掖好被子，转身要走，他怕再下去会真的忍不住。

可他才刚刚站起身，袖子又被沈妙扯住了，替沈妙掖好的被子也滑了下来。沈妙半跪在榻上，也比谢景行矮一个头。她有点急，一下子搂住谢景行的脖子，道："不行。"

谢景行："……"

软玉温香在怀，可以感到对方玲珑有致的娇躯，沈妙身上传来淡淡的女子香气。他明明未饮许多酒，这会儿也觉得浑身燥热起来，理智都在渐渐消退。

"就是今日，过了今日我就反悔了。"她一本正经道。

谢景行闻言，瞥她一眼："反悔？"

沈妙甩了甩头，仔仔细细看向谢景行，忽而勾唇一笑。她说："本宫觉得你煞是美貌，看上你也是你的福分，跟了本宫不好吗？"

谢景行："……"

谢景行恍惚就想起几年前在庄子里，醉了的沈妙将她当小倌儿强吻的事。如今时光流转，眼前这一幕异常熟悉。他的声音倏尔带了几分危险："跟了你？"

沈妙点头，凑到他耳边神秘道："保管你富贵荣华一生！"

谢景行就笑起来。她的一举一动，对他来说都是致命勾引，那些绝世美姬的勾人眼神，亦比不过她一个憨头憨脑的拥抱。

"要是你不愿意，本宫就去找别的人。错过本宫，你会后悔一辈子的。"沈妙阴恻恻地威胁他。

谢景行道："还想找别的人？嗯？"他突然往前一倒，沈妙本是攀着他的脖子，这么一来倒被他压在身下。

谢景行微微一笑，俯身在她耳畔低声道："你这个皇后，倒是很嚣张嘛。想要我来伺候你，居然还念着别的男人？"

沈妙奋力地挣开一只手，从床底摸出一个册子样的东西，目光亮亮地看着他："看这个！"

谢景行一愣，接过来一看，脸色瞬间精彩万分，语气中都是克制隐忍，道："你从哪里弄来的这个？”

沈妙脖子一缩：“娘给我的。我说过了，我想与你探讨探讨。”

谢景行怔了片刻，轻轻笑了：“探讨探讨？”沈妙脑袋点得鸡啄米似的。

“微臣自然会侍奉得娘娘身心舒适。”他意味深长地开口，“娘娘真的不会后悔吗？”

“你错过本宫才会后悔一辈子。”她嘟囔。

谢景行没再说话，一挥袖，屋中烛火应声而灭。黑暗里传来他低沉的嗓音：“你说得没错。”

错过你，才会后悔一辈子。

日上三竿，便是有树影遮挡，日光还是透过枝叶缝隙落到地上，映出一小块金黄色的光斑。

沈妙头痛欲裂，下意识翻个身，觉得有什么挡在面前，迷迷糊糊睁开眼，倏尔愣住了。她躺在男人怀里，双手还紧紧搂着对方的腰。目光往上，看到的就是一张俊美绝伦的脸，一双桃花长眸里，含着的都是促狭的笑意。

沈妙心中顿时炸开了花！昨天夜里发生了什么吗？她怎么什么都不记得了？下意识就要坐起身，却又觉得浑身酸疼，疼得她倒抽一口凉气，掖在身上的被褥自然而然滑落，露出一些显而易见的痕迹。

沈妙：“……”

地上散乱着衣衫，酒碗胡乱堆在桌上，满屋子旖旎之气。便是再迟钝，她也能猜出发生了什么事。

“醒了？”谢景行挑眉道，“昨夜里很是勇猛，怎么现在反倒怕了？”

沈妙心中一个激灵，一旦喝醉了酒，她什么都记不起来。记得谢景行似乎相信了她的话，可是……怎么就睡到一张床上去了？

谢景行扫了她混乱的模样一眼，悠悠道：“知道你昨晚做了什么吗？”

沈妙镇定地看被褥，道：“能做什么，睡觉。”

“你睡了我。”谢景行道，“要我好好伺候你。”

沈妙险些被自己的口水呛到。那是她？谢景行一定是骗她的！怎么会有这般淫乱无耻之事！

谢景行道：“你说，要我跟了你，日后保我一世荣华富贵，前程无限。”

沈妙道：“醉后之言，何必当真，况且，”她话锋一转，“我怎么知道你是不是在骗我？”

谢景行也不急，气定神闲地从枕头下摸出一本册子，道：“是啊，你还拿了你娘送你的东西，要与我探讨探讨。”

沈妙几欲吐血。这个都有？！这可是她出嫁之前罗雪雁给她的，教她，咳，闺中秘事。这东西被她收着，谢景行不可能找到，就是说，肯定是她主动翻出来拿给谢景行的？沈妙觉得被雷劈了也不过如此。

谢景行还嫌她不够窘迫，淡淡道：“昨夜里你非拉着我探讨，才探讨了前面几页，本想着天长日久不急于一时，你却难得求贤若渴，这上头极难的姿势，也要尝试一番……”

“停！”沈妙羞得脸色通红，道，“喝酒误事，你也不知道拦着我！”

“我怎么敢？”谢景行委屈，“若是不应，你就要砍我脑袋。”

沈妙：“……”

谢景行心情极好，笑盈盈地看她：“你还与我说，今夜还要探讨。”

“今夜就不必了。”沈妙打断他的话，就要跳下床往外跑，被谢景行一把拉住，又扯到怀中。他低头看沈妙，面上笑意收起，换了一副认真的神情。

他皱眉问：“你后悔了？”

沈妙一怔。爱上这样的男人对女人来说是劫数，可被这样的男人爱上，大约就是幸运。

沈妙的目光落在谢景行手上的红线上。他嘴里说嫌弃，到底没有摘下来。

沈妙抬起头来，坦诚道：“不后悔。”谢景行的眸子亮了一亮。

她说：“做就做了，有什么可后悔的，又不是旁人。”到底还是躲闪着不肯看谢景行的眼睛。谢景行扳过她的头，逼她正视自己，道：“果真？”

沈妙道：“真的！”

谢景行盯着她看了半晌，沈妙越发尴尬，就要跑，又被谢景行一把拽过来，道：“我看看。”

“看什么？”

“昨夜你死活不肯停下，我都没好好看你伤口，虽然是皮外伤，也要仔细看清楚。”他把沈妙拖到自己怀里，沈妙瞧他只穿着中衣，露出大片胸膛，更觉得脸上火辣辣的，推拒着道：“不、不必了。我自己来。”

“那可不行……”谢景行说着，又将她拉倒在自己身上。

沈妙却没能再逃开了。

睿亲王府这一夜发生的事，下人们心照不宣。不过八角和茴香二人却不知情，她们暂且照顾着裴琅。

裴琅夜里醒过几回，只是醒的时间很是短暂，片刻后就又睡去了。这样反反复复，八角和茴香忙不过来，更无从知道沈妙和谢景行那头是什么情况。

快近晌午，茴香端着粥进来，进屋却见裴琅坐在窗前，看着窗前的树枝出神。

“裴公子？”茴香高兴地将粥碗放到一边，道，“您总算是醒来了。”

裴琅缓慢地转过头来，瞧了瞧她，才辨认出她是睿亲王府的婢子，道：“王妃也醒了吧。”

茴香道：“昨日里醒的。夫人没受什么重伤，倒是您伤得很重。多亏了您，替夫人挡了一刀，救了夫人的命呢。”

裴琅低下头，似是笑了一声，低声道：“救命吗？分明是我欠她的。”

茴香没听清楚裴琅说的话，问：“您说什么？”

裴琅却又是有些出神的模样。他总算想起来了。在替沈妙挡了一刀之后，他做了一个梦，那个梦很长，却让他豁然开朗。

为什么沈妙之前总会对他露出生疏的敌意？为什么他总是会对沈妙生出莫名的愧疚？原来是这样的。

他曾爱过一个女人，只是他的爱和傅修宜的冷淡其实没什么区别，一步步把沈妙推上了绝路。他一边同情着沈妙，一边又理智地权衡利弊，将沈妙抛弃了。

人的一生，其实就是在不断舍弃中度过。他和傅修宜都把沈妙给舍弃了，所以这一世，沈妙也毫不犹豫地舍弃了他们。

茴香道：“裴公子，先喝点粥吧。您的身子还得再养，等会儿高公子会来给您施针。”

裴琅顿了片刻，道：“多谢。”

“裴公子客气了。”茴香道，“您救了夫人的命，是亲王府的恩人呢。”

“劳烦你替我取纸笔来吧。”裴琅道。他嘴唇苍白，目光黯然，语气却十分坚定。

沈妙和谢景行是好了，整个睿亲王府上上下下似乎都长舒了一口气。

裴琅的伤渐渐好了起来，沈妙去过一次，只在屋外远远瞧了一眼，见他能下地自己喝药，便离开了谢景行对此十分满意，说她比往日懂事，借此机会好好“奖励”她，直接让沈妙这几日都恹恹地提不起精神，活像被男鬼采阴补了阳。

永乐帝自皇家狩猎后，之前为对付卢家布置的局开始收网，卢家忙着和皇室周旋，谢景行也忙碌了许多。

沈妙自然也不会轻松，因为明齐那头，罗雪雁给沈妙的家书到了。

家书有两封，一封是罗雪雁写的，说他们如今一切都好，又叮嘱沈妙到了陇邺，受了委屈千万不要往肚里咽，一定要写信回来告诉他们。又细细叮嘱了一番，要和谢景行相敬如宾，互相扶持体谅，罢了就是询问沈妙这头的情况。

另一封信却是沈丘写来的。沈丘的信里，就谈到了明齐的局势。

算起来，沈妙离开定京城，大半年了，定京的局势本就一触即发,不过这变化来得到底让人有些措手不及。

文惠帝病重了，如今到了不能上朝的地步。宫中有流言放出，文惠帝已经油尽灯枯，熬不过一年。

沈丘在信里提及，文惠帝病重，不知为何发难了曾经最宠爱的徐贤妃。徐贤妃被贬为才人，整个徐家也被迁怒，连累了周王、静王两兄弟。兄弟二人如今不能再管朝中事宜，具体情况沈丘并不了解。简而言之，徐贤妃并着周王、静王，都失宠了。

离王一派，却破天荒地和定王交好起来。

写到这里的时候，沈丘的字迹有些潦草，显然他的心情也并不平静。

罢了，又总结了一番，如今定京城内，原先那些个皇子间，如今最炙手可热的便是九皇子傅修宜。傅修宜的母妃董淑妃，也成了文惠帝渐不离身的依靠。

于是，一大波臣子便倒戈向了傅修宜这头。

而傅修宜，也渐渐开始在对付沈家了。

沈家的兵权之前已经被文惠帝收了回去，傅修宜却要让他父子二人去带领一支新队。傅修宜是挖了一个坑给沈家人跳，做得不好，便是着了傅修宜的套。

沈丘在信里写，如今沈家借着沈信生病的由头暂且不接兵权，不知道这样的借口能用得上几时。好在沈家也不是全无帮助，傅修宜的矛头对准的还有冯家，就是冯安宁府上，冯家和沈家打算联手，联合一些明齐的其他臣子，自保应该是够了。

不过话中到底还是传出一些茫然，忠良了几代的沈家，如今却要和皇室对峙互相猜忌，未免令人唏嘘。

沈妙将信看完，折好收起来，有些忧虑。谢景行方与她一道看过，见她忧心忡忡的模样，问：“你很担心？”

“傅修宜开始对付沈家了。”沈妙沉声道，“他蹿起来的速度太快，不到一年，定京竟然都没有能与他抗衡之人。周王、静王连徐贤妃一并没落，离王竟也被他收服了。他的手段不简单。”

“不奇怪。”谢景行一笑，“为了夺嫡，他早在多年前就开始准备。周王、静王虽然有优势，却比他晚了先机。离王就更不用说了，没有母族支持，根本不能相提并论。”

“但他为什么还要针对沈家？”沈妙拧起眉头，“按理说，沈家的兵权没有了，对他来说没有任何威胁，何必多此一举？”

谢景行沉吟片刻，道：“或许是因为你？”

“我？”沈妙看着他。

“回到陇邺后，我令人关注傅修宜的动静，发现他在调查临安侯府有关我的一切，他可能误会了沈家和我的关系，以为沈家投奔了大凉，或者有其他打算。”他顿了顿，又道，“傅修宜手段狠辣，生性多疑，一旦觉察不对，定会斩草除根。”

“这我了解。”沈妙眸光微冷。

“不过你也不必担心。”谢景行捏一把她的脸，“我在定京安排了人，不管怎么说，护着你家人安全的本事还是有的。”

“你早就安排了人？”沈妙问，“为何不早些告诉我？”

谢景行道：“这种事还需来邀功？那也是我的家人，没安排好，我怎么会放心他们留在定京？”

沈妙听闻谢景行说“那也是我的家人”，心中便如吃了蜜糖一般甜，眸中也带了微笑。

“不过有一件事情，我正要和你说。”谢景行突然肃了脸色，“傅修宜和秦国的皇帝有秘密往来。”

沈妙一怔，问：“借兵吗？”

“可能是私下里达成了某些协议，最有可能的是割地。”谢景行道。

沈妙皱起眉：“是为了帮助他夺嫡？借异国的力量夺嫡，日后会有很多牵扯，傅修宜不至于如此。”

谢景行沉下目光，道：“为了对付大凉。”

沈妙看向他：“他们想对付大凉？疯了这是。”

谢景行笑了一声：“陇邺如今因为卢叶两家而稍显混乱，他们有机可乘，不会放过。”

沈妙细细想了一会儿谢景行的话，道：“你说得没错。”

“你不用担心。”谢景行揉了揉她的头，“这些交给我。”

“我也是睿亲王府的王妃。”沈妙瞪了他一眼。

谢景行好整以暇地看着她：“哦，从皇后变成王妃，不嫌吃亏？”

“吃都已经吃过了，现在说这些有什么意义。”沈妙哼了一声。

谢景行还要说话，茴香在外头敲了敲门。谢景行示意她进来，茴香看着沈妙，又看了看谢景行，目露纠结之意。

“你有什么话要与我说吗？”沈妙莫名其妙地看着她，“若是有话，直接说就是。”

茴香道：“今儿个晌午的时候裴公子说要出门走走，奴婢们想着高公子也说过，裴公子多出门走走对他的伤势也有些帮助，只要不走远就行了。裴公子想一个人，奴婢们便也没多想。他平日里只是在门口走一会儿就会回来的，今日里等到天黑都没回来。”

沈妙皱眉：“出事了？”裴琅没有武功，若是路遇危险，一点儿自保之力都没有。

“奴婢们也以为是的。”茴香道，“可八角在裴公子屋里的桌子上发现了这个。”她从袖中摸出一封书信，递给沈妙，又道，“屋里少了些裴公子的衣裳和细软，裴公子应当是离开了。”

沈妙拆信的动作一顿。

谢景行也神情微变。

“他临走时有没有说过什么？”沈妙问茴香。

“什么都没说。”茴香道。

谢景行道：“看看信里怎么说吧。”说着就要起身离开，被沈妙抓住袖子。

谢景行回头，沈妙道：“一道看吧。”

他脚步一顿，想了想，复又坐下来。

拆开信，入眼的就是裴琅的字。裴琅的字如他人一般清隽，很有那些名士的飘逸之风。

信里开头是说这么长久以来，住在睿亲王府，给睿亲王府添了不少麻烦，多谢他夫妻二人收留。又希望沈妙谨守自己的诺言，将流萤的下半辈子也安顿好。

裴琅写道，之前是跟着沈妙来到陇邺，都是权宜之计。一直留在睿亲王府，还是有诸多不便的地方，他打算在有生之年四处游历，增加一些见识，因此不告而别。

在定王府的时间里，他了解了定王的一些事，就整理了一些东西给沈妙，希望日后能派上用场。

这封信交给沈妙后，他们的关系便两清了，谁也不欠谁，裴琅写道：此生不知道还有没有见面的机会，唯有说一声珍重。

裴琅这信写得极简单，字里行间都透着疏离和客气，彬彬有礼的模样，像是回到了最初的广文堂先生。

信里的另一张纸，密密麻麻记载着傅修宜的一些事情。有关他的心腹，有关他的一些筹谋，一些日后的步骤，要拉拢的人、要扳倒的人。

谢景行本是漫不经心地往那张纸上一扫，待看到后面时，面色不由得凝重起来。

这封信事无巨细地记载着傅修宜的一切，有了这个东西，要对付傅修宜，犹如抓住了蛇的七寸，容易多了。

谢景行道："他怎么可能知道这么多？"

沈妙的指尖有些抖。

这里面的一些事，有的分明是几年后才会发生的。便是现在，傅修宜都不认识那些人，裴琅又如何认识？

除非裴琅也有上一世的记忆，所以现在就已经知道了傅修宜"未来的"心腹和棋子。

裴琅什么时候记起来的？之前分明什么也不明白。

难道……沈妙心中一动，她是在谢景行生辰当日因为遇刺梦到了前生，莫非裴琅也是一样？

她看向茴香："裴先生这些日子有什么不同的地方？"

"不同的地方？"茴香仔细回想，"似乎并无不同，就是时常坐着发呆，不知在想什么。"

沈妙拿不定主意，很想问一问裴琅是否记起了前生的事，可是那又怎么样？如果裴琅真的回忆起前世，就如同沈妙无法面对裴琅，裴琅定然也是无法面对她。

他二人，算不上宿命的仇敌，也称不上交心的伙伴。有过血债，又亲自还清。

谢景行见她神色不定，就问："需不需要我命人把他抓回来？"

沈妙回过神："不必了。他既然想过自己的日子，就让他过去吧。"

相见不如不见，裴琅这样走了，也很好。

谢景行道："这上头写的……"

"是真的。"沈妙道，"得把这个交给大哥，有了这个，沈家至少又多了筹码。”进而又犯了难，“不过这东西贵重，要送回明齐，若是路上被人劫去了……”

“让墨羽军去。”谢景行漫不经心道，“墨羽军送信送了这么多年，还没被人劫过。”

沈妙心中稍安，还未等她说话，手中裴琅的信又被谢景行抽走了。谢景行道：“太晚了，休息。”

“哪里晚了？”沈妙奇道，“天刚黑而已。虽然不用把裴先生找回来，至少要保证他的安全，那一日无缘无故挨了刀，要是又被人盯上可……”

话音未落，沈妙已经被谢景行一把打横抱起，扔在床上。他欺身逼近，阴恻恻道：“你再关心裴琅试试？”

沈妙：“……”

宫中。

御花园中，夏日荷花开得好，碧绿色的荷叶几乎将池塘都要铺满。

显德皇后坐在凉亭中，今日虽无月却有星，她命人煮了花茶，喝上一小杯，是极熨帖的。

陶姑姑站在她的身后，笑道：“今年的荷花开得好。”

显德皇后瞧了一眼，笑道：“夏日里也清凉。”

正说着，远远地，见有人走过来，待走近了才看清楚，这人不是别人，正是静妃。比起往日华衣重彩的模样，今日的静妃看着却狼狈多了。

不过在看到显德皇后的时候，疲色又在第一时间转化成恨意。她道：“远远地瞧见有人在此，正说是谁如此好兴致，原来是皇后娘娘。”

显德皇后不置可否地一笑，道：“本宫在这里喝茶，静妃可要喝一杯？”

静妃睨着她，道：“姐姐有心思喝茶，妹妹却没有。”

“静妃有没有心思，本宫是管不了。”显德皇后不紧不慢地继续喝茶，“茶总归是在这里。”

静妃气得发抖。卢夫人进宫来找过她，说永乐帝对卢家出手了，要她打探打探永乐帝的口风。静妃有时候觉得，永乐帝的确是宠爱她的。如今卢家出事，要她这个女儿帮忙，静妃去找永乐帝，永乐帝的态度却是冰冷的。

静妃顺风顺水了一辈子，现在卢家有难，她跟着遭殃，却发现这么多年来，除了在宫里撒泼树敌，她什么都没做。

反观她一直看不上的显德皇后，这会儿还能坐在亭中优哉游哉地喝茶，静妃心中满是愤懑。

她想，永乐帝又不爱显德皇后，显德皇后却能因皇后这个名分得到众人尊重。太不公平了，若是没有显德皇后碍事，她成了皇后，永乐帝对卢家不敢小觑，她又怎么会像现在这样头疼？静妃心中顿时生出一股怨毒。

恰好见着显德皇后坐在亭中，亭中临近湖水一面有个阶梯，方便平日里喂鱼。静妃不动声色地往显德皇后身边靠近几步，道："姐姐煮了这么多年的茶，自然晓得煮茶的道理，可妹妹不喜欢喝茶，茶水苦涩，喝得人不舒服，煮来做什么呢？"这句话刚说完，她就哎呀惊叫一声，作势崴了脚，就往显德皇后身上靠。她这样一靠，显德皇后就会被撞入水中！

显德皇后是什么人，这点伎俩，她还不放在眼里，早就有所提防。这会儿见静妃靠来，当即后退一步，恰好避开了静妃。

只听得扑通一声，水花溅起。静妃身边的宫女啊呀一声惊叫起来。

第十六章　似曾相识

夜深时分，睿亲王府已经陷入深眠，忽而有人声传来，铁衣突然有要事禀告。沈妙睡得迷迷糊糊，感觉谢景行要起身出门，片刻后，屋中响起窸窸窣窣的穿衣声。她睁开眼，见谢景行正站在书桌前穿衣服。

“出什么事了吗？”她问。

谢景行道：“宫里出了点事，我进宫看看，你先睡吧，不必等我。”

闻言，沈妙的睡意散了大半，问：“是什么事？很严重吗？”

“皇后把卢静推到池塘里去了。”谢景行一边穿外袍一边道。

沈妙先是松了口气，转念一想，又诧异道：“皇后娘娘怎么会把静妃推到池塘里去？”说静妃把显德皇后推进池塘，沈妙还相信，说显德皇后动手，怎么看都不可能。

“卢家人现在也在宫里。”谢景行道，“他们最喜欢蛮缠，我先去看看。”

沈妙连忙起身：“我也去。”

“太晚了。”谢景行不赞同，“你先睡吧，不会有什么事的。”

沈妙摇头：“反正我也睡不着，不如跟你一同过去，说不定还能帮上忙。”

谢景行想了想，道：“罢了，留你一人在这里我也不放心，走吧。”

沈妙连忙起来换衣裳。

实在太晚，谢景行和沈妙就只带了铁衣和从阳二人，等到了宫门口，出来迎接的是永乐帝身边的邓公公，见沈妙也在，他愣了一下，不过没在这上头多烦恼，便道：

“亲王殿下总算来了，陛下正在宫里等着您呢。”

谢景行便让邓公公在前头走，沈妙跟在后面，思忖一下，便问邓公公道：“邓公公，如今皇后娘娘安好？”

“皇后娘娘无事，多谢亲王妃挂怀。”邓公公笑言。

沈妙目光微动，皇后无事，却搞出这么大阵仗，那就是那一位的意思了？

果然，邓公公又道：“不过静妃娘娘这刻还未醒来。”

谢景行冷笑一声：“卢静又在玩什么把戏？”神情颇为恼火。

邓公公笑了笑，没有再说什么。

待进了宫，邓公公带着二人直奔静华宫。静华宫是静妃住的地方，半夜时分，静华宫灯火通明，厅中跪着一干宫女。永乐帝和显德皇后也在，二人坐在厅中，显德皇后淡然沉稳，永乐帝却面如冰霜。

沈妙和谢景行携手进去，永乐帝见沈妙也来了，神情微愣，显德皇后笑着走到沈妙跟前，亲切道：“这么晚，你怎么也来了？”

沈妙笑道：“殿下进宫，不晓得出了什么事，就跟着前来了。”

显德皇后问她：“身子可曾好些了？”

沈妙道：“已经痊愈了，多谢娘娘挂怀。”

显德皇后就笑：“那本宫也就放心了。”

谢景行看着永乐帝，沉着脸问：“皇兄，发生什么事了？”

永乐帝冷道：“卢家刚刚来过了。”

“来过了？”谢景行眉头一皱，“我进来的时候，没有看到卢家人。”

“他们不怕静妃出什么意外。”开口的却是显德皇后，“有恃无恐罢了。”

沈妙心中一动，有恃无恐，这话是什么意思？

正想着，却见寝屋里，宫里的太医走了出来，走到永乐帝面前，行了一礼，道：“回陛下，静妃娘娘落水受了风寒，所幸身子底子不错，腹中龙种尚是安好，服两服药，再养一养，定是母子平安的。”

静妃怀孕了？沈妙和谢景行同时一怔。沈妙下意识地看向显德皇后，显德皇后唇角微微扬起，只是沈妙觉得，那笑容怎么看都有几分讥诮，再看永乐帝，面沉如水，不像是高兴的模样。

屋里静妃醒了，一声声开始娇声唤着陛下、臣妾要见陛下之类，谢景行似笑非笑地看了一眼永乐帝，永乐帝却转头去看显德皇后。

显德皇后微微一笑：“陛下也去看看静妃吧，孩子总归是无辜的。”又看向谢景行，“皇上大约要与你说说话，你就先在这里等上一会儿。”又对沈妙道，“折腾了这么久，本宫也要回去换件衣裳，亲王妃陪本宫一道去吧，大半夜的只怕人也乏了，未央宫刚好有热茶。”

沈妙点头道：“好的。”

一出静华宫，外头都要清爽许多。陇邺的苦夏就要过去了，再过不了多久，就是初秋。

沈妙垂着头，想着方才永乐帝和显德皇后之间古怪的气氛，今日的显德皇后有些不大一样，或许是因为静妃的孩子？

对了，显德皇后是没有孩子的。永乐帝正值壮年，却没有自己的子嗣。朝廷里卢叶两家之所以能有大批跟随者，除了本身先皇留下的力量外，没有子嗣也是一个原因。一个没有自己子嗣的帝王，怎么看都不长久。

现在静妃有了？若是静妃生了儿子，就只有立为未来的储君吗？天下江山，最后岂不是还是和卢家绑在一块儿，外戚专权，是永乐帝最不想看到的，难怪永乐帝一点儿也不高兴。

“亲王妃？”耳边传来显德皇后的声音。

沈妙回过神，显德皇后看着她，宽容地笑笑：“你想得出神，本宫说话都未曾听见。”

沈妙连忙歉意道：“得罪娘娘。”

“无事。”显德皇后并未放在心上。

沈妙走着走着，却是忍不住问：“娘娘，臣妇想问您一件事情。”

“请问。”

“静妃娘娘真的是您推下水的吗？”

显德皇后含笑看向她：“亲王妃怎么觉得？”

“皇后娘娘定然不会这么做。娘娘与她相安无事了多年，犯不着在眼下对付她。”沈妙道，“所以臣妇很奇怪，娘娘为何要认下这个罪名？”

显德皇后停下脚步，看着沈妙笑了，道：“你倒是很相信本宫。”

沈妙沉默。

显德皇后又笑道：“本宫的确不必推她入池塘，这个道理皇上懂，卢家人也懂，不懂的只有卢静一个而已。这个罪名担不担无所谓，陷害一个人，是为了欺骗天下人，可这个谎言连刚来陇邺不久的你也知道，更何况陇邺的官员。”

沈妙问：“难道娘娘就不解释吗？”

“懒得解释，静妃爱怎么样就怎么样吧。”显德皇后淡淡道。

正说着，不知不觉未央宫已近在眼前，陶姑姑在门口候着，见她二人回来，急忙走到显德皇后面前，道："娘娘可还安好？静妃娘娘没事吧？"

静妃落水来人后，显德皇后让陶姑姑先回去。

显德皇后笑道："无事，本宫先去换件儿衣裳。陶姑姑，你带亲王妃到厅里坐坐，给她斟些热茶。"

陶姑姑带沈妙到了厅里，给沈妙倒茶，一边忍不住问："亲王妃，静妃娘娘究竟是怎么回事？没有什么大碍吧，怎生耽误了这么久？"

沈妙想了想，道："静妃无事，肚子里的孩子也安好。"

陶姑姑猛地怔住，差点将茶水溅出来。

沈妙见她如此，问："之前静妃有了身子，你们都不晓得吗？"

陶姑姑勉强笑了笑："亲王妃说笑，这怎么会晓得？若是晓得……"她没有说下去。

沈妙却没有忽略陶姑姑面上一闪而过的愤恨。

正想着，显德皇后从里头走了出来。她换了件月白色的薄纱长裙，上头绣着兰草，眉眼清淡却舒服，的确有史家女儿才有的韵味。

她走过来，在沈妙的身边坐了下来，端起一杯茶，笑道："夜里困得紧，有这样一杯茶倒是暖和多了。"

陶姑姑突然跪下身来道："娘娘，您如今还有心思喝茶吗？"

显德皇后一怔，道："这是做什么呢。"语气有淡淡的严厉。

陶姑姑不为所动，依旧跪着，悲愤道："静妃娘娘怀孕了啊，怀着身孕，还想陷害您，您这也要忍下去，这一生要忍到何时呢？"

沈妙眼观鼻鼻观心，端着茶不说话，显德皇后道："秋水，你跟了本宫这么多年，本宫拿你当亲人，可你实在太逾矩了。"

陶姑姑不肯站起来。

片刻后，显德皇后叹了口气，道："罢了。卢静不晓得自己怀孕，若是晓得，她只会好好护着龙种，不会让孩子出一点差错的。"

"可如今静妃娘娘有了身孕是事实。"陶姑姑抬起头来，"娘娘也要为自己考虑啊！"

沈妙终于不再沉默："陶姑姑说得没错，静妃的事情须得好好考虑。便是卢家如今的局势，为了陛下，皇后娘娘也不能就这么作壁上观。"

显德皇后诧异地看了她一眼，很快又释然笑道："看来景行与你说了很多。"

"起来吧秋水。"显德皇后对陶姑姑道，"本宫不想说第二遍。"

这一句已经是命令的口吻了，陶姑姑犹豫了一下，终于是站了起来。

显德皇后看向沈妙："让你看笑话了。秋水说话急了些，心是好的。"她叹了口气，"本宫以前一直以为卢静是个蠢的，如今看来，还是有些本事，竟能避开避子汤，怀上皇上的孩子。"

避子汤，沈妙心中一动。

"你是个聪明的人，想来也看到了，皇上在宫里没有子嗣，因为她们都会饮避子汤。卢静原先也是饮过的，不知道为何，竟然怀了龙子，这是宫里头一个。"说罢又笑道，"或许也并不是第一个，本宫曾经也有一个孩子，只是小产了。"

陶姑姑听到这句话，眼圈有些发红。

"事情过去很久了，本宫也已经释然。当初本宫怀孕，卢静在御厨做的点心里加了寒性的药草，本宫的孩子就没了。那时候卢静刚进宫，正是得宠，卢家看着，陛下只能小惩大诫。本宫觉得自己与孩子着实没有缘分，便也罢了。"

"你不要责怪陛下，也不要以为本宫很可怜。本宫在小产后，再也不能生孩子，所以皇上就让后宫里所有女人都不能生下他的子嗣。本宫不好，大家都不要好过。"

沈妙怔住。

因为显德皇后不能生孩子，所以永乐帝让宫里所有的女人都不能生孩子吗？

那永乐帝应当很喜欢显德皇后啊，可若真的喜欢，又为什么会让显德皇后承受这么大的委屈？

沈妙只觉得大凉皇室的秘密一点儿也不比明齐的少。

显德皇后见她怔住，突然笑了："你倒真的信了。陛下怎么会因为本宫的关系而放弃所有嫔妃的子嗣呢？景行能做到，是因为景行的运气好，可是皇上运气不好，他是皇上啊。"

这话里的意思可就多了，沈妙一时间不知如何接话。

"不过你说得对，将来自然也该打算。卢静这孩子来得巧，因这孩子暂且保她一条性命，可卢家就没有这样好的运气了。"显德皇后笑道。

"孩子不能留。"御书房内，谢景行对面前的帝王道。

"朕知道不能留，如果可以，朕希望现在就给她灌下一碗药。"永乐帝冷漠开口。

"你刚才怎么不灌？"谢景行问得锋利。

"晴祯不让。"永乐帝道。

晴祯是显德皇后的闺名，这个名字，已经很久没有从永乐帝的嘴里说出来过了。

半晌过后，谢景行才嘲讽一笑："皇嫂一向心软，或许是因为可怜自己死去的骨肉！”

“谢渊！”永乐帝怒视着对方。

可换来的是谢景行一个漫不经心的笑容：“所以现在要怎么做？卢静如何我不管，那孩子我也不想理会，卢家来了又走，铁定以为卢静肚子里的孩子是护身符，怎么送他们这份大礼？”

“卢家总是忘了一件事，你我都姓谢，身上流着谢家的血。”永乐帝漠然道，“而谢家人，都是无情的。”

回去的路上，沈妙想着显德皇后说的话，心中久久不能平静。

等回到睿亲王府，天色已经快亮了，惊蛰和谷雨吩咐小厨房给他们煮点甜汤来。

沈妙和谢景行回到屋子里，沈妙坐到桌前，看着谢景行道：“静妃怀了孩子，卢家现在该如何？”

永乐帝没有别的子嗣，静妃怀的孩子便珍贵了。卢家因静妃如今有恃无恐，永乐帝对付卢家的计划就要搁浅吗？

沈妙觉得不可能。

谢景行闻言，淡声道：“皇兄已经对卢家出手了，生不生都没有区别。”

这话的意思是，静妃肚子里的孩子是一回事，卢家的结局又是另一回事。

沈妙皱了皱眉：“我与皇后娘娘说了些话，听闻皇后娘娘小产过，是因为静妃。就算皇后娘娘再大度，怎么能安然看着静妃安好这么多年。”

谢景行正给她倒茶，闻言动作一顿。

沈妙盯着他：“你老实告诉我，皇上为什么到现在都没有子嗣，是故意为之还是不得已而为之？”

谢景行看向沈妙，目光有些奇怪：“你很想知道吗？”

“你从猎场上回来后昏迷不醒时，我除了去凤头庄找那位高人，其余的事情一概帮不上忙。”沈妙道，“我不喜欢这样被动的自己，如果有朝一日你也有大事要做，我希望自己不是无用的。什么都不知道，就算有心，又如何帮上忙呢？”

谢景行看了她一会儿，突然叹了口气，道：“我们家娇娇不仅会算计人，还会体贴人啊。”

沈妙拨开他的手，道：“你总不能让我做个米虫。”

“我可不敢小看你。”谢景行笑叹，“既然你想知道，我不会隐瞒。你曾告诉我你做过一场梦，现在我要告诉你的不是梦，是实实在在发生过的事情。

“陇邺到定京快马加鞭也要小半年，你不是一直想知道，当初我为什么会成为临安侯的儿子？这么多年，明明知道自己的身世却不回大凉。其实不是因为我不想回，是我不能回去。”

谢景行的真名叫谢渊，字景行，取“高山仰止，景行行止”之意，代表着为他取这个名字的人希望他做一个品行崇高之人，且不说这个名字最后的意义究竟有没有成，总归显出取这个名字的人对他浓浓的爱意。

为他取名的是他的父皇孝武帝谢义隆，为他取字的，却是他的母后敬贤皇后萧皇后。

孝武帝谢义隆是大凉王朝中最出类拔萃的皇子，英俊豪气，意气风发。不过他是幼子，大凉皇室立长不立幼，可谢义隆太优秀了，越优秀的人，要么云淡风轻，不将世俗之事放在眼中，要么野心勃勃，轻易难平，谢义隆是后者，加之那时候太子逊色他多矣，所以谢义隆终于走上了夺嫡之路。

谢义隆的夺嫡之路很顺利，他本就是皇后所生，又军功赫赫，最后谢义隆设计陷害一母同胞的太子兄长，气死了生母，控制了生父，最后顺利得到皇位。

在夺嫡的道路中，势必也要放弃一些东西。谢义隆娶了左相萧家的女儿。萧家是文臣里的头头，娶了萧家的女儿，就能拉拢大半个大凉的文臣。

登上皇位后，孝武帝和敬贤皇后相敬如宾。敬贤皇后在不久后生下长子谢炽，立为太子。

不过世上的东西，最难以挽留的，就是人心。与你同患难之人，却并不一定能与你共富贵。

孝武帝是个野心家，他渐渐怀疑萧家有外戚专权的念头。萧皇后表现得越是贤良聪慧，孝武帝心中就越是多疑。为了平衡萧家势力，孝武帝广纳后宫，其中不乏萧家的对头，他提拔他们，前朝让萧家与他们斗，后宫让萧皇后与那些世家的女人斗。

当那些女人开始为生下皇子而绞尽脑汁，甚至威胁到谢炽太子地位的时候，萧皇后终于不能坐视不理了。

每一个女人，哪怕是最柔弱的女人，都能因为保护自己的孩子而变成一头猛兽，况且萧皇后并不是一只柔弱的白兔，她开始强烈反击。只是聪明如萧皇后，也会犯一个错误。她越是表现得优秀，就让孝武帝越不是滋味。

孝武帝越来越提防她，也开始直接地、毫不犹豫地打压萧家。

有一段时间，孝武帝突然对萧皇后温存起来，没过多久，萧丞相突然主动辞官。

谢义隆很有手段，萧家虽然狠，也狠不过谢义隆，萧家几百年才出了一个皇后，为了这个皇后，萧家不惜牺牲自己。

萧皇后得知此事的时候已经晚了，但这个时候，她竟然怀了身子。

腹中这个骨肉和谢炽不一样，是在谢义隆刻意虚伪的算计下来到这个世界上的。萧皇后怀胎的时候常常想，他若是个儿子，一定不要像他父亲一样。他可以有野心，可以阴谋诡计层出不穷，可他不能随意利用人的真心，那是最卑劣的行为，也最让人不齿。

怀了身子后，萧皇后做许多事情都不方便，没想到有人在这个时候给谢炽下了药。

若非高家家主亲自出马，只怕谢炽活不过当时。高家家主断言，毒已经入了肠腹，谢炽活不过三十五岁，并且这毒会影响他的子嗣，今后谢炽若是有了子嗣，难免先天不足。

萧皇后怎么也没想到，盛极一时的敬贤皇后，有朝一日会落到如此田地。她的家族为了保全她而主动退出官场，她的两个孩子，一个在阴谋算计之下成为活不过不惑之年的残缺，一个本身就是在毒计之下酝酿出来的果实。

下毒之人被找了出来，是孝武帝新提拔上来的宠妃。萧皇后将宠妃绑缚在御花园里，一刀一刀剜了她的肉，亲眼看着她咽下最后一口气。

孝武帝也狠狠责骂了宠妃，亲自定了宠妃的罪，还安慰了萧皇后。萧皇后听着他的言辞，心中冷如寒冰。这件事孝武帝究竟知不知道呢？便是孝武帝不知情，可这宠妃本就是为了对付萧皇后而提拔的，子不杀伯仁，伯仁却因他而死。

萧皇后一面心中生出防备，一面假装因儿子遭此横祸而恹恹。

谢炽身负不治之毒的事并未外传，萧皇后最担心的是以后。她腹中的孩子眼看就要生了，若谢炽日后有什么事情，如果她腹中的是个儿子，这孩子便替谢炽坐了太子之位，焉知不是下一个谢炽？若是个女儿，萧皇后也不愿意她留在宫闱之中，主宰不了自己的命运。

萧皇后将襁褓中的婴儿交给心腹，道："高山仰止，景行行止，他的字就叫景行。若有朝一日他成长为顶天立地的男子汉，可以用阴谋阳谋，却永远不要利用人的真心。"她硬起心肠看了自己的孩子最后一眼，道，"送他走吧。"

两个月，小半年的路程，陇邺到定京，一路跑死数匹马，那是谢渊人生中第一次接触到这个人世，迎接他的却是逃亡。

定京的临安侯府，玉清公主恰好要生产了。

萧皇后的心腹本来遵循萧皇后的命令，要将谢渊送到一户普通的富裕人家，可那一日心腹在街上查探时，无意中得知玉清公主也快要生产了，孩子的名字都已经取好，叫景行。

心腹想，这可真是巧合。

那一夜凄风苦雨，定京下了很大的雨，雨水冲淡了分娩倒在院中的血水，冲淡了女子痛苦的呻吟，也冲淡了婴儿渐渐微弱的啼叫。

姓谢名景行的孩子，和谢渊十分有缘的孩子，还未出世就死了。抱着婴孩的心腹犹豫一瞬，做了个让他庆幸终生的决定。

他将谢渊变成了谢景行，从此以后，景行为名，不再有字，临安侯府的小世子，怀揣着萧皇后的期许、玉清公主的期望，好好活在这世上。

不久后，那户最初选择的定京富户被人一夜之间灭了满门。孝武帝终于发现了端倪，不远万里赶来灭口，却因为心腹的一念之差，阴差阳错地让谢景行避开了这场生死劫。

似乎是命中注定的一样。

临安侯府腌臜事不断，方氏和两个儿子不断作妖，谢景行唯一能依靠的就是谢鼎的宠爱，但谢鼎的宠爱未必是好事，谢鼎长年不在府中，谢景行一个幼子，若非有萧皇后的心腹暗中相助，只怕早已成为一抔黄土。

在这样的环境下，谢景行渐渐成长了。感谢心腹将他放在这样残酷的环境中，让他在面对未来崎岖的道路时也能从容相对，他玩世不恭，笑容散漫，懒洋洋地驾马行走在定京城的大街小巷；他顽劣不堪，令人头疼，却真的如萧皇后期许的那般，长成了顶天立地的男子汉。他不曾利用过别人的感情，尊重每一份真心，对荣信公主，对苏明枫，对临安侯，对沈妙。他在明齐定京活得很好，仅仅依靠着自己，也有了能够与敌人博弈的本事。

那萧皇后呢？萧皇后在那些年里，思念着自己的小儿子，为自己大儿子的遭遇痛心，更决定要反击。

你不是最怕这个江山落入萧家手里吗？我就偏要从你手中将它夺过来踩在脚下，到那时，你会不会为今时今日自己的所作所为感到一丝丝后悔？

孝武帝死的时候，只有萧皇后陪在身边。萧皇后道："陛下放心，夫妻一场，臣妾不会让您在黄泉路上太过寂寞。宫里的妃子，但凡您宠幸过的，臣妾都会让她们一同殉葬，还有您的儿女，除了太子，臣妾一个也不会漏掉。"

孝武帝眼睛瞪得很大。

"还有，"萧皇后似是想起了什么，俯身在他耳边道，"咱们的小儿子过得也不错，陛下当初派人追杀至明齐，却杀错了人。等再过几年，朝廷安顿下来，臣妾就会将他接回来认祖归宗，大凉的江山，总归要有人来继承。臣妾心软，所以他们兄弟还姓谢，若是臣妾也如陛下一般心硬，这大凉的江山，可就真真要改朝换代了。"

"陛下一路走好，这江山，臣妾就先收着了。"萧皇后站在床前，笑得很是温婉。

孝武帝死不瞑目。

敬贤皇后成了敬贤太后。谢炽成了永乐帝。

谢景行还在明齐的定京，在黑暗的道路之中摸索。他懵懵懂懂得知了自己的身世，被告诫生父在追杀自己，而生母困死了生父，如今正值风口浪尖，不可轻举妄动。

敬贤太后在两年后殁了，高家人说是因为心力交瘁，油尽灯枯，可她前一日还神情熠熠地与永乐帝说今年的大典要不要换个新花样，也许可以想法子让谢景行回大凉一趟。

世事难料，她这一辈子，终于没能和谢渊有哪怕一次重逢的机会，就此天人永隔。

沈妙没想到谢景行的身世竟然如此曲折离奇，对于敬贤皇后的一生，感叹之余也不禁生出佩服。

瞧见她复杂的眼神，谢景行反倒笑了，道："不用可怜我，我没见过她，自然对她无所依恋。"

他是独自在狂风骤雨中成长的男人，出生就背负着生父追杀，又没见过生母，反倒造就了比常人更豁达的心境。

沈妙沉默了一会儿，道："我会陪你走到最后的。"

谢景行眸光微微一动："你既然同情我，不如补偿我？"

沈妙瞪了他一眼，突然想起了什么，道："可是这样的话，皇上的病……"她没有说下去。

"皇兄今年已经过了三十六岁的生辰。"谢景行道，"可见有时候断言也不准确。不过，"他冷了眉眼，"皇兄的身子越来越不好了。"

"卢家和叶家人知道这事吗？"沈妙问。

"母后将宫中所有知情人都灭了口，如今世上知道皇兄病情的人，除了高家家主、你我和皇嫂外，应当都不在人世了。"

沈妙心头一跳，想着敬贤皇后手段倒很凌厉，不过也解决了许多后顾之忧。

"皇后娘娘嫁给皇上之前就知道他的病情吗，还是嫁给皇上之后……"沈妙问。

谢景行似笑非笑地看了她一眼："你想问什么？"

"若是你，你怎么选择？"谢景行问。

沈妙道："我嫁给你的时候，还没喜欢到愿意为你守寡的地步。"

谢景行闻言却十分愉悦，一把将她扯过来，笑眯眯道："哦？意思是现在就喜欢到为我守寡的地步了吗？”不等沈妙回答，又若有所思地开口，“这么说来，你当初嫁给我的时候，也是很心仪我的。”

“谁心仪你了。”沈妙气急败坏地开口。

却听谢景行优哉游哉的声音从头上响起：“喜欢我的话就说嘛，我一向怜香惜玉，绝对舍不得让你年纪轻轻守活寡的。”

沈妙不怒反笑：“守活寡？放心，如今这世道也没几个女子乖乖守活寡了。陇邺的小倌儿还比比皆是呢。”

谢景行动作一顿，仔仔细细盯着她，温柔开口：“想找小倌儿？”

沈妙还未说话，谢景行忽地打横将她抱起，站起身大踏步往床边走，吓得沈妙尖叫一声，谢景行道：“你这么提醒我努力努力，为夫自然不敢偷懒。”

外头守着的铁衣冷不防又被夫妻二人的动静羞得老脸通红，走也不是留也不是，一张脸十分精彩。

二人气喘吁吁地闹了一阵，终于歇了下来。沈妙枕着谢景行的手臂，推他问：“你之前还未回答我的话，皇后娘娘到底是知道还是不知道啊？”

谢景行叹道：“母后当初为皇兄挑妻子时，曾将皇嫂叫进宫里说了些话，必然是知道的。”

沈妙道：“知道了还嫁进来，若只是为了权势，她应当为自己打算的。”

谢景行一笑：“皇嫂很聪明，也不贪心。”

沈妙凝神想了一刻，道：“那现在静妃已经怀了身孕，你们打算如何处置卢家？”

谢景行把玩着沈妙的长发，漫不经心道：“卢家以为凭借龙种可高枕无忧，其实想岔了。有了龙种的皇帝，反对的人自然会倒戈，卢家手下的兵有多少是墙头草？能偏向卢家，也能偏向皇家。”

沈妙看着他：“不可能仅仅是这一点吧？”

谢景行挑眉：“你觉得？”

“静妃怀孕是个意外，若是静妃没有怀孕，你们又打算如何对付卢家？”

“简单。”谢景行道，“皇兄自登基开始就在筹谋对付卢叶两家，一直在搜查卢家拥兵自重的证据。现在时机也差不多了。”

沈妙道：“如果是这样的话，何必要准备这么多年？”

谢景行凑近她耳边道：“小姑娘，我们谢家的男人，不喜欢拖泥带水，也不喜欢势均力敌，要做就连根拔起。”

沈妙蹙眉，又听谢景行道：“我知道你骨子里喜欢搏，势单力薄就敢算计豫亲王，不过那样做太危险，我不喜欢。惨胜也是败。”

“不过，卢家是这样了，叶家怎么办？”沈妙还有疑问。

“之前皇兄打算拉拢叶家，反正叶家只有一个不良于行的少爷，翻不起风浪。”谢景行道，“你既然告诉了我你的梦，叶楣姐弟就是仇人。仇人怎么能拉拢？你放心，你的仇我会替你报的。”

沈妙沉默了许久，才轻声道：“谢谢。”

谢景行勾着沈妙的下巴令她抬起头，仔细端详了一番，啧了一声道：“怎么感动成这模样？不如以身好好报答我。”

沈妙推他，骂道：“胡说八道什么？你打算如何对付叶家？”

谢景行思忖片刻，道：“这也不难，叶家既然不能是皇家的人，自然就和卢家是一伙的。卢家出事，叶家也跟着倒霉。你不是挺聪明的，现在怎么连个陷害都不会了？”

沈妙目瞪口呆地看着他。

“叶家其实比卢家好对付，毕竟是文臣，这么多年，孝武帝留下来的两大心腹，实力已经消磨，不如往日风光了。”

沈妙想了想，道：“不是他们实力消磨，是你们的实力已经增长到不必为他们所牵制的地步。”

谢景行看她，调侃：“这样崇敬我？”

沈妙面无表情道：“可崇敬可崇敬了。”

“夫人这么捧场，那必须把夫人伺候好了。”谢景行肃容道，一个翻身将沈妙压在身下。

沈妙：“……”

叶府。

叶楣和叶恪正在屋里说话。

叶茂才自诩读书人，屋里陈设也风雅十足，书画都是名家珍品，兰草也是上等花卉。

叶楣穿着绢丝小衫配长裙，本来模样就出挑，一打扮，天然一段风情。

“姐，你之前说的那话是什么意思？”叶恪皱眉问道。

叶楣端起桌上的茶饮了一口，淡淡道：“之前叶夫人寻女，一口咬定我是她的女儿，是真是假都不知道。不过总归给咱们找了一处好去处，爹娘死后，商铺已经照应不下去，况且当个官家千金，总比商户女儿好得多。你也一样，有了叶丞相这个爹，仕途总能更顺利。”

叶恪苦笑：“我自然知道，不过，叶茂才不是根本不信你我的身份吗？”

若说世上有天上掉馅饼的事，叶楣和叶恪以前不信，可自打叶家寻亲的人找上门后，他们姐弟便不得不相信，这个世上是有这样的好事的。听闻十几年前，叶夫人分娩时被奸人挑拨，害得自己女儿流落在外，终于寻亲找到了叶楣，这是不是真的，叶楣以为，必然不是。

因为她和叶恪是一同出生的姐弟。

可人总会有偏执的时候，譬如看着十分正常的叶夫人，非一口咬定叶楣就是她女儿，还非要因着叶楣的关系，将叶恪也接进府里去。

叶楣姐弟心中防备，后来叶茂才来见了他二人，开门见山便说他们姐弟并不是叶夫人的儿女，不过因为叶夫人坚持，叶茂才并不想阻拦。为了夫人的身子，愿意隐瞒下这个谎言，给叶楣二人叶家儿女的身份。

叶楣精明无比，她想法子打听到叶家的情况，得知叶家如今和皇室微妙的关系，加之叶家只有一个不良于行的少爷，叶茂才需要一双儿女来堵住天下人的嘴巴。

互相得利，各取所需，凭借叶家这个名头，叶楣日后想要锦衣玉食嫁入高门，也是顺理成章的事情。

叶楣道：“信不信身份都不重要。你我都是从商户走出来的，将他当作生意人就是了。只是我没想到如今会变成这样。”

“这样？”叶恪不解。

叶楣道：“之前我以为叶家在陇邺实力雄厚，虽和皇家关系微妙，到底还能平衡一二。不过近日却觉得不对劲，叶家似乎也到了岌岌可危的地步，一个不好，就是万丈深渊，赔了夫人又折兵。”

叶恪闻言，面色也变得有些不好看，说：“叶家现在的局势很危险？”

“危不危险我也不知道，”叶楣冷笑一声，“叶茂才那老狐狸，藏得严严实实，叶夫人虽信任我，却更信任叶茂才，想从她嘴里套出话，比登天还难。”

“或许是你想多了也说不定。”叶恪想了想，摇头道，“叶家毕竟是大凉的丞相。至于叶家人提防我们，大约是时日太短。咱们现在都在一条船上，否则当初你教人行刺睿亲王妃，他们叶家也不会就这么同意，只可惜那睿亲王妃命大。”

叶楣笑起来，道：“她可真是好命，也真是好运。”

“不过姐，”叶恪看向她，“当初你为什么要让叶家人杀了睿亲王妃？真的是因为想入主睿亲王府吗？”

叶楣顿了顿，想了一会儿，才道：“我若说我第一次看见她，便觉得不想要她活在这个世上，你信吗？”

叶恪一愣，叶楣却陷入了沉思。

对男人，叶楣称不上爱或者不爱，她有野心有手段，男人是她达成目的的工具，就像美人要配华丽的衣裳、珍贵的首饰、富裕的宅子，自然也要高贵的夫君。谢渊是她见过最好的一个。他年纪轻轻就位高权重，还生得风流美貌。这么好的人，她想据为己有很正常，谢渊的冷淡，让她更想征服。

叶楣热爱抢夺别人的东西，将那些东西变为自己的，可沈妙的东西，要抢过来很艰难。那怎么办呢？让沈妙消失好了。所以叶楣告诉叶茂才，只有沈妙死了，谢渊的王妃之位空悬，她才有把握掌握谢渊的心。

叶茂才本就打着想要叶楣攀上睿亲王府的念头，终是应了。谁想到沈妙竟然没死，有人愿意为了沈妙以身相护，而且因为叶家贸然出手，谢渊有所怀疑，将叶家盯得很紧，叶茂才还因此而迁怒叶楣。

“如今睿亲王与睿亲王妃感情甚笃，”叶恪道，“前几日还听说他二人把臂同游陇邺城，姐，现在还要入主睿亲王府吗？”

叶楣有些心烦意乱，道：“再说吧，叶茂才暂且没提起此事。当务之急是弄清楚叶家究竟出了什么问题，若是叶家倒霉，再做打算。”

“其实……”叶恪吞吞吐吐道，“之前叶茂才找过我一回，有些想让你进宫的意思。”

进宫？叶楣眉心一跳，突然笑了，意味深长地开口：“叶茂才见谢渊不好勾搭，就让我攀上皇家？”

进宫，是说进宫做皇帝的女人。叶楣冷笑道：“宫里现在连个子嗣都没有，必然有蹊跷。我若进了宫，没有子嗣，百年之后无所依靠，一旦皇帝驾崩，还要给他殉葬不成？叶茂才只管攀附皇家，不管我的死活，让他断了这个念想。”

叶恪尴尬道：“我也猜你是这般想的，所以就跟叶茂才说了不可能。”

“哦？”叶楣斜眼看了他一眼，轻飘飘道，“你真是这般跟他说的？”

叶恪躲闪着叶楣的目光，道：“姐，你还不相信我？”

叶楣笑了一下：“总之我会想办法弄清楚叶家出了什么事，又做的是什么打算，若是叶家倒霉，你我全身而退方是上策。”

“姐，哪有这样严重。”叶恪不以为然，“真要这般严重，叶家早就为自己寻求退路了。”

叶楣冷笑：“怕就怕，叶家自己都不知道大难临头了。”

静妃怀了身孕的事情，第二日就传遍了整个陇邺。

沈妙和谢景行说起此事，道：“静妃怀孕的消息一流传出来，各路大臣都要送女儿进宫，争先恐后生孩子，后宫只怕乱了套。”

谢景行笑笑：“那也要生得出来才行。”

“卢家也太心急了。”沈妙撑着下巴，“宫里还没流传出来，自个儿就先传出来。”

“传得越快死得越快。”谢景行正在穿外袍，沈妙站起身来帮他整理衣领，他低头看着沈妙，“你若是怀了我的孩子，我也会让人传得陇邺尽人皆知。”

沈妙狠狠瞪了他一眼，道：“你若敢让别的女人怀了你的孩子——”

“怎样？”谢景行蹙眉。

沈妙将他的衣领狠狠一扯，凶神恶煞道：“睿亲王府被灭满门的事情，也会传得陇邺尽人皆知。”

谢景行哈哈大笑，揽着她的腰，在她耳边暧昧耳语：“家有悍妻，精疲力竭，恐是不行。”

“悍？”谢景行还要说什么，外头传来八角的声音：“主子，夫人，马车已经备好了，现在出发吗？”

沈妙松开手：“回来再说。”

谢景行好整以暇地坏笑：“任君采撷。”

沈妙：“滚。”

他们要进宫一趟。卢家近来大约隐隐感到了压力，开始布置兵力，另一面又觉得静妃有孕在身，永乐帝定然不会拿卢家怎么样，一边是怀疑，一边是坚信，卢家自己都混乱了，恰好遂了皇室心意。各方势力开始布置，谢景行分外忙。

沈妙也在裴琅留下来的信里猜到明齐如今乃至未来的局势，一边帮着沈家从傅修宜的监视下脱身。

一到宫里，谢景行便去御书房见永乐帝，沈妙去见显德皇后，由陶姑姑领着她去。

沈妙见随行路上皆铺了地毯，便问是怎么回事。

陶姑姑道：“这是静妃娘娘吩咐的，怕走路磕着碰着伤了肚子里的孩子。皇后娘娘厚道，懒得与她计较。”

沈妙挑眉，问：“那皇上是什么态度？”

陶姑姑古怪地笑了笑：“皇上对静妃的态度不曾变化，静妃因此生闷气，才弄出这么多花样来呢。”又想起了什么，“今日叶家的小姐和少爷也都进宫了，叶家小姐还来看望静妃，大约在静华宫里。亲王妃刚才进宫的时候未曾见着叶家人吗？”

沈妙摇头：“并未看到。”

她隐约觉得有些不对，只是这会儿是来见显德皇后的，不好与陶姑姑多说此事，怀着疑问，到了御花园。

夏日渐渐到了尾声，开始泛出凉意。难得有清爽的时候，坐在花园吹吹风也是好的。沈妙见到显德皇后的时候，她正在煮茶喝，见了沈妙来，便邀她一起品茶。

“这是秋山黄，今年新送上的茶叶，本宫很喜欢，你也尝尝。”显德皇后笑道。

沈妙端起茶来尝了一口，唇齿间都是苦涩，然而在苦涩之中又有一丝绵长的香味。

显德皇后问：“怎么样？”

沈妙放下茶杯：“皇后娘娘煮的茶也是一绝。”

“本宫没什么爱好，就只有这点喜欢了。”显德皇后笑笑，“这茶味苦，年轻姑娘家大多不喜欢，没想到你会喜欢。”

沈妙笑了笑，显德皇后又道：“那晚你回去后，景行应当与你说了宫里的事情吧。”

沈妙一愣，道：“说了一些。”

“景行疼媳妇，自然会全部告诉你。”显德皇后道，“那你听了后是什么感觉？觉得如今这个局势是个什么道理？”

沈妙不敢含糊，想了想，就道：“如今卢家下场已成定局，靠静妃肚子里的孩子也无法力挽狂澜。既然皇上和殿下都已经有了决断，其余的便顺其自然好了。”

“那孩子呢？”显德皇后抿了一口茶，“你以为，这个孩子留是不留？”

沈妙一顿，道：“全看娘娘心意。”

“本宫的心意？”显德皇后叹了口气，“本宫的心意里，一直堵着一根刺，可是要说拔掉这根刺，本宫却又不够狠心。”她自嘲地笑了笑，“这皇后的位子，果真不大适合本宫。”

沈妙没有说话。

显德皇后话锋一转：“亲王妃，你能当好整个睿亲王府的女主子，毋庸置疑，可倘若未来你要背负的更重，面对的更复杂，你又能做好吗？”

沈妙心中一跳，定了定神，道：“娘娘，未来的事情谁也说不准，不过臣妇会陪在殿下身边。”

显德皇后看了她一会儿，摇头叹道：“你没有野心，这很好，可是也不好。你要明白，有朝一日，当你到达一定的高度，许多事情都是身不由己，你不喜欢，却不能表现出不喜欢。”

沈妙平静道：“臣妇不会那么做的。身不由己，不过是因为自身不够努力去改变周遭的环境。”

显德皇后闻言，失神了许久，片刻后深深看了沈妙一眼：“或许吧，你说得很对，本宫的半辈子已经过去了，改变，也已经没有时间了。”

因为静妃吗？沈妙心里想着，便问出来：“听闻今日叶家姐弟也进了宫，见了静妃？”

“叶家来往宫里，今日本是来见本宫的，不过本宫瞧着醉翁之意不在酒，也随着他们去了。叶家大约是看卢静有了身子，打了别的注意，想从卢静那头试探着下手。”显德皇后的目光有些悠长，“叶家新找回来的那位小姐，生得极为美貌。不仅聪明，还有野心。”

沈妙目光微微一滞：“叶楣想进宫？”

“大约是吧。”显德皇后不甚在意道，“不过叶楣想在这里争权夺利，可就打错了算盘。”

“叶家虽是文臣，却无文臣风骨，圆滑虚伪，不过……”显德皇后想到了什么，“叶家小少爷还不错，本宫与他说了话，倒如孩童般纯稚，可惜不良于行。”

沈妙也听过那叶家瘸子少爷的事情，不禁有些感叹。难得的好人，却偏运气太差。

显德皇后道：“再过不久，陇邺的局势会很紧张。景行经常在外，你自己要多加小心。”

沈妙肃起神色道：“臣妇明白了。”

对付卢叶两家，无疑是在陇邺城里掀起一场风暴，她作为谢景行的妻子、睿亲王府的王妃，自然是众矢之的。

正说着，陶姑姑跟个小宫女走过来。陶姑姑道：“惠嫔和宁贵人在花间小筑吵起来了，娘娘要不要过去瞧一瞧？”

自从静妃怀孕，宫里的女眷都开始沉不住气了。后宫隔三岔五就出乱子，时常这样，总会给人添堵。

显德皇后面上就显出不悦的神情来。

“娘娘先去看看吧。”沈妙道，“不必管我。”她没有跟着显德皇后去看热闹的想法。

显德皇后无奈，站起身来，对沈妙道：“本宫去花间小筑一趟，亲王妃就在这里歇着喝喝茶，若觉得乏味，便在花园里走一走，不走远了就行。”

沈妙应了，显德皇后就和陶姑姑走了。沈妙捧着茶杯，心里莫名有些烦闷，站起身，打算走到一边的池塘边吹吹风，八角和茴香跟着她。

花园里，层层掩映的树木下，小径曲折，一条连着一条，每一处都有新景致，十分风雅。

沈妙走到池塘边，凉风吹到脸上，清清爽爽十分舒服，也让她平静下来。站了一阵子，她打算回到方才的石桌前，估摸着显德皇后也该回来了，临走时目光随意往一边的树林中一瞥。

沈妙猛地停住脚步，她紧紧盯着一旁，只觉得全身的血似凉似烫，一股脑往头上冲，几乎要站立不稳，引得八角和茴香也紧张地往旁边看去，然而却什么都没发现。

沈妙突然拨开面前的树丛，就往一旁的小路跑去。

“夫人！”八角和茴香吓了一跳，赶紧跟了上去。

沈妙跑得飞快，头发和衣裳蹭到树枝上的尘土也浑然不觉，她的手剧烈发抖，嘴唇也是白的，眼睛瞪得很大。

她看到了！在树林枝杈中掩映的少年的脸，带着略腼腆的微笑、熟悉的神情，那是傅明！她的儿子，傅明！不会看错的，不会看错。

沈妙拼命跑，然而御花园每一条小径都通往不同的地方。树木茂密，那少年转瞬即逝，几乎让她以为是自己的错觉。

前边没有路了，只有暗湖的一角，还有假山和长亭。沈妙找不到那个少年，茴香和八角跟在后面，见沈妙立在原地，不知道在想什么，失魂落魄。

三人还未有别的动静，却突然听得前方传来一声女子短促的惊叫，接着是重物坠地的声音。

假山尽头，是长长的台阶，台阶的下面，正倒着一名女子，女子身下是大片大片的血迹，沈妙和两个丫鬟一怔，上前查看，却惊讶地发现那女子正是静妃。

静妃捂着小腹，脸色苍白如纸，蜷缩成一团，痛苦地呻吟。瞧见沈妙，卢静费力地伸手，只吐出两个字：“救我。”便晕了过去。

八角问：“夫人，这……”

“叫人来吧。”沈妙蹙眉道。

八角点头称是，赶忙出去了。茴香四处看了看，摇头道：“没有旁人。”

“早就跑了。”沈妙凝眸，“能在宫里这样明目张胆地伤人，对方胆子也不小。”

沈妙想着，宫里来来往往的人就这么多，等卢静的事解决完了，就向显德皇后或者是谢景行请求，将那少年找出来。她不相信是自己的错觉，她很清醒。

八角叫的人很快就来了，这些人很快将静妃送到了静华宫，请太医，又派人通报永乐帝和显德皇后。沈妙是第一个见到静妃的人，不管是不是与她有关，总脱不了干系。

茴香有些不安，牵扯到了龙种这种事，茴香甚至怀疑这是不是一个阴谋。

永乐帝和显德皇后很快赶了过来，沈妙发现谢景行却不在，不知道去了哪里，本想与他说说傅明的事情，现在也只得作罢。

永乐帝来了之后，只是询问了一下周边人，当时静妃的身边连个宫婢都没有，否则也就不会求助沈妙了。显德皇后皱眉问："静妃不是和叶家小姐在静华宫说话吗，怎么又去了御花园？叶家小姐在哪里？"

沈妙还未说话，屋里突然又传来一声短促的惊叫，紧接着，静华宫的寝殿里，静妃的几个婢子从里面跑了出来，对着显德皇后和永乐帝跪了下来，不住地磕头。

太医从里面走了出来，抹了把汗，低声道："皇上，老臣无能，静妃娘娘，殁了。"

屋中一静。

"殁了？"说话的是显德皇后，"静妃怎么会殁了？"

老太医躬身道："静妃娘娘怀了身孕，日日进补，过犹不及，身子虚旺，而今日摔得太重，静妃娘娘惊惧过度，失血太多，所以……"

永乐帝面上看不出喜怒。显德皇后沉声道："静妃好端端的，怎么会突然摔下来？身边的宫女又去了哪里？"

静华宫的宫女急忙跪下身，道："娘娘之前与叶家小姐在宫里说话，提起要去御花园走走，娘娘不喜奴婢们跟在身边，奴婢们不敢违抗命令。只是后来卢家小姐未曾回来，娘娘也未曾回来，再见到娘娘时，便是亲王妃给送回来的。"

静妃的宫女也如静妃一般伶牙俐齿，不着痕迹地将自己的罪责推了个一干二净。

显德皇后丝毫没有怀疑沈妙，立刻就问："叶家小姐在何处？来人，把叶家小姐找过来！"

静华宫的人各自沉默着，不多时，听得身后传来女子仓皇的声音："静妃娘娘！"

沈妙回头一看，便见叶楣被几个侍卫带着进来，神情慌乱，更多的是无措和不可置信。她往前走了两步，被显德皇后的侍卫拦了下来。

显德皇后冷道："叶姑娘去了何处，怎么到现在才来？静妃死之前，是与你一同去了御花园的，怎么到后来静妃出事，你却不见了？"

显德皇后平日里沉稳温和，这会儿却疾言厉色，直说得叶楣往后缩了一缩。

沈妙冷眼看着她。

叶楣低下头，似是在回忆："臣女之前与静妃娘娘在静华宫说话，静妃娘娘说外头天气凉爽，想吹吹风。静妃娘娘的宫女也要跟着去，静妃娘娘觉得人多了不方便，有臣女在一边，也不用旁人了。"闻言，屋中众人神情各异。

卢静本就是骄纵的性子，又因怀了身孕变本加厉。叶楣美貌，卢静因为妒忌，将叶楣当丫鬟使唤，为的就是刁难叶楣。这确实是静妃的性格。

"后来臣女和静妃娘娘在花园里走动，静妃娘娘说冷，要臣女给她寻一件蚕丝披风来。那披风在一位才人的小筑里，臣女寻那小筑便耽误了不少时间，等臣女拿到披风之后，没想到皇后娘娘的侍卫寻来了，说是静妃娘娘出事了。"叶楣跪倒身去，道，"娘娘若是不信，可以派人去找那位小筑中的才人，她可以为臣女做证。臣女都去拿披风了，怎么可能加害静妃娘娘呢？"

显德皇后蹙眉，道："陶姑姑，你带人去那位贵人小筑里，问个清楚明白。"

叶楣赶紧道："那贵人姓曹。"

陶姑姑领命离去。

屋中顿时又陷入了僵局，叶楣跪在地上，孱弱的身躯瑟瑟发抖，满脸委屈。

只是还未等到陶姑姑，卢家却来人了。

卢正淳气势汹汹地带着卢夫人到了静华宫，宫人拦都没拦住，永乐帝也懒得拦。卢夫人一进来就坐在地上哭，一边哭一边叹自己苦命的女儿。

沈妙漠然看着卢夫人作态，若真心疼女儿，怎么会进宫之后第一件事不是去看卢静的尸体，而是当着帝后的面哭惨，只怕心疼女儿是假，心疼卢静肚子里的龙种才是真。

卢正淳道："皇上，静儿和腹中龙种都遭人毒害，此事非同小可，臣将静儿养到这般大，还望陛下体贴臣爱女之心，给臣一个交代！"

卢正淳的话，倒像是找永乐帝兴师问罪来了。

永乐帝淡声道："皇子皇孙，兹事体大，卢将军提醒朕，多此一举。"

卢正淳一噎，从前永乐帝总会待他客气几分，如今却一点儿情面都不留了。

卢夫人恰好哭完了，看着沈妙道："静儿出事的时候，你在当场，有没有看到凶手？"沈妙摇头。

卢正淳厉声道："你当时在的时候，静儿尚且能说话，显然那人出手不久，如何没能看到？"

还没等沈妙说话，永乐帝先开口了，道："亲王妃只是从旁经过，没看到凶手不是罪责。卢将军不去追查凶手，责怪不该责怪之人，关心则乱了。"

沈妙没料到永乐帝会为她说话，要知道永乐帝一向瞧不上她。

卢正淳冷笑："陛下，这世道上，贼喊捉贼的事也不少。"

显德皇后皱眉："亲王妃不会做这样的事，本宫愿意以皇后的身份担保。"

沈妙道："虽然我是见到了静妃出事，不过叶家小姐在出事前可是一直陪着静妃娘娘，卢将军也不妨问问她。"

祸水东引的事情谁不会？

卢正淳看向跪在地上的叶楣，眼中闪过一丝精光，没有说话。

沈妙是看明白了，卢正淳看着是个武夫，也有自己的精明。卢正淳希望叶家跟自己站在一边，反正女儿和外孙都已经死了，他不愿意为了死人而得罪可能出现的盟友。

沈妙心里想着，见一个侍卫打扮的人径自走到永乐帝面前，道："皇上，有人说看到了推静妃娘娘下台阶的凶手。"

此话一出，众人都是一惊，永乐帝和显德皇后还没有说话，卢正淳已经开口道："是谁？那人可说凶手是谁？"

卢夫人赶紧双手合十，痛心疾首道："苍天有灵，终于可找到杀害我静儿之人。待我找出那人，定要他血债血偿！"

永乐帝冷道："带进来。"

沈妙下意识看向地上的叶楣。叶楣跪在地上，脊背微微弯着，沈妙却注意到她的手，长长的袖子遮住了手掌，露出指尖。左手拇指却和食指握成一个圈，轻轻摩挲着。

沈妙和楣夫人打了一辈子交道，知道她每个动作的含义。这个动作沈妙再清楚不过，叶楣在算计某个人的时候，目的要达成的时候，会不由自主做这个动作。

沈妙心中一跳，证人是叶楣算计中的一环？她将要达到自己的目的了？又或者，卢静的死真的和叶楣有关系？

紧接着，屋外传来声音，像是车轮轧在地上发出的响动，沈妙眯起眼睛，朝门口看去。一个婢子正推着一个人走进来。

那人坐在带轮子的椅子上，膝盖处盖着一块毯子，双手端正地交叠在膝盖上。

待走近了便能看清楚，那人约十一二岁的模样，精致秀气，是个少年，穿一件象牙色的袍子，有些腼腆害羞，目光若有若无地透出一丝惊惶。

沈妙整个人怔在当场，眼中瞬间充满热泪，险些掉了下来。

傅明！时光倏尔回转，她几乎透过这轮椅上的漂亮少年，看到重重宫阙中，穿着明黄色袍子的小少年手捧一大束红梅，冲她笑得讨好又贴心，道："母后，儿臣看院子里的梅花开了，爬树剪了一大束，母后日日在屋里看到这红梅，心中舒坦，病也就很快能好了。”

现在，那少年被人推着到了叶楣面前，小声唤道：“大姐姐。”

沈妙瞪大双眼。他是……叶家那个不良于行的小妾生的养在叶夫人名下的少爷，叶鸿光。叶家的人？

小厮推着叶鸿光上前，叶鸿光对着永乐帝，有些紧张，似乎面对大凉的君主手脚都无处放。

他道：“鸿光见过陛下，请恕鸿光腿脚不便，无法行礼。”

永乐帝淡淡挥了挥手。

叶鸿光似乎第一次面对这么多人，有些害怕，自己转动着椅子上的机关，往叶楣身边靠近了些。

沈妙见状，目光猛地一顿。

似乎是她的目光太过执着，连叶鸿光也察觉到了，叶鸿光往这头扫了一眼，见沈妙一眨不眨地盯着他，受了惊般低下头，不安地摩挲着膝盖上毯子的边缘。

“叶少爷？”卢正淳眉头一皱，“你看见了杀害静儿的凶手？”

叶鸿光吓了一跳，求助般看向叶楣。

显德皇后和颜悦色道：“鸿光，你说你瞧见了推静妃的人，是真的吗？”

叶鸿光看向显德皇后，似乎没那么怕了，点了点头。

“那么，那个人是谁？”显德皇后问。

叶鸿光低着头，犹豫了许久才重新抬起头来，对着沈妙慢慢伸出手，指向她轻声道：“是她。”

沈妙如遭雷击！

显德皇后脸色一变，厉声问道：“你可知道若是说谎，就是欺君之罪，是要掉脑袋的！”

永乐帝也冷道：“你确定看清楚了？”

帝后的态度摆明了就是不信叶鸿光的说辞。叶鸿光看上去胆子很小，可是在帝后的威压之下，反倒是更坚定了，他看着沈妙，肯定道：“就是这位夫人。”

沈妙踉跄一步，几乎不敢相信自己的耳朵。这位夫人，傅明竟然会称她为这位夫人。她的儿子如今在她仇人身边，帮着她的仇人指证自己！

何其荒谬！

她这般动作落在旁人眼里，反倒像是证实了心虚。

卢正淳一眯眼，二话不说就伸手拖沈妙过来。八角和茴香见状，立刻护在沈妙身前。谁都没料到卢正淳会突然动手，侍卫忙护着显德皇后和永乐帝，永乐帝喝道："卢正淳，你在静华宫动手，是要反了不成！"

卢正淳一边与八角茴香缠斗，一边高声道："皇上，我卢家失去了静儿，如今凶手就在眼前，你便让老夫先报了杀女之仇！随后再来治老夫的罪。便是拿出去天下说道，只怕百姓也会道老夫做得对！"

卢正淳胡搅蛮缠，永乐帝气得脸色铁青。

卢正淳招招狠辣，都是杀人的招数，二女就快不敌。沈妙却是目光怔怔地看着叶楣身边的叶鸿光。叶鸿光似乎躲闪着她的目光，不愿看沈妙，反而与叶楣小声说着什么。

就在此时，卢正淳突然双腿一软，一下子跪倒在地上，众人都没看清楚出了什么事，只听见啪嗒一声，两个金元宝掉在地上。

卢正淳捂着膝盖跌倒在地上。

平静的声音自外头响起。

"本王不在，什么阿猫阿狗都能欺负本王的女人了？"

比卢正淳还要狂妄，还要嚣张，平静的声音里，怒气谁都能听见。

谢景行出现在门口，手里还夹着一枚金元宝，方才他就是用这个打伤了卢正淳的膝盖。

他大踏步走到沈妙身边，见沈妙神情苍白，以为她受了惊吓，越发恼火，转身看向被手下扶起来的卢正淳，漠然开口："卢老爷，你是对本王有什么不满？"

卢正淳不甘示弱，道："静儿被人杀害了！叶家少爷亲眼看见，就是沈妙所害。老夫给自己的女儿报仇，天经地义！"

"叶家少爷？"谢景行的目光在屋里扫了一圈，停在轮椅上的叶鸿光身上。

他慢慢走近叶鸿光，居高临下地看着对方。

叶鸿光被他盯着，有些不自在地躲闪着，不与他对视。

谢景行似笑非笑地看着他："你哪只眼睛看见她杀人？"

不等叶鸿光回答，谢景行又淡淡道："你哪只眼睛看见了，我就把你哪只眼睛挖出来。"

叶鸿光何尝见过这种阵势？紧张之下，他不由得看向叶楣，场上众人里，也只有叶楣与他关系最亲切。

不过令叶鸿光失望的是，叶楣只是低着头，避开了他的目光。

叶鸿光不肯说话，沈妙走上前，看着轮椅上的少年，道："你果真是看见我推静妃下去的？"

叶鸿光抬起头来看着她，虽然神情还有些不自然，胆子却大了很多，犹豫了一下，点了点头。

她说："好，那你来告诉我，你当时在什么地方？"

叶鸿光一愣。

"你在台阶上面还是台阶下面？"她放缓了语气，叶鸿光紧张地缩了缩脖子。

跪在地上的叶楣身子微微一颤。

沈妙没给他思索的机会，步步紧逼，问道："想起来了？上面还是下面。"

"下、下面。"叶鸿光道。

沈妙轻轻笑起来："那可真是奇怪。那么长而陡的台阶，你在下面，如何看得清站在上头的我？只怕连静妃的影子都是看不到的。

叶鸿光呆住，他常年不出府门，今日见个永乐帝已经紧张得不行，这会儿被沈妙这么一说，神色就慌了。

沈妙问："叶少爷，你再想想，莫不是记岔了，究竟在上面还是下面？"

叶鸿光连忙道："上面，我记岔了，是在上面的！"

地上的叶楣忽而耷拉下肩膀，似乎有些泄气。

沈妙笑道："哦？叶少爷腿脚不便，那么长的台阶，想来自己是上不去的，应当有人抱着你上去，或者抱着你的轮椅上去，也就是说你身边应当有自己的仆人。怎么说看见我推人的只有你，却没有你的仆人呢？"

屋中霎时间安静下来。

叶鸿光的额上冒出大滴大滴的汗水，脸涨得通红。

永乐帝冷道："你可知欺君是何罪名？"

谢景行唇角一翘："皇兄，官眷明知故犯，罪加一等，直接扔给刑部算了。"他懒洋洋道，"不然随便什么人都能欺负睿亲王府的人，我还过不过日子了？"

叶楣白了脸，卢正淳脸色难看极了。

显德皇后道："叶鸿光，你竟敢在宫里说谎，还妄图诬蔑亲王妃。"

她疾言厉色，叶鸿光险些要吓哭，可叶楣不理他，他在宫里又没有旁的熟人，无助得很。

"叶家少爷年纪小，一时间看岔了也情有可原。"沈妙为叶鸿光开脱。

谢景行蹙起眉。

沈妙弯身，视线与叶鸿光齐平，温声道："或者，你是听旁人说了什么，所以误会我？有人教你这样说吗？"

叶鸿光身子一震，沈妙与他离得近，可以清晰地看到叶鸿光眼中一闪而逝的慌乱。

可他复又抬起头，看着沈妙坚定道："没有人教我。"

没有人教，却也不再坚持说沈妙是凶手了。

沈妙道："我知道了。"

显德皇后皱了皱眉，想了想，又道："静妃一事，交由刑部审理。当务之急是彻查有无此刺客。"最后才看向卢家夫妇，道，"卢将军还有什么话说？"

卢正淳心中憋着一口气，却晓得今日如何都不会有收获，心不甘情不愿地道了一声："臣遵旨。"

一边的永乐帝眸中闪过一道杀意。

卢家夫妇离开了，从进宫到离宫，他们自始至终都没有看死去的静妃一眼，仿佛并不是自己的女儿。

等他们离开后，永乐帝道："你们也回去吧。"

显德皇后有些诧异地看了一眼永乐帝，叶楣和叶鸿光，一个当时与静妃在一起，另一个干脆红口白牙地诬蔑沈妙，便不是凶手，也定然不能饶过，可永乐帝竟是不打算追究的模样。显德皇后心中疑惑，却见永乐帝的身子几不可见地晃动了一下，心中一惊，当即就道："不错，现在就回去吧。"

谢景行没说什么，只冷冷看了一眼叶楣与叶鸿光，道："既然没事了，臣弟也就先退下了。"

沈妙和谢景行一同离开静华宫往宫外走，遇上了后面跟来的叶楣姐弟二人。叶鸿光突然命令推着他的小厮停下动作，转过来看着沈妙，似是有话要说。

谢景行当即脸色不大好看，沈妙看着那少年在她面前停住，不远处叶楣正看向这里，看样子她想过来阻止叶鸿光，但有铁衣和从阳，她根本不敢动弹。

叶鸿光仰起头，看着她，十分羞惭地开口道："对不起。"

他似乎还想说什么，犹豫了一下，终是什么都没说，自己推着轮椅离开了。

谢景行挑了挑眉，不明白叶鸿光是什么意思，沈妙看着他的背影，神情有些复杂起来。

回去的马车上，谢景行道："让墨羽军把那小子抓到塔牢，关上一两天，老实了再交代背后之人是谁。"

他说的是叶鸿光，今日叶鸿光的表现，若说背后没人教他，傻子都不信。

沈妙白了一眼谢景行："有什么好交代的，除了叶楣还会有谁？"

"那你怎么还不开心？"谢景行捏她的脸，"今日看见那小子，也怪异得很。有什么我不知道的？"

沈妙拨开他的手："你可还记得当初我与你说过我做的那个梦，梦里还生了一儿一女。"

谢景行玩笑的神情一顿，看向她。

"我看到叶鸿光的第一眼，觉得他和梦里的那个孩子太像了，可他站在了叶楣那边。"沈妙道，"后来我仔仔细细地看过了，发现他们只是长得像而已。"

沈妙一直在注意那个漂亮少年。他和傅明乍一眼看上去没什么分别，可性子截然不同。傅明自小就格外早熟，大方、坦荡、正直善良。面前这个孩子，就是一个普通的官家少爷，还有些自卑。最重要的是，母子之间是有感应的，若是傅明，她能感觉到，叶鸿光不是傅明。

"像？"谢景行疑惑，"所以你才对他特别宽容？"

"有这个原因吧。"沈妙道，"对着那张脸，怎么都下不了狠手。况且你我都清楚，叶鸿光不过是被人利用。只是我很奇怪，若此事真的和叶楣有关，叶楣为什么要推静妃下去？"

谢景行一笑："或者，就仅仅是一个意外呢？"

"意外？"

与此同时，叶楣和叶鸿光上了回府的马车。

叶楣开口道："三弟，你之前与亲王妃说了些什么？"

不知为何，叶鸿光觉得有些害怕，踌躇了一下，轻声道："我与她说了对不起。"

叶楣脸色微微一变。

"亲王妃是好人。"叶鸿光低着头小声道，"我诬蔑她，她都没有生气……大姐姐，我说了谎，心中很是不安。"

"我不是说过了吗？"叶楣皱眉，"你不这样说，皇上和皇后肯定会怀疑到我头上，连累的是整个叶家，难道你希望爹娘也被连累？"

叶鸿光不敢再说什么，只听叶楣又道："况且，你怎么知道她就是被冤枉的？"

"亲王妃说了不是她。"叶鸿光小声道，"姐，为什么不让他们怀疑到你头上，就必须要指认亲王妃呢？"

叶楣终于生出怒气，几乎有些阴森地看向叶鸿光："你宁愿相信她，也不肯相信我这个姐姐吗？"

叶鸿光摇了摇头："我只是觉得亲王妃不是这样的人而已。"

口口声声都是相信沈妙，叶楣的恼火无法溢于言表。永乐帝也是，显德皇后也是，睿亲王也是，现在连叶鸿光也是，沈妙究竟有什么妖法，总能博取旁人的信任。

想到之前发生的事，叶榍忍不住身子有些发抖。

她没想到卢静竟然骄纵如此，叶榍是听了叶茂才的吩咐过来同卢静打探消息，谁知道卢静妒忌她，故意刁难她也就罢了，居然还想毁了她的容貌。

叶榍哪里是吃亏的性子，争执中失手将卢静推了下去。她仓皇而逃，本想趁乱逃出去，没想到卢静居然死了。死无对证，她倒是不用逃了。

叶榍平静下来后，买通了那不受宠的小才人，让叶鸿光也做了证，叶鸿光胆小，惶恐之下也就答应了。

谁知道叶鸿光这般无用，被沈妙抓住了错处。

之前就向叶茂才提出刺杀沈妙，如今又指使叶鸿光诬蔑沈妙，叶榍觉得，一旦被谢渊调查出来是她在其中搅和，必然不会放过她。况且这件事叶茂才迟早会知道，她失手错杀静妃，也是闯了祸，叶茂才会怎么对她，叶榍还真的不清楚。

得罪了不该得罪的人，不能留在陇邺了，要离开叶家。叶榍的心中突然蹦出这么一个念头。她下意识看了一眼叶鸿光。叶鸿光正低头揪着膝盖上毯子的毛毛，并未看到她的眼神。

叶榍的眼神倏尔转冷。要逃离叶家，逃离陇邺，对现在的她来说不是一件容易的事情。得好好与叶恪商量一下才好。

第十七章　山雨欲来

白日里，宫里静妃的事情耽误了不少时间，沈妙和谢景行回到睿亲王府时天色都晚了。沐浴用饭过后，沈妙边整理着桌上的信件，边对谢景行道：“没想到原来是这么一回事。”

谢景行手下的人过来传信儿，将今日在宫里发生的事情弄清楚了。沈妙摇头道：“卢家只怕已经知道了是叶楣动的手。”

谢景行倚在榻上，道了一声嗯。

沈妙问：“皇上查出真相会怎么样？会处置叶楣吗？”

“查出来又如何？”谢景行满不在乎道，“没有叶楣错手杀人，叶家也不会留。”

“说起来，今日进宫，卢静出了事，皇上来了，你却不在，你去做什么了？”沈妙问。

等了半晌也没听到谢景行的回答，沈妙朝他看去，见谢景行微笑着看着她。

沈妙一愣，谢景行唇角一翘：“过来。”

她便走到榻边，才问了一句：“怎么了？”就被谢景行一把攥住拉进怀里。

谢景行不让她动弹，下巴搁在她脑袋上，道：“我曾经问过你一句话，你现在还想不想当皇后，记得吗？”

“记得。”沈妙回答。

“那我现在再问你。”他说。

“我不想。”沈妙道，“当皇后很好，可我不喜欢。”

“怎么办？”他有些苦恼道，“我也不喜欢，但是现在必须做了。”

“高家家主说了，皇兄活不过半年，今日写了传位诏书。我不信命，可是没有时间了。”他低低叹息，将沈妙的手放在掌心。

“我知道你不喜欢，但能不能为了我容忍一下？至少我能向你保证，永远不会让你成为废后。你会成为大凉帝王的唯一女人，你要付出的代价就是，”他贴近沈妙的耳朵，狠狠道，“这辈子，没有退路了。”

沈妙没有说话。

谢景行也没有松开她，就这么将她锁在怀里。

许久之后，沈妙抬起头来看着他。

谢景行盯着她，看上去任何事情都不放在心上的狂傲男人，此刻眸中却露出星星点点的紧张。

沈妙心中一动，短短片刻，忽而笑了。

她说：“那我有什么好处？”

谢景行怔了怔，眼底浮起一抹狂喜，似乎是松了一口气，还有些不可置信，道：“你想要什么，都给你。”

“如果我想要的，你也想要呢？”沈妙问。

谢景行一挑眉：“你想要什么？”

“幽州十三京。”

“归你。”他爽快地挥手。

“漠北定远城。”沈妙看着他的脸色。

“归你。”谢景行眼皮都没眨一下。

“江南豫州，定西东海，临安青湖，洛阳古城。”

“都归你！”

谢景行答得顺溜，若是永乐帝听到这里，只怕要气得吐血。

“全都归我，你要什么？”沈妙问。

谢景行坏笑一声，促狭道：“一夜十三次？”

沈妙：“……”

谢景行拉住要走的沈妙，正色道：“夫人，你可不能不要我。”

沈妙道：“你精力这么旺盛，我让唐叔给你拿点冰块降降火。”

谢景行将她扑倒，慢悠悠道：“有夫人在，还需要什么冰块。”

外头的从阳捂着耳朵，面露痛苦之色。唐叔走过，瞧见紧闭的大门，满意地咂咂嘴，吩咐厨房熬汤去了。

接下来的几日，谢景行果真忙碌了起来，几乎是早出晚归。

卢家失去了一个女儿，眼见着永乐帝的态度越来越强硬，终于慌了，开始着手调动自己私养在各地的人马。

叶家由一开始作壁上观，到现在已经不知不觉被卢家拖下了水。因为叶楣在陇邺宫里闯的大祸，让叶茂才十分震怒。叶茂才迁怒于叶楣，将叶楣禁足，叶楣这些日子过得十分憋屈。今日终于解了她的禁足，叶夫人为了补偿她，带着她去首饰铺子里挑选一些首饰。谁知道中途有贵人来访叶府，叶夫人只得回去，让叶楣自个儿在铺子里挑首饰。

首饰铺子的掌柜讨好地将最贵的几样拿出来让叶楣挑选，叶楣挑得心不在焉，目光在琳琅满目的珠宝上掠过，心中却想着，要如何才能逃离叶府，若是逃离，又能逃到哪里去。

正想着，首饰铺子又来了两人。是一男一女，男子大约三十出头，穿着富贵，容貌平平，微胖。女子正是年轻，打扮得花红柳绿，一进来便是浓烈的香气。

那女子娇滴滴道："大人给我买手镯，定要足金的。"

男子大方极了："今儿个就随便你挑，爷心情好。"

应当是哪家公子带了楼里的姑娘来做冤大头了。

掌柜的见叶楣一直心不在焉，此刻来了新客人，索性就将叶楣抛在一边，笑着去迎新客人："这些都是新送来的，姑娘可以瞧瞧。"

那女子挤到了叶楣身边，香气熏得叶楣不悦，便转头看了那女子一眼，待看到那女子身边的男人时不禁一怔，那男人也瞧见了她，愣了愣，随即惊喜道："楣儿！"

正挑首饰的女子一抬头，警惕地瞧着叶楣。

叶楣本来有些躲避他的，忽然想到什么，脚步一顿，看了一眼掌柜的，突然道："既然遇着了，借一步说话。"

男子似乎求之不得，身边的女子一把拉住男子的胳膊，道："大人，您还要陪奴家挑首饰呢。"

那人不耐烦，直接从怀中随便抓了几张银票扔给女子，道："你自己看吧。"

女子得了银票，也不纠缠了。男子与叶楣一道出了门，叶楣挂上面纱，道："找个酒楼吧。"

酒楼的雅室里，男子看着叶楣，奇道："你身边怎么多了这么多侍卫？当初你和李兄弟突然从钦州消失，我还托人找了许久，没想到竟在这里。"

叶楣心中打着鼓。这男子不是别人，正是她的青梅竹马。李家是钦州商户，这男子是金家的长子金星明。金家也是商户，金老爷和李老爷交情颇深。叶楣小时候，金老爷便打趣说要将叶楣嫁给金星明。叶楣自小就心气高，虽然瞧不上金星明，却从未表现出来，反而十分乖巧。

后来李家夫妇去世，李家几处铺子还要金家关照，叶楣更对金星明体贴入微，金老爷正打算问起她的亲事，就在这时候，叶家人出现了，一拍即合，叶楣立刻就和叶恪来了陇邺，因着对金家的厌恶，她连跟金家人说一声都没有。金星明自然不知道她来了陇邺，谁知道今日会在这里碰上。

心中飞速打好了算盘，叶楣摇了摇头，叹息一声道："当初我在李家，承蒙金家照顾，和二弟过得也不错。谁知道突然被人找上门来，说我的亲爹娘另有其人，我其实是丞相叶家的女儿。我心中惊疑，他们也没给我解释的时间，便将我带走了。"

"丞相叶家？"金星明吃惊地叫出声来，"可是陇邺的那位叶丞相？"

叶楣点了点头，道："可是到了后来我才发现，他们弄错了人。你也知道叶家只有一位不良于行的少爷，他们大张旗鼓地寻亲，弄错了人，不好自打脸，便硬要我做叶家千金。我原本想着，这便罢了，谁知道叶丞相其实是个人面兽心之人，他……他想拿我去做仕途上的筹码，用我的婚姻来拉拢别人！"

她声泪俱下，金星明愤愤道："他怎么能这样！亲生女儿尚且不能无情，更何况你还不是他的女儿，竟然妄图把握住你的姻缘，可恶！走，我们去告官！"

"没用的。"叶楣摇头，"官官相护，何况叶茂才在陇邺只手遮天。我曾想写信到钦州寻求你的帮助，谁知连信都被拦了下来。其实我和二弟都已经被叶家的人软禁了，今日这般出门已实属罕见。"

金星明脸色难看极了，他本就对叶楣十分喜欢，不由得在心中暗骂自己，要是早一点发现叶楣的窘境就好了。

叶楣抬起头："过去的这些日子，我无时无刻不在思念金大哥，只盼有一日恢复自由身，金大哥，你能帮帮我吗？"

金星明连连点头："帮。我能做些什么？"

"金大哥，如今我不求别的，只想要你助我离开叶家。"叶楣含泪笑道，"能与金大哥在一处，我便不用日日担惊受怕了。"

虽然有些飘飘然，金星明也没失去理智，他不过是商户家的公子，就道："这……叶家可是很棘手啊。"

叶楣没说话，只拿一双漂亮的眼睛看着他。金星明心中一荡，就道："倒也不是没有办法，楣儿可知道，我为何要来陇邺？"

叶楣摇了摇头。

金星明得意道："我有一位朋友，也是商户，去年去了明齐，听闻与明齐那头的皇商搭上了关系。我想了想，与其在钦州做个普通商户，倒不如出去闯一闯。那位朋友邀我一道去，我来陇邺就是为了将家里的几笔生意处理好，就与那朋友商量一番。本来我还有些犹豫。"金星明道，"如今既然遇着了楣儿你，我便无所畏惧，决计去明齐定京了。叶家只手遮天，逃到明齐去，叶家的手也伸不了这么长，楣儿你以为如何？"

叶楣在金星明说话的工夫，心中已经飞快地盘算起来，笑着道："自然很好。金大哥，你果真是楣儿的依靠，这世上所有人都靠不住，还好有金大哥你……"

她娇俏温柔，金星明心头一跳，不由自主地伸出手来摸上叶楣的小手。

沈妙方从一个夫人府上的茶会出来，正要上马车，却见不远处的茶坊里，一前一后走出一男一女。那女子蒙着面纱，不过沈妙与她打了一辈子交道，便是看她的步伐也能认出是叶楣。

与叶楣说话的男子看起来同叶楣关系十分亲密，沈妙侧身，马车的阴影将她挡住，叶楣看不到她。男子与叶楣说了几句话，叶楣很快乘马车离开，男子转头往另一个方向走去。

沈妙想了想，吩咐莫擎道："你跟上那个男人，将能打听到的全都打听清楚。"

莫擎领命离去，沈妙坐上马车，心中开始沉吟。

叶楣总能利用周围一切可以利用的人，尤其是男人。沈妙几乎第一时间就想到了，叶楣或许想利用这个男人达成什么目的。

她想做什么？

叶楣在傍晚的时候回到叶府，平日里回来得很晚的叶茂才，今日却破天荒早早就在府里了。见她进来，盯着她问："去哪里了？"

叶楣定了定神，道："娘让我去首饰铺子挑几样首饰。"

"娘？"叶茂才反问。

见叶楣没说话，叶茂才又问："首饰呢？"

叶楣道："没有什么看中的，就没有挑。"

"你倒是很有自知之明。"叶茂才忽而话锋一转，"今日你在街上遇到的那男子是谁？"

叶楣一愣，随即便感到出奇愤怒，不用说，必然又是跟随在她身边的叶府侍卫所为。她道："是从前在钦州认识的一位公子，曾与我家有很深的渊源。父亲若是不信，可以派人查一查他的底细。"

叶茂才见她说得如此镇定，就道："如今陇邺城里很快就会有一番大动作。你既然是叶家的女儿，一举一动都会被人看在眼里。若是因此给叶家招来灾祸，你和叶家都要遭殃。”又温和地笑了笑，“你既然是个聪明的孩子，就应当知道什么该做，什么不该做。”

叶楣听了叶茂才一番话，心中沉沉，又与叶茂才敷衍了几句，才回到自己的屋子。

待回了屋，发现叶恪早就等在屋里，见她回来了，笑道：“姐，你今日去了哪里，怎么现在才回来？”

“你可还记得钦州金家的金星明？”叶楣问。

“金星明？”叶恪狐疑地看着她，“记得，突然提起他来做什么？”忽而又想到什么，大吃一惊，“姐，你不会现在要嫁给他吧！”

叶楣皱起眉：“你当初不是挺喜欢他的吗？”

“当初我们是商户，如今咱们可是官家。”叶恪道，“姐，你现在的身份，金星明哪里配得上你？”

他显得十分激动，叶楣看了他一会儿，问：“那你以为，我应当嫁给谁？”

“姐，你的身份，嫁给皇子都不为过，不过陇邺也没有皇子。”他神秘兮兮地凑近，笑道，“其实爹有意要你进宫，我替你瞧过了，皇上年轻俊美，对皇后也颇为冷淡。你若进宫，只怕六宫到最后都是你囊中之物。到那时，你我二人便是富贵无边。”

“哦？”叶楣看着他，“你真的这么以为？”

叶恪拍了拍胸脯：“相信我，你绝对会成为大凉最尊贵的女人，所以就听爹的话，进宫去吧。进了宫，还有叶家在背后撑腰，这不是天大的好事是什么？”

叶楣笑了一下，道：“弟弟，你这些日子似乎总是很忙，能不能告诉姐姐，你到底在忙些什么？”

“爹打算给我在陇邺谋个官职。”叶恪眉飞色舞道，“这些日子带我四处见同僚！”话音刚落，他忽然意识到了什么，一下子住了口。

叶楣神情未变，就点了点头，道：“原来如此。”

叶恪小心翼翼地看了一眼叶楣，见叶楣没什么特别的反应，试探地问：“姐，你觉得不好吗？”

“不好？”叶楣诧异地看了他一眼，随即笑了，“这有什么不好的，皇上是天下最尊贵的人，做皇上的女人自然没什么不好。”

叶恪拍手笑道：“我就说了！爹之前怕你不同意，一定要我来劝你，我便知道他是多此一举，又不是傻子，何来推脱一说？”

他放松之下，竟将自己是奉叶茂才之命来劝说叶楣的目的和盘托出了。叶楣目光闪了闪，笑道："你是我弟弟，你还不了解我吗？"

"姐，要是你进了宫，得了皇上的宠爱，可千万别忘了我这个弟弟。"叶恪道，"爹已经带我进了官场，日后有你这个姐姐帮衬，我的路只会越来越顺，说不准，这陇邺众人都要听命于我姐弟二人。"

叶楣也笑："自然如此。"

叶恪得了叶楣的保证，十分满意，又兴致勃勃地说了一会儿话，便离开了。等叶恪走后，叶楣的脸色冷了下来。

叶茂才竟然这么快就收买了叶恪，叶恪和叶楣一样，都是极端自私的人，叶楣又怎么会甘心给叶恪铺路。

叶恪走后，叶楣站起身，在屋里走了两圈，显得有些焦虑。

她明白，叶恪现在也算是她的敌人了。

她想了很久，将屋里的箱子打开。那里面有叶夫人在她回来的时候为了补偿她给她做的几十套衣裳，都是时下流行的款式，料子也是顶顶好的。叶楣在箱子面前蹲下身来，开始认真挑选。

另一头，沈妙也得知了莫擎打探回来的消息。

"金星明？"沈妙皱眉问。

"除商户之子的身份外，其他都无甚特别。"莫擎道，"他从钦州突然到了陇邺，好像在处理几笔生意，都是金家的几处长线生意。就这么处理了，预示着近几年金家都不打算接生意。"

"不打算接生意？"惊蛰忍不住开口道，"那吃什么呀？"

"看来是准备离开了。"沈妙沉吟，"那有没有消息，金星明最近有离开的动向？"

莫擎一怔，道："夫人猜得不错，他还变卖了一些东西折成银票，似乎要远行。"

沈妙了然："你再去查一查，这个金星明最近和哪些人有关联。还有他去哪里，准备出行的东西总能看出端倪。短行还是长行，北地还是南国，也勿放松对叶楣姐弟的查探，若金星明和叶楣私下有往来，一定要跟住。"

莫擎离开后，沈妙坐在桌前沉思，毋庸置疑，叶楣想搭上金星明这艘船上岸，离开叶家这个深渊。

不过，她又怎么会让叶楣如愿？

一连好几天，谢景行都未曾回府。铁衣也不在，问起从阳，一问三不知。再不多时，京中突然传来一个消息，原镇南将军卢正淳带兵造反，屯兵于汝阳城，占地为牢。

消息几乎让陇邺百姓都震惊了，听闻卢正淳本来手下兵就不少，多年一直在暗中招兵买马，汝阳城地势广大，一时间人人自危。

沈妙倒是平静，古人云先抑后扬，卢正淳掉以轻心，越发自大，才能让皇家做出更好的布置，给卢家来个一网打尽。

沈妙担心的另有其事。虽然卢家张狂，在百姓眼中，卢家就和当初谢家一样，有着打江山的汗马功劳。卢家也有嘴，卢家红口白牙，张嘴就说是皇室逼他们反，甚至说当初孝武帝之死也和永乐帝脱不了干系，敬贤太后是外戚专权，和永乐帝母子合谋害死孝武帝和其他皇子，皇位来得名不正言不顺。

天下哗然！

“卢家太无耻了。”惊蛰道，“竟然将脏水往皇上身上泼。”

谷雨叹了口气：“都造反了，不是你死就是我活，倒一盆脏水算什么呢？”又道，“卢家可真狠，要两败俱伤，非把皇家也拉进来，便是赢了，日后也未必赢得民心。”

沈妙皱眉思索了片刻，道：“取纸笔来。”

惊蛰问：“夫人，要写信回明齐吗？”

沈妙摇了摇头：“要一张很大的纸，比城门囚犯的告示还要大。”

笔走龙蛇，锋芒毕露，惊蛰和谷雨见过沈妙写字，今日的沈妙看着却不同，她又郑重，又激愤，让人想起翰林院里舌战群儒的老生。

洋洋洒洒，一气呵成。罢了，她将笔一搁，左右两手拎起那张巨大的白纸抖了抖。

“这……是什么？”两个丫鬟不识字，隐隐觉得这是十分重要的东西。

“真相没有人在乎，”沈妙道，“但结果很重要。”她把纸晾了又晾，等墨迹干透，才对惊蛰道，“将这东西拿到书本店里，拓印三千份，让府里侍卫趁着夜色四处张贴。要快！”

谷雨、惊蛰不敢耽误，小心翼翼地捧着写满字的纸出了门。

沈妙看着二人离去的背影，轻轻松了口气。

世上之事，武能定乾坤，文能安天下。乾坤已定，天下未安，既然卢家要借此生事，不如反客为主。文武之道，本就相通，他卢家有口舌之乱，她也有诡谲兵道。

这一夜，谢景行依旧没有回来。

第二日清早，陇邺的日光洒遍城里每一个角落，眼尖的人发现自家门上贴着一张白纸，上头密密麻麻写着一大篇字。主人家是个屠夫，见邻居马秀才走过，就道：“马秀才，你是读书人，你来看看这是什么？”

马秀才走到屠夫门口，见了那字，先是赞了一声好字，又凑近，一字一句念出来：“告天下同胞书……”

不过短短几日，《告天下同胞书》便传得大街小巷尽人皆知，雪白的纸片到处都是。

翰林院里的年轻人正扯着那书读。

“昔王朝弱微，和睦安居，而今昌盛，反其乱乎？盖陛下在即，粮仓钵满，风调雨顺，今为贼子，疑其主，反其君，背其理，覆其道，惭愧乎？赤首乎？不忠不义不仁乎！”

这书里说了近来卢家造反之事，先是大骂贼子做出此等大逆不道之事，后说贼子传播谣言，谣言竟被许多人信了，实在令人心寒。永乐帝在位期间，大凉百姓安居乐业，国富民安，比孝武帝在位时有过之无不及，百姓不思量着皇帝的恩德功绩，却偏听偏信一个贼子的妄言，不惭愧吗？又说如今文武之道，大凉人才辈出，有读书人也有武举，武举便应想法子对抗奸臣报效君主，文人更应正视听，而不是火上浇油。

那些读书人自觉无颜，至于武举的小生，更被这书撩得一颗报国之心顿起，只恨不得加入讨伐卢家的队伍之中，亲自斩下贼子首级。

于是，永乐帝弑父篡位之事，便无人再提了。

与此同时，大凉永州一个小镇上，青衫男子从街道路过，路过的地方恰好有一所学堂，学堂的夫子是个年过六旬的老翁，正摇头晃脑地读：“昔王朝弱微，和睦安居，而今昌盛，反其乱乎？盖陛下在即，粮仓钵满，风调雨顺，今为贼子，疑其主，反其君，背其理，覆其道，惭愧乎？赤首乎？不忠不义不仁乎！”

青衫男子脚步一顿，往那头望去，便见老翁念过一段后，道：“这可是如今陇邺流传甚广的《告天下同胞书》，老夫手里的拓印只有一份，你们统统抄录一遍，明日交上来。”

裴琅愣了愣，随即想到什么，不禁轻笑出声，笑了一会儿，目光又黯然下来，再看了一眼那摇头晃脑的夫子，离开了。

未央宫里，显德皇后手持一封书信，笑着一字一顿给永乐帝念完。永乐帝坐在椅子上，面色有些苍白，神情却是从未有过的柔和。

“景行真是娶了个宝啊。”显德皇后笑道，“以为是将门出来的女将军，却是个能搅乱人心的女状元。”

永乐帝轻哼了一声，道：“狡猾如狐。”

显德皇后不以为然：“托她的福，外头那些乱七八糟的传言也都下去了，这不好吗？”

“朕又不在乎。”

显德皇后道：“你是不在乎，但是总要为景行他们打算。”

永乐帝不说话了。

又过了片刻，永乐帝喊了一声晴祯。

显德皇后愣住，晴祯是她的闺名，这个名字，她已经很久没有听人喊过了。

永乐帝没有看她，专心盯着桌上鹤嘴里燃着的半截熏香，道：“后悔吗？”

显德皇后笑笑：“臣妾从未后悔。”

“朕死后，你跟着景行，若是遇到了不错的人，就改嫁吧。”永乐帝道，“换个名字，换个身份，你会过得很不错。”

显德皇后闻言，眼中就有了泪光，将那点子泪光逼下去，她看着永乐帝道：“在陛下眼中，臣妾便这么不值得吗？”她自嘲般笑笑，“也是，在皇上眼中，臣妾一向不重要的。”说罢便站起身来，对着永乐帝道，“臣妾晓得了，臣妾会如皇上所愿的。”率先离去了。

永乐帝看着燃烧的熏香，半截熏香化为尘埃，空中弥漫的香气，终有一日也会散的，就像人。

叶楣在屋里打扮了许久。

走出门去的时候，恰好遇着叶恪，叶恪诧异地问：“姐，你这是要去哪里？”

“去孙小姐府上喝茶。”叶楣笑道。

叶恪不疑有他，叶楣便带着侍卫一起出门。她将面纱戴上，果真是去了孙小姐府上。

叶楣进了孙府里，由人将她领着去了一间小房。待进了小房，一眼便看见久等多时的金星明，见了叶楣，他眼睛一亮，惊艳道：“楣儿，你真是越来越美了。”

叶楣笑得甜美，委屈道：“今日出门亦不容易，差一点就以为不能见到金大哥你了。”

“若非这孙家大哥与我有过旧时交情，以他妹妹的名义给你下帖子，只怕见你一面也不容易。”金星明叹了一声。

叶楣笑道：“都是金大哥的本事。”

金星明被哄得心花怒放，正高兴，突然听叶楣道："只是金大哥什么时候才能带我离开叶府呢？"

金星明道："虽然如此，也要细细筹谋。毕竟叶家不是平头小户，须得想一个万全之策。"

叶楣心中冷笑，不过是金星明的推脱，想来他大约晓得了叶茂才的势力，打了退堂鼓。

她抬起脸，楚楚可怜道："这样拖下去何时是个头，我什么也不求，叶家的荣华富贵也不想，只想和金大哥快快乐乐地生活……"

金星明嗓子发干，见叶楣更加无助地舔了舔嘴唇。他一下子握住叶楣的手，冲动地开口道："为了楣儿，我自然什么都不怕，可是楣儿这么美，我的一份心怎么能被楣儿捧在掌心。"他又使了力气，一把将叶楣抱紧在怀里，"楣儿，你若是成了我的人，我一定会尽快将你救出来。"

叶楣几欲作呕，犹豫只是短短的一瞬，下一刻，双手如蛇般攀上了金星明的脖颈，在他耳边吐气如兰道："好啊。"

良宵苦短，帐子里尽是旖旎味道，半晌后，传来窸窸窣窣穿衣服的声音。

金星明抚着叶楣光滑的后背，面上带着满足道："楣儿，要不再待一会儿，天还未黑，这样早回去做什么？"

叶楣背对着金星明，眼中划过一丝怒气，转过头来，又是媚眼如丝，道："金大哥如此舍不得我，就将我从叶家赶紧接出来啊。叶茂才将我管得紧，这些日子又时常催促我进宫，若是进了宫，与金大哥这辈子却是有缘无分了。"

金星明一听叶楣要进宫，立刻坐直身子，道："不可以！"

叶楣依偎到他的怀里，轻声道："我自然也不愿意，我心里只有金大哥一人，奈何身不由己。所以想赶紧离开，等我与金大哥到了明齐之后，便能做一对神仙眷侣，日日逍遥，好不快活。"

金星明得了甜头，心中得意，一时间豪情万丈，就道："说得不错。今日回头我便让人将东西备好，为保稳妥，咱们便走水路。水路隐蔽，虽有危险，却比其他路子快些。"

叶楣点头："为了防止叶茂才生出疑虑，咱们五日后再在这里会合，在那之前，金大哥你且打点好离开的事宜，我也好与叶府众人周旋。"

金星明应了，二人又痴缠一阵，叶楣整理好衣裳，仿佛什么都没发生过地离开了。

五日后，谢景行归来。

汝阳城战役，卢家溃败得彻底。

永乐帝展露出来的实力将朝野中蠢蠢欲动的臣子彻底震住，他们终于明白，当初被孝武帝打压、还要靠敬贤太后扶持的少年帝王，不知何时已经成长为一头凶兽。

卢正淳是个疯子，汝阳城破，他自知大势已去，冲进屋将妻女亲手屠戮，包括卢婉儿。他死的时候狂笑不止，大喝道："老夫一生纵横无敌，鞍马天下，今死于竖子之手！不甘心！"

谢景行砍下他的首级，淡淡道："无知。"

在大凉盘踞两朝的百年世家卢家，就此销声匿迹，卢家残余势力四处窜逃，都交给了墨羽军一一斩杀。

沈妙听起这些的时候，很是感慨，一个世家的兴起和没落，看上去十分简单，其实是在许久之前就有兆头的。

谢景行道："我回来的时候听闻市井中流传一则《告天下同胞书》。"他看一眼沈妙，"天下文人皆想结识，不知是哪路才子豪杰？"

沈妙忍住笑："不知道。"

"得让墨羽军找找。"谢景行挑眉，"要是找到了，是男人，就结为兄弟，是女子，就……"

"就什么？"沈妙凉凉地盯着他。

谢景行正色道："就拖出去斩了，什么人竟敢比我夫人还有才华。"

沈妙没忍住笑了。

谢景行见她笑得俏丽，心中一动，站起身将她打横抱起，走到床边放下。沈妙挣扎："你还没洗澡。"

"别动，让我抱一会儿。"他翻了个身，脸埋在她肩窝里，沈妙被他的气息弄得有些痒，听见他说，"明齐可能要打过来了。"

沈妙一怔："什么？"

"卢正淳临死道出皇兄的秘密。"谢景行道，"傅修宜也知道了。这个机会，傅修宜不会错过的。"

原来，卢正淳临死前对谢景行说了一句话："你猜，明齐皇帝知道你那短命大哥活不过今年，会什么时候出兵？"

沈妙惊讶："卢正淳怎么会知道的？"

"可能是从宫里传出去的。"谢景行道，"卢家想用这个消息来要挟皇兄，但最后不知为什么改变主意，选择向傅修宜告密。”

“通敌叛国？”沈妙皱起眉。

“算不上。”谢景行道，“卢正淳的个性，应当是想鱼死网破。”

沈妙道：“傅修宜的确不可能放弃这个机会，只是现在的明齐尚且不足以对抗大凉，傅修宜一定会暗中做些什么，有了底气后才会动手。”

谢景行道：“在那之前，先收拾了叶家吧。”

“叶家？”沈妙道，“你打算将叶家一网打尽吗？”

谢景行打了个响指：“不然留着过年？叶楣姐弟送给你，怎么处置都行。”

沈妙把他的手拿过来，谢景行还戴着她的红绳子，道：“你要小心。”

谢景行和沈妙关于傅修宜的猜想，在第二日就得到了证实。谁都没想到，傅修宜竟会如此急不可耐，甚至称得上不管不顾了。

沈丘的家书到了。

这一封家书潦草得很，显然写信时十分匆忙，再看时间，亦是很久，意味着这封信到沈妙手中耽误了很多时间。

打开信来，沈妙和谢景行一目十行地看完，俱是沉默。

傅修宜动手了。

倒不是对着大凉，是对着沈家。

文惠帝重病不起，托傅修宜全权监管朝廷众事。傅修宜捏造了沈家罪证，对沈家进行围剿。沈家军之前被明齐皇室收回时，也改得面目全非，其中掺杂了不少探子，沈家军废了。

沈信这回却早有准备，早在之前便开始私下联合其他对明齐皇室有不满的朝臣。其次，远在小春城的罗连营和罗连台也带着罗家军赶来定京。罗家军是被罗家人手把手养起来的，只听命于罗家，前几年在沈信手下也被调教了不少，沈信用起罗家军得心应手。除了这些，还有谢景行当初留在定京的人马。

至此，沈家众人终于知道了谢景行的身份。

傅修宜以为能在短时间内拿下沈家，却没想到沈家老早就在为这一日做准备，非但没有被一网打尽，还耗着他的兵力。

沈丘在信里说，沈家如今离开了定京，虽然傅修宜的人马一直穷追不舍，沈家却一直没让他们捞着好处。

信的最后，沈丘提了一件事。

眼下沈家退守到函谷关一带，却在函谷关周围的村庄里，发现了不少秦国人。

信到这里就结束了。

沈妙沉默了许久，才道："傅修宜开始动手，函谷关出现秦国人，很有可能秦明已经联手，便是没有，傅修宜一定是打着这个主意。"

谢景行点头，又看向沈妙："你不担心你爹？"

"担心也无用。"沈妙道，"如今我在千里之外，亦不可掌握许多变数。况且论起制敌，相信我爹娘和大哥也不是等闲之辈。只要他们对皇室不再如从前一般愚忠，就有胜算。"

谢景行挑唇一笑："其实都是一样的。"

沈妙看向他："什么意思。"

谢景行又捏她的脸，道："秦明一旦联手，只能说明一件事，他们会尽快攻打大凉，一定是从边界开始入侵，岳父和我们其实是站在一边的。

"岳父不想拥立新君，也不想自建皇权，那就吞了他明齐，灭了大秦，三国归一，自然就无从选择。"

沈妙心中一动，她其实早就想到会有这么一天，前生到最后，大凉就是灭了秦国，又攻到定京，拿下明齐，未来三国国土同归大凉，天下便也只有一个皇帝了。

"可是你能行吗？"沈妙问，"皇上的秘密已经被傅修宜知道了，不用想，我都知道他一定会把这消息放出去。到时候陇邺大乱，你要承担许多事情，秦明联手，我相信依然不是大凉的对手，可这过程一定很艰难。"

谢景行看了她一眼："小姑娘，有没有人告诉过你，不要怀疑男人'行不行'。"

沈妙顿住。

"你看着吧。"他说。

卢家的倾覆让整个陇邺为之大惊，而与卢家齐名的叶家，如今也如热锅上的蚂蚁，着急不安。

卢家那么多根基势力还有兵马，都栽在了永乐帝手中，更不用说叶家了。叶茂才观其局势，心中越发绝望，开始着手准备逃离一事，再不济，要将叶鸿光送出去，必须给叶家留个后。

叶茂才开始忙碌的时候，叶楣也没闲着。

她今日又从孙小姐府上回来，与金星明好好缠绵了一番，金星明答应了三日后带她离开。这几日叶茂才对叶楣的管束松了许多，叶楣非但没有因此而高兴，反而心中越来越紧张。因为叶茂才已经自顾不暇，所以才不顾及她的死活，叶家只怕到了非常危急的时刻了。

这一日，她回来得有些晚，一进屋，便见着叶恪在她屋里。

叶恪见她回来，问："姐，你怎么现在才回来？"

"孙小姐上次问我要一方帕子，我昨日里才绣好，今日给她送过去。"

叶恪抱怨："你如今也是丞相府的小姐，她孙家的小姐凭什么支使你。"

叶楣没理会他的话，在一边坐下来，见叶恪眉宇间似有焦躁，就问："你这几日怎么样？爹不是带你四处见同僚了吗？"

"别提了。"叶恪一听此话，垂头丧气道，"这几日不知道在忙什么，我一问他，他便推说自己有事。"又看向叶楣，"姐，你什么时候与爹商量一下进宫的事吧，我看爹是在找借口推辞。若你进了宫，得了皇上的欢心，皇上也会看重于我。我仕途上得意，对你也有帮助不是吗？"

叶楣心中冷笑，面上却笑道："你我是姐弟，我自然会帮你。"她沉吟一下，又道，"说起来，你与爹的关系倒是比我与爹的关系近。这些日子，你可曾见过爹有什么特别的地方？"

"特别的地方？"叶恪不解，"没什么特别的地方。"

叶楣笑着问："不是说这个，比如爹有什么珍贵的东西，或者是什么秘密，或许你能打听到一二？"

叶恪看着叶楣，愣了一会儿，道："姐，你想做什么？"

叶恪这人，野心有余，聪慧不足，又太过贪婪，当断不断。

她叹了一口气，道："你也知道，你我二人毕竟不是真正的叶家血脉。我听闻这几日爹在私下里寻叶家骨肉，寻不到便罢了，若是寻到了，你我二人该如何自处？"

叶恪听得呆住，结结巴巴道："真的吗……爹真的在到处寻真正的叶家人？"

叶楣点了点头。叶恪的表情有点扭曲，混合着愤怒和妒忌，道："爹怎么能这样，利用完了我们，便一脚踢开？"

"所以说我不甘心。"叶楣道，"我便罢了，你可不同，若是真正的叶家血脉不回来，一个瘸子跟你争不了什么，叶家日后都是你的。我怎么能眼睁睁看着你的东西拱手让人。"

叶恪本来有九分火气，这会儿被叶楣一说，直到了十二分。

他道："不错。这可不行！"

"所以我想了一个办法，必须找到叶茂才的软肋。他既是丞相，总会有秘密，这些秘密就是把柄。"

叶恪闻言，深以为然，凝神想了一会儿，道："爹对我没有交心，现在想起来，似乎没什么秘密，不过——"他眼睛亮了一亮，"有一次我在他书房里，见墙壁上挂着一幅美人图，觉得图不错，就摸了一下，被他严厉制止了，当时我便猜出这画有什么不同。”

叶楣追问：“然后呢？”

“爹告诉我，那画里有东西，不过现在我还未做官，给我也没用，等我做了官，这些东西就能派上用场。”叶恪摊了摊手，“你说的珍贵东西，我便只能想到这个了，这算不算？”

叶楣眼中闪过一丝喜意，道：“算。”

“那我想法子把它偷过来！”叶恪立刻站起身。

“不可！”叶楣连忙拦住他，“虽是为了你，可若是你去要挟他，他就会对你生出不满，难免阳奉阴违。不如我去偷，再拿这个威胁他，这样在叶茂才心中，你压根儿不知情，还是他的人。”

叶恪闻言，觉得叶楣说得甚好，一拍巴掌道：“还是姐想得周到！”又感激地看着她，“姐，你对我可真好。弟弟日后飞黄腾达，定然不会忘记姐姐的提携之恩！”

叶楣微微一笑，十分亲切地开口：“我等着你好好报答我。”

等叶恪走后，叶楣将门掩上，才暗了神色。

她一直在想，在叶家的这段时间，她并未得到自己想要的东西，还一直被叶茂才算计利用，甚至为了逃离叶家，委身于金星明这样的人，这一笔买卖无论如何都不划算。

离开之前，她总要从叶家拿回一些什么东西，补偿她所失去的。

叶家作为大凉丞相，府里多少藏着些秘密，这些秘密和大凉息息相关，是叶茂才攒起来的心血，也是她去往明齐贵人府的敲门砖。

谢景行回到睿亲王府没几日，就又要去汝阳城一趟。

谢景行走后，睿亲王府里里外外一切事务，都交由沈妙负责。睿亲王府在整个陇邺都有举足轻重的地位，许多朝臣尚在观望，盯着睿亲王府的一举一动，越是关键时候，越是一点岔子也不能出。

这一波卢家所带来的灾难算是过去了，因为卢家造反的地方是从汝阳开始，陇邺的老百姓倒是没受什么影响，顶多顺着大骂一通卢家乱臣贼子之名。

只是谁都没有想到，永乐帝的动作会来得那样快。

这一日，沈妙从御史府上回来，天色已近傍晚。漫长的夏季终于过去，初秋气息初见端倪，院里的花树都开始掉叶子。

莫擎匆匆忙忙地走过来，表情有些古怪。这些日子，沈妙让莫擎监视着叶楣姐弟的动静。叶楣已经搭上了金星明，而金星明即将离开大凉，沈妙决计不能让她得逞。

“皇上那头下旨了，请叶茂才进宫。”莫擎道。

沈妙一怔：“进宫？”

莫擎点头：“不错，如今叶府一片混乱。”

沈妙喃喃道：“怎么这么快……”她想了想，道，“你和从阳以及铁衣三个人现在立刻去叶府，盯着叶楣姐弟，如果他们有什么动作，先跟着，如果他们要离开陇邺，拦下来，带回来，生死不论。”

“三个人都盯着叶楣姐弟？”从阳从树上跳下来，闻言道，“也太大材小用了。听说那个叶夫人也是个不简单的主，不如我去看着那个叶夫人？”

“不用管她。”沈妙道，“她虽聪明，到底是个妇道人家，叶茂才不让叶夫人插手他的政事，叶夫人接触不到叶茂才的势力。皇上没让她进宫，也正是因为意识到了这一点。倒是叶楣姐弟十分狡猾，她一定会做出什么打算。”

从阳觉得她说得有道理，就点了点头。三人正要离开，沈妙突然叫住他们，道：“对了，如果遇到了叶家那个腿脚不便的少爷，不必伤害他，若是有人要伤害他，记得帮衬他一下。”

夜色里，叶府里此刻一片混乱。

谁都没有想到，皇家会突然派人来“请”走了叶茂才，叶夫人甚至已经在收拾自己的金银细软了。

夫妻本是同林鸟，大难临头各自飞。叶茂才安排的退路如今恰好便宜了她，没办法，谁让叶茂才才是永乐帝眼中最大的靶子？

叶楣和叶恪此刻亦是一样。

叶恪在屋里来回踱着步，不时询问叶楣：“姐，你说这是真的吗？丞相府真的要完了？或许皇上请爹进宫只是为了一些朝事，并不是我们想的那样。”

叶楣一边收拾着银票，一边道：“到现在你还自欺欺人吗？若只是单纯谈谈朝事，何必让侍卫来请。”

“可这之前一点儿兆头也没有啊！”叶恪仍旧不肯相信叶楣的话。

“只是你没有留意罢了。”

叶恪瞪大眼睛：“什么意思，姐，难道你早就知道了？”

“我只是随便猜猜，并没有证据，就算告诉你，你肯信吗？”叶楣道，“再说了，这些事情，我自己打点好就是了。你总归是我的弟弟，如今叶家出事，咱们不能和它绑着一起沉下去，总得找机会逃走。我会带着你一同走的。”

叶恪很不甘心："原先以为在叶府是最好的选择，可没想到不仅连个官儿都没捞着，现在还要逃跑，这还不如当初呢。"

"那也未必，"叶楣将所有的银票全都收好，"总要先留着命在。你别在这里干等着了，先去自己屋里，将值钱的玩意儿都收起来。"

叶恪动了动嘴唇，认命般耷拉着脑袋走出叶楣的屋子，回屋收拾东西去了。

叶楣见他走后，才站起身来，停了片刻，又轻轻出了房门。

她往叶茂才的书房走去。

之前有叶恪提示，她知道叶茂才在书房里挂了一幅美人图，里头有叶茂才所说的"重要的东西"，现在叶茂才被带走了，这东西就只能一直放在这里。

丞相府眼下人心惶惶，书房外一个人都没有，叶楣进去轻而易举。她很快找到了美人图，就悬挂在叶茂才书桌对面，叶楣走过去，双手摸索了一番，并没有什么不对的地方。

叶恪是怎么发现的?

叶楣不死心，又找了一下，可还是没什么发现。她有些泄气，怀疑叶茂才将那东西换去了别的地方，十分不满地看了这美人图一眼，突然发现有些不对。

画上美人站在桃树下执杯浅笑，一双眼睛却很冷漠，让人看得背后发凉。

叶楣伸出手去摸画中美人的眼睛，果然，触及是硬硬的凸起，她用力一按，只听得啪的一声，墙壁之上，美人图挂着的那一块凹了进去，她心中激动，伸手往里一掏，掏出个银色的匣子来。

那匣子里应当是叶恪所说的叶茂才珍视的东西了。叶楣拿到东西之后，便再也不停留，转身要往外走。

正在此时，书房门突然吱呀一声被推开了，叶鸿光自己推着轮椅进来了。

看见叶楣，叶鸿光也是一愣："大姐姐？你怎么在这里？"

叶楣手里还拿着铁匣子，笑道："父亲之前托我来这里为他找些东西，等他从宫里回来后拿给他。我见府里下人都在忙，便自己来找了。"

"是什么东西？"叶鸿光的目光落在叶楣怀里的匣子上，"是这个匣子吗？"

叶楣笑了一笑，道："正是。三弟也是要来找东西吗？那我就不打扰了，这屋留给三弟，三弟慢慢找吧。"

她作势要离开，却听得叶鸿光突然开口道："大姐姐，你不知道，爹从来不让女人进自己的书房吗？"

叶楣一下子停住脚步。

叶鸿光的眼神犀利，他说："大姐姐，你为什么要说谎？"

“我没有说谎。”叶楣定了定神，“我说的是真的，不信等父亲回来了，你再去问他。”

叶鸿光道：“是因为你怀里的这个匣子吗？是因为你想偷这个匣子里的东西吗？虽然不知道是什么，不过你既然在这个混乱的时候来偷东西，想来这东西对我父亲来说很重要。”

叶楣愣住。

这个看上去弱不禁风的瘸子少爷，竟然有点聪明。

“把这个匣子放下，我可以当什么都没发生过。”叶鸿光道。

“三弟，”叶楣试图哄他，“这个匣子是父亲让我拿的，真的不是我偷的。”

“既然不是你偷的，又是父亲让你拿的，那也不急于一时，等父亲回来后你再亲自拿给他吧。”叶鸿光一点儿也不肯退让。

叶楣眼见和金星明约定的时间越来越接近了，心中一急，道：“若是我不呢？”

“为什么不？”叶鸿光皱眉，“难道这真的是你偷的？”

见叶楣迟迟不动，叶鸿光正色道：“若大姐姐执意不肯，我便只有让母亲来阻止你了。”

叶夫人？

“不行！”叶楣脱口而出。

“那就放下匣子。”

叶楣道：“三弟，你听我说——”

“来人！”叶鸿光突然高声喝道，吓得叶楣立刻一把捂住他的嘴。叶鸿光开始挣扎，可他本就不能行走，又孱弱，竟完全受制于叶楣。叶楣一边捂着他的嘴，目光却落在手边不远处纸篓里那把闪着银光的大剪刀上。

她目光一闪，心中有了计较，不再犹豫，一把抓起剪刀，眉头都没皱一下，就恶狠狠地往叶鸿光当胸处捅去。

叶鸿光被她按着口鼻，冷不防又被叶楣这么捅了一剪刀，胡乱蹬了几下腿，再也没有力气大喊大叫了，费力地从喉咙里发出啊的声音。

叶楣冷眼瞧了他一眼，道：“本来不想置你于死地的，奈何你话太多了。”转身便走了。

叶鸿光仰倒在地上，轮椅倾翻，整个人趴在地上，血将地上打湿一片，他费力地想往门口爬去叫人，又谈何容易？近在咫尺的门，此刻像是望不到尽头的路，长得令人绝望。

铁衣几个刚到叶府书房就吓了一跳，叶鸿光倒在血泊之中，不知道是死是活。

从阳问：“怎么回事？这怎么办？”

莫擎从另一间屋子出来，道：“叶楣姐弟逃出府了，铁衣大哥轻功好，由你来跟。”

铁衣称是，从窗户一跃而出，消失在夜色中。

莫擎目光落在地上的叶鸿光身上时也是吓了一跳，道：“怎么回事？”

“不知道。”从阳蹲在叶鸿光身边探了他的鼻息，“还有一口气。”

“看样子被人算计了。”莫擎道，“赶紧弄出动静，引人过来。”

“得了吧。”从阳拍了拍手，“府里的下人现在都自顾不暇，哪有时间来管这位少爷，落毛凤凰不如鸡听过没有？”

莫擎道：“先带他回去找高公子。救不救得活，看他的命吧。”

从阳耸了耸肩：“听你的咯。”

那少年突然睁开眼睛，费力挤出几个字。

“楣……偷东西……跑……”

“他说的这是什么意思？”从阳疑惑。

叶鸿光却又是头一歪，再也叫不醒了。

“不懂，赶紧走。”莫擎道，二人不敢耽误，不再久留，飞快离开了。

沈妙正坐在屋里等着消息，听得门外谷雨惊讶的声音传来：“这是怎么回事？”

“快请高大夫过来。”这是莫擎的声音。

紧接着，门被推开了，莫擎和从阳二人走了进来，莫擎抱着什么人，到了屋里，将那人放在榻上，沈妙定睛一看，失声道：“叶鸿光！”

“属下前去发现他在书房里躺着，似乎被人刺杀了。叶楣姐弟正打算逃跑，铁衣已经跟在他们后面，一路留下信号，属下马上赶过去。已经命人去请高公子了。”莫擎解释。

“叶府里谁和一个孩子有深仇大恨？”沈妙心中愤怒，“对一个孩子下如此毒手。”

“或许是叶楣干的？”从阳道。

沈妙皱眉：“此话何解？”

“这孩子中途醒过一次，说了几个字，楣偷东西跑。”莫擎道，“属下猜测，他或许想说的是，叶楣偷了东西逃跑了，或许偷东西的时候被叶鸿光撞见，才会杀人灭口。”

“不过偷的究竟是什么？”从阳道，“金银珠宝？这女人真够狠的。”

“不对。”沈妙突然道。

两人一愣，不约而同问：“什么不对？”

“不对，这事情不对。”沈妙心中闪过一个念头，来不及考虑立刻道，“从阳，你现在马上跟着铁衣留下的信号找过去。看见叶楣若要离开陇邺，无论是走旱路还是水路，不要拦她，但是要拖延他们的时间，让他们慢一点，再慢一点。”

“不拦他们？”从阳一怔。

“对，不拦。”沈妙道，将惊蛰、谷雨换进来，高阳过来后立刻配合他。

最后，她对莫擎道：“莫擎，跟我到书房来一趟。”

众人虽莫名其妙，但见她神色凝重，却也不敢反驳，自是跟着她做了。

沈妙目光冷冽如刀。

楣夫人偷东西跑？偷什么东西？往哪里跑？沈妙差不多清楚了她的打算，所以特意来送她一程。

叶楣和叶恪跳上金星明的马车，马车在前面跑，官兵在后面穷追不舍。

叶恪惶恐地看向叶楣道：“姐，怎么办啊，要是被他们追上来，咱们可就完啦。”又催促驾马的车夫道，“能不能快点儿！”

车夫又狠狠一甩鞭子，马儿的速度稍稍快了些，叶恪的心稍微安定了下来，忽然想起了什么，道：“姐，你这是什么时候准备好的？若不是你早将马车备好，今日恐怕咱们走不了多远就会被人追上。”

“这些事我自然要早早打算好。”叶楣不会告诉叶恪这马车是金星明弄来的。

眼看着马车就要到拐角的一处街道了，叶楣看了看外面，说：“这样不行，咱们两个人在一辆马车上，他们定然好追，倒不如分开行动，等一会儿在八宝街会合。”

“要分开吗？”叶恪听说要与叶楣分开行动，有些慌，“还是一起走吧，路上也当有个照应。”

“放心，你坐在马车里，我先下去，这车夫会带你从隐蔽的地方进到八宝街，到时候咱们在那里见面，后面出城的事情都安排好了，不会有事的。”

听闻不用下马车，叶恪放下心来，没再拦着叶楣，叶楣让马车夫靠着街道边停下来，自己抓着斗笠将脸藏起，这才消失在夜色中。

马车夫继续拉着叶恪往前走去。

街道上再也见不到叶恪的身影，叶楣望着消失的马车，顺着另一头摸索到了一处小屋，叩了叩门，不多时，便有人来开门，叶楣赶紧闪了进去。

黑暗里，那人问：“都处理好了？”

叶楣点头。

另一头，叶恪坐在马车里。叶楣下车之后，马车夫赶路的速度越来越快，渐渐地，后面官兵追上来的声音逐渐微弱，叶恪心中稍稍安稳，待一点儿也听不到追兵的声音时，他觉得颠簸得有些难受，就道：“可以慢些了。”

车夫却充耳不闻，仍将马车赶得飞快，叶恪有些不满，掀开马车帘子往外看，一看却惊讶了。

这哪里还是城里，分明就是山上了！

他道：“别往前走了！回八宝街！”

那马车夫却没理会他，继续往前，叶恪气愤不已，又怕大声叫唤招来官兵，还要说话，马车又渐渐停了下来，叶恪一愣，随即了然，车夫这是打算停车了。

马车停住，前面传来窸窸窣窣的声音，车夫走下马车来。

叶恪掀开帘子，从马车里往外看他，责骂道：“你下来做什么？还不赶快带我去八宝街？”

马车夫看了他一眼，叶恪这才看清楚，这马车夫要比寻常人壮硕。他心里隐隐有了不安，他虽也是个年轻男人，可个头不及此人高，身体不及此人壮，动起手来也会吃亏。

那车夫绕到马匹背后，从怀里掏出个东西，端详许久，突然往马臀上一扎！

马匹猛地受惊，一下子扬高蹄子，蓦地往前奔去！

叶恪怎么也没想到这车夫会突然做此动作，他在马车里被狠狠甩到后面，心中惶恐，突然意识到什么，猛地掀开马车帘往前看去。

叶恪最后看到的，是黑漆漆的深渊和密密麻麻重叠的树枝。

万丈深渊深不见底，马车冲下去，也听不到落地的声音。

夜色掩盖了所有，唯有断崖边上马车的碎骸。

过了一会儿，有鞋子踏在枯叶上发出的窸窣碎响，片刻后，马车边上多了两件衣裳的残片。

无人听到叶恪最后那一声凄厉的“姐。”

沈妙正在书房里奋笔疾书。

莫擎站在她的背后，虽不晓得她在做什么，却也一声不吭。沈妙写完一张，就让莫擎用灯笼的余温将纸张快速烤干。

外头有人敲门，莫擎将人放进来，是气喘吁吁的从阳。

从阳道：“属下和铁衣一同跟着叶楣姐弟，在城中拐角处二人分道，铁衣跟着叶楣去了，属下跟着叶恪。叶恪的马车夫驾车到了深山，将叶恪引去了断崖，并设计马惊，车摔下断崖，叶恪断无活路。”

“断崖？”莫擎一愣，“那车夫是什么人？和叶恪有何仇怨？”

从阳抹了抹鼻子：“属下急着回来报信，没管着那车夫后来如何。叶恪既然死了，属下就回来了。”

“不用查了，车夫是叶楣的人。”沈妙道。

“叶楣？”从阳怔住，“叶楣让车夫杀了叶恪？可叶恪是她弟弟啊，况且既然要杀了他，为何逃跑时还要一路带着他？”

“逃跑需要一个靶子，叶恪是叶楣的亲弟弟，做靶子才最适合不过。我想，那车夫应当不仅仅杀了叶恪，还在那断崖处放了叶楣和叶恪的衣服，让人以为，他姐弟二人都摔下断崖死了。”

莫擎和从阳闻言，先是一愣，随即便恍然大悟。

叶楣让叶恪成了她的替死鬼，也替她解了后面的麻烦。

“那可是她的亲弟弟。”从阳感叹。

窗口处传来扑棱扑棱的声音，一只雪白的鸽子飞了进来，落在从阳的肩上。从阳从鸽子腿部取出纸条，飞快展开，看完急道：“铁衣说叶楣和金星明已经到了码头，要走水路。”又看了一眼外头狂风大作的天，“今夜如果下雨，他们出海后，想追上就很难了。现在属下和从阳过去，将他们抓回来带给夫人吗？”

“不。”说完这句话，沈妙刚好写完最后一张纸。她将所有纸收到一只信封里，对从阳和莫擎道，“从阳，你是墨羽军的人，从墨羽军找几个身手敏捷的人，将这封信带上，跟在叶楣身后，一直跟到明齐去。”

“明齐？”从阳皱眉，“他们怎么会去明齐？”

“金星明有个朋友在明齐，况且只有去了明齐，叶楣才能彻底脱身。你们跟着一道去，注意叶楣身上可有贴身带着什么东西，比如匣子或者藏着的东西，一旦发现，将里面的东西换掉，换成这封信里的东西。”她把信交给莫擎。

莫擎接过信。

“要快，不要被人发现。”沈妙叮嘱。

“可是，就这么放他们去明齐吗？”从阳道，“夫人不是一直以他们为敌？”

“为敌是不假，这也不是放他们，”沈妙冷冷道，“恰恰相反，这是送他们上黄泉！”

莫擎和从阳二人见沈妙说得郑重，不敢掉以轻心，拿着那封信很快出去了。沈妙抿着唇，眼中闪过一丝杀意。

群雄逐鹿天下，谁都想要分江山一杯羹。大凉想，秦国想，明齐也想。

傅修宜一定会想法子和秦国联手，那时谢景行若是出征，势必也是一块难啃的骨头。

没人比沈妙更了解叶楣骨子里的算计，叶楣想要在叶家得到足以补偿她的东西，金银珠宝远远不够，她想要的，是永恒的权势。

叶茂才在大凉这么多年，除了叶府的家财和权势，有价值的也无非是大凉朝廷里一些腌臜的秘密。这些东西对大凉朝廷来说，十分重要。

这恰恰就是叶楣所需要的。

叶楣能用这个当作打开明齐高官贵族的敲门砖，不过沈妙为她设计得更富贵一点，打开皇室的敲门砖。

傅修宜得到了这些，定然很高兴，而叶楣这样的美人，又一定会抓住这个机会，如前生一般一步一步蚕食傅修宜的心。

不过……如果这些东西都是假的呢?

兵防图、朝臣之间的秘事、皇室之间的龃龉、可以攻破的弱点，这些东西一样样看上去，似乎都是明齐制胜的关键，可是，若这些东西统统都是假的呢?

明齐会陷入错误的判断，在错误的地方布置兵力，错误地使用离间联合，到最后，成败既成，大业毁于一旦。

当然，叶楣并不晓得自己拿的是错误的东西。

当然，傅修宜也可以怀疑叶楣拿出的东西的真假。

可是没关系，沈妙十分相信楣夫人的能力，她是很厉害的女人，所以到最后，傅修宜一定会相信叶楣的话。

沈妙不是不想杀叶楣，也不是故意放虎归山。

但她更想看到傅修宜最爱的女人，今生一步步走向他，投向他的怀抱，最后亲自送了一份大礼，把他送上绝路。

这天夜里，狂风暴雨，到第二日早上，从阳三人才回来。叶楣和金星明已经上了去往大凉的船只，果然如同沈妙猜想的，叶楣有一个银色匣子，藏得很紧，连金星明都不知道，她自己还没打开过。

墨羽军的人将匣子里的东西换成了沈妙信封里的，铁衣从怀里掏出一沓东西交给沈妙。沈妙翻了翻，的确是叶茂才搜集的用来制衡别的朝臣的把柄，甚至还有皇家的一些秘事。她想了想，决定等谢景行回来之后，让谢景行处理。

墨羽军的人已经跟着叶楣去往大凉，密切注意着叶楣的动静。

沈妙才想起叶鸿光，便让莫擎他们去休息，自己去隔壁屋里看他。

叶鸿光的命是保住了，不过醒来后是什么模样，日后会不会反复，谁也不知道。

高阳问："你打算怎么办？皇上摆明是要对付叶家，你却把叶家的小少爷弄到自己府上，难道以后还要养着他？"

"皇上对叶家什么打算？"沈妙问。

"还能有什么打算。"高阳一笑，"斩草不留根。"又道，"你该不会同情他吧？"

"自然不会，只是……"她看了叶鸿光一眼，"这孩子本就和叶茂才做的事情无关。且走且看吧，还不知道他能不能挺过来，醒后是什么样子。若是可以，我倒希望能和皇后讨下一份人情。"

"你真是奇怪。"高阳摇头。

沈妙停了一会儿，放低声音道："谢景行要出征明齐了吧。"

高阳看着沈妙不说话。

"他这段日子说是在汝阳，可是汝阳的事情都已经忙得差不多了，就算要对付残余的势力，也不一定非他不可。"沈妙叹了口气，"况且对付叶家来得太过突然，皇上……是不是不好了？"

高阳道："不错，皇上是不好了，亲王应该已经告诉过你传位诏书的事情。如今皇上正在交代自己的心腹，要拨一些人跟着亲王去明齐。"他顿了顿，又道，"定京城的探子已经传回来消息，傅修宜和秦国皇帝达成了盟约，若是攻下大凉，便五五瓜分。"

"他胃口大，也不怕噎了喉咙。"沈妙冷笑。

"他也不算狂妄。"高阳笑了笑，只是笑容里带了几分凝重，"卢家和皇室相争，卢家铲除干净，皇室也损失不少。况且从前卢家也能算作大凉的兵力。如今这个节骨眼，大凉兵力其实和秦明联手也差不了多少。"

"最重要的，是傅修宜知道皇上的病情，所以随时都可以溃散我们的士气。这场仗绝不会简单。"高阳道。

"我从来没有想过这场仗会简单，"沈妙怅然。

"所以亲王会带兵，亲王的时间不多，最近都在准备。不想告诉你，可能是怕你分心。"

沈妙沉默片刻，道："我明白了。"

"那么，你会跟着他一道去往明齐吗？"高阳问。

沈妙侧头，好笑："我可以吗？"

“为什么不可以？”

沈妙看着前方，淡淡道：“皇上的病不知道什么时候会发作，这场仗不知什么时候会打完，到了那时候，皇上真有不测，势必会发下传位诏书。

“皇后不能离开自己的国土，因为要对天下子民负责。我没有那么伟大，可也不想他背上一个昏君的名义。在名声上，他已经够委屈了。所以，大凉这边的江山，我先替他守一守吧。”

第十八章　添丁之喜

叶楣姐弟逃跑两日后，永乐帝以叶家勾结卢正淳、参与谋反一事，将叶家抄家。

叶茂才是永乐帝亲自定的罪，于午门斩首。

跟着叶楣和金星明的墨羽军不时地传回消息，他们逃跑得很顺利。大部分人都相信了叶家这对姐弟是死在了断崖处。大凉的官兵虽也在继续搜捕，不过确实也未发现他二人的踪迹。

外人都道叶家无一生还，除了一人，便是叶鸿光。高阳说能不能醒来全靠叶鸿光自己，指不定就这么一辈子睡下去了。

谢景行是在一个雨夜回来的。

一场秋雨一场寒，沈妙在灯下看书，门吱呀一声被人推开，外头卷着寒气的风雨也进来了一些。沈妙回过头，谢景行关上门走进来。他脱了外裳，见沈妙愣愣地盯着他，不由得唇角一翘，走到她身边捏了一把她的脸："不好，我夫人变傻了。"

沈妙拨开他的手："你怎么现在才回来？连话也不传一句？"

谢景行一走就是好些日子，连个信儿也不传，饶是沈妙好性子，也有些恼火。

谢景行哄她："我怕和你说话就忍不住想回来，皇兄交代的事情没办法，耽误不得。"他揽着沈妙的肩，"早知道夫人如此想念我，我一定早点回来。"

"你干脆别回来了。"沈妙余怒未消。

谢景行想了一想，便做出大义凛然的模样，道："这样吧，为了补偿夫人，今日我就任你摆布，绝不挣扎。"

沈妙忍不住笑了，道：“有病你。”

谢景行见她笑，才道：“哄好了。不过我回来听说了一件事。”他看向沈妙，“你把叶楣放跑了？”

“不是把她放跑了。”沈妙道，“她要去明齐，还偷了叶茂才搜集的秘密，想来她要凭这个去投靠明齐的贵人。我把她的那些东西换掉了，还送了一些兵防图之类，想来作用更大，说不好，凭这个，她还能弄个皇后当当。”

谢景行微微一愣，随即明白了她的意思，目光眨了眨：“夫人这招好毒啊！”

沈妙挑眉：“我就是毒妇，蛇蝎心肠，那又如何？”

“非常好。”谢景行欣慰，“我就喜欢毒妇。”

“那些我送给叶楣的东西，后来我自己又默了一份一模一样的。”沈妙道，“等会儿我拿给你。明齐和大凉总会开战，到那时，有了这东西，你总能知道明齐做的是什么打算，事半功倍也好。”她想了想，又补充，“最好在一开始的时候，给傅修宜些甜头，让他以为那些东西都是真的，试探过真假之后，他一定会按照其中所安排的加大人手布置，到时候再将计就计，反而更加划算。”

谢景行一笑，道：“你算得还挺厉害。”

“什么时候走？”沈妙问。

沉默片刻，谢景行才道：“你知道了？”

“你以为可以瞒很久？”沈妙见谢景行没说话，反而自己笑起来，“喏。”她倒了一杯茶递给谢景行，“以茶代酒，先遥祝你顺利了。”

谢景行怔了怔，便也接过茶水，看着沈妙。

“倘若你胜了，回来后记得送我一个心愿。”她说。

“你想要什么心愿？”谢景行挑眉，眸中亦是浓浓笑意。

沈妙想了想：“先欠着，我还没想好，等我想好了再告诉你。”

“可以。”谢景行打了个响指，“我也有个心愿，你现在就要满足我。”

“什么？”

他一把把沈妙扛在肩上就往后面走：“陪我洗个澡。”

沈妙：“……”

未央宫的花，凋谢了很多。

秋雨细细密密地飘进来，有些飘到了屋里。陶姑姑把窗户关好，将小火炉拨弄两下，才轻轻地退了下去。

永乐帝半倚在榻上。

他其实生得十分俊美，然而平日里总是冷着一张脸，于是那俊美也被人忽略了。

显德皇后正在熬花茶。

采来的花瓣，加去年埋在树下的初雪，放一汤匙蜂蜜，小火慢慢煨着，清甜的香气从小壶里一点一点散发出来，配一碟御膳房里刚出锅的桂花酥，热乎乎的，甜蜜蜜的，甜到心里去。

显德皇后挑了一盏茶，递给永乐帝。

“去年臣妾和秋水一起采的初雪，”显德皇后尝了一口，笑了，“很甜。今年等到了冬日下雪时，臣妾再去采，皇上若喜欢，也可以一同来看看。”

永乐帝看着她，默了片刻，道：“今年冬日，朕还在，就陪你。”

显德皇后手一颤，一大滴茶水倾倒出来，滴在她的手背上，疼得她嘶了一声。

永乐帝见状，顺手从一边摸到手绢，拉着她的手，一边擦一边责备：“怎么这样不小心？”

那水却未曾干，反而越来越多。

显德皇后哭了。

她的眼泪也滴在手背上，温温热热的，反倒比茶水还要滚烫。她说：“皇上何苦说这些戳心窝子的话，惹臣妾伤心。”

永乐帝动作一顿，看向她：“晴祯……”

“臣妾自进宫以来，皇上做什么，臣妾绝没有半句怨言。就算到了如今这个地步，皇上也要这样对我？”她道，“皇上不屑于哄哄我，非要我到最后一刻都保持清醒，但皇上难道不知道，清醒的滋味有多痛？”

永乐帝顿了很久。

很久后，他重新拿起手绢，替显德皇后擦拭手背上的泪滴，道：“晴祯，朕这辈子对不住的女人除了母后，你是唯一一个。你是唯一能站在朕身边的人。

“清醒的滋味，朕也很清楚，朕别无选择。”

显德皇后盯着杯子里的花茶，道：“皇上已经决定了吗？”

“朕决定了。在有生之年，能了结卢叶两家，已经知足。剩下的路，要靠谢渊去走，而后种种，朕管不了。晴祯……”永乐帝叹息，“朕不知道自己什么时候会倒下，也不知道什么时候再醒来。如果到了那一日，朕交代你的事情，你一定要办到。在那之后，你就去过自己想过的日子吧。清醒也好，糊涂也罢，只要你快乐。”

显德皇后低着头，摩挲着茶杯的边缘，过了好半晌才看向永乐帝，道：“陛下可还记得与臣妾第一次见面的时候，臣妾煮了花茶给陛下喝？”

那时候，显德皇后的母亲带她进宫来见敬贤太后，那一日也来了一些别的臣子家小姐，琴棋书画，可劲儿地在永乐帝面前献艺，不过是为了那个高高在上的位子。

偏她一人坐在角落，安静微笑，淡淡看着一切。无论是高高在上的皇后之位，抑或是丰神俊朗的年轻帝王，都没有入她的眼。

敬贤太后就问她，可有什么才艺。

当时，显德皇后是怎么答的？她说："臣女愚钝，没有拿手技艺，只是寻常在家，偶为父兄煮茶。"

别的小姐都面露不屑之意，煮茶这些事交给下人来做就好了。一个千金小姐，只会煮茶，当自己是婢子不成？

敬贤太后却十分满意。

后来，敬贤太后对永乐帝道："哀家看晴祯这个孩子就很好，无论是大风大浪，还是细水长流，她都甘之如饴。这很好，很难得。"

永乐帝想起敬贤太后的话，又忍不住看了一眼显德皇后。

显德皇后察觉到永乐帝的目光，微微一笑："皇上，今日我们便不要想其他事情了。既然秋日已至，今日就放松一回，如从前一般，喝喝茶，下下棋，弹弹琴，写写字，可以吗？"

"好。"永乐帝点头。

他答得爽快，竟让显德皇后吃了一惊。反应过来，便生怕永乐帝反悔般，急急起身，道："那臣妾将之前景行送来的那盒玉棋子拿来。景行送来后，皇上也就与臣妾下过一回，白白浪费了好棋子。"

永乐帝好笑："让陶姑姑去拿就是了。"

"她不知道在哪。"显德皇后道，"臣妾藏起来了。皇上在这里等等臣妾。"她提起裙裾，小跑着往后面去。

显德皇后一向贞静柔婉，极少有这般时候，倒显出了平日里没有的少女娇俏。永乐帝瞧着她，瞧着瞧着，目光便深刻地痛惜起来。

他蹙起眉，猛烈咳嗽两下，从袖中抓住一方帕子捂着嘴，半晌，将那帕子从嘴边抹去。亦是干干净净，什么都看不出。

那帕子被他捏在掌心，露出的一条褶子里，透出了一点嫣红。

他顿了顿，将帕子收进袖中，望着复又拿着棋盒小跑着过来的显德皇后，微微一笑。

像什么都没发生过。

接下来的一段日子，异常平静。

谢景行和沈妙在陇邺，白日里四处逛逛，或是在府里弹琴写字。夜里的时候，就讨论着那几张兵防图。他二人一个善于攻击，一个善于防守，非常合拍。

日子就这么细水长流地过去，众人都心知肚明，一旦战争开始，分离是必然，那些分离的日子，就要靠这些日子的缠绵回忆来填补。

那一日究竟还是到了。

明齐在一个秋雨飒飒的夜里，越过两国边境，对边境的守卫兵发动袭击。另一头，秦国以水路为媒，自大凉北部的渔村上岸，对岸上村民进行了大肆屠杀。以此为据点，深入内陆，发动侵略。

战争打响了，大凉战还是不战？

自然是战！

睿亲王呈请帅令，永乐帝亲自封将，点兵三十万，率大军出征。

出征的日期定在明日。

罗潭看着高阳，她在大凉的这些日子，跟随沈妙也经历了不少事，和高阳之前也有误会，不过后来也解开了。

高阳收拾东西收拾到一半，抬头见罗潭一眨不眨地盯着他，有些莫名其妙，就道："平日不是总吵吵闹闹，今天这么安静，心情不好？"

"你明天就走了。"罗潭道，"在路上，一定要保护好亲王啊。"

高阳噎了一噎，道："我保护他？他保护我还差不多。"

"你可是他的手下。"罗潭别别扭扭道，"当然，你自己也多注意一些。"

高阳一怔，待听清楚她说的是什么的时候，就走近她，故意问："多注意一些，多注意些什么？"

他生得俊秀，靠近时，笑意都有些促狭。罗潭莫名其妙红了脸，一把推开他，没好气道："还能注意什么，当然是注意别死了。"

"我死了，你不是觉得很好？"高阳摇了摇扇子，"这整个高府都能被你霸占了。里面的下人随你差遣，金银珠宝随意用，还有那些商铺田庄……"

"等等，"罗潭打断他的话，"谁稀罕你这些东西了？我们罗家也不缺的好吧？再说了，你当我是傻子啊，这都是你高家的东西，和我有什么关系？你死了，这些东西怎么会归我？你是疯了吧。"

高阳道："和你有什么关系？你自己不知道？"

"知道什么？"罗潭疑惑，随即试探地问，"莫非……这是我爹送给你的？其实你是我爹的人？"她一把捂住嘴，惊恐道，"我爹派你来监视我的？"

高阳："……"

半晌之后，他才认命地叹了口气，敲了敲罗潭的额头，道：“平日里看着挺精明的，怎么这会儿就这般傻呢？”

罗潭道：“喂，你先说清楚。”

高阳一根手指突然放到罗潭嘴上，做了一个嘘的动作，罗潭一怔，觉得被高阳手指碰到的地方慢慢发烫，渐渐烫到了脸上……

“我和你什么关系，你自己慢慢想吧。等我回来的时候告诉我。”高阳把一本医书放到罗潭头上，“现在，先帮我整理这个。”说罢转身自己收拾起来。

罗潭看着他的背影，撇了撇嘴，乖乖收拾起来。

“到底好了没？”

“就快好了就快好了。”

“嘶，疼。”

“还差最后一点。别怕，我轻点。”

屋里，谢景行无奈扶额，沈妙终于把最后一根绳子系上，满意地拍了拍他的手：“好了！”

谢景行看着自己手腕上一连串的红绳，颇为头疼。

沈妙托着腮，笑眯眯道：“这么多，怎么都不会断光了的。”

他还没说话，沈妙咣当一下站起身，咚的一下坐到他的大腿上，把谢景行吓了一跳。

屋里的酒坛都已经空了，满屋子醺然酒气。沈妙娇艳如花，双手捧着他的脸，啵的一下亲在他的脸上。

谢景行已经淡定了，只要沈妙喝醉了酒，他就能看到一个完全不一样的女人。怎么说呢，好像非礼小娘子的登徒子。

睿亲王活了这么大岁数，有意无意撩过的女人无数，但被女人撩就只有一个，而且还是个醒了就不认账的狠心女人。

“这个面首生得的确不错。”沈妙道，“可以做花魁。”

谢景行面无表情地盯了她半晌，才道：“谢谢夫人赏识。”

沈妙满意了，说：“赏你些银子，拿去买衣服吧。”她从袖子里摸啊摸，摸出了个东西，丢到谢景行手里。

是谢景行在明齐时给她的那枚玉牌。

谢景行还没看清楚，沈妙又连连摆手，道：“不不不，拿错了，这个是我夫君给我的。”

“夫君？”他一挑眉，“你还记得你有个夫君。”

沈妙看着他：“记得，我夫君长得比你好看啊。”

谢景行：“……”

“不过他要出征了。”她把脑袋埋在谢景行肩上，寻了个舒服的姿势窝起来，打了个哈欠，迷迷糊糊地开口道，“所以我喝醉了，这样他走的时候我还醉着，就看不到。”

“为什么不想看到他？”谢景行蹙眉。

她的声音渐渐微弱下去：“如果我看着他走，会舍不得的……”说到最后，呼吸均匀绵长，真是沉沉睡去了。

谢景行有些好笑，低头看着怀里睡着的女人，顿了顿，才轻声道：“其实你可以任性一点。”

沈妙没有回答他。

他抱起沈妙，将她放到榻上，替她盖好被子，又伸出手握着她的，坐在床边，什么都没做，只是看着她的睡颜，仿佛这样就满足了。

下半夜的时候，铁衣在外头叩门：“主子，可以出发了。”

他顿了一会儿，俯身在女人额头上落下一吻，然后，大步出了门。

门被关上后，床上的沈妙慢慢睁开眼睛。舍不得的，舍不得清醒着看他离开，却也舍不得就这么错过。离别，总归是一件让人不舍的事。

门外的脚步声路过房间的时候微微停了一停，然后才渐渐远去。

漫长的黑夜将要过去，天欲晓，新的一日即将来临。她也不知自己在床上睡了多久，才坐起身，等了很久，惊蛰端着水盆进来，见她坐在床上思索，惊道：“夫人醒了？”

“嗯。”她答，“我要进宫一趟。”

谢景行走了不过十来天，日子却过得比他在的时候慢多了。

墨羽军的人留了一些护卫在睿亲王府，铁衣跟着谢景行一道走了，还有高阳和季羽书。

偌大一个陇邺，与沈妙交情好些的人，一夜之间似乎都走光了。高阳走了，高家派了个他的师弟给叶鸿光看病。叶鸿光仍旧未醒，就这么一直睡着。

罗潭也似一日之间长大了许多，不再成天出去招猫逗狗、走街串巷。

这一日，沈妙出门，打算进宫去见显德皇后。梳妆时，唐叔端了一碗羊乳羹进来。

惊蛰道："这羊乳闻起来好香啊。"

"换了一户人家的羊乳，更香甜些。"唐叔道，"夫人吃了这碗再去宫中，心里暖，不会在路上着了风寒。"

沈妙笑道："多谢唐叔了。"说完，端起碗来喝了一口。

才喝了一口，便觉得胃里一阵翻腾，她放下碗捂住嘴，蹙起眉头。

谷雨和惊蛰吓了一跳，唐叔忙问："夫人怎么了？"

沈妙摇了摇头："大约是昨夜受了风寒，闻着羊乳觉得腥气。"

"这样，"唐叔沉吟，"回头让下人抓点药回来。那羊羹夫人就先别喝了，省得不舒服。"

沈妙点了点头，抓起披风对惊蛰、谷雨道："走吧。"

待进了宫，显德皇后正在未央宫等她，笑道："今日你可来晚了些。"

"出来前出了点乱子。"沈妙笑道，又问，"陛下这些日子身子可好些了？"

"还不错，不过……"显德皇后笑了笑，"本宫昨日新得了茶叶，想着你要来，今日就让御膳房里做了。"她将茶盏递给沈妙，"尝尝如何？"

沈妙道："恭敬不如从命。"端起茶来啜饮一口。那茶水香气馥郁，回味甘甜，沈妙刚要说话，突然觉得一阵反胃，捂住嘴干呕了一下。

显德皇后忙接过她手里的茶，问："怎么啦，可是哪里不舒服？"

沈妙摇摇头道："没事。抱歉娘娘，真是对不住，最近大约着凉，总觉得胃里不舒服，今日出门的时候还……"她的声音戛然而止，升起不可置信的神情来。

显德皇后想到什么，震惊道："你不会是——"

沈妙道："臣妇也不知道。"

"快，叫太医来！"显德皇后激动地站起身，叫陶姑姑，"拿本宫的帖子，请太医过来！"

沈妙看着桌上的茶水，心中震惊。

谢景行才走了十几日，她的小日子一向不怎么准，因此也没放在心上，没想到……

太医很快匆匆赶来，立刻为沈妙把脉。

白胡子太医替沈妙把完脉，站起身，躬身对沈妙行了一礼，笑道："恭喜亲王妃，脉如走珠，乃是喜脉。亲王妃怕是怀了身子一月有余，亲王府要添丁啦。"

沈妙仍旧不可置信，追问："真的？"

显德皇后扑哧一声笑了，佯作严肃："亲王妃问你，可是真的，若是有误，重惩不贷！"

白胡子御医笑道："老臣不敢说谎，亲王妃若是不信，可再请几位来瞧瞧。"

显德皇后高兴坏了，永乐帝无子，谢家没有小辈。沈妙怀着的这个，是谢家的第一个小辈。

显德皇后很快让人将永乐帝也请来。

永乐帝得知这个消息时，亦是不可置信。显德皇后笑道："想一想，日后有一个小男孩或小姑娘，唤你皇伯伯，唤我皇伯母，是不是很有意思？"

"有什么意思。"永乐帝还有些别扭。

"你呀，"显德皇后看他一眼，"这是喜事。亲王妃日后多生几个就好了，亲王府热热闹闹的，真好。"

显德皇后话中的羡慕明白人都能听出来，永乐帝目光中闪过一丝沉痛，片刻后才开口道："你今夜收拾东西，搬到宫里来。此事不能外传，宫里能护你周全。"

沈妙一怔。

显德皇后忙道："不错。此事须保密，不得被外人晓得。至于景行那头，私下与他传信……"

"皇后娘娘，"沈妙突然开口，"臣妇有一事相求。"

显德皇后道："你说。"

"此事请先瞒着殿下。"她道，"殿下如今正在征途，得知此事，难免心中牵挂。若被有心之人利用，甚至会被钻了空子，倒不如瞒下来。"

"好。"过了一会儿，永乐帝开口了，看着沈妙，"既然如此，就不告诉他。"

沈妙对永乐帝颔首："多谢陛下。"

"既然如此，"显德皇后叹了口气，"明日起，你便搬到宫里来。本宫就说要你进宫陪着，省得那些夫人隔三岔五地找你来说话。"

傍晚时候，沈妙才从宫里回来。罗潭从惊蛰、谷雨那里得知沈妙怀了身孕，又惊又喜。

唐叔更是喜得不知道说什么好，沈妙告诉他们不要告诉谢景行，打仗关头，谢景行不能分心。唐叔便点头，说要去给萧皇后上炷香，让萧皇后也晓得这个好消息。

罗潭小心翼翼地将手放上沈妙的小腹，半晌泄气道："怎么没感觉到动静。"

"才一月余，哪有什么动静？"沈妙失笑。

罗潭看着她："小表妹，也不告诉姑父姑母他们？他们若知道，定会很高兴的。"

沈妙想了想，才摇头："如今爹娘大哥和傅修宜对峙，这个时候，我反倒是他们的软肋。多了个孩子，更是束手束脚。"

罗潭想了一会儿，也觉得有道理。

沈妙笑道：“不必麻烦了。表姐，唐叔，你们也收拾收拾吧，因我怀了身子，皇后娘娘要我进宫去，府里留一些护卫，再留些人就行了。”

唐叔一愣，道：“好好，老奴这就去安排。”

罗潭也雀跃地去收拾东西了，沈妙站起身，推开窗户。

再过不久，就是中秋了。

她轻声对腹中的孩子道：“你看，你和爹爹，看的是同一轮月亮呢。”

沈妙住进了皇宫。

显德皇后将未央宫旁边的偏殿给了她，沈妙还是用着自己的下人。寻常时候，显德皇后喜欢和沈妙说话煮茶，罗潭也跟着。

叶鸿光也被接进了宫里。有一日，他突然醒了，可是醒后，心智如三岁孩童，什么都不知。太医看过，说是受了太大惊吓近乎疯癫。

这下，永乐帝也懒得管了。养着个傻子，费不了多少米。叶鸿光成日在花园里捉蛐蛐扑蝴蝶，欢快极了。

有时候，沈妙见了他和傅明肖似的脸，觉得叶鸿光的一生和傅明一样悲惨。投错了人家，平白误了一生。

显德皇后以为她是为叶鸿光难过，便拍了拍沈妙的手，安慰道：“其实这样，未必不是好事。他虽傻了，却不必面对那些令人难过的事，永远像孩子一样过得无忧无虑，不是很好？”

可是，天下间不是每个人都能如叶鸿光一样，活得像个孩子，笑得开怀。

两个月后，谢景行到达明齐边境，与明齐军队交手。同时，罗家军与沈家军于函谷关会合，秦国军入关。

秦明联手，和谢景行率领的大凉军队正式对峙。

沈妙拿着当初给谢景行默的兵防图研究，渐渐地，苗头开始出现。仿佛规定好棋路的棋子，正按着对方设计好的路一步步走下去。

沈妙就晓得，那幅兵防图应当是到达了傅修宜手中。

大凉和秦明交战，输输赢赢，沈妙晓得，谢景行改换了策略，他像狡猾的猎人，正引着猎物往陷阱里钻。

一网打尽，不喜欢缠缠绵绵，干净利落，是谢家人的风格。

傅修宜正在上钩。沈妙对此感到欣慰，也不得不为叶楣的手段叹服，许多东西改变了，但她仍旧能够得到傅修宜的心，将兵防图呈上，并让傅修宜对她信任有加。

果然，不久后，谢景行的信传回大凉。

信中有明齐局势。

文惠帝病重驾崩，九皇子傅修宜登基为皇。傅修宜甫登基就同秦国皇帝交好，两国结盟。明齐其余几个皇子，包括周王、静王，都已被禁押在大牢。

沈家和罗家联合文惠帝打压的其他老牌世家，公开造反，被冠上乱党之名。

谢景行的人手和沈家的人暗中接洽，过不了多久，沈家会以投诚名义，与谢景行结成同盟，正式倒戈大凉。

信的最后，谢景行提到，定京城如今正流传着一件皇家风流韵事。宫中来了位美人，是一位皇商的远房侄女，貌如天仙，聪慧解语，新帝爱若珠宝，捧在掌心，赐名楣夫人，短短时间，势头远远压过后宫其他嫔妃。

沈妙合上信，就笑了。

罗潭问："小表妹，不就是一封信吗，颠来倒去看半晌，都笑三回了，那么好呀？"

沈妙道："慢慢看吧。"

又过了半年。

战争是一场漫长的拉锯战，大凉这头消磨得不紧不慢，秦国和明齐的步调却开始渐渐被打乱。

尤其是近来。

之前的战役，大大小小，秦明总是胜了些，尤其最开始的时候，几乎场场都能尝到甜头，收获虽算不得丰盛，却能鼓舞士气。

越到后来，秦明两国优势反倒不明显了。虽也有胜场，却已显颓败之势。

一直到了幽州十三京。

幽州十三京位于明齐、秦国和大凉的三国交界处。一直以来都是秦国的地界，这么多年，幽州十三京一直安稳地屹立在边界，因其地势复杂，易守难攻，想攻下来，怕要大费周章。

这么一块难啃的骨头，便是要啃，除了野心，还要有极大的勇气。

谢景行率领大凉将士，正对幽州十三京发动进攻。这一战至关重要，甚至决定着整个战局的胜败。若是谢景行顺利拿下幽州十三京，便能在更短的时间里结束战役。

反之，如果谢景行没能啃下这块骨头，只会令大凉军队元气大伤，别说是对付明齐和秦国，要扛下两国夹击也很困难。

于是这一战，不管是大凉，还是明齐和秦国，都是下了十二万分的赌注，都是拿着身家性命在赌。

显德皇后与沈妙说起这件事的时候，还与她说笑："到底领兵的也是你夫君，怎么到现在一点儿也不紧张？"

沈妙微微一笑："臣妇相信殿下。"

罗潭伸出手，覆在沈妙的小腹上，道："可惜幽州十三京的消息只能靠传信才收得到。不过，小家伙倒长得很快。"

沈妙垂头看着自己的小腹。八个月的日子，就这么平静度过了。

正与显德皇后说着话，陶姑姑匆匆忙忙进来，面上是掩饰不住的喜意，笑道："恭喜娘娘，恭喜亲王妃，前朝传来消息，幽州十三京传来捷报，亲王殿下胜了！"

"真的？"显德皇后一下子站起身。

陶姑姑猛点头："陛下很是高兴，正大赦天下呢。"

"苍天保佑！"罗潭双手合十，喃喃道。

幽州十三京攻下来，传来捷报，代表的是什么？代表着这一场持续了大半年的战役，或许在不久之后就能彻底停歇。士兵们都能归家，混乱的天下，终是一统。

沈妙心中的欣喜油然而生，她就知道，谢景行一定能做到。

陶姑姑又笑着看向沈妙："亲王妃，亲王殿下还让人捎了信给您，一会儿送信的人会把信送到您手上。"

"真教人羡慕死了。"显德皇后打趣沈妙，"不给本宫和皇上捎信，就念着自己媳妇儿。"

罗潭也道："就是就是，也不晓得考虑旁人的感受。"

"罗小姐也别失望。"陶姑姑人逢喜事精神爽，"也有您的信哪，是高家府上少爷叫人捎的。"

罗潭疑惑："高阳？他给我捎哪门子信？"

沈妙和显德皇后对视一眼，笑着摇了摇头。

幽州十三京的捷报，让陇邺上下都欢喜不已。永乐帝还破天荒办了宫宴，热闹非凡。

沈妙没有参加这场宫宴，她怀着身孕的事并未外传，显德皇后将她保护得很好。

况且，她想早些回去读谢景行的"家书"。

谢景行的"家书"，自从战局吃紧，便很少传来了，到现在为止，他已经两个月没给她写信了。

沈妙打开信。

信里没什么特别的，说他过得还不错，很自得地夸耀了一番自己的功绩，顺带将傅修宜批了个一文不值，然后提到了楣夫人。

说傅修宜将楣夫人捧得很高，短短数月，叶楣就能随意出入傅修宜的御书房。傅修宜不仅将她视作女人，还视作福将。好几次“胜利”的战役，都是拜叶楣所赐。

谢景行说起这些时，字里行间都是讥嘲，罢了还狂妄地宣称万事俱备，只等对方来自投罗网。这次幽州十三京胜了之后，想必定京都不需他出手，叶楣也要被傅修宜给折磨死了。傅修宜心胸本就不宽广，“福将”如今在至关重要的一战中让他吃亏，傅修宜怎么会善罢甘休。

当然，谢景行还安排了一点儿额外趣事，放出风声说叶楣是大凉探子，来到定京接近傅修宜，本就是为了给大凉通风报信。

看着谢景行的字迹，沈妙几乎都能想到他懒洋洋叼着笔，幸灾乐祸的神情。

她将信折好，信封里还有些别的什么东西，晃了晃，果然，从里面滴溜溜滚出两粒红豆来。

红豆最相思。

他不在信里写相思之语，偏又要用两粒红豆来证明他的确没有一刻忘记过沈妙。

沈妙想了想，又将一边的香囊拿出来，将两粒红豆珍而重之地放进去。

“第五封。”她说。

明齐，定京，皇宫。

阴森森的地牢，四处弥漫着浓重的腥气，令人作呕。

牢房最里面，女人赤身裸体地坐在地上，双手被镣铐铐在墙上，双脚浸在冰冷的污水中，水中老鼠不时顺着她的脚背爬上爬下，啃她的脚趾。

这女人不是别人，正是叶楣。

短短几日，从天上摔到地狱，叶楣从没想过她会有这么生不如死的一日。她只晓得幽州十三京战败了，心中便觉得不妥，可又觉得，还未到最糟的地步，谁知道傅修宜直接抓她进了地牢，严刑拷打直至今日，逼她说出大凉给她指派了什么任务。

叶楣希望能解释，但这次，容貌不再是她的武器了，因为在进了地牢的第一日，傅修宜就让人用烧红了的烙铁烫伤了她的两颊。

她的一只眼睛甚至因此被灼伤，瞎了。

叶楣不怕绝望的环境，也不怕情势糟糕，唯一怕的，就是自己的容貌，那是她唯一永恒的兵器。

这把兵器无往不利，凭借它，她可以在绝望的环境下生存，扭转糟糕的情势，游刃有余地活着。一旦容貌被毁去，一切都没有了。

叶楣好恨！

外头传来啪嗒啪嗒的脚步声，她费力地扭过脖子，用仅剩的一只眼睛去瞧外面。

傅修宜站在外面。

他冷冷道："叶楣，朕给你最后一次机会，把你知道的统统说出来。"

"臣妾知道什么？"叶楣问。

傅修宜厌恶地皱了皱眉："朕都查得一清二楚，你既是大凉的细作，就该有与他们传信的渠道！"

叶楣放声大笑起来："臣妾说什么陛下都不肯信，臣妾要是说出渠道来，陛下信还是不信？"

"你说出来，朕赐你全尸。"傅修宜冷道。

叶楣道："若是陛下说放臣妾一条生路，再想法治好臣妾脸上的伤，臣妾倒是可以考虑考虑。"

傅修宜不怒反笑："背叛了朕的人，从来没有活着的！"

"所以陛下就干脆毁了臣妾？"叶楣道，"听闻当初睿亲王妃也苦恋陛下，可惜陛下待她冷若冰霜，后来便不了了之。"

如今傅修宜已经知道了谢景行的身份，提到沈妙，脸色更是难看了几分。

"我原以为，睿亲王妃不过是运气好一点，出身好一点，才能误打误撞成为亲王妃。如今看来，她比我想象的聪明多了，或许她早就知道，留在陛下的身边，无论忠诚与否，都会不得好死。"叶楣道。

"放肆！"傅修宜道。

"我是输给了陛下。"叶楣道，"陛下不久前还与我恩爱痴缠，如今却能亲手将我弄成这副模样。只是，你将过错推到我身上，你以为，自己就能落一个好下场？"

傅修宜面色铁青，任谁被这样诅咒，都不会开心。

"你也不会有好下场，沈妙选择谢景行，便也证明，在她眼中，你及不上谢景行百分之一。我如今沦为阶下囚，你的下场绝不会比我更好。幽州十三京只是个开始，在那之后，你会一败涂地，明齐江山，终究会覆亡，到那时，你也不过是个亡国之君！傅家王朝，终于你手，百世不得再起！"

傅修宜盯着她道："说完了吗？朕已经给过你最后一次机会了。"

叶楣长舒了口气，不说话。她心中憋着一口恶气，傅修宜毁了她的容貌，她自知翻身无望，干脆在临死之际将愤怒和仇恨全部倾吐。

傅修宜道："既然你那么在乎你的容貌，朕成全你。"

他对旁边的狱卒道："砍了她的四肢，做成美人盂，于城东搭戏台子，让千人欣赏。”

“大凉的探子，那么会歌舞献艺，朕就赐你做个供人取乐的玩物，好好美上一辈子吧。”他说完这句话，转身大踏步离去，罔顾身后传来撕心裂肺的哭号声。

美人盂，是前朝贵族中供人取乐的一种玩意儿。挑选美人养在家中，平日跪在屋中角落，主人想要吐痰或倒掉茶水，便捏着美人的下巴，让美人的小嘴接住咽下去。这是将人当畜生看待，甚至比畜生还要不如，因为太过残忍，前朝帝王便下令废止了。

曾经名噪一时的楣夫人就这么没了，她的出现、崛起和消亡都太快，留下的只有大凉的探子这个名声。但是傅修宜呢？叶楣的诅咒一直在应验。

幽州十三京只是个开始，大凉越战越勇，明齐节节败退。屋漏偏逢连夜雨，这时候的秦国，竟开始走起自保的路子，有意向大凉认输投诚，傅修宜每日都是焦头烂额。

战局总是瞬息万变的。

大凉得了幽州十三京，以此为据点，开始反攻，先向明齐下手。

秦国甚至派了使者过来谈判，愿意割地赔款补偿。这么长久以来的战局，已经让秦国国库空虚，百姓渐渐生出乱心。

大凉的军队很快就打到了明齐定京。

陇邺未央宫，显德皇后正在让宫女倒酒。

这是一场宫宴，却没有文武百官，没有后宫嫔妃，有的只是沈妙、罗潭、永乐帝和显德皇后几人。显德皇后道：“权当是家宴了，也算在千里之外为景行庆功。”

再过不了多久，漫长又残酷的战争便要结束了。到那时，四海安定，天下太平。

“小表妹，你喝这个。”罗潭把梅汁放到沈妙面前，“太医说了，再过两个月就要分娩，不知是小侄儿还是小侄女。”

沈妙唇角一扬：“安静得很，大约是个小姑娘。”

“那也说不定。”显德皇后笑，“也有小子安静，姑娘调皮的。”

正说着，永乐帝自外头进来了。

罗潭有些害怕永乐帝，立刻正襟危坐起来。

四人在一张桌子上吃饭，罗潭有些窘迫，沈妙还好，永乐帝神情冷淡，只有显德皇后最高兴，说：“等景行班师回朝，本宫瞧着，给亲王妃一个诰命得了，他们亲王府里什么都不缺。”

永乐帝嗯了一声。

显德皇后还来问："你觉得好不好？"

沈妙笑道："这些，还是等殿下回来后再说吧。"

"也是。"显德皇后就点头，"许他自己有别的主意。"又看向罗潭，"罗姑娘这头，等高阳回来，本宫给你们赐婚可好？"

罗潭差点被嘴巴里的糕点噎着，无措之下，只能可怜巴巴地看着沈妙。

沈妙忍笑，道："娘娘，这些都不急，等高公子回来再说，万一高公子也有别的主意呢？"

永乐帝看了显德皇后一眼，沉声道："吃饭。"

显德皇后嗔怪："都说是家宴了，随意些，这么严肃做什么。"

自从谢景行频频传来捷报，朝廷里的大臣都安分下来，谢家两兄弟，一个善于平衡朝野，一个善于扩张征战，都是厉害的主儿，连批评指责永乐帝无后的折子近来都寥寥无几。

显德皇后难得过一段平静日子，和永乐帝的感情倒起了些微妙的变化。从前相敬如宾的帝后，开始渐渐变成了一对寻常夫妻。

显德皇后突然想到了什么，又道："明日要去挖去年我埋在梅树下的两坛雪酿。皇上也与我一道去吧，恰好将今年的也埋进去。亲王妃和罗姑娘一道过来，挖出来后，傍晚的时候去翠湖亭，赏荷花。"

永乐帝似乎有些无奈，不过最后还是点了点头，显德皇后见状，就满意得很，继续和沈妙说些趣事儿。

第二日，恰好是个艳阳天。晨间凉爽，沈妙和罗潭早早地去了。沈妙身子重，不能陪显德皇后一起挖。罗潭大大咧咧，怕搬动的时候给摔坏了，便由显德皇后和陶姑姑挖。

永乐帝就道："起来吧，伤着手不好。"

"往年里都是臣妾和陶姑姑一道挖的。"显德皇后笑盈盈道，"日后皇上有心，也亲自来埋上一回，挖上一回，就晓得是何滋味了。"说话的工夫，她与陶姑姑将另一坛也挖了出来。

永乐帝突然眉头一蹙，顿了顿，不动声色地按住胸口。

显德皇后将其中一坛抱起来，坛子小巧，抱起来也不费力。她也不嫌脏，献宝般举到永乐帝面前，将塞子拔下，凑到永乐帝鼻下，问："皇上来闻闻，是不是很香？"

"很香。"永乐帝蹙着眉道。

显德皇后狐疑地看向他："皇上是觉得不好吗，不然怎么这副神情？"

永乐帝微微一笑，正要说话，突然眼前一黑，脚步一个踉跄，一头栽倒下去！

“皇上！”显德皇后吓了一跳，酒坛咚的一声掉在地上，摔得粉碎，酒水混合着碎片，溅出馥郁的香气，清苦又悠长。

“快，叫太医！”沈妙连忙吩咐，心中倏尔划过一丝不祥的预感。

第十九章　磐石蒲苇

纱帐放下，屋外，高家家主到了。

这是高阳的祖父，高湛。

高家世代行医，在陇邺颇负盛名。当初永乐帝的毒，便是高湛亲自查出来的。

高湛对着显德皇后摇了摇头，显德皇后的眼泪一下子就掉了下来。

“先生，”显德皇后忍住哽咽，“陛下……还能撑多长时间？”

高湛看了一眼里头，叹了口气：“至多一月。”

“怎么会……”沈妙惊诧。

“皇上的病是早年间就积攒下来的。这一年，毒性已经侵入五脏六腑，全凭他意志支撑。”高湛道，“皇上是心性坚韧之人，又背负太多，即便到了现在，还在强撑。”又对显德皇后鞠了一躬，“这些日子，就请娘娘好好陪伴陛下吧。”

高湛走了，沈妙想要劝慰显德皇后，又不知如何劝起。

显德皇后勉强笑了笑，道：“你先回去吧。”

沈妙没说什么，只道让她千万照顾好身体，便退下了。

显德皇后坐在床前，永乐帝已经醒了。

她垂头沉思着什么，侧脸温柔。

“晴祯。”永乐帝开口道。

显德皇后回过神，看着他道：“皇上醒了，有没有觉得哪里不舒服？”

“没有。”永乐帝摇了摇头。

二人沉默了一阵，永乐帝才开口："晴祯，朕的时间不多了。"

显德皇后看着他，没说话。

"朕……"他顿了顿，才继续道，"今年冬日，不能陪你一起埋雪酿了。"

"虽然打碎了一坛，还有另一坛，皇上不嫌弃，改日寻个风凉的日子，到翠湖亭里去，今年的荷花开得也很盛……"显德皇后自顾说着。

"晴祯。"永乐帝打断她的话，"朕不能陪你了。"

他脸色苍白，没有了帝王的冷峻，仿佛是哪家贵公子，只是消瘦得很、憔悴得很、难过得很。

显德皇后别过头去，永乐帝看不到她的表情，只听见她的声音仿佛隔着一道雾气，朦朦胧胧传来，她说："皇上总是很无情，不肯骗臣妾一句，一句都不肯。"

永乐帝迟疑一下："对不起。"

"皇上不必跟臣妾说对不起，"显德皇后道，"方才高家先生过来与臣妾说，皇上这一年来都在苦苦支撑，皇上为何要这样？"

"为了大凉。"永乐帝道，"朕想亲眼见到天下大业平定安康的一日。母后的心愿，朕希望有生之年能替她完成，只是……朕恐怕等不到那一日。"

显德皇后默了很久，才回道："如此，臣妾明白了。"

"晴祯。"永乐帝道，"你为自己做些打算吧。"

"皇上想臣妾做什么打算？"显德皇后眼中有泪光闪烁，"想让臣妾隐姓埋名过回普通人的生活？还是干脆在宫中锦衣玉食安度余生？或者再去寻个好夫君改嫁？"

她每说一句，永乐帝眼中的痛色就浓一分，他不动声色地抓紧手下的毯子，却淡声道："只要你欢喜就好。"

显德皇后猛地撇过头去，再开口时，声音亦是平静无波："臣妾晓得了，臣妾会这么做的。皇上还是想想，传位诏书应该怎么写吧。"她站起身，"臣妾还有别的事，皇上好好养身子，养好了身子，记得与臣妾在翠湖亭对饮一壶。"

她退了出去。

永乐帝在显德皇后走后，剧烈咳嗽起来，立着服侍的邓公公忙送上热水，道："皇上小心些。"

"邓公公，"永乐帝蹙眉，"朕是不是做错了？"他的脸上罕见地浮起少年般的困惑，让邓公公看得鼻子一酸。

少年从温雅太子成长为深不可测的帝王，可仍旧有一日，他会很困惑地问身边人，自己错了吗？

邓公公还没说话，永乐帝便叹了口气，道："朕好羡慕谢渊。如果朕也能活下去……”

他没有说下去了。

十日时间，谢景行拿下了定京城。

明齐皇帝傅修宜于城楼之上被乱箭射死。

傅修宜纵横一世，汲汲营营，没想到会落得这么个下场。他最后恍恍惚惚看到的，是城楼之下、高马之上、千军之前的年轻男人。

还容不得他细想，就什么都看不见了。

他的江山大业，他的筹谋野心，全都在这一刻戛然而止。他始终想不明白，明明这一生早早筹谋，最后怎么会败于敌手?

大约是老天不公吧，大约是他运气不好。

楼下，谢景行啧了一声，道：“人心涣散成这样，傅修宜真有本事。”

高阳哂然一笑：“走！进城去！”

“对了，”季羽书道，“荣信公主和苏家几位都已经救了出来，现在……”

谢景行道：“护着他们，其余的，随他们去吧。”

沈妙得到消息的时候，发了很久的愣。

她以为自己得知了这二人的结局，必然会大呼畅快，然而此刻，她心中竟没有太大感觉。

终于不再以复仇为下半生的己任了。

她看着自己的小腹，她还有更重要的拥有，和当下。

罗潭在外头看花，道：“荷花真的很好，小表妹，晚点咱们也去走走吧。”

沈妙颔首。

荷花很好，显德皇后最喜欢看荷花了。

永乐帝的身子，也是一日不如一日了。

传位诏书已经和永乐帝的心腹大臣商量过了，几个大臣布置好一切。如果真有一日，永乐帝再也没醒来，一切顺其自然，传位诏书会昭告天下，等谢景行班师回朝，等着他的便是整个大凉的责任。

这个时候，显德皇后反而平静起来。她每日仍旧煮茶看书，下棋写字，和永乐帝不咸不淡地说些家常话，如果忽略永乐帝越来越苍白的脸，一切看上去和从前没什么两样。

未央宫里，显德皇后看着外面，道：“今日下过小雨，夜里定然凉爽，那小坛雪酿臣妾舍不得喝，就在今夜吧，皇上陪着臣妾喝完它可好？”

永乐帝失笑：“一坛，你要喝醉不成？”

“如果能一醉不醒，谁不想呢？”显德皇后喃喃自语，随即又道，“臣妾酒量好，小时候时常跟哥哥在府中偷酒喝的。”

永乐帝闻言，难得显出几分兴味，就道：“这可不像你会做出的事情。”

“这算什么。”显德皇后带着几分得意，“与哥哥们喝酒，臣妾还从未输过。后来臣妾进了宫，不敢饮酒失态，便不再喝了。”

“一会儿是茶，一会儿是酒。”永乐帝喟叹，“你这喜好，差得很远。”

“喝茶清醒，喝酒放纵。”显德皇后一笑，“今夜皇上也别再端着架子，放纵一回。雪酿是臣妾亲自酿的，比不上什么琼浆玉液，也能下风月。”

“好。”永乐帝道，“朕就陪你放纵一回。”

晚夏，夜风习习，湖中十里翠色，微风拂过，遍起绿色波澜。陇邺夏长，到了八月末，亦没有凉意。

湖中小亭，桌上摆着一坛酒，几块糕点，两只酒碗。

永乐帝看着面前圆圆的酒碗，挑眉道：“用这个？”

“小口啜饮，品不出雪酿的滋味。”显德皇后笑道，“要用酒碗大口喝，才甘冽清甜。”

“往日你都是这样喝的？”永乐帝皱眉，“胡闹。”

“又无人瞧见，管那么多做什么。”显德皇后不以为然，一手举着小酒坛，给永乐帝斟酒。

永乐帝欲言又止，深深地看了一眼显德皇后，沉默。

陶姑姑和邓公公站得很远，将这难得的时光留给帝后二人。显德皇后将酒碗递给永乐帝，笑道：“每次景行过来宫宴，便喜欢用这酒碗喝酒。臣妾看皇上似乎很羡慕。”

“笑话，朕有什么好羡慕的。”永乐帝说完，便拿起酒碗，顺着酒碗沿抿了一口。

显德皇后见状，忍不住笑了，道：“陛下这是在做什么，应当学臣妾这样。”她端起酒碗，仰着头喝下。

永乐帝轻咳一声：“胡闹。”目光却跟随显德皇后，柔和得很。

显德皇后又给自己倒了一碗，笑道：“臣妾小时候随父亲读史书，羡慕书里落拓潇洒的大英雄，于乱世之中崛起，大口吃肉大口喝酒，不枉在这世上活一遭。臣妾就想，日后也要嫁一个大英雄，白日给他煮茶，夜里就与他饮酒。”她说着这些，眸中光彩熠熠，像隔了那些时光，回到了少女时候，吵着向兄长讨酒喝的狡黠模样。

“后来呢？”永乐帝问。

“后来臣妾嫁给了皇上，皇上不肯大口吃肉大口喝酒，也不落拓潇洒，臣妾可后悔了。”

永乐帝眯眼看着她，她的脸颊渐渐染上两朵晕红。

他说：“你不是说自己酒量很好吗？怎么在朕面前撒起酒疯来。”

“臣妾没醉。”显德皇后道，“臣妾倒是想醉，可惜这么多年，臣妾一直醒着。”

永乐帝笑不出来了。

“嫁给皇上是臣妾运气不好，要和无数女人分享夫君，连孩子都没有。”显德皇后笑道，“所以臣妾很羡慕亲王妃，景行可不像皇上这样狠心。”

永乐帝沉默了很久很久，才道：“你也有选择的余地。晴祯……”

“臣妾一开始就没有选择的余地。”显德皇后打断他的话，“臣妾一颗心全在皇上身上，哪里分得出心思做别的选择呢？”

永乐帝一愣，显德皇后已经将第二碗酒一饮而尽。

“皇上看臣妾，是否有什么不同？”显德皇后看向他，“是否也会觉得，选择臣妾，也不后悔呢？”

“是。”永乐帝顿了顿，“你很好，你是大凉最好的皇后，没人比你做得更好。母后很喜欢你，朕也很喜欢你。朕选择你，没有错。”

显德皇后笑着笑着，几乎将眼泪都笑了出来。她说：“果然如此，皇上非做不可的选择，其实就是‘显德皇后’，而不是‘晴祯’。臣妾晓得了。”她看着天上的月亮，“皇上之前与臣妾交代的事，臣妾已经考虑过了，觉得皇上说得也不错，毕竟是自己的日子，总也要过下去的。”

永乐帝盯着她，喉中有些艰涩，勉强开口问：“人家……找到了吗？”

“暂且还没呢。”显德皇后微微一笑，“不过不用急，真到了那一日，顺其自然就是了。”

永乐帝无言。

显德皇后端起酒碗，就道：“这碗雪酿，臣妾敬皇上，夫妻一场，这些年来，臣妾过得虽不算特别好，却也不糟。多谢陛下了。”

永乐帝也举起酒碗，仔细去看，便能发现，他的手指微微颤抖，不过他立刻以袖子遮了，将酒碗里的酒水饮尽。

一口气喝下一大碗，便不甘冽清醇了，从嗓子眼儿到五脏六腑烧得疼，让他觉得苦涩堪比人生。

他见显德皇后站起身，笑着对他道："这坛酒看着多，与皇上喝了几碗便空了，辜负了今夜好景，不过无妨，来日方长。臣妾今日和皇上喝得也很开心，便先去外头转转。皇上也歇歇吧，更深露重，小心着凉。"施施然离去了。

她离去的姿态轻快，再想想方才说的那些话，分明是在告别。如今告别的话已完，告别的酒已尽，所剩的，就像现在这样，一步一步离开他的世界，然后永不回来。

永乐帝转过头去看显德皇后的背影。她的背影消失在长廊中，连头也不曾回。他的心蓦然一痛，难以言喻的痛感顺着心底蔓延至四肢，几乎是在抽搐着，他无法呼吸，无法完整地说出一句话来，猛地从座上跌倒下去。

邓公公吓了一跳，连忙过来扶起永乐帝，见对方面色苍白得可怕，心下一凛，立刻惊呼太医，叫侍卫将永乐帝送回养心殿。

显德皇后在夜色里走着，风吹过，饮下的酒便被逼着溢出来，又是令人苦恼的清醒。她扶住池塘边的栏杆，有些疲惫地叹了口气。

陶姑姑道："娘娘，外头冷，还是先回去吧。"

显德皇后摇了摇头。她的腕上戴着一串佛珠，是在庙里为永乐帝求的，祈求上天能怜悯世人，能让奇迹发生。佛珠每一粒都被磨得光亮圆滑，显德皇后戴着它已经很多年了。

她转过头，想要往前走，冷不防听得啪嗒的声音，低头一看，佛珠不知什么时候断了，纷纷从断裂的绳子上散开，掉在地上，击打出清脆的响声。好端端的，佛珠怎么会断？

"陶姑姑……"显德皇后喃喃开口，心中忽地涌上一阵不安。

"娘娘！"陶姑姑连忙来搀扶她。

显德皇后摆了摆手，有些慌乱地蹲下身，道："快，快帮我捡起来……"

陶姑姑刚蹲下身，邓公公身边一直跟着的小太监匆匆忙忙跑了过来，面色惊惶，道："娘娘，皇上有些不好，您快去看看吧！"

显德皇后手上一松，攥着的佛珠便滴溜溜地打着转，一路掉到了池塘里，在水面上连个水花也未曾打起，一下没入，再也不见。

养心殿里，外头的太监宫女都跪了一屋子。邓公公站在一角，垂着头，神情十分哀戚。

显德皇后进去时，高湛刚从里面出来，见了她，便摇了摇头。显德皇后脚步一个踉跄，扶着陶姑姑的手，才没倒下去。

半晌之后，她道："你们都下去吧。"榻上的永乐帝也挥了挥手。屋子里的人全都退了出去。

显德皇后上前。她走得极为缓慢，待走近了，半跪在榻前，看着榻上的人。

永乐帝瞧着她，瞧了半晌，笑道："也好，临走时总算也喝过你酿的雪酿了。"

"行止……"显德皇后含泪看着他。

她唤的是行止，永乐帝的字，而不是皇上。她尚且还是少女的时候，萧皇后喜欢她，与她说了谢炽的字。显德皇后喜欢谢炽的字，觉得听起来很正直。

虽然在漫长的岁月里，他曾给过她无法磨灭的伤害，但显德皇后的心一如往昔。

人生是不是注定就有这么一场缘呢？这缘分来得并不圆满，甚至称得上劫数，这劫数将要结束时，她却执拗地不愿意放开。

"晴祯，我不能陪你了。"永乐帝歉意道，"你嫁给我……这么多年，什么都没有得到。"他每说一句都要歇一阵，似乎很吃力。

显德皇后道："别说了。"

他二人，从成为帝后开始，一个自称朕，一个自称臣妾，偏要在生命将走到尽头，再不会重逢时，才用你我相称。

他说："你去过自己的日子吧，你这么好，日后一定会过得很幸福。不要再选我这样自私的夫君了，找个疼你爱你的……"

显德皇后泣不成声。

她突然感觉自己的手被抓住了，便见永乐帝目光炯炯地盯着她，咬着牙道："可是我不甘心，我不希望……你是我的女人，我不愿意你跟了旁人。"

显德皇后一愣。

"这一年我努力活着，希望能多几日，不是因为想要看见谢渊君临天下，我只是……舍不得……"他费力地喘了口气，"我舍不得你……哪怕和你做夫妻只能多半日、多一刻，也很好。"

"当初第一次见你，后来你被召入宫中，其实不是母后的主意，一开始就是我。这么多年，你以为我满意的是'显德皇后'，其实不是的，一开始就是'你'。那些话……都是骗你的……"

显德皇后捂住嘴，道："你为何不早说？"

永乐帝的脸色越发苍白，声音低微到几乎听不见："可惜我命不好，连累了你一生……"他伸出手，似乎想帮显德皇后擦去脸上泪痕，然而动作才刚到一半，便无力地垂了下去。

他的眼睛合上了。

显德皇后捂着嘴，埋到被褥里痛苦地哭泣。她把声音掩埋在厚重的被褥中，恨不得将整个人也埋进去，从此以后，就能不听、不看、不怪、不想。

铜炉里的熏香袅袅升起，在半空中四散开来，屋中只有隐忍的压抑的哭泣，窗外的月亮明亮又温柔，圆满得不真实。

半晌后，显德皇后站起身。她将永乐帝身上的被子掖好，对着镜子整理好自己的发丝，擦去眼泪，将门缓缓打开。

跪着的一屋子太监宫女在外，邓公公躬身上前，显德皇后平静开口："陛下殁了。"

邓公公一怔，随即肃然跪下身躯，将拂尘往前一放，狠狠地磕了几个响头。

外头的太监宫女见状，亦是跪下磕头，声音戚戚，响彻九重宫阙。

"陛下驾崩——"

沈妙看向显德皇后，显德皇后穿着一身素白缟服，神情温和沉稳，仿佛任何事情都不能撼动她心底的从容。

永乐帝死前打点好了一切，包括传位诏书，谢景行频频传来捷报，世人都知道，永乐帝无子，传位于唯一血亲的兄弟，是早已定下的事实。

永乐帝安排周全，朝廷里固若金汤，在这时候竟也没出什么乱子。或许他们也知道，一旦睿亲王回来，征伐乱世彻底一统，一个帝位反倒不那么重要了。倒不如乖顺安分，等新帝凯旋登基，还能分得一份功劳。

前朝只有利益，后宫呢?

后宫女人们失去了赖以生存的君主，永乐帝驾崩后，这些女人都向家族求救，指望下半生寻求一条更好的出路。

显德皇后平静地处理一切，发国丧，入皇陵。没有要求任何人陪葬，永乐帝将身后事都交代了邓公公，一切循着他的意思来。

沈妙在夜里来探望显德皇后，自从永乐帝入皇陵后，她显得格外平静。今日又是中秋，圆月在天，她却在未央宫里听着婢子抚琴。

沈妙让抚琴的宫女下去，显德皇后看到她，似乎倦极，道："你来了。"

"天冷了，娘娘多加衣裳，若要听琴，便将小炉热一下。"沈妙道。

显德皇后不以为然地一笑，指了指桌上的月饼，道："御膳房做的，本宫之前想让人给你送去，后来想大约已经送过了，便没有再管。"

沈妙笑道："娘娘也吃些吧。"

显德皇后摆了摆手："本宫吃不下。"

"皇上走了后，本宫总觉得不习惯，心里空落落的，像少了东西。亲王妃，景行走了后，你也是这样吗？"

沈妙一愣。

"你大约和本宫不一样。"显德皇后不等沈妙回答，就自顾道，"因为你知道，景行还会回来。"

显德皇后太苦了，这些日子，她什么都不说，沈妙明白那种滋味。

"宫里原先吵吵闹闹，烦不胜烦，如今冷冷清清，又让人觉得怪孤单。"

沈妙道："皇后娘娘当想想自己，为自己而活。路再难，走下去看看，这也是皇上愿意看到的。"

显德皇后沉默了很久，才开口："亲王妃，谢谢你。你说的这些道理，本宫都明白。只是，这太难，太难了。"

那一晚，沈妙和显德皇后坐了很久。她们说得很少，却又好像说了很多很多。

沈妙离去之后，显德皇后一个人又在宫里坐到夜深。

直到陶姑姑来催她上榻休息，显德皇后才起身，梳洗了上榻，陶姑姑离开了。

关上门后，榻上的人复又坐了起来。

她点起灯，翻箱倒柜找出衣裳，挑了一件月白色的素裙。成为皇后之后，她再也不能穿这些样式，若不精致隆重，便会压不住别的嫔妃。

显德皇后穿着简单的衣裙，坐在镜子前，轻扫蛾眉，淡抹胭脂，极为俏丽。她又从抽屉里摸出纸笔，开始写信。罢了，将信装进信封，最后从柜子的最下面摸出一个精致的玉匣子，匣子上头蒙上了淡淡的灰尘。

她从一开始就知道永乐帝的病情，嫁给一个不知道什么时候会离世的男人，这需要很大的勇气。

她是御长史府上最勇敢的小姐，向往英雄，永乐帝算不得英雄，他玩弄权术，拉拢人心，并不光明磊落，可显德皇后还是觉得，他是她的英雄。一开始是，最后也是。

玉匣子里放着一只细长的小瓶，她拿出来，捏在掌心。嫁给永乐帝的那一日，显德皇后为自己准备了这药瓶。她对镜子里凤冠霞帔的自己说：晴祯，江湖人士豪杰利落，义字当头，敢爱敢恨，你虽身在官家，却向往江湖。

若有一日他不幸离去，碧落黄泉，你也要跟随。

这么多年，每一年，显德皇后都要将那药瓶拿出来看看，每一年，都是她从上天那里偷来的格外欢愉的时光。如今，终于到了拿出来的时候。

她很胆小，胆小到在谢炽离开后，没有勇气去过剩余的日子。她亦很胆大，胆大到一开始知道自己会有这样的结局，仍决然往矣。

“行止，我来见你了。”她轻声道。

沈妙这一晚歇得很不舒服，梦里格外嘈杂，想听清楚究竟在嘈杂些什么，又总是听不明白。

直到惊蛰将她唤醒，沈妙起身一摸额上，竟是涔涔冷汗。

罗潭自外头跑了进来，眼圈红红的，瞧着沈妙，低声道：“皇后娘娘殁了！”

沈妙手上的帕子一下掉在地上。

短短不到一月，永乐帝和显德皇后相继离世，天下大恸。

沈妙按照礼仪，将显德皇后与永乐帝合葬，一同送入皇陵。至此，一代明君贤后，永远留在了大凉的史书上。

接踵而来的，是许多事情。

永乐帝去世，还有显德皇后，显德皇后去世，朝堂里做主的该是谁？虽然永乐帝留下传位诏书，但谢景行还未登基，叫沈妙为皇后是不行的。

朝堂又开始蠢蠢欲动，沈妙问邓公公：“前朝吵得很厉害吗？”

邓公公道：“正是。如今前朝想推举一人，暂时监朝，待亲王殿下回陇邺，再作打算。”

“愚蠢。”沈妙嘲道，“当真想窃国者诸侯了！”

邓公公噤声。

“邓公公，收拾一下吧。我要去前朝。”她道。

邓公公一愣，道：“夫人……”

“这个节骨眼上，传出了不好的流言，陇邺难免人心惶惶，不如我来做个恶人。”

“可是，”邓公公看着沈妙的小腹，道，“您还怀着身孕呢。”

“正因为有这个孩子，才镇得住前朝。”沈妙微微一笑，“皇家血脉，他们纵然想做什么，也要顾虑名声。”

邓公公思索了一番，道：“这样一来，亲王妃，您怀孕的事就瞒不住了。”

“我原先瞒下来，是不想让殿下在战场上分心。如今战争已近尾声，尘埃落定，也不必瞒着什么了。”她看着邓公公，笑道，“你是怕这宫中不太平，有人想要害我吧。”

邓公公忙拱手：“奴才一定会保护好亲王妃和小世子的安危！”

沈妙颔首：“有劳了。”

邓公公退下后，沈妙才舒了口气，坐在椅子上，瞧着窗外的落叶。

显德皇后走得太匆忙，许多问题便彰显出来。春日里热闹的宫殿，到了眼下，冷冷清清，生出人走茶凉的萧瑟。然而她晓得，事情还没有结束，在谢景行归来前，将前朝安定下来，是她要做的事情。

“自打你投生到我肚子里来，还真是没有一刻好光景。”沈妙对着自己的小腹轻声道，“不过，一切都会好起来的。”

五日后，前朝传位诏书立，举朝哗然。

有好事者称如今群臣无首，要求推举几位臣子共同摄政，却被拒绝，由睿亲王妃代为处理朝事。

一时间，流言四处翩飞，都说沈妙是明齐人，是明齐派来的探子，如今趁朝堂无人想要篡权，狼子野心。

这个流言传出快，平息也快，因为沈妙大着肚子出现在前朝。邓公公及陶姑姑一干人证明，显德皇后将沈妙接进宫中，就是为了保护好唯一的皇家血脉。

有了这个孩子，名义上总是无事。

一半出于对沈妙的忌惮，一半出于对谢景行的恐惧，这场风波很快平息下来。

但沈妙并没有过得很清闲。

这些日子以来，她都在看折子。永乐帝离世后，很多折子积攒下来，加上显德皇后离世，折子更是堆得老高，有时候会看到夜深。

惊蛰几个心疼她，怎么都劝不动，只得陪着。

谢景行的消息不日就传来，明齐已灭，秦国见求和无望，皇帝仓皇北逃。如今大凉军士正往秦国都城赶去，占城后，谢景行一支就要先回大凉了。

这真是近来听到的最好的消息。

陶姑姑笑道：“亲王妃的临盆日子，估摸着就是下月初一了。还有十几日，这几日大家都注意些。”

生下孩子，等谢景行回来，一年来的艰难和兵荒马乱就能终结了。

沈妙十分期待那一日。

秋日，天朗气清，惠风和畅，是个难得的好天气。

沈妙坐在院子边上，难得早早看完了折子。罗潭寻了个风筝来，和宫里女官们玩得开怀，沈妙被她的笑声感染，也忍不住露出笑容。

邓公公自外头快步走进来，神情凝重。见了沈妙，示意她往内殿里走。

沈妙见他似有话要说，便由惊蛰扶着去了内殿。一到内殿，邓公公就道："亲王妃，不好了，卢家余孽攻城了！"

"卢家余孽？"沈妙皱起眉，"卢家众人，当初在汝阳不是已经全部被铲除了吗？"

"卢家余孽中，卢二小姐的夫君是武官，豢养了一批私兵，当时并未在陇邺，而是在郊外，扮作寻常人，这些人和叶家有往来。叶家出事的时候，叶茂才曾给过这些人一笔巨财。如今这些人车马完备，打算攻城，正与城守备交手。"

沈妙凝眉，半晌，冷声道："百足之虫死而不僵，卢叶两家为了对付皇室，也真是绞尽脑汁了。"她看向邓公公，"他们是冲着我来的吧。"

邓公公抹了把额上的汗，道："亲王妃……"

就这点子残余势力，是不可能与率领大军的谢景行相抗衡的。之所以选在现在攻城，无非是继承了叶茂才和卢正淳的遗愿，要来个鱼死网破。在他们看来，杀了沈妙，失去孩子，谢景行就会痛不欲生。

"城里有多少兵马，宫里有多少禁卫？"沈妙问。

"宫中禁卫足够保护亲王妃，但那些人已经开始屠戮陇邺城外的百姓了。这些人混在人群中，一旦进城必然大开杀戒，须得派出人马守城。这样一来，宫中人手不够，很容易被人钻了空子。"

沈妙皱眉："也就是说，宫里和百姓，二选其一？"

邓公公沉默。

"知道了。"沈妙点头，"将禁卫军调出来，先保护百姓吧。"

"亲王妃！"邓公公一愣，"若您有什么危险，奴才怎么同亲王殿下交代！"

"无事。"沈妙道，"那些人真的只在城外吗？只怕城内早就混进了人。他们无非想引百姓恐惧，若这时候禁卫军仍置之不理，很容易人心不稳。"

见邓公公仍然不赞同，沈妙道："我不会拿性命开玩笑。殿下临走时，给我留了一些人马，他们会保护我的。"

沈妙清楚，若是只顾着自己不管百姓的死活，此事一过，日后就算谢景行登基，也会落得一个自私冷酷之名。一个帝王在初登帝位时，最重要的就是人心拥护。

邓公公见她心中似乎已有主意，便不再坚持，依着她的话去安排了。

沈妙拧紧眉头，往日便也罢了，偏在这个关头，在她临盆的时候，说不定那些乱党余孽就是瞅准了这个机会。

无论如何，她都要护好肚子里的孩子。

果然如同沈妙所料，不出二日，大街小巷便开始流传出传言，说睿亲王妃已经带了人马先逃走，不管陇邺百姓死活了。

一时间，大骂皇室无情、沈妙冷酷的话不绝于耳。骂谢景行只顾着自己功勋，不管陇邺百姓性命，骂沈妙毫无仁德，竟会弃城逃走。

沈妙坐于金銮殿侧位。她着紫金长袍，流光溢彩，梳着宫髻，年轻的眉眼也能将沉色压住。

她道："上宫城。"

朝臣面面相觑，一人上前道："亲王妃，此举会不会太过冒险了？"

"要冒险，百姓才会相信，在危难之中皇室不会舍弃他们。"她站起身，惊蛰和谷雨连忙搀扶着她。

沈妙率领百官上城楼时，底下便聚集了一些百姓，百姓越来越多。莫擎带着墨羽军，宫里禁卫军都蓄势待发，防止有刺客暗中偷袭。

百姓中有认得沈妙的，当即惊呼出来："是亲王妃！"

不过短短一刻，城楼下几乎水泄不通，陇邺的大半百姓都过来了。沈妙瞧着底下，才慢慢开口。

"诸位，近来诸多传言，卢氏余孽、叶氏乱党，纠缠不绝，突袭陇邺，意图惑乱人心。"

在风中，她的声音不高不低，带着安抚人心的力量，令人感到她语气中的决然。

"不过，大家勿要轻信。我以睿亲王妃的名义起誓，城在我在，城亡我亡。我与你们同在，更与你们同战！"

城下有疑惑者，也有相信者。

"大凉的将士在外征伐，我在陇邺，亦是陇邺谢家一分子，谢氏荣光不灭，我亦不逃。武将世家，不出孬种，可以败，不可以逃。更何况，区区余孽，怎可乱朝纲？"

众人仰头看那女子，恍惚间让人瞧见在外征战的年轻亲王，亦是一般狂傲。

"所以，勿信，勿言，勿畏，勿怯。

"我便在这皇宫之中，看谁敢来？"

紫色披风在风里猎猎作响，身后旗帜高扬。

楼下百姓静默一刻，又一同欢呼起来，呼声震天而响，似要冲破云霄！

君主不在，这女子能承担起大业，亦有勇气和胆量，叫人佩服，也叫人安心。

站在她身后的文武百官，见此情景，皆是动容。

言语的力量即是如此，她挑着人心最热烈的一部分，让人热血沸腾，便于无形之中，将陇邺城的城门又牢固了一层。

沈妙转身离去。

接下来的几日，陇邺的流言算是平息了。不过，卢叶乱党变本加厉，发动进攻，十分疯狂的模样。

沈妙一边要看折子，一边要安排禁卫军去增援城守备，忙得团团转，觉得有些力不从心。

这一日，她起了个大早，见罗潭跑了进来，见着她就道："小表妹，有人来看你了。"

沈妙皱眉："谁？"

"我扶你出去看。"罗潭道。

罗潭扶着沈妙出去，到了正厅，便见有一人坐在桌前，惊蛰正在与那人倒茶。来人青衫猎猎，还是如记忆里一般清傲。

沈妙失声道："裴先生？"

裴琅转过头，见了沈妙，微微一笑："听闻陇邺有难，宫中危况。我虽然没什么特别的本事，至少能分担一些。"

沈妙蹙眉，一时间没有开口。

裴琅一笑："不用想太多，我是明齐人，在大凉，便是同乡。况且当初你我有师生之谊，此次权当我来帮着乡邻了。"

沈妙仔细打量他，见他神情坦然，仿佛已经放下过去，心中不由得轻松起来。

她道："我又要欠你一个人情了。"

裴琅轻声道："欠？"复又笑了，"能这么想，也挺好的。"再抬起头看向沈妙时，就道，"不要浪费时间了，现在开始处理陇邺最要紧的事情吧。"

裴琅来了后，沈妙身上的担子轻了一些。

"再拖延个把月，谢景行回来，这些乱党就能被清剿了。"沈妙对裴琅道，"只要坚持过这段日子就好。"

"虽然如此，"裴琅有些担忧，"卢家乱党也深知这个道理，如今都未动作，总觉得，他们是在准备什么。"

"老贼死不足惜。"沈妙看着窗外，"但陇邺不可丢，一步也不能让。"

裴琅摇了摇头："熬过这段日子就好了，只希望乱党余孽不要在这时候生出其他事端。”

天不从人愿，裴琅这话，在两日后一语成谶。

两日后，卢家乱党对陇邺发动了疯狂的攻击。

叶茂才的计划里，原本是卢家将士对付皇家禁卫。如今余孽没有卢家将士勇猛，如今的皇家禁卫也没有永乐帝在的时候多，恰好打成平手。

要拨出禁卫军去保护百姓，皇宫的人自然就少了，沈妙的处境十分危险。

“亲王妃，要不再召些人回宫？”邓公公道，“宫里的人手多些才稳妥。”

“多一两人也无用，罢了。”沈妙道，“就这样吧，守过今夜就好。贼子也要休养生息，今夜攻城不过，自然就士气少了大半。过了今夜，后面的事反倒容易得多。”

陶姑姑有些忐忑：“听着怪担心的。亲王妃，孩子真的没事吗？”

沈妙下意识摸向自己的小腹，笑道：“大约睡着了，也晓得这个时候不能添乱，乖得很。”

裴琅道：“既然下定决心，就守在这里。不过还是要做好准备，一旦出事，就让墨羽军的人全部过来，护着你先逃到安全的地方。”

沈妙点头：“我也是如此想的。”

“大家打起精神。”罗潭道，“如今是至关重要的一夜，一年都熬过了，眼下就是些无名鼠辈，怕他不成？”

沈妙坐在殿中央，裴琅在一边翻折子，晌午时朝臣送来了一些文书，至于罗潭，寻了个九连环摆弄。陶姑姑和邓公公立在一边，将茶水温热，看上去各自都有各自的事，将紧张的气氛也冲淡了一些。

只是外头远远传来一些兵戈相交的声音，还有将士的呼喊。间或随着火光，谁都不可能真正平心静气。仿佛是一张弓，一会儿拉得极满，松一松，又拉个圆满。

这一夜分外漫长，晨光熹微的时候，外头的动静渐渐小了。

邓公公和陶姑姑露出了如释重负的神情。

禁卫军的头领自外头进来，对沈妙道：“亲王妃，卢家乱党已经退至城外，城里贼子已被肃清。城守备正安抚百姓。”

这便是危机已经过了。

罗潭伸了个懒腰，难掩疲惫，道：“小表妹，这危机解了，我陪你一夜，也算得上有一点点功劳吧。”

沈妙抬起头来，笑道：“大家都辛苦了。等殿下回来，都论功行赏。”

那侍卫头领便也笑道：“亲王妃也辛苦了。”

能在紧要关头在宫里坐上一夜，从某种程度来说，也就是与他们共同战斗了。一个女人能做到这些，总是格外令人佩服。

裴琅看着沈妙微微一笑，似有轻松之意。

陶姑姑最紧张沈妙的身子，就道：“既然都没事了，亲王妃先歇息吧。”她过来扶沈妙。

沈妙被陶姑姑搀扶着，方才踏出一步，便觉得腹中一坠，一下子顿住。

罗潭见状，就道：“是坐久了身子僵了？我来帮你揉一揉。”

“不是的。”沈妙逼自己镇定下来，“帮我请个稳婆过来。”

陶姑姑和罗潭先是一怔，还是陶姑姑立刻反应了过来，说不上是激动多些还是惊惶多些，道：“快！快将宫里那两位稳婆请来！”

稳婆是最好的稳婆，陶姑姑寻了两位来。为首的李婆子道：“亲王妃不要紧张，生孩子一回生二回熟，第一回生过了，日后就顺溜得很。”

刘婆子比李婆子年纪大些，骂道：“你这当着贵人的面说的是什么浑话。”又看向沈妙，奇道，“不过婆子为多少姑娘接生过，头一次见着这般冷静的。”

沈妙心里却清楚，她并没有看上去这般冷静。

“亲王妃先起来吃点东西。”李婆子拿起红糖水鸡蛋端到沈妙面前，“吃点东西才有力气，这生孩子还得等一阵子哩。”

沈妙便接过来，勉强将一整碗吃完。

外头，陶姑姑一众人都等在外面。罗潭道：“我心跳得好厉害，也不知道小表妹生下的是男孩儿还是女孩儿。”

“不管是小世子还是小郡主，亲王殿下回来，都会高兴得很。”陶姑姑笑道。

唐叔躲在角落里，一边念着阿弥陀佛，一边小声道：“求萧家列祖列宗保佑亲王妃母子平安，母女平安，大家都平安……”

从上午一直折腾到下午，到了傍晚的时候，沈妙终于要开始生了。

稳婆让宫女们去准备清水、毛巾、干净的剪子，还有备用的东西。罗潭想进去瞧，被陶姑姑劝住。陶姑姑和几个宫女进去，惊蛰和谷雨也进去，好看着没人动手脚。

沈妙在床上呻吟。

她尽量忍着，疼痛一阵大过一阵。

“亲王妃加把劲儿，用些力气！”李婆子道，“能瞧见孩子的影子了！”

外头的裴琅一行人，亦是度日如年。

不时有宫女端着银盆进进出出，盆里的血色触目惊心。罗潭着急地抓住身边嬷嬷，问道："怎么回事，怎么会流这么多血呢？"

嬷嬷安慰她："没关系，女人生孩子都要流血的，不怕。"

也不知过了多久，屋里有婆子惊呼："出来了，是小世子！咦，还有一个！"

"是双生子！双生子！亲王妃好福气！"

紧接着没一刻，里面传来哇的一声，婴儿的啼哭声十分响亮。

众人喜出望外，还未等他们一口气缓下来，又听得李婆子的惊呼："亲王妃，您挺住，别睡！别睡！"

裴琅心一紧，还未反应过来，陶姑姑悲怆的声音响起："亲王妃，坚持啊！"

罗潭性子急，再也顾不得害怕，跑进屋里，裴琅犹豫了一下，听得陶姑姑道："裴先生！裴先生进来！"

裴琅冲进屋里去，沈妙盖着被子，脸色苍白，对身边的刘婆子和李婆子道："没关系，孩子保下了，便好了。"

"亲王妃……"刘婆子和李婆子还想说什么。

"这到底是怎么回事？"罗潭急得快哭出来，"小表妹怎么了？"

"亲王妃身子早前就羸弱，这一胎又是双生子。生产前分心劳累，胎坐得不稳。这会儿身子疲累至极，流了太多血……"刘婆子说不下去了。

"我这生产，甚是艰难。我、我怕是不行了。表姐，见着我爹娘大哥，替我说一声不孝，不能侍奉他们晚年。"

罗潭拼命摇头，道："小表妹，这种话不能由我来说的。你别说胡话了，你会好好的！"

沈妙无奈一笑，又看向一边的裴琅。

裴琅神情恍惚，嘴唇微微颤抖，哪有平日从容的模样。

"你可以坚持的。"他说，"我欠你的还没有还清，你要长命百岁，健康无忧。"

"裴先生早就不欠我什么了，若真的想偿我，便、便答应我，护着我的孩子。希望他能康健长大。"她喘了口气，仿佛用光了全部力气，"看见谢景行，对他说，对不起，我等不了了。谢谢他一直以来愿意护着我，包容我，能与他夫妻一场，我、我很高兴……"

"亲王妃！"陶姑姑叫道。

"让我看看我的孩子……"她说。

两个婆子将孩子草草擦拭干净，用襁褓裹了，送到沈妙身边。

陶姑姑含泪道："是两个小世子，康健得很。"

沈妙目光落在两个孩子身上，伸出手指，描摹两个孩子的眉眼，轻声道："这两个孩子长大了，眉眼一定好看……我和谢景行吃了很多苦，老天若是好人，一定舍不得让他们再吃苦。"

罗潭别过头去，用手背拭泪。

"我好想看着你们长大……"她的目光停留在两个孩子身上，带着深深的、深深的眷恋，仿佛隔着两个小婴儿，看到了千里之外的那个人。

"好想你……"

她的声音渐渐微弱下去。

千里之外的大帐，年轻主将忽然心口一痛，痛苦从胸腔蔓延至身体的每一个角落，痛得让人不禁弯下腰去。他扶着桌脚，大口喘气。

高阳掀开帐子走了进来，见此情景忙伸手为他把脉，后又奇道："没什么问题，你怎么了？"

谢景行眉头一皱："明日攻打旬阳。"

"怎么突然决定？"高阳吓了一跳。

"速战速决。"谢景行转身往外走。

第二十章　好久不见

大凉攻占秦国旬阳，至此，三国分立的局面在绵延百余年后，终于被年轻的睿亲王打破。群雄逐鹿就此告一段落，宏图霸业，最后花落大凉。

成王败寇，秦皇败走，世上只有大凉皇帝，不会再有明齐皇帝和秦国皇帝。

大凉的将士要归乡了。

那些有亲人参军且还活着的人家，自然面上有光。便是马革裹尸的，家人虽然痛惜，却也自豪。

陇邺城里的百姓几乎是奔走雀跃，等待着胜利的大军归来。

与民间热闹相比，宫中却是冷清清的。

罗潭坐在院子里，秋日的太阳晒在人身上暖融融的。院子里铺了一地书，惊蛰和谷雨正在晒书。

罗潭瞧着，便笑了：“从前在小春城，她总是把这些书拿出来晒。我觉得书又不会坏掉，有什么可晒的。没想到如今，是我主动替她做这些事情。”

她的身边站着的青衫男子并不说话，一夜间似乎苍老了许多。

陶姑姑抱着两个孩子走出来，罗潭忙站起身，接过一个。

“小少爷们都很康健。”陶姑姑笑道，“奶娘说夜里也乖，不曾吵闹。”

罗潭的脸上也有了笑容，道：“这般乖巧，倒随了娘亲的性子。”

裴琅的目光落在两个孩子的身上，眸光微微一黯。

“哪个是哥哥，哪个是弟弟，我真是一点儿也分不清楚。”罗潭岔开话头，“以后可怎么办呀？”

陶姑姑笑道：“不碍事，日后可以换着衣服打扮，况且孩子长大了，脾性都是不一样的，自然分得清楚。”

正说着，谷雨和惊蛰从外面匆匆进来，谷雨道：“亲王回来了！”

“什么？”裴琅和罗潭都是一怔。按照大凉军队的脚程，应当还有月余才回京的。

“亲王单独先带了人马赶回来了。”谷雨低声道，“可是夫人……”

顿了顿，裴琅才轻声道：“过去看看吧。”

谢景行大踏步往宫里走。短短一年时间，足以改变太多事情，永乐帝和显德皇后双双离世，偌大的宫殿似乎也冷清了许多。

邓公公笑道：“殿下先去看两位小少爷吧，陶姑姑和罗姑娘正与他们玩儿呢。”

谢景行眉头一皱：“沈妙呢？”话音未落，就看见罗潭和陶姑姑手里抱着孩子自大厅后绕过屏风走过来，裴琅跟在身后。

襁褓中的婴儿才睡醒，很是活泼地挥舞着小手，胖乎乎的小手在日头下分外可爱。

谢景行的脚步一顿。

“沈妙呢？”他缓缓开口。

裴琅上前一步，轻声道：“你去看看她吧。”

高湛捋一捋全白的胡子，摇头道：“老夫已经竭力保住了她的性命，这具身子已经油尽灯枯，不过她有强烈的求生意志，不肯松下最后一口气。凭着最后一口气，老夫用金针封住她的穴道，但也仅仅是救了她一条命而已。”

“祖父，这是什么意思？”高阳问。

“意思就是，她或许会永远沉睡下去，虽然有呼吸、有脉搏，但永远不会醒来。或许醒来了，但是，”他看向高阳，“就如同你医治的叶家少爷一样，醒来之后会是什么样子，无人可知。”

“那不就是……”季羽书把活死人三个字咽了下去。

“这样的话，”高湛问谢景行，“殿下，你还愿等吗？”

“多久都无妨。”谢景行道。

众人默然。

沈妙闭着眼睛，听不到这些声音，仿佛睡得十分安稳。

罗潭道：“出去吧，让她歇息一些日子也好，这么一年，她都未曾好好休息过。”

谢景行待那一双婴儿极好，每日都花时间和两个孩子在一处。亲自把屎把尿，一个大男人事无巨细都要过问。两个孩子如今只有乳名，都是谢景行取的，一个叫初一，一个叫十五。

众人都嫌这乳名取得太过随意，谢景行振振有词：“我自己的儿子，叫什么名字关你们屁事，滚。”

众人只好滚了。

可什么都能不管，该做的事还是要做的。永乐帝的传位诏书举朝皆知，如今天下太平，谢景行也要登基。登基顺其自然，那立后呢？立谁？

沈妙还躺着，或许一辈子都不能醒来，或许醒来后是痴儿。历代王朝可没有这样的先例。似乎也不太可能。未来的日子太过漫长，而人心易变，谢景行如今对沈妙忠贞不二，日后谁说得清？

罗潭得知这个消息的时候很是不甘，不好责骂谢景行，便将这一年来沈妙的辛苦都和盘托出。

谢景行听完罗潭的话，似笑非笑地看了她一会儿，道：“所以？”

罗潭不知道该说什么，便道：“所以，你心里知道就罢了。”

她心里说不出来是什么滋味，堵得慌，又不知道怎么纾解，跑着跑着，撞到了一个人身上，抬眼一看，正是高阳。

高阳奇怪，问她怎么了。罗潭狠狠瞪他一眼，自己走了。

谢景行走到池塘边，唤邓公公撤了茶，上了一壶酒。

有人的脚步声传来，顺着声音望去，是裴琅。

裴琅光风霁月，谦谦君子，似乎一辈子滴酒不沾。然而他在谢景行的对面坐下来，自顾寻了酒盏，给自己斟了杯酒。

玉做的酒盏在月色下散发出莹莹微光，还未饮就令人醉。

裴琅道：“明日你便要登基了。恭喜。”

谢景行挑唇一笑，并未见得多欢喜。

“她呢？”裴琅却是单刀直入，问，“你打算如何？”

谢景行转过头，盯着裴琅看了一会儿，才道：“裴先生很关心？”

“之前与亲王妃曾有过师生之谊，”裴琅不为所动，“后皇城危困，也算患难之交。我并不想指责改变什么，只是好奇。”

“哦？”谢景行低头饮一口酒，淡淡道，“你以为该如何？”

"亲王妃曾提及，对皇后之位，她并不贪恋，反觉累赘。不过如果这是属于她的责任，她亦会担起。她不是一个心怀天下的人，但愿意为了心中重要的人去担负。这个重要的人有沈家亲眷，有她肚子里的孩子，也有你。"裴琅道，"亲王妃说，老天待她十分严苛，有时候从头想想，似乎从未遇上过什么好光景，所以从来不敢奢望什么，唯一的奢望，也就是所爱之人平安喜乐。"

谢景行眸光微微一动。

"亲王殿下，"裴琅手持酒盏，微笑着道，"如今你大业既成，登基在望，坐拥江山，也许日后还有美人，可我还是得提醒你一句，不要让自己后悔。"他声音微低，"如果后悔了，这一生没有转圜的机会，日日痛苦，才是折磨。"

谢景行若有所思地看着他，问："你后悔过？"

"曾经，并且穷尽一生挽回，失去的却再也不能重来了。"裴琅叹息。

二人沉默，正在这时，陶姑姑匆匆赶来，瞧见谢景行和裴琅正在对酌，有些尴尬地开口道："殿下，两位小少爷正哭个不停，奶娘婆子怎么都没办法，您还是去看看吧。"

谢景行起身道："我去看看。"忽而又想到什么，转头看向裴琅，盯着他道，"多谢你的提醒。"他将酒杯中剩余的一点子酒一饮而尽，"不过，我从来不做后悔的事，也不做让人后悔的事。"

谢景行和陶姑姑离开了，望着他二人的背影，裴琅摇了摇头，有些自嘲地笑了笑："真是，一点机会也不给人留，可恶得很呢……"

谢景行登基的那一日，天光大亮，日暖风轻。

名为孝景。

九重宫阙巍峨耸立，金銮殿上怒龙翻舞，百官在前，朝臣左右，年轻的帝王换上金地革丝孔雀羽龙袍，黄袍上用金线细细绣着金盘龙纹。袍角细密精致，威风凛凛，金灿灿地令人无法逼视。

而他模样俊美绝伦，冠冕周正，目光所过，似十月凉风，自有肃杀之意。

没人敢小看这位年轻帝王，他扛过战旗，上过战场，横扫秦国和明齐的武将，在朝堂之中更善用诡谋。

传位诏书已立，传国玉玺在握，从此以后，大凉朝、天下，都将迎来一位新的主人。

而他礼仪过后，出人意料地走到一边，诸位朝臣不敢抬头，直到听到帝王声音响起："立后。"

谁都知道睿亲王妃如今长睡不醒，好端端的立哪门子后？诸位不解，抬眼一看，却见帝王怀抱着女子，将她珍而重之地放在后位之上，动作小心得仿佛对待稀世珍宝。

朝臣之中，除了高阳、季羽书几人，其余人皆是大惊失色。有人上前道："陛下不可！"

"哦？"孝景帝转过头，看着他，笑道，"为何不可？"

"亲……夫人如今还未醒来，一国之母怎可为不省人事之人？"

"不可为？"孝景帝仿佛故意逗他，"朕偏要为，又如何？"

那朝臣是个老臣子，永乐帝在世的时候都对他十分尊重，就道："莫非陛下想为了她永远空悬后位？"

群臣哗然。

孝景帝轻轻笑起来，笑得最先开口的朝臣都心里发慌。

只听帝王道："后位空悬？朕的后宫只有一个女人，何来空悬一说？"

举座皆惊！

"皇上……"那老臣还要说话。

"徐爱卿，朕记得你屋里还有两个小孙女，如今正是俏年华。"孝景帝道。

那人一怔，心中惴惴，隐约生出窃喜，只是下一刻，窃喜就不翼而飞，只听帝王道："朕把她们许配给当朝前武关宋小将如何？"

宋小将年轻有为，可惜之前在战场上瞎了一只眼，这辈子是不可能再有前程的了。

徐爱卿顿时面如土色。

"朕不是来听你们的意见，也不是来听你们的数落，朕只是在告知你们这个结果。"他坐在帝位之上，居高临下地看着众臣，"朕是天子，诸位对朕下达的朝令有何意见，尽管提出来，但若对朕的后宫也要加以管束，那么朕一定会——"他思索了一下，"加倍奉还！到时候，可不要说朕乱点鸳鸯谱。"笑得恶劣，"你们不信，尽管来试试。"

实在不像个皇帝，谁都知道他是个腹黑的家伙，罔顾礼法和声誉，什么都不怕，众人相信，把这位大臣的小孙女嫁给另一位大臣的亲弟弟，或是让这位大臣的亲孙子，娶了死对头家的娇小姐之类的事，孝景帝肯定能干出来。

大家就想，罢了罢了，说不定再过些日子，他自己就厌倦了，或是迷上了新的美人，何必在这里做些吃力不讨好的事情？

这么一想，群臣就释然了。

谢景行冷眼瞧着群臣各自的脸面，转身在沈妙面前半跪下来。

大凉的皇帝，天下的主人，这样近乎虔诚地半跪在一个女人面前。

沈妙被他端正地扶好，也被陶姑姑领着惊蛰化了华丽的宫妆，眼尾扫了金粉，穿着金灿灿的皇后朝服，闭着眼睛，长长的睫毛垂下来，好似沉睡了。

高湛说沈妙有未了的心愿，所以拼着求生的意志存了最后一口气，高湛才得以保下她的命。

那她最后的心愿是什么呢？是再见谢景行一面，是想看着初一和十五长大，还是和沈信他们告别？

谢景行俯身凑到她耳边，低声道："带你做皇后了，不睁眼看一看？"

沈妙听不到他说的话，她沉睡在自己的世界里，仿佛就要这么长长久久地沉睡过去，睡一辈子。谢景行盯着她，道："知道你累了，睡够了就起来吧，初一和十五要找娘亲。"他伸出手，顺着袖子握住沈妙冰凉的手，道，"我也很想你。"

群臣默然看着帝王做这一切，他们宦海浮沉，真真假假，可是这一刻，竟然有些舍不得打扰这一幕，仿佛隔着帝王和女子的画面，窥见了自己年轻时候的影子。

谁都会爱人的，只是这爱要想持久一生，却太难了。孝景帝可以吗？

谢景行将沉甸甸的后冠拨弄好，戴在沈妙头上，他微微俯身，吻了吻女人的眼睛。

时光模糊，飞快倒退，好像回到了很久之前的某日，他尚且是走马章台、顽劣不堪的惨绿少年，她还在为明齐皇室步步为营，护着沈家举步维艰。

他问："沈妙，你想做皇后吗？"谁都没有想到，最后他竟然成了皇帝，她也果然成了皇后。

金銮殿的后面，罗潭捂着嘴巴，要哭又要笑，小声道："他真的立了小表妹为后……"

身后，裴琅微微一笑，笑容里含着释然，也有几分怅然，更多的是欣慰，他道："真好。"

春日杏花满枝头，微风拂过，花瓣纷纷扬扬撒下来，满眼都是热闹。

半年时光转瞬即逝，快得让人抓不住什么。

孝景帝在百姓之中名声十分不错，只是在朝臣中就未必了。

从前永乐帝在时，做什么都会顾及大臣的面子。孝景帝却是个无法无天的主儿，那些老臣在他面前讨不了一点儿好处去。他将各处权力平衡得很好，而且嗅觉比耗子还灵。

朝臣们对他最不满意的，就是孝景帝后宫中只有一个长睡不醒的沈皇后。

有人怀疑他是之前话说得太满，现在拉不下面子自打嘴巴，就“善解人意”地送了府上的女儿去娇花解语，隔天被孝景帝赐了婚给死对头家的儿子。

久而久之，朝臣们便不敢擅自送美人给孝景帝了。

可一个血气方刚的年轻男子，除了昏睡不醒的妻子外，连个女人都没有，不禁让人怀疑他是不是断袖。

流言一出来，竟也并不影响什么。皇帝断袖怎么了？他还有两个儿子呢，不愁江山大业无人继承。

总而言之，万民归顺，朝臣服帖。

清晨的日光格外好，陶姑姑把两个孩子抱给谢景行，担忧道：“皇上，您真要带两位小皇子出去……踏青？”

谢景行一手一个娃，跨上马车，道：“嗯。”

马车里，沈妙正睡着。谢景行看了她一眼，道：“睡半年了，你是猪啊。”

初一和十五晃着小手，好奇地看着谢景行，谢景行对外头道：“出发！”

铁衣认命地挥起马鞭，主子当了皇帝，他这个墨羽军的首领竟然成了马夫……

马车在遮阳山停了下来。山脚下处处好风光。

谢景行抱着孩子上来，莫擎把小壶装着的米糊递给他。铁衣抱着初一，莫擎抱着十五，谢景行给他们两个喂米糊，俩小子不乐意地蹬腿，踹得人心口疼。

谢景行火气上来，道：“孩子给我。”

他找了个惊蛰用来绑食篮的大红花布条，把初一连同篮子绑在后背上，把十五搂在怀里，给十五喂米糊糊吃。

十五大闹，谢景行让墨羽军众人退开，不许插手，跟两个小子杠上了。

堂堂一国之君，背上绑着个娃，怀里抱着个娃，身上还绑着大红花布条，苦大仇深地与另一个娃对视喂米糊。

墨羽军众人都有点看不下去了。

十五哇的一声大哭起来，背后的初一似有感应，也跟着大哭起来。不仅如此，谢景行顿感身上一阵热意。

尿尿了。

他勃然大怒，正要教训两个臭小子，却突然听到惊蛰惊呼一声：“有人笑了！”

众人一愣。

惊蛰激动得声音有些发颤，指着马车：“我刚才听见了！”

马车里睡着沈妙。

周围一下子变得寂静起来。

山里的微风拂到每个人的脸上，暖融融，带着微微的痒意，像是日光都忍俊不禁。

寂静中，这一回听清楚了，的确有人在笑，熟悉的笑声，带着些亲切。

很久之后，谢景行大踏步走过去。他的手有些微微颤抖，然而最后终于下定决心一般，掀开了马车帘。

女子眉目温和，嗓音还带着慵懒，然而目光里隐隐的碎影出卖了她激动的心情。她偏头，微微笑着道："好久不见，谢小侯爷。"

番外

1. 万千可能

沈妙醒来的事情，几乎让举朝震惊。

沈信夫妇并着沈丘出来，见沈妙好端端站在面前，罗雪雁当即抱着沈妙大哭起来。沈信和沈丘呆了许久，也忍不住红了眼眶。

罗潭伸手去摸沈妙的头发，道："这是真的吧？我不是眼花了吧？高阳你掐一掐我，看是不是真的？"

高阳不在，忙着去请高湛了。

高湛来了以后，替沈妙把脉，把完脉后啧啧称奇，道："皇后娘娘脉象平稳，已然无事了。"

众人长舒一口气。

"嫂嫂，"季羽书道，"如今你醒了，那些朝臣就更不敢胡说八道了。你不知道，这半年，陇邺官员都被皇表兄整得可惨了。"

谢景行看了他一眼："多嘴。"

季羽书忙噤声。

"问完了就回去。"谢景行冷眼旁观众人叽叽喳喳，"今日天色晚了，不要扰朕的皇后休息。"

他把"朕的皇后"咬得很重。

沈丘见状，就要撸袖子和谢景行打架，这半年他二人时常交手，说是切磋，其实就是互相发泄不满。

罗雪雁道："说得不错，娇娇方醒，咱们这七嘴八舌问了许多，她难免头晕，还是让她休息一阵子，来日方长，咱们慢慢说。"

沈妙其实还想听大家说说这半年的事情，不过一想也是，一时间也说不清楚，反正有的是时间。

众人便商量散了，沈妙也回了寝屋。

她先去梳洗，惊蛰几个伺候着她沐浴，一边伺候一边抹眼泪，道："夫……娘娘可算醒了，奴婢们之前就想，若有一日能再服侍娘娘沐浴就好了，没想到上天果真有好生之德，愿意再给奴婢们一次机会……娘娘，以后奴婢们要天天这样伺候你……"

沈妙哭笑不得，只能温言软语地哄这些丫头。

等擦拭干净身子，绞干了头发，沈妙披上衣服出去，让奶娘把初一和十五抱过来。两个孩子都被抱到床上，虽然沈妙从未醒过，两个孩子对她的气息却一点儿也不陌生，笑嘻嘻地看着她，伸出软绵绵的小手去抠她的头发。

沈妙的一颗心都要被两个孩子给泡化了。她伸出手指去逗孩子，初一一把抱住沈妙的手指，咯咯咯笑起来。

沈妙扑哧一声笑出来。

谢景行刚从外面回来，就看着沈妙趴在床上，和两个小家伙对视着笑得开怀。

他走过来，鄙夷道："睡了半年人睡傻了吗？笑得好像傻瓜。"

"我看我的儿子。"沈妙白他一眼，"和你有什么关系？"

"那也是我的儿子。"谢景行挑眉，"没我，你怎么生？"

沈妙懒得搭理他，谢景行脱下外袍，走过来，绕到她身后，伸手握着她的腰将她圈在怀里，道："俩傻瓜小子，没什么好看的。"

"你没给他们取名字吗？初一和十五这乳名也实在太随意了。"沈妙抱怨，"你胡乱取的？"

"谁说我胡乱取的？"谢景行道，"留着名字等你醒来取。"

"你就不怕我怎么都不醒来？"

谢景行懒洋洋道："那他们就叫谢初一、谢十五呗。"

沈妙："……"

床上的两个小家伙不知是不是听懂了谢景行的话，抗议地呀呀叫起来。

沈妙忙伸手去哄，被谢景行攥着胳膊又拖回怀里，他道："半年不见，你就不想我，这么冷淡。"

沈妙顿了片刻，突然回头，挣开谢景行的怀抱站好，她双手抱胸，似笑非笑地盯着谢景行。

谢景行突然觉得脊背有些发麻。

她道："谢小侯爷，你知道你干了什么吗？"

谢景行莫名："干了什么？"

沈妙冷冷一笑。

夏日花好，蝶戏蜂飞，街上人流如织，小贩们热闹的叫卖声从城东传到城西。

沈妙穿着正黄色的长裙，绣了满身百花彩绣，这衣裳本就鲜艳，加上复杂的彩绣，便显得格外冗杂。

周围的人路过瞧上一眼，便也是些看笑话的神色。

沈妙的目光有些茫然。

明明上一刻还在大凉的皇宫里，因生产而奄奄一息，下一刻，却又在这热闹的街道上。

这街道她并不陌生，这是明齐定京城。

这是怎么一回事？眨眼间从陇邺到定京，莫非她是在做梦？

惊蛰和谷雨跟在后面，沈妙看着身上的衣裳……她好像回到了很久之前，久到……她才刚刚开始迷恋上傅修宜？

莫非之前的重来一世，才是真正在做梦？黄粱一梦，哪个才是真实？哪个才是梦里？

沈妙觉得头晕，伸手扶住额头，谷雨见状道："姑娘可是哪里不舒服？"

沈妙摇了摇头，正要说话，见街角走过一个熟悉的人。那人身着破烂衣衫，手持拂尘，摇头晃脑。沈妙眼睛一亮，顾不得说话，就往那人身边跑去。

惊蛰和谷雨阻拦不及，眼睁睁看着沈妙小跑到那人面前。

"赤焰道长！"沈妙喊道。

怪道士转过头来，笑嘻嘻的模样，果真是赤焰道长。

赤焰道长见了她，很惊奇地问："夫人，你怎么到这里来了？"

沈妙注意到，他说的是夫人，而不是姑娘。

惊蛰怒道："你叫谁夫人呢？别乱喊，我家姑娘还未出阁！"

沈妙制止了惊蛰，对赤焰道长说："道长，我们借一步说话。"

"姑娘！"惊蛰和谷雨着急地跺脚。

沈妙一横眉："听我的话！"

她眉间凌厉顿生，两个丫鬟一愣，不敢答话了。

沈妙和赤焰道长走到一处破庙里，惊蛰和谷雨守在外面。沈妙看向赤焰道长，犹豫了一下，还是问："道长认识我吧？"

"和夫人有过三面之缘。"道长伸手比了个三。

前生一次，重生以来两次，可不就是三次。

沈妙忙问："道长，你知道这是怎么回事吗？我怎么会到这里来？"

"夫人的命格很是奇特。"道士道，"虽有重来的机会，冥冥之中却扰乱命数，故生命劫，如今是最后一劫，只能靠夫人自己。"

沈妙皱眉："道长这话是什么意思？"

"前生有人为你求得一次机会重来，然而世间万千可能，你与重来一世的人相知相识相恋，亦可能与另外的人相知相识相恋。夫人，你有两个选择。"

沈妙问："什么选择？"

"如今夫人的那个躯体，正是昏睡不醒。您可以选择留在这个梦里，寻找另一种可能，从现在开始，一切重来，去过另一种人生。不过，那个躯体就会长睡不醒了。"

"还有一种可能是什么？"沈妙问。

"你去找你命里的那个男人，让这个梦里的男人也相信你，带他回大凉，去大凉皇宫。在踏入大凉皇宫的那一刻，你的那个躯体就会醒来。"

沈妙愣住。

"不过这很难。"道士捋一捋胡须，"如今这个男人与你亦是陌路人，你要说服他与你一道去往大凉，很难。"

沈妙头疼："这根本不可能。"

谢景行根本不会轻易相信他人，就算重生后的沈妙对着谢景行，也与谢景行僵持了好一阵子。

"夫人，言尽于此。"怪道士道，"夫人自然也可以留在这个梦里。这个梦与现实一般无二，夫人可以留在这里过完一生，重新开始，简单得多。若是选择第二条，可就艰难了。"

沈妙低头，半晌后道："道长还有红绳吧？赠我两根如何？"

赤焰道长一怔，片刻后笑道："夫人还是要选择那条路吗？"

沈妙微微一笑："即便世间可能有千千万，我也不愿千千万中有一个他因我而伤心。他不认识我，我就去认识他。道长赠我一道缘法，缘法不见了，我就自己去找。"

赤焰道长道："情生痴儿！既然如此，贫道就再赠你一道缘法！"他从怀中摸出红绳，"夫人，愿你顺利。"

沈妙福了福，转身离开。

惊蛰和谷雨这些日子觉得奇怪。

一来是沈妙一改从前喜欢穿金戴银的性子，穿得极为素淡；二来是对待二房三房不再如从前一般百依百顺；三来嘛，便是这些日子只字未提定王的事，好像根本不记得有这么号人物。

最后就是近来老在街上闲逛了。

沈妙比惊蛰和谷雨还要头疼。

谢景行今日逛花楼，明日去酒宴，虽然知道这都是他的伪装，不过沈妙如今心态不同，见着谢景行这般招蜂引蝶，还是恨不得踹他两脚。

因着要打探谢景行的行踪，只得偷偷跟着。这大半个月，竟是每日不带重样的，几乎要把定京转个遍了。

这天傍晚，沈妙让惊蛰和谷雨等在另一头，自己亲自去临安侯府门口等。

她扮作男子，远远地瞧见谢景行驾马归来，身边跟着的还有高阳和季羽书。

不愧是整日逛花楼的闲散公子，一眼就看出了她是女扮男装。季羽书甚至还吹了个口哨，笑道："三哥，又有美人来奔了。"

沈妙："……"

谢景行翻身下马，扫了她一眼，径自往门里走。

沈妙一把拉住他："谢小侯爷！"

谢景行停下脚步。

"我们谈谈吧。"她道。

屋里，谢景行倒了杯茶给她，盯着她道："沈五小姐，跟踪了我半月，不会真的迷恋上我了吧？"

他话说得轻佻，眼神却锐利，早将她的身份查得一清二楚了。

沈妙头疼。

要让大凉的那个"她"早日醒来，就要快点把这个谢景行拐到陇邺去，可在这个梦里，谢景行这么顽劣，她怎么说？说自己是谢景行的妻子？还为他生了两个孩子？谢景行会不会以为她得了失心疯？

她道："谢小侯爷，你能陪我一道去大凉吗？"

话音未落，一道劲风至前，沈妙的喉咙被人扼住了。他嗓音凉薄，带着杀意：

“你知道什么？”

沈妙险些喘不过气。

她就知道是这样！谢景行这种霸道的性子，怎么说都听不进去，她就是想解释都不成!

见她喘气艰难，谢景行才稍稍松手。

沈妙又气又急，怒道：“浑蛋!”

谢景行目光一凛：“你胆子倒很大。”

“登徒子！不要脸！过河拆桥！狼心狗肺……”她骂得毫不消停。

谢景行愕然，不自觉将手全都松开了，片刻后才好笑道：“沈五小姐，我好像没有得罪你。”

沈妙捂着脖子，道：“你带我去大凉吧。”

谢景行又要发作，只听沈妙道：“你带我去大凉，我就告诉你我知道什么。”

谢景行双手抱胸，冷眼看着她，笑道：“抱歉，我对你知道什么完全没有兴趣。”他在桌前坐下来，悠然喝茶，“今日我饶你一命，如果发现你有别的图谋……沈五小姐也知道，我不是什么好人。”

沈妙微愣。

“沈五小姐还不走？想在我的侯府过夜？”他似笑非笑道，“我是没问题。”

沈妙道：“不要脸！”气冲冲地走了。

待沈妙走了后，谢景行的脸色却是倏尔冷了下来，他道：“铁衣。”

屋中应声出现黑衣人。

“查一查，沈家，沈妙。”他道。

黑衣人领命离去。

沈妙追谢景行追得很艰难。

在这个梦里，沈妙对谢景行来说只是一个陌生人。劣迹斑斑，蠢笨不堪，还喜欢过傅修宜，不知道在筹谋什么。

谢景行对她有提防，根本不容易靠近。沈妙只得每日都出门偷偷跟着他，变着法儿找出空子与他说一两句话。

谢景行知道她跟着，权当不知道。倒是高阳和季羽书知道此事，每每意味深长地调笑几句。

七月初三是谢景行的生辰。

沈妙早早出了门，去烟雨阁订了一桌酒席。她想着，到了傍晚，就去把谢景行拖过来，酒桌之上，或许能好好谈谈，再商量一下大凉的事。这件事太复杂了，就算说了，谢景行也不会明白，得好好琢磨。

她尾随着谢景行去了千金楼，却见谢景行和定京的几个贵家子弟在喝酒，还有秦青。

左都御史家的千金秦青，曾与沈妙一同在校验的时候作画。秦青貌美而高傲，寻常人都不瞧在眼里，此刻却跟随大哥坐在一起，目光不自觉地往谢景行身上瞟，尽是柔情蜜意。

傻子才看不出来秦青对谢景行有意思，秦大哥有意牵线，故意让开位子，让秦青和谢景行坐在一起。

沈妙隔着另一头看，秦青和谢景行不知道在说些什么，谢景行笑得风流，秦青羞怯颔首，远远看去，真是一双璧人。

沈妙的眼圈有些发酸。

她知道这是梦，也知道谢景行如今不认识自己，和旁人逢场作戏又如何，总归自己管不着，可她就是难过，想着如今在大凉那头，会不会谢景行的身边日后也有美人相伴，衣香鬓影，举案齐眉？

在万千世界的可能中，他不可能每一次都选择自己。

她觉得远处觥筹交错的画面十分刺眼，再也看不下去，起身离席了。

走啊走，却走到了烟雨阁。

烟雨阁的酒席是最好的酒席，从最高一层窗户看过去，可以看到烟花和月亮。

沈妙一个人进去，硕大的酒席，只有她一个人坐着。她给自己倒了一杯酒，酒是好酒，浓浓的桂花酿，清甜而悠长。

她慢慢地喝，每喝一杯，就看着月亮。

梦里的月亮真好看，现实的大凉，谢景行在陪谁看着月亮？

她喝了许多，喝得头都晕沉，喝得身后有脚步声响起都未听见。

她听到身后有戏谑的声音传来。

“啧啧啧，沈家果然家大业大，沈五小姐一个人吃饭，也要在烟雨阁搞如此排场。”

沈妙回头一看，谢景行唇边噙着笑意，不紧不慢地往里走来。

谢景行目光扫过桌上空了的酒壶，调笑道：“喝这么多，沈五小姐心情不好？”

沈妙直勾勾地盯着他。

谢景行俯身，视线与沈妙齐平，瞧见她微红的眼眶，微微一怔，随即道：“不会是因为我？”

沈妙还是不说话。

谢景行沉吟："因为秦青？"

话音未落，沈妙突然扑进他的怀里。

她死死搂着谢景行的腰，脸埋在他怀里，分明是熟悉的身体，为什么要用这么陌生的语气跟她说话？

她抽泣着骂道："不要脸，你是不是想与我和离？当初娶我的时候分明说日后不会再有别的女人，一生一世一双人，谢景行是骗子！骗我进了门如今又招蜂引蝶，浑蛋浑蛋浑蛋！"

谢景行悚然，道："我何时说过……"

可沈妙搂着他哭得伤心，谢景行剩下的几句话就咽了下去。

怀里的少女哭得难过，身子一抽一抽的，可见是真被气得狠了。她双手紧紧抱着他的腰，死也不肯撒手。谢景行迟疑一下，才伸出手，想要轻轻拍一拍少女的肩。

她是沈家的五小姐，蠢笨草包之名尽人皆知，沈家和他素无瓜葛，谁知道有一天却被沈妙盯上了，还一副与他交情颇好的样子。谢景行莫名，更加怀疑，沈妙似乎还知道他大凉的秘密。

可是，好像怎么都对她狠不下心来。

听铁衣说她在烟雨阁喝醉了，竟还鬼使神差地跟来。

谢景行蹙眉盯着怀中人，觉得有些奇怪，这姿势熟悉无比，好似他曾这么做过？

在哪里做过？梦里？

他迟疑地不确定地开口："沈妙，我以前……这样抱过你吗？"

怀中的哭泣声戛然而止。

沈妙从他怀里抬起头，定定地看着他。

月光下，她的眼眶红肿，眼睛却亮晶晶的，仿佛在绝望中又出现了新的希望。

她踮起脚，伸手拉住谢景行的衣领，将他拉近自己，猛地吻了上去。

"你还这样亲过我。"她说。

后来的事，便是沈妙缠得谢景行没法，终于答应带她去大凉。

在那将近半年的旅程里，沈妙把自己的事原原本本告诉了梦里的谢景行，也不知道谢景行会不会相信。

谢景行听完后，什么都没说，后来有一日夜晚，却对沈妙说了。

他说："那个道士说得不对。"

沈妙疑惑："什么？"

“千千万万个可能里，我都只会选择你。”他把沈妙手上的红绳拨了一根给自己系上，笑道，“赶路吧，别让现实里的我等得太久，沈娇娇。”

谢景行目瞪口呆地听完。

沈妙斜睨着他：“在梦里，你可是招蜂引蝶，日日逛花楼，我与你说什么都不信，怀疑我，掐我的脖子。谢景行，你知道你干了什么吗？”

她一副兴师问罪的语气，让谢景行都默然，半晌后道：“那是梦里的我，不是我。”

“梦里的也是你！”

谢景行搂过她给她顺毛，道：“梦里的我最后不也是相信了你，带着你回了大凉？可见我心中只有你一个。”又摸着下巴不爽道，“不过那小子真是好福气，你居然主动亲他。”

沈妙：“……”

自己吃自己的醋，普天之下也就谢景行才干得出来了。

“既然如此，我必然要为夫人赔罪。”谢景行正色道，突然一把打横将沈妙抱起，“冷落夫人该死，今天夫人可以为所欲为。”

“喂，初一十五……”

“让奶娘看着。”谢景行抱着她转身往外走，唇角却忍不住扬起，“虽然梦里的那个人很可恶，不过有一件事也没说错。”

沈妙看他：“什么事？”

“千千万万种可能里，我都只会选择你，只有你。”

2. 相看

罗潭近来心情不大爽利。

罗家众人都搬到陇邺来了，如今在这里定居。沈妙做了皇后之后，也不如从前一般清闲，又要照顾初一和十五。沈妙忙了起来，罗潭就觉得有些无聊了。

她历来就是个闲不下来的性子，干脆整日游山玩水，给自己找乐子去。

这下子，罗家二房夫妇就有些不满意了。

马氏说：“你如今老大不小了，娇娇的儿子都一岁有余，你做老姑娘旁人管不着，但你成天性子还如此冒失，那可怎么得了？”

罗潭烦不胜烦，她觉得一个人挺好，吃吃喝喝玩玩闹闹，成了亲多麻烦，要管这管那，不如趁着好年华，遍访名山大川，那才有意义。

马氏问："潭儿，你老实告诉娘，真没有心仪的男子？"

罗潭被问得不耐烦了，就道："娘，我打哪里来的倾心男子？"

"如今连千儿都有了喜欢的姑娘，千儿还比你小呢。"马氏不解，"世上好男儿多的是，怎么就没瞧着一个喜欢的呢？"

罗潭撇嘴："多的是，我可没见着几个。"

"这样下去不行！"马氏一拍桌子，"不能任你这么胡闹下去。如今娇娇是皇后，天下的青年才俊总认识几个，我得让她帮忙找找，你给我好好相看去。"

罗潭难以置信地看着她："娘，您不是吧？我又不是嫁不出去。"

"你不是嫁不出去，你是根本就没明白。"马氏道，"必须去！"

马氏果然找沈妙说了这事，问沈妙："娇娇，你平日接触的贵人多，能不能帮潭儿也相看几个？也不用家世如何，最重要的是人品，潭儿单纯，最好那人家里简单，咳，模样生得俊俏些就更好。"马氏有些赧然，"潭儿就喜欢好看的东西。"

沈妙诧异，罗雪雁也道："是啊娇娇，你还是给潭儿看看吧。"

"相看自然没问题，不过……"沈妙迟疑地问，"表姐真的没有心仪的人吗？"

"她那性子，主动开窍是不可能的了。"马氏摆了摆手，一副不欲再提的模样。

"潭表姐自己也同意要相看吗？"沈妙问。

"她敢不同意!"马氏又道，"娇娇，你与她感情好，劳烦空闲的时候多劝劝她。一个姑娘家成日逛青楼是怎么回事？陇邺的赌坊她倒是门儿清，真是家门不幸。"

沈妙爽快地答道："行，我现在就开始帮表姐留意着。只是这成还是不成，得表姐自己喜欢。"

"那就多谢娇娇了。"马氏喜出望外。

夜里，沈妙手持长长的卷轴，一卷卷地看过去，到夜深还未睡。

谢景行处理完折子回到寝殿时，见她还在灯下阅读，就问："不是让你先睡了？"

"有些东西没看完。"沈妙头也不抬。

谢景行走过来一看，便见卷轴之上，每一页都有男子小像，小像的旁边则是男子的名姓、家世、官职，甚至喜好和擅长都有。

谢景行把卷轴一合，问："你看这个做什么？"

沈妙从他手里夺回卷轴："姨母让我给潭表姐寻些靠谱的人相看，你别打岔。"

“罗潭？”谢景行挑眉，“她要嫁人了？”

“姨母操心得很，都是顺手的事。”沈妙突然想到什么，看向谢景行，“说起来，高阳到底是什么意思？”

“什么什么意思？”谢景行莫名。

“对潭表姐啊。”沈妙瞅着他，“我瞧着他是喜欢潭表姐，但又不说明什么，潭表姐不明白，高阳可是个精明人，他这样拖着是什么意思？”

谢景行皱眉，寻思着说：“高阳喜欢罗潭吗？”

沈妙拿胳膊捅他一下：“你才知道？”

“我怎么知道高阳怎么想的。”谢景行委屈。

沈妙算是看出来了，谢景行也是个没眼色的，便懒得问他。

不过谢景行却开口了，他说：“高阳是聪明人，聪明易被聪明误。”

沈妙立刻明白了他的意思，道：“你是说，高阳故意等潭表姐来开口？”

“不是所有人都和你夫君一样这么能屈能伸。”谢景行唇角一翘。

“呵呵，”沈妙斜睨着他，“你怎么不说，不是所有人都和你一般不要脸呢？”

谢景行脸色青了青，只听沈妙又道：“不过你说得对，聪明反被聪明误，高阳这什么都要攥在掌心的性子，想等潭表姐来想明白，只怕是要错了。”

谢景行若有所思：“你想干什么？”

沈妙盯着他：“当然是帮潭表姐一把了。”又凑近谢景行，威胁道，“不许告诉高阳！”

谢景行抓住她的手，暧昧一笑：“那就要看夫人今夜的表现了。”

沈妙说到做到，第二日就寻了一本册子，上头有三个名字，让罗雪雁送到罗府上去。

沈妙挑的人，马氏是信得过的。三人皆是排得上名头的青年才俊，并且家世优渥，身家清白，品行绝对端正。

虽然心中不愿，罗潭却还是得去见一见这三位公子。只因罗连台断了罗潭的银钱，又不许罗潭出门，若是不乖乖听话，还不知道要被关多久。

第一位是内阁大学士家的公子，满腹经纶，文质彬彬，只是说起话来让罗潭想打瞌睡，一下午都在打盹，回头就和马氏说，要是与这人过日子，想一想那乏味，肯定得红杏出墙。

吓得马氏立刻就安排了第二位公子。

第二位公子是一位前辈的副将，如今年纪尚轻，再等几年，定会有更好的前程。

只是这小副将年纪轻轻却十分老成，虽英俊却令人胆寒，罗潭说要是与这人成亲，只怕夜里都会担心被枕边人砍死，煞气太重。

马氏一想，确实，罗潭大大咧咧，若是有了摩擦，那人性子硬不肯服软，吵起架来不得鸡飞狗跳？便又将这第二位也在心里否决了。

第三日，终于迎来了最后一位。

这一位是中丞家的小少爷贺少爷。贺少爷年方二十，家中虽是文官，却也习武，算是个文武兼备的人才。

贺小少爷甫一见到罗潭，便夸罗潭腰间的小佩刀有趣。

那是罗潭重金收来的一把小刀，看着不起眼，却削铁如泥。常人不识货，贺少爷却一眼就看出来是好刀。罗潭心中高兴，再看这贺小少爷眉目俊朗，也就格外愿意与他多说一些。

这一说，才发现贺小少爷不仅懂得很多，还去过很多地方，说起那些奇闻异事，直教罗潭听得目不转睛，不知不觉，二人说到了天黑，这一日竟是过得出乎意料地愉悦。

贺小少爷似乎也对罗潭十分满意，二人说好明日再一同出去玩。

回到府里，马氏问罗潭：“潭儿，你觉得贺少爷怎么样？”

罗潭道：“不错。”

马氏和罗连台几乎要喜极而泣了。夜里，马氏和罗连台说起这话，还道：“咱们要不要去贺府里打个招呼，我给贺夫人下了帖子，改日一起坐一坐吧。”

“急什么。”罗连台道，“八字还没一撇呢。”

“也是。”马氏叹了口气，“千儿我不操心，操心的就是潭儿的亲事。说起来，当初我看高大夫倒也不错，只是……大约是自己会错了意。”

马氏心里是喜欢高阳的，模样俊俏，又没有复杂的一大家子，罗潭嫁过去，就是当家主母，只要管好下人就够了。谁知道高阳好像没那个意思，马氏也是个有骨气的，你再好，不喜欢我家的姑娘，那也就算了，我家姑娘不愁没人喜欢。

另一头，罗潭托着腮，想着和高阳也是许久没见了。

高阳如今回了高家，有许多高湛交代他的事要办，从前还时时找罗潭，如今来得少了，最近的一次，也是一月之前。

罗潭有点失落，转念一想，大约是没有了玩伴吧。好在贺少爷亦是有趣，也能玩到一块儿，既然如此，就换个一起玩的人好了。

罗潭不知道，自己今儿个和贺少爷在茶坊里喝茶的事，被人瞧见了。

此刻，季羽书正一边喂鹦鹉，一边道：“好久没去找罗潭玩儿了，这些日子她怎么都不过来？”

高阳道：“怎么了？”

“今日我回去的路上，见着罗潭和一个男子走在一起。”季羽书沉吟道，“瞧着倒是挺开心的，她是不是以后都跟别人玩儿了？”

高阳愣住，问：“你说什么？”

第二日，罗潭果真又去找贺少爷玩儿了。他二人像是同一种人，爱吃爱玩，精力充沛。

这一日也是玩到了太阳落山才依依不舍地离开，贺少爷送罗潭回府。

高阳来到罗府，恰好见着罗千从里面走出来，罗千如今个子拔高了许多，稚嫩的面上也渐渐显出男子汉才有的坚毅，只是跳脱的性子还是跟从前一样，不愧是两姐弟。

他一看见高阳，就道：“高大夫！”

高阳：“……”

这姐弟俩都爱叫他大夫，可他的身份不是普通大夫，况且还有官职在身好不好？

罗千问：“高大夫，你来找我姐的吧？我姐不在。”

高阳不露声色地问：“哦？这么晚了，还没回来吗？”

罗千一挥手：“嘿，和那位贺少爷出去，大概是玩得找不着北了吧。”

“贺少爷……”高阳咀嚼着这个名字，还未再问话，就听见罗千说：“哎？说什么来什么，他们回来了！”

高阳顺着罗千的目光转头一看，就见一个俊俏小公子和罗潭双双走过来，身后的小厮怀里抱着一大堆东西，罗潭很豪爽地与对方说：“日后游历大江南北策马天涯，算你一个！”

贺少爷笑道：“荣幸之至。”

高阳的嘴角抽了抽。

罗千朝罗潭打招呼：“姐！高大夫来找你了！”

罗潭这才瞧见高阳，高阳走过去，先对罗潭笑了一笑，才看向这传说中的贺少爷。

贺少爷瞧着很俊秀斯文，见了高阳，便对罗潭道：“既有客人，便不打扰你了。”又命随从拿了个小盒子，“昨日回去的路上偶然瞧见，觉得你大约会喜欢。”他有些不好意思地挠了挠头，“希望不要嫌弃。”

罗潭接过，高兴地道：“谢谢，你的眼光，我素来是相信的。”

见他二人旁若无人说得高兴，高阳只觉得憋屈。

好容易送走了贺少爷，罗潭才问高阳："你过来找我有事吗？"

高阳眯着眼睛看她，道："没事就不能来找你了？"

"那倒不是，"罗潭说，"你不是回高家，有许多要忙的事嘛。"一边说一边打开贺少爷给她的盒子。

便见盒子里，放着一条手链。罗潭不爱首饰，这手链是细细的金链子，链坠却是一把精巧的小刀，只有指甲盖大小，栩栩如生。罗潭当即爱不释手地把玩起来。

高阳见状，心中越发不悦，道："既如此，你也陪我走走吧。"

"我为什么……"罗潭话还没说完，就被高阳抓着胳膊往外走了。罗潭挣扎不开，只得被高阳带着走。

罗千在后面对他二人挥了挥手，道："早点回来姐！"

高阳一直带着罗潭走到一条小巷子里，罗潭的手腕被他抓得生疼，不由得甩手抱怨："你疯了？"

高阳怔了怔，松开口，半晌才道："我忙得很，你也并未空闲。"

"啊？"罗潭不解。

"和贺少爷玩得很开心？"高阳打量她，语气古怪，"才认识几日，就用上了素来，你与他很熟吗？"

罗潭下意识回道："你有病吧？今日怎么了，你祖父责骂你了？"

高阳深深吸了口气，才道："若是我不来找你，你就跟别人出去游山玩水？"

罗潭被高阳的语气弄得莫名其妙，便道："你这人也太霸道了吧，你不来找我，我自然要去找别的人玩，天下这么多人，当然要广结好友啊。"

"只是好友？"高阳欺身上前，"你不是都已经开始相看未来夫君了？"

罗潭一怔，问："你怎么知道？"

她这话落在高阳耳中，却是在默认。

高阳道："那你觉得他如何？"

这一回，又恢复到平日里温和的语气来。罗潭见他神色如常，便道："还不错啊，不像那些个文绉绉的书生，也不粗鄙，挺有意思的。"

高阳道："不要再与他见面了。"

罗潭费解："你怎么回事？今日老说奇怪的话。交什么朋友，挑什么夫君，那都是我自己的事吧，你操的这是哪门子心？难道我日后见别人你也要管？"

"对。"高阳打断她的话。

罗潭愣住。

“我本来以为，你会自己明白，但是你笨得教我叹为观止，或者，其实你是聪明的，所以故意吃定我？”

罗潭只听见了高阳说她笨，当即就道：“你才笨。不仅笨还无理取闹。我就喜欢和贺少爷玩儿，你不让我见他，我偏要见。怎么会有这样不讲理——”

她的话还没说完，就被高阳一把拉进怀里，堵上了她的唇。

他的吻如同他本人，似乎也是谦谦君子，然而在柔和中也有着强势和不容拒绝。

罗潭捂着嘴巴后退两步。

她纵然再粗枝大叶，也晓得这代表的是什么意思。她从未深思过自己同高阳的关系，在她看来，高阳是个不错的朋友，虽然喜欢捉弄人，但还算个君子。

但是君子如今就这么堂而皇之地占了她的便宜？

要是换了旁人，罗潭早就举刀满城砍人了，但是遇上高阳，她除了慌张失措之外，竟没生出多少愤怒的情绪。

好似已然习惯了这般亲近的举动。

是的，已经习惯了。

从定京跟到陇邺，住在高府，在很长一段时间里，高阳对她绝对称得上君子，但又时不时地做出一些亲昵的举动。那些举动十分自然，罗潭又大大咧咧，不会太过计较，以至于像是蚕食桑叶，顺理成章，到现在做出这般出格的事，也很平常。

罗潭悚然。

高阳见她如此，神色微松，语气却是柔和了。

他道：“以后不要见他了。”

罗潭羞愤：“你为什么……”

“如果这也看不出来，我便要真的怀疑你已经笨得天下挑不出第二。”高阳轻笑。

罗潭脸红了又白，白了又红，最后突然道：“莫非你喜欢我？”

高阳轻咳一声，道：“我都做得这般明白了。”

罗潭却觉得委屈，哪里明白了？他又没提亲，也没写情诗，更没像谢景行对沈妙那样时不时地说些甜言蜜语，鬼才看得出来！

高阳道：“一开始只是觉得你好玩儿，可看到你和别人亲近，我心里也会不舒服。本想顺其自然，你总会明白。现在我懂了，以你的脑袋，若我不说，你一辈子也不会明白。”

他上前一步，不给罗潭逃开的机会，道：“你明白了吗？”

罗潭被他绕得有点乱，下意识点头：“嗯……哦。”

“那就好了。”高阳愉悦地揽住她的肩，“那么现在回府吧。”

“回什么府？”罗潭问。

“当然是罗府。”高阳笑得云淡风轻，“是时候和岳母提提咱们的亲事了。”

片刻后。

“高阳，你找死！”

3. 私相授受

冯安宁很怕沈丘。

说起来也奇怪，她是冯府大小姐，冯老爷和冯夫人宠着她，兄弟姐妹也让着她，便让她养成了什么都不放在眼里的骄纵性子。

不过有两个人除外。

一个是沈妙，另一个就是沈丘。

沈妙这茬不提，沈丘这人，无论在长辈还是在晚辈中，名声都极好。冯安宁曾见过沈丘一两回，只觉得是个英俊青年，瞧着和煦阳光，十分好说话。

后来她与沈妙渐渐熟络，连带着近距离接近过沈丘几次，却莫名有些惧怕沈丘。

沈丘没有如那些公子哥儿一样对她礼让有加，待冯安宁如路人一般，并未因冯安宁是沈妙好友就格外高看她一眼。这对于心高气傲的冯安宁来说是不能忍受的，可每当她想发脾气，瞧着沈丘喝着手下士兵时，又莫名其妙地却步了。

冯安宁自己也不明白，她什么都不放在眼里，怎么偏生对这对兄妹无可奈何。

冯家大哥骂她，只晓得在窝里横。

冯安宁悻悻然，每次都说下回见到沈丘，一定要趾高气扬，等真的见到了，却又是缩着脖子，低眉顺眼地走过去。

就连沈妙的表姐罗潭都觉出不对，说：“怎么安宁每次来沈宅，都要比往日安静一些？”

沈妙似笑非笑道：“倒不如说，见着我大哥要安静些。”

冯安宁恼羞成怒：“胡说什么呢？我想安静就安静，还须得人同意不成？”

罗潭冲着冯安宁身后喊：“丘表哥，你怎么突然来了？”

冯安宁身子顿时一僵，拔腿就想跑，见罗潭指着她乐不可支：“小表妹说的是真的，难道冯家大小姐最怕的竟然是丘表哥吗？”

冯安宁愤而起身，发誓再也不同罗潭说话了。

倒是后面的事出乎冯安宁的意料，她同沈妙出去，因为自己疏忽，让沈妙落入贼人手中。冯安宁自责不已，沈丘的态度更让她心惊胆战。

她心里一边担忧沈妙，一边又自厌，觉得沈丘定然也很讨厌自己。

所幸沈妙活着回来了，也未出什么事。冯安宁却再也不敢踏足沈府，不为别的，只是觉得羞惭。

谁知道沈妙的亲事竟然出了这么大的差错，亲事都成了权谋的牺牲品，沈妙又能怎么办？

冯安宁想到了自家大哥。

冯子贤性情温和，眉目端正，绝对正人君子，比嫁给太子之流实在是好多了，冯安宁便说动大哥去沈府提亲。

冯子贤答应了冯安宁去沈府瞧一瞧，不过最后却被沈妙拒绝了。

尽管如此，冯安宁和沈宅的关系还是因此而缓和了一些。因她在回府路上遇着了沈丘，沈丘应该已经知道了冯子贤来府上的事，瞧了她一眼，对她道了一声谢谢。

只一声谢谢，便让冯安宁有些激动，辗转反侧了。

冯安宁的贴身侍女小心翼翼地问她："姑娘对沈家大少爷如此看重，为他喜为他忧……可是……可是倾心沈家大少爷？"

"胡说什么？"冯安宁本能地反问，好似被踩了尾巴的猫。

侍女吓了一跳，忙跪下身道："奴婢胡言乱语，还望姑娘饶恕。"

半晌没听到冯安宁的回答，侍女心中七上八下，听得头上传来一声："罢了，你起来吧。"

冯安宁对着镜子，咬了咬唇。

有些事，连自己的侍女都能看清楚，冯安宁想，大约她表现得很明显了吧。沈妙知道自己的心思，会不会告诉沈丘……那沈丘是否知道？

冯安宁有些烦躁地看向镜子。

镜子里的姑娘生了一张姣美的脸，大眼俏鼻，显得有几分大小姐的气性儿来。

她天不怕地不怕，独独怕沈家两兄妹。尤其是沈丘，众人眼中好说话又亲切，性子磊落不计较的好人，她在怕什么？

她怕的其实不是沈丘，是自己，在沈丘眼中骄纵胡闹、是非不分、什么都不会的自己。

沈丘因沈妙的事情怒斥她，她怕被对方厌恶而难过，沈丘对她道谢，她就能立马高兴起来。

可她又觉得自己大抵是无望的，因实在看不出沈丘待她有什么特别。冯安宁黯然，觉得独自一人唱戏也索然无味。

偏偏沈妙还在这时候出嫁了，嫁到了千里之外的大凉。

这不仅意味着从此她在定京要少一个朋友，更意味着她也不再有理由去沈宅，动自己隐秘的小心思。

冯安宁很失落。

世事变迁，定京风云突变。

一夜之间，文惠帝病重，定王傅修宜掌握大权。皇子们死的死、伤的伤，定京官家人人自危。

有一日，冯老爷将冯安宁叫到屋中，对冯安宁道："安宁，你如今年纪不小了，也到了该出嫁的年纪。"

冯安宁想都没想，立刻回道："爹，我还不想嫁人。"

一向疼爱她的冯老爷这次没有顺着她的话往下说，而是道："傻孩子，哪有姑娘家一直留在府里不嫁人的。你表哥过几日到定京来，你带着他四处转上一转。"

冯安宁从来不是沉得住气的性子，立刻站起身，激动道："爹，您这是什么意思？"

"冒冒失失，像什么样子。"冯老爷眉头一皱，"什么什么意思，你表哥来定京，你这个做表妹的接待又怎么了？"

"接待？我又不是下人，为何要我来接待？"冯安宁道，"再说还有大哥二哥呢，我不去！"

"你！"冯老爷冷下脸，"必须去！"

冯安宁既伤心又委屈，干脆道："爹，咱们冯家又不缺银子，犯不着做卖女儿的勾当。表哥与我多年未见，你不嫌尴尬，我还嫌无话可说呢！我不干！谁愿意谁去，我不愿意！"

她和罗潭待久了，说话都有些荤素不忌。

冯老爷猛地站起身，啪的一巴掌扇到冯安宁的脸上。

冯安宁一呆，面上火辣辣地疼，不可置信地盯着冯老爷。

冯老爷眼皮都未抬，道："滚回你自己的屋里去，好好反省，别说我冯家教出这般不知廉耻的女儿！"

周围的下人们都震惊了。

冯安宁憋着气，一口气跑回自己的屋子，将门关好，扑到床上痛痛快快地哭了出来。

她只在小时候见过那位远房表哥一面，那表哥会微笑着唤她表妹，写得一手好字，吟得一口好诗，可冯安宁亲眼见着年少的他去亲贴身丫鬟的嘴巴。

冯安宁觉得恶心极了，从此更讨厌这位表哥。

冯老爷话里的意思，分明是要撮合她和这位表哥。冯安宁越哭越伤心，父亲怎么能要她与厌恶的人过一生？

她绝食抗议，冯老爷的态度反而越发强硬。

直到冯子贤办事回来，得知此事，来安慰她。冯子贤道："妹妹，你别责怪爹，爹如今也没办法，定京动荡不安，冯家岌岌可危，爹想你出嫁避祸。曹表哥家大业大，你嫁过去吃穿不愁，又是自家亲戚，总不会亏待你……安宁，你忍一忍吧，爹也是没办法。嫁给他，总比跟着咱家不知道会是什么结局好。"

冯安宁听得怔住，从没人跟她说过这些。她问："大哥，这话是什么意思？冯家要倒霉了吗？"不等冯子贤回答，她又道，"若是冯家真的有危险，我身为冯家女儿，怎么能置身事外，既是自家人，当然要同甘共苦！"

冯子贤叹了口气，道："妹妹，你想与冯家同甘共苦，可爹娘怎么舍得。况且还有许多心怀鬼胎之人，拿你威胁冯家又该如何？"顿了顿，冯子贤继续道，"你留在冯家，不仅帮不上忙，反会让爹娘分心。嫁到曹家，不仅可以让爹娘安心，曹家也许还能帮上一些忙。"

冯安宁许久没有说话。

"安宁……"冯子贤见她不语，有些担心。

"大哥，我没事。"她深深吸了口气，笑着看向冯子贤，"你容我再想想吧。"

冯子贤见她不欲多说，知道一时之间冯安宁很难接受这么个变故，当下也没多言，自行离开了。

等冯子贤离开之后，冯安宁才茫然地看向铜镜。

一边是继续使性子过自己的生活，一边却是家族。

冯安宁想，当年沈妙要护着沈家，处处被掣肘，做事都要思前想后时，也是这般纠结的吗？

不能再这么继续下去了啊。冯安宁想着，她不能一辈子都受冯家庇护，也许应该试着庇护冯家。

反正……她喜欢的人，也并不喜欢她。

冯安宁下定了决心。

冯安宁的转变令所有人都大吃一惊。

她答应了冯老爷的暗示，也决定和那位曹家表哥试着见面，或许日后还会成为他的妻子。

冯家人都知道这是为什么，他们也无可奈何。在仅有的几条前路里，似乎只有这一条能让冯安宁过得轻松些。

冯安宁的转变不仅仅是对曹家表哥的态度，还有她的性子。好像一夜之间变了个人，变得沉默，冯家人很痛惜。每当他们问起冯安宁，冯安宁只是笑着敷衍几句。

曹家表哥对冯安宁十分满意，毕竟冯安宁生得姣美，如今转了性情，更加柔顺可人。

转眼就到了谈婚论嫁的时候。

冯家和曹家交换了二人的庚帖，冯安宁坐在屋里，看着外头的花花草草发愣。

却听见自己的贴身丫鬟匆匆忙忙跑过来，道："不好了，不好了小姐！"

"什么事？"冯安宁问。

"表少爷在醉仙楼被人打了！"丫鬟道，"被将军府的沈大公子打了！"

冯安宁吃了一惊，道："你说……被谁打了？"

"沈家大少爷，沈三小姐的大哥！"丫鬟急得眼泪都快下来了，"曹公子正在府里闹着，说要取消婚事呢。"

冯安宁到大厅的时候，就看到冯夫人和冯老爷正在一口一个贤侄地劝曹公子。曹公子一脸气愤难平，见冯安宁出现，立刻冲了过来。

冯安宁这才看清曹公子脸上青一块紫一块，尤其是两个乌黑的眼圈，她忍不住扑哧一声笑出来。

曹公子见状，越发恼羞成怒，指着她的鼻子骂道："既然早已与人暗度陈仓，和沈丘有了首尾，又何必来与我做什么亲事？莫非想嫁到曹家来给我戴绿帽子不成？"

"住口！"冯老爷脸色一沉。

冯安宁收了笑，道："曹公子慎言，我以为曹公子这样的门户，断然不会学人口舌搬弄是非。"

曹公子哑然一瞬，随即又冷笑起来："你又何必做清高姿态？若非你与他有首尾，他怎么会无缘无故替你出头？"

替她出头？

冯安宁眉头一皱，冯子贤问："阿诺，你说说这是怎么一回事？"

阿诺是冯府的小厮，因曹公子如今暂住冯府，对定京路途不甚熟悉，冯子贤便将自己的小厮调了一个到曹公子身边。

阿诺站出来，战战兢兢地看了一眼曹公子，这才慢慢道来。

原来这曹公子表面上瞧着对冯安宁嘘寒问暖，恪守礼仪，私下却并不正经，府里虽没有姬妾，沾手过的女人也丝毫不在少数。

他在醉仙楼里喝酒时，结识的一众狐朋狗友就问他："曹少爷，听闻冯家千金骄纵，你在这里饮酒寻欢，日后是不是要收敛一些了？"

"开什么玩笑？"曹公子就回道，"我娶了她是高抬她，曹家可不是什么女人都能进去的。若非看她性情温顺乖巧，也轮不到她进我曹府的门。"

"温顺乖巧？不是说冯小姐骄傲跋扈，目中无人吗？"

曹公子得意一笑："不过是以讹传讹，想来她也知道自己的身份，才故意讨好于我。罢了，见她这般乖巧努力，若是日后不惹事，谨小慎微，我也会多怜爱她的。"到最后，便又是些污秽的玩笑话。

曹公子说得快意，却见一边席中突然大踏步走来一人，他还未反应过来，便结结实实挨了一拳，被那人揍翻在地。

那人三拳两脚就揍得曹公子哭爹喊娘，罢了，听到那人说："冯家挑女婿的眼光也忒差了！这么个软蛋，还想娶冯家小姐？"

周围人看得呆住，曹公子丢了脸面又挨了揍，气愤不已，一问那人身份，却是将军府家的大少爷。沈丘他得罪不起，就过来发难冯家了。

冯老爷和冯夫人闻言气得脸色铁青，冯老爷大怒："我看你果然该打，既然你这么瞧不上冯家，冯家也担不起你这样的大人物，给我滚出去！"

曹公子一愣，不可置信道："什么？"

"没听见吗？叫你滚出去。"冯安宁冷冷道。

她毫不掩饰自己眼中的厌恶。多年前，她就亲眼见过姓曹的狎玩侍女，早已对他不抱任何幻想。如果不是为了帮助冯家，她也不愿意委曲求全，既然已经撕破脸，那就没什么好说的了。

曹公子还要说什么，已经被冯子贤叫人赶了出去。

冯夫人见着冯安宁，心中酸涩不已，险些让女儿掉入火坑，冯安宁反过来安慰她才成事。

可是冯安宁的这门亲事，终究是毁了。

不用应付恶心的表哥，冯安宁日子过得轻松了许多，可她没想到会在出门路上遇着沈丘。

她有些犹豫，沈丘却先她一步走过来。

冯安宁见他越发高大威武，和那些软绵绵的公子哥儿相比，浑身上下像是用铁铸成。她心中一瞬间慌乱，脱口而出的竟然是："你为什么要打曹公子？"

沈丘眉头一皱，道："那种人，打了他又如何？"

"你不该打他的。"冯安宁摇头，"正是多事之秋，若他因此心生怨恨，难免背后动手脚——"

沈丘盯着她："如果我不打他，你就要嫁给这样的人？"

冯安宁一怔，轻声道："也许吧，这也没什么不好。"

"这没什么不好？"沈丘语气倏尔有了一丝怒气，"那种软蛋，在外花天酒地，还背后议论未婚妻，你愿意嫁？"

冯安宁抬起头，看着他："这和沈副将有什么关系呢？"

她有一点期待的。

"娇娇临走交代我看好你，若知道你嫁了这么个玩意儿，一定会生气。"沈丘道。

冯安宁黯然："多谢沈副将关心了，不过今时不同往日，定京里，这个关头敢娶我的人家本就凤毛麟角，我没有过多的选择，不过还是多谢你的好意。"

沈丘怔住。

冯安宁说完这句话，就对着他轻轻一福，转身要走。

她从来骄傲得像是烈马驹，如今看背影，却很消瘦。

沈丘无端地心里发堵。只觉得原先那个骄纵的、看着他会害怕的小姑娘，不知什么时候也长大了，却让人不忍。

行动快于理智，他突然大步上前，一把攥住冯安宁的胳膊，将她扯住。

冯安宁回头，诧异地看着他。

沈丘瞧着她的眼睛，一瞬间，他做了一个决定。

他说："胡说，怎么就没有选择了。你看我如何？"

冯安宁眼睛蓦地瞪大。

"你看我，比姓曹的可更好？"他再一次重复道。

武将重情，不比文人弯弯绕绕，直接而热烈，赤诚而真挚。

冯安宁的脸上顿时飞上两朵红霞。

她说："如果我说好的话，这算不算私相授受了？"

这回轮到沈丘愣住。

却见姑娘笑靥如花，仰着脸看着他，一字一顿道："嗯，好。"

4. 包子兄弟

初一和十五十八岁的时候，孝景帝宣布退位。

这出乎所有人的意料，孝景帝正值壮年，身体康健，怎么说退位就退位了。

即便后继有人，也不能这么早就让其登基啊。

初一和十五的名讳，一个叫谢淑，一个叫谢舞。只因在孩子们满周岁不久正要取名字时，赤焰道长不知从哪儿冒出来，说两个孩子的出生很是艰难，要平安长大，得取女孩儿的名字压一压，于是谢景行就给两个孩子娶了这么个名字。

谢淑和谢舞渐渐长大懂事后，早前因为名字的事没少和谢景行吵架，后来渐渐也就习惯了。

谢淑肖似沈妙，稳重懂事，少年老成，谢舞活脱脱又是一个谢景行，每日走街串巷，一肚子坏水，比谢景行有过之无不及。

不过兄弟二人感情极好，如今谢淑为太子，即将登基，谢舞为滇王。

群臣一把鼻涕一把泪地上书，指责谢景行不应这么早就离开，谢淑年纪尚轻，处理朝事手段稚嫩，只怕不太平。

群臣的话，谢景行怎么会听呢？况且他已经下定决心退位，九头牛都拉不回来。

沈妙更是淡定，一开始做皇后，多少人想捉她的小辫子，结果自立后以来，一不小心贤名满天下，那些个老顽固也找不到毛病。

这会儿，谢景行正在与两个儿子说话。

时光格外优待他，两个儿子都已经长成了英俊少年，他还是那般倜傥俊美。他漫不经心地教训两个儿子："老大，老二，爹就把这个江山交给你们了，好好做，别让我中途回来收拾烂摊子。"

私下里，他从来不在两个儿子面前自称朕。

谢淑沉着应了，谢舞懒洋洋道："放心吧，我兄弟二人可没那么蠢。"

"别太自信。"谢景行挑眉，"崽子们，你们太嫩，对方都是老狐狸，话不要说得太满。"

"爹放心，"谢淑面不改色，"儿臣应付得来。"

"放心，"谢舞嗤之以鼻，"大哥要是真不行了，这不还有我吗？"

"你真敢说。"谢景行眯起眼睛，"老大，给我看好这崽子！"

谢淑从小不需要人操心，倒是谢舞，让人头疼不已。幸而有谢淑在后面替他擦屁股，给谢舞收拾了不少烂摊子。

可以说，陇邺官家的小辈，没有没受过谢舞的荼毒的。谢舞的坏心眼儿，青出于蓝而胜于蓝。

现在谢淑上任，谢景行即将带着沈妙游历，谢景行闭着眼都能想到谢舞打的是什么主意。估计谢舞在想：好啊，小辈们都收拾得差不多了，是时候去残害陇邺官家的老家伙们了。

谢舞无辜道：“爹，你怎么能这么不相信我？大哥真当了皇上，若有人找碴，好多事情不方便出面，这不还得用些特殊手段。是不是，大哥？”

他冲谢淑眨了眨眼睛，谢淑别过头去，避开了谢舞的暗示。

谢景行勾唇一笑：“你这么说，我倒是觉得应该让铁衣和莫擎看着你。”

“爹，你可不能这么做啊！”谢舞立刻道，想了想，又释然了，“不过您要这么做就这么做吧，反正莫擎和铁衣两个人加起来也打不过我一个。”

谢景行一拍桌子：“小崽子，你是不是想造反？”

话音刚落，就听见门外有人说：“谁要造反啊？”

沈妙自门口走了进来，看起来却不像是两个孩子的娘亲，经过这么多年，仿佛玉石被打磨得更加光润圆滑，让人看得目不转睛。

谢淑和谢舞忙唤了一声娘亲。

沈妙走过来，瞪了谢景行一眼，道：“你又在胡说八道些什么？”

谢景行道：“我胡说？”复又对着谢舞骂道，“白眼儿狼，你爹我当年给你换尿布喂奶算是喂了狗了。”

谢淑、谢舞、沈妙：“……”

沈妙白了他一眼，对两个儿子道：“阿淑，阿舞，刚开始的时候，势必有许多朝臣会针对你们，不必与他们计较。阿淑，你只须做好你应该做的事就行。若是真有那冥顽不灵的，阿舞，你向来机灵，知道怎么做才最好。”

竟是鼓励谢舞去用些“特殊手段”。

谢舞兴奋起来：“知我者娘亲也！”

“夫人！”谢景行道，“你也要跟着他们胡闹吗？”

沈妙没理他，继续说道：“做事不可死板，适度圆滑也不错。阿淑，你的本事娘不担心，娘也没什么好交代你的……若是遇着了喜欢的姑娘，就别犹豫了。”

谢淑：“……”

谢舞道：“不错，大哥早该为我寻个大嫂了！”

“还有你。”沈妙盯着他，“你给我好好收敛些。别以为我不知道，陇邺城里多少姑娘都被你撩拨得不行，若是不喜欢，就别去撩拨，平白误了人一生。”说起这个，沈妙气不打一处来，又瞪了一眼谢景行，什么样的老子就有什么样的儿子，一个德行！

谢景行无辜地摸了摸鼻子。

谢舞见话头转到自己身上，忙岔开话头道："娘，别说这个了，你们究竟要去游历多久？"

"等你娘有了妹妹我们就回来。"谢景行插嘴道。

"不是吧？"谢舞夸张开口，"你们都这么大年纪了……"剩下的话在沈妙严厉的目光中偃旗息鼓。

"见过了好的风景，去过了好的地方，自然就会回家。"沈妙道。

那是年少时候的梦想，在过去的时日里，因为种种原因不得已将它搁置，所幸这一生还很漫长，还有机会过得如此充实满足。

谢淑微笑道："爹娘放心出门，儿臣不会有负所托。"

"还会找个媳妇儿的！"谢舞补充道。